NORA ROBERTS

Contre vents et marées

Jade

Titre original :
IN FROM THE COLD

Photo de couverture
Boules de Noël :

Réalisation graphique couverture : T. SAUVAGE

83-85, boulevard Vincent-Auriol, 75646 PARIS CEDEX 13.
www.harlequin.fr
ISBN 978-2-2808-1343-3 — ISSN 1773-7192

1

Son nom était MacGregor. Il s'accrochait à cette unique certitude, aussi désespérément qu'aux rênes de sa monture. Une douleur insupportable courait le long de son bras comme une armée de diables. Brûlante, malgré le vent de décembre et les rafales de neige.

Incapable de guider sa jument, il se laissait porter. Shelter saurait retrouver son chemin à travers les traces laissées par un Indien, un daim ou un homme blanc. Il lui faisait confiance. MacGregor était seul dans la lueur du crépuscule, seul avec l'odeur de la neige et des pins, le bruit étouffé des sabots de sa jument. Un monde réduit au silence, traversé par le vent qui balayait les arbres.

Instinctivement, il savait qu'il se trouvait loin de Boston maintenant. Loin de la foule, des foyers chaleureux, loin de la civilisation. Sauvé. Enfin, peut-être… La neige allait effacer les pas de son cheval et les taches de son propre sang.

Sauvé, oui, mais ce n'était pas suffisant. Cela ne l'avait jamais été. Il était résolu à rester en vie pour une raison d'une importance capitale : un homme mort ne pouvait pas se battre. Or, il s'était promis de se battre au nom de la liberté, il en avait fait le vœu sur ce qu'il avait de plus cher au monde.

MacGregor frissonna sous son épaisse pelisse en peau de daim. Il claquait des dents, envahi par un grand froid qui provenait autant de l'intérieur que de l'extérieur. La douleur provoquée par sa blessure le faisait transpirer, mais ses veines étaient aussi glacées que les branches dénudées des arbres qui l'environnaient. Une vapeur blanche sortait des naseaux de sa jument tandis qu'elle avançait avec difficulté dans la couche de neige toujours plus profonde. Il se mit à prier comme seul peut le faire un homme qui sent sa vie s'écouler avec son sang.

Il devait vivre ! Il avait encore une bataille à livrer. Il serait damné s'il mourait avant d'avoir levé son arme contre l'ennemi.

Il se pencha sur l'encolure de Shelter et lui parla doucement en gaélique. La jument hennit, comme pour le réconforter, quand il s'affala sur son cou en haletant. Elle rejeta la tête en arrière et poursuivit sa route, luttant bravement contre la bise glaciale ; elle suivit son propre instinct de survie et se dirigea vers l'ouest.

La douleur était comme un rêve maintenant. Il la sentait flotter dans son esprit, nager à travers son corps. Si au moins il pouvait se réveiller, elle disparaîtrait. Comme font les rêves. Il en avait d'autres, violents et vivaces : combattre les Anglais pour tout ce qu'ils lui avaient volé. Reprendre son nom, sa terre, lutter au nom de tout ce que les MacGregor avaient conquis avec leur sueur, leur sang et leur fierté. Et qu'ils avaient perdu.

Il était né pendant la guerre. Ce ne serait que justice et logique s'il mourait sur un champ de bataille.

Mais pas tout de suite. Il lutta pour se redresser… Pas tout de suite ! La bataille ne faisait que commencer.

Il força un souvenir à remonter à la surface de sa mémoire. Un superbe souvenir. Des hommes vêtus de peaux de daims et de plumes, le visage noirci par du charbon de bois et du suif, à la manière des Indiens Mowhawks, montant à bord des navires *Dartmouth*, *Eleanor* et *Beaver*. Des hommes ordinaires, marchands, artisans, étudiants. Certains encouragés par le grog, les autres par la vertu. Les coffres remplis de thé, ce maudit breuvage qu'ils détestaient. La satisfaction de les entendre tomber dans les eaux froides du port de Boston, sur le quai Griffin. A marée basse, une partie des coffres avaient été retrouvés dans la vase, éventrés, leur contenu transformé en meules de foin détrempées.

Une belle tasse de thé pour les poissons ! Oui, cela les avait réjouis. Unis comme les doigts de la main, ils étaient prêts à tout, et ils devraient l'être encore pour mener à bien cette guerre, que tant de gens n'avaient pas vue commencer.

Combien de temps avait passé depuis cette glorieuse nuit ? Un jour ? Deux jours ? Il avait joué de malchance en rencontrant deux Tuniques Rouges, alors que l'aube pointait. Les soldats de Sa Majesté étaient complètement éméchés. Ils le connaissaient. Son visage, son nom, ses idées politiques étaient célèbres à Boston. Il n'avait rien fait pour être apprécié des troupes royales.

Peut-être ces deux-là n'avaient-ils voulu que le tourmenter et le bousculer un peu ? Peut-être n'avaient-ils pas vraiment eu l'intention de mettre à exécution leur menace de l'arrêter... Mais quand l'un d'eux avait tiré son épée, sa propre arme avait surgi dans sa main. Le duel avait été bref, et insensé, il fallait l'admettre aujourd'hui. Il ne savait toujours pas s'il avait tué ou seulement blessé son adversaire. Ce qu'il savait, c'est que le camarade de ce soldat avait eu un regard meurtrier en brandissant son arme vers lui.

Au souvenir de la balle de mousquet qui avait pénétré dans son épaule, MacGregor sentit la douleur redoubler. Il avait pourtant sauté en selle pour partir à bride abattue, mais le tireur avait été plus rapide.

Maintenant, il sentait le projectile dans son épaule. Dieu merci, le reste de son corps était engourdi, mais le muscle atteint palpitait sous cette minuscule pointe de feu. Puis son esprit s'engourdit à son tour, et il ne sentit plus rien.

Il se réveilla avec difficulté. Etendu sur la couverture de neige, le visage tourné vers le ciel, il entrevoyait le tourbillon de flocons blancs contre les nuages plombés. Il était tombé de son cheval. La mort n'était pas assez proche pour qu'il ne se sente pas gêné par la situation. Avec un violent effort, il se redressa sur les genoux. La jument attendait patiemment, le regardant avec un air doux et étonné.

— Garde cela pour toi, ma belle, chuchota-t-il.

La faiblesse de sa voix déclencha en lui la première traînée de peur. En serrant les dents, il réussit à saisir les rênes et à se relever péniblement.

— Shelter...

Il chancela tandis que sa vue s'obscurcissait. Jamais il n'aurait le courage de monter en selle. Serrant les rênes, il fit claquer sa langue et se laissa traîner par la jument en s'appuyant de tout son poids sur elle.

Mettant difficilement un pied devant l'autre, il lutta contre l'envie de s'évanouir et de se laisser saisir par le froid. On lui avait bien dit que c'était une mort qui ne faisait pas souffrir. C'était comme le sommeil ; un sommeil glacé, indolore.

Mais comment diable pouvait-on le savoir, à moins de renaître pour raconter l'histoire ? A cette idée, MacGregor se mit à rire, mais son rire se transforma bientôt en une toux qui l'affaiblit.

Il avait perdu la notion du temps, des distances, et le sens de l'orientation. Il essaya de penser à sa famille, à la chaleur de leurs sentiments. Ses parents, ses frères et sœurs, là-bas, si loin en Ecosse. Sa chère Ecosse, où ils faisaient tout pour garder l'espoir. Il pensa à ses tantes, ses oncles et ses cousins installés en Virginie, où ils travaillaient pour gagner le droit à une nouvelle vie dans un nouveau pays. Et lui, il était quelque part au milieu, pris entre son amour des traditions et sa fascination pour tout ce qui était inconnu.

Cependant, un ennemi commun existait dans les deux pays. Le seul fait d'y penser lui rendait une partie de ses forces. Les Anglais, maudits soient-ils ! Ils avaient proscrit son nom, et massacré son peuple. Et maintenant, ils étendaient leurs mains cupides de l'autre côté de l'océan pour que leur roi, qui était à moitié fou, puisse imposer ses lois inflexibles et collecter des taxes qui étranglaient les habitants du Nouveau Monde.

Il trébucha et faillit lâcher les rênes. Il se reposa un instant, les yeux fermés, la tête appuyée contre le cou de sa jument. Le visage de son père, les yeux brillant de fierté, lui apparut.

— Trouve une place pour toi, lui avait-il dit. N'oublie jamais que tu es un MacGregor.

Non, il ne l'oublierait jamais.

Il se força à ouvrir les yeux. A travers la neige tourbillonnante, il discerna un bâtiment. Prudent, il cligna des paupières et frotta ses yeux fatigués du revers de la main. La forme était toujours là, grise et un peu floue, mais bien réelle.

— Regarde, ma belle.

Il se laissa aller lourdement contre l'animal.

— Après tout, ce n'est peut-être pas encore le moment de mourir.

Soutenu par sa monture, il se traîna vers l'étable à pas lents. Il était épuisé. C'était une belle construction en rondins de pin. De ses doigts gourds, il essaya maladroitement de soulever le loquet. Ses genoux menaçaient de céder sous son poids. Il y arriva enfin et se retrouva à l'intérieur, accueilli par l'odeur et la chaleur bénies du bétail.

Il faisait sombre. Il se dirigea instinctivement vers un monceau de paille dans la stalle d'une vache à la robe mouchetée, qui poussa un mugissement nerveux.

Ce fut le dernier son qu'il entendit.

Alanna s'emmitoufla dans sa cape de laine. Dans la cheminée de la cuisine, le feu ardent dégageait une agréable odeur de branches de pommiers. Rien que de très normal, pensa-t-elle, mais c'était si plaisant. Elle s'était réveillée d'humeur joyeuse. A la réflexion, cette bonne humeur était certainement due à la neige. Contrairement à son père, qui s'était levé ce matin en ronchonnant, elle aimait la neige, pour sa pureté et sa façon de s'accrocher aux branches nues des arbres.

Les flocons tombaient déjà plus légèrement. Dans une heure, la cour immaculée serait pleine d'empreintes de pas. Elle fit mentalement le tour du travail qui l'attendait : traire les vaches, collecter les œufs, réparer un harnais et couper du bois. Mais pour l'instant, elle s'offrait le plaisir de contempler ce beau spectacle par la fenêtre.

La jeune femme soupira. Si son père la voyait, il secouerait la tête en la traitant de rêveuse. Il dirait cela d'un ton bourru, sans colère, mais avec une nuance de regret. Oui, elle était peut-être rêveuse, comme sa mère. Mais sa mère était morte avant de voir se réaliser son rêve d'avoir une maison, une terre, et de vivre dans l'aisance.

Alanna eut un sourire attendri. Son père n'était pas un homme dur. Il ne l'avait jamais été. C'était la mort des siens qui l'avait rendu un peu rude et ombrageux. Deux enfants, et ensuite, leur mère chérie. Puis encore un fils, le jeune et beau Rory, tombé sous les balles des Français.

Alanna était songeuse. Son mari, le doux Michael Flynn, avait été emporté lui aussi, de façon moins dramatique peut-être, mais il n'était plus de ce monde.

Elle ne pensait pas souvent à lui. Après tout, elle n'avait été son épouse que pendant trois mois, et cela faisait trois ans qu'elle était veuve. Mais Michael était un homme bon, généreux, et elle regrettait qu'ils n'aient pas eu le temps de fonder une famille.

Cependant, aujourd'hui, il n'y avait pas de place pour les regrets et les chagrins. Noël approchait, et elle était bien décidée à ce que ce jour de fête soit joyeux.

Elle tira sa capuche sur ses cheveux et sortit de la maison.

Elle avait déjà passé plusieurs heures à son rouet et à son métier à tisser, pour confectionner des moufles, des mitaines et des bonnets destinés à ses frères. Bleus pour Johnny, rouges pour Brian. Pour son père, elle avait peint un portrait miniature de sa mère. Et elle avait donné une belle somme de pennies à l'orfèvre du village pour qu'il lui fabrique un cadre argenté.

Elle sourit. Ses cadeaux leur feraient plaisir, elle le savait. Tout comme le repas de Noël qu'elle avait prévu. C'était la seule chose qui comptait pour elle : garder sa famille unie, heureuse, et en sécurité.

La porte de la grange n'était pas fermée. Avec un petit soupir agacé, Alanna la tira derrière elle. Heureusement qu'elle s'en était rendu compte elle-même, plutôt que son père, sinon Brian, son plus jeune frère, aurait eu droit à une belle semonce.

Comme elle pénétrait dans la grange, elle secoua la tête

pour se débarrasser de sa capuche et tendit automatiquement la main vers les seaux de bois suspendus derrière la porte. La grange étant sombre, elle prit aussi une lampe et alluma la mèche avec précaution.

Alanna se mit à fredonner tout en parcourant la large allée qui partageait l'étable en deux. Mais elle s'arrêta brusquement à la vue d'une jument rouanne. Le flanc creux, l'animal baissait la tête et paraissait éreinté.

— Doux Jésus !

Le cœur d'Alanna tressauta dans sa poitrine. La jument souffla et s'écarta en la voyant approcher.

Alanna écarquilla les yeux. S'il y avait un cheval, il y avait sans aucun doute un cavalier. Elle avait vingt ans, ce qui signifiait qu'elle n'était plus assez jeune ni assez naïve pour croire que tous les voyageurs étaient pleins de bonnes intentions, et qu'ils ne présentaient pas un danger pour une femme seule. Elle aurait pu faire demi-tour et partir en courant, appeler son père et ses frères. Mais bien qu'elle eût pris le nom de Michael Flynn, elle était née Murphy. Et un Murphy était capable de se protéger tout seul.

Redressant la tête, elle avança.

— Où êtes-vous caché ? Je veux connaître votre nom et la raison pour laquelle vous êtes ici, déclara-t-elle d'un ton ferme.

Seule la jument lui répondit. Quand elle fut près d'elle, elle posa une main sur ses naseaux.

— Quel genre de maître est le tien pour te laisser ainsi toute mouillée, avec ta selle sur le dos ?

Elle posa bruyamment ses seaux par terre et éleva la voix.

— Sortez de votre cachette ! Vous êtes sur les terres de Cyrus Murphy.

Les vaches poussèrent des meuglements sonores.

Horripilée, Alanna posa ses mains sur ses hanches et regarda autour d'elle.

— Personne ne va vous reprocher de vous être abrité de l'orage ! On ne vous refusera pas un repas, si vous en avez besoin. Mais en ce qui concerne votre pauvre cheval, vous allez m'entendre !

Comme il n'y avait toujours aucune réponse, Alanna commença à s'énerver. En marmonnant, elle entreprit d'ôter la selle de la jument. Et elle faillit tomber en trébuchant sur une paire de bottes.

Elle baissa les yeux. C'étaient de fort belles bottes en cuir marron, tachées de boue et de neige. Alanna se pencha et vit qu'elles étaient solidaires de deux longues jambes musclées gainées d'un pantalon de daim usagé.

Glorieusement masculines dans leurs hauts-de-chausses un peu avachis... Elle s'approcha hardiment, découvrit des hanches minces, une taille étroite entourée d'une ceinture de cuir, et un torse couvert d'un long pourpoint et d'une pèlerine en fourrure.

Une magnifique silhouette, d'un homme qu'elle ne se rappelait pas avoir jamais vu. Et puisqu'il avait choisi sa grange pour dormir, ce n'était que justice qu'elle le contemple jusqu'à satiété.

Les yeux toujours rivés sur lui, elle leva sa lampe un peu plus haut. Il devait être grand, plus grand que ses frères. Elle se pencha en avant pour finir de découvrir ce qu'elle n'avait pas encore vu. Il avait les cheveux en bataille. Alanna fronça les sourcils et ses yeux s'étrécirent. Ces cheveux-là n'étaient pas châtains, mais roux foncé, comme le cheval hongre de Brian. L'intrus avait une barbe naissante au menton et autour de la bouche. Une belle bouche, sensuelle. Alanna hocha la tête. Il avait aussi un visage osseux, aristocratique, aux traits ciselés, aux sourcils très arqués.

Le genre de visage qui pouvait faire palpiter le cœur d'une femme, elle n'en doutait pas. Mais cela ne l'intéressait pas. Elle ne voulait qu'une chose : que cet homme se réveille et déguerpisse pour qu'elle puisse continuer à traire ses vaches.

— Monsieur...

Elle donna un léger coup de pied dans une des bottes. Pas de réaction. Agacée, elle posa encore une fois ses mains sur ses hanches. Cet homme dormait comme une souche, il devait être ivre mort, c'était la seule explication.

— Réveillez-vous, espèce d'ivrogne ! Vous m'empêchez de m'approcher de cette vache pour la traire.

Elle lui donna un coup de pied dans la jambe, un peu plus énergique que le premier. Un léger grognement se fit entendre.

— Puisque c'est comme ça !

Elle s'accroupit pour le secouer. Alors qu'elle s'attendait à sentir des relents d'alcool, ce fut une odeur de sang séché qui lui monta aux narines.

Oubliant sa colère, Alanna s'agenouilla et repoussa doucement la pèlerine de fourrure qui couvrait les épaules de l'inconnu. Effarée, elle poussa un petit cri. L'homme avait une large tache rouge sur la poitrine. En cherchant son pouls, Alanna se retrouva avec les doigts humides de sang.

— Vous êtes encore vivant, marmonna-t-elle. Si Dieu le veut, et avec un peu de chance, nous allons faire en sorte que cela dure.

Avant qu'elle ait eu le temps de se relever et d'aller chercher son père et ses frères, elle sentit son poignet emprisonné dans une main de fer. L'inconnu venait d'ouvrir les yeux. Des yeux verts, légèrement irisés de bleu. Comme la mer. Mais qui reflétaient une expression de souffrance… Prise de compassion, Alanna se pencha vers lui pour le réconforter.

Brusquement, deux mains s'emparèrent de ses épaules : perdant l'équilibre, elle se retrouva couchée sur l'homme. Elle eut l'impression fugitive d'un corps ferme sous le sien, et d'une chaleur ardente. Elle poussa un cri indigné, vite étouffé par des lèvres brûlantes qui se posèrent sur sa bouche. Le baiser fut bref mais étonnamment ferme. Puis l'homme rejeta la tête en arrière en lui adressant un petit sourire fatigué, et rassuré.

— C'est certain, je ne suis pas mort. Des lèvres comme les vôtres n'auraient pas de place en enfer.

Comme compliment, elle avait connu mieux. Mais elle n'eut pas le temps de le lui faire remarquer avant qu'il s'évanouisse.

2

Il dérivait sur une mer déchaînée où alternaient la douleur et le soulagement. Une bonne rasade de whisky lui réchauffait le cœur et émoussait ses sens. Malgré cela, il se souvenait d'une souffrance aiguë, d'un couteau incandescent enfoncé dans sa chair, de malédictions s'abattant sur sa tête. Une main chaude prenant la sienne pour le réconforter. Un morceau de tissu merveilleusement frais sur son front fiévreux. Un liquide écœurant versé dans sa gorge.

Il avait crié. Mais avait-il vraiment crié ? Quelqu'un était-il venu, mains douces, voix de velours, senteur de lavande, pour le rassurer ? Avait-il vraiment entendu une adorable voix de femme qui fredonnait ? N'avait-elle pas chanté en gaélique ? Ou plutôt en écossais ? Se trouvait-il en Ecosse ? Mais non, quand la voix lui parlait, elle n'avait pas cet accent familier, un peu grasseyant, mais cet étrange accent irlandais.

Le bateau ! Le bateau s'était peut-être égaré et l'avait emmené au sud au lieu de le ramener chez lui. Il se souvenait d'un bateau. Mais il était au port. Il y avait des hommes qui riaient entre eux, le visage noirci et peint. Des haches… Du thé. Ce maudit thé !

Voilà ! Tout lui revenait à la mémoire. C'était assez rassurant. Les hommes avaient pris la barre. Et lui, il avait été blessé. Pas à ce moment-là, mais plus tard. A l'aube. C'était une erreur, une erreur insensée.

Ensuite, la neige et la douleur. Il s'était réveillé et il avait vu une femme. Belle. Un homme ne demanderait pas mieux que de se réveiller auprès d'une femme aussi belle, que ce soit dans ce monde ou dans l'autre. Cette idée le fit sourire. Il leva ses paupières lourdes.

Elle était assise devant un métier à tisser, sous une fenêtre inondée de soleil. Les rayons faisaient briller ses cheveux, qu'elle avait aussi noirs que les plumes d'un corbeau. Elle portait une robe de laine bleu foncé avec un tablier blanc par-dessus. D'où il était, il voyait sa silhouette fine, ses mains gracieuses qui couraient sur les fils. Au rythme du peigne qui claquait en allant et venant, elle dessinait un motif rouge sur l'épaisse laine verte.

Elle chantait en travaillant. Il reconnut sa voix. C'était la même qui l'avait réconforté quand il s'était débattu dans la chaleur et le froid de ses rêves. Il ne voyait que le profil de son hôtesse. Une peau blanc et rose, une bouche aux lèvres généreuses, l'ébauche d'une fossette sur la joue, et un petit nez qui semblait se relever très légèrement.

Le simple fait de la regarder l'emplissait d'un tel sentiment de paix qu'il était tenté de fermer les yeux et de se rendormir. Mais il voulait la voir, la voir tout entière. Et il avait besoin qu'elle lui dise où il se trouvait.

Dès qu'il remua, elle leva la tête et se tourna vers lui. Il pouvait voir ses yeux maintenant. D'un bleu aussi profond que le saphir. Comme il la contemplait en cherchant la force de lui parler, elle se leva, lissa ses jupes et se dirigea vers lui.

Elle posa sa main fraîche sur son front. Cette main lui parut familière. Très doucement, mais avec dextérité, elle vérifia ensuite son bandage.

— Vous avez décidé de rejoindre le monde des vivants ?

Elle s'approcha d'une petite table et versa un liquide dans une tasse d'étain.

— Vous devriez connaître la réponse mieux que moi, parvint-il à dire en faisant un grand effort.

Elle rit tout bas en approchant la tasse de sa bouche. Cette odeur lui était familière, elle aussi, mais désagréable.

— Que diable y a-t-il dans ce breuvage ?

— Quelque chose qui vous aidera à guérir.

Sans lui demander son avis, elle fit couler le liquide dans sa bouche et il ne put faire autrement que de l'avaler. Il la regarda d'un œil sombre. Elle éclata de rire.

— Vous l'avez recraché si souvent que je sais comment m'y prendre désormais.

— Cela fait combien de temps ?

— Que vous êtes chez nous ?

Elle posa de nouveau la main sur son front. Sa fièvre était tombée au cours de la dernière nuit.

— Cela fait deux jours. Nous sommes le 20 décembre.

— Et ma jument ?

— Elle va bien.

Alanna hocha la tête, contente qu'il y ait pensé.

— Vous feriez mieux de dormir encore. Pendant ce temps, je vais vous préparer un bouillon de viande et de légumes qui vous redonnera des forces, monsieur... ?

— MacGregor. Ian MacGregor.

— Eh bien, reposez-vous, monsieur MacGregor.

Il tendit la main vers celle d'Alanna et la prit dans la sienne. « Une si petite main, si compétente », pensa-t-il de façon absurde.

— Et vous, quel est votre nom ?

— Alanna Flynn.

Elle laissa sa main dans celle de Ian, qui était beaucoup moins rugueuse que celles de son père ou de ses frères.

— Vous êtes le bienvenu ici jusqu'à ce que vous soyez guéri.

— Merci.

Il ne la libérait toujours pas, jouant avec ses doigts d'une façon qu'elle aurait qualifiée de provocante dans d'autres circonstances. Brusquement, elle se souvint qu'il l'avait embrassée alors qu'il perdait son sang dans l'écurie. Elle retira doucement sa main. Ian eut un sourire fugitif.

— Je vous suis redevable de tout, mademoiselle Flynn.

— Ah, vous l'avez dit !

Elle se leva, pleine de dignité.

— Et ce n'est pas mademoiselle, c'est madame Flynn.

Ian ne se rappelait pas avoir jamais éprouvé une telle déception. Non pas que cela l'eût dérangé de flirter avec une femme mariée, si elle était agréable. Mais il n'aurait jamais eu l'idée d'aller plus loin que quelques sourires et murmures avec l'épouse d'un autre. C'était sacrément dommage, pensa-t-il tout en observant Alanna Flynn. Sacrément dommage.

— Je vous suis très reconnaissant, madame Flynn, à vous et à votre mari.

— Réservez votre gratitude à mon père.

Alanna adoucit cet ordre avec un sourire, qui creusa un peu plus sa fossette.

Ce MacGregor était un gredin, elle n'en doutait pas une minute, mais pour l'instant, c'était un homme faible, dont la santé était entre ses mains.

— Vous êtes ici dans sa maison, reprit-elle. Il sera bientôt de retour.

Les mains sur les hanches, elle l'examina. Il avait repris des couleurs, mais, Dieu lui vienne en aide, il avait besoin d'une bonne coupe dans cette crinière embroussaillée qui lui tenait lieu de chevelure ! Et un coup de rasoir ne lui ferait pas de mal non plus. Malgré cela, c'était un fort bel homme. Elle était suffisamment femme pour avoir reconnu la lueur qui s'allumait dans ses yeux quand il les posait sur elle ; elle avait intérêt à garder ses distances.

— Si vous ne voulez plus dormir, vous pourriez peut-être manger. Je vais vous chercher du bouillon.

Elle le laissa et se rendit dans la cuisine, en faisant claquer ses talons sur le plancher. Quand il fut seul, Ian resta sans bouger et promena son regard tout autour de la pièce. Le père d'Alanna avait bien œuvré. Les fenêtres étaient vernies, les murs passés à la chaux. Les pierres de l'âtre, près duquel il lui avait installé un matelas, avaient été frottées. Sur le manteau de la cheminée, des chandelles brûlaient, à côté d'une paire de plats chinois peints ; au-dessus étaient accrochés deux fusils de chasse et un solide fusil à silex.

Le métier à tisser était installé sous la fenêtre, et dans un coin, il aperçut un rouet. Il n'y avait pas la moindre trace de poussière sur le mobilier, rehaussé par quelques coussins brodés aux vives couleurs. Une odeur de pommes au four flottait, mêlée à celle de la viande épicée. C'était une maison confortable, un havre de paix. Un homme capable de réussir ainsi méritait le respect. Et il devait être prêt à se battre pour garder ce qu'il avait créé.

Ian soupira. Il y avait des choses qui valaient la peine qu'on se batte pour elles. Qu'on aille même jusqu'à mourir pour elles — sa femme, son territoire, sa liberté. Ian se sentait plus prêt que jamais à utiliser son arme. Croyant que ces pensées lui rendaient ses forces, il voulut s'asseoir, mais la confortable chambre se mit à tourner autour de lui.

Alanna revint à cet instant précis.

— Ah, voilà bien le comportement d'un homme ! Vous allez ruiner tout mon travail. Asseyez-vous et restez tranquille. Vous êtes aussi faible qu'un nouveau-né, et deux fois plus agité.

— Madame Flynn…

— Mangez d'abord, vous parlerez ensuite.

Par sécurité, il avala la première cuillerée de bouillon qu'elle lui enfourna dans la bouche.

— Ce bouillon est excellent, mais je peux m'alimenter moi-même.

— Et en faire couler partout sur mes draps propres. Non merci.

Lui adressant un bref sourire, Alanna prit un ton apaisant.

— Vous avez perdu beaucoup de sang avant d'arriver chez nous, et encore plus quand la balle a été extraite.

Elle lui donna une autre cuillerée de bouillon, s'étonnant de voir la fermeté de sa main, qui ne tremblait pas. Cependant, elle n'aurait pu en dire autant de son cœur.

De son côté, Ian décida qu'il valait mieux abdiquer, et apprécier la situation à sa juste valeur, même si elle lui paraissait un peu humiliante. La jeune femme dégageait une douce odeur de lavande, et, de si près, il avait tout loisir de contempler ses yeux.

— S'il avait fait moins froid, continua-t-elle, vous auriez saigné encore plus abondamment et vous seriez mort dans la forêt.

— Je dois donc remercier aussi la nature.

Elle lui adressa un regard entendu.

— Les voies du Seigneur sont impénétrables. Apparemment, il a trouvé préférable de vous garder en vie, bien que vous ayez fait de votre mieux pour mourir.

— Et il m'a mis entre les mains d'une adorable voisine, ajouta Ian avec un sourire désarmant. Je ne suis jamais allé en Irlande, mais il paraît que c'est très beau.

— C'est ce que dit mon père. Je suis née ici.

— Mais vous avez un léger accent irlandais.

— Et vous, un accent écossais.

— Je n'ai pas revu l'Ecosse depuis cinq ans.

Son regard se voila.

— J'ai passé quelque temps à Boston. J'y ai fait mes études, et j'ai des amis là-bas.

Alanna hocha la tête. Elle s'était bien doutée qu'il avait de l'éducation, à la façon dont il s'exprimait. Elle l'envia d'avoir pu étudier.

— A Harvard, ajouta-t-il.

— Je vois.

Elle l'envia d'autant plus. Si sa mère avait vécu... Mais elle était morte, et elle-même n'avait jamais eu qu'un seul livre écorné pour apprendre à lire et à écrire.

— Vous êtes loin de Boston, ici. A une journée de cheval. Avez-vous de la famille ou des amis qui risquent de s'inquiéter ?

— Non, personne, se contenta-t-il de répondre.

Il ne quittait pas Alanna des yeux. Il avait une folle envie de la toucher. C'était mal, c'était contre son propre code de l'honneur. Mais il aurait aimé voir si ses joues étaient aussi merveilleusement satinées qu'elles paraissaient l'être. Si sa chevelure était aussi épaisse et lourde. Sa bouche aussi douce.

Elle leva les paupières, et ses yeux, calmes et limpides, rencontrèrent les siens. Pendant un instant, il ne put voir que son visage qui glissait au-dessus du sien. Et il se souvint : il avait déjà goûté ces lèvres une fois.

En dépit de ses meilleures résolutions, il laissa son regard errer sur elles. S'y attarder. Comme Alanna se raidissait, il battit des paupières et les releva rapidement. Avec un regard où se mêlaient le regret et l'amusement, il dit à voix basse :

— Je dois vous demander pardon, madame Flynn. Je n'étais plus moi-même quand vous m'avez trouvé dans l'étable.

— En tout cas, il ne vous a pas fallu longtemps pour revenir à vous, répliqua-t-elle sèchement.

Il se mit à rire, mais la douleur le fit bientôt tressaillir.

— Eh bien, je vous demande d'autant plus pardon, et j'espère que votre mari ne voudra pas me chasser.

— Il y a peu de danger. Il est mort il y a trois ans.

Il voulut parler, mais une nouvelle cuillerée de bouillon l'en empêcha. Même si Dieu devait le foudroyer sur-le-champ, il n'aurait pas pu dire qu'il était navré d'apprendre que Flynn était retourné vers son Créateur.

Après tout, ce n'était pas comme s'il l'avait connu. Et quel meilleur moyen de recouvrer rapidement la santé que de se retrouver entre les mains d'une jeune et jolie veuve ?

Sentant monter le désir de Ian comme une meute sent sa proie, Alanna se redressa et s'écarta hors de sa portée.

— Maintenant, reposez-vous.

— J'ai l'impression de m'être reposé pendant des semaines.

Il soupira. Bon sang ! Alanna était vraiment adorable, tout en courbes et en couleurs. Il lui offrit son sourire le plus reconnaissant.

— Puis-je vous importuner encore une seconde ? J'aimerais que vous m'aidiez à m'asseoir sur une chaise. Je me sentirais mieux si je pouvais regarder par la fenêtre.

— Comme vous voudrez. Mais vous allez prendre votre temps, et vous appuyer sur moi.

— Avec plaisir.

Alanna n'eut pas le temps de réagir. Il lui prit la main et la porta à sa bouche. Avant qu'elle puisse la retirer, il la retourna et l'effleura de ses lèvres, comme aucun homme ne l'avait jamais fait. Alanna sentit son cœur bondir dans sa poitrine.

— Vos yeux ressemblent aux joyaux que j'ai vus un jour sur la couronne de la reine de France. Des saphirs, murmura-t-il. C'est un mot séduisant.

Elle ne bougea pas. Elle en était incapable. Jamais de sa vie un homme ne l'avait regardée de cette façon. La chaleur l'envahissait, montant du nœud qui s'était formé dans son ventre jusqu'à ses seins brusquement tendus, et jusqu'à sa gorge que son pouls martelait. Ian eut un sourire bref tandis qu'elle libérait vivement sa main.

— Vous êtes un gredin, monsieur MacGregor, dit-elle d'une voix moins cinglante qu'elle l'aurait souhaité.

— Eh oui, madame Flynn. Mais il n'empêche que ce que j'ai dit est vrai. Vous êtes belle. Comme le dit votre nom… Alanna.

Il s'attarda sur chaque syllabe.

Alanna se redressa. Elle n'était pas idiote au point de se laisser séduire par des paroles flatteuses. Mais la paume de sa main était brûlante.

— C'est mon nom, et vous êtes prié d'attendre que je vous donne l'autorisation de le prononcer.

Soulagée, elle entendit des bruits à l'extérieur de la maison. Visiblement, ils étaient aussi arrivés aux oreilles de Ian, qui semblait occupé à rassembler ses esprits.

— Voilà mon père et mes frères. Si vous avez toujours envie de vous asseoir près de la fenêtre, ils vous aideront.

Sur ce, elle se dirigea vers la porte.

Il fallait qu'elle mette le couvert, ses hommes devaient être affamés. Ils allaient dévorer les tourtes à la viande et les tartes aux pommes sans accorder une pensée au mal qu'elle s'était donné pour les préparer. Comme toujours, son père remarquerait davantage ce qui restait à faire. Johnny serait impatient de retourner au village pour courtiser la jeune Mary Wyeth. Quant à Brian, il n'attendrait que le moment de pouvoir se livrer à son occupation favorite : lire au coin du feu jusqu'à ce qu'il dodeline de la tête.

Ils entrèrent dans la cuisine, apportant avec eux un grand coup de vent froid, de la neige fondue et de grosses voix masculines.

Ian se détendit. Apparemment, il s'agissait bien de la famille d'Alanna. C'était peut-être ridicule de craindre que les Anglais l'aient suivi à la trace, mais il n'était pas de ceux qui baissent la garde. Il vit trois hommes, ou plutôt deux hommes et un garçon presque adulte. Le plus âgé des trois, à peine plus grand qu'Alanna, était râblé. Son visage était rougi et boucané par des années de vent et d'intempéries, ses yeux une pâle réplique de ceux de sa fille. Il ôta sa casquette de travail, laissant apparaître des cheveux blond-roux clairsemés.

L'aîné des garçons lui ressemblait, mais il était plus grand, moins costaud. Son visage exprimait une tranquillité et une patience qui semblaient faire défaut à son père.

Le plus jeune était le portrait craché de son frère, mais ses joues étaient ombrées d'une barbe légère.

— Notre hôte s'est réveillé, annonça Alanna.

Trois paires d'yeux convergèrent vers Ian.

— Ian MacGregor, voici mon père, Cyrus Murphy, et mes frères, John et Brian.

— MacGregor, dit Cyrus d'une voix grondante. Drôle de nom.

Malgré la douleur, Ian se raidit et se redressa autant que possible.

— J'en suis fier, dit-il d'un ton âpre.

— Un homme doit être fier de son nom, répliqua Cyrus tout en toisant Ian. C'est tout ce qu'il a en naissant. Je suis content que vous ayez décidé de vivre, car le sol est gelé et nous n'aurions pas pu vous enterrer avant le printemps.

— C'est un soulagement pour moi aussi.

Satisfait de cette réponse, Cyrus hocha la tête.

— Nous allons nous laver avant de souper.

— Johnny !

Alanna retint son frère en posant une main sur son bras.

— Tu veux bien aider M. MacGregor à s'installer sur la chaise qui est près de la fenêtre, avant de manger ?

Johnny ébaucha un sourire en regardant Ian.

— Vous êtes bâti comme un chêne, monsieur MacGregor. Nous avons eu un mal de chien à vous porter à l'intérieur de la maison. Brian, viens me donner un coup de main.

— Merci.

Ian ravala un gémissement quand il leva les bras pour les poser sur les épaules des deux frères. Maudissant ses jambes en coton, il se promit d'être debout et de marcher tout seul dès le lendemain. Mais quand les garçons le firent asseoir sur la chaise, il était couvert de sueur.

— Vous vous en tirez assez bien pour un homme qui a vu la mort de près, commenta Johnny, comprenant la frustration qu'il devait éprouver.

— J'ai l'impression d'avoir bu un tonneau de rhum et d'être ensuite sorti en mer par gros vent.

Johnny lui donna une bourrade amicale sur son épaule valide.

— Rassurez-vous, Alanna va vous guérir.

— Monsieur MacGregor ?

Brian posa sur lui un regard à la fois timide et intense.

— Vous êtes trop jeune pour vous être battu dans le Quarante-Cinquième ?

Comme Ian relevait un sourcil, Brian s'empressa d'ajouter :

— J'ai lu tout ce qui a été écrit à ce sujet : la rébellion des Stuarts, le beau prince et toutes les batailles. Mais vous êtes sûrement trop jeune pour y avoir participé.

— Je suis né en 46, déclara Ian. Pendant la bataille de Culloden. Mon père faisait partie de la rébellion. Mon grand-père aussi, il est mort en se battant.

Les grands yeux bleus de Brian s'élargirent.

— Alors, vous pourrez me raconter ce qui n'est pas dans les livres.

— Bien sûr...

Ian eut un léger sourire.

— Je pourrai t'en raconter plus.

— Brian!

La voix d'Alanna était autoritaire.

— M. MacGregor a besoin de se reposer! Et toi, tu dois venir manger.

Brian s'éloigna de Ian, mais il continua à le regarder.

— Nous pourrions discuter après le souper si vous n'êtes pas trop fatigué.

Ignorant le coup d'œil noir d'Alanna, Ian sourit au garçon.

— J'en serais enchanté.

Alanna attendit que Brian ne puisse plus l'entendre. Puis elle se tourna vers Ian. Etonné, il décela dans sa voix une fureur à peine contenue.

— Je vous défends de lui bourrer le crâne avec des histoires héroïques de guerre, de batailles et de grandes causes.

— Il me paraît assez grand pour décider lui-même de ses sujets de conversation.

— C'est encore un jeune homme, et il se laisse facilement tourner la tête avec des idées absurdes.

Nerveusement, elle se mit à faire des plis à son tablier, mais elle ne détourna pas les yeux. Ian put y lire qu'elle ne tolérerait aucun compromis.

— Je serai peut-être incapable de l'empêcher de courir vers la prairie pour participer aux manœuvres, mais tant qu'il sera sous le toit paternel, il n'entendra pas parler de guerre, ajouta-t-elle d'un ton ferme.

— Il y aura plus que des conversations, et sans tarder, dit doucement Ian. C'est ridicule de ne pas s'y préparer.

Alanna pâlit mais garda la tête haute.

— Il n'est pas question de parler de guerre dans cette maison, répéta-t-elle.

Et elle se dirigea d'un pas décidé vers la cuisine.

3

Ian se réveilla tôt le lendemain, sous la pâle clarté du soleil hivernal. Une bonne odeur de pain chaud et de levain vint lui chatouiller les narines. Il avait une faim de loup. Pendant un instant, il resta immobile, jouissant des bruits et des odeurs de la matinée. Il sentait derrière lui la chaleur réconfortante des bûches qui se consumaient lentement dans le foyer de la cheminée. De la cuisine lui parvint la voix d'Alanna. Cette fois, elle chantait en anglais. Les premières minutes, Ian fut trop ravi par la mélodie elle-même pour prêter attention aux paroles. Mais quand elles pénétrèrent dans son esprit, il écarquilla les yeux de surprise, puis d'amusement.

C'était une chanson paillarde, qui aurait été plus à sa place dans la bouche d'un marin que dans celle d'une respectable jeune veuve.

Il ne put s'empêcher de rire tout haut. Ainsi, l'adorable Alanna avait un sens de l'humour bien particulier, elle ne détestait pas la grivoiserie. Elle ne lui en paraissait que plus aimable, bien qu'il doutât qu'elle puisse chanter avec une telle assurance si elle avait su qu'il l'écoutait. Essayant de se mouvoir sans bruit, il glissa ses jambes hors du lit. Ce ne fut pas une mince affaire d'arriver à se tenir debout, mais il y parvint, et sentit aussitôt sa tête tourner. Il était faible comme un oisillon. Furieux, il dut s'appuyer d'une main contre le mur. Quand la chambre autour de lui voulut bien se stabiliser, il fit un timide pas en avant. La pièce recommença à chavirer, et il serra les dents jusqu'à ce qu'elle se remette d'aplomb. La douleur, dans son épaule blessée, était lancinante. En se concentrant sur elle, il réussit à faire encore un pas, puis un autre, heureux que personne ne soit là pour le voir marcher comme un vieillard.

C'était vraiment humiliant de penser qu'une malheureuse petite balle d'acier pouvait abattre de la sorte un MacGregor.

Le fait que cette petite balle fût anglaise le poussa à mettre un pied devant l'autre. Ses jambes paraissaient être remplies d'eau, et une sueur froide se répandait sur sa nuque et son front. Mais, au fond du cœur, il éprouvait une fierté immense. Si la mort l'avait épargné pour qu'il se batte encore, eh bien, il se battrait, de toute son âme ! Mais tant qu'il serait incapable de marcher, il ne pourrait rien faire.

Quand il atteignit la porte de la cuisine, épuisé par l'effort et trempé de sueur, Alanna avait entonné un chant de Noël. Apparemment, elle n'était pas gênée de passer d'une chanson gaillarde à un hymne traditionnel.

Mais Ian se moquait bien de cela. En regardant Alanna, en l'écoutant, il sut qu'il se souviendrait de cette voix jusqu'à l'heure de sa mort. Il n'oublierait jamais cette tonalité claire et riche, ce léger voile qui lui donnait envie de voir la jeune femme avec les cheveux détachés, éparpillés sur un oreiller.

Sur son oreiller… Ian tressaillit en faisant cette constatation. C'était là qu'il voulait voir Alanna, inutile de le nier, et avec une telle force qu'il pouvait sentir la douceur soyeuse de ses cheveux entre ses doigts.

Pour l'instant, la plupart des épaisses boucles noires de la jeune femme étaient dissimulées sous une coiffe blanche. Cela aurait dû lui donner un air très convenable, voire collet monté ; cependant, quelques mèches s'étaient échappées sur son cou. C'était charmant, et très séduisant. Il ne put s'empêcher d'imaginer la sensation qu'il aurait en laissant ses doigts suivre le même chemin. En sentant la chaleur de sa peau, et le corps d'Alanna remuer contre le sien.

Etait-elle aussi agile au lit qu'elle l'était à ses fourneaux ?

Ian eut un petit rire silencieux. Après tout, il n'était peut-être pas aussi faible qu'il le croyait si son sang se mettait à circuler plus vite chaque fois qu'il voyait cette femme. S'il n'avait pas craint de tomber, il aurait traversé la pièce et lui aurait volé un baiser. Mais c'était impossible. Il devait encore patienter, et prier le ciel que ses jambes ne tardent pas à se raffermir.

Alanna préparait une miche de pain tandis que d'autres étaient déjà en train de cuire. Il voyait ses petites mains habiles pousser, enfoncer, façonner la pâte. Patiemment. Inlassablement. Pendant qu'il l'observait, son esprit s'emplit de pensées si vigoureuses qu'il émit un léger grognement.

Alanna fit volte-face, sans lâcher la boule de pâte. Quand elle le vit sur le seuil, dans son justaucorps défraîchi, avec sa chemise ouverte, elle eut une idée qui lui fit honte : comment pourrait-elle l'amener à lui embrasser de nouveau la main ? Rougissante, elle laissa tomber la pâte sur la table, et se précipita vers Ian, qui chancelait, le visage livide. D'après sa précédente expérience, elle savait que s'il s'affalait par terre, elle aurait un mal fou à le remettre au lit.

— Que faites-vous dans ma cuisine, monsieur MacGregor ? Vous n'êtes vraiment pas raisonnable. Allons, appuyez-vous sur moi.

Comme Ian pesait un poids considérable, elle le conduisit vers la chaise la plus proche. Puis elle se retourna vers lui et s'écria, le soulagement l'emportant sur la colère :

— Quel idiot vous faites ! Mais j'ai constaté que la plupart des hommes sont stupides ! J'espère que vous n'aurez pas rouvert votre blessure. Je viens de laver le carreau et je n'ai pas envie de le voir taché de sang !

— Oui, madame.

C'était une faible repartie, mais c'était tout ce qu'il pouvait faire quand le visage d'Alanna était si près du sien qu'il aurait pu compter ses longs cils noirs veloutés.

Alanna vérifia son pansement. Il était sec.

— Vous n'aviez qu'à appeler, reprit-elle, un peu calmée.

Comme s'il s'était agi d'un de ses frères, elle commença à boutonner sa chemise. Il dut retenir un autre grognement.

— Il fallait que je voie si mes jambes voulaient me porter, marmonna-t-il.

Son sang ne se contentait pas de circuler plus vite, maintenant qu'Alanna était près de lui, il bouillonnait. Et, conséquence prévisible, sa voix prit un accent rauque.

— Je ne recouvrerai jamais mes forces si je reste au lit.

Faisant de son mieux pour ignorer le regard pénétrant de Ian, elle rétorqua :

— Vous vous lèverez quand je vous le dirai, pas avant.

Elle versa un liquide jaunâtre dans une tasse d'étain. En reconnaissant l'odeur, Ian grimaça.

— Je ne boirai plus une goutte de ce poison !

— Vous le boirez, et vous m'en serez reconnaissant si vous voulez vous mettre autre chose sous la dent.

Elle fit claquer la tasse sur la table et soutint son regard.

— Vous êtes en colère parce que j'ai parlé avec Brian, hier soir, dit Ian.

Relevant légèrement le menton, Alanna prit un air arrogant.

— Et vous, si vous vous étiez reposé au lieu de jacasser au sujet de la guerre, vous ne seriez pas aussi faible et irritable ce matin.

— Je ne suis ni faible ni irritable.

Comme elle ne reculait pas d'un pouce sur ses positions, il regretta de ne pas avoir la force de lui prouver qu'elle se trompait. Il l'aurait embrassée jusqu'à la faire se pâmer, elle aurait vu de quel bois un MacGregor se chauffait.

— Si je suis irritable, dit-il entre ses dents serrées, c'est parce que je meurs de faim.

Alanna lui sourit, ravie d'avoir le dessus.

— Vous prendrez votre déjeuner dès que vous aurez avalé le contenu de cette tasse, dit-elle, inflexible.

Faisant virevolter ses jupes, elle retourna pétrir le pain.

Pendant le bref instant où elle lui tourna le dos, Ian chercha un endroit à sa portée où il pourrait cracher cette horrible boisson. N'en trouvant pas, il croisa les bras et regarda Alanna d'un air frustré. La jeune femme retint un sourire. Elle n'avait pas grandi dans une maison pleine d'hommes sans savoir comment ils fonctionnaient. Elle devinait exactement ce qui se passait dans la tête de Ian. Il était têtu, mais il avait affaire à plus têtu que lui.

En pétrissant la pâte, elle se mit à fredonner.

Furieux, Ian ne pensait plus du tout à l'embrasser. A cet instant précis, il lui aurait volontiers tordu le cou. Il était là, mourant de faim dans l'odeur appétissante du pain tout frais. Et tout ce que cette femme trouvait à lui donner, c'était une tasse de breuvage répugnant !

Sans cesser de fredonner, Alanna déposa la pâte dans une terrine pour la laisser lever et la recouvrit d'un torchon propre. Ignorant Ian, elle vérifia la cuisson des miches de pain dans le four et jugea qu'il était temps de les sortir. Quand elle les déposa sur une grille pour qu'elles refroidissent, leur odeur envahit la cuisine.

Ian en avait l'eau à la bouche. Il n'en pouvait plus, mais il avait sa fierté. Cependant, à quoi rimait la fierté pour un homme à deux doigts de mourir de faim ? Soupirant silencieusement, il leva la tasse et la vida à contrecœur en regardant Alanna d'un œil noir. Elle le lui paierait, elle ne perdait rien pour attendre !

Alanna lui tourna le dos avant de se laisser aller à sourire triomphalement. Elle réchauffa une montagne d'œufs brouillés dans un poêlon. Puis elle les versa dans une assiette qu'elle posa devant lui, avec une épaisse tranche de pain croustillant. Elle ajouta un morceau de beurre et une tasse de café très chaud.

Pendant qu'il mangeait, elle continua de s'affairer, gratta le poêlon, nettoya la table pour qu'il ne reste pas une once de pâte ou de farine. Elle aimait travailler seule dans sa cuisine, le matin. Cependant, la présence de Ian ne la dérangeait pas, bien qu'elle sentît son regard intense constamment fixé sur elle. Curieusement, cela lui procurait une sensation familière, comme si c'était normal qu'il soit assis là, à sa table, et qu'il goûte la nourriture qu'elle avait cuisinée.

Non, sa présence ne la dérangeait pas, mais elle ne la détendait pas non plus. Le silence qui se prolongeait entre eux ne paraissait plus être dû à la mauvaise humeur. Il était teinté de quelque chose d'indéfinissable qui la rendait nerveuse, et qui faisait cogner son cœur un peu trop fort dans sa poitrine.

Eprouvant le besoin de rompre ce silence, elle se tourna vers Ian. Effectivement, il la regardait. Non pas avec un air frustré, mais avec intérêt maintenant. C'était un mot bien faible pour ce qu'elle lisait dans ses yeux, mais c'était un mot sans danger. Alanna éprouvait brusquement le besoin de se sentir en sécurité.

— Un gentleman me remercierait pour ce repas ! dit-elle d'un ton un peu ironique.

Le sourire qui retroussa les lèvres de Ian était éloquent : il se conduisait en gentleman quand cela lui chantait.

— Mais je vous remercie, madame Flynn, très sincèrement. Et je me demande si je peux vous prier de me donner une autre tasse de café.

Alanna lui jeta un regard soupçonneux. Il parlait convenablement, mais elle ne faisait pas entièrement confiance à ses yeux. Elle prit sa tasse tout en veillant à rester hors de sa portée.

— Le thé serait meilleur pour vous, dit-elle à voix très basse, comme si elle se parlait à elle-même. Mais nous n'en buvons pas dans cette maison.

— Par protestation ?

— Oui. Nous ne boirons plus de ce maudit breuvage tant que le roi ne sera pas revenu à la raison. Il y a des protestations plus folles et plus dangereuses.

Ian la regarda prendre la cafetière sur le feu.

— A quoi faites-vous allusion ? interrogea-t-il.

Elle haussa les épaules.

— Johnny a entendu dire que les Fils de la Liberté s'étaient arrangés pour détruire des caisses de thé qui se trouvaient dans les cales de trois bateaux, dans le port de Boston. Ils se sont déguisés en Indiens et sont montés à bord, avec à leur tête trois combattants armés de fusils. Avant le petit matin, ils avaient jeté à la mer toute la cargaison de l'East Indian Company.

— Et vous trouvez que c'est de la folie ?

— C'est certainement très courageux, répondit-elle avec un autre geste d'impatience. Même héroïque, surtout aux yeux de Brian. Mais c'est de la folie car cela va uniquement inciter le roi à imposer des mesures encore plus draconiennes, dit-elle en posant un peu brusquement la tasse de café devant lui.

— Alors vous trouvez qu'il vaut mieux ne rien faire face à une injustice aussi scandaleuse ? D'après vous, il est préférable de rester assis comme un chien bien dressé et d'accepter les coups de bâton ?

Le sang des Murphy monta aux joues d'Alanna.

— Aucun roi n'est éternel !

— Evidemment. Alors, d'après vous, il vaut mieux attendre que ce fou de George ait passé l'arme à gauche plutôt que d'exiger la justice ?

— Nous avons vu assez de guerres et de cœurs brisés dans cette maison.

— Il y en aura encore plus, Alanna, tant que la question ne sera pas réglée.

— Réglée ! répliqua-t-elle en le regardant siroter tranquillement son café. Réglée en se mettant des plumes dans les cheveux et en envoyant des caisses à la mer ? Réglée comme cela l'a été pour les femmes et les mères de ceux qui sont tombés à Lexington ? Et au nom de quoi, vous pouvez me le dire ?

— Au nom de la liberté et de la justice.

— Ce sont des mots !

Elle secoua la tête.

— Les mots ne meurent pas, eux. Ce sont les hommes qui meurent.

— C'est inévitable, que ce soit à cause de leur grand âge, ou sur le champ de bataille. Préférez-vous que nous acceptions les chaînes que les Anglais nous imposent, que nous fassions le gros dos jusqu'à en être brisés ? Ne devons-nous pas plutôt nous battre pour ce qui nous revient de droit ?

Alanna sentit un frisson de peur en voyant la lueur qui brillait dans ses yeux.

— Vous parlez comme un rebelle, MacGregor.

— Comme un Américain, corrigea-t-il. Comme un Fils de la Liberté.

— J'aurais dû m'en douter, dit-elle d'une voix à peine audible.

Elle ramassa son assiette d'un geste brusque, la mit de côté. Puis, incapable de se maîtriser, elle se pencha vers lui.

— Est-ce que le fait d'envoyer le thé à la mer aurait valu la peine que vous y laissiez votre vie ?

Il porta une main à son épaule.

— Ce n'était rien qu'une erreur de calcul, dit-il, rien à voir avec notre petite *Tea Party*.

— Votre petite *Tea Party* !

Alanna ricana en levant les yeux au plafond.

— C'est bien d'un homme de présenter une rébellion comme un moment de plaisir.

— Et c'est bien d'une femme de se tordre les mains en y pensant.

Elle baissa les yeux et les planta dans les siens.

— Je ne me tords pas les mains, dit-elle lentement en détachant chaque syllabe. Et je ne verserais pas une larme sur quelqu'un comme vous. Vous pouvez bien vous faire étriper !

Ian changea si rapidement de ton qu'elle cligna des paupières.

— Je suis sûr que je vais vous manquer quand je serai parti.

— Certainement pas !

Elle retint un sourire.

— Maintenant, allez vous mettre au lit.

— Je crains de ne pas être assez fort pour y aller tout seul.

Elle poussa un profond soupir, mais elle s'approcha de lui

pour lui offrir son aide. En un clin d'œil, il l'attira vers lui et elle se retrouva sur ses genoux. Elle se débattit en jurant avec une aisance qui le fit éclater de rire.

— Mis à part nos divergences politiques, vous êtes un beau brin de femme, Alanna, et je viens de découvrir qu'il y a trop longtemps que je n'en ai pas tenu une dans mes bras.

— Fils de crapaud, dit-elle en se débattant.

Il tressaillit. Alanna avait réveillé la douleur dans son épaule.

— Mon père vous pardonnerait s'il vous entendait, mon ange.

— Je ne suis pas votre ange, espèce de vaurien.

— Continuez comme ça, et vous allez rouvrir ma blessure. Le carreau de votre cuisine sera rougi par mon sang !

— Rien ne me ferait plus plaisir !

Amusé, il sourit et prit le menton d'Alanna entre deux doigts.

— Pour quelqu'un qui ne veut pas entendre parler des horreurs de la guerre, vous êtes plutôt assoiffée de sang.

Elle le couvrit d'imprécations à en perdre le souffle. Son frère John n'avait dit que la vérité quand il avait affirmé que Ian était construit comme un chêne. Elle avait beau se débattre — ce qui apparemment le réjouissait fort —, il la tenait toujours aussi fermement.

— Soyez maudit ! réussit-elle à souffler. Vous et tout votre clan d'Ecossais !

Ian l'avait attirée sur ses genoux uniquement pour la mettre dans l'embarras, pour se venger gentiment du fait qu'elle l'avait forcé à boire le médicament nauséabond. Mais quand elle avait commencé à se débattre, il s'était dit qu'elle avait bien mérité qu'il la taquine un peu et qu'il se fasse plaisir. Avec un seul baiser. Un baiser volé, furtif. Après tout, elle fulminait déjà, alors un peu plus, un peu moins !

Il riait encore quand il posa sa bouche sur celle d'Alanna. Ce n'était qu'une innocente plaisanterie, autant pour lui-même que pour elle. Et il était curieux d'entendre le nouveau chapelet d'injures qu'elle ferait pleuvoir sur lui quand il aurait fini.

Mais son rire s'éteignit rapidement dans sa gorge. Et Alanna cessa de se débattre.

La tête en feu, il s'exhorta à suivre ses bonnes résolutions. Rien qu'un baiser, rapide, inoffensif. Mais il se retrouva pris de vertige, et aussi dénué de forces qu'au moment où il avait remis les pieds par terre pour la première fois.

Cependant, cela n'avait rien à voir avec une blessure vieille de plusieurs jours. Et pourtant, il avait mal, d'un mal très doux qui se répandait dans tout son être. Ebahi, il se demanda si la mort l'avait épargné non seulement pour qu'il se batte encore, mais aussi pour qu'il puisse recevoir le cadeau de ce merveilleux baiser.

Alanna ne cherchait plus à se débattre. Elle aurait dû continuer, elle le savait au fond de son cœur de femme. Mais c'était impossible. Elle l'avait compris dès que Ian avait posé ses lèvres sur les siennes.

Des lèvres à la fois douces et fermes ; sa barbe de plusieurs jours lui chatouillait la peau. Elle entendit son propre soupir quand elle entrouvrit les lèvres et qu'elle goûta celles de Ian du bout de la langue.

Pendant un instant éblouissant, il lui donna un baiser plus profond, qui l'emporta bien au-delà de ce qu'elle avait jamais connu, dans un monde qu'elle n'avait vu qu'en rêve. Elle goûta la richesse de sa bouche sensuelle, sentit son souffle. Puis elle entendit le bref juron qu'il poussa en relevant la tête.

Il la regarda, pétrifié. Il avait bousculé sa coiffe, faisant ruisseler ses cheveux comme une pluie d'ébène sur ses épaules. Elle avait des yeux si grands, si bleus et profonds qu'il eut peur de se noyer en eux.

Cette femme pouvait lui faire tout oublier : son devoir, son honneur, son amour de la justice.

Elle était capable de le faire mettre à genoux par un seul mot tendre.

Mais lui, il était un MacGregor. Il ne devait pas l'oublier. Il ne pourrait jamais se mettre à genoux.

— Je vous demande pardon, madame.

Sa voix tendue était polie, mais si froide ! Alanna sentit la chaleur se retirer de ses veines.

— C'est inexcusable, ajouta-t-il.

Lentement, Alanna se mit debout. La vue brouillée, elle chercha sa coiffe sur le carreau de la cuisine, la ramassa et se redressa.

— Je vous demande encore une fois de vous mettre au lit, monsieur MacGregor, dit-elle d'une voix étranglée.

Elle resta sans bouger jusqu'à ce qu'il soit sorti de la cuisine en s'appuyant au mur. Puis elle essuya une larme malencontreuse et se remit au travail. Elle n'allait plus penser à Ian MacGregor, c'était promis. Il n'en valait pas la peine. Elle ne penserait plus jamais à lui.

Forte de cette bonne résolution, elle se remit à pétrir le pain.

4

Alanna avait toujours aimé préparer les fêtes de Noël, qu'il s'agisse de cuisiner, de faire des pâtisseries, ou de coudre et de nettoyer la maison. Depuis longtemps, c'était un jour où elle pardonnait toutes les offenses, dans un esprit de générosité. De plus, elle attendait impatiemment de porter sa plus belle robe et de se rendre au village en voiture attelée pour assister à la messe.

Mais cette année, au fur et à mesure que Noël approchait, elle se sentait tour à tour déprimée et irritée. Plus d'une fois, elle se surprit à parler à ses frères sur un ton cassant, et à faire preuve d'impatience envers son père. Elle se mettait à pleurer pour un oui ou pour un non, et elle sortait en trombe de la maison si Johnny essayait de plaisanter sur ce qui avait provoqué ses larmes. Ce jour-là, c'était un gâteau qu'elle avait fait brûler.

Assise sur un rocher au bord du fleuve où flottaient des glaçons, elle posa son menton sur ses mains et prit le temps de réfléchir.

C'était injuste qu'elle passe ses nerfs sur sa famille. Ni ses frères ni son père n'avaient mérité cela. Ils lui servaient de têtes de Turc, alors que celui qu'elle avait vraiment envie de passer sur le gril, c'était ce MacGregor. En soupirant, elle donna un coup de pied dans la neige durcie.

Oh, il avait gardé ses distances, ces deux derniers jours, le lâche ! Il avait réussi à se lever et à se faufiler hors de la maison comme le chenapan qu'il était. Il avait même donné un coup de main en s'occupant des animaux, et Cyrus Murphy lui en était reconnaissant. Mais elle, elle ne s'en était pas laissé accroire. Elle connaissait la véritable motivation qui avait poussé Ian MacGregor à nettoyer l'écurie et à réparer les harnais.

Il avait peur d'elle. Elle pinça les lèvres en un sourire ironique. Oui, il avait peur qu'elle fasse pleuvoir sur sa tête la colère de l'enfer. Et elle aurait pu. Quel genre d'homme pouvait embrasser une femme jusqu'à ce qu'elle devienne sourde et aveugle à tout ce qui l'entourait, pour finalement s'excuser poliment comme s'il lui avait marché sur les pieds par inadvertance ?

Il n'avait pas le droit de l'embrasser, et encore moins le droit d'ignorer ce qui s'était passé quand il l'avait fait.

Alanna secoua la tête. Elle lui avait sauvé la vie. C'était la vérité. Elle l'avait sauvé, et il l'avait remerciée en provoquant en elle un désir qu'aucune femme vertueuse n'avait le droit d'éprouver pour un homme qui n'était pas son mari.

Et, Dieu lui pardonne, elle le désirait ! D'une manière si différente de celle dont elle avait désiré Michael Flynn qu'elle aurait été incapable de la décrire.

Bien sûr, c'était insensé. Ian était un rebelle, et il le serait toujours. C'étaient des hommes comme lui qui faisaient l'histoire, et qui laissaient des veuves. Tout ce qu'elle demandait à Dieu, c'était de pouvoir mener une vie tranquille, avoir des enfants, une maison. Elle voulait un homme qui rentrerait tous les soirs, toute sa vie, pour dormir près d'elle. Un homme qui serait heureux de s'asseoir près du feu, le soir venu, et de parler avec elle de la journée écoulée.

MacGregor ne serait jamais ainsi. Non, elle avait reconnu en lui la même flamme que celle qui brûlait dans les yeux de Rory. Il y avait des hommes nés pour défendre de grandes causes et mourir sur un champ de bataille, et rien ni personne ne pouvait les en détourner. Le destin en avait décidé ainsi, bien avant leur naissance. Rory, son frère aîné, celui qu'elle préférait, avait été de ceux-là. Et Ian MacGregor en faisait partie lui aussi ; elle ne pourrait jamais se permettre de l'aimer.

Tandis qu'elle méditait tristement, une ombre se dessina

devant elle. Tendue, elle se retourna et afficha un sourire en voyant son jeune frère Brian. Il paraissait hésitant.

— Tu ne risques rien, dit-elle. Je n'ai plus envie de jeter quelqu'un dans le torrent.

— Le gâteau n'était pas si mauvais, il suffisait d'enlever la partie brûlée.

Elle plissa les yeux et dit en plaisantant :

— Après tout, je vais peut-être t'envoyer nager !

Brian se mit à rire. Il connaissait bien sa sœur. Une fois qu'elle avait recouvré sa bonne humeur, c'était rare qu'elle se laisse de nouveau aller à la colère.

— Regarde, je t'ai apporté un cadeau, dit-il.

Il lui tendit une couronne de houx, qu'il avait jusque-là cachée derrière son dos.

— Tu pourrais lui ajouter des rubans et l'accrocher à la porte pour Noël.

Alanna la prit et l'examina d'un air attendri. La couronne était confectionnée maladroitement, mais elle n'en avait que plus de valeur. Brian était plus doué avec son esprit qu'avec ses mains.

— J'ai vraiment été si méchante ?

— Oui.

Il se laissa tomber à ses pieds dans la neige.

— Mais je sais que tu ne peux pas rester de mauvaise humeur à l'approche de Noël.

Il fit une pause.

— Alanna, crois-tu que Ian sera encore avec nous pour le repas de Noël ?

Le sourire de la jeune femme s'évanouit. Elle répondit en faisant un effort pour ne pas laisser transparaître ses sentiments.

— Je n'en ai aucune idée. Il semble reprendre des forces assez rapidement.

— Papa dit qu'il est très efficace, bien qu'il ne soit pas fermier.

L'esprit ailleurs, Brian prit de la neige pour en faire une boule.

— Et il sait tant de choses ! Tu te rends compte, il est allé à Harvard, et il a lu des tas de livres !

Pleine de regrets pour elle-même et pour son frère, Alanna dit en soupirant :

— Oui, je sais.

Elle regarda tendrement Brian dans les yeux.

— Si les récoltes sont bonnes, ces deux ou trois prochaines années, tu iras à l'école. Je te le promets.

Brian hocha la tête sans rien dire. C'était quelque chose dont il avait tant rêvé, mais il avait déjà accepté de vivre sans avoir cette chance.

— Avec Ian, c'est presque aussi bien. Il sait tellement de choses, dit-il.

Alanna pinça les lèvres.

— Oui, je n'en doute pas.

— Il m'a prêté un livre. *Henry V*, de Shakespeare. C'est la vie du jeune roi Henry, et il y a des batailles magnifiques.

Alanna se raidit. Des batailles, encore ! Apparemment, les hommes ne s'intéressaient pas à autre chose dès le moment où ils étaient sevrés. Sans se laisser décourager par son silence, Brian continua avec enthousiasme :

— Il m'a raconté comment sa famille s'était battue en Ecosse. Sa tante a épousé un Anglais, un jacobite, et ils sont partis en Amérique après que la rébellion a été écrasée. Ils ont une plantation de tabac en Virginie. Ian a un autre oncle et une tante qui vivent en Amérique, mais son père et sa mère sont restés en Ecosse, dans les Highlands. Cet endroit paraît être merveilleux, avec des falaises abruptes et des lacs profonds. Ian m'a dit qu'il était né dans une maison forestière pendant que son père se battait contre les Anglais à Culloden.

Alanna eut la vision d'une femme luttant pour mettre son bébé au monde. Décidément, les femmes comme les hommes avaient leur propre bataille à livrer. La femme se battait pour la vie, l'homme pour la mort.

Mais Brian n'avait pas terminé.

— Après la bataille, les Anglais ont massacré les survivants.

Il regardait au loin, par-dessus le fleuve étroit pris par les glaces, et il ne vit pas sa sœur poser les yeux sur lui.

— Les blessés, ceux qui s'étaient rendus, même les gens qui travaillaient dans les champs d'à côté. Ils ont poursuivi les rebelles et les ont abattus sur place. Quand ils en trouvaient dans des granges, ils mettaient le feu et les faisaient brûler vivants.

— Doux Jésus !

Alanna avait toujours fermé ses oreilles aux récits de guerre, mais cette fois elle en fut incapable. Elle était horrifiée. Brian continua :

— La famille de Ian se cachait dans une grotte pendant que les Anglais cherchaient les rebelles dans les collines. Sa tante, celle qui a la plantation, en a tué un elle-même. Elle lui a tiré dessus alors qu'il voulait assassiner son mari, qui était blessé.

Alanna avait la gorge sèche.

— Je pense que MacGregor exagère, murmura-t-elle.

Brian tourna vers elle son regard bleu, et secoua tristement la tête.

— Non, je ne pense pas. Crois-tu que ce genre d'événement risque de se produire ici quand la rébellion va commencer ?

Alanna serra si fort la couronne de houx dans ses mains que les feuilles lui piquèrent les doigts à travers ses mitaines.

— Il n'y aura pas de rébellion. Le gouvernement va être raisonnable. Et si Ian MacGregor te dit…

— Il n'y a pas que Ian. Même Johnny le pense, et tous les hommes du village. Ian dit que la destruction du thé à Boston n'est que le début d'une révolution qui était inévitable pour repousser le joug britannique et prendre notre destinée en mains. Pour devenir un peuple libre. Ian dit aussi…

— Ian dit… Ian dit… !

Les sourcils froncés, Alanna se leva brusquement.

— Je trouve que Ian parle beaucoup trop ! Emporte cette couronne à la maison, Brian. Je l'accrocherai à la porte dès que je reviendrai.

Sans attendre la réaction de son frère, elle s'éloigna à grandes enjambées. Brian soupira. Qu'arrivait-il à sa sœur ? Elle n'en finissait pas d'être irritable, cela ne lui ressemblait pas.

Ian aimait travailler dans la grange. Mais, surtout, il était heureux de constater qu'il était de nouveau capable de se rendre utile. Bien qu'encore raides, son bras et son épaule ne le faisaient plus souffrir. Il esquissa un sourire. Ce matin, que tous les saints en soient loués, Alanna n'avait pas essayé de lui faire absorber une de ses infectes décoctions !

Mais il préférait ne pas penser à elle. Pour se libérer l'esprit, il mit de côté la selle qu'il était en train de nettoyer au savon et prit une brosse. Il allait étriller sa jument pour la préparer au voyage qu'il aurait déjà dû entreprendre depuis deux jours.

Aujourd'hui, il avait certainement recouvré suffisamment de forces pour parcourir de courtes distances. Bien sûr, il était préférable qu'il ne se montre pas à Boston, mais il pouvait se rendre en Virginie en faisant plusieurs étapes. Il passerait quelques semaines en compagnie de son oncle, de sa tante et de ses cousins.

La lettre qu'il avait confiée à Brian pour qu'il l'emporte au village devait maintenant être sur le bateau voguant vers l'Ecosse. Sa famille saurait bientôt qu'il était toujours vivant et qu'il allait bien. Et qu'il ne passerait pas Noël avec elle.

Ian soupira. Sa mère allait pleurer, il le savait. Bien qu'elle ait d'autres enfants, et des petits-enfants, elle serait triste que son fils aîné soit absent pour la fête sainte qui les réunissait tous chaque année.

Il pouvait la vivre en pensée, cette merveilleuse fête de Noël. Il voyait le feu dans la cheminée, la lueur des chandelles. Il sentait les riches odeurs qui s'échappaient de la cuisine, il entendait les rires et les chants. Et, brusquement, il eut un coup au cœur ; cet éloignement provoquait en lui un manque plus important qu'il n'aurait cru.

Ian se ressaisit. Il aimait tendrement sa famille, mais sa place était ici. De l'autre côté de l'océan.

Il flatta l'encolure de Shelter. Oui, il y avait du travail à faire en Amérique. Il devait contacter des hommes dès qu'il serait sûr de ne pas courir de danger. Samuel Adams, John Avery, Paul Revere. Et il fallait qu'il connaisse les répercussions de leur action à Boston et dans d'autres villes.

Cependant, il s'attardait, alors qu'il aurait déjà dû être loin. Il rêvassait, alors qu'il aurait dû mettre au point une conspiration. S'il avait eu le bon sens de garder ses distances par rapport à Alanna, elle n'était malheureusement jamais très éloignée de son esprit.

— Ah, vous êtes là ! A nous deux !

La voix d'Alanna le tira de ses réflexions. Visiblement essoufflée, la jeune femme posa ses poings sur ses hanches, dans une attitude qu'il connaissait bien maintenant, et le scruta d'un air furieux. Sa capuche avait glissé, laissant ses cheveux tomber librement, noir d'encre contre le tissu bleu clair de sa robe.

Ian fit un effort pour détendre sa main qui s'était crispée sur la brosse.

— Oui, c'est bien moi ! dit-il en riant.

— A quoi pensez-vous, MacGregor ? On n'a pas idée de remplir la tête d'un gamin avec toutes ces horreurs ! Vous voulez le voir porter un mousquet sur l'épaule et mettre en joue la première Tunique Rouge qu'il rencontrera ?

— Je crois deviner que vous parlez de Brian, dit Ian dès qu'elle lui laissa placer un mot pour reprendre son souffle. Mais quant au reste, je m'y perds.

— Que ne vous êtes-vous perdu avant d'arriver ici !

Hors d'elle, Alanna se mit à marcher de long en large. Ses yeux bleus lançaient des éclairs. Ian se demanda en riant intérieurement s'ils allaient mettre le feu à la paille.

— Je n'ai que des ennuis depuis que je vous ai trouvé à moitié mort dans les bottes de foin. Si j'avais su, j'aurais oublié mon devoir de chrétienne et je vous aurais laissé pourrir !

Ian ne put s'empêcher de sourire devant sa véhémence. Il voulut parler, mais son hôtesse ne lui en laissa pas le temps.

— Vous avez commencé à m'attirer dans la paille en m'embrassant, alors que vous aviez une balle dans la peau. Ensuite, presque à l'instant même où vous avez ouvert les yeux, vous m'avez embrassé la main en me disant que j'étais belle.

— En effet, quelle audace ! Je devrais être fouetté, dit-il en souriant malicieusement.

— Le fouet est trop doux pour ceux de votre espèce ! lança-t-elle férocement en rejetant la tête en arrière. Pour finir, il y a deux jours, alors que je vous avais préparé votre déjeuner — ce qu'un homme comme vous ne méritait pas…

— C'est tout à fait vrai, dit-il d'un ton ironique.

— Taisez-vous, je n'ai pas fini ! Je vous prépare votre repas et vous m'attirez sur vos genoux comme si j'étais une vulgaire…

Elle fit une pause.

— Que vous arrive-t-il ? Vous êtes à court de mots ? dit Ian, sarcastique.

— Une vulgaire prostituée ! cracha-t-elle en lui jetant un regard qui le mettait au défi de rire. Et comme le mufle que vous êtes, vous m'avez embrassée contre ma volonté.

— Dois-je vous rappeler que vous m'avez embrassé aussi, mon ange ?

Il passa la brosse sur la robe de Shelter.

— Et quel baiser ! ajouta-t-il en la regardant du coin de l'œil.

Suffoquant d'indignation, elle s'écria :

— Comment osez-vous ?

— Il est difficile de répondre, à moins que vous me donniez quelques précisions. Si vous me demandez comment j'ai osé vous embrasser, je vous avouerai que je n'ai pas pu résister. Votre bouche est faite pour les baisers, Alanna.

Se sentant rougir, Alanna recommença à aller et venir, les jambes soudain en coton.

— Eh bien, vous avez vite recouvré vos esprits !

Ian releva un sourcil amusé. Ainsi, elle n'était pas furieuse qu'il l'ait embrassée, mais qu'il se soit arrêté. Il l'observa sous la lumière tamisée de l'écurie. Effectivement, c'était surprenant qu'il ait pu mettre si rapidement un terme à ce baiser. Maintenant, il en serait incapable.

— Si c'est ma retenue qui vous ennuie, mon ange…

— Je vous interdis de m'appeler ainsi !

De plus en plus amusé, il refréna une envie de rire.

— Comme vous voulez, madame Flynn. Je disais donc…

— Je vous ai demandé de vous taire tant que je n'avais pas fini.

Elle fit encore une pause pour respirer.

— Où en étais-je ?

— Nous parlions de ce baiser.

Les yeux brillants, il fit un pas vers elle.

— Voulez-vous que je vous rafraîchisse la mémoire ?

— Ne m'approchez pas !

Elle s'empara d'une fourche.

— Je ne parlais de cela que pour donner un exemple des ennuis que vous m'avez apportés. Et maintenant, pour couronner le tout, vous avez tourné la tête de Brian avec cette idée de révolution. Je ne vous laisserai pas faire, MacGregor. Brian n'est encore qu'un enfant.

— S'il me pose des questions, je lui répondrai par la vérité.

— En lui faisant croire qu'elle est romantique, et héroïque par-dessus le marché ! Je ne veux pas voir mon frère entraîné dans une guerre déclarée par des hommes irresponsables. Je ne veux pas le perdre comme j'ai perdu Rory.

— Ce ne sera pas une guerre déclarée par des hommes irresponsables, Alanna.

Il la contourna, en restant à distance respectable de la fourche.

— Quand le jour viendra, nous la ferons tous, et nous la gagnerons, ajouta-t-il.

— Vous pouvez épargner votre salive.

— Parfait.

Rapide comme l'éclair, il attrapa la fourche par le manche, la prit des mains d'Alanna, la jeta sur une botte de foin et attira la jeune femme contre lui.

— Assez parlé ! dit-il.

Il croyait savoir quelle réaction il allait éprouver en l'embrassant, et, pourtant, ce fut encore plus violent, plus excitant que la première fois. Le visage d'Alanna était froid ; il le réchauffa avec ses lèvres, effleurant voluptueusement ses joues. Il passa une main dans ses cheveux et la posa en coupe sur sa nuque. De son autre bras, il la serra fort contre lui.

— Pour l'amour du ciel, embrassez-moi, Alanna, murmura-t-il contre sa bouche.

Il la regardait avec des yeux brûlant de désir.

— Je vais devenir fou si vous ne m'embrassez pas, mais je vais devenir fou aussi si vous le faites.

Brusquement, Alanna lui enlaça le cou et répondit passionnément à son baiser. Sans hésitation, sans remords. Les lèvres d'Alanna étaient aussi affamées que les siennes, sa langue aussi audacieuse. Elle se laissa aller contre lui, et leurs cœurs se mirent à battre follement, à l'unisson.

Alanna avait le vertige. Le corps de Ian était solide, et dur contre le sien. Jamais elle n'oublierait cette sensation, ni la chaleur de sa bouche sur la sienne, ni les soupirs de plaisir qu'il laissait échapper.

Elle n'oublierait jamais cette minute d'abandon, parce qu'elle savait qu'elle ne se renouvellerait pas.

— Laissez-moi, murmura-t-elle, à demi défaillante.

Il enfouit son visage dans la courbe parfumée de son cou.

— Je doute que j'en sois capable, dit-il.

— Vous devez. Je ne suis pas venue ici dans ce but.

Il lui effleura l'oreille du bout des lèvres et la sentit frémir entre ses bras.

— Aviez-vous réellement l'intention de me tuer, Alanna ?

— Oui.

Comme il la croyait, il sourit de nouveau.

— Vous n'êtes pas une jeune femme ordinaire, dit-il en lui mordillant le lobe de l'oreille.

— Arrêtez !

Mais elle laissa retomber sa tête en arrière. Que Dieu lui vienne en aide, elle voulait que cela ne cesse jamais.

— Ce n'est pas bien, chuchota-t-elle.

Il la regarda sans sourire et dit d'un ton convaincu :

— Je crois que si. Je ne sais pas pourquoi, mais je crois que c'est bien.

Elle voulait qu'il l'embrasse encore, qu'il ne s'arrête plus. Mais elle se ressaisit.

— Ce n'est pas possible. Vous avez votre guerre à faire, et moi, je dois m'occuper de ma famille. Je ne donnerai pas mon cœur à un homme qui ne pense qu'à guerroyer.

— Bon sang, Alanna, je…

— Ecoutez, je vais vous faire une proposition.

Elle se retira vivement de ses bras. Encore un moment, et elle aurait tout oublié : sa famille et tous les espoirs qu'elle nourrissait en secret pour son propre avenir. Prenant son courage à deux mains, elle déclara :

— Considérez que ce sera mon cadeau de Noël.

Ian la regarda d'un air interrogateur. Se doutait-elle qu'à cet instant précis il lui aurait sacrifié tout ce qui faisait sa vie, y compris sa vie elle-même ?

— Que voulez-vous ?

— Que vous restiez pour les fêtes de Noël. C'est important pour Brian. Et je veux que vous me promettiez de ne pas parler de guerre ni de révolution jusqu'à ce que Noël soit passé.

— Vous me demandez peu de chose.

— Détrompez-vous. Pour moi, c'est très important.

— Eh bien, j'accepte sans hésiter.

Elle recula d'un pas. Relevant un sourcil, Ian prit fermement sa main dans les siennes, la porta à ses lèvres et l'embrassa.

— Merci, dit-elle doucement en la libérant.

Elle la cacha derrière son dos.

— Je vous laisse. J'ai du pain sur la planche.
Elle se rua vers la porte. La voix de Ian l'arrêta.
— Alanna… croyez-moi, nous n'avons rien fait de mal.
Elle tira sa capuche sur sa tête et sortit précipitamment.

5

La veille de Noël, la neige tomba sans discontinuer. Alanna était aux anges. Au fond de son cœur, elle espérait que la tempête ferait rage pendant des jours, empêchant ainsi Ian de partir le surlendemain, comme il l'avait prévu. Elle soupira. Ce souhait était aussi fou qu'égoïste, mais elle s'y accrochait comme à une planche de salut.

Alanna serra son châle autour d'elle et se dirigea lentement vers l'écurie. Elle soupira, plongée dans ses réflexions. Quelle que soit sa façon d'envisager l'avenir immédiat, elle le redoutait. Si Ian restait, elle allait être mal à l'aise. S'il partait, elle allait avoir le cœur brisé. La seule solution était de l'oublier, de se concentrer sur les tâches qu'elle devait accomplir et sur ses responsabilités.

Elle poussa la porte de la grange, qui grinça en tournant sur ses gonds. Elle prit les seaux et s'apprêtait à commencer la traite quand une main se posa sur son épaule. Elle sursauta en poussant un petit cri et laissa tomber les récipients.

— Excusez-moi, madame Flynn.

Ian sourit en la voyant porter ses deux mains à son cœur.

— Je vous ai fait peur.

Elle l'aurait volontiers insulté si elle n'avait pas eu le souffle coupé par la surprise. Et elle n'aurait jamais osé le regarder en face s'il s'était douté qu'elle était en train de soupirer à son sujet. Prenant une profonde inspiration, elle secoua la tête.

— Que faites-vous là ?

— Je suis sorti de la maison juste derrière vous. La neige vous aura empêchée d'entendre mes pas.

« La neige, ou ma rêverie ? » s'interrogea-t-elle tout en faisant un effort pour recouvrer son sang-froid.

Elle se baissa pour ramasser les seaux au même moment que Ian. Ils se cognèrent l'un contre l'autre. Alanna s'exclama, furieuse :

— Que diable espérez-vous, monsieur MacGregor ? Vous ne trouvez pas que vous m'avez suffisamment empoisonné l'existence ?

Ian ne se laissa pas démonter. En se frottant la tête, il se promit d'être patient. Même si cela devait lui coûter la vie. Il répondit humblement :

— Je voulais vous aider pour la traite.

Les yeux d'Alanna s'élargirent de stupeur.

— Pourquoi ?

Ian soupira. Il allait avoir du mal à rester patient si chaque parole d'Alanna prenait la forme d'un interrogatoire ou d'une accusation.

— Parce que j'ai remarqué, depuis quelques jours, que vous aviez beaucoup trop de corvées à faire.

Alanna redressa fièrement le menton.

— Je suis capable de m'occuper de ma famille toute seule.

— Je n'en doute pas.

— J'apprécie votre offre, mais…

— Je vais seulement traire une vache, Alanna ! Ne pouvez-vous accepter mon aide de bonne grâce ?

— Naturellement.

Raide comme un piquet, elle tourna les talons et se dirigea vers la première stalle.

S'asseyant sur le tabouret, elle ôta ses mitaines d'un geste nerveux. Elle n'avait absolument pas besoin de l'aide de Ian MacGregor. Pour qui se prenait-il, à la fin ? Elle était parfaitement à la hauteur de ce qu'elle avait à faire. Et au printemps, il y aurait deux fois plus de travail avec les semailles, le jardin, les fenaisons. Elle était forte, et capable ; la voyait-il comme une de ces femmelettes qui passaient leur temps à se lamenter ?

Ian MacGregor avait probablement l'habitude de fréquenter des dames. Alanna émit un petit ricanement. Des dames au visage poudré, qui papillonnaient derrière leurs éventails. Eh bien, elle ne portait pas de robe de soie ni de souliers de satin, mais elle n'en avait pas honte.

Après avoir jeté un regard assassin à Ian, elle se mit à presser le pis de la vache à la robe mouchetée, envoyant des jets de lait chaud et odorant dans le seau.

De son côté, Ian s'était attelé à la même tâche, qu'il effectuait avec moins de dextérité que sa belle hôtesse. Il secoua légèrement la tête. Il ne comprenait pas la réaction d'Alanna. Quelle femme ingrate ! Il ne souhaitait que la soulager d'une partie de son travail. N'importe quel imbécile pouvait se rendre compte qu'elle n'arrêtait pas, de l'aube au crépuscule. Quand elle avait fini de traire les vaches, elle se mettait à faire le pain, puis à filer la laine. Si elle ne filait pas, elle tissait, ou frottait et cirait les meubles.

Les femmes de sa propre famille n'avaient jamais été oisives, mais elles étaient nombreuses et pouvaient s'entraider. Alors qu'Alanna devait s'occuper à elle seule de trois hommes, qui ne se rendaient pas compte un seul instant de tout ce qui retombait sur ses épaules.

Eh bien, il l'aiderait, qu'elle le veuille ou non.

Ayant fini de remplir son seau, la jeune femme se leva et tapa impatiemment du pied en attendant que Ian ait fini de remplir le sien. Quand ce fut fait, elle se pencha pour l'attraper.

— Laissez, je vais le porter, et le vôtre aussi, dit Ian.

— Pour quelle raison ?

— Parce qu'ils sont lourds ! cria-t-il, horripilé.

Il partit à grands pas, un seau à chaque main.

— Continuez à les balancer de cette façon, MacGregor, et tout le lait va tomber par terre !

Elle ne comprit pas ce qu'il marmonnait, mais ce n'était certainement pas un compliment.

— Puisque vous insistez, je vais ramasser les œufs, lança-t-elle.

Ils partirent chacun de leur côté.

Quand Alanna revint dans la cuisine, Ian était encore là. Il alimentait le feu avec des bûches.

— Si vous attendez le déjeuner, il faudra patienter un peu plus longtemps.

— Je vais vous aider, dit-il, les dents serrées.

— A quoi faire ?

— A préparer le repas.

C'en était trop. Sans se préoccuper du nombre d'œufs qui allaient se casser, Alanna laissa tomber son panier sur le carreau.

— Ma cuisine ne vous plaît pas, MacGregor ?

Ian n'avait qu'une envie : la prendre aux épaules et la secouer. Au lieu de quoi, il prit une profonde inspiration et se contenta de répondre :

— Bien sûr que si.

— Mmm…

Elle s'approcha du poêle pour préparer le café. En se retournant, elle faillit trébucher dans les pieds de Ian.

— Si vous restez dans ma cuisine, MacGregor, mettez-vous dans un coin.

— Etes-vous toujours aussi aimable, le matin, madame Flynn ?

Ignorant sa question, elle s'empara d'un jambon qu'elle avait pris dans le fumoir et entreprit de le découper. Faisant de son mieux pour ignorer Ian, elle remua ensuite la pâte à crêpes, qu'elle considérait être sa spécialité. Elle allait montrer à MacGregor ce que c'était que de faire la cuisine.

Sans rien dire, Ian mit le couvert en faisant claquer les assiettes en étain sur la table. Quand les autres membres de la famille Murphy arrivèrent, la cuisine était pleine d'odeurs appétissantes, et d'une tension à couper au couteau.

— Des crêpes ! dit joyeusement Johnny. Quelle bonne idée pour la veille de Noël !

— Tu es bien rouge, dit Cyrus en examinant le visage de sa fille. Tu ne vas pas tomber malade, au moins ?

— Non, c'est la chaleur du poêle, répondit-elle sèchement.

Voyant son père l'observer d'un œil préoccupé, elle se mordit la lèvre.

— Voici de la compote de pommes pour accompagner les crêpes. Je l'ai faite hier.

Elle posa le bol sur la table et retourna préparer le café.

Troublée par le regard de Ian, qui ne la quittait pas des yeux, elle prit la cafetière en oubliant d'envelopper la poignée avec un chiffon. Elle se brûla les doigts et poussa un cri, suivi d'un juron.

— Inutile de t'en prendre au Seigneur parce que tu n'as pas pris de précautions, dit doucement son père.

Il se leva et étala du beurre fondu sur ses doigts, pour apaiser la brûlure.

— Tu es bien nerveuse, depuis quelques jours, Alanna.

— Ce n'est rien.

De l'autre main, elle lui fit signe de se mettre à table.

— Asseyez-vous tous, et mangez. Dépêchez-vous, je ne veux pas que vous traîniez dans ma cuisine, j'ai encore des gâteaux à faire.

— J'espère qu'il y en aura un aux raisins, dit Johnny.

Il sourit en versant de la compote sur sa crêpe.

— Personne ne le fait mieux que toi, Alanna. Même quand tu le laisses brûler, ajouta-t-il avec un sourire malicieux.

Alanna eut un rire forcé. Elle les rejoignit à table, mais elle n'avait pas beaucoup d'appétit.

Les hommes en eurent pour elle. Ils jacassèrent comme des pies pendant tout le repas tout en engloutissant les tourtes qu'elle avait préparées le matin, sans rien laisser aux oiseaux. Soulagée, elle les vit se préparer à repartir pour leur travail de l'après-midi. Elle aurait bientôt la cuisine et toute la maison à elle seule et pourrait réfléchir à ce qu'elle éprouvait pour Ian MacGregor.

Mais Ian était à peine parti qu'il revint, portant un seau rempli d'eau.

— Qu'est-ce que vous faites encore ? demanda-t-elle sans cacher son agacement.

Elle essaya vainement de dissimuler ses cheveux rebelles sous sa coiffe.

— Je vous apporte de l'eau pour la vaisselle, répondit-il calmement.

Sans lui laisser le temps de réagir, il versa l'eau dans un pot et la mit à chauffer.

— J'aurais pu aller la chercher moi-même.

Puis, se sentant injuste :

— Mais je vous remercie.

— Je vous en prie.

D'un coup d'épaule, il se débarrassa de sa pèlerine qu'il suspendit à une patère, derrière la porte.

— Vous n'allez pas aider les autres ? s'enquit Alanna, inquiète.

— Ils sont trois, et vous, vous êtes toute seule.

— Et alors ?

— Aujourd'hui, c'est vous que je vais aider.

Alanna savait que sa patience était mince. Elle laissa passer un instant avant de parler.

— Je suis parfaitement capable de…

— Je l'ai bien vu.

Il se mit à empiler les assiettes qu'il fallait laver.

— Vous travaillez dur comme une mule.

— Bigre ! Voilà une comparaison ridicule, et peu flatteuse.

Elle releva le menton.

— Maintenant, sortez de ma cuisine !

— Je le ferai, si c'est ce que vous voulez.

— J'ai du travail !

— Parfait. Nous allons nous y mettre sans plus attendre.

— Vous allez me gê…

Avant qu'elle puisse aller jusqu'au bout, il prit son visage entre ses mains et lui donna un baiser fougueux. Puis il releva la tête et dit d'un ton péremptoire en plongeant ses yeux dans ceux d'Alanna :

— Je reste près de vous, Alanna. Un point, c'est tout.

— Vous croyez ?

Elle avait eu l'intention de mettre une menace dans sa voix, mais elle n'entendit qu'un vagissement. Mortifiée, elle s'éclaircit la gorge, s'écarta de Ian et lissa ses jupes.

— Allez me chercher des pommes dans le cellier, dit-elle sans le regarder. Je vais préparer des tartes pour Noël.

Elle mit à profit le temps pendant lequel Ian s'absenta pour composer son attitude. Que lui arrivait-il ? Elle perdait complètement l'esprit à cause d'un baiser ? Oui, mais pas n'importe quel baiser. C'étaient les lèvres de Ian. Tout cela était confondant. Elle avait des réactions inattendues depuis que cet homme était sous son toit. Elle priait le ciel pour qu'il reste plus longtemps, et, la seconde suivante, elle avait du ressentiment contre lui et souhaitait qu'il se trouve à des milliers de kilomètres. Puis elle acceptait qu'il l'embrasse, et elle espérait qu'il allait recommencer à la première occasion, tout en étant furieuse contre lui.

Née dans les colonies, elle était une femme du Nouveau Monde, mais elle avait du sang irlandais, et les mots « destin » et « fatalité » avaient gardé un sens profond pour elle.

Alanna se mit à gratter les plats en soupirant. Si son destin prenait la forme d'un MacGregor, alors elle n'était pas au bout de ses peines.

Ian revint en portant un panier de pommes et commença à les éplucher. Voyant ses tentatives maladroites, Alanna dit d'un ton rogue :

— Ce n'est pourtant pas compliqué d'éplucher une pomme, vous n'avez qu'à passer le couteau sous la peau.

— C'est ce que je fais.

— Et vous emportez toute la chair avec !

Il lui adressa son sourire le plus charmeur.

— Je vais m'appliquer, madame Flynn, je vous le promets.

— Et vous ramasserez toutes ces épluchures que vous avez fait tomber par terre.

— Oui, madame Flynn.

Le rouleau à pâtisserie à la main, elle l'incendia du regard.

— Essayez-vous de me mettre en colère, MacGregor ?

Il reluqua l'arme culinaire.

— Je tiens à la vie, mon ange.

— Je vous ai déjà prié de ne pas m'appeler ainsi !

— C'est vrai.

Il la regarda s'attaquer à la pâte à tarte. C'était un plaisir d'observer ses petites mains habiles. Rien qu'en allant du four à la table, Alanna faisait preuve d'une souplesse dans ses mouvements qui lui faisait battre le cœur plus vite.

Qui eût cru qu'il avait dû frôler la mort et se retrouver gravement blessé au fond d'une écurie pour tomber amoureux ?

Malgré les critiques d'Alanna à son égard, il passait les plus beaux jours de sa vie. L'épluchage des pommes ne le passionnait pas particulièrement, mais c'était un moyen simple de rester près d'elle, de respirer cette douce odeur de lavande qui semblait émaner de sa peau. Tout en elle était grisant, jusqu'à son caractère bien trempé qui agissait sur lui comme un aiguillon ; et Dieu sait qu'elle était encore plus belle quand elle se mettait en colère !

Mais elle n'avait pas cru qu'il voulait vraiment l'aider. Il était plus à l'aise dans une réunion politique ou avec un fusil à la main que dans une cuisine, mais il avait voulu la soulager de ce qu'il considérait comme un injuste fardeau de responsabilités.

Cependant, Alanna ne semblait pas considérer les choses de cette façon. Au contraire, elle paraissait heureuse de remplir ces tâches, heure après heure. Il désirait lui montrer qu'il y avait autre chose dans la vie. Il s'imaginait chevauchant à côté d'elle à travers champs, l'été, quand la verdure luxuriante pourrait lui donner une idée de ce qu'était l'Irlande, qu'elle n'avait jamais vue. Il voulait aussi l'emmener en Ecosse, vers les merveilleux Highlands. Il rêvait de s'étendre avec elle dans les bruyères pourpres, près d'un lac, pour écouter chanter le vent dans les pins.

Il voulait lui offrir une robe de soie, des bijoux qui s'harmoniseraient avec la couleur de ses yeux. C'étaient des idées sentimentales, romantiques, il le savait bien. S'il essayait de les exprimer, les mots l'étrangleraient certainement.

Mais il voulait lui donner tant de choses, de cela il était certain... S'il pouvait trouver le moyen de les lui faire accepter.

Alanna sentit son regard dans son dos, aussi sûrement que si une main s'était posée sur elle. Elle aurait préféré sa main. Elle aurait pu la repousser énergiquement. Faisant un effort pour l'ignorer, elle recouvrit la première tarte et fit quelques stries à l'aide d'une fourchette sur la couche supérieure.

Puis, n'y tenant plus, elle lança par-dessus son épaule :

— Vous allez finir par vous couper un doigt à force de me regarder.

— Vos cheveux s'échappent de votre coiffe, madame Flynn.

Elle leva machinalement une main pour les remettre en place, mais elle ne réussit qu'à les éparpiller un peu plus.

— Et je n'apprécie pas le ton que vous prenez quand vous m'appelez madame Flynn.

Avec un large sourire, Ian mit de côté une pomme abîmée.

— Comment voulez-vous que je vous appelle ? Vous protestez quand je vous dis « mon ange », alors que cela vous va si bien. Vous prenez un air offensé quand je vous appelle « Alanna » sans votre permission. Et maintenant, vous allez vous mettre en colère parce que, très respectueusement, je vous dis « madame Flynn ».

— Respectueusement ! Laissez-moi rire. Vos mensonges vous mèneront en enfer, Ian MacGregor.

Elle se tourna vers lui en brandissant le rouleau à pâtisserie.

— Il n'y a pas une once de respect dans le ton que vous prenez.

Vous avez un sourire ironique, et une drôle de lueur dans les yeux. Si vous croyez que je ne sais pas ce qu'elle signifie, cette lueur, vous vous trompez. D'autres hommes s'y sont essayés, et ils ont reçu un bon coup de gourdin pour leur peine.

— Je l'apprends avec grand plaisir, madame Flynn…

Elle émit un son qu'il ne put comparer qu'à un jet de vapeur sortant d'une bouilloire.

— Je me demande pourquoi j'ai pris le parti de Brian en vous demandant de rester pour Noël. C'est un vrai mystère, mais Dieu sait que je n'ai aucune envie de vous voir ici. Vous encombrez ma cuisine, et vous êtes une bouche supplémentaire à nourrir, et, par-dessus le marché, vous vous permettez de m'imposer vos soi-disant attentions.

Il s'appuya contre la table et dit en riant :

— Attention, ce gros mensonge va vous conduire tout droit en enfer, mon ange !

Ce fut un simple réflexe. Alanna ne put retenir le rouleau à pâtisserie, qui partit voltiger vers la tête de Ian. Elle regretta aussitôt son geste. Et elle le regretta encore plus vivement quand Ian rattrapa le rouleau juste avant qu'il vienne percuter son front. S'il avait été atteint, elle aurait pu se confondre en excuses et soigner son ecchymose. Déçue, elle se déchaîna contre lui.

— Maudit Ecossais. Fils du diable ! Que tous les fléaux s'abattent sur vous et sur tous les MacGregor, jusqu'au jour du jugement dernier !

Comme elle l'avait manqué avec le rouleau de bois, elle attrapa la première chose qui lui tomba sous la main. Heureusement, le lourd moule de métal était vide. Ian le repoussa d'un coup de rouleau.

— Alanna…

— Ne m'appelez pas ainsi.

Elle souleva une chope d'étain et le visa. Cette fois-ci, Ian ne fut pas aussi rapide et il reçut l'objet sur la poitrine.

— Mon ange…

Le son qu'elle émit aurait fait frémir un bataillon entier d'Ecossais. Le plat qu'elle lança vint frapper Ian au tibia. Il se mit à clopiner en riant tandis qu'elle cherchait une autre arme.

— Arrêtez !

Se tordant de rire, il l'attrapa par la taille et la fit tournoyer, tandis qu'elle continuait à lui assener des coups de plat sur la tête.

— De satanées têtes dures, ces Ecossais ! fulmina-t-elle.

— Dieu merci ! Sinon, je serais à dix pieds sous terre à cette heure-ci.

Il la souleva et planta son regard dans le sien.

— Epousez-moi, madame Flynn. Il y a une erreur dans votre nom. Vous auriez dû vous appeler MacGregor.

6

Ian était abasourdi. Cette demande en mariage n'était pas préméditée. Il était tombé amoureux, c'est vrai, et c'était bien assez stupéfiant. Mais jusqu'à cet instant, son cœur n'avait pas communiqué à son cerveau que la seule solution était de passer la bague au doigt d'Alanna. Epouser Alanna ? Il éclata encore de rire. C'était une fine plaisanterie que Dieu leur faisait à tous les deux.

Alanna était pétrifiée. Les paroles de Ian résonnaient encore dans sa tête, rebondissaient comme une balle. « Epousez-moi ». Elle ne s'était certainement pas méprise sur ce qu'il lui avait dit. Mais c'était impossible, de la folie à l'état pur, ils ne se connaissaient que depuis quelques jours. Cependant, cela lui avait suffi pour comprendre que MacGregor n'était pas le compagnon de ses rêves. Avec lui, elle ne passerait jamais de soirées paisibles au coin du feu. Il y aurait toujours une cause à défendre, une bataille à mener.

Et pourtant… Pourtant, elle l'aimait d'une façon qu'elle n'aurait jamais imaginée. D'un amour qui ne lui laissait jamais de répit, un amour ardent, dangereux. La vie avec lui serait… c'était impossible à imaginer ! Alanna porta une main à sa tête dans le vain espoir de chasser le vertige qui s'était emparé d'elle. Elle avait besoin d'un instant de calme pour recouvrer ses esprits et réfléchir. Après tout, quand un homme demandait à une femme de l'épouser, la moindre des choses était de…

Brusquement, elle prit conscience que Ian la tenait toujours à plusieurs centimètres du sol, et qu'il riait comme un fou.

Il riait ! Elle plissa les paupières. Quelle idiote elle était ! MacGregor venait de lui faire une bonne plaisanterie, tout en la soulevant en l'air comme un sac de patates. Il s'offrait une bonne partie de rigolade, voilà tout. Et dire qu'elle avait failli le croire !

Suffoquant d'indignation, elle serra le poing et lui administra de tout son cœur un grand coup sur le nez.

Il poussa un petit cri et la posa si brusquement sur ses pieds qu'elle faillit tomber. Les poings sur les hanches, elle le dévisagea d'un air furieux.

Ian tâta son appendice nasal. Il saignait. Cette femme avait une sacrée droite. En la surveillant, de peur qu'elle ne recommence, il sortit un mouchoir de sa poche.

— Est-ce que cela signifie que vous acceptez ma proposition ? demanda-t-il d'un ton ironique.

— Sortez !

Elle était tellement déchaînée que sa voix tremblait.

— Sortez de ma maison, allez au diable !

Elle ravala les larmes qui jaillissaient sous ses paupières. Des larmes de colère, parfaitement justifiées !

— Si j'étais un homme, je vous tuerais et je danserais une gigue sur votre dépouille !

Ian hocha la tête.

— Vous avez besoin d'un peu de temps pour réfléchir. C'est parfaitement compréhensible.

Alanna resta muette de saisissement.

— Je vais parler à votre père, continua Ian sur un ton respectueux.

— Cessez ce petit jeu ! Je vous tuerai, je le jure sur la tombe de ma mère !

— Ma chère madame Flynn, je comprends qu'une femme puisse parfois être stupéfaite par une demande en mariage, mais dans votre cas…

Il se tut en voyant les larmes qui coulaient sur ses joues.

— Qu'avez-vous ?

Mal à l'aise, il passa un pouce sur son visage mouillé.

— Alanna, mon amour, ne pleurez pas. Poignardez-moi, mais ne pleurez pas, je vous en supplie !

— Laissez-moi. Allez-vous-en. Comment osez-vous m'insulter de la sorte ? Maudit soit le jour où j'ai sauvé votre misérable vie !

Cette accumulation de malédictions l'atteignit en plein cœur. Il l'embrassa doucement sur le front.

— Vous insulter ? Mais comment ?

— Comment ?

Derrière le voile de ses larmes, ses yeux brillaient comme des soleils bleus.

— Vous vous moquez de moi. Vous me parlez de mariage sur le ton de la plaisanterie. Vous pensez que je n'ai pas de sentiments parce que je ne porte pas de beaux habits ni de chapeaux extravagants.

— Qu'est-ce que les chapeaux viennent faire ici ?

— Je suppose que les belles dames de Boston se contentent de sourire avec indulgence en vous donnant un petit coup d'éventail sur la main quand vous voulez les séduire, mais moi, je considère le mariage comme une chose sacrée, et je ne supporte pas que vous le piétiniez en voulant en faire une farce.

— Seigneur Dieu.

Ian secoua la tête. Lui qui avait toujours eu la réputation d'être doux et prévenant avec les femmes, il venait de gâcher la seule relation qui avait jamais compté dans sa vie.

D'une main légère, il prit le poignet d'Alanna.

— Je me suis conduit stupidement, Alanna. Pardonnez-moi, et écoutez-moi.

— Je n'ai rien à écouter. Ôtez vos sales pattes !

Il l'attira contre lui.

— Laissez-moi vous expliquer.

Avant qu'il en ait eu le temps, la porte s'ouvrit. Cyrus Murphy entra. Il embrassa du regard le chaos qui régnait dans la cuisine, sa fille qui cherchait à échapper à Ian MacGregor, et sortit calmement le couteau de chasse qu'il portait à sa ceinture.

— Laissez ma fille tranquille, MacGregor, et préparez-vous à mourir.

— Papa !

Les yeux élargis de stupeur à la vue de son père blanc comme un linge et brandissant son arme, Alanna se jeta devant Ian.

— Papa ! Non !

— Ecarte-toi, ma fille. Un Murphy se doit de protéger sa famille.

— Papa, écoute-moi.

— Laissez-nous, Alanna, dit tranquillement Ian. J'ai un mot à dire à votre père.

— Vous, taisez-vous !

Elle se planta résolument sur ses pieds et se tourna vers son père.

— Nous nous sommes disputés, papa. Je peux me débrouiller seule. Il était en train de…

— Je proposais à votre fille de l'épouser, l'interrompit Ian.

Alanna fit volte-face pour le regarder.

— Espèce de sale menteur ! Vous ne pensiez pas un mot de ce que vous m'avez dit. Vous riiez comme un idiot en parlant. Je ne tolérerai pas d'être insultée, d'être humiliée.

— Vous pouvez vous rassurer, rugit-il. J'étais sincère. Si je riais, c'était de moi-même, parce que j'étais assez stupide pour tomber amoureux d'une femme têtue comme une mule, une mégère à la langue de vipère, capable de me sourire et de me donner un coup de couteau deux secondes après.

— Une mégère ?

La voix d'Alanna fit un couac.

— Une mégère ?

— Oui, confirma Ian avec un hochement de tête. C'est bien ce que j'ai dit, et c'est bien ce que vous êtes. Une…

— Assez ! tonna Cyrus.

Il secoua la neige de ses cheveux.

— Doux Jésus, quel couple vous faites !

Un peu à contrecœur, il rengaina son couteau.

— Prenez votre manteau, MacGregor, et suivez-moi. Alanna, finis de préparer les gâteaux.

— Mais, papa, je…

— Fais ce que je te dis, ma fille.

Il fit signe à Ian de prendre la porte.

— Avec tout ce remue-ménage, c'est difficile de se rappeler que nous sommes à la veille de Noël, ajouta Cyrus en fronçant les sourcils.

Il s'arrêta sur le seuil et planta ses poings sur ses hanches, dans un geste dont sa fille avait hérité.

— J'ai un travail à faire, MacGregor. Vous allez venir avec moi et vous expliquer.

— Oui.

Ian jeta un dernier coup d'œil furibond vers Alanna.

— Oui, je viens avec vous.

Ils s'éloignèrent dans la neige, sous les flocons qui continuaient à tomber en formant un rideau serré. Ian n'avait pas pris la peine de fermer sa pelisse. Il fourra ses mains nues dans ses poches.

— Attendez-moi là, dit Cyrus.

Il disparut dans un petit appentis et réapparut presque aussitôt en portant une hache. Remarquant le regard étonné de Ian, il la bascula sur son épaule.

— Je ne vais pas m'en servir contre vous. Pas encore, du moins.

Il se dirigea vers la forêt, Ian sur ses talons.

— Alanna est très à cheval sur les traditions. Comme l'était sa mère.

Cyrus éprouva un coup au cœur, comme chaque fois qu'il pensait à sa femme.

— Elle voudra un sapin… et, de toute façon, il vaut mieux lui laisser le temps de se calmer.

Poussé par l'habitude, Cyrus chercha des traces de gibier dans la neige. Ils auraient bientôt besoin de venaison fraîche.

— C'est vous qui avez eu l'idée de lui mettre un fil à la patte. Comment cela se fait-il ?

— Si je pouvais trouver une seule bonne raison, je vous la dirais.

Il souffla entre ses dents serrées.

— Je lui demande de m'épouser, et elle me donne un coup de poing en pleine figure.

Il porta une main à son nez encore douloureux en riant tout bas, encore incrédule.

— Seigneur, Murphy, je suis fou d'amour pour votre fille. Je veux l'épouser.

Cyrus s'arrêta devant un sapin, l'examina, décréta qu'il ne ferait pas l'affaire et reprit sa marche.

— Il faut voir.

— Je ne suis pas pauvre, dit Ian. Ces sanguinaires d'Anglais ne m'ont pas tout pris, et j'ai pu me refaire, grâce à de bons investissements. Alanna ne manquera de rien.

— Elle a pris Michael Flynn, et il n'avait rien de plus qu'un lopin de terre rocailleuse et deux vaches.

— Elle n'aura plus à travailler de l'aube au crépuscule.

— Le travail ne lui fait pas peur. C'est sa fierté.

Cyrus s'arrêta devant un autre arbre, hocha la tête et tendit la hache à Ian.

— Celui-ci fera l'affaire. Quand un homme est frustré, il n'y a rien de tel que quelques bons coups de hache pour le remettre en forme.

Ian écarta les jambes, planta fermement ses pieds dans la neige et logea la hache dans le tronc. Des éclats de bois voltigèrent.

— Je lui plais, j'en suis certain.

— Ce n'est pas impossible, reconnut Cyrus.

Il sortit une pipe de sa poche et la bourra soigneusement.

— Elle traite toujours ceux qu'elle aime le plus en les frappant et en leur criant après, précisa-t-il.

— Alors elle doit m'aimer à la folie.

La hache entra dans l'arbre. Ian avait l'air triste.

— Je l'aurai, Murphy, avec ou sans votre accord.

— Cela va sans dire.

Cyrus continua à bourrer patiemment sa pipe.

— Elle est adulte, elle peut décider toute seule. Dites-moi, MacGregor, allez-vous combattre les Anglais avec la même passion que vous mettez à courtiser ma fille ?

Ian attaqua encore une fois l'arbre. Le son du métal contre le bois siffla à travers la forêt.

— Oui, répondit-il avec conviction.

— Alors, laissez-moi vous dire que ce sera difficile pour vous de gagner les deux.

Sa pipe étant remplie, Cyrus frotta une allumette contre un rocher.

— Alanna refuse de croire qu'il y aura la guerre, dit Ian.

Il fit une pause.

— Et vous ? interrogea-t-il.

— Je n'aime ni les Anglais ni leur roi.

Cyrus tira sur sa pipe et envoya la fumée rejoindre le rideau de neige.

— Et même si je les aimais, j'ai une vision assez précise de la situation. Cela peut prendre un an ou deux, ou plus, mais il y aura la guerre. Elle sera longue et sanglante. Quand elle éclatera, je risque de perdre mes deux autres garçons.

Il poussa un long soupir.

— Je ne veux pas de votre guerre, Ian MacGregor, mais il arrive un moment où un homme doit se lever et prendre les armes pour défendre ce qui lui revient de droit.

— La guerre a déjà commencé, Murphy ; qu'on le veuille ou non, rien ne changera l'histoire.

Cyrus l'observa pendant que l'arbre tombait sur le moelleux tapis de neige.

« C'est un homme fort, pensa-t-il, un de ces satanés géants écossais, avec un physique qui plaît aux femmes. Une tête bien faite, et un nom. » Mais ce qui l'inquiétait un peu, c'était son esprit rebelle.

— Dites-moi : est-ce que vous allez attendre de voir ce qui va se passer, ou préférerez-vous aller au-devant ?

— Les MacGregor n'attendent pas pour défendre ce en quoi ils croient.

Avec un hochement de tête, Cyrus l'aida à soulever le sapin coupé.

— Je n'interviendrai pas en ce qui concerne Alanna. C'est à vous de jouer.

Alanna se précipita vers la porte dès qu'elle entendit la voix de Ian.

— Papa, je veux te… oh !

Elle s'arrêta net en les voyant porter le sapin.

— Vous m'apportez un arbre de Noël !

— Croyais-tu que j'allais oublier ? dit Cyrus d'un ton bourru tout en lui lançant un coup d'œil complice.

Il ôta sa casquette et la fourra dans sa poche.

Soulagée et heureuse, Alanna vint l'embrasser sur la joue.

— Merci, papa ! Il est magnifique.

Il la serra dans ses bras.

— Et je suppose que tu vas vouloir le décorer avec des rubans et Dieu sait quelles fanfreluches… J'ai la boîte de décorations de maman dans le placard de ma chambre.

Alanna l'embrassa encore tendrement.

— J'irai la chercher après le souper, dit-elle.

— Bon, j'ai encore des choses à faire. Tu pourrais demander à MacGregor d'installer l'arbre à l'endroit qui te convient.

Il lui donna une petite caresse sur la main avant de s'éloigner.

Alanna s'éclaircit la gorge.

— Près de la fenêtre, s'il vous plaît.

Ian traîna l'arbre à l'endroit indiqué en le balançant sur les planchettes que Cyrus avait clouées au bas du tronc. Le silence qui régnait dans la pièce n'était troublé que par le bruissement des branches et le feu qui crépitait dans la cheminée.

— Merci, dit-elle vivement. Vous pouvez retourner à votre travail, maintenant.

Avant qu'elle puisse s'échapper vers la cuisine, Ian l'attrapa par la main.

— Votre père m'a donné son accord.

Elle voulut se dégager, mais elle abandonna.

— Je suis assez grande pour me décider toute seule, MacGregor.

— Vous serez à moi, madame Flynn.

Bien qu'il la dépassât d'une tête, elle arriva à lui donner l'impression qu'elle le toisait de haut en bas.

— Autant épouser le diable en personne !

Résolu à faire ce qu'il fallait cette fois-ci, il porta la main d'Alanna à ses lèvres.

— Je vous aime.

— Taisez-vous !

— Je le dirai tant que je respirerai.

Démontée, elle plongea ses yeux dans le regard vert qui hantait ses nuits depuis bientôt une semaine. Elle pouvait résister à son arrogance. Mais cette simple déclaration, cette dévotion sincère la laissaient sans défense.

— Ian, je vous en prie.

Ian reprit courage. Alanna l'avait enfin appelé par son prénom. Et le regard qu'elle posait sur lui ne pouvait être mal interprété.

— Ne me dites pas que je vous laisse indifférente, murmura-t-il.

Incapable de résister, elle leva une main vers son visage.

— Non, je ne vous le dirai pas. Vous voyez bien comment je réagis chaque fois que je vous regarde.

— Nous sommes faits l'un pour l'autre.

Sans quitter ses yeux bleus du regard, il déposa un baiser brûlant dans la paume de sa main.

— Je le sais depuis l'instant où je vous ai vue penchée sur moi dans la grange.

— Tout est allé si vite, dit-elle en luttant contre un élan de panique mêlé d'impatience.

— Je veux vous rendre heureuse, Alanna. Vous choisirez notre maison à Boston.

— A Boston ?

— Dans un premier temps. J'ai du travail à accomplir là-bas. Ensuite, nous irons en Ecosse et vous découvrirez la patrie de vos parents.

Mais Alanna n'avait pas entendu la dernière phrase. Elle secoua la tête.

— Du travail ? Quel genre de travail ?

Le regard de Ian s'assombrit.

— Je n'en parlerai pas avant que Noël soit passé, je vous ai donné ma parole.

— Ah oui…

Alanna sentit son cœur frémissant se geler dans sa poitrine. Elle prit une profonde inspiration et baissa les yeux sur ses mains jointes.

— J'ai des tartes à sortir du four.

— Vous n'avez rien d'autre à me dire ?

Elle posa des yeux tristes sur le sapin, encore dénudé, mais plein de promesses.

— Laissez-moi le temps de réfléchir. Demain, c'est Noël. Je vous donnerai ma réponse.

— Il n'y en a qu'une que je veux entendre.

Elle ébaucha un sourire.

— Je ne vous en donnerai qu'une.

7

Une odeur de pain doré et de bûches brûlées se mêlait à celle du ragoût. Sur la grande table installée devant l'âtre, Alanna avait déposé le bol à punch qui avait appartenu à sa mère. Aussi loin que sa mémoire remontât, elle avait toujours vu son père ajouter une généreuse rasade de whisky irlandais au punch de Noël. Elle contempla le liquide ambré qui reflétait la lueur des flammes et des chandelles déjà allumées sur le sapin.

Elle s'était fait la promesse de n'avoir que des pensées joyeuses au cours de cette veillée et pendant la journée de Noël.

Apparemment, elle n'était pas la seule. Quelles qu'aient été les paroles échangées entre Cyrus et Ian ce matin, ils semblaient maintenant s'entendre comme larrons en foire. Cyrus avait mis une tasse de punch dans la main de Ian avant de s'en remplir une, et il en avait fait goûter à Brian avant qu'elle ait eu le temps de dire ouf.

Tant mieux, ils allaient tous dormir sur leurs deux oreilles cette nuit. Alanna allait se servir à son tour quand elle entendit le bruit d'une voiture attelée.

— C'est Johnny J'espère qu'il aura une excuse valable pour être aussi en retard.

— Il aura fait la cour à Mary, marmonna Brian, le nez dans sa tasse.

— Peut-être bien, mais en tout cas…

Elle fit une pause en voyant Johnny entrer, Mary Wyeth à son bras et, machinalement, jeta un coup d'œil circulaire dans la pièce. Dieu merci, tout était en ordre.

— Mary, je suis si heureuse de te voir !

Alanna se leva pour embrasser la jeune fille. Mary était plus petite qu'elle. Elle avait des cheveux dorés, un teint laiteux et des joues roses. Alanna sourit intérieurement. Les joues de Mary étaient plus colorées que d'habitude. Et ce n'était sans doute pas dû uniquement à la température extérieure.

— Joyeux Noël ! dit timidement Mary.

Puis, découvrant l'arbre :

— Quel beau sapin !

— Viens t'asseoir près du feu, dit Alanna. Donne-moi ton bonnet et ton châle.

Alanna jeta un coup d'œil exaspéré à Johnny. Planté dans l'entrée, il souriait d'un air stupide.

— Johnny, bouge-toi un peu ! Sers une tasse de punch à Mary avec quelques cookies que j'ai fait cuire ce matin.

— Oui.

Il parut sortir de transe et se mit en mouvement. Dans sa hâte de servir Mary, il fit couler du punch sur ses doigts.

— Nous allons porter un toast ! annonça-t-il.

Puis il passa un certain temps à s'éclaircir la voix.

— A ma future épouse !

Il prit les petites mains de Mary dans les siennes.

— Ce matin, Mary a accepté de m'épouser !

— Oh !

Alanna s'approcha de la jeune fille et la prit par les épaules.

— Bienvenue, Mary. Mais je te souhaite bon courage pour le supporter ! dit-elle en riant.

Cyrus, qui était toujours gêné quand l'émotion s'emparait de lui, déposa un rapide baiser sur la joue de Mary et donna une bourrade sur le dos de son fils.

— Buvons à ma belle-fille ! Voilà un beau cadeau de Noël que tu nous offres, John.

— Il faut de la musique pour fêter cela ! s'écria Alanna. Brian, va chercher ta flûte ! Joue un air entraînant. Les jeunes fiancés doivent danser les premiers !

Brian disparut et revint presque aussitôt avec son instrument. Il posa un pied sur une chaise et se mit à jouer. Quand la main de Ian vint caresser son épaule, Alanna passa ses doigts légers sur son poignet.

— La perspective d'un mariage vous plaît-elle, madame Flynn ?

— Je suis très heureuse pour Johnny.

Elle eut un sourire ému en regardant son frère danser avec Mary.

— Ils créeront un beau foyer, une famille. C'est ce que j'ai toujours souhaité pour lui.

Ian sourit en voyant Cyrus avaler une autre tasse de punch et commencer à taper dans ses mains au rythme de la musique.

— Et pour vous-même ? demanda-t-il encore.

Elle se tourna vers lui, plongea ses yeux dans les siens.

— C'est ce dont j'ai toujours rêvé.

Il se pencha vers elle.

— Si vous me donniez votre réponse maintenant, nous pourrions avoir une double cérémonie en cette veille de Noël.

Elle secoua la tête tandis qu'une ombre passait dans ses yeux.

— Non, c'est la cérémonie de Johnny.

Elle retrouva son sourire quand son frère l'attrapa par une main et l'entraîna dans la danse.

Dehors, la neige s'était remise à tomber, silencieuse. Mais la maison était remplie de chaleur, de rires et de musique. Alanna pensa à sa mère. Comme elle aurait été heureuse de voir sa famille réunie pour cette nuit sacrée entre toutes ! Et Rory... son frère adoré, si beau, si charmant. Alanna eut brusquement le cœur serré. Il aurait dansé mieux que quiconque, et il aurait chanté de sa voix claire de ténor.

— Sois heureux, dit-elle en se jetant au cou de Johnny. Et prends bien soin de toi !

— Hé, qu'est-ce qui t'arrive ?

Touché et un peu mal à l'aise par cette démonstration sentimentale, il embrassa sa sœur.

— Je t'aime, idiot !

— Je le sais. Je t'aime aussi, Alanna.

Leur père était en train d'apprendre à Mary à danser la gigue. Johnny sourit de toutes ses dents.

— Ian, débarrasse-moi de cette femme, dit-il en riant.

Ian prit Alanna par la main.

— Personne ne danse mieux cette danse qu'un Irlandais, dit-il. Sauf un Ecossais.

— Vous croyez ?

Alanna sourit, rejeta la tête en arrière et releva ses jupes pour entrer dans la danse, prête à lui prouver qu'il se trompait.

Bien que les chandelles aient brûlé entièrement avant que la maison et ses occupants ne s'endorment, la fête reprit le lendemain dès l'aube. A la lumière du feu et du sapin, les Murphy échangèrent des cadeaux, et Alanna offrit à Ian une écharpe de laine bleu et vert, qu'elle avait tissée à ses moments perdus. Le résultat en valait la peine. Quand Ian partirait, il emporterait avec lui une partie d'elle-même.

Son cœur finit de fondre quelques instants plus tard. Ian avait des cadeaux pour sa famille. Une pipe pour son père, une belle bride en cuir pour le cheval favori de Johnny, et un livre de poèmes pour Brian.

Plus tard, Ian se rendit avec eux à l'église du village. Elle écoutait l'histoire de la naissance du Sauveur avec le même émerveillement que lorsqu'elle était enfant, mais il aurait fallu qu'elle soit aveugle pour ne pas remarquer les coups d'œil que les femmes du village jetaient de son côté. Des regards d'envie et de curiosité. Elle ne fit pas d'objection quand la main de Ian se referma sur la sienne.

— Vous êtes très belle, Alanna.

Elle avait revêtu sa plus belle robe, en laine bleu nuit bordée de dentelle gris perle. Elle savait qu'elle avait belle allure.

Sur le parvis de l'église, où les villageois échangeaient les vœux de Noël, Ian déposa un baiser sur ses mains. Bien qu'elle sût que les langues iraient bon train pendant des semaines, elle le laissa faire.

— Et vous, vous êtes très élégant, Ian MacGregor.

C'était la première fois qu'elle le voyait si bien habillé ; une dentelle vaporeuse ornait les poignets de son pourpoint, et il avait posé un tricorne sur sa crinière rousse. Alanna le dévorait des yeux. Ce serait encore un souvenir de lui qu'elle chérirait, plus tard.

— Quelle belle journée ! dit-il.

Il regarda le ciel.

— Il va neiger avant la nuit. Et quel meilleur jour que Noël pour que la neige tombe ?

Elle retint le bonnet bleu que Johnny lui avait offert.

— Mais le vent est fort.

Elle sourit en voyant son frère et Mary entourés de gens qui leur présentaient leurs vœux de bonheur.

— Nous devrions rentrer, dit-elle. La dinde doit être cuite.

Ian lui offrit son bras.

— Permettez-moi de vous escorter vers votre équipage, madame Flynn.

— C'est très gentil à vous, monsieur MacGregor.

Ian ne se rappelait pas avoir jamais vécu une journée si parfaite. Pourtant, il avait encore des tâches à accomplir, mais il se débrouillait pour passer chaque moment libre avec Alanna. Il y avait bien une part de lui qui aurait souhaité que la famille de la jeune femme soit à des milliers de kilomètres, pour qu'il se retrouve enfin seul avec elle quand elle lui donnerait sa réponse. Mais il avait décidé d'être patient, ne doutant pas une seconde de l'heureuse issue qui l'attendait. Alanna ne pouvait pas le regarder comme elle le regardait, lui sourire, l'embrasser de cette façon si elle n'était pas aussi amoureuse de lui qu'il l'était d'elle. Il aurait pu l'enlever, l'emporter sur son cheval, mais il voulait faire les choses convenablement.

Si elle le souhaitait, ils pourraient se marier à l'église où ils avaient assisté à la messe de Noël. Puis il louerait, non, il achèterait plutôt un attelage bleu et argent, qui s'accorderait aux couleurs d'Alanna. Ils voyageraient jusqu'en Virginie, où il la présenterait à sa tante, son oncle et ses cousins.

Puis il l'emmènerait en Ecosse, où elle ferait la connaissance de ses parents et de ses frères et sœurs. Il y aurait une seconde cérémonie de mariage, sur la terre où il était né.

Il voyait déjà tout cela. Ils s'installeraient à Boston, où il lui achèterait une belle maison. Ils fonderaient une famille pendant qu'il se battrait, par la voix ou par les armes, pour l'indépendance de son pays d'adoption.

Le jour, ils discuteraient, et le soir, ils se coucheraient côte à côte dans un grand lit de plume, et Alanna enroulerait ses longues jambes fines autour des siennes.

Depuis qu'il la connaissait, il ne voyait rien d'autre dans son avenir qu'une vie avec elle.

Toute la famille se retrouva autour de la table. La neige recommença effectivement à tomber, mais doucement. Quand la dinde, les pommes de terre, la choucroute et les biscuits furent dévorés, Ian ne se tenait plus d'impatience.

Plutôt que de se joindre aux hommes près de la cheminée, il attrapa la cape d'Alanna et la lui posa sur les épaules.

— Je veux être seul avec vous un instant.

— Mais je n'ai pas fini…

— Le reste peut attendre. Je veux vous parler en tête à tête.

Alanna ne put objecter. Elle avait déjà la gorge nouée quand il l'entraîna avec lui dans la neige. Il avait à peine pris le temps de se mettre un chapeau sur la tête. Elle lui fit remarquer qu'il n'avait pas boutonné sa pelisse pour se protéger du vent, mais il ne l'écouta pas et la souleva dans ses bras. Il partit vers la grange à longues enjambées.

— Que faites-vous ? Je peux marcher !

— Vous allez mouiller votre robe.

Il embrassa sa bouche, où quelques flocons s'étaient posés.

— Et j'aime vous porter, ajouta-t-il d'une voix chaude.

Dans la grange, il la remit sur ses pieds et ferma la porte. Puis il alluma la lampe. Sans un mot, Alanna attendit en serrant ses bras autour elle. Elle était fermement décidée à lui parler. C'était maintenant que la fête de Noël prenait fin.

— Ian…

— Non, attendez.

Il s'approcha d'elle, posa doucement les mains sur ses épaules. Sa tendresse la rendit muette.

— Vous ne vous êtes pas demandé pourquoi je ne vous avais pas fait de cadeau, ce matin ?

— Vous me l'aviez déjà fait. C'était votre promesse de ne pas parler de la guerre.

— Vous avez cru que je n'avais rien d'autre pour vous ?

Il lui prit les mains. Elles étaient glacées. Bien sûr, il ne lui avait pas laissé le temps de prendre des mitaines. Il les réchauffa dans les siennes.

— Pour notre premier Noël ensemble, le cadeau doit être spécial.

— Non, Ian, c'est inutile.

Sans la quitter des yeux, il glissa une main dans la poche de son pourpoint d'où il sortit une petite boîte.

— J'ai envoyé un garçon du village chez moi, à Boston, pour qu'il me la rapporte.

Il glissa la boîte entre ses mains.

— Ouvrez-la.

Alanna secoua la tête. Il ne fallait pas, elle le savait. Mais son cœur refusait d'entendre raison. Presque malgré elle, elle l'ouvrit et découvrit une bague en or en forme de tête de lion couronnée.

Pendant une seconde, elle resta bouche bée, puis elle serra les lèvres.

— C'est le symbole de mon clan, dit Ian. Le grand-père dont je porte le nom l'avait fait confectionner pour sa femme.

Avant de mourir, elle l'avait donnée à mon père afin qu'il la garde pour moi. Quand j'ai quitté l'Ecosse, mon père m'a dit qu'il souhaitait que je l'offre à une femme aussi forte, aussi sage et aussi loyale que sa mère.

Une boule au fond de la gorge, Alanna resta muette pendant quelques secondes. Puis elle se força à parler.

— Oh, Ian. Ce n'est pas possible. Je ne veux...

— Aucune autre femme que vous ne la portera.

Il sortit la bague et la lui passa au doigt. Elle lui allait à la perfection, elle semblait avoir été faite pour elle. A cet instant, il eut l'impression que le monde lui appartenait.

— Je n'aimerai jamais une autre femme que vous.

Il embrassa sa main avec ferveur.

— Avec cette bague, je vous offre mon cœur.

— Je vous aime, murmura-t-elle.

Elle avait l'impression que son univers se partageait en deux.

— Je vous aimerai toujours.

Elle ne détourna pas son visage quand il se pencha vers elle. Le moment viendrait où elle verserait des larmes de chagrin, de regrets. Mais ce soir, pendant les quelques heures qui restaient, elle allait lui offrir un cadeau supplémentaire.

Lentement, elle posa ses mains sur la pelisse de Ian et la fit glisser de ses épaules. Elle commença à déboutonner son pourpoint.

De ses mains tremblantes, il immobilisa les siennes.

— Alanna...

Elle secoua la tête et posa un doigt sur ses lèvres.

— Je ne suis pas une jeune fille. Je viens à vous en tant que femme, et je vous demande de me prendre en tant que telle. Je veux que vous m'aimiez, Ian. Ce soir, en cette nuit de Noël, j'en ai besoin.

Cette fois, ce fut elle qui captura les mains de Ian dans les siennes. Elle les porta à ses lèvres. C'était téméraire, elle en avait conscience, mais c'était légitime.

— Et j'ai besoin de vous aimer ce soir.

Ian ne s'était jamais senti aussi maladroit. Ses mains semblaient trop grandes, trop rudes, son envie trop profonde et intense. Il se jura que s'il ne devait accomplir qu'une seule chose dans sa vie, ce serait d'aimer tendrement Alanna et de lui montrer ce qu'il avait au fond du cœur.

Avec d'infinies précautions, il la coucha dans le foin. Ce n'était pas le lit de plume qu'il avait rêvé pour elle, mais les bras d'Alanna venaient de l'enlacer, et elle souriait en lui offrant sa bouche. Avec un soupir émerveillé, il se noya en elle.

Alanna était éperdue d'amour. C'était au-delà de tout ce qu'elle avait rêvé. Ian l'embrassait avec une telle ferveur qu'elle en oubliait les chagrins enfouis au fond d'elle. Quand il eut délacé son cache-cœur, il le fit glisser sur ses épaules qu'il embrassa en murmurant des mots fous. Alanna avait envie de pleurer et de rire en même temps.

Elle lui ôta son pourpoint, ouvrit sa chemise et caressa doucement sa poitrine du bout des doigts.

Lentement, il la déshabilla, en s'arrêtant, en s'attardant pour lui donner du plaisir et en prendre. Chaque fois qu'il la touchait, qu'il l'embrassait, Alanna répondait plus généreusement. Il entendait sa respiration rapide, et bientôt elle le mordilla pendant qu'il se plongeait dans les délices de son corps.

Une senteur de lavande se mêlait à l'odeur du foin. La peau claire et soyeuse d'Alanna brillait sous la lumière tamisée, qui envoyait des reflets sur son abondante chevelure noire ; les soupirs d'Alanna faisaient écho à ses propres murmures.

Alanna frissonnait. Mais elle avait chaud. Tellement chaud. Elle voulut prononcer le nom de Ian, mais elle n'arriva qu'à enfoncer ses ongles dans ses épaules. D'où venait ce tourbillon, cette rivière sauvage qui coulait en elle ? Où finissait-elle ? Elle s'arc-bouta contre lui tandis que les mains de Ian voyageaient comme la foudre sur des zones de plaisir dont elle n'avait jamais soupçonné l'existence.

Elle scella sa bouche sur la sienne, avide, altérée. Et bientôt il la pénétra, profondément. Eblouie, elle ouvrit pourtant les yeux. Le visage de Ian était au-dessus du sien, ses cheveux flamboyants scintillaient à la lueur de la lampe.

— Maintenant, nous ne formons qu'un.

Il parlait à voix basse, rauque de passion.

— Maintenant, tu es à moi.

Il prit ses lèvres tandis qu'ils s'offraient l'un à l'autre.

8

Ils s'assoupirent, la cape d'Alanna négligemment jetée sur leurs corps emmêlés, chauds, repus d'amour.

Ian murmura son nom.

Alanna se réveilla.

Minuit était passé. Elle voulait rester encore un moment. Profiter de cet instant magique, qui allait bientôt prendre fin. Ian s'était rendormi. Elle observa son visage. Elle voulait se rappeler plus tard chaque trait, chaque détail, bien qu'ils soient déjà gravés dans son cœur.

Des lèvres, elle effleura sa bouche. Un dernier baiser. Un dernier instant de bonheur.

Quand elle bougea, il marmonna et tendit le bras vers elle.

— Vous ne vous échapperez pas aussi facilement, madame Flynn.

Son cœur se serra quand elle entendit la façon malicieuse dont il prononça son nom.

— L'aube approche. Nous devons sortir d'ici, dit-elle.

— Très bien.

Il s'assit pendant qu'elle commençait à s'habiller.

— Je suppose que, même dans ces circonstances, votre père pourrait bien tirer de nouveau son couteau s'il me trouvait nu dans le foin avec sa fille.

A regret, il enfila ses hauts-de-chausses. Il aurait aimé trouver les mots pour lui faire comprendre ce que cette nuit signifiait pour lui. Sa chemise encore ouverte, il se leva pour lui embrasser la nuque.

— Vous avez de la paille dans les cheveux, mon ange.

Elle s'écarta de lui et enleva les brins.

— J'ai perdu mes épingles.

— Je les préfère dénoués.

Il enfonça les mains dans sa chevelure luxuriante.

— Dieu, je les aime comme cela.

Elle faillit tomber dans ses bras mais elle se ressaisit.

— Où est mon bonnet ?

Obligeant, il se mit à sa recherche.

— Pour vous dire la vérité, je n'ai jamais passé un aussi beau Noël. Je croyais avoir atteint le sommet à huit ans, quand j'ai reçu en cadeau un cheval bai. Il avait un caractère de chien, mais quel tempérament !

Il trouva son bonnet et le lui tendit.

— Mais vous le battez largement !

Alanna esquissa un sourire.

— Je suis flattée, pour sûr, monsieur MacGregor. Maintenant, je dois aller préparer le déjeuner.

— Parfait. Pendant le repas, nous pourrons annoncer à votre famille que nous devons nous marier.

Alanna prit une profonde inspiration.

— Il n'en est pas question.

— Nous n'avons aucune raison d'attendre, Alanna.

— Non, répéta-t-elle. Je ne vais pas vous épouser.

Il la regarda fixement, puis il se mit à rire.

— Qu'est-ce que vous me chantez là ? C'est absurde.

— Ce n'est pas absurde. Je ne vais pas vous épouser, un point, c'est tout.

Il l'attrapa furieusement par les épaules.

— On va voir si vous n'allez pas m'épouser ! Je n'aime pas ce genre de plaisanteries.

— Ce n'est pas une plaisanterie, Ian.

Bien qu'elle commençât à claquer des dents, elle réussit à trouver un ton calme.

— Je ne vous épouserai jamais !

Ian en eut le souffle coupé. Si elle lui avait plongé un couteau dans le cœur, elle ne l'aurait pas fait souffrir davantage.

— Vous mentez. Vous me regardez en face et vous osez mentir. Vous n'auriez pas pu m'aimer comme vous l'avez fait si vous ne vouliez pas m'appartenir.

Alanna avait le cœur déchiré, mais elle garda les yeux secs, si secs qu'ils étaient brûlants sous ses paupières.

— Je vous aime, mais je ne vais pas me marier avec vous.

Elle secoua la tête et continua avant qu'il puisse protester :

— Mes sentiments pour vous n'ont pas changé, pas plus que les vôtres. Mais comprenez-moi, Ian, je suis une femme simple, avec des espoirs simples. Vous allez faire votre guerre et vous ne serez pas satisfait tant qu'elle ne sera pas terminée. Vous continuerez, qu'elle dure un an ou dix ans. Je ne veux pas perdre un autre être que j'aime, j'en ai déjà trop perdu. Je ne vais pas prendre votre nom et vous offrir mon cœur pour vous voir mourir à la guerre.

— Ainsi, vous me faites du chantage. Vous ne partagerez pas ma vie tant que je n'accepterai pas d'ignorer tout ce en quoi je crois ! Pour vous avoir, je dois tourner le dos à mon pays, à mon honneur et à ma conscience…

— Non !

Alanna serra ses mains très fort l'une contre l'autre.

— Je ne vous fais pas de chantage. Je vous laisse votre liberté, de tout mon cœur et sans regretter ce qui s'est passé entre nous. Nous n'avons pas la même conception du monde, Ian. Je ne peux pas vivre dans le vôtre, et vous ne pouvez pas vivre dans le mien. Tout ce que je demande, c'est que vous m'accordiez la même liberté que celle que je vous laisse.

— N'y comptez pas.

Il lui prit le bras. Ses mains si douces la nuit précédente semblaient maintenant forgées dans l'acier.

— Comment pouvez-vous croire que nos divergences politiques puissent m'empêcher de vous emmener avec moi ? Votre place est près de moi, Alanna.

— Il ne s'agit pas uniquement de divergences politiques.

Alanna sentait les larmes lui monter aux yeux. Elle se força à parler sèchement.

— Nous n'avons ni les mêmes espoirs, ni les mêmes rêves. Je ne vous demande pas de sacrifier les vôtres, Ian, mais je ne sacrifierai pas les miens.

Elle recula, raide comme une épée.

— Je ne veux pas vivre avec vous. Rien de ce que vous pourriez dire ou faire ne pourrait me faire changer d'avis. Et si vous m'aimez vraiment, vous n'essaierez pas.

Elle lui arracha son bonnet des mains et en fit une boule.

— Vos blessures sont guéries, Ian MacGregor. Il est temps que vous partiez. Je ne vous reverrai pas.

Sur ces mots, elle lui tourna le dos et sortit précipitamment.

Une heure plus tard, depuis sa chambre, elle l'entendit partir à cheval. Elle se laissa tomber sur son lit et éclata en sanglots. Les larmes inondèrent ses mains, et ce n'est qu'à ce moment-là qu'elle s'en rendit compte : elle n'avait pas rendu à Ian la bague qu'il lui avait offerte. Et il ne la lui avait pas demandée.

Ian mit trois semaines pour se rendre en Virginie, et une semaine supplémentaire avant de pouvoir parler à quelqu'un autrement que par monosyllabes. Dans la bibliothèque de son oncle, il participa aux discussions sur les événements qui se déroulaient à Boston et dans d'autres colonies, ainsi que sur les réactions du Parlement. Bien que Brigham Langston, quatrième comte d'Ashburn, soit en Amérique depuis près de trente ans, il avait gardé des liens en haut lieu, en Angleterre. Il s'était battu pour ses idées dans la rébellion des Stuarts, et il était déterminé à résister à son pays natal pour faire régner la liberté et la justice sur sa terre d'adoption.

— Messieurs, assez de secrets et de complots pour ce soir !

Serena MacGregor venait d'entrer en coup de vent dans la bibliothèque.

Ian se leva pour la saluer, mais son oncle resta appuyé contre le manteau de la cheminée. Serena posa sur lui un regard alangui. A ses yeux, Brigham était toujours aussi beau que lorsqu'elle l'avait rencontré, quelque trente années plus tôt. Il avait gardé sa silhouette mince et musclée, son visage était buriné par le soleil du Sud, et ses cheveux argentés ne faisaient qu'ajouter à son charme naturel. Serena tourna les yeux vers leur fils aîné, Daniel, qui l'embrassa sur la joue et lui tendit un verre de brandy.

— Tu sais que nous sommes toujours heureux de te compter parmi nous, maman.

— Tu parles comme ton père.

Elle était ravie qu'il ait également hérité la belle allure de Brigham.

— Je sais très bien que tu souhaites me voir au diable. Mais je te rappelle encore une fois que j'ai déjà participé à une rébellion. N'est-ce pas, *Sassenach* ?

Brigham se mit à rire. Dès le premier jour où ils s'étaient connus, elle l'avait souvent affublé du nom péjoratif que les Ecossais donnaient aux Anglais.

— Ai-je jamais essayé de te changer ? demanda-t-il.

— Tu n'es pas homme à essayer en sachant que tu vas perdre.

Elle l'embrassa puis se tourna vers son neveu.

— Ian, tu as maigri !

Elle venait de décider qu'il avait suffisamment broyé du noir. Tant que sa mère serait de l'autre côté de l'océan, elle s'occuperait elle-même de lui.

— Ma cuisine ne te plaît pas ?

— Ta table est magnifique, comme toujours, tante Serena.

Elle sirota son brandy et posa un regard scrutateur sur son neveu.

— Ta cousine Fiona regrette que tu n'aies pas encore fait de randonnée à cheval avec elle.

Elle parlait de sa fille cadette.

— J'espère qu'elle n'a rien fait pour te déplaire ?

— Non, rassure-toi.

Il se balança d'un pied sur l'autre.

— Non, j'ai seulement été un peu… distrait. Je vais me promener avec elle un de ces prochains jours.

— Très bien.

Elle sourit malicieusement. Il valait mieux attendre d'être seule avec Ian pour essayer de le faire parler.

— Brig, Amanda aimerait que tu l'aides à choisir un poney pour Colin. Et toi, Daniel, ton frère t'attend à l'écurie. Il veut te parler.

— D'accord, maman, j'y vais de ce pas.

Quand elle se retrouva seule avec Ian, elle s'assit confortablement et lissa sa robe d'un air satisfait.

— Ian, est-ce que tu me fuis ? Nous n'avons pas discuté en tête à tête depuis que tu es arrivé. Reprends un peu de brandy et tiens-moi compagnie un petit moment, veux-tu ?

Elle lui adressa un sourire charmant. C'était encore une façon qu'elle avait d'obtenir ce qu'elle voulait, sans cri, sans menaces.

— Raconte-moi tes aventures à Boston.

Elle se débarrassa de ses chaussures et cacha ses pieds nus sous sa jupe, dans une attitude à la fois digne et très jeune. Malgré son humeur sombre, Ian ne put s'empêcher de lui sourire.

— Tante Serena, tu es très belle.

— Et toi, tu essaies de me détourner de mon idée.

Elle secoua la tête, faisant ruisseler ses cheveux sur ses épaules. Si l'on faisait exception de quelques mèches grisonnantes, ils n'avaient pas subi l'outrage du temps, ils étaient encore d'un roux lumineux.

— Je sais tout sur tes petites *Tea parties*, mon garçon.

Elle leva son verre à sa santé.

— En tant que MacGregor, je te félicite. Et je sais que les Anglais commencent à rouspéter. Qu'ils s'étranglent avec leur maudit thé !

Elle leva une main.

— Mais ne parlons pas de cela. J'ai vraiment envie d'écouter ce que tu as à dire sur les sentiments de ceux qui sont dans la Nouvelle-Angleterre et dans d'autres parties de l'Amérique, mais pour l'instant, je veux que tu me parles de toi.

— De moi ?

Il haussa les épaules et fit tourner sa boisson dans sa tasse.

— Tu es au courant de mes activités, tante Serena. Tu connais mon allégeance à Sam Adams et aux Fils de la Liberté. Nos projets s'élaborent lentement, mais sûrement.

— Je sais cela. C'est passionnant, mais ce n'est pas ce que je veux entendre pour l'instant, Ian.

Elle se pencha en avant et prit sa main dans les siennes.

— Tu es l'aîné de mon frère, et mon filleul. Je t'ai aidé à venir au monde. Aussi vrai que je suis assise là à côté de toi, je sais que tu as des ennuis qui n'ont rien à voir avec la politique ni avec les révolutions, quelles qu'elles soient.

— Et qui ont pourtant tout à voir avec elles, murmura-t-il avant de boire une gorgée d'alcool.

— Parle-moi de cette femme ! dit brusquement Serena.

Ian jeta un coup d'œil acéré à sa tante.

— De qui ?

— Pour qui me prends-tu, Ian ? Tu l'as mentionnée mille fois par ton silence. Inutile d'essayer de me le cacher, mon garçon. N'oublie pas que nous sommes du même sang. Comment s'appelle-t-elle ?

— Alanna.

Il prononça son nom avant de savoir qu'il en avait l'intention.

— Qu'elle aille au diable ! ajouta-t-il.

Avec un rire de gorge, Serena s'enfonça dans son siège.

— Tout cela me paraît passionnant. Je t'écoute.

A contrecœur, Ian finit par obéir. Il raconta tout à Serena, depuis le moment où il avait repris vaguement conscience dans l'écurie, jusqu'au moment où il était parti de chez les Murphy, furieux et frustré.

— Elle doit beaucoup t'aimer, murmura sa tante.

En parlant, Ian s'était levé pour arpenter la pièce.

— Drôle d'amour ! dit-il avec un rire amer.

— Un amour profond, mais craintif.

Serena se leva et lui tendit les mains.

— Je comprends cela, Ian, plus que je ne peux l'exprimer.

Peinée pour lui, elle porta les mains de son neveu à ses joues.

— Je ne peux pas me changer. Je suis comme je suis, dit-il.

— Naturellement.

Avec un soupir, elle l'attira près d'elle en se rasseyant sur le canapé.

— Moi non plus, je ne pouvais pas. Nous sommes des enfants de l'Ecosse, mon chéri. Nous avons en nous l'esprit des Highlands.

Sa voix trahissait la nostalgie de son pays.

— Nous sommes nés rebelles, nous nous battons depuis le début des temps. Cependant, nous ne luttons que pour ce qui nous appartient de droit. Notre terre, notre foyer, notre peuple.

— Elle ne comprend pas cela.

— Oh ! si, je crois qu'elle le comprend fort bien. Peut-être ne peut-elle l'accepter, tout simplement. Mais dis-moi pourquoi toi, un MacGregor, tu l'as quittée quand elle t'a prié de partir ? Tu ne t'es donc pas battu pour la garder ?

— C'est une folle à la tête dure qui ne veut pas entendre raison.

— Ah, je vois !

Dissimulant un sourire, Serena hocha la tête. Elle aussi avait été accusée plus d'une fois d'avoir la tête dure, et par un homme, notamment. Si Ian avait sauté sur son cheval pour venir panser ses blessures en Virginie, c'était par orgueil. Mais l'orgueil était aussi quelque chose qu'elle comprenait très bien.

— Tu l'aimes.

— Je ne souhaite qu'une chose : l'oublier. Mais je ne peux pas.

Il serra les dents.

— Je vais peut-être retourner là-bas pour la tuer.

— Je doute que tu en arrives là.

Elle se leva et lui caressa la main.

— Reste le temps que tu voudras chez nous, Ian. Et fais-moi confiance, tout va s'arranger.

Serena le laissa le front rembruni, à contempler le feu.

Elle se dirigea tout droit vers sa chambre et s'assit à son bureau pour rédiger une lettre.

— Non ! Je ne peux pas y aller !

Les joues écarlates, les yeux brillants, Alanna se tenait devant son père, la lettre serrée convulsivement dans sa main.

— Si, tu iras ! insista Cyrus. Lady Langston t'a invitée chez elle pour te remercier de vive voix d'avoir sauvé la vie de son neveu.

Il coinça sa pipe entre ses dents et soupira en baissant les yeux. Pourvu qu'il ne fasse pas une erreur en incitant sa fille à partir !

— Ta mère voudrait que tu y ailles, ajouta-t-il.

Mais Alanna avait encore des arguments.

— Le voyage est trop long. Dans près de deux mois, il sera temps de fabriquer le savon, de faire les semailles et de carder la laine. J'ai trop de travail pour entreprendre un tel voyage. Et de toute façon… je n'ai rien de convenable à me mettre sur le dos.

Son père balaya ses objections d'un geste de la main.

— Tu vas y aller, au nom de ta famille !

Il se redressa de toute sa hauteur.

— Il ne sera pas dit qu'un Murphy aura eu peur de rencontrer le beau monde !

— Je n'ai pas peur !

— Tu trembles, ma fille, et cela me fait honte. Lady Langston souhaite faire ta connaissance. Après tout, j'ai des cousins qui se sont battus au côté de son clan dans le Quarante-Cinquième. Un Murphy vaut bien un MacGregor. Je sais que je n'ai pas pu t'envoyer à l'école comme ta mère le souhaitait…

— Oh, papa !

Il secoua fortement la tête.

— Si je ne te pousse pas à accepter cette invitation, ta mère me tournera le dos quand je la rejoindrai dans l'au-delà. Avant que ma vie s'achève, je veux que tu connaisses autre chose du monde que ces rochers et cette forêt. Alors tu vas y aller pour ta mère et pour moi, si tu n'y vas pas pour toi-même.

Alanna se sentit faiblir.

— Mais si Ian est chez lady Langston ?

— Ecrit-elle qu'il y est ?

— Eh bien, non, mais…

— Alors, il n'y est probablement pas. Il doit être en train de faire du remue-ménage quelque part.

— Oui, sans doute.

Lugubre, elle baissa les yeux sur la lettre froissée entre ses mains.

— Oui, sans doute, répéta-t-elle.

Elle secoua la tête en soupirant. Son cœur se gonflait de sentiments contradictoires. Comment ignorer l'excitation qu'elle ressentait à l'idée de voyager, de voir la Virginie, où la campagne était, paraît-il, si verte ?

Elle regarda son père.

— Qui va faire la cuisine pendant mon absence ? Qui va faire la lessive, traire les vaches ?

— Nous ne sommes pas manchots, ma fille.

Mais Alanna lui manquait déjà. Il soupira.

— Mary pourra nous aider, maintenant qu'elle est mariée à notre Johnny. Et la veuve Jenkins propose toujours de donner un coup de main.

— Je sais, mais pouvons-nous nous permettre…

— Nous ne sommes pas non plus sans le sou, coupa Murphy.

Va écrire ta réponse à lady Langston. Dis-lui que tu acceptes son invitation avec joie. A moins que tu n'aies peur de la rencontrer.

— Bien sûr que non !

Alanna se frotta le front. Tout était allé si vite ! Son père la regardait d'un air obstiné. Elle ne pouvait pas le décevoir. Prenant une profonde inspiration, elle murmura :

— Très bien, je vais y aller.

Elle monta lentement l'escalier. Son écritoire était dans sa chambre.

— Parfait, marmonna Cyrus à voix basse. Mais reviendras-tu ?

9

Alanna était sûre que son cœur allait exploser dans sa poitrine. Il battait si vite ! Jamais elle n'était montée dans un fiacre attelé à des chevaux aussi bien assortis que ces deux bais qui l'emportaient à vive allure. Et guidés par un cocher en livrée ! Le simple fait d'imaginer que les Langston avaient envoyé cet équipage avec des postillons et une servante lui donnait le vertige.

Elle avait roulé jusqu'à Boston, où elle avait pris le bateau pour Richmond ; et maintenant, elle avait retrouvé la route pour rejoindre Glenroe, la plantation des Langston, à laquelle ils avaient donné le nom d'une forêt des Highlands, en Ecosse, leur pays natal.

Alanna s'enfonça dans son siège capitonné et se laissa aller à sa rêverie. Dieu, comme cela avait été excitant de voir le vent gonfler les voiles du navire, de découvrir sa cabine particulière et de rencontrer la jeune servante chargée de veiller à ses besoins ! Jusqu'à ce que la pauvre petite ait le mal de mer. Les rôles s'étaient alors inversés, et elle avait dû veiller elle-même aux besoins de la jeune fille. Mais elle n'en avait cure. Pendant que la servante se reposait, Alanna s'était promenée sur les ponts du grand bateau d'où elle avait contemplé l'océan, apercevant de-ci de-là une étendue de côte.

Elle était allée d'émerveillement en émerveillement en découvrant l'immensité et la beauté de cette terre de Virginie.

C'était vraiment magnifique. Elle aimait la ferme, la forêt et les rochers de son Massachusetts natal, mais ici, la terre était encore plus splendide dans sa variété. Quand elle était partie de la maison paternelle, le sol était encore blanc de neige. La chaleur arrivait timidement, faisant fondre la glace qui formait des stalactites sur l'auvent du toit et les branches nues des arbres.

Mais dans le Sud, les arbres étaient déjà verts, et elle avait pu laisser sa cape ouverte pour profiter de l'air qui entrait à flots dans la voiture attelée. Partout dans les prés, des petits veaux tétaient leur mère. Les champs étaient de véritables ruches où des dizaines et des dizaines de mains noires faisaient les semailles de printemps. Et on était seulement au mois de mars !

Il y avait trois mois que Ian était parti. Le cœur serré, Alanna effleura la bague qu'elle portait à une cordelette sous sa robe de voyage. Elle la rendrait à lady Langston, bien sûr, car Ian ne serait certainement pas à la plantation. C'était impossible. Elle soupira, partagée entre le soulagement et le regret. Elle rendrait cette bague à la tante de Ian en lui expliquant pourquoi elle était en sa possession. Cependant, elle se garderait de lui dire toute la vérité, ce serait trop humiliant, et trop douloureux.

Elle redressa les épaules. Inutile de nourrir des pensées aussi tristes pour l'instant. Croisant ses mains sur ses genoux, elle examina les collines ondoyantes déjà couvertes de verdure. Elle devait considérer ce voyage comme une aventure, qu'elle n'aurait certainement pas l'occasion de vivre deux fois.

Et elle devait mémoriser le moindre détail pour pouvoir faire un récit fidèle à Brian, le plus curieux de ses deux frères. Elle soupira. Elle n'aurait certainement aucune difficulté à se souvenir de tout. Ce voyage n'était pas ordinaire. Elle était invitée par la famille de Ian, des gens qui l'avaient connu bébé, puis jeune homme.

Pendant les quelques semaines qu'elle allait passer chez eux, elle se sentirait certainement proche de lui. C'était inévitable, mais ce serait la dernière fois. Elle se le promettait. Ensuite, elle retournerait à la ferme, vers sa famille et vers son devoir, et elle pourrait s'estimer heureuse.

Il n'y avait pas d'autre possibilité. Cependant, alors que le fiacre brinquebalait dans un chemin plein d'ornières, Alanna garda sa main droite posée sur la bague que Ian lui avait offerte.

Quelques minutes plus tard, l'attelage tourna entre deux grands piliers reliés par une grille en fer forgé, au-dessus de laquelle était inscrit en lettres immenses : « GLENROE ». La servante, plus éprouvée qu'Alanna par la route, sembla reprendre vie.

— Vous allez bientôt voir la maison, madame.

Visiblement heureuse que ces semaines de voyage prennent fin, elle tendit le cou par la fenêtre.

— C'est la plus belle maison de toute la Virginie, ajouta-t-elle.

Le cœur battant, Alanna se mit à tripoter le galon noir bordant sa robe de voyage, qu'elle avait cousue pendant les trois nuits qui avaient précédé son départ. Puis ses doigts agités jouèrent avec les rubans de son bonnet, lissèrent sa robe avant de retourner vers le galon. Elle regarda dehors.

La large allée était bordée de chênes couverts de minuscules feuilles vert clair. Alanna se pencha par la fenêtre. Aussi loin que portait sa vue, les immenses pelouses étaient entretenues à la perfection. De-ci de-là, des arbres fruitiers resplendissaient de bourgeons roses et blancs. Et brusquement, sur une petite crête, la maison lui apparut dans toute sa splendeur.

Alanna en oublia de respirer. C'était un majestueux édifice d'un blanc éclatant, orné d'une dizaine de colonnes fines et élancées. Des balcons qui ressemblaient à de la dentelle noire bordaient les hautes fenêtres aux deuxième et troisième étages. Un gigantesque porche courait sur toute la façade et les côtés de la maison, et de gros bouquets de fleurs rouge vif étaient disposés dans de grands vases posés de chaque côté de l'escalier de pierre, qui conduisait à des portes-fenêtres aux vitres étincelantes.

Alanna serra frénétiquement ses mains l'une contre l'autre. Elle dut prendre sur elle pour ne pas crier au cocher de faire demi-tour et de la ramener chez son père.

Doux Jésus, que venait-elle faire ici ? Qu'allait-elle bien pouvoir dire à des gens qui vivaient dans un tel luxe ? Le fossé entre

Ian et elle semblait s'élargir tandis que les chevaux fougueux avançaient inexorablement.

Avant que l'équipage s'arrête au tournant de l'allée, une femme apparut sur le seuil de la maison. Sa robe vert d'eau bordée de dentelle ivoire se gonflait au vent. Ses cheveux, d'une belle nuance dorée, étaient enroulés sur sa nuque. Alanna était à peine revenue de sa stupeur que la dame s'avança vers elle, les mains tendues.

— Madame Flynn, vous êtes aussi belle que je m'y attendais.

Elle parlait avec une voix légèrement rauque, rappelant celle de Ian. Alanna eut le cœur serré.

— Permettez-moi de vous appeler Alanna, je sens que nous sommes déjà amies, continua lady Langston en la prenant dans ses bras. Je suis Serena, la tante de Ian. Bienvenue à Glenroe.

— Lady Langston, commença Alanna, intimidée.

Elle était mal à l'aise dans ses vêtements froissés et couverts de poussière. Mais Serena ne semblait pas y prêter attention. Elle la prit par la main et l'entraîna vers la maison.

— Appelez-moi Serena, je vous en prie. J'espère que votre voyage a été agréable.

— Oui. Et je vous remercie de votre générosité en m'ouvrant votre demeure.

— C'est moi qui vous remercie.

Serena fit une pause avant d'entrer dans la maison.

— Vous avez sauvé la vie de Ian. Il m'est aussi précieux que mes propres enfants. Venez, je vais vous montrer votre chambre. Je suis sûre que vous avez envie de vous rafraîchir avant de rencontrer le reste de la famille à l'heure du thé. Naturellement, nous ne servirons pas cette horrible boisson.

Elles pénétrèrent dans un hall spacieux au plafond élevé. Un escalier à double circonvolution conduisait à l'étage. Alanna n'avait pas assez d'yeux pour admirer.

— Je m'en doute, parvint-elle à dire d'une voix faible tandis que Serena la prenait par un bras.

Elles montèrent la volée de marches qui partait à droite.

Brusquement, des cris s'élevèrent des profondeurs de la maison.

— Ne vous inquiétez pas. Ce sont mes deux petits monstres. Ils se chamaillent sans arrêt, comme des chiots.

Alanna s'éclaircit la voix.

— Combien d'enfants avez-vous, lady Langston ?

— Six.

Serena la guida le long d'un corridor aux tons pastel, recouvert de tapis moelleux.

— Ce sont Payne et Ross que vous entendez. Ils sont jumeaux. Ils passent leur temps à s'envoyer au diable puis à jurer qu'ils se défendront mutuellement jusqu'à la mort.

Alanna entendit distinctement un objet se fracasser. Serena resta indifférente. Elle ouvrit une porte et s'effaça pour la laisser entrer.

— J'espère que vous serez confortablement installée ici. Si vous avez besoin de quoi que ce soit, n'hésitez pas à me le demander.

Alanna sourit. Elle allait de surprise en surprise. De quoi pourrait-elle bien avoir besoin ? La chambre était au moins trois fois plus grande que la sienne, et parfumée de bouquets de fleurs fraîches. Et dire qu'on n'était qu'au mois de mars !

Le lit, assez grand pour trois personnes, était couvert d'un tissu de soie bleu clair. Il y avait une armoire de bois ouvragée et un grand bureau orné d'un miroir dans un cadre d'argent, une coiffeuse délicate et une chaise recouverte de brocart. Les grandes fenêtres ouvertes laissaient entrer la chaude brise parfumée qui soulevait doucement les rideaux de voile blanc. Avant qu'Alanna retrouve sa langue, une servante se précipita, armée d'un pichet d'eau chaude.

Serena passa devant une cheminée magnifiquement sculptée.

— Voici Hattie.

Elle sourit à la petite servante noire.

— Elle s'occupera de vous pendant votre séjour. Hattie, vous prendrez soin de Mme Flynn, je compte sur vous ?

— Oh oui, ma'ame ! répondit Hattie en souriant.

— Parfait.

Serena tapota le bras d'Alanna.

— Y a-t-il autre chose que je puisse faire pour vous ?

— Certainement pas, vous en avez fait plus qu'il ne faut.

« Je n'ai même pas commencé », songea Serena, mais elle se contenta de secouer la tête en la regardant avec sympathie.

— Je vous laisse vous reposer. Hattie vous montrera le chemin quand vous voudrez nous rejoindre.

Quand la porte se referma derrière lady Langston, Alanna s'assit sur le bord du lit. Elle était épuisée. Comment allait-elle tenir le coup ?

Hattie l'aida à se débarrasser de ses vêtements de voyage et à revêtir sa plus belle robe. La jeune servante la coiffa avec beaucoup d'habileté, tout en parlant sans arrêt, d'une voix chantante. Alanna se regarda dans le miroir de la coiffeuse. Ses boucles noir corbeau étaient domptées en accroche-cœurs retombant sur son épaule gauche.

Alanna était en train de suspendre à ses oreilles les boucles en grenat de sa mère, faisant appel à tout son courage pour descendre l'escalier, quand elle entendit des cris et des coups sourds dans le corridor. Intriguée, elle entrouvrit la porte, puis elle l'ouvrit en grand à la vue de deux jeunes corps masculins qui roulaient sur le tapis.

Etonnée, elle toussota.

— Bonjour, messieurs !

Les garçons, qui se ressemblaient comme deux gouttes d'eau, avec des cheveux noirs en bataille et des yeux topaze, se relevèrent immédiatement et s'inclinèrent en même temps devant elle.

— Qui êtes-vous ? demanda celui qui avait une lèvre fendue.

— Je suis Alanna Flynn.

Alanna sourit, amusée.

— Et vous, vous devez être Payne et Ross.

— Oui.

La réponse venait de celui qui avait un œil au beurre noir.

— Je suis Payne, et je suis l'aîné. Je vous souhaite la bienvenue à Glenroe.

— Moi aussi, je lui souhaite la bienvenue, intervint Ross en donnant une bourrade dans les côtes de son frère.

Il s'avança et tendit la main à Alanna.

— Je vous remercie tous les deux, dit-elle, soucieuse de maintenir la paix. J'allais descendre pour rejoindre votre mère. Vous pourriez peut-être m'accompagner ?

— Elle doit être dans le salon. C'est l'heure du thé.

Ross lui offrit son bras.

— Evidemment, nous ne buvons pas cette satanée boisson.

Payne lui offrit aussi le sien. Alanna prit les deux.

— Si les Anglais nous forçaient à en boire, nous le leur cracherions à la figure.

— Naturellement, dit Alanna en fronçant les sourcils.

Quand le trio entra dans le salon, Serena se leva.

— Alanna, je vois que vous avez déjà fait la connaissance de mes deux petits démons.

Elle nota au passage l'œil au beurre noir et la lèvre fendue.

— Si vous voulez du gâteau, espèces de chenapans, il faudra vous laver avant de passer à table.

Serena se tourna vers Alanna et la présenta au reste de la famille : un jeune homme d'environ dix-huit ans, nommé Kit, qui ressemblait beaucoup à sa mère et qui lui adressa un bref sourire ; et une jeune fille, Fiona, qui devait avoir l'âge de Brian. Elle avait les cheveux plus blonds que roux, et les joues creusées de fossettes.

— Ma fille Amanda espère se joindre à nous avec sa famille pour le dîner. Ils vivent sur une plantation voisine, dit Serena.

Elle remplit une tasse de café qu'elle lui offrit.

— Nous n'attendrons pas Brigham et les autres. Ils sont partis superviser le travail de la plantation, et Dieu seul sait à quelle heure ils vont revenir.

— Maman m'a dit que vous vivez dans une ferme, dans le Massachusetts, dit Fiona.

— C'est vrai.

Alanna sourit et commença à se détendre.

— Il y avait encore de la neige quand je suis partie. Là-bas, la saison chaude est beaucoup plus courte que chez vous.

La conversation allait bon train quand les jumeaux revinrent, se tenant mutuellement par les épaules ; apparemment, ils étaient réconciliés. En adressant à leur mère un sourire identique, ils s'approchèrent d'elle pour l'embrasser.

— C'est trop tard, dit Serena en faisant semblant d'être fâchée. Je sais déjà que vous avez cassé le vase.

Elle remplit de chocolat deux grandes tasses.

— Heureusement qu'il était laid. Maintenant, asseyez-vous, et débrouillez-vous pour ne pas renverser vos tasses sur le tapis.

Alanna se sentait bien. Elle sirotait sa deuxième tasse de café quand un éclat de rire masculin se fit entendre dans le hall.

— Papa !

Les jumeaux se précipitèrent vers la porte. Serena jeta un rapide coup d'œil sur les éclaboussures de chocolat maculant le tapis et soupira.

Brigham entra, encadré par les deux garçons. Il leur ébouriffa les cheveux.

— Alors, quelles bêtises avez-vous faites aujourd'hui ?

Alanna tourna la tête vers lui. Il posa d'abord les yeux sur sa femme. Il avait l'air amusé. Mais il y avait autre chose dans ses yeux, une expression profonde, sincère, qui fit naître tout au fond d'elle une étincelle d'envie. Puis il la regarda et traversa le salon.

— Alanna, je vous présente mon mari, Brigham.

— Je suis ravi de vous connaître enfin, dit Brigham en prenant sa main dans les siennes. Nous vous devons tant !

Alanna se sentit rougir. Brigham aurait pu être son père, et pourtant il dégageait un magnétisme qui lui fit battre le cœur plus vite.

— Je vous remercie pour votre hospitalité, lord Langston.

— Ne me remerciez pas.

Il jeta à sa femme un regard étrange, qui paraissait presque exaspéré.

— J'espère seulement que vous passerez un excellent séjour.

— Le contraire me paraît impossible. Vous avez une demeure magnifique, et une famille adorable.

Il voulut dire encore quelque chose, mais sa femme l'interrompit.

— Veux-tu du café, Brig ?

Elle avait déjà rempli une tasse, qu'elle lui tendit en lui jetant un coup d'œil plein de sous-entendus.

— Où sont passés les autres garçons ?

— Ils étaient derrière moi. Ils ont fait un détour par la bibliothèque.

Alors qu'il parlait, deux hommes entrèrent dans la pièce. Alanna eut un vague aperçu de celui qui avait les cheveux noirs, et qui ressemblait à Brigham, en plus jeune. Puis son regard fut attiré irrésistiblement par l'homme qui l'accompagnait. Elle ne se rendit même pas compte qu'elle venait de se mettre debout et que le silence s'était abattu sur le salon.

Elle ne voyait que lui. Il était en costume d'équitation, et le vent avait ébouriffé sa crinière rousse. Il se figea sur place, le visage traversé par une foule d'expressions, les mêmes que celles qu'elle ressentait. Puis il esquissa un sourire, mais un sourire dur, qui la piqua au vif.

— Ah, madame Flynn. Quelle… extraordinaire surprise !

— Je… je…, bafouilla-t-elle.

Elle jeta un regard affolé autour d'elle, à la recherche d'un coin où se cacher. Mais Serena s'était déjà levée et lui prenait la main. Elle lui donna une pression légère mais ferme.

— Alanna a eu la gentillesse d'accepter mon invitation, Ian. Nous voulions la remercier de vive voix de s'être occupée de toi, et de t'avoir sauvé la vie afin que tu puisses continuer à empoisonner la nôtre.

Elle se mit à rire.

— Je vois, dit Ian.

Quand il put détourner les yeux d'Alanna, il envoya un coup d'œil furibond à sa tante.

— Tu es très maligne, tante Serena.

— Ce n'est pas moi qui dirai le contraire !

Ian serra les poings.

— Eh bien, madame Flynn, puisque vous êtes ici, je me dois de vous souhaiter la bienvenue à Glenroe.

— Je...

Alanna avait la gorge sèche. Elle savait qu'elle allait pleurer et se ridiculiser devant tout le monde.

— Excusez-moi.

Arrachant son regard à celui de Ian, elle sortit précipitamment du salon.

— Comme tu es agréable, Ian ! persifla Serena.

En secouant la tête, elle partit sur les talons de son invitée.

Elle trouva Alanna en train de sortir ses vêtements de l'armoire.

— Que faites-vous donc ?

— Je m'en vais. Je ne savais pas que... Lady Langston, je vous remercie infiniment pour votre hospitalité, mais je dois rentrer immédiatement.

— Quelle absurdité !

Serena la prit fermement par les épaules et la fit asseoir sur le lit.

— Maintenant, reprenez votre souffle. Je comprends que vous ayez été surprise de voir Ian, mais...

Elle fit une pause en voyant Alanna se couvrir le visage de ses mains et éclater en sanglots.

Dans un geste maternel, elle posa un bras sur ses épaules et la serra contre elle.

— Là, là... A-t-il été si désagréable ? Les hommes sont ainsi, vous savez. Cela signifie simplement que nous devons être les plus fortes.

— Non, non, tout est ma faute.

Alanna était secouée de sanglots convulsifs. Cette situation était humiliante, mais elle n'arrivait pas à retenir ses larmes. Elle posa la tête contre l'épaule de Serena.

— Que ce soit votre faute ou non, une femme ne doit jamais admettre ce genre de chose. Puisque les hommes ont l'avantage des muscles, nous devons mieux utiliser notre cerveau qu'eux.

En souriant, elle lui caressa les cheveux.

— Je voulais voir de mes propres yeux si vous l'aimiez autant qu'il vous aime. Maintenant, je le sais.

— Non, maintenant, il me déteste. Et qui pourrait l'en blâmer ? Mais c'est mieux ainsi.

Elle eut un hoquet.

— C'est mieux ainsi, répéta-t-elle, désespérée.

— Vos sentiments pour lui vous font peur ?

— Oh ! oui. Je ne veux pas l'aimer. Vous savez, il ne changera jamais. Il ne sera pas heureux tant qu'il ne se sera pas fait tuer ou pendre pour trahison.

— On ne tue pas aussi facilement un MacGregor. Ma chérie, je voudrais vous offrir un mouchoir, mais je n'en trouve jamais au moment où j'en ai le plus besoin.

En reniflant, Alanna hocha la tête et sortit le sien.

— Je vous demande pardon de m'être donnée en spectacle, lady Langston.

— Oh, j'adore les scènes, et j'en provoque chaque fois que c'est possible.

Elle attendit qu'Alanna se ressaisisse.

— Je vais vous raconter l'histoire d'une jeune fille qui vouait à un homme un amour déraisonnable. C'était une époque où la guerre, la rébellion et la mort régnaient partout. Elle le refusa plusieurs fois. Elle était persuadée d'agir au mieux.

Se séchant les yeux, Alanna poussa un profond soupir.

— Que sont-ils devenus ?

— Oh, il était aussi entêté qu'elle, alors ils se sont mariés et ils ont eu six enfants. Et deux petits-enfants.

Serena eut un sourire radieux.

— Je n'ai jamais regretté, pas une seule seconde.

— Mais c'est différent.

— L'amour est toujours le même. Et il n'est jamais le même. Moi aussi, j'avais peur.

— Vous ?

— Oh ! oui. Plus j'aimais Brigham, plus j'avais peur. Je nous punissais tous les deux en niant mes sentiments pour lui. Voulez-vous me parler des vôtres ? C'est souvent d'un grand secours de pouvoir parler entre femmes.

Alanna hocha la tête. Serena avait peut-être raison. De toute façon, elle ne souffrirait pas plus qu'elle ne souffrait déjà. Un peu rassérénée, elle se confia à sa nouvelle amie.

— J'ai perdu un de mes frères pendant la guerre contre les Français. Je n'étais qu'une enfant, alors, mais je me souviens bien de lui. Il était si brillant, si beau. Et, comme Ian, il ne pensait qu'à défendre sa terre, à se battre pour elle. Il est mort pour ses convictions. Un an plus tard, ma mère s'est éteinte. Elle avait eu le cœur brisé, et cela a fini par l'emporter. D'année en année, j'ai été témoin de la douleur de mon père.

Serena hocha la tête.

— Il n'y a pas de plus grande perte que celle d'un être aimé, dit-elle. Mon père est mort sur le champ de bataille il y a vingt-huit ans, et je vois toujours son visage. Peu de temps après, j'ai laissé ma mère en Ecosse. Elle est morte avant la naissance d'Amanda, mais elle continue à vivre dans mon cœur.

Elle prit les mains d'Alanna dans les siennes et elle plongea dans ses yeux son regard brouillé par les larmes.

— Quand la rébellion fut écrasée, mon frère Coll a ramené Brigham qui venait d'être blessé. Je portais son premier enfant dans mon sein. Pour nous cacher des Anglais, nous nous étions réfugiés dans une grotte. Brigham est resté plusieurs jours entre la vie et la mort.

Alanna retenait son souffle. Ainsi, l'histoire que Ian avait racontée à Brian n'était pas exagérée. Elle observa la frêle silhouette de Serena.

— Comment avez-vous pu supporter cela ? interrogea-t-elle.

— Comment ne pas le supporter ?

Serena eut un sourire espiègle.

— Brigham dit souvent que je l'ai fait revenir à la vie pour pouvoir le persécuter. Il a peut-être raison. Mais je connais la peur, Alanna. Quand cette révolution va éclater, mes fils vont aller se battre, et mon sang se glace à la pensée que je risque de les perdre. Cependant, si j'étais un homme, je prendrais mon arme et je les rejoindrais.

— Vous êtes plus courageuse que moi.

— Je ne crois pas. Si votre famille était menacée, iriez-vous vous cacher dans un coin, ou prendriez-vous les armes pour la protéger ?

— Je mourrais pour la protéger, mais…

Le sourire de Serena s'épanouit de nouveau, mais il était plus doux, plus sérieux qu'avant.

— Le jour viendra, bientôt, où les hommes des colonies prendront conscience que nous sommes tous unis. Comme un clan. Nous nous battrons pour nous protéger mutuellement. Ian sait cela désormais. N'est-ce pas la raison pour laquelle vous l'aimez ?

— Si.

Alanna baissa les yeux sur leurs mains jointes.

— Si vous niez cet amour, serez-vous plus heureuse que si vous prenez le temps que Dieu veut bien vous accorder de passer avec Ian ?

Alanna secoua la tête.

— Non.

Elle ferma les yeux et se remémora les trois derniers mois. Des mois de tristesse.

— Je ne serai jamais heureuse sans lui. Je le sais maintenant. Cependant, toute ma vie, j'ai rêvé d'épouser un homme fort, mais tranquille, qui se contenterait de travailler à mon côté et d'élever ses enfants. Avec Ian, il y aurait tant d'exigences et de risques. Je ne connaîtrais pas un moment de répit.

— C'est vrai, Alanna. Mais cherchez au fond de votre cœur

et posez-vous une seule question : si vous en aviez le pouvoir, changeriez-vous Ian ?

— Oui, répondit Alanna sans hésiter.

Elle releva brusquement la tête. Son cœur, plus honnête, venait de lui donner une autre réponse.

— Non ! s'écria-t-elle. Doux Jésus, suis-je donc stupide au point de ne pas avoir compris que je l'aime pour ce qu'il est, et non pour ce que j'aurais aimé qu'il soit ?

Satisfaite, Serena hocha la tête.

— La vie est pleine de risques, Alanna. On peut les accepter en faisant contre mauvaise fortune bon cœur, et aller de l'avant. On peut aussi se cacher et rester sans rien faire. De quel côté êtes-vous ?

Alanna resta longuement silencieuse.

— Je me le demande, lady Langston.

— Appelez-moi Serena.

— Je me le demande, Serena.

Alanna esquissa un pâle sourire.

— Si j'avais pu discuter plus tôt avec vous, aurais-je renvoyé Ian ?

Serena la serra contre son cœur.

— C'est une bonne question. Maintenant, reposez-vous, et laissez-le mijoter un peu.

— Il ne voudra plus jamais m'adresser la parole, murmura-t-elle.

Elle redressa le menton.

— Mais je le forcerai !

— Je n'en doute pas, dit Serena avec un petit rire. Non, je n'en doute pas.

10

Ian n'apparut pas au dîner, ni au petit déjeuner du lendemain. Cette désertion aurait découragé la plupart des femmes, mais Alanna y trouva un défi qui l'aida à vaincre son anxiété.

De plus, il était difficile, voire impossible, de vivre entourée de la famille Langston sans se rendre compte du pouvoir de l'amour, de la détermination et de la confiance. Quelles qu'aient été les vicissitudes rencontrées par Brigham et Serena, ils avaient passé leur vie ensemble. Ils avaient tous les deux perdu leur pays et des gens chers, mais ils avaient reconstruit leur existence grâce à leur volonté et à leur amour.

Avait-elle le droit de se refuser une chance avec Ian ? Il la ferait certainement, cette guerre, si elle éclatait, mais à la réflexion, il était trop têtu pour mourir. Et si elle devait le perdre, pourquoi se priver du bonheur de passer un an, un mois ou même un seul jour près de lui ?

Elle allait le lui dire. Si toutefois elle arrivait à le voir. Elle lui présenterait ses excuses, elle irait même jusqu'à lui demander pardon, bien que cette idée soit plutôt vexante.

Mais au fur et à mesure que la matinée se déroulait, elle se sentait de plus en plus irritée. Où diable Ian se cachait-il ?

Ce fut grâce aux jumeaux qu'elle obtint la réponse. Ils arrivaient dans le jardin en se disputant, selon leur habitude.

— Allons, les garçons, allez vous battre ailleurs, dit Serena.

Elle interrompit la taille de ses fleurs et se tourna vers eux.

— C'est sa faute à lui, déclarèrent-ils d'une seule voix.

Alanna ne put s'empêcher de sourire.

— Je voulais aller à la pêche, se lamenta Ross. Ian m'aurait emmené si Payne ne s'était pas mis à faire l'imbécile.

— A la pêche ! répéta Alanna.

Elle écrasa une fleur dans sa main avant de reprendre le contrôle d'elle-même.

— Ian est au bord de la rivière ? interrogea-t-elle en essayant de vaincre le tremblement de sa voix.

— Il va toujours vers la rivière quand il est de mauvaise humeur.

Payne envoya un coup de pied dans un caillou.

— Je voulais qu'il nous emmène, mais cet idiot de Ross...

— Allez-vous-en, les garçons, je ne veux plus vous voir au milieu de mes fleurs, interrompit Serena.

Quand ils eurent disparu, elle se tourna vers son invitée.

— Aimez-vous chevaucher, Alanna ?

— Oui, mais chez moi, je n'en ai jamais le temps.

— Alors, profitez-en !

Elle lui adressa un sourire radieux.

— Demandez à Jem de seller Prancer pour vous. Vous pouvez prendre le sentier qui part à travers bois, juste derrière l'écurie. La rivière est très belle à cette époque de l'année.

— Merci, Serena. Mais je n'ai pas de... de costume d'amazone.

— Hattie va y pourvoir. Elle vous prêtera celui d'Amanda. Il doit vous aller.

— Merci encore.

Elle embrassa Serena.

— Merci du fond du cœur.

Une demi-heure plus tard, Alanna partait au triple galop.

*
* *

Ian avait jeté un hameçon dans l'eau, mais ce n'était qu'un prétexte pour rester là à méditer. Il avait d'abord eu envie d'étrangler sa tante en découvrant son petit manège, mais avant qu'il en ait eu l'occasion, elle était entrée en coup de vent dans sa chambre et lui avait reproché son attitude avec tant de véhémence qu'il avait bien dû se défendre.

En effet, il avait été rude envers Alanna, mais c'était tout ce qu'elle méritait.

Si cela n'avait pas été si dur, il serait reparti à bride abattue jusqu'à Boston. Et, cette fois, Alanna aurait bien pu partir, et aller au diable. Mais, pour cela, il n'aurait pas fallu qu'il la regarde. Elle était si belle, dans sa robe bleue, quand il l'avait vue dans le salon de sa tante.

Il donna un coup de pied dans un caillou. Après tout, quelle importance ? Il ne voulait plus entendre parler d'elle. Il n'avait pas besoin d'une mégère à la langue bien pendue. Il avait trop de travail qui l'attendait.

Dire qu'il l'avait suppliée ! Sa fierté en avait pris un coup. Alanna s'était couchée dans le foin pour se donner à lui, en lui faisant croire que c'était important pour elle. Il avait été si doux, si attentif. Jamais il n'avait ouvert son cœur de la sorte à une femme. Et cela pourquoi ? Pour qu'elle se moque de lui.

Eh bien, qu'elle trouve une mauviette sur laquelle exercer son autorité !

Entendant un cheval approcher, il poussa un juron. Si ses deux petites pestes de neveux venaient déranger sa solitude, il allait les renvoyer sans ménagement d'où ils venaient. Il releva sa ligne et se prépara à leur crier de retourner à la maison.

Mais la canne à pêche faillit lui glisser des mains. Alanna venait de sortir du bois au triple galop. A quelques mètres, elle arrêta sa monture. Même en étant un peu éloigné, Ian voyait scintiller ses yeux bleus.

Quand il eut repris son souffle, il lui envoya un regard assassin.

— Bravo, vous avez fait fuir tous les poissons à un kilomètre à la ronde. Où avez-vous la tête, à galoper à cette vitesse sur des sentiers que vous ne connaissez pas ?

Alanna ne répondit pas. Ce n'était pas l'accueil qu'elle avait espéré.

— Prancer connaît le chemin, dit-elle doucement.

Elle attendit qu'il l'aide à mettre pied à terre. Comme il restait là sans bouger, elle se débrouilla pour descendre seule, en fulminant.

— Vous n'avez pas changé, MacGregor. Vos manières sont toujours aussi détestables.

— Vous avez fait tout ce chemin pour me dire cela ?

Alanna attacha les rênes à une branche avant de faire volte-face et de planter son regard furieux dans le sien.

— Je suis venue sur l'invitation de votre tante. Si je m'étais doutée que vous étiez sur ses terres, je me serais abstenue. Vous voir a été la seule chose qui a gâché mon voyage. J'avoue ne pas comprendre comment un homme comme vous peut avoir une famille si délicieuse. Ce serait mon vœu le plus cher de…

Elle se reprit et se força à se rappeler sa résolution.

— Mais je ne suis pas venue pour me battre avec vous.

Il lui tourna le dos et saisit sa canne à pêche.

— Vous avez réussi à descendre seule de cheval, madame Flynn. Je suppose que vous pourrez vous remettre seule en selle et retourner d'où vous venez.

— Je veux vous parler.

— Vous en avez déjà dit plus que je ne veux entendre, maugréa-t-il entre ses dents serrées.

Dieu lui vienne en aide ! S'il la regardait encore une fois, il allait se mettre à ramper.

— Maintenant, repartez avant de me pousser à bout.

— Ian, je voulais seulement…

— Allez au diable !

Il lança sa ligne dans le courant.

— De quel droit êtes-vous venue ici ? Est-ce pour me faire souffrir ? Si je vous avais tuée avant de partir, je serais un homme heureux aujourd'hui. Vous m'avez fait croire que je comptais pour vous, que ce qui s'était passé entre nous était important à vos yeux, alors que tout ce que vous désiriez, c'était vous faire culbuter dans le foin !

Alanna devint livide. Elle se jeta sur lui.

— Comment osez-vous me parler ainsi ?

Elle ressemblait à un chat sauvage, toutes griffes dehors.

— Je vous tuerai, MacGregor, Dieu m'est témoin. Vous m'avez insultée, je vous tuerai !

Il leva un bras pour se protéger le visage et perdit l'équilibre. Ils tombèrent tous les deux dans l'eau, mais ce bain imprévu ne fit rien pour calmer Alanna.

— Arrêtez, pour l'amour du ciel. Vous allez nous noyer tous les deux, dit-il, haletant.

Il se mit à tousser, à recracher l'eau tout en empêchant Alanna de couler. Il ne vit pas arriver le coup de poing qui lui frôla les oreilles.

— Parbleu, si vous étiez un homme ! s'écria-t-il.

— Ne vous arrêtez pas à cela !

Elle brandit encore le poing vers lui, le manqua et se retrouva la tête sous l'eau.

En prenant le ciel à témoin, Ian la traîna vers le rivage, et s'affala près d'elle hors d'haleine.

— Je vous déteste, dit Alanna en essayant de reprendre son souffle. Je maudis le jour de votre naissance. Et je maudis le jour où j'ai laissé vos sales pattes se poser sur moi.

Elle s'assit et ôta d'un geste rageur son bonnet trempé.

Ian eut le malheur de la regarder. Elle était si belle, même décoiffée et en colère. Mais il garda un ton glacial.

— Je vous rappelle que c'est vous qui m'avez demandé de les poser sur vous, mes sales pattes, madame Flynn.

— Oui, c'est ce que j'ai fait, et j'en suis dégoûtée ! D'autant qu'il n'y avait pas de quoi perdre la tête !

— Vraiment ? Ce n'est pas le souvenir que j'en ai. Voulez-vous que je vous rafraîchisse la mémoire ?

La saisissant rudement dans ses bras, il plaqua sa bouche sur la sienne. Alanna enfonça férocement ses dents dans sa lèvre inférieure. Il émit un grognement, réunit ses cheveux ruisselants dans une main et emprisonna de nouveau sa bouche.

Alanna se débattit, luttant contre les sentiments qui montaient en elle, luttant contre Ian, contre ce corps chaud et nerveux qui couvrait si intimement le sien. Comme des gosses déchaînés, ils roulèrent dans l'herbe, cherchant aveuglément à se punir pour les blessures qu'ils s'étaient infligées.

Et, brusquement, Alanna se rendit en poussant un gémissement de bonheur. Elle l'enlaça et laissa ses lèvres répondre à ce baiser brûlant. Toute la force de son amour éclata, nourrissant le feu qui brûlait déjà en elle.

Ils arrachèrent leurs vêtements. Bientôt, le soleil vint caresser leur peau trempée.

Cette fois, Ian n'était plus doux. Elle ne le souhaitait pas. Toute la frustration qu'ils avaient enfermée en eux se libéra dans un accès de folle passion.

Ses mains dans les cheveux de Ian, Alanna l'attira contre elle.

Le visage enfoui dans son cou, Ian huma son odeur, qui l'avait hanté pendant des semaines. Il caressa la peau laiteuse dont il avait rêvé nuit après nuit.

Quand elle s'arc-bouta contre lui, il plongea en elle en murmurant son nom.

Alanna avait le sien sur les lèvres quand elle enroula ses membres effilés autour de lui. Ensemble, ils chevauchèrent vers le pays dont ils avaient tant rêvé. Jusqu'à ce qu'ils se retrouvent épuisés et radieux, baignés par les rayons du soleil déclinant.

Ian se releva sur un coude et prit le visage d'Alanna dans sa main. Elle plongea ses yeux dans les siens. Ceux de Ian étaient remplis d'une détermination farouche.

— Cette fois, je n'attends pas votre réponse, Alanna. Que vous le vouliez ou non, nous allons nous marier.

— Ian, j'étais venue vous dire…

— Je me moque éperdument de ce que vous êtes venue me dire.

Elle sentit les doigts de Ian se resserrer sur son menton.

— Vous pouvez me haïr et me maudire jusqu'à la fin du monde, vous êtes à moi. Et, par Dieu, vous allez me prendre tel que je suis, ajouta-t-il.

Alanna serra les dents.

— Si vous me laissiez placer un mot…

Mais un homme désespéré n'écoute pas.

— Je ne vous laisserai pas repartir. Je n'aurais pas dû m'éloigner de vous, mais vous avez une façon de mettre un homme à bout de nerfs. Je ferai l'impossible pour vous rendre heureuse. Sauf trahir ma propre conscience. Et cela, je ne le ferai jamais. Même pour vous.

— Je ne vous le demande pas, je ne vous le demanderai jamais. Je veux seulement vous dire…

— Bon sang, qu'est-ce que vous avez là ?

Il referma lentement sa main sur la bague suspendue au cou d'Alanna. Il regarda tendrement la jeune femme.

— Pourquoi…

Il hésita, attendit que sa voix se raffermisse.

— Pourquoi la portez-vous ?

— J'essayais de vous le dire, mais vous ne m'avez pas laissée parler.

— Maintenant, je vous écoute.

— Je voulais vous la rendre.

Elle remua impatiemment.

— Mais je n'ai pas pu. Je trouvais que c'était malhonnête de la porter au doigt, c'est pourquoi je l'ai attachée à cette cordelette. Je la porte sur mon cœur, là où je vous ai gardé.

Il ouvrit la bouche pour parler.

— Laissez-moi finir ! Quand je vous ai entendu partir, ce matin-là, j'ai compris tout de suite que je me trompais, et que vous aviez raison.

L'ombre d'un sourire glissa sur les lèvres de Ian.

— J'ai de l'eau de rivière dans les oreilles, madame Flynn. Pouvez-vous répéter ce que vous venez de dire ?

— Je l'ai dit une fois, je ne le répéterai pas.

Si elle s'était trouvée debout, elle aurait relevé le menton.

— Je refusais de vous aimer. Cela fait peur de trop aimer. J'ai perdu Rory à la guerre, ma mère est morte de chagrin, et le pauvre Michael Flynn a eu une mauvaise fièvre. Aussi vrai que je les ai tous aimés, je sais que vous comptez encore plus pour moi.

Il l'embrassa doucement.

— Je croyais désirer une vie paisible, un mari qui serait heureux de travailler près de moi et de s'asseoir près du feu chaque soir.

Elle sourit et caressa ses cheveux.

— Mais apparemment, l'homme que je veux ne sera jamais content, il voudra toujours combattre les injustices. C'est un homme près duquel je serai fière de vivre.

— Maintenant, vous mettez ma modestie en péril, murmura-t-il en posant son front contre le sien. Dites-moi seulement que vous m'aimez.

— Je vous aime, Ian MacGregor. Maintenant et à jamais.

— Je jure de vous donner ce foyer, cette famille, et de m'asseoir près du feu avec vous chaque fois que ce sera possible.

— Et je promets de me battre à votre côté quand le besoin s'en fera sentir.

Ian cassa la corde et libéra l'anneau. Sans quitter Alanna des yeux, il lui glissa la bague au doigt.

— Ne l'enlevez plus jamais.

— Non, je vous le promets.

Elle prit sa main dans les siennes.

— A partir de cet instant, je suis une MacGregor.

Épilogue

Boston, veille de Noël 1774

Aucun argument n'aurait pu faire sortir Ian de la chambre où sa femme connaissait les douleurs de son premier accouchement. Bien qu'il eût le cœur glacé en la voyant souffrir, il tint bon. Sa tante Gwen tenta de le persuader, à sa manière très douce, mais elle échoua elle aussi.

— C'est mon enfant, dit-il. Et je ne sortirai pas d'ici avant qu'il soit né.

Il prit la main de sa tante et pria pour avoir autant de courage que sa femme.

— Je fais confiance à tes talents, tante Gwen. Après tout, je ne serais pas ici sans toi.

— Ne te fatigue pas, Gwen, dit Serena en riant. Il est aussi entêté que n'importe lequel des MacGregor.

Gwen sourit.

— Alors, va lui tenir la main, Ian, cela allégera ses douleurs. Le bébé ne va pas tarder, maintenant.

Alanna ébaucha un sourire crispé en le voyant à son chevet. Elle n'avait jamais pensé que cela pouvait être si long de mettre au monde un être aussi minuscule. Dieu merci, Ian était près d'elle, et la présence de Gwen était rassurante. Elle avait aidé des dizaines de bébés à naître. Son mari, qui était médecin, aurait assisté à l'accouchement également, s'il n'avait pas été appelé pour une urgence.

— Tu négliges nos invités, murmura Alanna à Ian entre deux contractions.

— Ne vous inquiétez pas, dit Serena, ils se débrouillent très bien tout seuls.

Alanna ferma les yeux. Gwen passa doucement un linge humide sur son front ruisselant de sueur. Alanna sourit faiblement. Elle était heureuse que les deux familles soient réunies sous son toit : les Murphy et les Langston. C'est elle qui aurait dû les recevoir pour cette première fête de Noël dans la maison que Ian et elle avaient achetée près de la rivière, mais le bébé, pourtant prévu dans trois semaines, en avait décidé autrement.

Les contractions se firent plus rapprochées. Alanna serra la main de Ian de toutes ses forces.

— Détendez-vous, respirez à fond, conseilla Gwen d'une voix douce. Là, comme cela, c'est très bien.

Alanna ouvrit les yeux, et les referma aussitôt sous l'assaut d'une nouvelle contraction, plus douloureuse. Penché sur elle, anxieux, Ian lui caressait le bras en murmurant des paroles apaisantes.

C'était un homme merveilleux, un mari solide. Vivre avec lui n'était pas de tout repos, mais c'était une vie riche en événements. Alanna poussa un petit soupir attendri. Ian l'avait gagnée à ses convictions. Ou peut-être avait-elle toujours porté en elle la graine de la révolte, qui n'attendait qu'à être cultivée ? Elle s'était surprise à écouter le récit des réunions auxquelles Ian participait, avec un intérêt qu'elle n'aurait jamais imaginé, et elle était fière quand les autres demandaient conseil à son mari. Elle ne pouvait qu'être d'accord avec lui sur le fait que la taxe portuaire était injuste. Comme Ian, elle refusait de payer pour le thé qui avait été détruit dans le but d'échapper à cette taxe.

Non, ils n'avaient pas eu tort. Elle avait appris qu'il y avait souvent du bon dans la témérité. La sienne l'avait amenée ici, pour mettre au monde leur enfant. Elle en remerciait le ciel.

Elle se remémora leur voyage de noces en Ecosse, où elle avait fait connaissance avec la famille de Ian, et marché dans les forêts de son enfance. Un jour, ils y retourneraient avec leur propre enfant, pour lui montrer où se trouvaient ses racines. Ils iraient en Irlande aussi. Leur enfant n'oublierait pas ses ancêtres. Et tout en se rappelant le passé, il pourrait choisir sa vie, son pays. Par leurs luttes, ils lui auraient donné ce droit.

— Le bébé arrive !

Gwen adressa un sourire rassurant à Ian.

— Vous allez bientôt être papa.

— La naissance de notre bébé, dit Alanna, épuisée. Et bientôt, la naissance de notre nation.

Malgré son inquiétude pour elle, Ian se mit à rire.

— Tu deviens plus radicale que moi, madame MacGregor.

— Je ne fais rien à moitié.

Elle poussa un cri.

— Doux Jésus ! Il se bat pour la vie !

Elle saisit la main de son mari.

— Ce sera bien le fils de son père !

— Ou la fille de sa mère, murmura-t-il en regardant Gwen d'un air désespéré. Est-ce que ce sera encore long ? Elle souffre.

— Non, le bébé commence à se montrer.

Un coup fut frappé à la porte. Gwen poussa un petit soupir d'impatience.

C'était Brigham.

— Brig, le bébé n'est pas encore là. Je n'ai pas de temps à te consacrer en ce moment, dit Serena.

Sans l'écouter, il entra dans la pièce et enlaça sa femme.

— Je viens juste de recevoir le message que j'attendais, une confirmation de Londres…

— Au diable les messages de Londres, marmonna sa femme en entendant gémir Alanna.

— Mon oncle, les nouvelles peuvent attendre, dit Ian.

— Ian, il faut que tu entendes cela toi aussi, cette nuit entre toutes.

— Alors dépêche-toi de le dire et va-t'en, dit sèchement Serena.

— Le mois dernier, une pétition a été soumise au Parlement.

Brigham prit Serena par les épaules et la regarda droit dans les yeux.

— L'acte de proscription a été abrogé.

Il prit son visage dans ses mains en voyant ses yeux s'embuer de larmes.

— Le nom des MacGregor est libre.

Eclatant en larmes, Serena se libéra d'un poids qu'elle avait porté toute sa vie.

— Gwen, Gwen, as-tu entendu ?

— Oui, j'entends, et je remercie Dieu, mais pour l'instant, j'ai les mains pleines.

Entraînant son mari avec elle, Serena se précipita vers le lit.

— Puisque tu es là, dit-elle, tu vas nous aider.

Quelques minutes plus tard, les cloches de minuit annonçaient Noël. Et des cris perçants annonçaient une vie nouvelle.

— C'est un garçon, dit Gwen en prenant le bébé hurlant dans ses bras.

— Est-ce qu'il va bien ? s'enquit Alanna.

Elle pleurait de bonheur.

— Il est parfait, affirma Serena.

— Je t'aime, murmura Ian en embrassant la main d'Alanna. Et je te remercie de m'avoir fait le plus beau cadeau qu'un homme puisse recevoir.

— Prenez votre fils, dit Gwen en posant le nouveau-né dans les bras de son père.

— Dieu tout-puissant, il est si petit !

Il était ému jusqu'aux larmes. Alanna ne les quittait pas des yeux. Ce serait une image qu'elle chérirait toute sa vie.

— Il va grandir, dit Serena en souriant à Brigham. Ils le font tous, on ne peut pas les en empêcher !

Elle passa un bras sur les épaules de sa sœur tandis que Ian posait le bébé sur le ventre d'Alanna.

— Il est si beau.

Caressant son bébé d'une main, Alanna tendit l'autre vers son mari et l'attira vers elle.

— A Noël dernier, nous nous sommes donnés l'un à l'autre. Et ce Noël, un fils nous est donné.

Elle caressa très doucement le duvet brun qui ombrait la tête du nouveau-né.

— J'ai hâte de voir ce que l'avenir va nous offrir.

— Nous allons vous laisser tranquilles tous les trois, dit Brigham.

Il prit sa femme et sa belle-sœur par la main.

— Allons annoncer la nouvelle aux autres.

Ian se leva. Alanna lui tendit le bébé.

— Dites-leur que Murphy MacGregor est né en ce jour de Noël, dit Ian.

Il embrassa son fils, qui recommença à crier.

— Un MacGregor, qui dira fièrement son nom à tous ceux qui voudront bien l'entendre. Et qui marchera sur une terre libre. Annoncez-leur tout cela !

— Oui, annoncez-leur tout cela, renchérit Alanna. De notre part à tous les trois !

DEBBIE MACOMBER

Un Noël sous le givre

Jade

Titre original :
THE CHRISTMAS BASKET
publié par MIRA®

Traduction française de JEANNE DESCHAMP

83/85, boulevard Vincent-Auriol, 75646 PARIS CEDEX 13.
Service Lectrices — Tél. : 01 45 82 47 47

A M. et Mme Dale Macomber
(mon fils et Laurie)
Joyeux Noël.
Votre premier en tant que mari et femme.

Les carnets de Noelle McDowell

1er décembre

C'est fait. J'ai finalement cédé et acheté mon billet d'avion. Décollage prévu le 18 décembre — de Dallas à San Francisco, puis de San Francisco à Portland où je prendrai un vol régional pour Rose. Mon stock de prétextes est épuisé. J'avais fini par penser qu'il n'y avait plus de retour en arrière possible. Et c'est pourtant un come-back qui se profile. Je rentre à Rose alors que je m'étais juré de ne plus y mettre les pieds. Pas après ce qui s'y était passé… pas après la façon dont Thom Sutton m'avait trahie. Je sais, je sais… Il y a longtemps que j'aurais dû oublier cette lointaine passion de jeunesse. Mais j'ai toujours été portée à dramatiser. C'est ma nature qui veut cela.

A dix-huit ans, lorsque je suis partie, j'ai fait le serment de ne jamais revenir à Rose. J'étais en plein désarroi amoureux et personne ne m'a crue. Il n'est même pas dit que je me croyais moi-même, d'ailleurs. Mais je me suis aperçue que ce n'était pas si difficile, au fond, de rester à distance de la ville où je suis née. Je n'ai même pas eu à me forcer pour inventer des excuses. Pendant mes premières années d'études universitaires, je me suis débrouillée pour voyager en Europe deux années de suite. En master, j'ai travaillé tout l'été pour gagner un peu d'argent, et, à Noël, j'étais coincée par un mariage où j'étais le témoin de la mariée. Puis je me suis retrouvée stagiaire en entreprise et bloquée à

Dallas une fois de plus. Et, après cela, l'habitude était prise. Ma famille n'a jamais fait de difficultés pour se déplacer jusqu'au Texas. Sans le vouloir, ils m'ont simplifié la tâche.

Mais même si le pli semble pris, je ne peux pas continuer de fuir toute ma vie. Donc, ni une ni deux, je me suis inscrite à un groupe de Weight Watchers. Si je dois tomber sur Thom Sutton, je veux qu'il se morde les doigts de m'avoir lâchée. J'ai déjà perdu deux kilos et demi sur les cinq que j'ai de trop. Et, d'ici le 18 décembre, j'ai le temps d'atteindre mon poids cible. Il n'en reviendra pas lorsqu'il me verra ainsi transformée. Nos chemins ne se croiseront pas forcément, cela dit. Mais je préfère parer à toute éventualité.

Ce bon vieux Thom Sutton… Je me demande ce qu'il est devenu, d'ailleurs. Certes, pour le savoir, il suffirait que je pose la question. Mais personne, chez nous, n'oserait prononcer spontanément le nom honni de Sutton. Nos deux familles, c'est un peu les Capulets et les Montaigus de Rose. Sauf que, dans notre cas particulier, ce sont nos mères qui ont déclenché cette vendetta ridicule.

Si j'avais vraiment voulu avoir des nouvelles de Thom, j'aurais pu m'adresser à Megan ou à Stéphanie. De toute ma classe de terminale, ce sont les deux seules filles qui vivent toujours à Rose. Mais si je leur pose la question, elles me cuisineront pour essayer de savoir ce qui s'est passé entre nous à l'époque. Et j'aime autant ne pas remuer ces vilains souvenirs. Moins il y aura de gens informés de ma débâcle amoureuse, mieux cela vaudra.

Depuis le temps, Thom doit être marié et père de famille, de toute façon. Et c'est tant mieux. Je lui souhaite tout le bonheur possible.

Du moins…

Bon, si je ne peux pas être sincère dans mon journal, rien ne sert d'avoir des carnets intimes. Non, je n'ai pas envie que Thom soit heureux. Mon seul vrai souhait en ce qui le concerne, c'est qu'il ait vécu toutes ces années dans une déprime noire, tenaillé par la culpabilité et les regrets. Et consumé d'amour et de nostalgie pour moi, bien sûr. Je me réjouirais si j'apprenais que ces dix années loin de moi se sont écoulées pour lui comme une morne succession d'heures passées à lutter contre la morsure insoutenable des souvenirs.

Voilà le sort funeste qu'aurait mérité Thom Sutton.

Pour terminer sur une note plus joyeuse : je suis ravie pour ma sœur Kristen. Je retournerai donc à Rose, je l'aiderai à mettre au point les préparatifs de son mariage, et je garderai la tête haute en priant pour que Thom Sutton m'aperçoive de loin, mince, belle et désirable. Puis je veux qu'il souffre mortellement à l'idée de ce qui aurait pu être.

1

« Ce sera le mariage de l'année. Non, pas de l'année… Du siècle ! »

Sarah McDowell avait la ferme intention de créer l'événement. Le mariage de sa fille serait digne de figurer parmi les reportages de *Vogue* (ou au moins de décrocher un article de deux pages dans la *Gazette de Rose*). La ville entière ne parlerait plus que des noces de Kristen McDowell et de Jonathan Clarke.

Première étape : s'assurer la réservation du Century Club pour y donner la réception. C'était l'unique raison pour laquelle elle était restée membre de l'association alors que *cette femme* en assurait désormais la présidence. Elle était horrifiée que le club se soit abaissé à accepter quelqu'un comme Mary Sutton en son sein. Mais elle ne perdrait pas son temps à ressasser des détails pénibles. Elle avait plus urgent à faire que de s'énerver sur une histoire qui remontait déjà à vingt ans. Même si elle ne serait pas fâchée si Mary se voyait informée — indirectement, bien sûr — du futur mariage de Kristen.

Des rumeurs couraient selon lesquelles la fille de Mary se serait sauvée quelques années plus tôt pour se marier en cachette. Avec un simple fermier cultivant une noiseraie. Sarah n'en était pas complètement certaine, car il était contraire à son devoir de chrétienne de médire ou de se réjouir du malheur d'autrui. Mais il arrivait que, même sans le vouloir, certaines informations vous tombent pour ainsi dire dans l'oreille.

Sarah laissa sa voiture sur le parking du club et examina les lieux avec satisfaction. Même en cette toute fin d'automne dans l'Oregon, la roseraie était superbe. Quelques floraisons subsistaient encore sur les buissons entretenus avec soin. Et en juin de l'année prochaine, pour le mariage de Kristen, le jardin serait proprement féerique. Les roses anciennes exhaleraient leurs précieux parfums ; les grimpants hybrides seraient couverts de fleurs aux formes et aux couleurs raffinées. Le cadre idéal pour mettre en valeur la plus jolie des mariées. Sarah en ronronnait presque de satisfaction. « Ce sera parfait. Tout simplement parfait. Une symphonie en rose majeur. »

Trois ans, déjà, qu'elle avait cessé de participer aux réunions du Century Club. Il lui avait paru plus sage de se retirer complètement plutôt que de ruminer sur les erreurs de jugement commises par les autres membres. Pendant des années, elle avait présidé elle-même l'association. Et, le jour même où elle avait renoncé à ses fonctions, Mary Sutton s'était portée candidate pour prendre sa place. Le pire, c'est que sa vieille ennemie avait été élue. Depuis, Sarah avait renoncé à toutes les activités du club sauf au bal de Noël qui avait lieu tous les ans. Mary Sutton l'avait déjà privée de trop de plaisirs précieux dans la vie. Ce serait vraiment le comble si elle se laissait dessaisir de celui-là.

Même si elle n'était plus membre du club que de nom, Sarah continuait de fréquenter plusieurs amies qui en faisaient activement partie. Elle restait ainsi au courant de l'essentiel de ce qui s'y passait. Mary Sutton, disait-on, déployait une activité soutenue dans le cadre de l'association. Tant mieux pour elle. Les actions menées par le club devaient alimenter son inspiration pour sa chronique hebdomadaire dans la *Gazette de Rose.* Sarah ne la lisait jamais, sa fichue rubrique. Mais on lui avait rapporté que les articles de Mary étaient très appréciés par son lectorat. Sarah reconnaissait volontiers que Mary avait un bon coup de plume. Mais le talent de cette femme pour l'écriture ne compensait pas forcément toutes ses lacunes morales. Et sur le plan humain, Mary manquait des qualités les plus élémentaires. Ni la générosité, ni le fair-play, ni le sens éthique ne faisaient partie de ses atouts.

Actionnant sa commande à distance, Sarah ferma sa voiture

et se dirigea vers la grande demeure ancienne qui se dressait orgueilleusement sur deux étages. Un vent froid venait de l'océan, et elle se hâta de gravir les marches en pierre qui donnaient accès à la véranda. Un souffle bienvenu d'air chaud l'accueillit lorsqu'elle poussa la porte. Le bel escalier tournant qui s'élevait au fond du vaste hall d'entrée menait à la salle de bal au premier étage. Sarah jubila. En pensée, elle vit Kristen descendre les marches d'un pas gracieux avec sa traîne glissant derrière elle. Aujourd'hui, avec l'approche des fêtes, des branches de sapin avaient été arrangées autour de la rampe en acajou, décorées à intervalles réguliers par de grands nœuds en satin rouge. D'immenses poinsettias en pots étaient alignés des deux côtés de l'escalier. L'effet était à la fois festif et élégant.

— Comme c'est joli ! commenta-t-elle à l'intention de Melody Darrington qui exerçait depuis des années les fonctions de secrétaire de l'association.

Melody leva les yeux du guichet qu'elle occupait dans l'entrée. La porte du bureau derrière elle était ouverte et on entendait bourdonner un fax.

— Oui, nous sommes très contentes des décorations de Noël, cette année. Tu es venue chercher les tickets pour le bal de Noël ?

— Entre autres, oui. Car j'aimerais également réserver le club pour le 7 juin prochain… Kristen se marie, précisa-t-elle, après avoir ménagé un temps de pause pour l'effet dramatique.

— Sarah, c'est merveilleux ! Quelle splendide nouvelle !

— Oui, nous ne sommes pas mécontents, Jake et moi.

C'était un euphémisme, bien sûr. Kristen était la première de leurs trois filles à se marier, et Sarah vivait cet événement comme une consécration, après les années qu'elle avait dédiées à l'éducation de ses enfants. Elle était, de plus, enchantée par son futur gendre. Sa fille cadette n'aurait pu choisir fiancé plus idéal, en fait. Jonathan Clarke réunissait toutes les qualités requises et même au-delà. Non seulement c'était un garçon charmant et attentionné, mais il était diplômé en management et faisait une très belle carrière dans un cabinet d'investissements. Ses parents, qui vivaient à Eugene, occupaient tous deux une chaire à l'université et Jonathan était leur unique enfant. Chaque fois qu'elle avait eu l'occasion de parler avec sa mère, Louise Clarke, celle-ci avait paru également ravie du choix de Jonathan.

Sourcils froncés, Melody tourna les pages de son registre.

— Le club est très demandé, et c'est toujours prudent de réserver très à l'avance.

Retenant son souffle, Sarah se pencha sur le comptoir pour regarder le calendrier des réservations. Elle laissa échapper un soupir de soulagement en constatant que le samedi 7 juin était libre. Victoire... La date qu'ils avaient choisie pour le mariage pourrait être maintenue.

— Apparemment, nous n'avons rien le 7 juin, conclut Melody.

— Fabuleux !

Reconnaissant la sonnerie de son portable, Sarah pêcha le téléphone dans son sac. Elle travaillait depuis des années dans l'immobilier. Mais depuis qu'elle avait franchi la barre de la cinquantaine, elle avait levé le pied. Jake, qui dirigeait le service de radiologie de l'hôpital de Rose, aimait voyager. Et Sarah, qui se faisait une joie et un principe de l'accompagner, n'avait plus l'énergie nécessaire pour concilier ses déplacements avec le maintien d'un rythme professionnel trépidant. Elle reconnut au premier regard le numéro qui apparaissait sur l'écran : le bureau de Jake. Elle le rappellerait dès qu'elle en aurait fini avec la réservation. Son mari devait appeler pour lui demander l'heure d'arrivée de leur fille aînée. Plus tard, dans la journée, Jake et elle avaient prévu de se rendre ensemble à l'aéroport de Rose pour récupérer Noelle. Sarah se réjouissait de réunir leurs trois filles à la maison pour les fêtes. Sans compter que l'anniversaire de leur aînée tombait le 25 décembre. C'était la première fois en dix ans que Noelle revenait à Rose. Et, de ce malheur aussi, elle tenait Mary Sutton et son fils pour responsables.

— Comment veux-tu que nous procédions, Melody ? Je te verse des arrhes maintenant ? demanda-t-elle en sortant son carnet de chèques.

— Ce ne sera pas nécessaire, puisque tu fais partie du club.

— Parfait. Tout est réglé, donc. J'ai rendez-vous dans une demi-heure avec un couple de clients à qui je dois faire visiter quelques maisons. Puis Jake et moi irons chercher Noelle à l'aéroport… Tu te souviens de notre fille aînée, je pense ?

— Bien sûr !

— Elle vit à Dallas, maintenant. Elle a décroché un super poste de cadre chez un des géants de l'informatique.

Sarah préféra ne pas préciser que le travail de Noelle était devenu pour elle une vraie drogue. Convaincre leur fille de vingt-huit ans de prendre quelques jours de congé relevait du tour de force. Jake et elle s'arrangeaient pour lui rendre visite une ou deux fois par an. Mais ils ne pouvaient pas continuer ainsi indéfiniment. Il était temps que Noelle surmonte sa phobie et qu'elle se décide à revenir à Rose, quitte à courir le risque de tomber sur Thom Sutton. Oh oui, les Sutton étaient à l'origine de bien des maux dont avaient à soufffrir les McDowell…

Sachant que Kristen comptait rendre ses fiançailles publiques et que sa future belle-famille serait présente pour les fêtes, Sarah avait mis la pression pour que Noelle fasse le déplacement. Cette année marquait un tournant important pour leur famille. Et elle tenait beaucoup à ce qu'ils soient tous réunis. C'était le moins que Noelle puisse faire pour sa sœur Kristen. Les négociations avaient été serrées, mais son aînée avait fini par capituler.

— Avant que tu partes, je dois quand même préciser une chose, déclara Melody d'une voix soudain hésitante. Le règlement de l'association a changé. Pour qu'un des membres du club puisse disposer de la salle de bal, il doit d'abord remplir une condition.

Sarah se crispa, pressentant des complications.

— Quelle condition ?

— Nous avons instauré la règle suivante : pour avoir le droit de louer, nos membres doivent s'acquitter d'abord d'un minimum de dix heures de tâches d'intérêt collectif.

— Mais je suis déjà très active sur le plan social ! protesta

Sarah, découragée. Je fais partie de tout un tas d'associations à visée humanitaire ou caritative. Et je…

— Oui, je sais. Mais le règlement est le règlement. Et c'est à un projet initié par le club que tu devras consacrer ton temps. D'autre part, si tu veux pouvoir bénéficier de la salle en juin, il faudra que tu fasses tes heures avant le 31 décembre cette année.

Sarah était consternée.

— Tu veux dire qu'avec tout ce que j'ai déjà à préparer et organiser pour les fêtes, je dois *en plus* trouver le temps de monter Dieu sait quel projet caritatif de fin d'année ?

Melody secoua la tête.

— J'ai l'impression que tu n'as lu aucun des journaux trimestriels que nous t'avons adressés ?

Sûrement pas, non… Vu que le nom de Mary Sutton apparaissait toutes les trois lignes, elle n'avait pas été tentée de mettre le nez dans ces publications.

— Si tu prenais au moins la peine de venir aux réunions, tu en saurais un peu plus sur ce qui se passe dans le club.

Melody enfonçait le couteau dans la plaie en faisant allusion à ses absences intentionnelles. Malgré son irritation, Sarah réussit à esquisser un faible sourire.

— Bon, qu'est-ce que je peux faire, alors ? marmonna-t-elle sans enthousiasme.

— En fait, tu tombes à pic, Sarah. Il nous faut justement quelqu'un pour nous aider à préparer les corbeilles de Noël.

Sarah tenta de visualiser mentalement son planning pour tenter de repérer un créneau. Où pourrait-elle caser ces dix heures dans un emploi du temps surchargé ?

— Et en quoi consisterait la tâche, exactement ?

— Oh, ce sera très sympa, rassure-toi… L'argent dégagé par la vente de nos livres de recettes servira à financer une partie des paniers que l'Armée du Salut distribue à Noël. Les listes ont déjà été établies. Il suffira de faire les achats, de disposer les cadeaux et les victuailles dans les corbeilles, puis de les livrer à l'Armée du Salut avant le 23 décembre.

Cela devrait être jouable. Se résignant à l'inévitable, Sarah hocha la tête.

— Entendu. Je m'en charge.

Un sourire éclaira les traits de Melody.

— Super ! A deux, ce sera plus facile. La personne qui a la responsabilité du projet sera ravie d'être secondée.

Voilà qui paraissait déjà nettement moins rébarbatif. Si son équipière était efficace, elles pourraient s'en sortir en bloquant seulement une journée.

— Ah, nous serons deux, donc ? Je connais l'autre personne ?

— C'est Mary Sutton.

Sarah vacilla sous le choc.

— Excuse-moi ? J'ai cru un instant t'entendre prononcer le nom de *Mary Sutton* ?

— Tu as bien entendu.

— Mais enfin, Melody, tu sais pertinemment qu'il n'y a pas de coopération possible ! Cela fait vingt ans que nous ne nous adressons plus la parole, Mary et moi.

— Alors, ce sera l'occasion. Vous pouvez bien faire abstraction de votre inimitié pour quelques heures. Vous êtes adultes et civilisées.

Sarah était sidérée par l'absence de tact dont la secrétaire du club faisait preuve. Comment pouvait-elle manquer de respect et de sensibilité à ce point ? Ce que Melody exigeait d'elle était tellement énorme qu'elle restait muette et ébahie, comme un poisson échoué sur le sable, incapable de lui opposer le moindre argument.

— Tu veux le club pour le 7 juin, n'est-ce pas ?

— Oui, bien sûr. J'y tiens. Mais…

— Alors, sois là demain matin à 10 heures. Vous verrez avec Mary comment vous répartir les tâches.

Comme anesthésiée, Sarah se détourna sans un mot et se dirigea vers la porte d'une démarche chancelante.

— Hé, Sarah ! Tu oublies tes tickets pour la soirée dansante !

La soirée dansante… Comme si elle était en état de se soucier de ces détails, alors qu'on la forçait à faire équipe avec une femme qui lui vouait une haine féroce ! Un sentiment mutuel, certes. Mais le fait que leur hostilité soit réciproque n'avait jamais simplifié les choses. Bien au contraire, même…

Un, horizontal : mot de quatre lettres pour une fleur odorante. Rose, naturellement. Noelle McDowell inscrivit les caractères au crayon puis passa à la définition suivante. Mais un picotement insistant dans la nuque lui fit relever la tête. Elle détestait les vols régionaux à bord de ces coucous minuscules. Et l'espèce d'avion miniature qui faisait la navette entre Portland et Rose ne transportait que vingt-quatre passagers. Mais c'était de loin la solution la plus commode. Elle n'avait pas voulu obliger ses parents à faire le long trajet jusqu'à Portland pour venir la chercher.

Le picotement étrange dans sa nuque se propageait à présent dans toute sa colonne vertébrale. Elle finit par jeter un coup d'œil derrière elle. Ramenant aussitôt la tête vers l'avant, Noelle s'enfonça dans son siège, aussi bas que le lui permettait sa ceinture de sécurité.

Non, ce n'était pas possible…

« Faites que j'aie rêvé et que ce ne soit pas lui, murmura-t-elle avec ferveur. Pas *Thom*. Pas après tant d'années. » Mais elle n'avait pas l'ombre d'un doute sur l'identité du passager dont elle venait de croiser le regard. Personne d'autre que Thom n'aurait pu la considérer avec une expression d'hostilité aussi criante. Ce en quoi il était sacrément gonflé, entre parenthèses… Car les torts étaient tout de même à cent pour cent de son côté !

Elle faillit gémir tout bas lorsque le pilote annonça que l'avion se préparait à atterrir à Rose. Sur ces vols courts, seul un strict minimum de bagages à main était permis, et elle avait juste pris deux magazines en plus de son sac. En temps normal, elle aurait placé les revues dans son attaché-case. Mais comme sa mallette ne tenait pas sous son siège, l'hôtesse de l'air l'avait casée en soute. Noelle se mordit la lèvre. Elle avait le journal des Weight Watchers d'un côté, et de l'autre des mots croisés avec « Niveau débutant » inscrit en grosses lettres sur la couverture. Il ne manquerait plus que Thom la surprenne avec ce genre de lecture. Le cœur battant, elle les fourra dans la poche extérieure de son sac à main.

Rien d'étonnant si elle avait des palpitations. L'homme qui l'avait trahie dix ans plus tôt était assis à deux rangées derrière elle, habillé comme une figure de magazine. Thom avait toujours eu beaucoup d'allure. Il était grand, brun et ténébreux, une sorte de Cary Grant version XXIe siècle. Ses traits dégageaient une impression d'élégance classique, avec juste ce qu'il fallait de rudesse pour ne pas paraître insipides. C'était le genre d'homme dont il était difficile de détourner le regard. Il avait des yeux sombres, une belle épaisseur de cheveux noirs lustrés. Et surtout de la classe. Un maximum de classe.

Il devait être marié, bien sûr. Mais pour le savoir, elle serait obligée d'en passer par sa sœur. Ou par une de ses amies qui vivaient encore à Rose. Et elle était beaucoup trop lâche pour oser prononcer le nom de Thom devant qui que ce soit. Même si elle mourait de curiosité.

L'avion toucha la piste et Noelle se prépara au choc des roues rebondissant sur le tarmac. Lorsqu'ils furent à l'arrêt, un signal indiqua que les ceintures pouvaient être détachées. Aussitôt, les passagers pressés se mirent sur pied. Noelle prit son temps, en revanche. Avec la malchance qui la caractérisait, elle était coiffée comme l'as de pique. Il lui avait fallu se lever à 3 heures du matin pour attraper le premier vol pour San Francisco. Trop fatiguée pour batailler avec ses mousses coiffantes, elle s'était contentée de passer une brosse dans ses cheveux. En temps normal — et non sans efforts —, elle obtenait un effet d'ondulation douce. Mais aujourd'hui ses boucles rebelles dansaient autour de son visage comme des ressorts à matelas. Et il fallait que cela arrive pile le jour où elle retrouvait Thom Sutton après dix années de séparation !

Quand ce fut son tour de quitter son siège, Noelle se faufila dans l'allée en regardant droit devant elle. Avec un peu de chance, elle parviendrait à quitter l'aéroport sans que son regard croise de nouveau celui de Thom. Elle pouvait toujours feindre de ne pas s'être aperçue de sa présence, après tout. Mais la chance, une fois de plus, refusait de lui sourire. La bride de son sac s'accrocha à l'accoudoir d'un siège, la freinant net dans son élan. Les deux magazines volèrent hors de la poche et atterrirent entre les mains… de Thom Sutton en personne. La revue de mots croisés roula au sol et il se retrouva avec le numéro de décembre des Weight Watchers sous les yeux. Comme son regard glissait sur elle, Noelle rentra le ventre par réflexe.

— Je lis ce truc-là à cause du roman qu'ils publient par épisodes, expliqua-t-elle avec un sourire distant. Mais dites-moi… nous ne nous sommes pas déjà rencontrés quelque part, vous et moi ?

Elle prit un air pensif, comme si elle cherchait à le replacer.

— C'était Tim, je crois ?

— Thom, rectifia-t-il froidement. Heureux de te retrouver, Nadine.

— Noelle, corrigea-t-elle avec amertume.

Il la considéra d'un œil féroce. Jusqu'au moment où une protestation s'éleva derrière eux.

— Dites, vous deux, cela vous ennuierait d'épiloguer sur vos retrouvailles une fois que vous serez *hors* de cet avion ?

— Désolé, lança Thom par-dessus l'épaule.

Noelle jugea utile d'informer ses copassagers de la réalité de la situation.

— Je le connais à peine, en fait. Il fut un temps où je pensais savoir qui il était. Mais je me suis trompée, précisa-t-elle, la tête haute, en se tournant vers la sortie.

— Tout ce que vous voudrez, mais bougez-vous de là ! grommela l'homme derrière eux dans la queue.

Thom commenta entre ses dents :

— Tu es bien placée pour faire ce genre de réflexions, je trouve.

Ses yeux étaient aussi noirs et glacés que ceux du bonhomme de neige que Thom et elle avaient construit dans le parc, pendant leur année de terminale — semblables à deux morceaux de charbon étincelant.

— Tu ne manques pas d'air, Thom.

Noelle pivota sur elle-même au dernier moment, évitant de justesse de s'étaler dans la cabine de pilotage ouverte. Elle adressa son plus beau sourire au pilote.

— Merci pour ce vol. Il a été très agréable.

Le commandant de bord lui rendit son sourire.

— J'espère vous revoir bientôt sur nos lignes… Ah, tiens, salut, Thom !

Plaçant la main sur la rampe de la passerelle, Noelle appliqua tous ses efforts à garder la tête haute, les épaules détendues et le regard rivé droit devant elle. La dernière chose dont elle aurait besoin, après ces retrouvailles peu glorieuses, serait de s'affaler face contre terre et d'achever de se ridiculiser devant Thom.

Son premier contact avec le sol natal se produisit sous la forme d'une grande bouffée d'air glacial. Après dix années passées au Texas, elle avait oublié à quel point il pouvait faire froid dans le Nord-Ouest. Sa fine veste de cachemire était totalement inadaptée au climat de l'Oregon.

— Ce n'est pas très malin d'arriver en pull ici en plein mois de décembre, commenta Thom en s'engageant sur la passerelle derrière elle.

— Je ne me souvenais plus qu'il faisait aussi froid.

— Si tu revenais plus souvent, tu t'en serais souvenue.

Elle lui jeta un regard noir.

— Parce que tu te tiens informé de la fréquence de mes visites ?

Une épaisse mèche de cheveux bouclés lui vola devant les yeux. Elle la rejeta en arrière d'un mouvement si brusque qu'elle faillit se dévisser le cou. Thom la dévisagea froidement.

— Pas vraiment, non. Je t'avoue que c'est le dernier de

mes soucis de savoir si tu te trouves ici ou à l'autre bout de la planète.

— Parfait, riposta-t-elle, décidée à avoir le dernier mot, même si la repartie était particulièrement inepte.

Elle arracha son attaché-case du chariot à bagages et se hâta vers l'intérieur du minuscule aéroport. Jetant un coup d'œil à sa montre, elle pesta tout bas. Leur vol avait de l'avance, et ses parents ne seraient sans doute pas encore arrivés. On pouvait dire qu'elle jouait de malchance sur tous les tableaux. Seule consolation : dès l'instant où Thom verrait son père et sa mère, il filerait sans demander son reste.

Il récupéra son propre attaché-case et prit à son tour la direction du terminal. Comme il était grand, avec des jambes interminables, il progressait beaucoup plus vite qu'elle. Par un réflexe de fierté mal placée, Noelle refusa de se laisser doubler et allongea le pas, poussant l'allure jusqu'à un petit trot.

Les commentaires ne tardèrent pas à se faire entendre.

— Tu ne crois pas que tu en rajoutes un peu, là ?

Elle cligna des yeux, s'efforçant de prendre un air de parfaite innocence.

— Que j'en rajoute un peu de quel point de vue ?

— Laisse tomber.

Il sourit. Ce qui acheva de l'exaspérer.

— Je te pose la question sérieusement, insista-t-elle.

Mais il se contenta de secouer la tête et se dirigea vers la zone de retrait des bagages. Ils furent les deux premiers passagers à l'atteindre. Noelle se plaça d'un côté du tapis roulant et Thom de l'autre. Il se désintéressa de sa présence, et elle tenta de se comporter comme s'il n'avait jamais été là. Mais l'exploit relevait de l'impossible. Parce que, dix années plus tôt, Thom Sutton lui avait arraché le cœur de la poitrine et l'avait laissé en lambeaux.

Pendant presque toute leur année de terminale, Thom et elle avaient été amoureux. Mais ils avaient réussi à le cacher à leurs familles. Ils étaient devenus experts dans l'art de se glisser la nuit hors de leur chambre, de se retrouver en douce à la sortie des cours et de se faire passer discrètement des petits mots.

Au bout de quelques mois, ils s'étaient disputés et avaient rompu, elle prenant parti pour sa mère et lui pour la sienne. Mais la rupture n'avait pas duré. En retombant dans les bras l'un de l'autre, ils étaient parvenus à la conclusion que leur amour était plus fort et plus durable que l'inimitié entre Mary Sutton et Sarah McDowell. Et comme ils avaient dix-huit ans l'un et l'autre et qu'ils étaient libres de se marier sans consentement parental, ils avaient décidé de s'enfuir ensemble. C'était Thom qui, le premier, avait avancé cette idée. Pour lui, c'était la seule solution dans la mesure où leurs parents, qui se détestaient, leur mettraient forcément des bâtons dans les roues s'ils annonçaient leurs intentions. Une fois mariés, avait-il dit, ils placeraient leurs deux familles devant le fait accompli. Et ils seraient en position de faire le nécessaire pour favoriser une réconciliation.

Avec le recul, Noelle était mortifiée d'avoir accordé une confiance aussi aveugle à Thom. Jamais, à aucun moment, elle n'avait mis sa parole en doute. Mais leur projet de fuite n'avait été qu'une manœuvre, un piège destiné à l'humilier. Thom avait démontré avec éclat qu'il était avant tout le fils de sa mère. Non seulement, il avait pris le parti de Mary Sutton, mais il en avait profité pour la blesser et la rabaisser au passage.

Elle avait été si fière de leur « grand amour », pourtant ! Avant de quitter la maison, le soir fatal où ils auraient dû s'enfuir ensemble, elle avait ouvertement annoncé ses intentions à sa famille effarée. L'estomac de Noelle se noua au souvenir douloureux de cette scène. Ses parents avaient été choqués et horrifiés : Thom et elle avaient bien gardé leur secret, et nul ne s'était douté de rien. Sa mère avait éclaté en sanglots ; son père avait hurlé. Et ses deux jeunes sœurs avaient fondu en larmes. Sans se laisser fléchir, pourtant, elle avait passé la porte avec sa valise à la main, pour aller retrouver l'homme qui s'était engagé à partager sa vie. L'homme pour qui elle avait pris le risque de s'aliéner les siens.

L'homme qui l'avait laissée seule au rendez-vous.

Au début, elle avait cru à un malentendu. A une erreur de lieu ou d'heure. Renonçant à toute précaution, elle avait fini par appeler chez lui et avait demandé à lui parler. Thom, lui avait-on répondu, était sorti pour jouer au bowling.

Il était parti jouer au *bowling* ? Des amis l'avaient appelé pour lui proposer une partie, semblait-il. Et hop ! Il était allé se distraire en la laissant seule à attendre, en proie au doute, à la peur et à un désespoir croissant ? Ne pouvant croire à une trahison aussi brutale, elle était allée se rendre compte sur place. Et avait bel et bien trouvé la voiture de Thom sur le parking du bowling. Incrédule, le cœur serré, elle s'était approchée de la fenêtre. Et elle avait vu Thom s'amuser comme un fou avec une bande d'amis. Lorsqu'il avait attiré la serveuse sur ses genoux pendant que les autres riaient et plaisantaient autour de lui, elle avait dû se rendre à l'évidence. Juste avant de rentrer chez elle au pas de charge, elle avait quand même pris le temps de rédiger un petit mot incendiaire qu'elle avait placé bien en évidence sur son pare-brise.

Avec le recul, Noelle avait compris que leur soi-disant histoire d'amour n'avait été qu'une mascarade. Par cette plaisanterie aussi grossière que cruelle, Thom avait dû vouloir venger sa famille. Elle ne voyait pas d'autre explication. Avait-il estimé que c'était son droit, et même son devoir, en tant que Sutton, de lui faire payer la « faute » commise dix ans plus tôt par sa mère ? C'était Sarah McDowell, en effet, qui avait perdu le précieux service à thé familial que Mary Sutton lui avait prêté. *Perdu* n'était pas exactement le mot, d'ailleurs. Sa mère l'avait emprunté à la mère de Thom pour l'exposer à l'occasion d'une journée portes ouvertes organisée par une de ses collègues. Et quelqu'un avait dérobé le service. C'était ainsi que la dispute avait commencé. Et le conflit n'avait cessé de s'envenimer au fil des ans.

Après l'humiliation infligée par Thom, Noelle avait dû retourner chez elle, tête basse, et admettre devant sa famille consternée que son « fiancé » lui avait fait faux bond. Telle une héroïne de tragédie antique, elle avait été séduite puis répudiée.

Pendant des jours et des jours, elle était restée cloîtrée chez elle, à pleurer et à tourner en rond comme une âme en peine. Thom n'avait ni téléphoné ni envoyé de message. Il lui avait fallu du temps pour accepter ce que tout en elle refusait d'admettre : il s'était bel et bien joué d'elle. Plus jamais, depuis, il ne s'était manifesté ni n'avait donné de nouvelles.

Quoi d'étonnant s'il lui avait fallu dix ans avant de revenir sur la scène de son humiliation ?

Le grincement du tapis roulant arracha Noelle à ses souvenirs mortifiants. Le trou sombre derrière le rideau en caoutchouc noir cracha ses premiers bagages. Thom fit un pas en avant. Il semblait pressé de récupérer sa valise et de quitter les lieux. Noelle n'avait pas moins hâte que lui de disparaître. Elle préférait encore attendre dans le froid humide hors de l'aéroport plutôt que de rester plantée là, à quelques pas de Thom Sutton.

Du *très attirant* Thom Sutton. Il était encore plus beau qu'il ne l'avait été dix ans auparavant. La vie était vraiment injuste. Si seulement elle avait pu le retrouver avec une calvitie, un début de double menton et trente kilos en trop !

— Je pensais que ta femme serait venue te chercher, fit-elle observer, sans tourner les yeux dans sa direction.

Elle n'aurait jamais dû ouvrir la bouche pour lui adresser la parole. Et encore moins pour lui lancer cette question quasi transparente. Mais le besoin de savoir l'avait soudain emporté sur toute autre considération.

— C'est ta façon peu subtile de me demander si je suis marié ?

Elle avait les mâchoires tellement crispées par la colère qu'elle eut du mal à desserrer les dents.

— Tu as largué beaucoup de filles, en dix ans ?

Il plissa les yeux d'un air menaçant.

— Attention à ce que tu dis, Noelle.

— Pourquoi ? La vérité est si pénible à entendre ?

L'homme qui les avait interpellés de l'arrière de l'avion s'interposa un instant entre eux pour récupérer son sac.

— Et si vous vous réconciliiez sur l'oreiller, tous les deux ? suggéra-t-il en adressant un clin d'œil à Thom.

Noelle se hérissa.

— Je ne crois pas, non.

Tournant vers Thom un regard méprisant, elle fut sidérée de voir l'expression de rage sur ses traits. Incroyable. Comme si c'était lui l'offensé, dans l'histoire ! Elle s'était attendue à peu près à tout sauf à cette réaction de sa part.

— Sur ce point, au moins, nous sommes d'accord, toi et moi, lui assena-t-il d'une voix cinglante.

Il saisit sa valise d'un geste si violent qu'il en renversa une autre au passage. Sans un mot d'au revoir, il s'éloigna à grands pas furieux et franchit la porte.

Il venait à peine de disparaître lorsque les panneaux de verre s'écartèrent de nouveau : Jake et Sarah McDowell apparurent, les bras ouverts et le visage rayonnant.

Noelle avait toujours eu un faible pour la plus jeune de ses deux sœurs. L'arrivée de Carley Sue dans la famille avait pris tout le monde au dépourvu, y compris leurs deux parents. Lorsque la petite benjamine était née, Kristen avait déjà douze ans et elle-même venait de fêter son quinzième anniversaire. Carley Sue n'avait que trois ans lorsqu'elle avait quitté la maison pour partir à l'université. Mais Noelle était restée proche de ses deux sœurs, avec qui elle communiquait régulièrement par téléphone et par e-mail, entre deux réunions familiales à Dallas.

Carley Sue se laissa choir sur le lit de la chambre d'amis et la regarda défaire ses bagages.

— Ça ne t'embête vraiment pas que j'occupe ton ancienne chambre, alors ?

— Bien sûr que non, quelle idée ! Je suis contente qu'elle ne soit pas restée vide, au contraire.

Carley Sue parut rassurée.

— Et tu vas passer deux semaines ici, avec nous, alors ? C'est sûr, sûr, sûr ?

— Sûr, sûr, jeune fille. J'ai mon billet de retour pour début janvier.

Alors qu'elle avait envisagé de s'offrir une super croisière dégriffée avec deux amies pour Noël, elle se retrouvait au froid, dans l'Oregon, à organiser le mariage de sa sœur, et à essayer de ne pas penser à Thom Sutton.

— Et tu viendras au bal de Noël du club ?

— Si je peux l'éviter, je préférerais faire l'impasse, à vrai dire.

Leur mère tenait beaucoup à cette sortie annuelle en famille. Mais Noelle ne voulait surtout pas entendre parler de soirée dansante à Rose. Cela lui rappellerait trop cruellement les moments passés avec Thom.

— Maman a dit que tu irais.

Aïe, aïe, aïe… Voilà qui commençait plutôt mal. Noelle se laissa choir à côté de sa sœur sur le lit et poussa un soupir.

— Et si je dis à maman que je n'ai rien à me mettre ?

— Oups ! Ne fais surtout pas ça. Je suis sûre qu'elle se précipiterait pour t'acheter une robe rose. Maman adore le rose. Et pas n'importe quel rose non plus, mais un rose atroce, comme celui des petites pilules Pepto-Bismol qu'elle nous donne quand on a mal au ventre. Elle voulait même que Kristen se *marie* en rose. Tu imagines ?

Carley attrapa ses pieds nus et joua pensivement avec ses orteils.

— Tu ferais mieux de venir à la soirée dansante avec nous, tu sais.

C'était *aussi* une des raisons pour lesquelles Noelle inventait prétexte après prétexte pour ne pas revenir à Rose. Même si elle adorait sa famille, elle redoutait par-dessus tout de se voir traînée à toutes sortes de raouts, soirées et autres réunions dansantes. Elle s'imaginait déjà exhibée par sa mère au bal de Noël du club — en rose Pepto-Bismol, s'il fallait en croire Carley. Comme si ce n'était pas déjà suffisamment éprouvant comme cela, Sarah avait une tendance déraisonnable à chanter ses louanges à tout propos en parlant d'elle comme si elle n'était pas présente dans la pièce.

— Hé, ça te dirait d'aller au cinéma demain ? proposa-t-elle à sa petite sœur.

Les yeux de Carley s'illuminèrent.

— Ça me dirait vachement, oui ! J'espérais trop qu'on ferait des trucs ensemble, toi et moi !

Le carillon de la porte d'entrée tinta et Carley roula sur le ventre.

— C'est Kristen. Elle vient avec Jonathan, ce soir.

— Tu l'aimes bien, Jonathan ?

Carley hocha la tête avec un sourire joyeux.

— Ouais, il est trop sympa. L'autre fois, il m'a invitée à danser, même. Et personne ne l'avait forcé, ni rien.

Voilà qui paraissait encourageant. Avec un peu de chance, le fiancé de sa sœur se fendrait aussi d'une danse avec elle.

— Noelle ! lança la voix surexcitée de Kristen de l'autre bout du couloir.

Sa sœur fit irruption dans la chambre en courant, les joues rosies par l'excitation, les yeux brillant de joie. Noelle se retrouva enveloppée dans une étreinte vigoureuse.

— Je suis tellement, tellement contente que tu sois venue passer Noël à la maison !

Noelle serra sa sœur dans ses bras. Kristen lui avait manqué, toutes ces années. Même si elle appréciait leurs conversations téléphoniques, c'était autre chose de se voir, de se toucher et de se parler de vive voix.

— Tu ne devineras jamais sur qui je suis tombée !

Depuis le premier instant où elle avait posé les yeux sur Thom, elle mourait d'impatience de partager enfin la nouvelle. Le regard de Kristen s'assombrit.

— Ne me dis pas que tu as vu Thom Sutton !

— Eh bien, si, pourtant.

Les yeux de Carley brillèrent de curiosité.

— C'est qui, Thom Sutton ?

— Un garçon avec qui j'étais sortie quand j'avais dix-huit ans.

— Ouah ! Vous étiez amants ?

— Carley !

Sa petite sœur haussa les épaules.

— Je suis grande maintenant. J'ai bien le droit de poser de vraies questions !

— Tu l'as vu où ? l'interrompit Kristen.

— Il était assis à deux rangs derrière moi dans l'avion.

— Thom vit toujours à Rose, tu sais. L'entreprise de vente par correspondance où il est cadre dirigeant a pris un bel essor depuis quelques années. Et il est amené à se déplacer fréquemment.

— Comment se fait-il que tu sois si bien informée ?

Kristen et elle avaient toujours évité avec soin le sujet « Thom Sutton », que ce soit au téléphone ou par mail.

— C'est Jonathan qui m'en a parlé. Je crois que Thom fait partie de ses clients.

Ainsi Thom Sutton n'était pas seulement devenu un homme magnifique. Il avait également réussi sur le plan professionnel.

— J'imagine qu'avec de tels atouts notre bon vieux Thom n'est pas resté célibataire ? Il a une créature de rêve dans sa vie ?

C'était le moins que l'on pouvait attendre avec un profil aussi avantageux.

— D'après Jon, il sort beaucoup. Mais on ne lui connaît pas de relation stable.

A priori, Noelle n'avait aucune raison de se réjouir de cette nouvelle mais ce fut plus fort qu'elle. Elle jugea préférable de ne pas analyser sa réaction d'allégresse de trop près.

Carley se redressa à genoux sur le lit.

— Je *veux* savoir ce qui s'est passé ! Je ne suis plus une gamine. Vous pouvez tout me dire, maintenant !

— Thom était le petit ami de Noelle quand ils étaient en terminale, expliqua Kristen.

— C'est le mufle qui t'a abandonnée devant l'autel alors que tu l'attendais en robe de mariée, avec ton bouquet à la main ?

— Qui t'a raconté ces âneries, Carley ? protesta Noelle. Je n'ai jamais attendu qui que ce soit en robe de mariée devant l'autel !

Je me contente de rétablir la vérité, c'est tout. Je ne suis pas en train de défendre Thom…

— C'est maman qui me l'a dit, parce qu'elle ne veut pas que je fréquente les Sutton. Quand je lui ai demandé pourquoi je ne devais pas parler à ces gens, elle m'a expliqué qu'il ne fallait jamais faire confiance à un Sutton et que tu l'avais appris à tes dépens. Parce qu'un des leurs s'était très mal conduit avec toi.

— Ce n'est pas tout à fait aussi simple que ça, intervint Kristen.

— Alors racontez-moi *tout* ! Je n'arriverai jamais à les haïr, ces Sutton, si personne ne veut me dire ce qu'ils ont fait de si horrible !

— Il ne faut haïr personne, Carley.

— Comme je ne les connais pas, je ne peux pas dire que je les déteste. Mais j'aimerais bien savoir pourquoi c'est la guerre entre nos deux familles !

Kristen soupira.

— C'est une longue histoire…

— C'est exactement ce que m'a dit maman, riposta Carley en s'asseyant sur ses talons.

Avec une grimace horrifiée, Kristen porta une main à sa bouche.

— Oh ! non, ne me dis pas que je m'exprime *déjà* comme maman ! Je ne pensais pas que ça m'arriverait avant l'âge de trente ans.

Noelle sourit de l'air consterné de sa sœur, tout en se demandant s'il y avait vraiment matière à rire. Dans moins d'une semaine, après tout, elle fêterait ses vingt-neuf printemps.

— Tu l'aimais passionnément ? demanda Carley avec une expression lointaine dans le regard.

Noelle n'était pas certaine de pouvoir répondre à sa question.

Elle sentait une douleur sourde lui comprimer la poitrine, mais elle refusait de se pencher sur ses émotions de trop près.

— Je *croyais* l'aimer.

— Thom et Noelle formaient un couple très romantique, se remémora Kristen. Ils étaient follement amoureux l'un de l'autre. Mais les circonstances familiales étaient compliquées et ils ont dû se séparer.

— C'est une façon de voir les choses, commenta Noelle avec un soupçon d'amertume.

Carley poussa un long soupir.

— Comme c'est triste que votre amour n'ait pas duré !

— La mésentente entre nos deux familles ne nous a pas facilité les choses.

— Au moins, vous ne vous êtes pas suicidés, comme Roméo et Juliette.

Noelle secoua la tête en riant.

— Quelle idée ! Tu sais que j'ai toujours été une grande sœur très raisonnable. Tout le contraire d'une exaltée romantique.

Ou presque…

Noelle devait admettre qu'il n'y avait rien de « raisonnable » dans le fait d'avoir mis dix ans à revenir à Rose après leur rupture. Mais ce qui avait commencé comme une fuite était simplement devenu une habitude au fil des ans.

Kristen secoua la tête.

— Très raisonnable, oui. Tu travailles trop, tu ne sors pas assez, et tu évites Rose comme si nous étions tous atteints par une épidémie de peste bubonique.

— Je plaide coupable pour les deux premières accusations. Mais pas pour la troisième.

Il y avait des années, à présent, qu'elle avait cessé d'éviter Rose *à dessein*. Depuis qu'elle était entrée dans la vie active, elle avait été très prise par son travail. Et il lui était difficile de s'accorder plusieurs jours de congé d'affilée.

Carley fit la moue.

— Je ne le connais pas, ce Thom, mais j'ai déjà envie de l'étrangler. Il est trop nul de t'avoir fait de la peine, Noelle.

Et puis, s'il s'était marié avec toi comme il l'avait promis, tu habiterais toujours à Rose et je pourrais te voir aussi souvent que je voudrais !

— Bonne remarque, sœurette, approuva Kristen.

Se défaisant de son manteau, elle s'assit à côté de Carley sur le lit. Noelle sourit à ses deux sœurs et réalisa avec un choc à quel point elle les aimait. Loin de sa famille, dans le Texas, c'était si simple — presque trop simple — de laisser le travail consumer son existence. Et d'accepter que de brèves conversations téléphoniques d'un quart d'heure lui tiennent lieu de vie de famille.

— Tiens, regarde, Noelle.

Kristen tendit la main pour lui montrer sa bague de fiançailles. C'était un solitaire, un beau diamant, quasiment sans défaut, avec une monture sobre et classique. Le bijou correspondait à la perfection à la personnalité de Kristen.

— Nous avons cherché pendant des semaines avant de nous décider. Jon voulait la plus haute qualité de pierre. Rien ne lui paraissait assez parfait.

Un tel bonheur illuminait le visage de sa sœur que Noelle en eut presque les larmes aux yeux.

— Tu seras mon témoin, n'est-ce pas ?

— Entendu. A condition que je ne sois pas obligée de porter une robe couleur Pepto-Bismol.

D'abord interloquée, Kristen finit par éclater de rire.

— Aucun risque de ce côté-là !

Carley fronça les sourcils d'un air rebelle.

— Je te préviens, Kristen : si tu me demandes de jouer le rôle de la petite fille avec les boucles blondes censée tenir ta traîne, je vais hurler. Personne ne veut me croire quand je dis que je ne suis plus une enfant. Mais je vais avoir quatorze ans, à la fin !

— Dans dix mois, lui rappela Noelle.

— Et alors ? Je suis dans ma quatorzième année, oui ou non ?

Kristen releva les cheveux qui tombaient sur le front de Carley.

— Je pensais t'inviter pour mon enterrement de vie de jeune fille, en fait.

Carley poussa un cri de joie.

— C'est vrai ? Trop génial ! Puisque c'est ça, je vais vous confier ce que j'ai entendu maman dire à papa tout à l'heure.

Baissant la voix pour poursuivre dans un murmure, elle résuma la conversation qu'elle avait surprise entre leurs parents.

— Maman a rendez-vous avec Mme *Sutton* demain matin ? répéta Noelle, incrédule. Et elle compte s'y rendre ?

— C'est ce qu'elle a dit à papa, en tout cas. Mais elle n'avait pas l'air très contente.

— J'imagine, oui.

— Eh bien…., murmura Kristen. Voilà qui promet.

« En effet », acquiesça Noelle en silence. La rencontre entre les deux ennemies jurées risquait de défrayer la chronique. Restait à savoir si elle allait se terminer par un pugilat… ou par une réconciliation inespérée.

Les carnets de Noelle McDowell

19 décembre
2 heures du matin

Ainsi, je l'ai revu avant même de poser le pied à Rose. Parmi tous les avions que j'aurais pu prendre, il a fallu que je tombe sur celui où il voyageait également...

Rencontrer Thom, après toutes ces années, a été une expérience peu glorieuse. Assurément la moins glorieuse de toute mon existence. A l'exception de la dernière fois où nous nous sommes trouvés ensemble. Que dis-je ? De la dernière fois où nous ne nous sommes pas trouvés ensemble. Pourquoi faut-il que je joue ainsi de malchance ? A moins que je n'aie moi-même attiré sa présence à force de penser à lui de façon obsédante ?

Bon... Voyons le côté positif des choses : l'épreuve a été traversée. Je n'ai plus rien à redouter puisque le mal est fait. Les retrouvailles se sont déroulées de la pire manière possible, mais je sais désormais où j'en suis avec Thom Sutton. Sa réaction n'a laissé place à aucune ambiguïté : il était manifestement tout aussi furieux que moi. On peut dire que de ce point de vue, au moins, il y avait parfaite réciprocité entre nous. Même si j'ai du mal à comprendre pourquoi il me témoigne une pareille hostilité. C'est quand même lui qui m'a rejetée et non l'inverse !

Le plus mortifiant, c'est qu'après notre petite conversation à l'aéroport il doit se féliciter chaudement de m'avoir plaquée pendant qu'il en était encore temps. Je me suis comportée comme une parfaite petite dinde.

Pour enchaîner sur une note plus gaie (et je suis toujours à la recherche d'une note de gaieté !) : je suis profondément heureuse d'être de retour à la maison. Je n'aurais jamais dû attendre dix ans avant de revenir à Rose. C'était bête de ma part et je le regrette. J'ai parcouru toute la maison, pièce après pièce, pour refaire connaissance avec les lieux. Au bout d'un moment, j'en avais les larmes aux yeux. Rien n'a vraiment changé et, pourtant, tout est différent. Je n'avais même pas mesuré à quel point ma famille me manquait. Maman a mis toutes les décorations de Noël, y compris les bonhommes de neige en ouate blanche que j'avais fabriqués moi-même au centre aéré, il y a au moins mille ans. Lorsque je le lui ai fait remarquer, elle m'a dit que cela faisait partie de la tradition de Noël. Elle les sort chaque année depuis dix ans. En me disant cela, elle avait la voix qui s'étranglait un peu. Et je n'étais pas moins émue de mon côté. Nous nous sommes embrassées et je lui ai juré que je ne laisserai plus jamais passer autant de temps avant de revenir ici. Et je tiendrai parole.

Carley Sue (elle déteste quand je l'appelle par ses deux prénoms) est adorable. Je la découvre autrement, à présent que je la vois évoluer dans son propre espace — même si cet espace a jadis été le mien, puisqu'elle occupe mon ancienne chambre. Elle est plus spontanée, plus sûre d'elle. Et elle meurt d'envie d'être acceptée comme une « grande » et de partager les confidences que nous échangeons, Kristen et moi.

En parlant de Kristen, ma sœur cadette est au nirvana. Nous avons discuté pendant des heures. Elle m'avait déjà raconté au téléphone comment son histoire avec Jonathan avait commencé. Mais entre sœurs, rien ne vaut une vraie conversation face à face. C'est amusant qu'ils se soient rencontrés chez un fleuriste alors que Jonathan était entré pour acheter une douzaine de roses rouges à l'intention d'une autre femme. Mais ce Jonathan n'a pas les yeux dans les poches, apparemment. Et il a vu tout de suite qui était la rose d'entre les roses, dans cette boutique. Du coup, c'est Kristen qui est ressortie avec le bouquet à la main !

Carley m'a prévenue que maman comptait enrôler l'une d'entre nous en renfort, demain matin, pour l'aider à affronter Mme Sutton. Mais nous avons déjà prévu une contre-stratégie pour éviter de nous laisser embrigader. Nous, les trois sœurs, nous avons nos méthodes…

2

Au petit déjeuner, le lendemain matin, Sarah faisait grise mine. Elle aurait préféré qu'on lui arrache une dent sans anesthésie plutôt que d'avoir à affronter Mary Sutton. Déjà prêt et habillé, son mari se servit un dernier café en lui jetant un regard en coin.

— Tu es vraiment stressée à ce point ?

Sarah ne tenta même pas de feindre le contraire.

— J'en suis malade, Jake. La dernière fois que je lui ai parlé, c'est le jour où elle a écrit cet article assassin sur moi dans sa chronique.

— Tu as toujours été persuadée que cet article te concernait. Mais il s'agissait d'une attaque contre les agents immobiliers en général. Rien n'indique que tu aies été forcément visée.

Sarah refréna un soupir. Ce n'était pas la première fois qu'ils abordaient le sujet. Et elle avait du mal à comprendre pourquoi Jake s'obstinait à nier l'évidence. Il savait aussi bien qu'elle que le redoutable réquisitoire intitulé « Un cauchemar nommé agent immobilier » était dirigé contre elle et uniquement contre elle. Même si elle n'avait jamais commis un seul des nombreux méfaits que Mary détaillait dans son article. Son éthique lui interdisait de masquer les défauts d'une maison ou de tricher avec des photos un peu trop alléchantes. Jamais elle n'avait essayé de rouler ses clients. Mais elle était bel et bien coupable, en revanche. Coupable de la seule mauvaise action que Mary ne mentionnait *pas* dans sa chronique : elle avait emprunté quelque chose qu'elle n'avait pas été en mesure de rendre.

— L'article de Mary, c'était avant ou après le panneau « Portes ouvertes » que tu as planté dans la pelouse devant chez elle ?

— Avant. Autrement dit, elle l'avait mérité, son panneau.

Son mari rit doucement.

— Allez, va donc la retrouver comme si de rien n'était. Sois détendue et souriante, et tout se passera bien.

— Tu parles comme une publicité pour déodorant.

— Absolument, ma chérie.

Jake l'embrassa sur la joue, prit sa mallette et partit pour l'hôpital en l'abandonnant à son sort. Sa tasse de café à la main, Sarah s'avança jusqu'à la fenêtre pour suivre des yeux la voiture qui s'éloignait. *Va la retrouver...* Facile à dire. Ce n'était pas lui qui aurait à affronter Mary après toutes ces années de guerre larvée.

Noelle entra dans la cuisine en bâillant et se dirigea droit vers la cafetière. La vue de sa fille aînée remonta instantanément le moral de Sarah. Le retour de Noelle après tant d'années lui emplissait le cœur de joie. Et sa grande fille arrivait au bon moment. Avec son caractère calme et posé, Noelle saurait faire le tampon entre elle et cette journaliste cinglée qui avait jadis été sa meilleure amie. Certes, il y avait eu ce douloureux épisode entre Noelle et le fils Sutton, dans le temps. Mais le statut de victime de Noelle la pousserait à la conforter dans ses positions. La conscience de Sarah la titillait un peu à l'idée d'utiliser sa fille. Mais elle avait vraiment, vraiment besoin de soutien. Et, depuis le temps, Noelle devait avoir surmonté son amour malheureux pour Thom Sutton.

Malgré la nervosité qui lui tordait le ventre, Sarah réussit à sourire.

— Bonjour, ma chérie. Bien dormi ? Je me demandais si tu aurais envie de m'accompagner ce matin.

Malgré sa désinvolture affichée, elle s'était exprimée d'une voix presque suppliante. Sa fille s'adossa au comptoir de cuisine en serrant son café à deux mains.

— Désolée. J'ai promis de consacrer ma journée à Carley. Nous avons un programme shopping et cinéma.

— Ah, très bien… Mais ça peut attendre midi, non ? Cela vous laissera encore une bonne partie de la journée pour…

Noelle soupira et secoua la tête.

— Désolée, maman, mais je n'ai pas l'intention de faire l'arbitre et de compter les points pendant que tu échangeras des amabilités avec Mme Sutton.

— Qui t'a dit que j'avais rendez-vous avec…

Elle ne se donna pas la peine de formuler sa question jusqu'au bout, puisque la réponse était évidente. Jake, bien sûr ! Dégoûtée, elle jeta son reste de café dans l'évier et se prépara à regagner sa chambre. Puisqu'il était dit qu'elle pénétrerait seule dans l'antre du lion, elle tenait à soigner son apparence.

— Je suis sûre qu'elle est loin d'être aussi monstrueuse que l'image d'elle que tu colportes ! lui lança Noelle alors qu'elle s'éloignait dans le couloir.

Que sa propre fille — celle-là même qui avait été outragée et humiliée par un Sutton — puisse lui sortir pareille contre-vérité dépassait son entendement. Il y avait des limites à ce qu'on pouvait pardonner. Et si Noelle pensait que Mary était si charmante que ça, pourquoi refusait-elle de l'accompagner ?

Sa fille ne semblait pas se rendre compte de la difficulté de sa position. Même Jake ne la prenait pas vraiment au sérieux. Il avait l'air de trouver l'épisode plutôt désopilant. Alors qu'il n'y avait pas vraiment matière à rire. Elle aurait d'ailleurs bien voulu les voir à sa place, tous autant qu'ils étaient.

Malgré son appréhension, Sarah se gara devant le bâtiment du Century Club avec vingt bonnes minutes d'avance. A dessein, naturellement. Si ses souvenirs étaient bons, Mary avait un certain nombre de défauts pendables. Dont une incapacité viscérale à se présenter à l'heure à un rendez-vous. En arrivant largement dans les temps, Sarah comptait souligner par contraste l'irresponsabilité et la désinvolture de Mary.

— Bonjour, Melody, lança-t-elle d'une voix énergique en pénétrant dans le bâtiment.

Debout devant la photocopieuse, la secrétaire du club répondit à son salut d'une main, tout en décrochant de l'autre un téléphone qui semblait ne jamais s'arrêter de sonner. Pour tromper l'attente, Sarah s'esquiva aux toilettes afin de vérifier une fois de plus son apparence. Elle avait poussé son maquillage jusqu'à des degrés inhabituels de raffinement, ce matin. Rien à redire non plus en ce qui concernait sa coiffure. Quant à sa tenue, elle alliait la sobriété à ce qu'il fallait de fragile féminité. Mais il lui avait fallu batailler un bon moment avant de parvenir à ce résultat. Trois fois, elle s'était changée de pied en cap avant de se décider pour un pantalon en lainage marine, un pull blanc en cachemire et un foulard de soie avec un motif de houx et de baies rouges.

Melody sourit en reposant le téléphone.

— Désolée de t'avoir fait attendre, Sarah. C'est de la folie, ici, ce matin. Tout le monde appelle pour le bal.

Le bal ? Ah oui, le bal, bien sûr... Elle avait été tellement traumatisée par la perspective de sa rencontre avec Mary qu'elle en avait oublié la soirée dansante annuelle.

La porte s'ouvrit et Mary fit une de ces entrées théâtrales dont elle avait le secret : de grands gestes, une voix chantante et une gracieuse envolée de foulards. A croire que la pauvre femme avait l'illusion d'être sur les planches.

— Hello, Melody ! Comment vas-tu, ce matin ?

Alors seulement, Mary fit mine de s'apercevoir de sa présence. Le visage fermé, elle la gratifia d'un signe de tête glacial.

— Ravie de te revoir, moi aussi, marmonna Sarah en forçant sur l'ironie du ton.

Sans l'honorer d'un regard, Mary se dirigea vers le renfoncement où officiait Melody.

— Je suis venue chercher la liste pour les corbeilles de Noël.

— C'est également la raison de ma présence.

Refusant de se laisser évincer, Sarah s'interposa. Mary joua des coudes et elles luttèrent pour prendre position face au comptoir. Melody les regarda, les yeux ronds, comme si elle avait affaire à deux extra-terrestres.

— Mais enfin, qu'est-ce qui vous prend, toutes les deux ?

— Je t'avais prévenue que nous avions des antécédents, Mary et moi.

— Des antécédents longs et *rédhibitoires*, précisa Mary.

Melody les gratifia l'une et l'autre d'un froncement de sourcils désapprobateur.

— Il faudra malgré tout que vous collaboriez sur ce projet, mesdames. Ce serait tout de même un comble que des familles nécessiteuses se voient privées de leur corbeille de Noël parce que vous n'aurez pas réussi à faire taire votre hostilité pendant quelques heures !

— C'est impossible de travailler avec toi, décréta Mary en l'écartant d'un geste méprisant.

Sarah leva les yeux au plafond.

— Je refuse de me laisser insulter par des individus de ton espèce.

— Ça ne pourra jamais fonctionner entre nous, c'est clair.

— A qui le dis-tu !

Sur le point de partir en claquant la porte, Sarah comprit juste à temps qu'en se retirant de la scène du combat elle faisait le jeu de l'ennemi et non le sien. Mary n'avait cessé de la provoquer depuis qu'elle était entrée en agitant ses foulards. Ne s'agirait-il pas d'une manœuvre délibérée de sa part pour l'empêcher d'organiser la réception de mariage au club ? Mary avait dû avoir vent de la nouvelle par un biais ou un autre. Et, avec sa mesquinerie habituelle, elle s'employait à mettre des bâtons dans les roues de la famille McDowell. Mais elle ne se laisserait pas faire.

— Il doit y avoir moyen de préparer ces corbeilles sans pour autant nous marcher sur les pieds, lança-t-elle d'un ton plus conciliant.

Elle espérait que Kristen saurait apprécier ce sacrifice maternel à sa juste valeur. S'il n'y avait pas eu le mariage à la clé, elle ne se serait jamais abaissée à faire la moindre concession.

— Qu'entends-tu par là, exactement ?

— Organisons-nous de façon à passer le moins de temps possible ensemble.

Personnellement, elle n'avait aucune idée de la façon dont elles pourraient procéder. Mais la secrétaire du club aurait peut-être des suggestions.

— Melody ?

Le téléphone sonna sur une autre ligne. Melody mit son premier interlocuteur en attente et entreprit d'en renseigner un second. Plaçant la main sur le combiné, elle murmura :

— Et si vous passiez à côté pour essayer de trouver une solution ensemble ? Je vous rejoins dès que possible.

Sarah recula de deux pas, ne cédant qu'à contrecœur le terrain emporté de haute lutte. La collaboration avec Mary promettait d'être encore plus pénible qu'elle ne l'avait imaginé. De son côté, elle était prête à faire des efforts. Mais ce n'était pas le cas de Mary, de toute évidence.

— Les décorations de Noël sont très réussies, cette année, n'est-ce pas ? fit-elle observer poliment.

Mary pinça les lèvres.

— En effet, oui. C'est moi qui m'en suis chargée.

— Mmm…

Examinant de nouveau la montée d'escalier, Sarah découvrit quelques défauts qui lui avaient échappé à la première inspection. Elle se dirigea vers la rampe et rectifia le tombé d'un ruban.

— N'y touche *surtout* pas !

— Mille pardons… Je ne te savais pas si susceptible.

— Tu le serais autant que moi si tu avais passé vingt minutes à confectionner chacun de ces nœuds en velours rouge.

Sarah haussa les épaules.

— J'y serais parvenue en dix minutes.

— Parfait. Tu les feras l'année prochaine… J'ai appris que Noelle était de retour à Rose ?, observa Mary avec une désinvolture étudiée.

— Oui. Et je te saurais gré de veiller à ce que ton fils lui fiche la paix.

— Mon fils ? se récria Mary. C'est vraiment la dernière chose dont tu aies à t'inquiéter. Il y a longtemps qu'il a compris à quoi s'en tenir, avec ta fille !

— Inutile de le prendre sur ce ton ! C'est quand même ton fils qui a brisé le cœur de Noelle, pour autant que je sache !

— Mesdames, s'il vous plaît !

Melody les rejoignit en secouant la tête.

— Je croyais que vous deviez trouver des solutions pour coopérer sans vous écharper !

Mary croisa les bras sur la poitrine.

— Je ne vois pas par quel miracle je parviendrais à accomplir quoi que ce soit en bonne entente avec *elle*.

— Dans ce cas, divisez la liste en deux, suggéra Melody. L'une peut se charger d'acheter les cadeaux ; l'autre, les victuailles. Fixez ensuite une date pour vous retrouver et assembler les corbeilles. Ce sera fait en un rien de temps et on n'en parlera plus.

Sarah se demanda pourquoi elle n'y avait pas pensé elle-même. C'était une solution simple, pratique, qui leur permettrait de garder une saine distance l'une par rapport à l'autre.

— Parfait. Que l'on coupe la liste en deux ! ordonna Mary avec un geste théâtral.

— Je dirais même plus : que l'on coupe cette liste en deux ! ironisa Sarah en parodiant son style.

Melody pivota sur ses talons et retourna dans son bureau pour photocopier la liste. Le téléphone sonna de nouveau et elle répondit tout en sortant l'original et la copie pour y mettre un coup de ciseaux. Sans cesser de parler dans son combiné coincé entre le cou et l'épaule, elle posa les papiers puis les reprit pour tendre une moitié de l'original à chacune. Les deux copies furent promptement rangées dans le dossier ouvert sur la table de travail.

Sarah jeta un coup d'œil sur sa moitié de liste, puis elle la glissa dans son sac à main.

— A ton avis, quel est le meilleur moment pour que nous nous retrouvions pour préparer les corbeilles ?

— Le 23 décembre avant midi, répondit promptement Mary. Ainsi, nous pourrons les livrer directement à l'Armée du Salut.

— Comme tu voudras.

L'affaire étant conclue, Sarah ne s'attarda pas une seconde de plus que nécessaire. Sans être idéale, la solution avait le mérite d'être réalisable. Elle quitta le bâtiment avec une ferme résolution en tête : elle mettrait un point d'honneur à s'acquitter *à la perfection* de la tâche qui lui était fixée.

Les bras chargés de paquets, Noelle et Carley quittèrent le centre commercial en fin d'après-midi.

— C'est trop cool de faire les courses avec une grande sœur !

Noelle sourit avec affection à la petite dernière. Durant l'été précédent, Carley avait séjourné deux semaines chez elle, au Texas, pendant que leurs parents faisaient une croisière. Mais Carley avait beaucoup gagné en maturité dans l'intervalle. En l'espace de quelques mois, la petite fille s'était muée en adolescente.

— Maman ne vend plus beaucoup de biens immobiliers en ce moment, commenta Carley alors qu'elles montaient en voiture. Je pense que son travail ne lui plaît plus trop, même si elle ne veut pas le reconnaître.

— Ah, tu crois ?

— Il n'y a plus qu'une chose qui l'intéresse, et ce sont les préparatifs du mariage de Kristen. Elle a déjà dévoré des piles de livres et de revues sur la question. On sent que ça la passionne. Et l'autre jour elle a dit que ce qui manquait, dans cette ville, c'était une agence spécialisée dans l'organisation des grandes cérémonies, comme les baptêmes ou les mariages.

— Et tu penses que ça plairait à maman de mettre ce genre d'agence sur pied ?

Carley hocha vigoureusement la tête.

— Je crois qu'elle adorerait.

Noelle médita la question. Leur mère était une femme très sociable, une qualité qui avait contribué à sa réussite dans l'immobilier. Sarah connaissait presque tout le monde, à Rose, et elle savait utiliser ses relations. Il se pouvait que Carley voie juste, en effet.

— *L'Amiral* n'a pas changé, commenta-t-elle, sans parvenir à réprimer l'émotion dans sa voix.

Elle avait vu quantité de films dans ce grand cinéma du centre-ville. C'était ici, alors qu'ils se trouvaient au balcon, que Thom et elle s'étaient embrassés pour la première fois. Et ce baiser avait marqué un tournant historique dans son existence. Même si elle avait tout fait pour chasser ce souvenir de sa mémoire, il ne s'était jamais terni, malgré le passage des années.

L'Amiral faisait partie de ces vieux cinémas à l'ancienne dont la construction remontait aux années soixante. L'écran était immense et le balcon, à l'étage, offrait les fauteuils en velours rouge d'antan. Noelle avait toujours adoré grimper là-haut. Elles payèrent leurs entrées et prirent des boissons ainsi qu'un grand cornet de pop-corn.

— Tu as envie qu'on monte au balcon ? demanda Carley.

Noelle était déjà dans l'escalier.

— Bien sûr ! C'est un must, fillette !

Elle se dirigea droit vers le premier rang et se laissa tomber dans un fauteuil rembourré. Imitant son exemple, Carley s'effondra à côté d'elle. C'était un vieux film qu'on programmait ce jour-là, un dessin animé qui ressortait régulièrement pour les fêtes.

— Je suis trop grande pour regarder ce truc de gamins, mais je suis quand même bien contente de le voir, admit Carley à mi-voix.

Noelle plaça le cornet de pop-corn entre leurs deux sièges.

— Et moi, je suis ravie d'avoir trouvé une excuse pour revoir ce Walt Disney de la grande époque.

Elle se pencha sur la rampe pour regarder le parterre. Le cinéma n'était qu'à moitié plein et elle se demanda si elle verrait d'anciennes connaissances.

— Oh, non ! se récria-t-elle tout bas.

Une fois, passe encore. Mais *deux de suite* ? S'il y avait un endroit au monde où elle n'avait pas prévu de rencontrer Thom Sutton, c'était bien au cinéma, l'après-midi, pour une projection d'un Walt Disney. Et pourtant, il était assis là, presque directement au-dessous d'elles ! Et comme si cela ne suffisait pas, sa voisine — une blonde pulpeuse — se vautrait sur lui sans grande retenue.

— Quoi ? Qu'est-ce qu'il y a ? s'inquiéta Carley.

— Je viens de voir Thom. Juste au-dessous de nous.

Elle avait beau s'en défendre, elle ne parvenait pas à détacher les yeux du couple. La blonde avait la main sur sa nuque et le caressait avec la tendresse propre aux amants de longue date.

— Thom Sutton ? Le fils de l'ennemi ?

Noelle hocha la tête.

— En personne.

Si aberrant que cela puisse paraître, il avait gardé le pouvoir de la blesser. Ou plutôt, non. Pas de la blesser ; de la mettre en rage, plutôt. Carley prit un grain de pop-corn et le jeta en bas. Avec une exclamation choquée, Noelle lui retint le poignet. Elle ne voulait surtout pas attirer l'attention de Thom sur le balcon.

— Ne fais pas ça, Carley.

— Pourquoi ? Il mérite qu'on le canarde. Il t'a lâchée, et maintenant, il s'exhibe avec une autre femme.

Les lèvres serrées, Carley jeta un second grain de pop-corn en visant le couple. Noelle vit alors la blonde se pencher lascivement pour cueillir entre ses lèvres le lobe de l'oreille de Thom. Trop c'était trop. Prenant une pleine poignée de graines soufflées, elle la jeta par-dessus la rampe du balcon. Carley et elle se rejetèrent en arrière en étouffant un fou rire. Quelques minutes plus tard, incapable de résister à la tentation, Noelle regarda de nouveau en bas. Au même moment, Carley envoya une nouvelle poignée de munitions.

— Oh ! non, se récria-t-elle, les joues en feu, en se plaquant contre le dossier de son siège.

— Quoi ? chuchota-t-elle à mi-voix.

— Je crois que nous sommes repérées. Il a levé les yeux juste au moment où je les bombardais. Et il n'a pas eu l'air de trouver ça drôle du tout.

Noelle haussa les épaules. Tant pis si Thom la faisait jeter hors du cinéma en se plaignant à la direction.

— Sois sympa, Noelle, raconte-moi ce qui s'est passé entre nos deux familles. Je n'étais même pas née lorsque sa mère et la nôtre se sont disputées.

Noelle éprouvait une nette réticence à l'idée de remuer ces vieux souvenirs maintenant. Mais elle estimait que Carley avait le droit d'être informée.

— L'histoire a débuté alors que maman commençait tout juste à travailler dans l'immobilier. Avec l'entrée dans la vie professionnelle, maman s'est fait un nouveau cercle de connaissances. Et il semble que sa grande amie Mary — Mme Sutton, donc — se soit sentie délaissée. D'après maman, elle était un peu jalouse de ses nouvelles relations. Surtout d'une certaine Cheryl, une collègue de maman qui travaillait dans son agence depuis quelques temps et qui l'avait prise sous son aile. Et voilà que cette Cheryl, précisément, décide d'organiser une journée portes ouvertes chez elle. Mais il lui manque un bel objet de décoration pour mettre sa salle à manger en valeur. Maman a une subite inspiration et pense au magnifique service à thé en argent de Mary. Mais elle sait que si elle le demande pour Cheryl, Mme Sutton refusera de le lui prêter. Elle l'emprunte donc en disant que c'est pour elle.

Carley ouvrit de grands yeux.

— Oh… Et le service à thé en argent a été volé, c'est ça ? Je comprends que cette Mme Sutton ait été fâchée contre maman ! Parce qu'elle a menti — enfin, déguisé un peu la vérité. Oh !

là, là :... Quelle galère ! Maman ne devait plus savoir où se mettre, je parie ?

— C'est le moins qu'on puisse dire. Elle en était malade. Le service appartenait à la grand-mère de Mary Sutton. C'était une pièce irremplaçable qui faisait partie du patrimoine familial.

— Et maman était en tort...

— Elle a appelé la police et offert une récompense à quiconque lui rapporterait le service. Mais personne ne s'est présenté. Elle a écumé toutes les brocantes, tous les antiquaires de la région, dans l'espoir de remplacer le service volé par quelque chose d'approchant. Mais rien ne convenait. Ne sachant plus quoi faire, elle a voulu sauver leur amitié en tentant une explication franche. Mais Mme Sutton était très en colère — et, honnêtement, on peut la comprendre. Elle se sentait trahie et blessée. Plus maman essayait de se justifier et plus elle s'enfonçait dans des considérations embarrassées. Le ton a fini par monter et, à partir de ce jour-là, ça a été l'escalade. Mme Sutton a fait quelques mesquineries et maman a répliqué. Et c'est comme ça que la guerre a commencé.

— Répliqué comment ? voulut savoir Carley.

— Lorsque maman a compris que Mme Sutton ne passerait pas l'éponge et qu'elle refusait d'oublier, elle a opté pour une nouvelle tactique : l'humour. Ou elle a essayé, du moins...

Noelle ne put s'empêcher de sourire au souvenir des échanges de piques qui avaient eu lieu entre les deux femmes.

— Le jour où Mme Sutton s'est fait couper les cheveux, maman lui a envoyé des fleurs et une carte de condoléances. Deux jours plus tard, Mary Sutton contre-attaquait en commandant une pizza aux anchois qu'elle a fait livrer à notre adresse. Et tu sais à quel point maman déteste les anchois. Enfin, bref, ça a continué comme ça un moment...

Noelle laissa tomber un bref silence et secoua la tête.

— C'est triste, non ? Qu'une grande amitié ait abouti à une guerre sans merci entre deux familles. Et tout ça pour une raison idiote au départ.

Carley fit la moue.

— Oui, c'est vrai. Elles se sont comportées comme des gamines.

— Et mon histoire avec Thom figure parmi les dommages collatéraux.

Les yeux de Carley brillèrent de curiosité.

— Ça a commencé quand, entre Thom et toi ?

— Enfants, déjà, nous étions amis, lui et moi. Avant la grande guerre entre nos mères, nos deux familles étaient très liées. Et les McDowell et les Sutton se voyaient tout le temps pour des sorties ou des pique-niques. Thom et moi, nous étions proches en âge et nous étions des compagnons de jeux inséparables. Jusqu'au jour du « grand clash ».

— Parce que vous vous êtes disputés aussi ?

— Pas vraiment, non. Mais Mary Sutton a inscrit Thom et sa sœur aînée dans un établissement privé. Donc, nous ne fréquentions plus la même école. Nous ne nous sommes retrouvés qu'en terminale, lorsque Thom a réintégré le public. Mais après six années de séparation, lui et moi n'avions plus grand-chose à nous dire. Nous nous sommes ignorés poliment jusqu'au jour où nous avons planché ensemble pour préparer un exposé.

Le regard de Carley se fit pensif.

— Et vous êtes tombés amoureux ?

Noelle hocha la tête et la souffrance familière lui noua la poitrine.

— Pour tomber, je suis tombée, oui… Et plus bas que Thom, apparemment. Lui s'est vite relevé.

Evoquer les débuts de son histoire d'amour avec Thom réveillait des souvenirs qu'elle aurait préféré laisser endormis. Qu'attendaient-ils pour projeter ce stupide dessin animé, à la fin ? Il y avait déjà deux minutes qu'il aurait dû commencer.

Arriva alors ce qui devait arriver : le jeune homme qui avait pris leur commande de pop-corn se hâtait à grands pas dans leur direction. Même si sa mission semblait lui peser, il avait l'air décidé à imposer son autorité.

— Nous avons eu une plainte de deux personnes assises

au-dessous de vous, dans la salle. Ils n'apprécient pas d'avoir été bombardés de pop-corn.

Noelle sentit le feu lui monter aux joues.

— Je suis désolée, vraiment. Ça a été un accident... Un geste maladroit.

L'expression du jeune employé montrait qu'il n'était pas dupe.

— Bon... Ça va pour cette fois. Mais que cela ne se reproduise pas.

— Pas de souci, promit Noelle.

Carley attendit qu'il se soit éloigné pour murmurer d'une toute petite voix :

— Excuse-moi.

— C'est ma faute. Je t'ai encouragée.

— Mais c'est moi qui ai commencé.

Noelle sourit.

— Tu crois que tu as inventé le jet de pop-corn au cinéma, fillette ? J'ai quinze ans de plus que toi, ne l'oublie pas.

— Moi aussi, j'aimerais bien tomber amoureuse un jour, déclara Carley avec un petit soupir en se laissant aller contre le dossier de son siège.

Noelle pria pour que sa petite sœur ne connaisse pas les mêmes déconvenues qu'elle.

— Cela t'arrivera, tu verras.

Les lumières baissèrent dans la salle et le grand rideau rouge au-dessus de l'écran s'écarta avec une lenteur cérémonieuse. Pendant les bandes-annonces, Noelle grignota distraitement son pop-corn en laissant vagabonder ses pensées. Thom avait changé, s'il s'intéressait désormais à des femmes comme la blonde assise à côté de lui. Mais fallait-il s'étonner s'il n'était plus le même homme qu'avant ? Elle avait découvert que rien n'était immuable, et que le temps qui passait modifiait même ce qui paraissait immuable. Un jour, chez elle, à Dallas, alors qu'elle se sentait particulièrement seule, triste et délaissée, elle avait essayé d'imaginer ce qu'aurait été leur vie si Thom s'était présenté à leur rendez-vous. Les mariages contractés à dix-huit ans étaient rarement durables. Peut-être auraient-ils divorcé ; peut-être se serait-elle retrouvée seule à élever leurs enfants ? Le tout avec un salaire dérisoire, parce qu'elle n'aurait sans doute pas réussi à terminer ses études. Elle avait fini par aboutir à la conclusion que c'était une chance, pour Thom comme pour elle, qu'ils ne se soient pas enfuis ensemble comme prévu.

Carley se pencha pour jeter un discret coup d'œil par-dessus la rampe.

— Oh, la vache ! Tu ne me croiras jamais si je te dis ce qu'ils sont en train de faire.

— Probablement pas, non.

— Ils sont en train de…

Noelle posa la main sur le bras de sa petite sœur.

— Je ne veux pas le savoir.

Carley ouvrit de grands yeux.

— Sérieux ? Tu ne veux pas que je te le dise ?

— Non.

Sa petite sœur tombait clairement des nues.

— Alors, c'est vrai ? Thom t'est devenu complètement indifférent ?

Noelle fit oui de la tête. Un mensonge, bien sûr. Elle ne le prenait que trop à cœur, au contraire. Mais elle ne voulait réellement pas savoir si Thom avait passé les bras autour de la blonde ou s'ils s'embrassaient à pleine bouche. C'était beaucoup moins douloureux de rester le nez enfoui dans un sachet de pop-corn. Et tant pis pour les Weight Watchers et leur sacro-saint compte de points ! Il y avait des moments, dans la vie, où seules les calories grasses offraient une vraie consolation.

— Tu vas lui dire ce que tu penses de son comportement quand on sortira du cinéma ? demanda Carley à mi-voix.

Noelle rit tout bas.

— Sûrement pas, non.

— Et pourquoi ?

— Regarde donc le film, maintenant, déclara-t-elle en faisant mine de se concentrer sur l'écran.

Carley s'installa dans son fauteuil et commença à se balancer légèrement d'avant en arrière. En d'autres circonstances, ce léger mouvement oscillatoire aurait peut-être agacé Noelle. Mais, en l'occurrence, elle y trouvait plutôt une forme de réconfort. Le désir lui vint soudain de sentir un bras amoureux passé autour d'elle pour la bercer doucement. Elle aurait aimé se sentir prise dans une bulle à deux et oublier le reste du monde. Comme cela avait été le cas avec Thom, douze années auparavant, lorsqu'il l'avait embrassée pour la première fois dans ce même cinéma. Quelque chose d'irréversible s'était passé là, sur ce même balcon, lorsqu'elle avait seize ans. En sortant de *L'Amiral*, ce soir-là, elle avait su avec certitude que son cœur appartenait à Thom. Et, ayant reconnu son amour, elle avait été prête à faire tous les sacrifices, y compris à s'aliéner sa propre famille.

Lorsque les lumières revinrent dans la salle, Noelle s'aperçut qu'elle avait à peine regardé le film.

— Ouah ! C'était génial, commenta Carley, les yeux scintillant comme des étoiles.

Prise dans la nébuleuse de ses souvenirs, Noelle récupéra machinalement son sac et son manteau. Elle se força à ne pas regarder en bas, même si la curiosité la dévorait.

— Décidément, on n'arrête pas de se croiser, lança dans son dos une voix restée trop familière.

Se retournant en sursaut, elle vit Thom debout juste derrière elle, avec un petit garçon à côté de lui. Persuadée qu'elle était victime d'une hallucination, elle scruta la salle en bas et découvrit la beauté blonde avec son petit ami… qui ne ressemblait que de très loin à Thom Sutton.

— Mais… Mais, je croyais que…

Carley s'interposa alors entre eux, les bras belliqueusement croisés sur la poitrine, les yeux étincelant d'indignation.

— Ainsi, c'est vous, Thom Sutton ?

Il fit mine de ne pas remarquer son attitude agressive.

— Ne me dis pas que tu es Carley ? Je n'en crois pas mes yeux. Tu es devenue une authentique beauté !

La grande colère de Carley retomba comme un soufflé.

— Vous trouvez vraiment ?

— Je ne trouve rien, je constate. Carley, Noelle, je vous présente mon neveu, Cameron.

Noelle sourit au petit garçon.

— Bonjour, Cameron. Le film t'a plu ?

Le petit garçon hocha la tête avec un sourire innocent.

— Ouais. Pas mal. Mais ce que j'ai trop aimé, c'est quand le monsieur est venu vous dire de ne plus jeter de pop-corn sur les gens assis en dessous. Oncle Thom a dit que vous alliez vous attirer de gros ennuis.

Il avait l'air un peu trop futé pour un enfant de son âge. Et Thom, apparemment, avait vu et entendu toute la scène.

De mieux en mieux… Si elle n'avait pas achevé de se déconsidérer à l'occasion de leur première rencontre, c'était chose faite aujourd'hui.

Le vendredi matin, Sarah se leva tôt pour s'occuper de sa liste d'achats. Elle avait l'impression de se préparer en vue d'une épreuve — une sorte de rite de passage. Les hordes d'acheteurs de fin d'année la mettraient forcément hors d'elle. Elle avait terminé ses cadeaux depuis plusieurs mois et ne comprenait pas qu'une personne sensée puisse attendre la dernière semaine pour se lancer à l'assaut des magasins bondés. Autant dire qu'elle avait intérêt à s'occuper de cette fichue liste le plus tôt possible. A cinq jours de Noël, il ne restait plus une seconde à perdre. Inutile, par ailleurs, d'espérer bénéficier du soutien actif de sa famille. Jake se trouvait à l'hôpital, comme d'habitude. Et Noelle avait promis de conduire Carley chez sa meilleure amie avant de rejoindre Kristen pour le déjeuner.

Une fois de plus, elle ne pouvait compter que sur elle-même.

Par souci d'économie, Sarah se rendit dans un grand magasin discount à la périphérie de la ville. Le parking du SuperRabais était déjà plein alors que le magasin venait à peine d'ouvrir ses portes. Sarah tourna en rond un moment avant de trouver une place. Rentrant la tête dans le cou pour se protéger de la bise glaciale, elle se hâta en direction de l'entrée. Elle prit le temps de glisser un billet de un dollar dans un tronc de l'Armée du Salut avant de récupérer un chariot. Calant son sac à main dans le siège enfant, elle tira sur la fermeture Eclair de la poche extérieure pour en sortir la liste de courses. Le tout en avançant. Et, comme par hasard, elle entra en collision avec une autre cliente venue chercher un Caddie.

— Oh, je suis désolée. Je…

Le reste de sa phrase mourut sur ses lèvres.

— Toujours aussi grossière et brutale, je vois ! commenta Mary d'un ton sarcastique.

Malgré la nette accélération de son rythme cardiaque, Sarah réussit à lui tourner le dos avec toute la dignité requise. Contournant le chariot de Mary, elle se dirigea d'un pas résolu vers le rayon jouets. Puisqu'elle avait les cadeaux sur sa moitié de liste, Mary devait se charger de l'épicerie. Or le SuperRabais n'avait pas de rayon alimentaire. Conclusion : Mary Sutton achetait ses propres cadeaux de Noël à la dernière minute. Et dans un magasin discount, en plus. Mais Sarah n'était qu'à moitié surprise par la désinvolture dont cette femme faisait preuve.

Les premières personnes sur sa liste étaient deux petites filles, âgées respectivement de six et sept ans. La plus jeune avait demandé une poupée. Ayant elle-même élevé trois filles, Sarah savait que les poupées mannequins restaient, à cet âge, LE jouet de prédilection. Mais, à quelques jours de Noël, il n'était pas dit qu'il y aurait encore des Barbie en rayon. Conformément à ses craintes, Sarah trouva le linéaire presque vide. Seule une Barbie en uniforme de pompier trônait encore en solitaire dans sa boîte en carton. Bénissant sa chance, Sarah allait la prendre lorsqu'elle vit une autre main se tendre.

— Désolée, mais je crois que j'étais là la première, revendiqua-t-elle fermement.

Il ne manquerait plus qu'une petite fille de six ans se voie privée de Barbie parce qu'elle aurait manqué de fermeté face à une autre cliente.

— Désolée, mais je *sais* que j'étais là avant toi.

Mary Sutton... Sarah lui jeta un regard tellement féroce que Mary dut comprendre qu'elle ne l'emporterait pas cette fois-ci.

— Très bien, dit-elle sèchement en relâchant sa prise sur la poupée.

— Merci, Mary.

Elle pouvait se montrer polie, après tout, lorsque les circonstances s'y prêtaient. La tête haute — si haute, même, qu'elle était en danger de heurter le plafond —, Mary s'éloigna d'une démarche furibonde. Savourant sa victoire, Sarah se plongea de nouveau dans sa liste et vit le nom d'un petit garçon de trois ans. Un trotteur en plastique de couleur ferait l'affaire, décida-t-elle en se dirigeant vers le rayon adéquat. En contournant une gondole, elle tomba pour la *troisième fois* sur Mary Sutton. Son ennemie jurée s'immobilisa net et la foudroya du regard.

— Peux-tu m'expliquer pourquoi tu me suis partout ?

Sarah émit une sorte de grincement qui se voulait être un rire cinglant.

— Te suivre ? Tu plaisantes ? Le moins qu'on puisse dire, c'est que je ne recherche pas ta présence.

— Alors, je te suggère d'évacuer ce rayon avant que je ne m'énerve pour de bon.

— Tu ne prétends tout de même pas m'empêcher de faire mes achats comme je veux et où je veux ?

— Et pourquoi pas ?

Mary se pencha et, intentionnellement ou non, son chariot heurta le sien. Refusant de laisser passer un tel outrage, Sarah répliqua en percutant son Caddie. Mary recula d'un pas et revint à la charge. Plus bruyamment, cette fois. Quelques secondes plus tard, les peluches commencèrent à voler. Des lapins gris, pour commencer. Puis un berger allemand passa au-dessus de la tête de Sarah. Ulcérée, elle s'empara d'un énorme nounours.

— Mesdames, mesdames, s'il vous plaît !

Les traits marqués par un mélange de surprise et d'indignation, un homme vêtu d'une veste rouge se hâtait dans leur direction. Sarah lut sur son badge qu'il s'appelait Michael et qu'il était le gérant du magasin.

Elle fit un effort désespéré pour reprendre une contenance.

— Je regrette, Michael. Nous avons eu un petit différend qui a dégénéré.

— A qui la faute ? cria Mary.

— Si tu ne te trouvais pas tout le temps sur mon chemin, aussi !

Mary se tourna vers le gérant en s'étranglant d'indignation.

— Non, je rêve... Depuis l'instant où je suis entrée dans ce magasin, j'ai eu cette femme sur les talons !

— Peu importe qui a suivi qui, intervint le gérant d'un ton conciliant. Si vous voulez bien faire la paix, nous...

Mais Mary l'interrompit en pointant un index vengeur dans sa direction.

— Comment ça, faire la paix ? Elle a pris la dernière Barbie en rayon. Et je l'avais vue avant elle. N'importe quel jury de n'importe quel jeu ou concours me l'aurait accordée. Et j'ai eu la générosité de la lui laisser.

— *Quelle* générosité ? J'avais la main sur cette poupée avant toi. Et tu le sais pertinemment !

— Mesdames, s'il vous plaît...

Le gérant s'interposa physiquement entre elles.

— Il y a des limites à ce qu'un être humain civilisé peut supporter, lança Mary qui paraissait au bord des larmes. Je suis venue ici pour...

— La raison de ta présence ici n'a rien à voir avec le problème qui nous occupe !

Il ne manquerait plus que Mary Sutton réussisse à se faire passer pour la victime ! C'était tout de même elle qui avait embouti son Caddie à dessein.

— Elle m'a attaquée !

— Sûrement pas, non. C'est de la médisance pure et simple !

Sarah pinça les lèvres.

— Je propose, Michael, que vous examiniez mon chariot pour constater les dégâts. En tant que gérant, vous pourrez facturer les dommages à cette personne.

Deux officiers de sécurité arrivèrent sur ses entrefaites, vêtus de leur uniforme bleu. Mary fut aussitôt tout sucre tout miel.

— Ah, messieurs, quel soulagement ! Merci d'être venus à mon secours.

Sarah secoua la tête.

— Elle délire, maintenant. Gardes ! Arrêtez cette personne !

Le gérant leva les deux mains en signe d'apaisement et tenta encore une fois de faire appel à leur tolérance.

— Mesdames, je vous rappelle que Noël est la saison du pardon entre les hommes. Et entre les femmes par la même occasion. Pensez-vous être capables de vous présenter mutuellement des excuses, puis de continuer à faire vos courses sans déranger personne ?

Mary croisa les bras et détourna les yeux.

Sarah la désigna aux trois hommes d'un signe du menton, comme si les gestes de Mary parlaient d'eux-mêmes.

— Je crois que vous tenez là votre réponse.

Le gérant soupira.

— Puisque c'est ainsi, vous ne me laissez pas le choix. Messieurs les officiers de sécurité, s'il vous plaît, escortez ces deux dames hors du magasin.

— *Quoi ?* se récria Mary.

Sarah plaça les poings sur les hanches.

— Je vous demande pardon ? Pouvez-vous m'expliquer ce que cela signifie ?

L'un des agents de sécurité — le plus grand — résuma laconiquement :

— Cela signifie qu'on vous jette dehors.

Sarah demeura bouche bée. La seule personne à paraître encore plus choquée qu'elle fut Mary Sutton.

— Vous me chassez de SuperRabais ?

L'officier de sécurité haussa les épaules sous l'uniforme.

— Vous avez entendu ce qu'a dit le gérant, n'est-ce pas? Alors suivez-moi.

— Pourrais-je payer d'abord pour la poupée Barbie? supplia Sarah en pressant l'emballage contre sa poitrine. C'est pour une petite fille dont ce sera le seul cadeau de Noël.

— Vous auriez dû y penser avant de commencer à jeter votre première peluche à la tête de l'autre dame, rétorqua le gérant, impitoyable.

— Mais…

D'un geste théâtral, il montra la porte.

— Dehors!

Mortifiée jusqu'au plus profond de son être, Sarah se détourna en poussant son chariot devant elle. Une des roues avait souffert dans la bataille et il grinçait abominablement. Alors qu'elle pensait avoir atteint le fond du trou, elle s'aperçut avec consternation qu'une double haie de badauds s'était formée autour d'eux. Et que tous les visages étaient hilares.

— Joyeux Noël!, lança-t-elle à la ronde avec toute l'assurance dont elle réussit à faire preuve.

L'officier qui l'accompagnait écarta la foule d'un geste de la main.

— Allons, allons, dispersez-vous. Il n'y a plus rien à voir ici, messieurs dames. Je vous demande de reprendre tranquillement vos achats. L'incident est clos.

Même si elle avait plus ou moins réussi à garder la tête haute, la fierté de Sarah était en lambeaux. Pendant que l'officier de sécurité l'escortait jusqu'à sa voiture, elle imagina le nouveau gros titre dans la prochaine rubrique de Mary.

« Le Noël d'une Harpie ou la Violence de Sarah McDowell. »

Elle ne doutait pas que Mary se servirait du pouvoir de la presse pour achever de la traîner dans la boue.

Les carnets de Noelle McDowell

19 décembre
23 h 30

Je me suis couverte de ridicule, une fois de plus ! Alors que j'avais prévu de me coucher tôt, je suis surexcitée et incapable de fermer l'œil. Si j'avais cherché délibérément à me comporter comme la reine des idiotes, je n'aurais pas fait pire. En public, au cinéma, alors que j'étais censée veiller sur ma petite sœur, je me suis mise à lancer du pop-corn, comme une gamine de douze ans.

Depuis le début, pourtant, je veille à exercer une influence positive sur Carley Sue. J'ai toujours pris mon rôle de grande sœur au sérieux. Et voilà que je gâche tout en me laissant aller à des gamineries devant elle... Comme si cela ne suffisait pas, il a fallu que Thom se trouve de nouveau assis juste derrière moi. Aux premières loges pour assister à ma descente dans l'enfer du ridicule.

A propos de Thom... Non, je ne veux pas penser à lui. D'abord l'avion, et maintenant le cinéma ! Si seulement il avait été marié, avec une tripotée d'enfants... Je le voulais inaccessible, tellement hors jeu que j'aurais pu l'oublier. Au lieu de cela — c'est bien ma chance —, il est libre, célibataire et doté d'un physique plus que mémorable. La vie peut être cruellement injuste, par moments.

Sur le versant positif : j'ai pu avoir une longue

discussion avec Carley après le cinéma. Elle est jeune et idéaliste, très proche de la rêveuse exaltée que j'étais à son âge. Nous avons reparlé de ce qui s'est passé entre notre mère et Mme Sutton. Plus j'y pense, plus cette hostilité entre ces deux ex-amies m'attriste. J'ai évoqué longuement l'amitié qui existait entre nos deux familles. Au fur et à mesure que je parlais, un flot de souvenirs me revenait à la mémoire. Il y a eu une époque où les Sutton et les McDowell étaient toujours fourrés les uns chez les autres, comme si nous ne formions qu'un seul clan.

Avant Thom, aucun garçon ne m'avait jamais embrassée. Il a été le premier. Nous avions seize ans l'un et l'autre. Et je me souviens encore maintenant à quel point nous étions bouleversés. Je serais bien incapable de dire quel film on donnait ce jour-là. Et je doute que Thom s'en souvienne de son côté. Ce premier baiser entre nous, ça a été quelque chose, même si nous n'avions pas vraiment idée de ce que nous faisions. C'était très sensuel et en même temps incroyablement pur et innocent. Nos lèvres ne sont restées en contact que quelques secondes, mais, pour moi, cela a suffi. J'ai su que c'était le début de quelque chose d'immense. Et je croyais que Thom éprouvait la même chose.

Depuis le temps, cela ne devrait plus avoir d'importance, mais ma blessure est moins bien cicatrisée que je ne le pensais. Je ne devrais pas m'appesantir sur le passé ni sur la trahison de Thom. Mais c'est plus fort que moi.

Et ça fait encore mal. Très mal.

3

— De ma vie, je ne me suis sentie aussi humiliée !

Thom vit sa mère s'affaisser dans le fauteuil face à son bureau, comme si elle était sur le point de faire un malaise. Portant le dos de sa main à son front, elle ferma les yeux.

— Je ne pourrai plus jamais regarder ces gens en face, Thom. Jamais. C'est monstrueux.

— Je suis sûr que personne ne t'a reconnue, maman.

Thom avait bon espoir de la calmer avant qu'elle ne fasse une seconde scène en racontant la première. Jusque- là, il n'avait pas été très attentif aux talents dramatiques de sa mère. Mais apparemment, l'épisode avec Sarah McDowell dans le magasin discount avait été digne d'une scène de théâtre.

— Tu veux rire ? Naturellement que tout le monde m'a reconnue ! protesta Mary en revenant soudain à la vie. Ma photo apparaît chaque semaine à côté de ma rubrique. Ma réputation est perdue ! Sans compter que le rédacteur en chef pourrait me mettre à la porte.

Elle pâlit de nouveau et retomba contre le dossier de son fauteuil.

— Où est ton père, à propos ? J'ai l'impression que chaque fois que j'ai besoin de lui il s'arrange pour être commodément retenu au tribunal.

Greg Sutton était associé principal dans un cabinet d'avocats.

Thom dissimula un sourire. Son père avait bien choisi son

moment pour plaider. Un peu moins drôle, en revanche : le soin de gérer la crise maternelle retombait sur lui.

Sa mère se redressa d'un bond, comme sous le coup d'une révélation subite.

— Je vais traîner Sarah McDowell en justice. Elle sera condamnée pour agression, diffamation et... et...

Thom se leva avec un soupir.

— Maman, s'il te plaît, ressaisis-toi. Tu vas prendre quelques respirations profondes et tenter de te calmer.

Mêler un avocat — surtout s'il faisait partie du même cabinet que son père — à ce ridicule conflit entre les McDowell et les Sutton ne ferait que compliquer une situation déjà bien assez embrouillée.

— Parce que tu crois qu'il est humainement possible de se *calmer* après avoir connu l'opprobre, l'humiliation et le déshonneur en public !

Résigné à agir, Thom contourna le bureau et lui tendit son manteau. Il ne pouvait pas la laisser seule dans cet état, de toute façon.

— Et si nous sortions déjeuner ? Nous pourrons parler tranquillement de ce qui s'est passé.

C'était son dernier jour de travail avant les vacances de Noël, et son emploi du temps n'était pas trop chargé.

Le regard de sa mère s'illumina.

— A la Roseraie ?

La Roseraie était le restaurant le plus coquet de la ville. Avec un style et un public majoritairement féminins. Mais peu importait. Il était prêt à endurer l'ambiance du lieu si cela pouvait contribuer à apaiser sa mère.

— Va pour la Roseraie.

— Bon. Cela fera au moins un point lumineux dans ma journée, marmonna-t-elle en ouvrant son sac. Laisse-moi juste une seconde pour me passer un peu de rouge à lèvres et je te suis.

Mary ouvrit son poudrier et eut un haut-le-corps.

— Oh, mon Dieu...

— Quoi ?

— Mes cheveux ! s'exclama-t-elle, horrifiée, en s'efforçant de réparer les dégâts. J'ai l'air d'une folle sortie de l'asile ! Pourquoi n'as-tu rien dit, Thom ?

Même s'il avait voulu le faire, il n'aurait pas eu la possibilité de placer un mot. Depuis le moment où sa mère avait fait irruption dans son bureau, elle avait parlé sans discontinuer. Au début, Thom avait cru comprendre qu'elle avait eu un accident. Son débit était si précipité qu'il n'avait pas saisi grand-chose, hormis le fait qu'elle avait été expulsée du SuperRabais à cause de Sarah McDowell.

— Elle a dû me décoiffer lorsqu'elle m'a envoyé un caniche à la tête.

Thom demeura un instant sous le choc.

— Un caniche ? Mme McDowell a jeté *un chien* sur toi ?

— Un chien en peluche, en fait. Mais je l'ai pris en plein visage.

Thom n'avait aucun mal à imaginer la scène : un duo furieux de dames bon chic bon genre se battant comme deux mômes dans une cour de maternelle. Hallucinant ! Sa mère s'était peinte sous les traits de la victime, en laissant à Sarah McDowell le rôle de l'agresseur. Mais il la suspectait fort d'avoir cinquante pour cent des torts dans l'affaire.

— Je crois qu'un hématome est en train de se former sur ma joue, diagnostiqua Mary d'un air sombre. Tu le vois ?

— Pas vraiment, non.

— Regarde mieux.

Il fit l'effort de se pencher plus près. Mais ne vit toujours rien.

— Pour l'instant, tu n'as pas l'ombre d'une marque, conclut-il en attrapant son pardessus. Tu es prête ?

— Plus que prête. Je meurs de faim. Tu sais à quel point la colère m'aiguise toujours l'appétit.

Thom ignorait ce détail. Mais il jugea qu'il faisait partie des informations dont il pouvait se passer. La Roseraie n'était qu'à un pâté de maisons de son bureau et ils décidèrent de s'y rendre à pied. Pendant tout le trajet, sa mère bavarda sans discontinuer, revivant l'incident et enjolivant son récit au fil de la narration. Tout en écoutant patiemment ses récriminations, Thom se surprit à imaginer la réaction de Noelle lorsqu'elle entendrait l'histoire de son côté — dans une version où, assurément, les rôles seraient inversés. Il chassa énergiquement ces considérations de son esprit. Pas question de laisser Noelle McDowell prendre la moindre place dans ses pensées. C'était beaucoup trop risqué pour son estime de soi.

Conformément à ses prévisions, la Roseraie bourdonnait d'activité. A quelques jours de Noël, la pause-restaurant de midi s'imposait pour les acheteuses de dernière minute ployant sous leurs paquets. Il reconnut quelques collègues et relations qui le saluèrent d'un signe de tête. Deux jeunes femmes assises près d'une fenêtre le regardèrent entrer avec un sourire appréciateur. L'attention féminine lui fit du bien. Jusqu'au moment où son regard tomba sur une seconde tablée.

Noelle et sa sœur cadette, Kristen.

A croire qu'il était victime d'un sortilège d'attraction. Il faillit gémir tout haut. Alors qu'une décennie entière s'était écoulée sans qu'il entende parler d'elle, comment expliquer que leurs chemins se croisent trois fois en trois jours ? Il n'y avait plus moyen de faire un pas dans cette ville sans tomber sur Noelle McDowell.

Il pesta intérieurement. Si sa mère s'apercevait de sa présence, elle était capable de faire une scène. En quittant ostensiblement le restaurant, par exemple. Ou en laissant tomber à haute et intelligible voix un commentaire infamant sur Sarah McDowell. Regarder dans leur direction était le moyen le plus sûr d'attirer l'attention de sa mère sur elles. Mais c'était plus fort que lui. Il ne pouvait s'empêcher de dévorer Noelle des yeux. Les années avaient mûri et sculpté sa beauté. Il était tombé amoureux d'elle, adolescent, et elle avait été pour lui une source d'amère souffrance. Pendant des années, il avait réussi à se convaincre qu'il la haïssait. Mais il avait fini par admettre qu'il se mentait à lui-même. Il était aussi fortement attiré aujourd'hui qu'il l'avait été dix années plus tôt. Et peut-être même plus encore. Sa faiblesse lui faisait horreur. Cette femme avait failli le détruire, à l'époque. Et il était planté là, comme un idiot, incapable de s'arracher à la fascination qu'elle exerçait sur lui…

L'hôtesse s'avança avec un sourire pour annoncer qu'elle leur avait trouvé une table. Il hésita, se demandant s'il ne vaudrait pas mieux inventer un prétexte pour changer de restaurant. Mais sa mère lui donna un coup de coude.

— Thom, tu viens ?

— Oui, bien sûr.

Avec un peu de chance, ils seraient placés loin de Noelle. Présentant sa chaise à sa mère, il veilla à ce qu'elle tourne le dos aux deux jeunes femmes. Une sage mesure en soi, certes. Mais il se retrouva, *lui*, avec les demoiselles McDowell dans son champ de vision. Kristen lui tournait le dos. Et Noelle, comme par hasard, se présentait de face. Comme tout pouvait le laisser prévoir, elle finit par s'aviser de sa présence. Sur le point de porter sa fourchette à ses lèvres, elle suspendit son geste. Pendant ce qui lui parut être une éternité, elle le regarda fixement. Puis elle détourna les yeux.

— Tu as repéré une personne de ta connaissance, mon chéri ? demanda distraitement sa mère en étudiant le menu.

— Oui… Enfin, non.

Ouvrant la carte, il fit mine de s'y plonger à son tour. Il avait cru trouver une bonne stratégie pour changer les idées de sa mère. Mais son initiative se retournait contre lui. Pendant les années qui avaient suivi le départ de Noelle, il avait eu plusieurs amies. Avec deux d'entre elles, la relation était devenue sérieuse. Si sérieuse, même, qu'il avait été sur le point, par deux fois, de l'officialiser par une demande en mariage. Mais les deux fois, dans un accès de panique, il avait reculé au dernier moment. Rien de surprenant, sans doute, après la trahison qu'il avait subie. Mais il ne pouvait pas imputer entièrement son échec à la crainte d'un second rejet.

Chaque fois que le moment était venu pour lui de s'engager vraiment, il avait constaté que cela lui était impossible. Il ne *pouvait* tout simplement pas lier son avenir à celui de Brenda ou de Caroline. Parce qu'il ne les aimait pas comme il avait aimé Noelle. Parce que son amour manquait d'éclat, d'intensité. Peut-être était-il victime d'une stupide nostalgie pour ses premières amours adolescentes. Il n'aurait su dire exactement de quel phénomène il était victime. Ce qu'il savait avec certitude, en revanche, c'est qu'il n'avait pas suffisamment aimé Brenda ou Caroline. Il avait été attiré, il avait apprécié leur compagnie… mais l'essentiel avait fait défaut.

Il lui avait manqué ce qu'il avait connu avec Noelle.

Thom ne put s'empêcher de sourire en se remémorant l'épisode du cinéma. S'il avait voulu écrire la scène lui-même, il ne l'aurait pas rédigée autrement. Chaque fois qu'il la revoyait en train d'envoyer du pop-corn à ce pauvre spectateur innocent, le fou rire le gagnait. Et il avait entendu une bonne partie de sa conversation avec sa petite sœur. Mais le plus savoureux, dans l'histoire, avait été l'expression de Noelle en le voyant assis juste derrière elle.

— Qu'y a-t-il donc de si drôle, Thom ?

— Oh, je pensais à un épisode assez hilarant auquel j'ai assisté il y a peu.

— Raconte-moi vite, alors. Après la matinée que j'ai passée, j'aurais bien besoin de rire un peu.

Thom secoua la tête.

— Trop compliqué. L'anecdote perdrait de son charme à être rapportée.

Sa mère balaya le sujet d'un haussement d'épaules.

— Alors tant pis. De toute façon, je me sens déjà beaucoup mieux. Tu as eu une excellente idée de me proposer de déjeuner ici.

Mary fit signe à la serveuse.

— Mademoiselle ? Apportez-moi un verre de vin blanc, vous serez mignonne. D'habitude, je ne bois jamais dans la journée, mais j'ai eu une matinée vraiment trop affreuse.

— Ce sont des choses qui arrivent, acquiesça la serveuse d'un ton empreint de sympathie.

Coulant un regard vers lui, la fille le gratifia d'un sourire faussement timide avant de s'éloigner pour transmettre la commande.

— Elle est charmante, commenta Mary.

Thom acquiesça avec indifférence.

— Sans doute, oui.

Lorsqu'il leva les yeux, son regard fut comme happé par celui de Noelle.

— Ce n'est peut-être pas le meilleur moment pour aborder le sujet, mais nous avons pensé, ton père et moi, qu'il serait temps que tu songes à te marier et à fonder une famille.

Sa mère avait raison : le moment n'aurait pas pu être plus inopportun. Mais il ne risquait rien à acquiescer.

— Je me suis justement dit la même chose, fit-il observer en se forçant à rester centré sur sa mère.

Le visage de Mary s'illumina.

— Ah, vraiment ? Et tu as quelqu'un en tête ?

— Pas encore, non.

Son attention magnétisée dériva de nouveau sur Noelle. Comme à contrecœur, elle croisa puis soutint son regard. Puis elle détourna les yeux quelques instants avant de recommencer à le fixer de plus belle. Kristen tourna alors la tête et lui jeta un rapide coup d'œil par-dessus l'épaule. Ce fut le moment précis que choisit sa mère pour lui demander à mi-voix :

— Tu savais que Kristen McDowell allait se marier ?

Thom faillit s'étrangler dans son verre d'eau.

— Maintenant que tu le dis, il me semble avoir entendu mentionner la nouvelle.

Et cela expliquait aussi pourquoi sa mère s'inquiétait soudain de son célibat. Rien de plus vexant à ses yeux que de voir Sarah McDowell prendre de l'avance sur elle. Si Sarah mariait sa fille, il fallait qu'elle réplique aussitôt par un exploit équivalent.

— Mais parle-moi de ta petite amie, plutôt, enchaîna sa mère en se penchant vers lui, les yeux brillants.

— Quelle petite amie ?

— Celle que tu rêves de demander en mariage.

— De demander en mariage ! Comme tu y vas !

Il n'y avait qu'une seule femme au monde qu'il ait jamais demandée en mariage. Et elle était assise à deux tables de là.

— Je viens de te dire que je n'avais personne.

— Tu n'as jamais su garder de secrets pour moi, Thomas. Je suis ta mère.

Décontenancé par sa réponse, il considéra sa mère d'un œil circonspect.

— Qu'est-ce qui te fait penser que j'ai quelqu'un dans ma vie ?

— Ce n'est pas quelque chose que je *pense*, Thom : c'est quelque chose que je *sens*. J'en ai d'ailleurs parlé à ton père. Demande-le-lui, si tu ne me crois pas. Je m'en suis aperçue l'autre jour, quand tu es rentré de ton voyage d'affaires en Californie. Tu avais un éclat particulier dans le regard.

— En Californie ?

Thom tenta de se remémorer ce qui s'était passé au cours de ce séjour californien. Pas grand-chose, à vrai dire. Il avait juste effectué un banal déplacement professionnel. Un voyage éclair sans péripéties particulières. Si on exceptait un « détail » : pendant le vol du retour, il s'était heurté de plein fouet à Noelle McDowell…

En regagnant la maison parentale après son déjeuner avec Kristen, Noelle trouva sa mère déchaussée et affalée sur une ottomane dans le séjour. La tête renversée contre le dossier, elle avait appliqué un sac de glaçons sur son front.

— Maman ? chuchota-t-elle. Tu es malade ?

Sarah McDowell ôta la glace.

— Dieu merci, l'un de vous s'est enfin décidé à rentrer.

— Mais qu'est-ce qu'il t'arrive ?

— Tu ne devineras jamais, mais vraiment *jamais*, ce que je viens de subir ce matin, gémit sa mère en lui agrippant le bras.

— Que s'est-il passé ?

Sarah baissa pudiquement les paupières.

— Je n'ai même pas la force de t'en parler. Ce fut une telle humiliation !

— Tu as croisé Mary Sutton ?

Sa mère ouvrit les yeux en sursaut. Son regard était noir de frayeur.

— Ainsi la rumeur circule déjà en ville ? *Quand* l'as-tu appris ? Par qui ? Comment ?

— Eh bien, je…

— Je sais qu'elle publiera cette histoire infamante dans sa fichue gazette. Elle est parfaitement capable de se servir de sa rubrique d'actualités pour salir ma réputation. Inutile de te préciser que c'est elle qui a commencé. Elle m'a suivie dans le magasin et a percuté mon Caddie à dessein. Et ce n'était qu'un début.

Noelle préférait ne pas imaginer la scène. Ce nouveau duel Sutton/McDowell expliquait peut-être les regards enflammés que Thom lui avait jetés pendant tout le repas. Le fait qu'il ait précisément choisi la Roseraie pour venir déjeuner avec sa mère était une coïncidence dont elle se serait volontiers passée.

Après quelques minutes de discussion générale avec Kristen, elles avaient enchaîné sur le sujet qui la taraudait depuis son arrivée à Rose : Thom Sutton. A contrecœur, elle avait fini par raconter comment elle s'était couverte de ridicule au cinéma. Mais Kristen n'avait même pas fait mine de compatir. Entre deux éclats de rire, sa sœur avait avoué qu'elle trouvait l'histoire vraiment très savoureuse. Tant mieux pour elle si ses malheurs lui paraissaient à ce point désopilants. Elle-même ne s'était pas encore relevée de la mortification subie. Ses jambes s'étaient dérobées lorsqu'elle avait compris que Thom s'était trouvé au premier rang pour assister à la scène. Et qu'il l'avait entendue parler de lui pour couronner le tout !

Et voilà que sa mère s'était querellée une fois de plus avec Mary Sutton… A en juger par l'état dans lequel se trouvait Sarah, elle n'était pas sortie indemne de la bataille. Alors que Mary

Sutton, coiffée et pomponnée, ne lui avait pas paru autrement affectée par l'incident.

— La police a pris nos noms et…

— La *police* ?

— Le personnel de sécurité de SuperRabais, en fait. Mais à les voir en uniforme, on a l'impression d'avoir affaire à de vrais policiers.

— Mais pourquoi ont-ils relevé vos noms ?

Sa mère enfouit son visage dans ses mains.

— Je ne peux pas te le dire.

La porte de communication avec le garage s'ouvrit et Jake McDowell entra. Noelle s'élança à sa rencontre.

— Papa, il est arrivé quelque chose à maman ce matin.

— Oh, Jake, c'est affreux…

Sa mère restait alanguie sur son ottomane comme si elle n'avait même plus la force de relever la tête.

— Sarah ?

— Apparemment, maman et Mme Sutton ont eu des démêlés avec le personnel de sécurité du SuperRabais.

— Nous avons eu plus que des démêlés, intervint Sarah d'une voix tragique. Nous avons été expulsées. Avec interdiction de remettre les pieds chez eux pendant trois mois. Et… et si j'ai bien compris l'officier qui m'a escortée jusqu'à ma voiture, il se pourrait que j'aie une interdiction à vie de profiter des offres spéciales du magasin.

Son père prit un air faussement tragique.

— *Non ?* Mais c'est une catastrophe !

— Jake, je ne plaisante pas.

— Je sais, je sais. C'est encore un coup de Mary Sutton, je parie ?

Sa mère abattit son poing fermé sur l'accoudoir.

— Je te jure que ce n'est pas moi qui ai commencé !

— Tu n'as pas besoin de me dire ce qui s'est passé, ma chérie. Je crois que je devine tout à fait.

Noelle ne devinait que trop bien, elle aussi.

— Je refuse dorénavant de me retrouver dans la même pièce que cette excitée !

Sarah se dressa soudain sur son séant, la tête haute et le regard déterminé.

— Il y a des années que je subis la… la perversité de cette femme. Mais c'est fini, terminé. Je la fuirai désormais comme la peste.

Son père prit la main de sa mère dans la sienne.

— Tu as raison, ma chérie. Il ne faut plus te faire violence.

Devant tant de sollicitude compréhensive, Sarah plissa les yeux d'un air suspicieux.

— Tu te moques de moi, n'est-ce pas ?

— Certainement pas, non, assura Jake. La solution la plus saine consiste parfois à opérer des coupures radicales.

— Parfois, oui.

Noelle perçut l'hésitation dans la voix de sa mère.

— En renonçant au bal de Noël, tu montreras à Mary Sutton que tu ne te laisses plus mener par le bout du nez.

Renoncer au bal de Noël ? Noelle songea que ce serait une aubaine. Elle n'avait accepté de s'y rendre que sous la pression maternelle. Finalement, ce mystérieux conflit survenu au SuperRabais pourrait avoir d'heureuses répercussions. Et son père semblait caresser des espoirs similaires aux siens. Mais n'avait-il pas poussé le bouchon un peu loin avec cette dernière proclamation retentissante ?

— Qui a dit que nous n'irions pas à la soirée dansante ? s'insurgea Sarah.

— Toi ! Pas vrai, Noelle ?

Elle confirma gravement.

— Absolument.

— J'ai dit cela ?

— Oui, ma chérie, confirma Jake. Et je me range à ton avis. Manquer cette soirée est un prix modeste à payer si cela te permet de préserver ta tranquillité d'esprit.

Sourcils froncés, Carley Sue fit irruption dans le séjour.

— Qu'est-ce que j'entends ? On ne va plus au bal du club ?

Noelle songea que sa petite sœur avait l'air déçu. Sans doute parce qu'elle était trop jeune pour se rendre compte à quelle corvée elle échappait.

Jake McDowell hocha solennellement la tête.

— Oui, ma chérie. Nous avons décidé d'y renoncer. Cette année, pour commencer, et peut-être même pour toujours. Nous refusons de laisser Mary Sutton heurter la sensibilité de ta mère ou ternir encore une fois sa réputation.

Sa mère se leva d'un mouvement solennel.

— Nous irons à ce bal.

— Mais, ma chérie…

— Tu as entièrement raison, Jake. Mary Sutton m'a déjà fait bien assez de mal comme cela. Je ne la laisserai pas *en plus* gâcher nos festivités de Noël — sans parler de l'anniversaire de notre fille aînée. Nous irons à ce bal et les McDowell garderont la tête haute. Il n'y a rien dont nous ayons à avoir honte.

Visiblement déconfit, son père s'éclaircit la voix.

— Mais imagine que Mary Sutton fasse ouvertement allusion à la scène qui s'est déroulée au SuperRabais ?

Jake McDowell avait pris une voix sombre, comme s'il craignait réellement pour la réputation de sa famille. Noelle devait reconnaître que son père jouait plutôt bien son rôle. Mais sa mère sourit avec un brusque regain d'assurance.

— Elle ne dira pas un mot, puisqu'elle s'est fait jeter dehors au même titre que moi… Nous irons à cette soirée dansante demain. Qu'il pleuve ou qu'il vente.

Son père émit un soupir résigné auquel Noelle fit discrètement écho. Assister au bal le lendemain soir était bien la dernière chose à laquelle elle aspirait.

Vêtue de la robe longue rose que Kristen avait portée pour son bal de fin d'année en terminale, Noelle se sentait on ne peut plus déguisée. La soirée qui s'annonçait lui inspirait à peu près autant d'enthousiasme que la perspective d'une feuille d'impôts à remplir.

— Tu es absolument ravissante, décréta sa mère alors que la famille en grande tenue se dirigeait vers la porte.

Ravissante, peut-être, mais sûrement pas ravie. Leur père sortit sa voiture du garage et tint les portières ouvertes pour aider ses filles et sa femme à s'installer.

— On peut dire que j'ai de la chance. Qu'est-ce qui me vaut le privilège d'escorter trois belles femmes au bal le plus chic de l'année ?

— Le fait que tu mènes une vie saine et que tu aies la conscience en paix, rétorqua Sarah avec autorité.

Noelle faillit éclater de rire mais jugea plus sage de se contenir. Sarah se pencha pour regarder par le pare-brise.

— Je me demande s'il ne va pas neiger.

Les chansons de Noël qui passaient en boucle à la radio devaient influencer son jugement.

— A cette époque de l'année, nous avons plus souvent des tempêtes de glace que de la neige, observa son père.

Noelle avait oublié ces terribles tempêtes, même si elle en avait essuyé quelques-unes lorsqu'elle vivait encore à Rose. Ces phénomènes météorologiques spectaculaires étaient aussi splendides que redoutables.

— Kristen et Jonathan nous retrouvent là-bas, j'espère ? s'inquiéta Carley.

Noelle lui glissa un bras autour des épaules.

— Ils ont promis qu'ils y seraient.

Vêtue d'une robe longue bleu pâle et de ballerines assorties, Carley était si jolie — et tellement femme, déjà — que Noelle en avait presque les larmes aux yeux. La petite fille, effectivement, appartenait désormais au passé.

— Et vous croyez *qu'elle* y sera ? demanda Sarah en baissant instinctivement la voix.

— Mme Sutton doit probablement poser la même question à ton sujet en ce moment même.

Sa mère poussa un long soupir.

— Il y a une qualité que je dois concéder à Mary Sutton : elle n'a jamais manqué de cran.

Une ambiance élégamment festive régnait au Century Club. Les accords de valse de l'orchestre les accueillirent dès l'entrée. Si la salle de bal était située au premier étage, le vestiaire, le bar et le buffet se trouvaient au rez-de-chaussée. Quelques couples en tenue de soirée s'attardaient sur les marches du vaste escalier décoré pour discuter ou boire une coupe de champagne.

Noelle jeta un coup d'œil vers le haut et un léger frisson lui courut dans le dos : Thom était là, ce soir. Sans le voir, elle avait la certitude de sa présence. Pourquoi fallait-il qu'elle tombe sur lui partout où elle allait ? De quelle monstrueuse plaisanterie cosmique était-elle victime ?

— Kristen ! appela leur mère. Hou hou, ma chérie ?

Tout le monde dut croire dans l'assistance qu'elle n'avait pas revu sa fille depuis des semaines.

— Ah, te voilà, Jonathan ! s'exclama-t-elle en serrant son futur gendre dans ses bras.

Kristen salua ses parents et s'immobilisa net devant Carley.

— Belle demoiselle, ne me dites pas que vous êtes ma petite sœur. Je refuserais de vous croire.

Carley feignit l'exaspération mais elle avait l'air enchanté.

— Evidemment que c'est moi ! Ne sois pas bête, Kristen.

— Et si nous montions ? proposa Sarah.

La suggestion avait tout de l'ordre déguisé. Ils devraient monter les marches comme un seul homme et faire corps au cas où ils tomberaient sur la redoutée Mary Sutton. Noelle s'exécuta et sourit à Kristen qui venait de glisser un bras sous le sien.

— Il est là, lui chuchota sa sœur à l'oreille.

— Je sais.

— Qui te l'a dit ?

— Personne.

Comment elle avait perçu la présence de Thom, elle ne pouvait ni l'expliquer ni l'analyser. C'était comme une évidence qui s'imposait à elle. Qu'elle le veuille ou non.

Une foule élégante était déjà rassemblée dans la salle de bal.

Même si Noelle n'aurait jamais assisté spontanément à ce genre de manifestation, elle était sensible à la qualité de l'atmosphère. Une formation de six musiciens jouait une valse, les lustres scintillaient, et on voyait à travers les grandes portes-fenêtres que la neige avait bel et bien commencé à tomber. Des flocons légers comme de la soie glissaient devant les hautes fenêtres. Sur les parquets cirés, des femmes en robe longue moirée tournoyaient dans les bras de leurs cavaliers tirés à quatre épingles. La scène avait le charme d'une vieille carte de vœux victorienne.

— Puis-je t'inviter à danser, Noelle ?

Jonathan, le fiancé de sa sœur, venait de s'incliner devant elle. Surprise, Noelle lui sourit avec chaleur. Elle n'avait pas encore eu l'occasion de parler en tête à tête avec l'homme qui deviendrait son beau-frère. Et elle se réjouissait à l'idée de faire plus ample connaissance.

— Avec plaisir.

Au moment où elle passa sur la piste de danse, elle surprit un échange de regard entre Jonathan et Kristen. Noelle aurait été prête à jurer qu'un message muet avait circulé entre eux. Mais elle n'eut pas le temps de questionner sa sœur. Déjà Jonathan la prenait par la taille, l'entraînant au centre de la piste.

Elle chercha un sujet de conversation.

— J'imagine que tu as entendu parler de ce qui s'est passé au SuperRabais ce matin ?

— Tu as eu autant de mal que moi à ne pas prendre un fou rire ?

— Plus de mal encore, confessa Noelle avec un sourire.

— Je suis en relation d'affaires avec les Sutton. Ce ne sont pas des monstres. Bien au contraire.

— Je sais. Cette guerre de vingt ans que se livrent nos mères est d'un ridicule achevé.

Du coin de l'œil, elle vit passer Kristen sur la piste de danse. Et découvrit avec stupéfaction que le cavalier de sa sœur n'était autre que… Thom Sutton. Nul besoin d'être grand clerc pour comprendre ce qui se tramait dans son dos. Elle eut la confirmation de ce qu'elle redoutait lorsqu'elle vit sa sœur manœuvrer

Thom Sutton dans sa direction. Elle devait reconnaître que Kristen ne manquait pas de courage. Car c'était forcément elle qui avait invité Thom et non l'inverse. Thom n'aurait jamais choisi une fille McDowell comme cavalière. Surtout pas à un bal du Century Club, en présence de leurs deux mères.

Comme par hasard, les deux couples se retrouvèrent à danser côte à côte sur le beau parquet ciré. Jonathan s'immobilisa.

— Je crois que tu te trompes de partenaire, dit-il.

Même sans se retourner, Noelle sut qu'il s'adressait à Thom.

— Je crois que tu ne danses pas avec la bonne personne, entendit-elle Kristen dire à Jonathan.

Ce dernier la laissa aller pendant que Kristen se détachait de Thom pour se lover dans l'étreinte de son fiancé. Noelle se retrouva échouée à côté de Thom au milieu de la foule des danseurs. Lentement, la peur dictant chaque geste, elle se tourna pour lui faire face. Il n'avait pas l'air plus enthousiasmé qu'elle par le cours que prenaient les événements.

Elle se dressa sur ses ergots.

— Je tiens à préciser que je ne suis pas responsable de cette machination.

L'expression de Thom disait clairement qu'il ne jugeait pas son commentaire digne d'une réponse.

— Allez-vous vous décider à danser, tous les deux ? Ou comptez-vous passer le reste de la soirée plantés face à face ? ironisa Jonathan en passant à leur hauteur.

Thom haussa les épaules, l'air de dire que cette comédie l'ennuyait à mourir mais qu'il était capable de s'astreindre à la corvée, s'il le fallait. A contrecœur, Noelle se plaça dans le cercle de ses bras. Sans bien savoir à quoi elle devait s'attendre. Elle pensait, en vérité, ne pas ressentir grand-chose. Et n'avait sûrement pas anticipé le déluge d'émotions qui la submergea à son contact. Thom la gardait à bout de bras et son regard était rivé au loin.

Horrifiée, Noelle sentit ses yeux se remplir de larmes alors que l'amour de jadis, inchangé, lui dévorait le cœur. Elle voulut se détacher et quitter la piste de danse. Mais les doigts de Thom s'enfoncèrent dans la chair tendre de ses bras.

— Tu prends encore la fuite ? C'est une manie, chez toi.

— *Moi ?* se récria-t-elle, choquée par l'accusation.

— Oui, toi.

La réflexion de Thom était aussi absurde qu'insultante, mais Noelle préféra ne pas s'abaisser à répliquer. Elle s'enferma dans un silence buté. La musique ne tarderait pas à prendre fin, mettant ainsi un terme à son calvaire. Quelques minutes encore et elle lui tournerait le dos. Ou essayerait de le faire, du moins. Kristen, en tout cas, ne perdait rien pour attendre.

Non, pas Kristen… En toute honnêteté, elle ne pouvait s'en prendre qu'à elle-même Au cours du déjeuner de la veille, elle s'était confiée à sa sœur. Et Kristen, idéaliste et elle-même amoureuse, avait monté ce complot bien intentionné pour la rapprocher de son grand amour de jadis. Sa sœur ignorait qu'une réconciliation n'était pas toujours possible.

Comme le silence devenait intolérable, elle se risqua à lever les yeux.

— J'ai une question à te poser, Thom.

— Pose toujours.

— C'était donc si important pour toi de venger ta mère ? Tu as fini par te servir de moi pour accomplir ce dessein ?

Sourcils froncés, il cessa de danser.

— Quoi ?

— Tu as parfaitement bien entendu ma question.

Il dut percevoir la souffrance dans sa voix. Mais la même expression perplexe restait inscrite sur ses traits, comme si elle lui parlait en langue étrangère.

Elle sentit ses mâchoires se crisper.

— Ne me regarde pas comme si je t'avais injustement blessé, Thom. Trop d'années ont passé pour que je me laisse encore prendre à ce jeu.

— Si tu ne m'avais pas fait faux bond, je…

Elle laissa échapper un petit rire amer.

— Tu ne crois pas que tu inverses un peu les rôles, là ? Non seulement, tu n'es pas venu, mais tu m'as laissé me ridiculiser devant le reste de ma famille ! Tu ne devais pas être mécontent de ton coup d'éclat.

— Je ne comprends pas un traître mot de ce que tu me racontes.

— Thom, je t'ai attendu dans ce fichu parc pendant deux heures et tu n'as pas daigné te montrer.

Le regard glacial de Thom pénétra le sien comme si aucune distance ne les séparait plus. Des couples de danseurs tourbillonnaient autour d'eux, mais Noelle avait à peine conscience de leur présence. Ils auraient pu tout aussi bien être seuls sur cette piste de danse.

— Moi aussi, je t'ai attendue pendant des heures.

Le fait qu'il ait encore le front de lui mentir après tant d'années fut plus qu'elle ne put endurer.

— Bon, ça va, laisse tomber. On parle d'autre chose.

— J'exige que tu m'écoutes, cette fois. J'étais là, Noelle.

— Sûrement pas, non !

Pour lui montrer qu'elle n'était pas dupe de ses mensonges, elle se résigna à lui dire toute la vérité, si humiliante soit-elle.

— Je ne me suis pas contentée de t'attendre, ce jour-là. J'étais sûre que nous nous étions mal compris, sûre que tu avais été retenu contre ton gré. C'est pourquoi j'ai appelé chez toi.

— Tu ne risquais pas de me trouver chez moi puisque j'étais à notre rendez-vous !

Comment pouvait-il avoir le culot de persister dans son mensonge alors qu'elle avait les preuves de sa duplicité ? Ne l'avait-elle pas vu, de ses yeux vu, en train de rire et de s'amuser ? Noelle crut qu'elle allait s'étrangler de colère.

— Tu n'étais pas chez toi, en effet ! Tu étais au bowling avec tes joyeux camarades !

L'air plus furieux que jamais, il ouvrit la bouche pour répondre. Mais la musique s'arrêta à ce moment précis et Noelle s'arracha du cercle de ses bras. Thom la retint par le poignet et la ramena à lui de force.

— Il faut que nous parlions.

— A quoi bon ? Laissons au passé ce qui appartient au passé.

— Je veux que nous fassions la lumière sur cette histoire.

— Qu'espères-tu encore accomplir ? Il n'y a plus de réparation possible.

Qu'avaient-ils à gagner en revenant sur les événements d'il y a dix ans sinon un regain de souffrance ? Toute discussion entre eux, à présent, serait futile. Elle n'aurait jamais, jamais dû questionner Thom sur les raisons de sa conduite. C'était complètement idiot de se replonger dans un drame révolu, une tragédie périmée !

— Je n'espère rien accomplir du tout, rétorqua Thom froidement.

— C'est bien ce qu'il me semblait.

Il desserra sa prise et la laissa aller.

— Juste une seconde, encore, lança-t-il alors qu'elle se détournait déjà.

Comme malgré elle, Noelle s'immobilisa.

— *J'étais* là. Et je *t'ai attendue*. Mais tu n'as pas fait l'effort de te déplacer.

— A quel jeu essaies-tu de jouer avec moi, Thom ? Qu'espères-tu retirer de tes mensonges ?

Ils demeurèrent face à face, à se foudroyer du regard, refusant l'un et l'autre de céder. Noelle aurait été prête à écouter n'importe quelle explication, mais elle ne pouvait s'incliner devant un déni pur et simple. C'était trop lui demander, après le prix que la trahison de Thom lui avait coûté.

— Hé, vous deux ! Arrêtez de vous chamailler, c'est Noël ! leur lança un danseur en riant.

Noelle hocha la tête. Rien ne servait de s'énerver, en effet. Tenter de faire la lumière sur ce qui s'était passé il y a dix ans serait un exercice aussi fastidieux qu'inutile.

— Si cela te fait plaisir de te réfugier dans des mensonges confortables, libre à toi, Noelle. Mais arrête de me prendre pour un imbécile !

Le visage figé en un masque méprisant, Thom se détourna

et quitta la piste de danse. Noelle demeura un instant bouche bée à le regarder s'éloigner. Comment osait-il lui faire un affront pareil ? Par trois fois, il l'avait empêchée de partir. Et à présent, c'était lui qui lui tournait le dos !

Relevant ses jupes, elle s'élança à sa suite.

— Très bien. Puisque tu veux parler, parlons.

Il lui répondit sans se retourner :

— Quand ?

A trois jours de Noël, elle n'avait pas une seule minute de libre en perspective.

— Après les fêtes ?

— Ce soir.

Elle déglutit péniblement.

— Ce soir ? Mais quand ?

— Après le bal. Dans le parc. A l'endroit habituel.

Se donner rendez-vous à l'endroit précis où ils avaient prévu de se retrouver pour s'enfuir, dix ans auparavant ? Noelle frissonna.

— A quelle heure le bal se termine-t-il ?

Thom regarda sa montre.

— A minuit. Tu penses pouvoir y être pour 1 heure ?

— Ça devrait être jouable, oui, murmura-t-elle après une brève hésitation. Entendu, j'y serai. Tu peux compter sur moi.

Il lui jeta un regard étrange.

— C'est exactement ce que tu m'as dit la dernière fois.

Les carnets de Noelle McDowell

21 décembre
17 heures

Toute la famille se prépare pour le grand bal de ce soir, mais j'ai encore la tête qui tourne après les événements de ces derniers jours. Et je sais qu'écrire m'aide à remettre de l'ordre dans mes pensées lorsque mon cerveau et mon cœur s'emballent. Il faut dire qu'une fois de plus, mon chemin et celui de Thom se sont croisés. C'est comme si nous étions prisonniers l'un et l'autre d'une espèce de champ de forces invisibles. Je nous vois comme deux particules magnétiques propulsées l'une vers l'autre, indépendamment de leur volonté. Et j'ai conscience — péniblement conscience — que cela l'horrifie autant que moi.

C'est arrivé hier alors que je venais de retrouver Kristen à la Roseraie pour le déjeuner. Juste au moment où on nous apportait nos commandes, qui vois-je entrer ? Thom Sutton, comme par hasard. Avec sa mère, cette fois.

J'ai tout fait pour essayer de l'ignorer. Mais c'était plus fort que moi. Impossible de détacher les yeux de son visage. Et Thom souffre apparemment d'un symptôme identique au mien. Chaque fois que je tournais les yeux vers lui, je trouvais son regard fixé sur moi. Il me dévisageait, les sourcils froncés, avec une espèce de sévérité exaspérée inscrite sur ses traits. Sa mère me tournait le dos et j'ai remarqué qu'il faisait de grands efforts pour accaparer son attention. Comme s'il avait peur qu'elle ne s'avise de ma présence et de celle de Kristen. Et je me demandais bien pourquoi cela l'inquiétait à ce point. Jusqu'au moment où je suis rentrée à la maison et où j'ai appris qu'une nouvelle dispute avait éclaté entre maman et Mary Sutton. Alors qu'elles faisaient leurs achats pour leurs corbeilles de Noël, elles en sont venues aux mains, semble-t-il. J'imagine que la scène valait le détour. Même si je suis ravie de ne pas avoir assisté à l'empoignade.

Après le restaurant, Kristen et moi avons parlé longuement des événements d'il y a dix ans. Je ne voulais pas entrer dans les détails, mais j'ai fini par vider mon sac. Il y a des années que je n'avais plus abordé le sujet « Thom Sutton » avec qui que ce soit. Et j'avais même fini par l'écarter de mes pensées. Mais le fait de remettre cette histoire sur le tapis a ouvert les vannes des souvenirs. Et j'ai retrouvé toutes les émotions liées à cette époque. Kristen m'a avoué qu'elle avait été blessée de mon refus systématique de revenir à la maison pendant dix ans. Et elle reconnaît qu'elle m'en a même voulu par moments. A présent que je suis de retour, je peux comprendre qu'elle ait souffert de mon attitude. Mais, ironiquement, c'est au moment où les remords ont pris le dessus chez moi qu'elle a cessé de m'en vouloir. En apprenant à quel point j'avais été ravagée par la trahison de Thom, elle m'a dit qu'elle comprenait très bien pourquoi je n'étais pas rentrée à Rose. Elle m'a même assuré qu'elle aurait agi de même à ma place.

En rentrant, j'ai trouvé maman dans tous ses états. Un vent d'espoir a soufflé un instant sur la maison, lorsque nous avons cru, papa et moi, qu'elle renoncerait au bal du Century Club pour éviter d'y rencontrer sa vieille ennemie. Mais, à notre grande déception, maman s'est très vite ressaisie. Nous aurions dû nous en douter, d'ailleurs. Jamais Sarah McDowell n'acceptera de déposer les armes : autrement dit, de s'effacer pour laisser la place à Mary Sutton.

Cette histoire de corbeilles de Noël est un véritable

chemin de croix pour elle. Ça se passe tellement mal avec Mme Sutton qu'elle est en permanence au bord de la crise de nerfs. Mais maman est déterminée, envers et contre tout, à faire du mariage de Kristen l'événement phare de l'été prochain. Et, pour parvenir à son but, elle est prête à consentir aux pires sacrifices. J'avoue que sa ténacité m'impressionne. Je n'aurais jamais cru qu'elle pousserait l'héroïsme jusqu'à accepter de collaborer avec Mary Sutton.

Mais il est temps que je ferme ce cahier pour me préparer en vue de ce fichu bal. Quand je lui ai dit que je n'avais rien à me mettre, maman est arrivée avec une robe. Et j'ai failli pouffer de rire en voyant qu'elle était effectivement du même rose caractéristique... qu'un cachet de Pepto-Bismol ! Il va sans dire que je prie pour que Thom Sutton ait la bonne idée de rester chez lui ce soir. Ou de se distraire autrement, en tout cas, qu'en se rendant au bal du Century Club.

Mais avec la chance que j'ai en ce moment, je ne jurerais de rien...

4

Ce fut à peine si Noelle vit passer le reste de la soirée. Elle dansa sans relâche, pourtant. Mais tous ses autres cavaliers, si attirants qu'ils soient, se confondirent dans son esprit en un tourbillon indistinct. Elle bavarda avec des amis de longue date et s'entretint avec des relations du passé. Mais pas un instant, pas une seconde, elle ne cessa de penser à Thom. Ainsi, après dix années de silence, ils étaient enfin sur le point de mettre des mots sur leur rupture. Mais elle n'avait plus la naïveté d'une jeune fille de dix-huit ans. Et elle ne laisserait pas Thom se dédouaner à bon compte avec des mensonges mal bricolés. Il avait clamé haut et fort qu'il l'avait attendue, lui aussi, à l'heure et au lieu convenus. Mais comment pourrait-elle le croire alors qu'elle avait fait le planton pendant deux heures sans le voir apparaître ?

Peu avant minuit, la salle de bal se vida et la foule des danseurs s'égrena en direction du rez-de-chaussée. Noelle attendit dans le hall avec sa mère et sa petite sœur pendant que son père faisait la queue au vestiaire pour récupérer leurs manteaux. Juste à quelques pas de là, elle vit Mary Sutton qui semblait attendre, elle aussi, que son mari revienne avec leurs affaires. Et Noelle devait reconnaître qu'elle déployait un réel talent pour faire mine de ne pas s'apercevoir de leur présence.

Estimant qu'il serait absurde de lui rendre la pareille, elle lui sourit.

— Bonsoir, madame Sutton.

Mary ouvrit et referma la bouche sans émettre un son, comme si elle était trop déconcertée pour répondre.

— Noelle ! protesta sa mère en lui donnant un discret coup de coude. Qu'est-ce qui te prend ?

— Il ne me prend rien du tout. Je salue juste une vieille amie de la famille.

— Une *ancienne* amie, ma chérie. Il y a déjà vingt ans que les McDowell et les Sutton ne s'adressent plus la parole.

— Il y a eu un temps où nos deux familles étaient proches, pourtant.

Sa mère soupira pesamment.

— J'étais jeune, à l'époque. Et plus naïve que maintenant. Je croyais au pouvoir de l'amitié ; j'aurais été prête à jurer qu'aucun obstacle ne nous séparerait jamais.

Mary Sutton se rapprocha d'un pas.

— Bonsoir, Noelle. Moi aussi, j'étais jeune, à l'époque. Moi aussi, je croyais que l'amitié était éternelle. Mais j'ai compris ma leçon lorsque la femme que je considérais comme ma complice, ma sœur, mon alliée, m'a trahie en confiant à une autre une pièce d'héritage irremplaçable. Mais tu sais déjà tout cela. Et j'aime autant ne pas remuer cette douloureuse histoire.

Tournant ostensiblement le dos à sa mère, Mary se rapprocha d'elle.

— Alors, Noelle, comment se passe ton séjour à Rose ?

— A merveille, je vous remercie. Je suis très heureuse d'être ici.

Du coin de l'œil, elle vit sa mère agripper la main de Carley et reculer d'un pas, comme pour protéger la plus jeune de ses trois filles.

— Tu es vraiment très belle, ce soir, fit observer la mère de Thom avec une douceur inattendue dans le regard.

Noelle la remercia tout aussi gentiment, bien qu'elle sentît le regard critique de sa mère lui perforer le dos. Mary Sutton baissa la voix.

— J'ai entendu de loin les allusions de ta mère et ses commentaires sur notre ancienne amitié. J'aurais sans doute mieux fait de ne rien dire, mais je n'ai pas pu m'empêcher d'intervenir.

— C'est tellement triste que vous ayez laissé cette querelle stérile s'éterniser ainsi… Et pour un détail, en plus.

— Le service à thé de ma grand-mère n'a rien d'un « détail », Noelle. C'était le seul souvenir d'elle qu'il me restait. Ta mère a menti sur l'usage qu'elle voulait en faire. Et le résultat ne s'est pas fait attendre : le service a disparu pour toujours.

Mary Sutton baissa tristement les yeux, signifiant par sa mimique qu'elle n'était toujours pas remise de la perte d'un souvenir inestimable.

— Mais je reconnais que tu as raison. On ne peut pas se raccrocher éternellement à ses griefs. Il vient un moment où il faut savoir tourner la page.

Voilà qui paraissait extrêmement encourageant ! Considérant qu'il s'agissait d'une amorce de déclaration de paix, Noelle ouvrit la bouche pour répondre qu'une réconciliation restait possible. Mais Mme Sutton la devança.

— Cela dit, même si je ne veux pas passer le reste de ma vie à pleurer une théière, une cafetière et un sucrier, il y a des limites à ce qu'on peut supporter. Et ta mère a franchi la ligne jaune à plusieurs reprises. Malheureusement, il ne reste plus rien à sauver de notre amitié.

— Mais…

Mary Sutton ne la laissa pas terminer.

— Il y a autre chose encore, Noelle. Je t'ai vue danser avec Thom ce soir. Je sais qu'il y a eu quelque chose entre vous, dans le temps, mais mon fils a ramassé les pots cassés. J'espère, à la fois pour lui et pour toi, que vous n'envisagez pas de renouer.

— C'est-à-dire que je… je…

Incapable de répondre, elle ne put que bredouiller sottement. Ce fut le moment que choisit sa mère pour intervenir.

— Je propose que *ton* fils garde ses distances avec *ma* fille.

— Maman, s'il te plaît, ne te mêle pas de cette discussion, déclara-t-elle, inquiète à l'idée que le ton puisse monter de nouveau entre les deux femmes.

Après l'épisode du SuperRabais, l'atmosphère restait explosive et un rien suffirait à remettre le feu aux poudres. Or le bal du Century Club était un événement majeur dans la petite ville. Et ni les McDowell ni les Sutton ne souhaitaient s'illustrer par un scandale.

M. Sutton revint du vestiaire. Il était suivi de près par Jake McDowell, pareillement chargé de manteaux. Les McDowell se murent comme un seul homme en direction du parking en restant attentifs à ne pas croiser l'ombre d'un Sutton. Personne ne mentionna l'incident pendant le trajet du retour. Mais Noelle était consciente d'avoir peiné sa mère.

Un quart d'heure plus tard, alors qu'elles se hâtaient vers la porte d'entrée dans la nuit froide de décembre, Noelle estima que c'était à elle de faire amende honorable.

— Maman, j'ai été un peu trop impulsive, je crois. Je regrette maintenant d'avoir parlé à Mme Sutton.

Ses remords étaient sincères. Elle aurait dû dire « bonsoir » ou « joyeux Noël » et en rester là.

Sarah soupira.

— Je le regrette autant que toi. Je sais que tu l'as fait avec les meilleures intentions du monde, mais, honnêtement, j'aime autant que tu ne cherches pas à jouer les médiatrices entre nous. J'ai tenté de me réconcilier avec Mary pendant des années. Mais elle a refusé que je lui remplace son service. Et elle n'a pas voulu non plus de mes excuses.

Une note de tristesse était venue assombrir la voix de sa mère. Mais elle ajouta d'un ton plus ferme :

— Mary avait raison sur un point, cependant.

Noelle fit défiler mentalement la conversation dans sa tête en se demandant quel pouvait bien être le point d'accord en question.

— Elle a dit qu'il valait mieux que tu gardes tes distances avec Thom. Et je souscris entièrement à cette mise en garde.

Sa mère soupira de nouveau et lui effleura brièvement la joue. Une tendresse inquiète adoucissait son regard.

— Il y a un tel passif entre nos deux familles, ma chérie…

— Maman, ce n'est pas ce que tu crois. Thom et moi, nous…

— S'il te plaît, Noelle, écoute ta mère : je sais qu'il y a dix ans tu as été très éprise de ce jeune homme. Et j'en ai profondément souffert.

— *Tu* en as souffert ?

Sa mère hocha la tête.

— Beaucoup, oui. Parce que je savais que tu serais forcée de choisir entre Thom et ta famille. Je n'aurais pas pu supporter de te savoir mariée avec un Sutton. Quant à partager mes petits-enfants avec Mary… Non, cela n'aurait même pas été pensable. Tu l'as entendue toi-même : pour elle, il n'y a pas de pardon possible. Franchement, ma chérie, voudrais-tu d'une telle femme comme belle-mère ? En sachant qu'elle s'immiscerait dans l'éducation de tes enfants ? Voilà ce que je tenais à te dire, Noelle. Mais en voilà assez, maintenant. Allons nous coucher et oublions les Sutton une fois pour toutes.

Avant qu'elle puisse répondre, sa mère l'embrassa sur la joue, lui souhaita une bonne nuit et disparut dans sa chambre. Noelle ferma les yeux et dut prendre appui un instant contre le mur. Dire qu'elle avait été sur le point d'annoncer au reste de la famille qu'elle ressortait pour retrouver Thom dans le parc ! Mais sa mère lui avait clairement fait comprendre qu'elle le considérerait comme un affront personnel, si elle osait adresser la parole à Thom Sutton. Rien n'avait bougé depuis le lycée. Ils en étaient toujours au même point.

Seule solution : quitter la maison en catimini, comme lorsqu'elle avait encore dix-huit ans. Elle ne pouvait pas laisser Thom attendre pour rien dans le noir et dans le froid. Sans compter qu'il ne se présenterait pas d'autre occasion de revenir avec lui sur ce qui s'était passé dix ans plus tôt. Elle refusait de laisser passer l'opportunité. Loin d'elle l'idée de manquer de respect envers sa mère et envers Mary Sutton. Mais il lui *fallait* être présente à ce rendez-vous. Si elle lui faisait faux bond, Thom penserait d'elle pis que pendre. Et non sans raison, cette fois-ci.

Carley dormait déjà lorsqu'elle passa à côté de sa chambre.

Elle entra pour embrasser sa petite sœur sur le front puis referma doucement la porte. Se débarrassant de sa robe Pepto-Bismol, elle enfila un jean et un gros pull en laine pour se protéger du froid. Puis elle s'assit sur le bord de son lit et rongea son frein en attendant que le silence retombe sur la maisonnée. Avec un peu de chance, ses parents se coucheraient rapidement, à cette heure déjà tardive. Car elle devait attendre qu'ils soient endormis, si elle voulait sortir sans se faire remarquer.

Un quart d'heure s'écoula ainsi avec une lenteur décourageante. Puis le grand calme, enfin, tomba sur la maison. Plus un bruit, plus une lumière, à l'exception des guirlandes lumineuses de Noël qui ornaient le bord du toit. Noelle se leva et sortit de la chambre. La porte grinça si fort qu'elle en eut des palpitations. Sur la pointe des pieds, attentive à ne pas faire craquer les lattes du parquet, elle se faufila dans le corridor étroit. Elle se figea net en entendant bouger dans la chambre parentale.

— Jake ? s'éleva la voix ensommeillée de sa mère. Je crois que j'ai entendu marcher dans le couloir.

Son père soupira bruyamment.

— Mais non, ma chérie. Rendors-toi.

— Je te dis qu'il y a quelqu'un dans la maison !

Noelle osait à peine respirer. Imaginer ce que pourrait dire sa mère si elle la surprenait à faire le mur pour rejoindre Thom Sutton suffisait à la paralyser.

— Jake, je suis sérieuse.

— Je n'entends rien du tout, moi, maugréa son père.

— Tu veux que nous nous fassions tous assassiner dans notre lit ?

— Sarah, par pitié…

— Pense au moins à tes enfants, si tu ne veux pas penser à nous !

Noelle faillit gémir tout haut. Elle était coincée. Impossible de battre en retraite sans passer devant la chambre parentale. Elle ne pouvait plus ni avancer ni reculer. Si son père se levait, elle était cuite.

— Bon, bon, je vais aller voir, grommela Jake McDowell.

Noelle entendit grincer le sommier tandis que son père s'extirpait du lit.

— Ne sors pas comme ça ! lui chuchota sa mère d'une voix sifflante. Prends une arme !

— Comme quoi, par exemple ?

— Tiens. Equipe-toi de ce cintre en bois.

— Pour suspendre ton assassin potentiel et le mettre à sécher ?

— Jake !

— J'y vais, ma chérie.

Noelle avait réussi à atteindre la cuisine lorsque son père la rattrapa.

— Papa ? chuchota-t-elle en restant dissimulée dans la pénombre. C'est moi.

— Noelle ? C'est donc toi qui faisais craquer les lattes du parquet ! Mais pourquoi n'as-tu pas montré patte blanche plus tôt ?

— Chut ! Je ne veux pas que maman m'entende. Je fais le mur.

— A ton âge ? Mais pour aller où ?

Son père serait horrifié par sa réponse mais elle refusait de mentir.

— Je vais retrouver Thom Sutton au parc. Nous avons prévu de nous expliquer sur ce qui s'est passé il y a dix ans.

Noelle retint son souffle, mais, dans un premier temps, seul le silence lui répondit. Puis il y eut un son étouffé, comme si quelqu'un pleurait à gros sanglots.

Une vague de remords la submergea.

— Papa ? Je regrette, si je te fais de la peine, mais…

— Me faire de la peine ? Mais je trouve la situation hilarante.

— Hi… hilarante ? Vraiment ?

— Va vite le retrouver, ton ami Thom. Et parlez donc autant que vous voudrez. Le « grand conflit » entre les Sutton et les McDowell ne concerne plus que Sarah et Mary. Greg et moi, nous sommes de nouveau amis depuis des années.

Noelle n'en croyait pas ses oreilles.

— Vous êtes restés amis ?

— Bien sûr. C'est le meilleur partenaire de golf que j'aie jamais eu.

— Parce que tu *joues au golf* avec M. Sutton ?

Noelle se demanda si elle n'était pas entrée dans la quatrième dimension. Les yeux pétillant d'humour, son père porta un doigt à ses lèvres.

— Ne parle pas si fort. Ta mère n'est pas au courant.

— Maman ne sait rien !

De plus en plus incroyable…

— Allez, file, ordonna son père.

Il attrapa un trousseau de clés accroché à un clou à côté de la porte du garage.

— Tiens, prends donc ma voiture. Je l'ai laissée dehors. Elle est garée juste devant la maison.

Noelle prit les clés et jeta les bras autour du cou de son père.

— Je t'adore, papa.

Il toussa bruyamment pour couvrir le bruit de la porte d'entrée. Lorsqu'elle l'eut franchie, il lui fit un petit signe de la main puis elle l'entendit lancer d'une voix forte :

— Tu as eu des hallucinations auditives, Sarah ! Pas l'ombre d'un cambrioleur en vue.

Sitôt le seuil franchi, Noelle sprinta en direction de la voiture de son père. Il lui fallut un moment pour trouver la bonne clé et pour ajuster le siège ainsi que les rétroviseurs. Lorsqu'elle vit l'heure sur le tableau de bord, elle gémit tout haut. Il était déjà 1 h 10.

L'horreur absolue. Thom avait dû parvenir à la conclusion qu'elle ne viendrait pas. Il devait penser qu'elle lui avait posé un lapin. Alors que rien n'était plus éloigné de ses intentions…

*
* *

Thom expira bruyamment. La buée de son souffle dans la nuit froide lui fit penser aux naseaux courroucés d'un taureau de bande dessinée. Il se sentait d'humeur meurtrière. D'humeur à charger. Une fois de plus, avec Noelle, il avait laissé son cœur parler plus fort que sa raison. Et il était tombé dans le panneau. Alors qu'un homme averti était censé en valoir deux.

Il aurait pu deviner qu'elle ne viendrait pas, pourtant. Tout ce qu'il savait de l'amertume, de l'abandon et de l'amour trahi, c'était Noelle qui le lui avait enseigné. Et cette nuit, comme le dernier des ânes, il avait creusé lui-même le piège dans lequel il venait de chuter. Que Noelle McDowell ne soit pas digne de confiance, il l'avait déjà appris à ses dépens. Et pourtant rien n'aurait pu l'empêcher de prendre le risque de lui donner une seconde chance.

Frappant ses épaules de ses poings pour lutter contre le froid de la nuit, il faisait les cent pas sous les arbres qui bordaient le bassin du parc. Un endroit calme, protégé, qui avait été leur lieu de rendez-vous presque une année durant. C'était là que Noelle et lui s'étaient embrassés pour la seconde fois, quelques jours après leur premier baiser au cinéma. C'était là qu'ils avaient parlé des nuits entières en faisant des projets d'avenir. Et c'était là également qu'il lui avait avoué qu'il l'aimait.

Une portière de voiture claqua au loin. La police, probablement. Il s'était garé dans un parking normalement fermé au public en dehors des heures ouvrables. Et tant mieux s'il écopait d'une contravention. Il la méritait doublement, son amende. Un : parce qu'il avait été assez idiot pour donner rendez-vous à Noelle. Et deux : parce qu'il était encore là à tourner en rond alors qu'elle avait déjà dix-neuf minutes de retard sur l'horaire prévu. Cette expérience désastreuse avait au moins l'avantage de dissiper ses derniers doutes. Le fait qu'elle ne se montrait pas cette nuit prouvait à lui seul qu'elle l'avait effectivement trahi dix ans plus tôt.

— Thom... Thom... !

Il l'entendit l'appeler juste au moment où sa silhouette déliée apparut au détour d'une allée. Furieux, il se détacha de l'ombre d'un grand cèdre tandis qu'elle courait dans sa direction.

— J'avais tellement peur que tu ne sois déjà parti !

Il devait reconnaître qu'elle paraissait sincèrement soulagée de le trouver là. Hors d'haleine, elle s'immobilisa devant lui.

— J'ai dû partir de chez mes parents en faisant le mur !

— *En faisant le mur ?* Tu ne crois pas que tu exagères un peu ? Tu vas avoir trente ans l'année prochaine !

— Oui, je sais, je sais. Ecoute, je suis désolée…

Relevant la manche de son pull, elle jeta un coup d'œil effaré à sa montre.

— Tu m'as attendue, Thom ! Je n'aurais jamais cru que tu patienterais aussi longtemps. J'espérais que tu serais encore là mais j'aurais très bien compris si tu étais reparti.

La colère qui bouillonnait en lui quelques secondes plus tôt s'était évaporée si vite qu'il se demanda comment elle avait pu disparaître aussi radicalement en si peu de temps.

— Il y a longtemps que la rue des Noyers est en sens unique ?

— Cela remonte à des années, oui.

Elle avait emprunté l'itinéraire qu'ils prenaient adolescents, bien sûr. Les changements survenus au cours de la décennie écoulée lui étaient sortis de l'esprit. Et il n'avait même pas songé à la mettre en garde. Etrangement troublé, il s'éclaircit la voix.

— Bon, tu es là, maintenant.

Noelle fit un pas vers lui.

— Je sais que je ne devrais pas, mais c'est plus fort que moi.

Avant qu'il puisse l'interroger sur ses intentions, elle lui enlaça la taille et le serra dans ses bras. Il lui rendit son étreinte, avec prudence dans un premier temps, puis plus franchement.

Fermer les yeux et se laisser aller à goûter la sensation de sa présence fut une première erreur. Et Thom comprit qu'il en commettrait sans doute beaucoup d'autres. Des fragrances familières lui emplissaient les narines. Elle sentait Noël — un bouquet d'odeurs généreuses, scintillantes — et sa chaleur féminine semblait l'envelopper tout entier.

— Tu peux m'expliquer le sens de ce que tu viens de faire ? demanda-t-il d'un ton volontairement bourru lorsqu'elle se détacha de lui pour reculer d'un pas.

Il se sentait désarmé. Presque ridiculement heureux. Et se demandait si le plaisir qu'il avait eu à la tenir se lisait à livre ouvert sur ses traits.

Noelle plongea son regard dans le sien.

— Je voulais te remercier d'avoir cru suffisamment en moi pour m'attendre.

— Je ne te cache pas que je n'avais pas une vision très rose de toi, pendant que je battais la semelle comme un idiot en luttant seul contre le froid.

— Je sais. J'aurais eu la même réaction. Enfin… tu vois ce que je veux dire.

Il voyait, oui.

Essuyant le coin de la table de pique-nique, Noelle s'y percha, les mains calées sous les cuisses, retrouvant ses automatismes d'adolescente. Elle prit une profonde inspiration.

— Bon, passons aux explications, maintenant. Comme l'idée vient de toi, je te propose de commencer.

Ainsi, elle était devenue une femme sûre d'elle et capable d'initiative. Thom n'en fut pas surpris. Au lycée, déjà, elle avait montré des qualités de meneuse, à la fois comme déléguée au conseil de classe et comme responsable d'une association culturelle.

— Je suis prêt à commencer, si tu veux.

Tant mieux pour Noelle si elle pouvait rester assise. De son côté, il avait dix années de colère stockées en lui. Et il était trop remonté pour rester en place.

— Nous nous sommes disputés, tu te rappelles ?

Elle hocha la tête.

— Oui, bien sûr. Au sujet de nos mères. Tu as émis une réflexion très cassante sur la mienne. Et j'ai pris sa défense.

— Si mes souvenirs sont bons, tu as sorti deux ou trois

remarques au sujet de la mienne qui n'étaient pas piquées des vers non plus.

— Oui, mais c'est toi le premier qui…

Elle se tut abruptement et haussa les épaules.

— Peu importe qui a commencé ce jour-là. Ce n'est plus ce qui nous intéresse maintenant. Ce que j'aimerais comprendre, c'est ce qui s'est passé *ensuite.*

Là encore, il ne pouvait que lui donner raison.

— Nous nous sommes réconciliés. Ou, du moins, c'est ce que j'ai cru.

— Nous nous étions remis ensemble, oui. Parce que nous refusions de laisser le conflit entre nos deux mères gouverner nos vies. Plus tard, ce même jour, tu m'as écrit un petit mot où tu me proposais de m'enfuir avec toi.

Thom perçut un léger tremblement dans sa voix, comme si elle luttait pour contenir ses émotions. Il aurait tant voulu pouvoir la croire ! Il devait se faire violence pour ne pas avaler crédulement tout ce qu'elle lui disait.

— Je t'aimais, Noelle.

Elle sourit, mais il vit que ses yeux brillaient de larmes. Ce constat le secoua. Pendant des années, il avait cru dur comme fer qu'elle s'était servie de son amour pour le retourner contre lui. Qu'elle l'avait laissé attendre exprès pour le blesser, l'humilier. Il avait eu beau se creuser la tête, il n'avait jamais réussi à élucider les raisons de son attitude, l'hypothèse de la vengeance étant la seule qui lui avait paru à peu près plausible.

— Avant de partir, nous nous étions promis d'affronter nos parents respectifs et de tout leur dire, lui rappela Noelle.

— Et j'ai tenu parole. J'ai fait mon annonce devant la famille réunie, en revendiquant ma liberté d'aimer qui je voulais, comme je voulais. Puis j'ai clamé haut et fort que je refusais de renoncer à mon avenir avec toi à cause d'une brouille idiote entre deux femmes adultes.

— J'ai fait à peu près le même speech de mon côté. Si tu m'avais entendue ! Je leur ai dit que je t'aimais et que je ne voulais plus jamais entendre parler de leur querelle stupide entre familles.

Et je suis partie, la tête haute. As-tu essayé, au moins une fois en dix ans, de te mettre à ma place et d'imaginer à quel point il a été humiliant d'avoir à revenir avec ma petite valise à la main pour leur annoncer que tu t'étais joué de moi — que tu m'avais plaquée sans explications ni préavis ?

— *Moi*, je t'aurais plaquée ? cria-t-il. Mais c'est toi qui…

Noelle leva les deux mains pour l'arrêter. Ravalant sa colère, il secoua la tête.

— Si nous pensions être au rendez-vous l'un et l'autre, c'est qu'une erreur a dû se produire quelque part, mais où ?

Elle pressa une main sur son cœur.

— Je te jure, au nom de tout ce qui m'est le plus cher, que je ne t'ai jamais menti et que je ne t'ai pas non plus trahi.

— Donc tu en conclus que je t'ai menti *moi* ? lui lança-t-il d'un ton de défi.

— Oui. Ou plutôt, non. Je l'ai cru pendant dix ans mais je suis convaincue de ta bonne foi, maintenant. J'en déduis que nous sommes passés à côté l'un de l'autre. Mais je ne comprends toujours pas pourquoi ni comment.

— Tout ce que je sais, c'est que j'étais là à 3 heures. Conformément à ce que je t'avais écrit dans mon message.

— A 3 heures ?

Noelle paraissait interdite. Et pourtant elle l'avait lu, son petit mot. Il savait qu'elle l'avait eu entre les mains puisqu'il avait vu Kristen le lui remettre à la sortie du lycée.

— Tu m'avais fixé rendez-vous à 8 heures, Thom !

Perplexe, il se frotta le front.

— Je suis sûr et certain d'avoir écrit 3 heures.

— Et pourtant j'ai clairement lu sur le message…

Elle se tut, le visage soudain décomposé, en portant la main à la bouche.

— Non, chuchota-t-elle. Je refuse de le croire.

— Tu penses que Kristen a pu changer l'heure à dessein pour nous induire en erreur ?

Noelle secoua vigoureusement la tête.

— Non, ma sœur n'aurait jamais fait une chose pareille. Elle m'aime trop pour vouloir me nuire.

— Alors comment expliques-tu que j'aie écrit 3 et que tu aies lu 8 ?

— Aucune idée.

Noelle ferma les yeux.

— Je m'en souviens encore comme si c'était hier, de ce message. Tu me l'avais fait passer après ton cours de maths.

Thom se sentait désarmé. Après des années de rage aveugle, il avait l'impression d'ouvrir enfin les yeux. Il revoyait clairement, à présent, les événements de cette dernière journée. A mesure que le brouillard de sa souffrance se dissipait, il parvenait enfin à examiner la situation d'un point de vue rationnel.

— Kristen a renversé de la limonade dessus, se remémora pensivement Noelle. Si l'encre a bavé on peut imaginer que le 3 ait fini par ressembler à un 8, non ?

— Cela pourrait expliquer une partie du malentendu — mais pas le message d'insultes sur mon pare-brise.

Elle eut la bonne grâce de rougir à cette allusion.

— Après t'avoir attendu jusqu'à 10 heures du soir, j'étais complètement désemparée. Il faisait nuit noire et je n'avais nulle part où aller. Mais même à ce moment-là, j'avais encore confiance. Je pensais que tu avais été retenu contre ton gré et j'ai rassemblé mon courage pour appeler chez toi.

Il hocha la tête, l'encourageant à poursuivre.

— Au téléphone, je suis tombée sur ton père qui m'a dit que tu étais sorti jouer au bowling avec des amis. La nouvelle m'a anéantie. Mais j'ai quand même voulu m'assurer par moi-même que ton père disait vrai. Mes derniers doutes sont tombés quand je t'ai vu avec un verre d'alcool à la main, en train de t'éclater avec une bande d'amis.

— Ne me dis pas que tu as vraiment cru que je m'amusais ?

— Tu n'avais pas l'air de trouver le temps long.

— Noelle, j'étais au trente-sixième dessous et très occupé à noyer mon chagrin dans l'alcool. Je… je me sentais comme si on m'avait arraché les tripes à mains nues. Je me souviens très bien d'avoir pensé que ma vie était fichue.

Elle pâlit.

— Mais pourquoi ne pas m'avoir appelée, dans ce cas? J'aurais pu avoir une jambe cassée, un accident, n'importe quel contretemps idiot! Si tu m'aimais autant que tu le prétends, n'aurais-tu pas fait l'effort d'essayer de comprendre pourquoi j'avais été absente au rendez-vous?

— *J'ai* appelé, figure-toi.

Pas tout de suite, il fallait le reconnaître. Il avait laissé passer vingt-quatre heures avant de composer son numéro. Mais il avait été torturé par le besoin de comprendre, de découvrir comment il avait pu se tromper à ce point au sujet de Noelle.

— J'ai attendu le lendemain après-midi avant de prendre mon téléphone. C'est ta mère qui a répondu. J'ai demandé à te parler, mais elle a refusé et m'a raccroché au nez après m'avoir accusé d'avoir brisé la vie de sa fille.

— Elle ne m'en a jamais rien dit, chuchota Noelle, livide.

Il secoua la tête.

— Ta mère n'avait aucune raison de le faire. Comme tous les autres membres de ta famille, elle devait considérer que je ne pouvais te faire que du tort.

— Ainsi, malgré l'horrible collection d'insultes que j'avais laissée sur ton pare-brise, tu as téléphoné quand même?

Il acquiesça d'un simple signe de la tête.

— Je peux imaginer ce que tu as dû penser de moi, Thom.

— A peu près la même chose que ce que tu as pensé de moi, je suppose.

Un silence chargé tomba entre eux. Ce fut Noelle qui le rompit.

— Je suis désolée, Thom.

— Pas autant que moi.

Il avait peur de la toucher, peur de ce qui pouvait arriver s'il la prenait dans ses bras. Noelle releva une mèche de cheveux qui lui tombait devant le visage et il vit des larmes scintiller dans ses yeux.

— Finalement, c'est peut-être aussi bien que cela se soit passé ainsi, non ?

Il avait posé la question parce qu'il fallait bien dire quelque chose. Noelle commença par hocher la tête. Puis finit par répliquer, d'une voix si faible qu'il dut se pencher pour l'entendre :

— Tu crois ?

— Non... Non, je ne crois pas. Et je suis même sûr du contraire !

Nouant les bras autour de sa taille, il la souleva de la table de pique-nique et la serra contre son cœur comme s'il se raccrochait au fil même qui le reliait à l'existence. Il chercha sa bouche. Les lèvres de Noelle étaient douces, entrouvertes, déjà offertes ; son corps comme fondu au sien. Il lui sembla qu'il ne pourrait plus jamais cesser de l'embrasser. A leurs baisers avides, passionnés se mêlait la joie de la redécouverte. Comme un chant dans la nuit. Ce sentiment d'adéquation, cette certitude profonde, voilà ce qui avait été absent de toutes ses autres relations. Jamais il n'avait retrouvé les accords profonds qui résonnaient entre Noelle et lui. Il aimait Noelle. Pas un instant, pas une seconde, son amour pour elle n'avait faibli.

Elle enfouit son visage dans le creux de son épaule et il lui embrassa le sommet de la tête. Les bras de Noelle étaient noués à son cou. Il passa les doigts dans ses cheveux, les rassembla dans sa main et ferma les yeux pour laisser libre cours à ses émotions. De la colère à la joie. De la joie à la peur. De la peur au soulagement.

— Et maintenant ? demanda-t-il doucement. Qu'est-ce qu'on fait ?

Aucune solution ne semblait s'offrir à eux. Chacun avait construit sa vie de son côté. A des milliers de kilomètres l'un de l'autre.

Noelle demeura silencieuse un long moment. Il savait qu'elle avait entendu sa question. Mais lorsqu'elle souleva enfin la tête, elle plongea dans le sien un regard muet.

— Noelle ?

Elle cligna des yeux, comme pour retenir ses larmes.

— Faut-il vraiment que nous prenions une décision à la minute ? Tu ne peux pas simplement m'embrasser encore une fois ?

Il sourit et se pencha sur ses lèvres.

— Je crois qu'il y a moyen d'arranger ça.

Le dimanche matin, en sortant de l'église, après un sermon très inspirant sur la générosité et le don, Mary Sutton prit son courage à deux mains et se rendit dans une grande surface. Elle ne donnerait pas la satisfaction à Sarah d'arriver le lendemain matin sans avoir acheté tous les cadeaux sur sa liste. Il ne serait pas dit qu'elle se présenterait au rendez-vous les mains vides.

Laissant Greg vissé devant la télévision à regarder un de ses sacro-saints matchs de foot, elle fila en direction du centre-ville. Faire ses achats à trois jours de Noël était à ses yeux une aberration. Elle passait généralement pour quelqu'un d'organisé. Et ses cadeaux avaient déjà été achetés, emballés et mis en réserve début novembre. Mais, avec les six corbeilles de Noël à pourvoir, elle n'avait pas le choix. Elle était condamnée au shopping de dernière minute.

Le parking du Wal-Mart était plein à craquer. Elle trouva tant bien que mal à se garer tout au fond et se traîna jusqu'à l'entrée de l'hypermarché bondé. L'idée d'avoir à se mêler à la foule lui coupait les jambes. Bien décidée à ne pas renouveler la scène de cauchemar qui s'était déroulée au SuperRabais, elle vérifia chaque rangée au cas où elle apercevrait la voiture de Sarah. Mais les dieux, pour une fois, étaient de son côté : elle ne vit aucun véhicule qui ressemblât au sien.

Liste en main, Mary prit un chariot et se dirigea tout droit vers le rayon jouets. Avec un peu de chance, il y aurait encore des poupées Barbie. L'idée qu'un enfant puisse être privé d'un cadeau attendu à Noël lui fendait le cœur. Par chance, le rayon avait été réapprovisionné et les étagères débordaient de poupées dans leur carton. Mary choisit une Barbie en costume de pompier et la plaça victorieusement dans son chariot. Satisfaite de cette première réussite, elle poursuivit son chemin jusqu'au rayon des tracteurs et voitures à pédales. Et crut à une hallucination lorsqu'elle vit Sarah McDowell occupée à lire l'étiquette d'un trotteur. Faisait-elle un cauchemar ? Ou nageait-elle en pleine conspiration cosmique ?

— Oh ! non, chuchota-t-elle, écœurée.

Au son de sa voix, son ennemie jurée tourna la tête. L'expression d'horreur sur les traits de Sarah lui offrit un reflet parfait des sentiments qui devaient se lire sur les siens.

— Qu'est-ce que tu fais ici ?

— La même chose que toi, apparemment.

Sarah attrapa son chariot à deux mains comme si elle se préparait à charger. Mais Mary avait déjà enduré suffisamment d'humiliations. Et elle n'avait aucune envie de s'illustrer par un second tournoi de Caddie sous l'œil goguenard des badauds.

Sarah soupira avec impatience.

— Franchement, tu ne pourrais pas choisir un autre moment pour acheter un cadeau pour ton petit-fils ?

Il n'y avait décidément plus de limite au culot de cette femme.

— Depuis quand est-ce à toi de me dire quand et où je dois faire mes courses ?

Il ne manquerait plus qu'elle ait à demander la permission des Sarah McDowell de ce monde chaque fois qu'elle voudrait entrer dans un magasin !

— Ah, tiens, Mary !

Mary faillit gémir tout haut. Janice Newhouse, la femme du pasteur, venait d'immobiliser son chariot devant elles.

— Et vous êtes Sarah McDowell, je crois ? enchaîna joyeusement Janice. Je n'ai pas encore le plaisir de vous connaître, Sarah, mais j'ai vu votre photo sur une brochure d'agence immobilière.

Consternée, Mary vit l'épouse du pasteur adresser un sourire chaleureux à la femme qui était devenue l'objet de ses pires cauchemars.

— Enchantée, répliqua Sarah d'une voix tendue.

— J'ai beaucoup entendu parler de vous ! s'exclama Janice sans paraître remarquer la tension entre elles.

Sarah lui répondit du bout des lèvres :

— J'imagine, oui.

L'air de dire qu'elle, Mary, devait colporter les pires horreurs sur son compte. Ce qui était aux antipodes de la vérité. Il y avait des années qu'elle avait adopté la politique du silence dès qu'il était question de Sarah McDowell. Elle faisait son possible pour éviter d'aggraver une situation déjà bien assez embarrassante. Alors que Sarah ne se privait pas de la vilipender de son côté. Elle s'était opposée à sa candidature lorsqu'elle avait demandé à devenir membre du Century Club. Et elle ne perdait jamais une occasion de la traîner dans la boue.

Mary pinça les narines. Pour sa part, elle avait choisi une position beaucoup plus digne et généreuse. Sauf peut-être le jour où elle avait publié son article sur les agents immobiliers. Mais elle ne s'en était pas prise personnellement à Sarah et n'avait écrit que des généralités.

— Je crois que les Willis sont passés par vous pour acheter leur maison ? poursuivit Janice, qui se sentait manifestement en veine de conversation.

— Ah, vous connaissez les Willis ?

— Ils font partie de notre congrégation. Tout comme Mary et Greg, d'ailleurs.

L'expression de Sarah était glaciale.

— Ah, vraiment ?

Par égard pour Janice, Mary précisa poliment :

— Sarah et moi faisons quelques achats pour les corbeilles de Noël de l'Armée du Salut.

— Nous avons divisé la liste en deux, ce qui nous permet de bien répartir les tâches, poursuivit Sarah. Et, demain, nous assemblons les corbeilles pour pouvoir les livrer avant le 24. L'Armée du Salut se chargera de les porter aux intéressés.

Janice n'avait aucun besoin de connaître tous ces détails, songea Mary, prodigieusement agacée par les vantardises de Sarah.

— C'est un très beau geste de charité que vous faites, toutes les deux, commenta Janice.

Sarah marmonna un merci et ajouta un jouet dans son chariot. Ne voulant pas être en reste, Mary suivit aussitôt son exemple. Sarah prit alors un jeu de société ; Mary en plaça deux dans son Caddie. Aussitôt, Sarah tendit la main vers un skateboard.

— Vous êtes très généreuses, observa Janice en les regardant faire, les yeux ronds. Vous semblez être… comment dire ? Très motivées ?

Mary hocha la tête.

— Je crois à la solidarité et au partage. Surtout entre habitants d'une même commune.

— Absolument, renchérit Sarah en prenant le dernier camion à pédales encore en rayon.

— Laisse-moi au moins quelque chose à acheter !

Leurs deux chariots étaient déjà pleins à ras bord. Sarah jeta un coup d'œil dans le sien et grimaça un sourire faussement poli.

— Désolée, Mary, mais la petite fille qui veut la poupée Barbie, c'est moi qui l'ai sur ma liste.

— Erreur, puisque je m'occupe des cadeaux. Tu dois te charger des achats de nourriture. Par ailleurs, ce ne sont pas les poupées Barbie qui manquent.

Le regard de Sarah se fit menaçant.

— Tu te moques de moi, je crois ? C'est moi qui ai eu la moitié de liste avec les cadeaux. Je l'ai d'ailleurs là, dans mon sac.

— Mesdames, mesdames, je vous en prie, ne vous énervez pas !

Janice leva les deux mains d'un geste apaisant.

— Est-il vraiment nécessaire de vous chamailler pour si peu ? Laissez-moi jeter un coup d'œil sur vos listes.

— Si vous y tenez, acquiesça sèchement Sarah.

Mary fit l'effort de se montrer plus aimable. Elle ouvrit son sac et sortit son bout de papier.

— C'est une très bonne idée. Voici l'exemplaire qu'on m'a remis.

Janice prit les deux listes, les parcourut brièvement et secoua la tête.

— Vous avez exactement la même ! Ce qui explique pourquoi vous étiez en train de tout prendre en double.

Mary crut qu'elle allait hurler.

— *Quoi ?* Mais c'est impossible, puisque la liste a été coupée en deux sous nos yeux !

— Montre, ordonna Sarah d'une voix sifflante.

Elle lui arracha son bout de papier des mains avec une telle brutalité qu'elle faillit le déchirer.

— Apparemment, on vous a donné deux fois la même moitié, intervint Janice.

Sarah examina les deux papiers.

— Elle a raison.

Mary en aurait pleuré d'énervement. Mais ce n'était pas très étonnant, à la réflexion, si Melody avait commis cette bourde. La secrétaire du club avait été débordée, ce matin-là, et elle avait procédé au partage d'une main distraite tout en continuant à renseigner les gens au téléphone.

— Tu étais censée t'occuper des victuailles, Sarah ! s'emporta-t-elle, à bout de nerfs.

— N'importe quoi ! Il était entendu depuis le début que tu t'en chargeais.

Si Sarah avait décidé de s'illustrer par son obstination et sa mauvaise foi, elle réussissait pleinement. Elle méritait même une médaille. Le regard perplexe de Janice glissait de l'une à l'autre.

— Mesdames, souvenez-vous qu'il s'agit de corbeilles de *Noël.*

Mary adressa un sourire bienveillant à la femme du pasteur. Janice ne vivait que depuis quelques mois dans la région. Et elle ne pouvait pas savoir, bien sûr.

Sarah eut un sourire crispé.

— Janice a raison. Nous ne nous comportons pas de façon très adulte, n'est-ce pas ? J'appellerai Melody demain matin et je récupérerai l'autre moitié de la liste.

Mary secoua la tête. Elle ne tenait pas à laisser le beau rôle à Sarah devant Janice.

— Non, ne te dérange pas. Je m'en charge.

— J'ai dit que je le faisais, insista Sarah, les mâchoires crispées.

— C'est inutile. Je m'en occupe.

Janice s'interposa.

— Je peux peut-être vous aider et le faire à votre place ?

— Certainement pas, non, marmonna Sarah.

Mary réagit plus poliment mais avec autant de fermeté.

— Merci, c'est très gentil, mais nous allons nous arranger.

Janice les considérait l'une et l'autre d'un air de plus en plus effaré.

— Vous en êtes certaines ?

— Absolument, répondirent-elles avec un ensemble parfait.

— Très bien, mesdames. Alors je vous laisse à vos bonnes œuvres.

Du coin de l'œil, Mary suivit Janice. Dès que la femme du pasteur fut hors de portée d'oreille, Sarah déclara d'un ton conciliant :

— Tu peux aller la chercher, la liste, si tu veux.

Naturellement, elle cédait maintenant. En faisant mine de lui accorder une concession majeure ! Mary soupira ; cette histoire de liste en double ne leur facilitait pas la tâche.

— Il me faudra du temps pour faire ces courses.

— Et alors ?

— C'est évident, non ?

Pas pour Sarah, apparemment.

— Il faudra reporter notre rendez-vous au matin du 24, expliqua-t-elle patiemment.

— La veille de Noël ?

— Oui, le 24 décembre est généralement considéré comme la veille de Noël, en effet.

Sarah fit mine d'ignorer ses sarcasmes.

— Très bien. Retrouvons-nous à 9 heures. Et nous déposerons les corbeilles dans la foulée.

— Parfait.

— En attendant, montrons-nous raisonnables et partageons les jouets. Je pourrais garder ceux destinés aux filles et toi prendre ceux pour les garçons ?

Sans un mot, elles remirent chacune en rayon la moitié du contenu de leur chariot. Mary n'était pas spécialement ravie de se conformer à une suggestion émise par Sarah. Mais il fallait reconnaître que, pour une fois, son idée tenait debout.

— Bon, alors, à mardi 9 heures ? conclut-elle après avoir reposé sa dernière poupée.

Sarah acquiesça sèchement et s'éloigna. Pressée d'en finir, Mary se hâta vers les caisses et choisit la queue la moins longue. Il lui fallut un moment pour s'apercevoir que Sarah attendait dans la file voisine. Pour se donner une contenance, elle prit un magazine, le feuilleta rapidement, puis le jeta dans son chariot.

Sarah plaça deux magazines dans le sien.

Mary décida qu'au point où elle en était elle pouvait se faire un petit plaisir et s'acheter une barre de chocolat. En la plaçant dans son caddie, elle jeta un rapide coup d'œil à Sarah. Et la surprit à prendre un échantillon de toutes les friandises disponibles sur le présentoir. Refusant de se laisser damer le pion, Mary en sélectionna *deux* de chaque.

Sarah émit une exclamation sourde et vida le contenu d'une corbeille entière dans son chariot. Jetant un regard circonspect autour d'elle, Mary constata que deux hommes les observaient avec insistance. Un peu plus loin, une femme chuchotait quelque chose à l'oreille de son compagnon en pointant discrètement le doigt dans leur direction.

Une fois de plus, elles avaient réussi à se donner en spectacle.

Les carnets de Noelle McDowell

Dimanche 22 décembre

Ce matin, j'ai accompagné mes parents et Carley à l'église. Et j'ai eu plaisir à retrouver les vieilles traditions familiales. La musique d'orgue était belle et a fait refleurir une brassée de souvenirs de mes Noël d'enfant à Rose. J'aurais voulu être plus attentive au sermon, mais pas moyen de me concentrer. Pendant toute la durée de l'office, mes pensées ont dérivé vers Thom.

Nous avons enfin pu nous expliquer et c'est un immense soulagement pour moi. Mais je me demande si notre discussion n'a pas créé plus de problèmes qu'elle n'en a résolu. Nous avons décidé de nous retrouver tout à l'heure. A 1 heure de l'après-midi, plus exactement. Nous sommes conscients l'un et l'autre que nous ne pouvons pas laisser les choses en l'état. Mais Thom ne sait pas plus que moi où cette histoire va nous mener.

Une chose reste certaine : je suis émerveillée qu'après dix années passées dans le doute et le ressentiment ma confiance en Thom soit de nouveau intacte. Ce qui ne facilite pas la décision, cela dit. J'ai peur d'être en train de retomber amoureuse de lui. A supposer que j'aie un jour cessé de l'aimer… Mais tant d'obstacles se dressent entre nous. La seule solution vraiment raisonnable serait que nous en restions là. Mais je ne suis pas certaine que ce soit encore possible. Car nous avons commis une erreur hier soir : nous nous sommes embrassés.

S'il n'y avait pas eu ces baisers entre nous, je pense que j'aurais eu le courage de serrer la main de Thom et de m'éloigner sur un « Salut, bonne chance et sans rancune ! » Mais le courant d'attraction était fort et nous nous sommes retrouvés dans les bras l'un de l'autre. Ce qui nous a plongés dans un drôle de dilemme. J'aurais préféré découvrir que les baisers de Thom avaient perdu le pouvoir de me subjuguer. Mais tout le contraire s'est produit. Rien n'a changé entre nous sur ce plan-là. Je suis aussi chancelante, troublée et éblouie qu'à seize ans. Et, franchement, cela me fait peur.

Les baisers de Thom ont résonné partout en moi. De la tête aux pieds en passant par toutes les étapes intermédiaires. Thom l'a senti aussi et je crois qu'il est aussi perdu que moi. Très vite, entre nous, l'intensité est montée. Et nous avons reconnu l'un et l'autre qu'il était plus prudent de nous arrêter là. A présent, l'heure est venue de décider si nous avons encore quelque chose à vivre ensemble.

J'ai senti le moment précis où Thom s'est ressaisi, a remis de la distance, s'est coupé de moi. Et j'ai fait de même de mon côté. Après cela, nous avons été très polis, très courtois. Nous nous sommes félicités d'avoir dissipé un vieux malentendu et d'avoir remis la situation à plat. Thom affichait une attitude désinvolte, comme si notre histoire était morte et enterrée depuis longtemps et qu'il ne nous restait plus qu'à reprendre tranquillement nos parcours respectifs. J'ai joué le jeu, moi aussi, et prétendu comme lui à l'indifférence. Mais alors que je regagnais ma voiture, il m'a rattrapée en courant pour me demander si je voulais qu'on se retrouve au centre commercial aujourd'hui pour reparler « de tout ça ».

J'avoue que j'ai sauté sur l'invitation sans me faire prier. J'aurais peut-être dû me montrer un peu moins enthousiaste, Mais je me suis jetée sur l'occasion de le revoir au moins encore une fois.

5

L'achat des derniers cadeaux avant Noël constituait une excuse idéale pour s'éclipser de la maison parentale. Et Noelle n'hésita pas à s'en servir. Sa mère était partie Dieu sait où et son père était absorbé par un match de foot à la télévision. Quant à Carley, elle était bouclée dans sa chambre et papotait avec ses amies sur internet.

Noelle passa dans le séjour et fit signe à son père qu'elle partait.

— Je vais faire un tour, papa.

Les yeux de Jake McDowell ne quittèrent pas l'écran.

— Tu vas retrouver Thom ?

— Euh…

Son père leva la main.

— N'en dis pas plus. Que veux-tu que je raconte à ta mère si elle me pose la question ?

— Que je suis partie faire des courses… Comme nous nous retrouvons au centre commercial, ce ne sera qu'un demi-mensonge.

— Elle n'a pas besoin d'en savoir plus.

Noelle embrassa son père sur la joue. Le regard toujours rivé sur la mêlée à l'écran, Jake sortit des clés de la poche de son jean.

— Je n'ai pas besoin de ma voiture. Prends-la, si tu veux.

— Merci, papa.

Cette fois, le regard de son père quitta le téléviseur pour venir sonder le sien.

— Tu es amoureuse de ce garçon, Noelle ?

Elle fit oui de la tête. C'était la vérité. Même si elle aurait préféré pouvoir la nier. Y compris pour elle-même.

— C'est bien ce que je craignais, murmura son père.

Les paroles paternelles continuèrent à résonner dans sa tête tandis qu'elle roulait vers le centre commercial. Depuis le moment où Thom et elle s'étaient séparés, la veille, elle n'avait vécu que dans l'attente de ce second rendez-vous. Ils avaient fait la lumière sur le passé et ils savaient désormais qu'aucun des deux n'avait trahi l'autre. Mais tant de questions encore demeuraient sans réponse ! Il leur fallait du temps pour réfléchir, pour faire le point sur les éventuelles conséquences s'ils reprenaient leur histoire là où ils l'avaient laissée dix ans plus tôt. Aucun rapprochement ne s'était opéré entre leurs deux familles — ou, plus précisément, entre leurs deux mères. Mais d'autres aspects de la situation avaient changé, en revanche. Elle ne ressemblait plus en rien à la jeune fille de dix-huit ans, idéaliste et naïve qu'elle avait été une décennie plus tôt. Et Thom avait pareillement gagné en maturité.

Il lui fallut vingt bonnes minutes pour trouver à se garer. Comme tout le laissait prévoir, le centre commercial était noir de monde. Une chorale en tenue victorienne s'était groupée devant la vitrine d'un grand magasin et enchaînait les chants de Noël. Noelle se serait bien attardée à les écouter, mais elle avait déjà perdu beaucoup de temps et craignait de faire attendre Thom une fois de plus.

Se hâtant dans le centre commercial surchauffé, elle le trouva déjà installé dans l'aire de restauration. Il se leva à son approche.

— Je ne suis pas en retard, au moins ?

— Non, non, ne t'inquiète pas. Mais j'ai pensé qu'avec le raz-de-marée humain qui déferle ici aux alentours de Noël il valait mieux que j'arrive en avance, si on voulait être sûrs d'avoir une table.

Thom avait toujours été prévenant. Comme il posait son café

et lui présentait une chaise, elle se débarrassa de son manteau et le posa sur son dossier.

— Tu veux qu'on déjeune ici ?

Elle secoua la tête.

— Personnellement, je ne pourrais rien avaler. Mais toi, tu devrais sans doute manger quelque chose.

Depuis le réveil ce matin, elle avait l'estomac noué. Thom la considéra avec sollicitude.

— Tu n'es pas malade, au moins ?

— Non. C'est juste la culpabilité.

Autant qu'il le sache, après tout. L'anxiété n'avait cessé de la travailler depuis leurs baisers au clair de lune de la veille. Elle savait qu'il était ridicule, à son âge, d'agir en cachette de sa mère comme une gamine de quinze ans. Cela dit, son père ne faisait pas mieux, puisque M. Sutton et lui se fréquentaient dans la plus parfaite clandestinité depuis des années ! Mais elle avait toujours eu horreur de la dissimulation et du mensonge.

— La culpabilité ?

— Je n'aime pas mentir.

— Alors, dis la vérité à ta mère.

Formulé ainsi, cela paraissait d'une simplicité biblique. Mais Thom, lui, n'avait pas besoin d'inventer des prétextes chaque fois qu'il sortait de chez lui. Il ne vivait plus chez ses parents. Ni ne séjournait chez eux à Noël, comme c'était le cas pour elle. Il n'avait pas à rendre des comptes à sa mère chaque fois qu'il avait envie de s'absenter cinq minutes.

— Et toi ? Tu as annoncé à tes parents que nous nous sommes revus ? risposta-t-elle.

Il eut un demi-sourire un peu penaud.

— Non.

— C'est bien ce que je pensais.

— Tu boiras bien un café, quand même ?

Noelle ne fit pas de commentaire sur la manœuvre évidente pour changer de sujet.

— Oui, je veux bien.

Thom se leva pour aller commander et elle resta à l'attendre, les yeux perdus dans le vague. Elle avait compté les minutes en attendant ce moment. C'était à peine, d'ailleurs, si elle avait fermé l'œil durant la nuit. Mille fois, elle avait laissé défiler leur conversation dans sa tête. Quant à leurs baisers, elle les avait tous revécus un à un, le cœur troublé et le corps tremblant. Qu'ils aient levé le malentendu qui les avait séparés dix ans plus tôt lui apparaissait comme un miracle. Un vrai miracle de Noël. Si seulement un second prodige pouvait survenir sous la forme d'une réconciliation spectaculaire entre Mary Sutton et Sarah McDowell !

Lorsque Thom revint avec leurs cafés, elle serra la tasse brûlante entre ses paumes. Elle avait eu chaud en traversant le centre, mais une soudaine sensation de froid s'insinuait en elle. Elle se mordit la lèvre.

— Je… je ne sais pas par où commencer.

— Tu pourrais déjà me dire pourquoi tu es restée absente de Rose pendant dix ans ? demanda-t-il à brûle-pourpoint.

— Parce que je ne me sentais pas la force de rentrer. Au début, j'ai inventé plein d'excuses pour rester à Dallas. Puis, au bout de quelques années, c'est devenu une habitude. D'autant plus que mes parents et mes deux sœurs adorent venir me voir au Texas. Les paysages ont une beauté très particulière, en tout point différente de ceux d'ici… Et on y trouve des magasins formidables.

Thom se mit à rire.

— Et tu as quelqu'un de particulier dans ta vie ?

— J'ai de bons amis.

— Hommes ou femmes ?

Elle hésita.

— Femmes.

Elle vit le visage de Thom se détendre.

— Tu ne fréquentes quasiment pas d'hommes, alors ?

— Bien sûr que si ! Je sors tout le temps. Enfin… « tout le temps » est un grand mot, bien sûr. Mais j'ai été fiancée quelques mois. Et toi ?

— J'ai failli me marier par deux fois.

Avant même de connaître un seul détail de ces deux histoires, Noelle sentit la jalousie flamber en elle.

— Avec qui ?

Sa réaction parut convenir à Thom. Il se renversa contre son dossier et allongea les jambes devant lui en croisant les chevilles.

— Tu ne les connais pas. Et c'est moi qui pose les questions. Tu pourras me cuisiner plus tard.

— *Qui* a dit que tu étais prioritaire ? Si je comprends bien, tu es devenu un homme à femmes tout de suite après m'avoir plaquée.

Le visage grave de nouveau, Thom se pencha pour lui prendre la main sur la table.

— Je ne t'ai jamais plaquée, Noelle.

Elle avait juste voulu le taquiner. Mais sa réflexion manquait de délicatesse. Et elle était injustifiée, surtout.

— Je sais, je suis désolée. J'ai mal choisi mes mots.

Thom serra ses doigts entre les siens.

— Tu crois que c'est ce qui est arrivé à nos deux mères ? Un choix de mots malencontreux ?

— Je ne suis pas certaine de saisir ce que tu cherches à me dire, admit-elle, sourcils froncés.

— C'est une idée qui me vient à l'instant. En t'adressant à moi, tu es retombée dans tes vieux schémas de pensée. L'espace d'une seconde, j'étais de nouveau pour toi ce que j'ai été dix années durant à tes yeux : l'homme qui t'avait trahie. C'est seulement quand tu as fini de parler que tu as réalisé que tu te trompais.

Thom avait raison. Les mots étaient venus d'eux-mêmes. Ils avaient glissé de ses lèvres par pur automatisme.

— Nos mères se comportent probablement de la même manière. Après toutes ces années, elles sont prisonnières d'un schéma qui consiste à dénigrer l'autre. Et il devient de plus en plus difficile de casser cette habitude.

Noelle n'était pas certaine de partager son avis. Elle savait que sa mère avait à peu près tout essayé pour mettre fin au conflit.

Et que Mary avait repoussé toutes ses tentatives de rétablir des liens amicaux.

— Honnêtement, Thom… je ne crois pas que ce soit une bonne idée de parler du conflit entre nos deux familles.

— Pourquoi ?

— Parce que c'est le sujet piège par excellence. Tu veux défendre ta mère et moi, la mienne. Et comme leurs positions sont irréconciliables, ça tourne forcément au vinaigre. D'ailleurs, n'était-il pas question des femmes qui ont tenu une place dans ta vie après mon départ de Rose ?

Il rit doucement.

— A t'entendre, on pourrait penser qu'il y en a eu des bataillons.

Elle fit mine d'être choquée.

— Comment ça ? Tu veux dire qu'elles ne se comptent même pas par douzaines ?

— Pas vraiment, non. J'ai envisagé le mariage avec deux d'entre elles. Et il y en a eu quelques autres que je voyais plus ou moins régulièrement. Et toi ?

— Tu n'arrêtes pas de me poser cette question. Bon, O.K. : Paul était programmeur et nous travaillions, lui et moi, au sein de la même entreprise spécialisée dans la création de software. C'était une époque où le secteur était très dynamique, très porteur. Et nous étions gagnés par l'euphorie ambiante.

Elle ne gardait que des bons souvenirs de Paul, dont elle avait apprécié l'intelligence et la sensibilité. Mais l'attachement entre eux avait été celui de deux bons camarades que rien ne liait hormis leur projet professionnel commun. Et elle avait été la première à en prendre conscience. Lorsqu'elle avait mis fin à leurs brèves fiançailles, ils s'étaient séparés sans drame et sans heurts. Aujourd'hui encore, Paul et elle étaient restés de grands amis.

— Après le lancement de « Rideau », notre nouveau logiciel, le rideau est tombé aussi sur nos projets de mariage, précisa-t-elle en souriant de son mauvais jeu de mots.

— Il n'y a eu que ce type dans ta vie ? demanda Thom.

— Tu as l'air déçu ?

Elle lui en avait déjà beaucoup trop dit. Alors qu'il n'avait pas lâché un seul mot sur les deux femmes qu'il avait failli épouser.

— Ecoute, par rapport à ce que nous disions tout à l'heure au sujet de nos mères, je me demande si…

— Je n'ai pas envie de parler d'elles, Thom.

— Nous ne pouvons pas faire éternellement l'impasse sur les sujets qui fâchent.

— Peut-être pas, non. Mais rien ne justifie non plus que nous leur donnions la priorité sur tout le reste.

— Nous n'avons pas parlé *que* d'elles.

Noelle secoua la tête.

— Mais regarde-nous ! Cela ne fait pas un quart d'heure que nous nous sommes retrouvés et déjà nous sommes irrités et sur la défensive. C'est sans espoir, Thom. Il y a trop de passif entre nous.

Elle était prête à renoncer et à mettre fin à la rencontre. Mais Thom la retint.

— Bon, d'accord, nous laisserons nos deux mères en dehors de la conversation.

Un silence tomba. Comme si, pour le coup, ils n'avaient plus rien à se dire.

— Je m'attendais tout le temps à recevoir la nouvelle que tu t'étais marié, finit-elle par murmurer. Mais je ne parvenais pas à me résoudre à poser la question. C'est idiot, je suppose.

Comme lorsqu'une carie se faisait sentir et que rendez-vous devait être pris chez le dentiste. Même si on savait qu'il fallait y passer, on n'était jamais très pressé de s'exposer à la roulette.

— De mon côté, j'ai toujours pensé que tu te marierais avant moi.

Noelle rit doucement et secoua la tête.

— Rappelle-toi que nous avons un autre sujet à aborder aujourd'hui. Quelle option choisissons-nous pour l'avenir de notre relation ?

Elle commença par la moins attirante — même si elle était de loin la plus simple à mettre en œuvre.

— Première possibilité : nous échangeons une poignée de main cordiale, nous nous réjouissons d'avoir fait la lumière sur un épisode douloureux de notre passé et nous repartons chacun de notre côté.

Noelle laissa passer un temps de silence et guetta la réaction de Thom. Mais l'expression lisse de son visage ne trahissait rien de ses pensées.

— Nous pourrions en rester là, en effet… Ou alors…

Il se tut pour lui jeter un regard interrogateur.

— Renouer notre amitié ?

Thom se renversa contre son dossier.

— C'est une solution qui me convient assez.

Noelle partageait ses inclinations.

— Mais, comme tu l'as souligné tout à l'heure, la question de nos mères reste irrésolue.

C'était elle, maintenant, qui remettait sur le tapis le sujet qu'elle avait voulu bannir de leur conversation quelques minutes plus tôt. Mais penser y échapper était illusoire. Ils étaient ramenés en permanence à cette histoire de vendetta maternelle.

Thom haussa les épaules.

— Nous n'en serions pas là si ta mère n'avait pas emprunté le service à thé de mon arrière-grand-mère. On peut dire que ta mère a empoisonné…

— *Ma mère ?* Je reconnais qu'elle a commis une erreur. Une erreur pas très chouette, même. Mais elle a été la première à l'admettre. Que ta mère ait pu lui en vouloir pendant quelque temps, d'accord, rien de plus normal. Mais de là à se raccrocher à sa rancœur vingt années durant, au lieu de passer outre… Franchement, pardonne-moi de te le dire, mais je trouve ça assez nul.

Le regard de Thom était noir de colère.

— Avoue qu'il faut être de mauvaise foi pour accuser *ma* mère alors que c'est la tienne qui…

Noelle n'était pas d'humeur à entendre un mot de plus sur cette stupide querelle vieille de vingt ans.

— Ecoute, Thom, ce débat stérile ne résoudra rien du tout. Je propose de laisser tomber le sujet définitivement.

— Il n'y a pas que le sujet que tu as l'intention de laisser tomber, je crois ?

C'était une question à laquelle elle n'avait pas envie de répondre. Une question qui sous-entendait que la meilleure solution pour tout le monde serait qu'ils renoncent l'un à l'autre. Les circonstances n'avaient pas changé, au fond. Et cette histoire entre mères ennemies resterait à jamais un obstacle. Essayer d'en faire abstraction était une chose. Mais le problème ne disparaîtrait pas pour autant.

Elle se leva, prit son sac et enfila son manteau. Cette fois, Thom ne tenta pas de la retenir.

— Tu t'en vas, c'est ça ? A la première complication, tu tournes les talons, et salut ?

— Ce n'est pas aussi simple, Thom. Quand j'étais adolescente, je t'avais ouvert mon cœur. A toi, mais aussi à ta famille. Mais aujourd'hui, je ne suis plus une enfant.

— Je ne vois pas le rapport avec le problème qui nous occupe.

— Le rapport, c'est que j'ai aussi les *yeux* ouverts maintenant.

Il parut être sur le point de vouloir répondre. Mais elle n'avait pas le cœur de poursuivre cette discussion. Et Thom, visiblement, n'y tenait pas trop non plus car il la laissa s'éloigner sans un mot.

— Tu peux m'aider à décharger les courses, Greg ?

Encombrée d'une énorme quantité de sacs, Mary Sutton entra en soufflant dans la maison. Son mari était toujours rivé à son téléviseur, le regard fixe, manifestement oublieux du reste du monde. Elle ne comprenait rien au football et la passion qu'il éprouvait à regarder des gens courir derrière un ballon la laisserait à jamais perplexe. Greg tourna brièvement les yeux dans sa direction, puis fixa de nouveau son attention sur l'écran où des individus en tenue ajustée, le visage dissimulé derrière un casque, se bousculaient sur un terrain. Mary pinça les narines. Elle avait toujours trouvé ridicules les grognements, les mêlées et la manie qu'avaient les joueurs d'agripper les parties les plus privées de leur anatomie devant les téléspectateurs.

— Greg, tu as l'intention de m'aider oui ou non ?

Son mari se leva lentement sans quitter l'écran des yeux.

— Ça ne peut pas attendre deux secondes de plus, ma chérie ? L'attaque en est à son troisième down !

Le troisième down ? Elle n'aurait pas été plus éclairée si Greg lui avait parlé en chinois. Mary soupira. Elle n'était pas d'humeur à se quereller avec son mari. A l'écran, on vit un frémissement parcourir la foule. Elle en déduisit qu'un événement crucial venait de se produire sur le terrain. Greg marmonna quelque chose en secouant la tête d'un air défait. Mary fit mine de ne pas l'entendre et sortit récupérer le reste de ses courses dans la voiture.

Quelques instants plus tard, Greg la rejoignit devant le coffre ouvert.

— C'est foutu. On est en train de perdre, annonça-t-il sombrement.

— Tu m'en vois désolée, mon chéri.

Même si elle avait tenté d'insuffler une note de compassion dans sa voix, elle était consciente que son ton manquait de conviction. Jamais elle ne parviendrait à comprendre comment des adultes raisonnablement civilisés pouvaient se mettre dans un tel état pour un simple jeu de ballon.

— Mais qu'as-tu donc tant acheté ? demanda Greg, sourcils froncés, en sortant les derniers sacs du coffre.

— Oh, des tas de trucs… Le projet de corbeilles de Noël patine un peu, précisa-t-elle tristement en suivant son mari à l'intérieur de la maison. Ça ne se passe pas très bien.

— De quel point de vue ?

Perturbée et en colère, elle explosa.

— Tu ne voudras jamais me croire : je me suis encore trouvée nez à nez avec Sarah McDowell !

Même Greg parut surpris.

— Au Wal-Mart ? Ne me dis pas que, là aussi, nous avons perdu notre carte Privilège ?

— Très drôle.

L'horrible duel de chariots au SuperRabais hanterait sa mémoire à jamais.

— Donc, vous vous êtes mieux entendues, cette fois-ci ?

— Je n'irai pas jusqu'à dire ça. Mais j'ai au moins réussi à découvrir d'où vient le problème. Nous avions la même liste, Sarah et moi.

— Pour les corbeilles ?

Mary acquiesça en posant son chargement sur le plan de travail. Le match se terminait. Greg prit la commande à distance pour éteindre le téléviseur. Il ouvrit le premier sac et parut heureusement surpris de le trouver plein de barres chocolatées.

— Hé, sympa ! C'est pour moi ?

Sans attendre sa réponse, il défit l'emballage, dénuda la première moitié de la barre, et prit une bouchée.

— Tu peux toutes les prendre, Greg.

Défaite, elle se jeta sur le canapé. Son mari la suivit dans le séjour et prit place dans un fauteuil.

— Tu ferais mieux de me raconter ce qui s'est passé.

— Qu'est-ce qui te fait penser qu'il m'est arrivé quelque chose ?

Greg émit un petit rire amusé.

— Depuis combien d'années sommes-nous mariés, Mary ? Tu crois que je ne m'en rends pas compte quand quelque chose te préoccupe ?

— Oh, Greg…, gémit-elle. Je me suis encore comportée comme une idiote.

Elle aurait voulu enfouir son visage dans ses mains et sangloter comme une gamine.

— Et qu'est-ce qui a provoqué le conflit, cette fois-ci ?

Mary secoua la tête, répugnant à avouer qu'elle était tombée très bas, une fois de plus. Ce qu'elle avait remarqué depuis le début de leur dispute se vérifiait encore vingt ans plus tard : Sarah McDowell avait le don de faire émerger les aspects les plus sordides de sa personnalité. En présence de sa vieille ennemie, elle devenait une autre. Et elle n'avait aucune affection pour cette Mary-bis, infantile et butée.

— Tu n'as pas envie d'en parler ? insista Greg en lui prenant la main.

— Non. Je voudrais être au fond de mon lit avec la tête sous la couette. Et ne plus bouger, surtout.

Pour comble d'humiliation, la femme du pasteur avait assisté à toute la scène.

— Il faut que je retourne au Century Club demain matin, Greg.

— Encore !

— Pour récupérer la seconde moitié de la liste.

— Et qu'y a-t-il de si important, sur cette liste ?

— Si je le savais, je n'aurais pas besoin d'aller la chercher !

Elle regretta aussitôt sa repartie grincheuse. Mais les misères de l'après-midi l'avaient brisée.

— Je ne sais pas si je te laisserai partir en voiture demain. On annonce des vents verglaçants qui souffleront en tempête.

— Greg, il me *faut* cette liste. J'ai dit à Sarah que je m'en chargeais. J'ai engagé ma responsabilité.

— Dans ce cas, je te conduirai.

— Tu ferais cela ?

Mary se sentait déjà mieux.

— Bien sûr. Je n'ai pas envie de te savoir seule au volant sur des routes glissantes comme des savonnettes.

Son mari finit sa barre chocolatée et retourna dans la cuisine où il fourragea parmi les sacs de courses.

— Tu ne m'as toujours pas dit pourquoi tu avais acheté de pareilles quantités de confiseries ?

Mary tourna les yeux vers les dix poches en plastique pleines alignées sur le plan de travail. Elle frissonna.

— Pour des raisons qui ne méritent pas qu'on s'y attarde.

Greg ne répondit pas, mais elle le vit glisser des barres dans ses poches et dans les manches de son pull. S'il imaginait passer inaperçu, il se trompait. Mais il était parfois bon, dans un couple, de fermer l'œil sur certaines incartades.

Cela dit, on ne pouvait pas fermer les yeux sur tout non plus. Et certaines situations familiales demandaient à être affrontées avec lucidité.

— Je suis inquiète pour Thom, tu sais.

— Inquiète pour Thom ? Pourquoi ?

— Tu l'as vu avec Noelle, hier soir ? Ils ont dansé ensemble.

— Oui, ma chérie. J'ai remarqué.

— Et cela ne te préoccupe pas ?

— Aucunement.

Il glissa encore quelques friandises dans les poches de son pantalon. En imaginant peut-être qu'elle ne remarquerait pas les protubérances.

— Cela *devrait* pourtant te préoccuper, Greg. Elle est gentille, cette fille, c'est vrai. Mais elle tient un peu trop de Sarah, à mon goût. Et elle a prouvé il y a dix ans qu'elle n'était ni stable ni fiable.

— Notre fils est adulte. Et il a la tête sur les épaules. Il est parfaitement capable de prendre ses propres décisions. Je te conseille de ne pas t'en mêler.

Mary était sidérée que son mari lui tienne un discours aussi désinvolte.

— Je ne te comprends pas, Greg ! Comment peux-tu dire ça, après ce qui s'est passé la dernière fois ?

— Tu m'as entendu. Laisse-les tranquilles.

— Mais Thom est…

Greg se contenta de secouer la tête. Elle voulut lui opposer de nouveaux arguments mais ravala sa protestation indignée. A quoi bon ? Les pères étaient moins sensibles que les mères aux questions qui touchaient le cœur. La psychologie n'avait jamais été le fort de Greg. Et ce n'était pas lui qui avait tenu la main de Thom pour essayer de lui remonter le moral pendant ce terrible été où il avait pleuré Noelle. La fille McDowell lui avait broyé le cœur.

Son mari partit en direction du garage.

— Greg ?

— Oui, ma chérie ?

— Remets les barres chocolatées là où tu les as trouvées. Je vais les ajouter dans les corbeilles.

Il marmonna quelques syllabes indistinctes puis soupira :

— Oui, ma chérie.

Thom revint du centre commercial avec un énorme coup de blues. Son appartement ne lui avait jamais paru aussi vide. Le petit sapin de Noël qu'il avait acheté déjà décoré lui parut aussi sinistre que ridicule, sur la table basse, avec ses guirlandes trop étincelantes. Ces fêtes de Noël promettaient d'être les plus déprimantes de toute son existence.

Son attention fut attirée par la petite lumière rouge clignotant sur son répondeur. Pendant une fraction de seconde, il crut que c'était Noelle. Mais avant même d'appuyer sur le bouton « lecture », il réalisa que cela ne pouvait pas être elle.

— Thom ? C'est Jonathan Clarke, disait le message. Rappelle-moi si tu as un moment.

Thom prit son téléphone et composa le numéro que le courtier lui avait laissé. Il s'entendait bien avec Jonathan mais ne le considérait pas comme un ami. Leur relation était plutôt d'ordre professionnel. Il n'aurait sans doute pas rappelé sur-le-champ si Jonathan n'avait pas été le fiancé de Kristen McDowell… Jamais, jusqu'à présent, Jonathan n'avait cherché à le rencontrer dans un cadre extraprofessionnel. Et Thom avait bon espoir que son coup de fil serait lié à Noelle.

Ils échangèrent quelques considérations polies au téléphone, puis décidèrent de se retrouver dans un pub du centre-ville. Jonathan n'avait fourni aucune explication. Mais peu importait à Thom. Tout ce qu'il demandait, c'était une excuse pour sortir de chez lui. Il étouffait, soudain, entre les murs de son appartement. Quelques bières, des décibels et une discussion joviale entre hommes lui remettraient le moral en place. Et même si Jonathan était sur le point de se marier dans « l'autre camp », Thom savait qu'il resterait objectif.

Jon était installé au bar et sirotait une bière brune. Un lamento d'Elvis Presley s'élevait du juke-box. Thom reconnut « Blue Christmas » et songea que la chanson était de circonstance. Jon et lui discutèrent quelques instants du temps, de leur travail et de leurs amis communs. Puis Jon entra dans le vif du sujet.

— Tu dois te demander pourquoi je t'ai proposé de boire un verre ? En fait, je voulais te demander si tu ne m'en voulais pas pour hier soir.

— Parce que vous avez monté un scénario, Kristen et toi, pour m'obliger à danser avec Noelle ? Non, ça ne m'a pas dérangé.

— Je n'étais qu'à moitié d'accord pour le faire. Mais Kristen m'a littéralement harcelé.

Thom sortit son portefeuille pour régler la bière que le barman venait de poser devant lui sur le comptoir.

— Ne t'inquiète pas pour ça. Cela m'a plutôt amusé.

— Si j'ai bien compris, la sœur de Kristen et toi, vous sortiez ensemble, dans le temps.

— Il y a longtemps, oui.

— Et maintenant ?

Thom avala une grande gorgée de bière.

— Il existe des tensions entre nos deux familles.

— Kristen m'en a parlé, oui.

— Tu as de la chance de ne pas avoir ce genre de problème.

Aucun obstacle ne se dressait entre Kristen et Jonathan, songea-t-il avec une pointe d'envie.

— C'est vrai. J'ai de la chance.

Un silence tomba entre eux. Thom ne le jugea pas inconfortable. Jon semblait prêt à parler mais ne cherchait pas pour autant à lui forcer la main.

— Après le bal du Century, nous nous sommes revus pour parler, Noelle et moi, finit-il par confier.

Jonathan opéra un quart de tour sur son tabouret de bar pour lui faire face.

— Et alors ? Comment ça s'est passé ?

— Hier soir ? Bien.

Le sang s'accéléra dans ses veines au souvenir de leurs baisers. Il avait dû puiser au fin fond de ses réserves de volonté pour se résoudre à la laisser partir. D'où sa proposition de la retrouver au centre commercial aujourd'hui. Il lui avait paru plus sage de reprendre la discussion en terrain neutre.

— Et vous vous êtes expliqués, tous les deux ?

— Nous avons essayé, en tout cas.

Thom marqua une pause, en espérant à moitié que Jon continuerait de le questionner. Mais ce dernier garda le silence. Thom soupira. A présent qu'il avait commencé de parler, il avait envie de poursuivre. D'exposer ses doutes et ses hésitations. De préférence à une oreille attentive.

— L'idée de repartir pour un second tour ensemble nous effraie un peu, Noelle et moi, finit-il par admettre. Elle vit et travaille au Texas. Alors que j'ai ma carrière ici, à Rose.

— C'est un peu compliqué. Mais pas insurmontable.

— Il n'y a pas que des questions de logistique.

Il reprit sa chope et but longuement.

— Cela peut paraître loufoque, mais nous avons un problème de mères, Noelle et moi. Elle a tendance à défendre la sienne. Et moi, la mienne.

— Cela paraît naturel, non ?

Jonathan regarda sa montre et Thom songea qu'il devait l'assommer avec ses problèmes. Si le fiancé de Kristen avait rendez-vous ailleurs avec sa belle, il était peut-être pressé de lui fausser compagnie ?

Mais Jon ne se leva pas pour prendre congé. Il lui annonça au contraire qu'il se mariait en juin et qu'il avait inscrit son nom sur la liste des invités.

— Tu viendras, n'est-ce pas ?

— Avec le plus grand plaisir, répondit Thom avec un enthousiasme un peu forcé.

Puis il réalisa que ce serait une occasion pour lui de revoir Noelle. Et il se sentit, tout à coup, nettement plus motivé.

— Euh… à propos de mariage, Kristen t'a dit que Noelle avait été fiancée avec un type qui s'appelle Paul ?

Jonathan réfléchit quelques secondes puis secoua la tête.

— Pas que je me souvienne, non. Pourquoi ?

— Simple curiosité.

Et simple jalousie, surtout. Noelle lui avait dit que tout était terminé entre le dénommé Paul et elle. Mais plus Thom y repensait, plus son scepticisme grandissait. Noelle lui avait paru très pressée de tourner les talons, pendant leur brève conversation au centre commercial. Ses sentiments pour le Paul en question étaient peut-être encore d'actualité, contrairement à ce qu'elle lui avait affirmé.

— Paul…, répéta pensivement Jonathan. Elle ne t'a pas donné de nom de famille ?

Thom secoua la tête.

— Juste le prénom, en fait.

La porte du pub s'ouvrit alors pour livrer passage à Kristen McDowell. Le visage de Jonathan s'éclaira comme un soleil. Il leva la main pour faire signe à sa fiancée.

— Par ici !

Kristen les rejoignit au bar et glissa un bras autour de la taille de Jonathan. Puis elle le salua sans manifester la moindre surprise, comme si sa présence allait de soi.

— Ça va, Thom ? La forme ?

— Pas trop mal, merci… Je crois que des félicitations s'imposent ?

Kristen et Jonathan échangèrent un sourire. Ils avaient l'air tellement amoureux que Thom se sentit résolument de trop. Il prit son pardessus et se prépara à s'esquiver. Mais Kristen lui posa la main sur le bras.

— Ne me dis pas que tu te sauves déjà ! Je viens à peine d'arriver…

Il était sur le point d'expliquer qu'il avait des gens à voir, des endroits où aller. Mais il se ravisa, décidant qu'il serait absurde de mentir.

— Tu es sûre ?

— Absolument !

— Alors, avec plaisir.

Dans l'espoir que la conversation finirait par dériver sur Noelle, Thom leur demanda ce qu'ils voulaient boire. Kristen se percha sur un tabouret entre eux deux et commanda un verre de vin blanc tandis que Jon reprenait une bière. Ils parlèrent un instant de choses et d'autres, puis Jon confessa inopinément :

— En fait, c'est elle qui a voulu que je t'appelle pour te proposer de boire un verre.

Kristen lui donna un coup de coude dans les côtes.

— Tu étais censé garder ça pour toi !

La seconde bière délia la langue de Thom.

— Elle m'a époustouflé la première fois que je l'ai vue, confia-t-il rêveusement.

Jonathan eut un léger mouvement de recul.

— Qui ? Kristen ?

— Non, Noelle.

Kristen parut trouver sa confession à son goût.

— C'est vrai ? Alors tu en pinces encore pour elle, même après toutes ces années ?

— Je n'en sais rien, marmonna Thom.

En vérité, il savait, mais il ne voulait surtout pas l'admettre.

— De toute façon, nous avons la certitude, Noelle et moi, que ça ne peut pas marcher entre nous.

Kristen ouvrit de grands yeux indignés.

— Et pourquoi pas ?

— Nous nous sommes volé dans les plumes au bout de cinq minutes, quand nous avons essayé de discuter cet aprèsmidi.

Jonathan fronça les sourcils.

— Je croyais que vous vous étiez retrouvés hier soir, après le bal ?

— Aussi, oui.

— Autrement dit, vous vous êtes déjà revus deux fois en vingt-quatre heures ?

— Oui, voilà. Et nous avons pu vérifier par nous-mêmes que c'était devenu beaucoup trop compliqué entre nous.

Kristen leva la main pour appeler le barman.

— Mettez donc encore une tournée.

— Je crois que nous avons déjà assez bu comme ça, protesta Jonathan.

Avec un haussement d'épaules, Kristen rectifia sa commande.

— Un café pour ce monsieur, alors. Thom et moi, nous reprendrons la même chose.

Dès que le barman se détourna, elle revint à la charge.

— Je croyais que tu aimais ma sœur ?

— Je l'ai aimée, oui.

Il n'avait pas fini sa deuxième bière que déjà une troisième se matérialisait devant lui.

— Et maintenant ? C'est fini ?

Thom n'avait pas envie de répondre à cette question. La dernière fois qu'il avait admis être amoureux de Noelle, il n'était encore qu'un gamin. Mais il avait tenu tête à ses parents à cause d'elle. Et il avait été prêt à tout lâcher pour l'épouser. Dire qu'il l'aimait était un euphémisme. Il était fou d'elle.

— Tu ne connais pas la réponse à ma question ? insista Kristen.

— Je la connais, si. Mais elle ne m'enchante pas.

— Ce qui signifie ? demanda Jonathan à Kristen.

— Pour moi, cela veut dire qu'il est toujours amoureux de Noelle.

Brusquement, comme si le souvenir lui revenait à l'instant, elle s'écria :

— Hé ! N'oublie pas que son anniversaire tombe le jour de Noël.

Comme s'il avait besoin qu'on le lui rappelle ! Il ne se passait jamais un Noël sans qu'elle ne revienne se glisser dans ses pensées.

— Elle est moins attachée à moi que je ne le suis à elle, admit-il dans un murmure.

Kristen toussota.

— Ah oui, vraiment ?

Deux bières avaient suffi pour qu'il livre son âme. Et tout cela pour rien, car Noelle avait cessé de l'aimer. Deux misérables bières suffisaient à le transformer en loque sentimentale prête à verser sa larme dans le verre suivant.

Ecœuré, il leva les yeux de sa bière.

— C'est la vérité, malheureusement. Tu lui as posé la question, au fait ?

Kristen soutint son regard avec l'ombre d'un sourire.

— Et toi ? Tu le lui as demandé ?

Les carnets de Noelle McDowell

22 décembre
Après-midi

J'ai tout gâché. L'occasion était pourtant idéale. Idéale pour m'entretenir avec Thom de façon calme et rationnelle. Idéale pour régler nos problèmes sans drame et sans pathos. Mais rien de positif ne s'est produit et j'ai laissé une opportunité privilégiée me filer entre les doigts. Naturellement, j'ai quelques excuses. Mon insomnie de la nuit passée, par exemple. Cette situation inattendue entre Thom et moi a provoqué pas mal de turbulences et je n'arrivais pas à trouver le sommeil. J'étais ballottée sans répit entre l'euphorie et la crainte, le bonheur et l'angoisse. Chaque fois, c'était la même alternance de hauts et de bas, puis le cycle entier se répétait, encore et encore. Je n'arrêtais pas de penser à tout ce que je voulais dire à Thom quand nous nous reverrions le lendemain. Puis je me disais qu'il y aurait peut-être de nouveaux baisers et je m'inquiétais des conséquences.

L'être humain est bizarrement constitué. Comment expliquer que j'aie assez d'intelligence pour créer des programmes informatiques hautement complexes, diffusés dans le monde entier, et que je me comporte comme une abrutie au QI sous-développé dès que je suis en présence de Thom Sutton ?

Maman est rentrée avec d'énormes sacs de courses. Et quand Carley lui a demandé si elle avait trouvé tout ce dont elle avait besoin pour ses corbeilles, j'ai cru qu'elle allait éclater en sanglots. Elle a vaguement marmonné qu'elle avait mal à la tête et a disparu dans sa chambre. Apparemment, je ne suis pas la seule, dans cette maison, à avoir les nerfs à vif. Je serais prête à parier qu'un nouvel incident s'est produit entre maman et Mme Sutton. Ce qui n'arrange en rien mes affaires.

Kristen n'était pas chez elle quand j'ai essayé de l'appeler. Elle ne m'avait pas dit qu'elle comptait sortir, pourtant. J'espérais qu'elle aurait cinq minutes à m'accorder pour que je lui raconte l'épisode au centre commercial avec Thom. J'aurais bien aimé avoir le point de vue de ma sœur sur cette histoire. Kristen est déjà au courant de tout ce qui s'est passé avec Thom depuis que je suis de retour à Rose. Et j'aurais vraiment besoin d'une écoute attentive assortie de conseils éclairés.

Entre Jonathan et elle, tout s'est passé dans l'harmonie la plus totale, comme si leur amour coulait de source. Alors qu'entre Thom et moi c'est tout le contraire. Nous oscillons en permanence entre le vertige et la fureur. J'ai même envisagé un instant de me confier à Carley. C'est dire à quel point je me sens perdue !

Je ne reverrai pas Thom. Et la faute me revient plus qu'à lui. J'ai quitté le centre commercial sans me retourner. Tout est fini entre nous, alors que je ne souhaite pas la rupture. Bien au contraire. Il aurait été en mon pouvoir de transformer la situation, pourtant. Mais j'ai manqué de courage. J'aurais pu retourner vers lui en courant et le supplier de ne pas mettre une croix sur nous. Pas après le chemin que nous avons fait pour nous retrouver.

Mais j'ai été trop lâche, trop stupidement orgueilleuse. Et je sens que je n'ai pas fini de le regretter.

6

— Ce n'est pas à toi de faire la vaisselle, protesta faiblement Sarah McDowell.

Noelle continua de charger le lave-vaisselle.

— Maman, ne me traite pas comme une invitée. Je me sens encore chez moi, ici !

Avoir les mains occupées la distrayait de ses idées noires, surtout. Tout ce qui pouvait détourner ses pensées de son échec avec Thom était bienvenu. Cent fois, au moins, elle avait passé leur désastreuse conversation en revue. Et cent fois, elle s'était mordu les doigts de ne pas pouvoir réécrire le scénario. Leur seconde tentative pour construire une relation avait échoué avant même de commencer, songea-t-elle en rinçant méthodiquement chaque assiette avant de la placer dans le lave-vaisselle.

— Puisque tu insistes, je te laisse finir, ma chérie. Merci de me gâter ainsi.

Sa mère quitta la cuisine d'une démarche de somnambule et passa dans le séjour, où Jake McDowell était déjà installé devant la télévision. Sarah était revenue de ses courses d'humeur plutôt maussade. Mais Noelle n'avait pas eu le courage de l'interroger sur ses états d'âme. Elle avait le moral trop bas pour supporter d'entendre récriminer contre Mary Sutton. Même Carley Sue semblait fuir le reste de la maisonnée, aujourd'hui. A part pour le dîner où elle avait montré le bout de son nez, elle était restée cloîtrée dans sa chambre. A pianoter sur son ordinateur, d'abord. Puis à emballer ses cadeaux de Noël.

Noelle finissait d'essuyer le plan de travail lorsque sa petite sœur se glissa en catimini dans la cuisine. Carley jeta un coup d'œil dans le salon où leurs parents semblaient absorbés par leur série télé préférée.

— Alors, Carley ? Tu sors enfin de ton antre ! Si tu veux, on peut faire une partie de Yam's, toutes les deux.

Noelle savait que c'était un des jeux favoris de sa sœur. Mais Carley secoua la tête et lui fit signe de la suivre, tout en pressant un doigt sur ses lèvres pour lui recommander la discrétion.

Noelle s'essuya les mains sur un torchon.

— Que se passe-t-il ?

— Chut ! protesta Carley en s'éloignant sur la pointe des pieds.

— Quoi ? Qu'y a-t-il ?

Sans répondre à sa question, sa sœur lui prit la main et la tira d'autorité dans sa chambre. Le spectacle qui l'attendait la laissa un instant sous le choc. Thom se tenait au centre de la pièce, avec un pardessus sur le dos.

— Thom !

— Chut ! chuchotèrent Thom et Carley d'une même voix sifflante.

— Mais qu'est-ce que tu fais ici ? murmura-t-elle, sidérée.

— Tu ne m'avais pas dit que vous aviez échangé vos chambres, Carley et toi.

— Cela remonte à des lustres.

Voir Thom dans la maison familiale lui faisait l'effet d'une hallucination. Lorsqu'ils étaient adolescents, il avait frappé une fois à son carreau et ils s'étaient embrassés, penchés de part et d'autre du rebord de fenêtre. Par miracle, ses parents n'avaient rien entendu. Et aucun voisin ne s'était avisé de les dénoncer.

— Pourquoi es-tu venu ?

— Pour te voir.

Ça, d'accord. Elle l'avait compris. Mais elle avait du mal à cerner les raisons de cette visite tardive.

— J'ai été assez surpris de tomber sur ta petite sœur.

— Ça ne m'a pas trop embêtée qu'il entre ici, intervint Carley. Mais j'ai eu une de ces trouilles quand il a frappé à la vitre !

— Désolé…, marmonna Thom.

Carley fronça les sourcils.

— Tu m'as dit qu'il t'avait fait un coup bas, Noelle. On lui a même envoyé du pop-corn sur la tête. Enfin… on *croyait* que c'était lui, du moins. Car en fait…

Noelle l'interrompit avant que Carley ne leur rappelle l'intégralité de cette scène peu glorieuse.

— Nous nous sommes expliqués, Thom et moi. Nous nous étions mal compris, c'est tout. Il n'y a eu de trahison ni d'un côté ni de l'autre.

Carley noua les deux mains dans son dos et prit appui contre la porte. Elle paraissait fascinée. Et pas le moins du monde pressée de s'en aller pour la laisser seule avec Thom.

Ce dernier toussota.

— J'aimerais te parler, Noelle.

— Ici ? Maintenant ?

Il fit oui de la tête et lui effleura la joue avec tant de douceur qu'elle se sentit chanceler.

— Je suis désolé pour cet après-midi. Nous n'avons même pas parlé du plus important. Autrement dit, de toi et moi.

— Je le regrette autant que toi.

Cédant à la tentation, elle glissa les mains autour de la taille de Thom. Ils s'enlacèrent, se raccrochèrent l'un à l'autre.

— Oh, punaise, c'est romantique…, commenta Carley en ouvrant de grands yeux. Et si vous vous asseyiez, tous les deux ? Je peux vous apporter quelque chose à boire ?

Amusée, Noelle songea que sa petite sœur promettait de devenir une hôtesse exemplaire, à l'image de leur mère.

— Non, ça va. Mais merci quand même.

Thom la serra plus étroitement contre lui.

— Je devrais sans doute m'en aller, mais…

— Non, ne pars pas.

Il aurait été plus simple de retrouver Thom plus tard dans un lieu moins exposé. Mais elle ne pouvait se résoudre à le voir disparaître. Elle avait besoin de le contempler, de le toucher, de le sentir. Maintenant. Sans attendre une seconde de plus.

Elle s'assit à côté de lui sur le bord du lit, et il prit ses deux mains dans les siennes.

— J'ai beaucoup réfléchi sur nous deux, Noelle.

— Moi aussi, se hâta-t-elle de préciser.

— Je n'ai pas envie de te perdre de vue.

— Oh, Thom... Moi non plus ! Je ne comprends pas comment nous avons pu avoir cette conversation, cet après-midi. Comment peut-on désirer une chose et faire tout le contraire ?

— Ce sont les contradictions de l'amour, commenta Carley d'un air averti, du haut de ses treize ans.

Noelle était très consciente de la présence attentive de sa petite sœur, qui ne manquait pas un mot, pas une syllabe, pas un regard échangés. Mais elle n'était même plus en état de s'en soucier.

— Noelle, je sais ce que je veux. Et c'est toi dans ma vie.

— Oh, Thom...

Soudain au bord des larmes, elle se mordit la lèvre.

— C'est encore mieux qu'au cinéma, fit observer Carley avec un soupir de ravissement.

Noelle choisit de faire abstraction de ce dernier commentaire.

— Comment allons-nous faire, pour nos familles, Thom ?

Ils ne pouvaient nier que, tôt ou tard, l'inimitié entre Sarah et Mary leur poserait un problème. Thom prit son visage entre ses paumes.

— Je me suis posé la question, bien sûr. Je n'ai pas de réponse pour l'instant, mais nous trouverons une solution.

— Hou ! là, là ! ça va être compliqué ! intervint Carley.

Si sa petite sœur avait eu la délicatesse de quitter la pièce, Thom et elle se seraient embrassés. Et ils auraient rapidement oublié tous leurs problèmes.

— Peut-être nous faut-il accepter l'idée que nos mères nous feront la guerre, quoi qu'il arrive.

Thom n'avait pas l'air très optimiste. Noelle réfléchit un instant.

— Et le service à thé ? Je sais qu'il est irremplaçable, mais nous pourrions peut-être en trouver un qui lui ressemble ? Avec un peu de chance, ta mère accepterait un compromis ?

— Je n'en suis pas certain du tout. Ce n'était pas un service à thé ordinaire. Il avait une valeur hautement symbolique. D'ailleurs, je doute que nous en trouvions une réplique.

— Je sais. Mais si nous en dénichions un qui aurait au moins des airs de famille avec l'original, ce serait déjà un premier pas. Et à partir de là, les choses pourraient s'arranger petit à petit.

Thom n'eut pas l'air très convaincu.

— Peut-être…

— Tu penses qu'il y aura moyen de te renseigner sur le style, la forme, les principales caractéristiques ?

Il haussa les épaules.

— Je peux toujours essayer.

— S'il te plaît, Thom… Si tu pouvais même trouver une photo, ce serait parfait.

Ils s'enlacèrent de nouveau et Noelle ferma les yeux, savourant la sensation de ses bras vigoureux autour d'elle, humant l'odeur saine et masculine de sa peau. Sa vie entière avait basculé. L'idée de retourner au Texas et de retrouver ses habitudes là-bas lui paraissait soudain contre nature. Pendant des années, elle avait fui sa ville natale à cause des souvenirs douloureux qui y étaient liés. Mais maintenant, elle savait que son avenir était là. Passé et futur se rejoignaient désormais à Rose.

Ils se regardaient avec des yeux brillant de promesses lorsqu'un coup bref fut frappé à la porte. Thom et elle s'écartèrent d'un bond. Carley étouffa un cri en portant la main à sa bouche.

— Le placard ! Vite ! chuchota Noelle en poussant Thom dans le réduit.

Elle avait à peine refermé la porte lorsque sa mère fit son entrée dans la chambre. Noelle se demanda qui d'elle ou de Carley avait l'air le plus coupable. Sa petite sœur regardait le plafond d'un air faussement détaché. Et elle se tenait debout, les bras ballants et le feu aux joues.

— Je venais juste vous dire que j'allais me coucher, annonça Sarah.

Elle n'avait rien remarqué d'anormal, à en juger par son attitude.

— Bonne idée, approuva Carley, avec un sourire affreusement crispé.

Noelle passa un bras autour des épaules de sa mère et la poussa en direction de la porte.

— Tu as raison. Il ne faut pas que tu t'épuises. Avec l'approche de Noël et tout ça…

Leur mère sourit tendrement.

— Cela me fait chaud au cœur de vous voir ensemble, toutes les deux. Tu as toujours été comme une seconde mère pour Carley, quand elle était petite.

Carley poussa un gémissement horrifié.

— Maman, arrête !

— J'ai toujours pensé que tu te marierais jeune, Noelle, et que tu aurais une maison pleine d'enfants, poursuivit Sarah d'une voix empreinte de nostalgie. Tu te souviens comme tu jouais inlassablement avec ton régiment de poupées ?

Pas un mot de cette conversation ne devait échapper à Thom. Noelle aurait voulu disparaître sous terre.

— Je suis sûre que tu ferais une maman merveilleuse, ma Noelle…

— Merci, maman. Mais tu devrais aller te coucher, maintenant.

— Bonne nuit, mes grandes filles.

Le soupir de soulagement de Carley fit écho au sien. Elle s'apprêtait à délivrer Thom de son placard lorsque la tête de sa mère réapparut dans l'embrasure.

— Au fait, Noelle, tu as des projets pour demain matin ?

— Rien de spécial, non. Pourquoi ? demanda-t-elle d'une voix plus pointue que la normale.

— J'aurai peut-être besoin de ton aide.

— Si c'est dans mes cordes, je te donnerai un coup de main avec plaisir.

— Tu es un ange.

Là-dessus, leur mère referma la porte et disparut. Pour de bon, cette fois. Au bout d'un moment, Thom entrouvrit son placard de quelques centimètres et jeta un coup d'œil dans la pièce.

— C'est bon ? Je peux ressortir ?

— Le danger semble écarté, oui.

L'expression de Carley se fit pensive.

— Vous voulez que je sorte faire le guet ? Pour que vous puissiez être un peu tranquilles, tous les deux ?

Elle jeta un regard en coin à Thom.

— J'ai l'impression qu'il a envie de t'embrasser depuis le moment où il est entré dans cette pièce. Et puis je le trouve plutôt mignon.

Noelle sourit.

— Je suis de ton avis. Et pour répondre à ta première question : oui, un moment d'intimité serait très apprécié.

Avec un clin d'œil pour Thom, Carley fila vers la porte.

— Bon, je vais aller voir ce que fabrique papa.

Dès l'instant où ils furent seuls, Thom la prit dans ses bras. Noelle gémit doucement et s'ouvrit pour accueillir ses baisers. Ils se perdirent dans l'univers moite et coloré où leurs désirs naissants se conjuguaient pour croître et s'affoler. A l'exception du bref épisode dans le parc, ils ne s'étaient pas embrassés ainsi depuis une éternité. Et pourtant rien ne lui parut aussi familier que leur intimité physique. Comme s'ils étaient restés accordés par-delà le temps et l'espace qui les avaient séparés.

— Au fond, il n'y a jamais eu que toi, chuchota-t-il.

Elle perçut le bouleversement dans sa voix.

— Je sais. Oh, Thom… Pour moi aussi, tu as toujours été le seul.

Il l'embrassa encore. Et encore. Avec une passion qui faisait écho aux sentiments qui bouillonnaient dans ses veines et lui brûlaient le cœur.

— Qu'allons-nous devenir, Thom ?

— Je propose que nous commencions par suivre ton idée. Mettons-nous à la recherche d'un service à thé en argent plus ou moins identique à l'ancien, annonça-t-il avec une soudaine fermeté. Puis nous l'offrirons à ma mère et nous lui dirons que tout cela commence à bien faire, et que l'heure de la réconciliation a sonné.

— Et si nous ne trouvons pas de service semblable ? Ou si elles refusent de démordre de leurs positions, même une fois le service acheté ?

— Tu t'inquiètes trop, Noelle.

Relevant les cheveux qui lui tombaient sur les yeux, il lui embrassa le bout du nez.

— Et tu te poses trop de questions.

Lorsque son mari la rejoignit dans la chambre conjugale, Sarah était au lit, adossée contre ses oreillers, et lisait un roman policier unanimement encensé par la critique.

— Tu étais bien silencieuse, ce soir, commenta Jake en déboutonnant sa chemise.

— Tu trouves ?

Elle fit mine de se replonger dans son livre, mais son attention ne cessait de dévier. C'était la quatrième fois qu'elle relisait le même paragraphe. Et elle aurait été incapable de dire de quoi il était question dans ce premier chapitre. Chaque mot semblait réveiller en elle le souvenir d'une amie perdue vingt ans plus tôt.

— Tu n'as pas été toi-même depuis que tu es revenue, cet après-midi, avec tous ces gros sacs de courses.

Sarah fit mine de ne pas avoir entendu sa remarque.

— Je suis passée dire bonne nuit aux filles avant d'aller me coucher. Tu ne trouves pas qu'elles sont mignonnes, toutes les deux, à s'adorer comme ça ?

— Tu t'écartes du sujet fit observer Jake. Et pas très subtilement.

De guerre lasse, Sarah posa son roman sur la table de chevet. Vu son état du moment, elle ne rendait justice ni à l'auteur ni à elle-même. Elle tendit la main vers l'interrupteur mais renonça à éteindre et retomba lourdement contre ses oreillers.

— Je me suis retrouvée face à Mary au rayon jouets, aujourd'hui.

— *Encore ?*

— Encore, oui. Et ça ne s'est pas tellement mieux passé que l'autre fois, au SuperRabais.

— La rencontre a été aussi catastrophique, tu veux dire ?

— Presque. Nous nous sommes comportées comme deux mégères. Une véritable horreur.

Jake rit doucement.

— Je suppose que cet épisode avec Mary n'est pas étranger à la présence des deux cents barres chocolatées stockées au fond du congélateur ?

— Tu as vu ?

Il acquiesça d'un signe de tête.

— Qu'est-ce qui fait que vous en arrivez systématiquement à de telles extrémités, toutes les deux ?

Effondrée, Sarah secoua la tête.

— Si seulement je le savais ! Je *hais* ce conflit, cette agressivité entre nous ! S'il ne tenait qu'à moi, ce serait fini depuis des années. Mais Mary refuse d'entendre raison.

Son mari ne réagit pas à cette affirmation.

— Tout se passait très bien jusqu'au moment où on nous a forcées à collaborer sur ces fichues corbeilles. Avant cela, elle m'ignorait et je l'ignorais.

Jake toussota.

— Tu l'*ignorais*, tu dis ?

Sarah choisit de ne pas répondre à sa question.

— Je suis sûre que c'est Melody Darrington qui a monté ce complot ! Oui, voilà ! Plus j'y pense, plus je suis persuadée qu'elle l'a fait exprès !

— Melody ? Ce n'est pas la secrétaire du club ?

— Comme si tu ne connaissais pas Melody ! C'est la jolie blonde qui nous a vendu les billets pour le bal.

— Je n'étais pas là quand tu es allée les chercher, lui rappela Jake en se couchant à côté d'elle.

— Mais tu vois de qui je veux parler.

— Si tu le dis…

— Je le dis. Et maintenant, écoute-moi, car je crois que je viens de mettre le doigt sur l'origine de mes ennuis. C'est Melody qui m'a assuré que je ne pouvais louer le club pour Kristen que si je m'acquittais d'une tâche d'intérêt collectif.

— Oui, je me souviens. C'est comme ça que tu t'es trouvée embringuée dans cette histoire de corbeilles.

— C'est Melody, toujours, qui a choisi le projet en question. Alors que j'aurais pu faire quantité d'autres choses, elle m'a imposé celui-ci. Elle a également décrété qu'il fallait que je fasse mes heures cette année. Ce qui, à bien y réfléchir, est parfaitement absurde.

— Et pourquoi voudrais-tu que cette Melody cherche à te nuire ?

— C'est ce que j'aimerais comprendre, justement.

Jake lui jeta un regard sceptique.

— Je crois que tu te fais des idées, là, ma chérie.

— Ce que tu ne sais pas encore, c'est qu'elle nous a donné à toutes les deux la même moitié de liste !

Tant de « coïncidences » accumulées finissaient par devenir *très* suspectes. Bouillonnant d'indignation, Sarah repoussa les couvertures et se leva d'un bond. Les mains sur les hanches, elle foudroya son mari du regard. A l'évidence, Melody ourdissait une machination contre elle.

— Hé, je n'ai rien fait, moi ! protesta Jake.

— Qui a dit que je t'accusais ?

Gagnée par une colère croissante, Sarah arpenta la chambre.

— Si c'est une blague, elle est de mauvais goût. C'est le coup le plus tordu, le plus vicieux qu'on m'ait fait depuis…

— Tu ne crois pas que tu t'emballes un peu vite, ma chérie ? Cela me paraît tiré par les cheveux, ton histoire. Tu n'as aucune preuve.

— Oh ! si, j'en ai, des preuves ! Tiens, le fait même qu'elle ait photocopié cette liste, par exemple ! Alors qu'il lui aurait suffi d'y mettre un coup de ciseaux.

— Elle avait peut-être besoin d'un double. Tu m'as dit toi-même que c'était le chaos dans son bureau, ce jour-là, et que le téléphone sonnait sans relâche.

— Peut-être. Mais ce n'est pas une excuse pour faire ce qu'elle a fait.

— C'est contre toi-même que tu es en colère, Sarah. Plus que contre cette Melody.

La vérité de cette affirmation lui fit l'effet d'une claque en pleine figure. Son indignation retomba d'un coup et elle se laissa choir sur le lit pour s'allonger à côté de son mari.

Pendant un long moment, ils demeurèrent couchés côte à côte sans rien dire. Puis Jake alluma la radio et ils écoutèrent une très belle version de « Douce Nuit, Sainte Nuit ». Les voix étaient si claires, si angéliques, que Sarah en eut les larmes aux yeux.

— Plus que deux jours avant Noël, murmura-t-elle.

— Et l'anniversaire de Noelle aussi.

Son mari sourit.

— Tu te souviens de notre première année de vie commune ? C'est tout juste si nous avions les moyens d'acheter un sapin, et il n'était évidemment pas question de mettre des paquets dessous. Et pourtant tu as réussi à me faire ce cadeau incroyable : notre petite Noelle.

— Et pour notre second Noël, je t'ai annoncé que Kristen était en route, compléta-t-elle avec tendresse. Du coup, nous nous sommes offert mutuellement une machine à laver d'occasion.

Dans les premières années de leur mariage, ils avaient bataillé pour joindre les deux bouts. Mais ils n'avaient jamais été aussi heureux qu'à cette époque.

Jake sourit.

— Nous étions pauvres comme Job, tu te rappelles ? Jamais un dollar devant nous.

— Mais on s'en fichait.

— Complètement, oui, acquiesça Jake en lui passant un bras autour des épaules. Et tu te débrouillais comme un chef.

Tu avais même tricoté des chaussettes pour les filles, l'année où Noelle a eu quatre ans.

— Ce n'est pas moi qui les avais tricotées, rectifia-t-elle tristement. C'est Mary.

— Mary ?

— Tu ne te souviens pas ? Elle tricotait et j'étais la pâtissière du duo. Et on procédait à des échanges.

— Mais oui, c'est vrai. Vous aviez mis au point un super système de troc.

— Si nous n'avions pas alterné les gardes d'enfants, nous n'aurions jamais eu une seule soirée tranquille, toi et moi.

Ils avaient eu l'habitude, une fois par mois, de confier les filles pour la nuit à leurs meilleurs amis. Une faveur qu'ils retournaient tout aussi périodiquement à Mary et à Greg. Cet échange de services leur avait sauvé la vie, à l'époque. Jake et elle n'auraient pu se permettre de prendre une baby-sitter. Sans Greg et Mary, ils n'auraient jamais eu une seule soirée en tête à tête. Et même si leurs sorties n'avaient rien eu d'extravagant, ils avaient adoré disposer de quelques moments de liberté à deux.

Sarah soupira.

— Tu ne voudras peut-être pas le croire, mais elle me manque toujours, Mary. Même après toutes ces années, j'ai encore la nostalgie de notre amitié.

— Je le sais bien…, murmura Jake en resserrant la pression autour de ses épaules.

— Si seulement je n'avais pas emprunté ce fichu service à thé.

— Tu voulais rendre service à Cheryl.

— C'est ce qui a tout déclenché, oui. Mais je n'aurais pas dû dissimuler la vérité à Mary. Si je lui avais dit d'entrée de jeu que ce n'était pas pour moi, il n'y aurait pas eu conflit.

— Et pourquoi avoir tenu ta langue ?

Elle avait eu des années pour réfléchir à cette question.

— Parce que Mary n'aimait pas Cheryl. Je pensais qu'elle était jalouse, à l'époque. Maintenant… je ne sais plus.

Sarah avait gardé un souvenir précis des circonstances qui

avaient entouré le clash. Comme Cheryl lui avait prodigué généreusement conseils et suggestions dans son nouveau métier, elle avait eu envie de lui être utile à son tour. Elle était donc allée voir Mary pour lui demander si elle accepterait de prêter son service pour une journée portes ouvertes. Son amie avait hésité longuement avant d'accepter. L'ayant sentie réticente, elle n'avait pas osé préciser qu'elle ne le voulait pas pour elle, mais pour Cheryl.

— Je me souviens de ton état de panique lorsque nous avons appris que le service avait été volé.

— A qui le dis-tu !

Aujourd'hui encore, elle en avait l'estomac noué. Affronter Mary pour lui annoncer la disparition du service avait été l'épreuve la plus redoutable, la plus mortifiante qu'elle ait jamais traversée. Quelques mois après ce drame, Cheryl avait trouvé un emploi dans une autre agence. Et elles s'étaient rapidement perdues de vue.

— J'ai longtemps gardé l'espoir que Mary finirait par passer l'éponge.

— Tu n'étais pas la seule à le souhaiter.

— Je m'en veux par rapport à toi, mon chéri, chuchota-t-elle en abandonnant la tête contre son épaule.

— Pourquoi me dis-tu cela ?

— Parce que vous étiez de si bons amis, Greg et toi.

— C'est vrai.

— Tu te souviens que vous jouiez au golf ensemble ?

— Je me souviens, oui.

— Je me demande si Greg est toujours amateur de golf.

— Je le vois au club de temps à autre.

— Et il te parle ?

— Ça lui arrive.

Sarah éprouva un certain réconfort à l'apprendre.

— Ça me fait plaisir, Jake.

— Et moi donc !

Là-dessus, son mari l'embrassa et ils oublièrent un instant le reste du monde.

*
* *

A deux jours de Noël, le bureau de Thom tournait au ralenti avec seulement quelques rares employés présents. Dispensant son assistante de toute autre tâche dans l'immédiat, il lui confia la mission de repérer les antiquaires de la région dans un rayon de cent cinquante kilomètres.

Puis il appela son père.

— Papa ? J'ai une question : tu peux me dire tout ce que tu sais au sujet de l'ancien service à thé de maman ?

— Ce que j'en sais ? Il nous a été volé, rappelle-toi.

Thom eut un mouvement d'impatience.

— Je ne vois pas comment j'aurais pu l'oublier !

— Alors pourquoi cette question ?

— J'avais envie d'offrir à maman un autre service à Noël pour remplacer l'ancien. Et j'aimerais qu'il ressemble d'aussi près que possible à celui de mon arrière-grand-mère.

— Je ne voudrais pas être pessimiste, mais tu ne crois pas que tu t'y prends un peu tard pour un achat aussi compliqué, Thom ?

— C'est une inspiration de dernière minute. L'idée est un peu ambitieuse, c'est vrai. Mais rien n'interdit de faire une tentative quand même.

Interroger son père sous de faux prétextes le mettait mal à l'aise. Mais il était prêt à tout pour réconcilier sa mère avec celle de Noelle.

— Maintenant que tu le dis, je crois qu'on doit l'avoir en photo quelque part, se remémora soudain Greg Sutton.

Thom connut un regain d'espoir.

— Ta mère a cherché à le remplacer pendant des années. Nous ne l'avions pas photographié isolément. Mais il figurait en arrière-plan sur une photo de famille.

Il s'en souvenait, maintenant. Ses parents avaient fait agrandir le cliché pour obtenir une vue plus détaillée du service.

— Tu l'as toujours, cet agrandissement ?

— Il me semble qu'il doit être quelque part à la maison, oui. J'imagine que tu en as besoin rapidement ?

— Tu as tout deviné.

— Ecoute, j'ai promis de conduire ta mère au Century Club, ce matin, puis de l'aider à faire ses courses. Pourquoi ne pas profiter de notre absence pour passer récupérer la photo ?

— Super ! Tu as une idée de l'endroit où je pourrais la dénicher ?

Son père réfléchit un instant.

— A priori, elle devrait être dans le dernier tiroir de mon bureau. J'ai un paquet de vieilles photos là-dedans.

— Tu as d'autres suggestions, au cas où elle n'y serait pas ?

Un second silence pensif tomba sur la ligne.

— Si elle n'est pas dans mon bureau, jette un œil dans la sacoche en cuir de ta mère. Il lui arrive encore à l'occasion d'aller faire un tour dans des brocantes ou chez de petits antiquaires. Mais elle n'a plus beaucoup d'espoir, à vrai dire. Les gros négociants en objets anciens ont la photo du service ainsi que nos coordonnées. Et ils nous appellent dès qu'ils ont quelque chose de vaguement similaire.

— Et vous avez reçu beaucoup d'appels ?

— Quelques-uns seulement en vingt ans. A chaque coup de fil, ta mère était tellement excitée et fébrile qu'elle n'en dormait plus de la nuit. Mais ce n'était jamais le bon, hélas. Elle a été affreusement déçue chaque fois.

Thom n'était pas certain que Noelle et lui auraient plus de succès. Mais il était déterminé à mettre toutes les chances de leur côté.

— Bonne chance, mon grand.

— Merci pour tous ces renseignements, papa. Et à demain.

Il appela Noelle sur son portable tout de suite après avoir raccroché. Elle répondit à la première sonnerie.

— Noelle ? murmura-t-il, le cœur réchauffé par le son de sa voix. J'espère que tu es libre pour te livrer à quelques recherches ?

— Oui, c'est bon. J'ai dit à ma mère que je ne pourrais pas l'aider ce matin, finalement, parce que j'avais rendez-vous avec quelques amis.

— Elle ne t'a pas posé de questions ?

— Aucune, non. Mais j'ai senti qu'elle était déçue. J'espère tellement que nous réussirons !

— Et moi donc ! J'ai du nouveau, à propos.

Il lui résuma en quelques mots la conversation qu'il venait d'avoir avec son père. En espérant que la nouvelle stimulerait le moral de Noelle. Mais sa voix rendit un son découragé, au contraire.

— Si tes parents et les miens ont cherché sans relâche pendant toutes ces années et qu'ils n'ont rien trouvé, quelle chance nous reste-t-il, de notre côté ?

— Je n'ai pas dit que ce serait facile. Mais la ténacité paie. Je pense que tu es toujours aussi motivée que moi pour te lancer dans cette recherche ?

— Oui… Oui, bien sûr.

— Parfait. Tu peux me retrouver dans combien de temps ?

— Un quart d'heure.

— Je t'attends devant la maison de mes parents.

Avant de quitter son bureau, Thom récupéra la liste que sa secrétaire lui avait préparée. En la parcourant des yeux, il sut pourquoi il payait Martha à prix d'or. Elle ne lui avait pas seulement donné les coordonnées de tous les antiquaires et brocanteurs de l'Oregon, mais elle avait également listé toute une série de sites informatiques.

Sur une impulsion, il lui accorda le reste de sa journée.

— Rentrez chez vous, Martha. Et passez de belles fêtes de Noël.

Lorsqu'il arriva chez ses parents, Noelle était déjà sur place. Elle descendit de voiture et le rejoignit alors qu'il se garait dans l'allée.

— Salut, Thom, murmura-t-elle doucement.

Il la prit dans ses bras et l'embrassa avec un sentiment d'allégresse.

— Salut, toi.

La clé de la maison était cachée sous une pierre décorative. Il ouvrit la porte et désactiva l'alarme. Noelle et lui pénétrèrent dans le vestibule main dans la main.

Noelle s'immobilisa un instant pour regarder autour d'elle. La dernière fois qu'elle était entrée dans cette maison remontait à la petite enfance. L'endroit ne lui était en rien familier. Tout avait été repeint, réaménagé et décoré à neuf. Mais une ambiance détendue et chaleureuse imprégnait les pièces du rez-de-chaussée. Les meubles du séjour étaient simples et beaux. Des chaussettes tricotées à la main étaient suspendues au-dessus de la cheminée décorée de houx. Une fraîche odeur de résine se dégageait du grand sapin de Noël.

— Ta mère a un goût très sûr. J'aime beaucoup la façon dont elle a aménagé sa maison.

Sa remarque parut faire plaisir à Thom. Il l'entraîna dans le bureau de son père. Le bureau à cylindre en noyer occupait un angle de la pièce. Thom se pencha pour ouvrir le tiroir du bas. Il trouva sans difficulté le paquet de photos dont son père lui avait parlé. Noelle se pencha pour regarder par-dessus son épaule pendant qu'il les compulsait rapidement. Il se demanda si elle se rendait compte à quel point il était heureux de la sentir ainsi abandonnée contre lui — en confiance. Il aurait été tentant d'oublier ce fichu service, de se retourner pour la prendre dans ses bras et de l'embrasser jusqu'au vertige...

— La voilà ! s'écria-t-elle triomphalement alors qu'il passait — un peu trop vite — sur une photo en noir et blanc.

Avec un petit rire surexcité, elle la lui prit des mains et examina un instant l'agrandissement.

— Il était magnifique, en effet, commenta-t-elle avec un petit soupir.

— Il *est* magnifique, rectifia-t-il en mettant l'accent sur le temps présent.

Pourquoi il se montrait aussi optimiste, il n'aurait su le dire. Peut-être parce qu'il avait follement envie que ça marche.

Furieusement envie que cette guérilla féroce entre deux ex-amies butées prenne fin une fois pour toutes.

De la poche de son manteau, il sortit la liste établie par Martha et la tendit à Noelle. Elle la parcourut rapidement.

— Bon. Je vais scanner la photo sur l'ordinateur de Carley et l'envoyer par mail à toutes ces adresses. On verra bien ce que ça donne.

— Super. Mais avant que tu l'envoies, je vais faire une copie pour montrer la photo aux antiquaires et aux bijoutiers du coin. Ils pourront peut-être m'orienter.

— Oh, Thom... Tu ne peux pas imaginer ce que cela représenterait pour moi, si nous parvenions à réconcilier nos mères.

Ils s'embrassèrent, et rien n'aurait été plus facile alors que de se laisser couler, les yeux clos, dans l'eau claire de leurs baisers, de tout oublier dans l'euphorie émerveillée du désir retrouvé. Les lèvres de Noelle étaient douces, à peine hésitantes sous les siennes. Elle l'attirait jusqu'au vertige, elle gratifiait tous ses sens. Aucune femme, jamais, n'avait éveillé sa libido comme Noelle — sans rien faire d'autre que le regarder avec cette lumière éblouie dans les yeux. Il ne savait quasiment rien de sa vie présente. Ils n'avaient que très peu parlé de leurs études, de leurs carrières, de leurs passions, de leurs opinions respectives. Mais cela n'avait pas d'importance. Il *connaissait* Noelle. La fille qu'il avait aimée au lycée était devenue une adulte belle, désirable et compétente.

— Quand tu m'embrasses, j'oublie tout le reste, murmura-t-elle avec un petit rire effaré.

— Si ça peut te rassurer, j'ai le même problème.

Avant de quitter la maison parentale, Thom prit soin de tout remettre en place. Et il pensa même, in extremis, à réactiver l'alarme. Après avoir photocopié l'agrandissement à son bureau, il remit l'original à Noelle. La photo d'origine donnerait de meilleurs résultats au scanner que la copie.

Ce fut l'heure, alors, de se séparer sur le parking devant la voiture de Noelle.

— Il vaut mieux que je retourne à la maison pour ne pas

attirer de suspicion. J'essaierai d'attendrir Carley sur notre sort pour qu'elle me confie son ordinateur un moment.

— Entendu. Je te laisse les recherches virtuelles. Pendant ce temps, je vais faire fonctionner mes jambes et mener l'enquête selon les bonnes vieilles méthodes traditionnelles.

Noelle ouvrit sa portière mais se ravisa juste avant de monter en voiture.

— Et si nous ne trouvons pas de service de remplacement, avant la date de mon retour au Texas ?

Thom n'était pas d'humeur à envisager cette possibilité maintenant.

— Nous mettrons d'autres stratégies en place. Il y a *toujours* des solutions.

— Tu veux qu'on se rencontre à minuit au parc ? lui chuchota-t-elle à l'oreille.

Thom rit doucement.

— J'ai passé l'âge où l'on retrouve ses petites amies en cachette, mademoiselle McDowell.

— Ton âge vénérable ne t'a pas empêché de te glisser dans ma chambre, hier soir, en passant par la fenêtre.

C'était exact. Mais son besoin de la voir *sur l'heure* avait pris le pas sur toute autre considération.

— Je t'aime, Noelle.

Voilà. C'était dit. Il avait mis son cœur entre ses mains. A elle, maintenant, de décider si elle l'accueillait ou non.

Des larmes brillèrent dans les yeux de Noelle.

— Je t'aime aussi. Je n'ai jamais cessé de t'aimer, en fait.

— Même quand tu me haïssais ?

Elle émit un rire tremblant.

— Oui, même et y compris quand je te haïssais.

Les carnets de Noelle McDowell

23 décembre
11 heures

Mes émotions fluctuent. Violemment, même. Tantôt j'ai le moral plus bas que terre, tantôt je flotte sur un petit nuage. Là, je suis dans une phase nuage — pour ne pas dire septième ciel. Thom a réussi à obtenir une photo du service à thé ! Nous nous sommes promis d'en trouver un qui soit le plus approchant possible de l'original. Comme je le disais à Thom, j'attends un miracle de Noël (je n'avais jamais réalisé que j'étais aussi sentimentale). En temps normal, l'idée même de miracle me paraît grotesque et puérile, mais je commence à changer d'avis sur la question. Comment refuser de croire que les miracles arrivent alors que nous en avons vécu un, Thom et moi ? Nos retrouvailles ne tiennent-elles pas elles-mêmes du prodige ?

Juste avant de nous séparer ce matin, il m'a déclaré qu'il m'aimait. Dire que je l'aime aussi est un euphémisme. Je n'aurais pas été aussi affectée par ce que j'estimais être sa trahison, si je n'avais pas éprouvé pour lui cet amour inconditionnel, qui semble tissé jusque dans les fibres les plus intimes de mon être.

Maintenant, tout ce qu'il nous reste à faire, c'est de garder le secret vis-à-vis de nos mères jusqu'à ce que nous ayons mis la main sur un nouveau service.

La tâche risque de tourner au marathon. Mais nous serons à la hauteur.

Pour le moment, nous cherchons chacun de notre côté. Carley se sert encore de l'ordinateur pendant dix minutes et ensuite je l'aurai à mon entière disposition. J'ai pour mission de scanner la photo qu'il a trouvée chez ses parents et de l'envoyer à tous les antiquaires en ligne. Thom, lui, écume les brocanteurs sur place. Il a aussi quelques achats de Noël à faire. Nous nous retrouverons donc plus tard dans la journée.

En principe, je devais déjeuner avec Kristen et Jonathan, mais j'ai dû annuler. Ma sœur ne s'est pas formalisée. Au contraire, même. Elle exultait lorsque je lui ai dit que nous étions de nouveau ensemble, Thom et moi. Apparemment, elle a contribué encore plus activement à notre réconciliation que je ne l'avais cru au premier abord. Je lui dois une fière chandelle.

Le service à thé promet d'être difficile à trouver. Plus difficile encore que je ne le croyais. Mais nous devons essayer. Car ma religion est faite : je crois désormais aux miracles. La semaine dernière encore, j'étais une grande sceptique. Mais, aujourd'hui, j'ai la foi et, comme chacun sait, cela suffit à soulever des montagnes.

7

— Combien de dindes est-ce qu'il nous faut, tu dis ?

— Six, répondit Mary après avoir vérifié sur sa liste.

Faire ses courses en hypermarché un 23 décembre était plus cauchemardesque encore qu'elle ne l'avait imaginé. Non seulement toutes les allées étaient pleines, mais la plupart des rayons avaient été dévalisés. Se battre pour remplir son chariot au milieu d'une foule d'acheteurs harassés était la dernière chose à laquelle Mary aspirait un 23 décembre. Elle se promit fermement que, l'année prochaine, elle laisserait quelqu'un d'autre se charger des corbeilles de Noël.

Elle se fraya péniblement un chemin jusqu'au rayon légumes.

— Pendant que tu y es, prends-moi six grands sacs de pommes de terre.

— Tu ne deviendrais pas un peu autoritaire, par hasard ? grommela Greg.

— Désolée. Mais c'est parce que je n'ai qu'une hâte : sortir de cet enfer. Je ne supporte pas de faire mes courses au milieu d'une cohue pareille.

— Pourquoi ne pas avoir confié la tâche à Sarah McDowell, alors ? Tu m'as dit qu'elle t'avait proposé de s'en charger.

Mary n'était pas d'humeur à entendre prononcer le nom honni de cette femme.

— Elle n'aurait pas été fichue de le faire correctement.

— Tu ne crois pas que tu es un peu excessive, là ?

— Non.

La réponse était claire, simple et sans appel. Elle voulait en finir une fois pour toutes avec cette histoire de corbeilles et ne plus jamais en entendre parler.

— La coopération avec Sarah a réactivé beaucoup de souvenirs difficiles, précisa-t-elle en voyant que son mari paraissait un peu interdit.

Greg chargea stoïquement trente kilos de pommes de terre dans leur chariot. Dès qu'il se fut acquitté de cette tâche ingrate, Mary se hâta vers le linéaire suivant.

— Mon Noël a été gâché, glissa-t-elle entre ses dents serrées.

— Et en quoi donc ?

— Greg, ne fais pas semblant de ne rien comprendre, s'il te plaît.

Les mâchoires crispées, elle ajouta six boîtes de lait concentré dans le Caddie qui débordait déjà.

— Tu sais bien que j'ai eu affaire à *elle*.

— Oui, mais…

Elle l'interrompit avec un soupir.

— Oublie ce que je viens de te dire. C'est sans importance.

C'était trop demander à son mari que de vouloir qu'il comprenne. Greg n'avait jamais vraiment mesuré à quel point elle avait souffert lorsque Sarah avait détruit leur amitié. Si le service à thé en argent était irremplaçable, l'amitié que sa disparition avait brisée l'était tout autant.

— Tiens, Mary ! J'espérais te voir, justement !

Jeanne Cummings, une collègue responsable de la page mondaine de la *Gazette de Rose*, vint faire rouler son chariot en parallèle avec le leur.

— Joyeux Noël, Greg.

Mary vit la lueur de panique dans les yeux de son mari. Il ne savait visiblement pas à qui il avait affaire, même s'il avait croisé Jeanne à plusieurs reprises.

— Je suis sûre que tu te souviens de Jeanne, Greg ?

— Et comment !, mentit-il en souriant.

— Apparemment, vous avez des invités en nombre, ce Noël, commenta Jeanne en jetant un coup d'œil sur leur chariot.

Mary ne se donna pas la peine d'expliquer les six dindes et les trente kilos de pommes de terre.

— Vous recevez les enfants à Noël, Jeanne ?

— Par chance, nous serons au complet, cette année. Et vous ?

— Ils seront tous là, oui.

Mary avait hâte d'en finir. Elle était pressée, stressée et pas d'humeur à échanger d'aimables banalités. Une fois qu'elle aurait terminé les corbeilles, il lui resterait à préparer le Noël de sa propre famille, et son emploi du temps n'avait jamais été aussi serré. Elle laisserait à Greg le soin de commander les crabes qu'ils mangeaient traditionnellement le 24 au soir.

Mais Jeanne se pencha pour lui demander, en faux aparté :

— Je peux compter sur toi pour me réserver le scoop, au sujet de Thom ?

Mary plissa le front sans comprendre.

— Le scoop au sujet de Thom ?

— Je viens de le voir chez Mendleson.

— Chez Mendleson !

Tout le monde savait à Rose que ce joaillier était spécialisé dans les bagues de fiançailles.

— Thom est de loin le célibataire le plus convoité de cette ville. Je sens qu'il y aura des cœurs brisés en pagaille, lorsque j'annoncerai qu'il a trouvé l'élue de son cœur.

Mary en resta muette. Elle avait déjeuné avec son fils le vendredi précédent. Thom avait vaguement laissé entendre qu'il avait peut-être quelqu'un en vue. Mais de là à penser qu'il était sur le point de faire une demande en mariage ! Comment pourrait-il déjà en être là alors qu'il n'avait même pas de petite amie officielle ?

Ce fut Greg qui prit le contrôle de la situation.

— Si quelqu'un a à annoncer quoi que ce soit, ce sera Thom lui-même, trancha-t-il sèchement.

— Ah, zut ! marmonna Jeanne. Et moi qui espérais que vous vendriez la mèche, tous les deux…

Mary se ressaisit.

— Mes lèvres sont scellées. Joyeux Noël, Jeanne.

La journaliste mondaine leur souhaita d'heureuses fêtes et passa son chemin. Dès qu'elle fut hors de portée d'oreille, Mary agrippa le bras de son mari.

— Tu as parlé avec Thom, récemment ?

— Je l'ai eu au téléphone ce matin. Mais il n'a pas été question de fiançailles.

— Quel cachottier, mon Dieu !… De qui peut-il bien s'agir ?

Elle était horrifiée de n'avoir rien vu, rien remarqué. En tant que mère, elle aurait dû voir venir ce genre de choses de loin.

— S'il avait quelqu'un d'important dans sa vie, il nous aurait mis au courant, décréta Greg avec un haussement d'épaules.

Encore sous le choc, Mary secoua la tête.

— Je m'étais déjà fait la remarque que Thom était différent…

— Ne tirons pas de conclusions hâtives sous prétexte que notre fils est entré chez Mendleson. Rien ne prouve qu'il avait l'intention d'acheter une bague. Il y a sans doute une explication toute bête.

— Si j'en suis là, c'est à cause de Sarah, murmura-t-elle.

Son mari la regarda comme si elle lui parlait une langue étrangère.

— Je ne dis pas cela pour rire, Greg. J'ai été tellement focalisée sur le bazar qu'elle a mis dans les corbeilles que je n'ai pas été suffisamment attentive à mon fils. Je l'ai juste vu vendredi quand nous avons déjeuné ensemble et il a…

Mary laissa le reste de sa phrase se perdre dans un murmure indistinct.

— Qu'est-ce qui ne va pas ? demanda Greg.

Rien n'allait plus, en vérité. Et toute son indignation venait de retomber d'un coup.

— Non, ce ne serait pas juste d'attribuer tous les torts à Sarah. J'ai ma part de responsabilité, finalement.

— Dans quoi as-tu une part de responsabilité ?

Elle avait de la peine à croire que son mari puisse être aussi oublieux, par moments.

— Je te parle de Thom, Greg Sutton ! De ton *fils* ! Avec le recul, je suis persuadée que vendredi dernier, lorsqu'il m'a invitée à déjeuner, il avait l'intention de se confier sur ce projet de fiançailles. Mais j'étais tellement énervée par Sarah que je ne lui ai sans doute pas laissé l'occasion de s'exprimer. Oh, Greg… Comment ai-je pu me comporter de façon aussi égocentrique ?

— Qu'est-ce qui te prouve que ce garçon a des idées de mariage en tête ? Tu ne crois pas qu'il serait plus simple de l'appeler et de lui poser la question ?

— Ah non, surtout pas ! Il aurait l'impression que nous nous mêlons de sa vie privée.

— Je ne vois pas quel mal il y aurait à demander à notre propre fils s'il compte se marier ou non.

— Mais nous gâcherions l'effet de surprise ! Si surprise il y a, du moins.

Greg ne répondit plus rien. Il se contenta de soupirer et poussa le chariot jusqu'à la caisse. Mary suivit le mouvement dans un état second. Dix minutes plus tard seulement, lorsque le coffre de la voiture fut chargé, elle se risqua à exprimer le doute terrifiant qui la tenaillait depuis que Jeanne avait prononcé le nom de Mendleson :

— Et si c'était *elle*, Greg ? Je ne pourrais pas le supporter, si mon fils se mariait avec une McDowell.

Avec un léger haussement d'épaules, Greg mit le contact et manœuvra pour sortir du parking bondé.

— Je doute qu'il y ait motif à inquiétude. Thom m'a toujours paru très hostile, chaque fois qu'il était question de cette fille.

— *Avant*, oui. Mais il n'est plus le même depuis que Noelle est de retour à Rose. Il a dansé avec elle, Greg ! Sous nos yeux, en plus !

— Il a dansé avec la moitié des femmes présentes à ce bal.

Le moteur toussota alors qu'ils approchaient d'une intersection. Mary fronça les sourcils.

— Tiens, qu'est-ce que c'est ?

— Ta voiture a besoin d'une vidange. Je prendrai rendez-vous chez le garagiste tout de suite après les fêtes.

Elle hocha la tête. Son mari s'était toujours chargé de l'entretien de leurs véhicules et elle ne se mêlait jamais de ces histoires de contrôles, de révisions et autres joyeusetés mécaniques. Le raté du moteur lui sortit donc aussitôt de l'esprit et elle s'abîma de nouveau dans sa plus grande angoisse du moment : et si Thom était bel et bien retombé amoureux de Noelle McDowell ?

En fin de journée, alors que les nuages s'amoncelaient à l'horizon et que le mercure chutait vertigineusement, Thom finit par admettre qu'il ne serait pas aisé, tout compte fait, de trouver un substitut valable pour le service à thé de sa mère. Il avait sollicité des amis connaisseurs en antiquités pour leur demander l'adresse de marchands spécialisés dans les objets d'art en argent. Il avait exploré toutes les pistes, interrogé brocanteurs et bijoutiers, utilisé toutes les ressources possibles et imaginables. Ce n'était pas un simple cadeau de Noël qui était en jeu. Il se pouvait que son avenir commun avec Noelle dépende de la réussite de ce projet.

A 19 heures, après une journée épuisante à courir les dépôts-ventes et les magasins d'antiquités, il finit par rentrer chez lui. Bredouille. Sans même prendre le temps d'ôter son manteau, il se précipita sur le répondeur dans l'espoir de trouver un message de Noelle. Il vit de loin que le voyant rouge clignotait. Aussi impatient d'entendre sa voix que curieux de savoir si elle avait abouti dans ses recherches, il appuya sur la touche « Ecoute » après s'être muni hâtivement d'un carnet et d'un stylo.

Une voix féminine haut perchée emplit soudain la pièce de son débit surexcité.

— Salut, Thom, c'est Carley Sue. Tu te souviens de moi ? Je suis la sœur de Noelle. Elle m'a demandé de t'appeler. Enfin, disons qu'elle pensait te téléphoner elle-même, mais je lui ai dit que je pourrais m'en charger, pour une fois, parce que c'est à la fenêtre de *ma* chambre que tu as frappé. Et puis, c'est sur *mon* ordinateur que Noelle a travaillé cet après-midi. Donc elle me doit bien ça.

Thom se mit à rire, si fort qu'il faillit ne pas entendre la seconde partie du message.

— Enfin, bon, voilà… Noelle veut que tu la retrouves au parc, très tôt demain matin. A 6 heures, très exactement. Parce que vous devez rouler jusqu'à Portland dans la matinée. Elle m'a dit que tu comprendrais pourquoi, mais elle n'a pas voulu m'expliquer. Quand tu verras Noelle, tu lui diras que ce n'est pas très sympa de faire des mystères alors que je suis sa sœur. Parce que les sœurs entre elles, ça n'a pas de secrets, normalement.

Carley Sue s'interrompit sur un petit rire.

— Oui, enfin, si je voulais vraiment, je pourrais lui tirer les vers du nez… Bye.

Thom sourit, animé par un soudain regain d'énergie. Les recherches de Noelle avaient été plus concluantes que les siennes, apparemment.

Un second message suivait le premier.

— Thom, c'est moi. Je voulais m'assurer que Carley avait bien transmis l'intégralité de mon message. Si tu es d'accord pour passer me prendre au parc demain matin, pense à faire le plein avant de partir. Au cas où tu aurais d'autres projets, passe-moi un coup de fil sur mon portable.

Il y eut un petit temps de pause puis, de nouveau, la voix douce de Noelle :

— Ne te berce pas trop d'espoir, surtout. J'ai trouvé un service à thé qui n'est pas exactement comme celui de ton arrière-grand-mère mais on ne sait jamais… J'espère un miracle de Noël. Une fois sur place, il ne nous restera plus qu'à comparer avec la photo. L'antiquaire est ouvert demain mais seulement jusqu'à midi. D'où la consigne de départ avant le lever du jour.

Je meurs d'envie de te voir ce soir, mais il m'est vraiment très difficile de me libérer. Les obligations familiales… Je crois que tu sais ce que c'est.

Il ne risquait pas de les oublier, en effet. Un troisième message suivait les deux premiers. Incroyable, comme on s'intéressait à lui, aujourd'hui. Cette fois, ce fut la voix soucieuse de sa mère qui se fit entendre.

— C'est moi. Maman… Je suis tombée sur une amie du journal, aujourd'hui, et elle m'a dit qu'elle venait de te voir chez Mendleson. Ce… ce n'était tout de même pas pour acheter une bague de fiançailles, Thom ? Dis-moi, mon grand, que ce n'est pas avec la petite McDowell que tu comptes partager ta vie ? Rappelle-moi vite, s'il te plaît. Je me fais un souci d'encre et j'ai besoin d'être rassurée. Je ne voudrais pas que tu commettes une erreur qui engagerait le reste de ton existence.

Thom leva les yeux au ciel. Voilà qui était typique de la vie dans les petites villes. Impossible de faire un pas sans que la moitié de la population soit au courant. Ainsi, sa mère avait été informée de son passage chez le bijoutier. Et même avec les mauvaises données de départ, elle avait abouti à la conclusion juste. Oui, il était allé chez Mendleson. Et oui, c'était bien « la petite McDowell » qui avait reconquis son cœur.

Alors, que faire ? L'idéal serait d'aborder la question avec un confident sûr qui comprenait la situation et connaissait tous les protagonistes. Quelqu'un de discret qui n'aurait que ses intérêts à cœur, qui jugerait sans arrière-pensées, n'aurait aucune chapelle à défendre, aucun préjugé pour l'aveugler.

Et il ne voyait qu'une seule personne susceptible de satisfaire à ces critères : Suzanne, sa sœur aînée. Suzanne avait trois ans de plus que lui et elle était mariée. Rob et elle cultivaient une noiseraie à une vingtaine de kilomètres de Rose. Thom les voyait assez irrégulièrement. Mais il était le parrain de son neveu Cameron.

Il passa un bref coup de fil pour s'assurer que sa sœur était disponible et qu'elle ne demandait qu'à le recevoir. Sans même prendre le temps de s'asseoir, il passa à la cuisine et prit une pomme et un morceau de fromage pour se sustenter en route. Sa sœur aurait peut-être un avis judicieux à lui offrir. Comme une vie pouvait se transformer vite, parfois…, songea-t-il en conduisant dans la nuit froide. Et à Noël plus encore qu'à n'importe quel autre moment de l'année.

Suzanne l'attendait avec une bolée de cidre chaud lorsqu'il entra chez elle en même temps qu'une bourrasque de vent glacé. Rob, lui, était encore au travail, malgré l'heure tardive, car il avait des commandes de dernière minute à préparer. Ses parents étaient propriétaires du verger qu'ils leur avaient cédé en location-vente. Rob et Suzanne travaillaient dur pour gagner leur vie. C'étaient des gens simples, heureux, qui prenaient un réel plaisir à s'occuper de leur plantation. Et Thom s'était toujours fié au sérieux et à la solidité de leurs opinions.

Suzanne lui fit signe de s'asseoir à la grande table en chêne qui trônait au milieu de la cuisine de ferme.

— C'est une surprise de te voir ici un 23 décembre au soir.

— Cameron est déjà couché ? J'espérais le voir au moins cinq minutes pour lui lire une histoire.

— Il pense qu'en se couchant tôt il avance d'autant l'arrivée du Père Noël. Ce n'est pas encore tout à fait clair dans sa tête, tu sais. Mais il n'attend qu'une chose : les cadeaux du 25 au matin.

Suzanne s'assit en face de lui et se servit en cidre à son tour.

— Tiens, Cameron m'a raconté un truc rocambolesque à propos de votre sortie au cinéma de l'autre jour. Il a surtout été question de deux jeunes femmes qui jetaient du pop-corn sur tel ou tel spectateur assis juste en dessous d'elles.

— Je ne sais pas ce qu'il t'a dit exactement, mais son récit a toutes les chances d'être exact. Nous sommes tombés sur Noelle McDowell et sa petite sœur cet après-midi-là, au cinéma.

Suzanne ouvrit de grands yeux.

— *Noelle !* Oh, non… Ça a dû être dur pour toi, j'imagine ?

— Oui et non, en fait.

Il hésita un instant en se demandant jusqu'à quel point sa sœur souscrivait à la politique anti-McDowell en vigueur chez les Sutton.

— Au début, ça ne s'est pas très bien passé. Nous ne nous étions pas séparés en très bons termes, comme tu sais.

— « Au début », tu dis ?

Thom sourit. Sa sœur avait une écoute vigilante.

— Depuis, nous avons parlé. Nous avons élucidé les raisons de notre hostilité réciproque. Et levé quelques obstacles.

Suzanne haussa les sourcils.

— « Levé » jusqu'à quel point ?

— J'aime Noelle, Suzanne. Cela fait plus de dix ans que ça dure. Et ce n'est pas près de changer.

Voilà, c'était dit. Sans hésitation ni ambiguïté.

— Et on peut savoir qui est cette mystérieuse Noelle ? voulut savoir son beau-frère en entrant dans la cuisine.

Rob se débarrassa de son écharpe et de son blouson, et se frotta les mains pour les réchauffer devant le poêle.

— Je t'expliquerai plus tard, promit Suzanne en tendant un bol de cidre à son mari.

— Nos familles ne s'entendent pas, expliqua Thom.

— Et papa et maman sont au courant ?

— Pas encore. Mais une collègue de maman m'a vu entrer chez Mendleson. Maman doit se douter de quelque chose, car elle m'a laissé un message, sur mon répondeur, où elle me suppliait de la rassurer. Sa plus grande crainte, apparemment, est de me voir retomber amoureux de Noelle.

— Tu lui as acheté une bague de fiançailles ?

— La question n'est pas là.

Sa sœur eut un sourire contrit.

— Exact. Tu te demandes ce que tu vas dire aux parents, c'est ça ?

— C'est mon problème du jour, oui.

Suzanne prit une gorgée de cidre puis reposa son bol sur la toile cirée.

— Tu penses laisser passer les fêtes de Noël et leur parler ensuite ?

Thom n'était pas certain de pouvoir garder le silence jusque-là. Sa mère le harcèlerait sans merci et ne le lâcherait pas avant d'avoir obtenu des réponses — et de préférence les réponses qu'elle souhaitait entendre. Il avait besoin d'une alliée et il espérait pouvoir compter sur Suzanne.

— Si ça ne te dérange pas, Thom, je vais commencer par me faire l'avocat du diable, d'accord ?

Il haussa les épaules.

— Je t'en prie. Fais-toi plaisir.

— Mets-toi à la place de maman. La famille de Noelle a fait du tort à la nôtre. Beaucoup de tort. Et maintenant tu voudrais que nos parents ouvrent les bras à Noelle. Et acceptent de se retrouver apparentés avec les McDowell qu'ils détestent.

— Dans la mesure où Noelle est la femme que j'aime, cela ne me paraît pas être une demande irraisonnable.

— L'amour est une chose. Mais le mariage en est une autre. Les familles sont forcément concernées. Comment espères-tu être accueilli par les parents de Noelle ?

C'était un élément du problème sur lequel il avait préféré ne pas se pencher jusqu'à présent. Il savait que Kristen et Carley Sue le soutenaient à fond. Mais de là à imaginer que Sarah et Jake McDowell seraient ravis d'avoir un Sutton pour gendre…

— Lorsque nous avions dix-huit ans, nous étions prêts à lancer un défi à nos deux familles et à nous marier sans leur accord.

— Mais tu n'étais encore qu'un gamin.

— Un gamin amoureux. Et l'adulte que je suis devenu n'est pas moins amoureux qu'avant.

— Et que fais-tu de ta responsabilité envers ta famille ? Du sens du devoir qui devrait être le tien ?

Thom sentait monter une intense frustration.

— Mais c'est *ma* vie, à la fin ! Je ne peux pas renoncer à Noelle uniquement pour ménager les nerfs de maman et ne pas créer de vagues !

— Thom a raison, intervint Rob en finissant de se réchauffer les mains sur son bol de cidre. Je ne sais rien du conflit auquel vous faites allusion. Mais je sais ce que c'est d'être amoureux, en revanche. Et de choisir quelqu'un pour la vie. Si Thom est sûr de ses sentiments pour Noelle, et ça après tant d'années de séparation, j'estime qu'il devrait foncer. On se marie pour soi. Pas pour faire plaisir à ses parents.

Thom ressentit une bouffée de gratitude pour son beau-frère. Un sourire éclaira le visage de Suzanne.

— C'est ce que tu avais envie d'entendre, n'est-ce pas ? Maintenant, mon avis vaut ce qu'il vaut, mais je partage l'opinion de mon mari.

— Merci. Ça me soulage de savoir que vous soutenez ma décision.

Il s'interrompit et secoua la tête.

— Nous avons bien conscience, Noelle et moi, que notre amour risque de créer de gros remous, aussi bien chez les McDowell que chez les Sutton. Mais nous avons eu une idée pour tenter de réconcilier nos parents.

— C'est indiscret de demander laquelle ?

— J'ai couru les magasins d'antiquités et les bijouteries toute la journée. Avec l'espoir de trouver un service de remplacement. Noelle cherche la même chose, mais sur Internet.

Sa sœur fronça les sourcils.

— Je ne voudrais pas vous décourager, mais vous ferez chou blanc.

— Merci pour cette note optimiste ! Mais qu'est-ce qui te fait penser que nous allons droit à l'échec ? Demain matin, nous filons à Portland, où Noelle pense avoir repéré un service à thé très approchant.

— Moi, ça me paraît plutôt encourageant ! commenta Rob. Mais en quoi est-ce que le fait de retrouver ce service résoudra le problème entre les deux familles ?

Suzanne se leva pour passer les bras autour du cou de son mari.

— Il s'agit en fait d'une pièce d'héritage qui appartenait à maman. Je te raconterai toute l'histoire, Rob... Quant à toi, Thom, désolée si je t'ai cassé le moral. Je ne veux pas doucher votre enthousiasme, à Noelle et à toi, mais papa et maman ont remué ciel et terre pendant des années pour retrouver ce service. Ils ont renoncé, maintenant, mais je peux t'assurer qu'ils se sont démenés.

— Donc si nous réussissons, ce sera un miracle de Noël.

— « Miracle » serait le mot, oui. Et je le considérerais comme un heureux présage pour Noelle et pour toi.

— Mais tu penses que nous échouerons.

Suzanne haussa les épaules.

— J'en ai bien peur, oui. Mais on ne sait jamais, après tout. Qui ne tente rien n'a rien.

— Si je demande à Noelle de partager ma vie, tu l'accepteras comme belle-sœur ?

Sa sœur répondit sans une hésitation.

— Bien sûr ! Mais ce n'est pas mon opinion qui pose problème. Cela dit, Rob a raison. C'est ta vie et tu ne dois laisser personne d'autre faire tes choix à ta place. Il va de soi que nous te soutiendrons, quelle que soit ta décision.

Thom prolongea encore un peu sa visite et promit à Suzanne que, quoi qu'il arrive, il passerait Noël en famille avec le clan Sutton au grand complet.

Noelle attendait déjà sur place lorsqu'il arriva à leur lieu de rendez-vous le lendemain. Son cœur battit plus vite dès qu'il la vit de loin. Dans son long manteau blanc, drapée dans une grande écharpe en cachemire, elle avait l'air d'un ange. Un ange de Noël. Cette pensée le fit sourire — même s'il était un peu surpris de se découvrir sentimental.

— Joyeux Noël !

Les yeux de Noelle s'illuminèrent.

— Joyeux Noël, Thom !

Il l'enveloppa dans ses bras et l'embrassa. Portés par un même sentiment d'urgence, ils se perdirent dans l'ardeur de leurs baisers. Thom fut le premier à reprendre pied dans la réalité. Il laissa sa bouche s'attarder sur celle de Noelle tout en imprimant un subtil decrescendo à leurs étreintes.

— Prête à partir ? finit-il par murmurer.

Noelle abandonna la tête contre son épaule.

— J'espère que nous ne ferons pas ce long trajet pour rien.

Saisissant sa main dans la sienne, il l'entraîna vers sa voiture.

— Au pire, nous aurons eu le plaisir de passer la journée ensemble.

Et si leur quête n'aboutissait pas, ils trouveraient le moyen de convaincre leurs mères de s'incliner devant cette réalité incontournable : Noelle McDowell et Thomas Sutton étaient profondément et durablement amoureux.

A 9 heures précises, le 24 décembre au matin, Sarah McDowell avait fini d'emballer ses achats de l'avant-veille. Elle avait hâte d'en finir avec cette corvée de paniers. Ses paquets étaient prêts à être chargés. En moins d'une demi-heure, Mary et elle pourraient assembler les corbeilles et transporter le tout à l'Armée du Salut.

— Tu m'accompagnes au Century Club, n'est-ce pas ? demanda-t-elle à son mari.

Jake leva les yeux de son journal et fronça les sourcils.

— Désolé. Mais j'ai autre chose à faire, ce matin.

Sarah demeura un instant interdite. Elle ne se sentait pas de taille à affronter Mary seule. Surtout après la façon dont leurs deux dernières rencontres s'étaient déroulées. Et elle avait admis comme une évidence que Jake serait à son côté.

— Mais tu es en congé !

— J'ai quelques petits achats à faire, moi aussi. C'est Noël, rappelle-toi.

Sarah tourna un regard plein d'espoir vers sa fille.

— Et toi, Carley ? Je crois que tu n'as rien prévu de spécial, ce matin ?

— Oups ! Désolée, maman. Mais j'ai promis à Miranda que je passerai la voir tout à l'heure.

Ainsi sa famille l'abandonnait au moment où elle se trouvait dans le besoin. Mais Noelle ne devait pas être loin. Et sa fille aînée lui prêterait sûrement assistance.

— Où est passée Noelle, au fait ?

— Elle est sortie, annonça distraitement Carley.

— Déjà !

Carley se contenta de hocher la tête. Sarah vit sa benjamine échanger un rapide coup d'œil avec Jake. Ces deux-là étaient manifestement partie prenante d'un complot dirigé contre elle.

Jake eut au moins la décence de l'aider à charger le coffre du SUV et de placer son matériel de golf sur la banquette arrière. Mais il disparut presque aussitôt après s'être acquitté de cette tâche.

— Eh bien… ça fait plaisir de pouvoir compter sur les siens dans les moments difficiles, marmonna-t-elle en prenant le volant.

La voiture de Mary était déjà sur le parking lorsqu'elle arriva au Century Club. Ainsi Mary Sutton, qui avait souffert sa vie entière d'un problème de retard chronique, démentait sa réputation. Mais Mary était sans doute aussi pressée qu'elle d'en finir avec leur projet. Sur ce plan-là, au moins, elles étaient sur la même longueur d'onde. Elle avait atteint, elle aussi, la limite de ce qu'elle pouvait endurer.

Le vent était si glacial qu'il transperça son épais manteau d'hiver lorsqu'elle descendit de voiture. En écoutant les actualités à la radio, elle avait entendu qu'une tempête de glace balayerait peut-être la région en début d'après-midi. Il ne lui restait plus qu'à prier pour qu'elle n'éclate pas trop vite.

— Joyeux Noël ! lança Melody lorsqu'elle passa péniblement la porte avec quelques-uns de ses plus gros paquets sous le bras.

Sarah marmonna un « Salut » dépourvu d'enthousiasme. Sa journée du 24 décembre ne se présentait pas sous les meilleurs auspices.

— Mary est arrivée et elle t'attend à côté. J'ai appris qu'il y avait eu une confusion au niveau des listes. Je suis vraiment désolée. C'était une matinée complètement folle, tu te souviens ? Le téléphone n'a pas arrêté de sonner.

Sarah hocha froidement la tête. Elle resterait désormais sur sa réserve vis-à-vis de Melody. Cette femme les avait habilement manipulées, Mary et elle, pour les obliger à travailler sur ce projet ensemble. Et elle n'appréciait pas ce genre d'intrusion dans ses affaires privées. Mary n'avait manifestement rien remarqué d'anormal. Mais Mary Sutton n'avait jamais été un modèle de perspicacité.

Sarah ne tenait pas à accuser Melody ouvertement, cela dit. Dans la mesure où elle n'avait pas de preuves, elle préférait adopter un profil bas. Il existait après tout une faible possibilité pour que l'erreur de la secrétaire du club ait bel et bien été innocente.

Sarah poursuivit son chemin jusqu'à la salle de réunion, où Mary avait déjà aligné les corbeilles vides sur une table ainsi que six cartons contenant les ingrédients de base pour un dîner de Noël traditionnel.

Mary haussa les sourcils en la voyant entrer.

— C'est tout ce que tu apportes ?

Le dédain dans la voix de sa vieille ennemie était à peine dissimulé. Sarah fulmina.

— Mais non, ce n'est pas tout. J'ai encore deux autres grands cartons pleins dans la voiture.

Aucune des deux femmes en présence ne se précipita pour lui donner un coup de main. Même si Melody lui proposa de l'aide du bout des lèvres lorsqu'elle la vit retourner vers la porte d'entrée.

— Non merci. Tu en as déjà assez fait comme ça, Melody, lança-t-elle d'un ton lourd de sous-entendus.

— Tu es sûre que tu vas y arriver toute seule ?

Sarah hocha la tête et alla chercher un premier carton.

— Je pensais que tu te ferais aider par l'une de tes filles, commenta Mary avec sa raideur coutumière.

— Carley et Noelle avaient à faire, ce matin.

Alors qu'elle regagnait le vestibule pour faire un dernier trajet jusqu'à sa voiture, elle fut arrêtée net par la question suivante de Mary.

— Noelle n'est pas sortie retrouver Thom, au moins ?

Sarah demeura un instant sous le choc. Elle n'avait pas envisagé cette possibilité. Mais personne, à la maison, ne lui avait précisé où se trouvait Noelle ce matin. Serait-elle allée rejoindre Thom Sutton en cachette ? Noelle n'aurait jamais fait une chose pareille. Pas elle. Pas sa propre fille.

— Absolument pas, non.

Noelle avait déjà assez souffert à cause de ce coureur de Thom. Nul doute qu'elle avait retenu la leçon.

— C'est tout ce que je demande, rétorqua Mary d'un air pincé.

— Noelle est avec des amis… Mais pourquoi cette question ? ne put s'empêcher de demander Sarah.

— Oh, juste comme ça.

Sarah n'en croyait pas un mot.

— Tu diras à ton fils que Noelle a perdu ses illusions à son sujet. Elle ne se laissera pas avoir aussi facilement, cette fois.

— *Quoi ?* Parce que tu insinues que…

— Tu sais très bien ce que ton fils a infligé à ma fille.

— Une fois de plus, ta vision de la situation est hautement fantaisiste, Sarah. Et c'est d'ailleurs un problème récurrent chez toi.

Melody, qui venait d'entrer dans la salle de réunion, s'immobilisa net. Elle les considéra d'un regard effaré.

— Allons, allons, toutes les deux… C'est Noël !

— Oui, et alors ? s'enquit sèchement Sarah.

— Alors, il me semble que c'est le moment ou jamais de faire un effort chacune de votre côté. Il devient urgent d'apporter ces corbeilles à l'Armée du Salut. Nous avons déjà pris du retard. Et mon mari vient de m'appeler pour me prévenir qu'une tempête de glace pouvait se déclencher d'un instant à l'autre. Ce n'est vraiment pas le moment de traîner.

— Je porterai ces corbeilles là-bas à l'heure dite, promit Mary. Enfin… lorsque nous aurons tout ce qu'il faut pour les remplir.

Sarah se hérissa.

— Inutile de me regarder comme ça. Je vais chercher mon dernier carton.

— Nous n'aurions pas pris un tel retard si tu n'avais pas…

Sans attendre le reste de la phrase, Sarah quitta la pièce au pas de charge. De loin, elle entendit Melody marmonner quelque chose au sujet d'une tempête de glace qui aurait déjà éclaté à l'intérieur même du club.

Dès qu'elle serait hors de portée d'oreille, Melody et Mary ne manqueraient pas de chuchoter des horreurs sur son compte. Mais elles pourraient médire tout ce qu'elles voudraient. Elle s'en moquait éperdument, désormais Dès que le mariage de Kristen aurait été célébré, elle déchirerait sa carte de membre. Et adieu le Century Club !

Une fois ses cartons rassemblés en salle de réunion, Sarah étiqueta ses cadeaux avec l'aide de Mary et elles remplirent les corbeilles une à une, en cochant chaque fois la case correspondante sur la liste. Elle avait passé beaucoup de temps à soigner ses emballages. Pour faire plaisir aux familles bénéficiaires, bien sûr. Mais aussi, pour être tout à fait franche, dans l'idée d'impressionner Mary et Melody par son talent et sa créativité. Si on lui en avait donné l'occasion, elle aurait volontiers redécoré les locaux du club de fond en comble pour montrer qu'elle pouvait faire aussi bien que Mary. Non, qu'elle pouvait faire *mieux*.

— J'espère que tu l'as trouvée, ta Barbie pompier, finalement ? demanda Mary.

— Evidemment.

Elles décorèrent chaque corbeille avec des rubans, puis préparèrent cadeaux et provisions en vue du transport.

— Je peux t'aider à charger ta voiture, si tu veux.

Dans la mesure où Mary s'occupait de la livraison et qu'il s'agissait d'un projet commun, Sarah se sentait tenue de proposer son assistance jusqu'au bout. Mary parut surprise mais elle finit par secouer la tête.

— Non, ça ira. Mais merci quand même.

Sarah avait espéré s'esquiver rapidement, mais Melody la retint sur le pas de la porte avec son agenda à la main.

— J'ai quelques questions à te poser au sujet du mariage de Kristen.

— Que te faut-il comme renseignements ?

Melody ouvrit son registre.

— Auras-tu besoin de la cuisine, pour commencer ?

— Je ne sais pas. Nous n'avons pas encore choisi le traiteur. Mais je vais m'en occuper dès début janvier.

— J'ai une liste de traiteurs ici, si ça t'intéresse.

— Je veux bien, oui.

Sarah tenait à offrir à sa fille un mariage hors du commun. Mais alors même qu'elle répondait aux questions de Melody, son esprit vagabonda et elle se surprit à penser à Noelle. Mary avait évoqué une possibilité inquiétante. Or, depuis le bal du samedi soir, Noelle avait multiplié les absences. Le dimanche, elle était allée au centre commercial. Puis le lundi… Ah oui, le lundi, elle avait passé le plus clair de sa journée à pianoter sur l'ordinateur de Carley. Rassurée, Sarah se détendit. Les craintes de Mary au sujet de son fils et de Noelle étaient sans fondement.

Jetant un coup d'œil en direction du parking, elle vit que la voiture de Mary ne s'y trouvait plus. Elle était déjà en route pour l'Armée du Salut, apparemment. Mary avait dû amener son véhicule près d'une entrée latérale pour procéder au chargement. Elle ne l'avait pas vue partir, mais peu importait. L'essentiel, c'était que leur collaboration ait pris fin. Avec un peu de chance, elle n'aurait plus jamais affaire à Mary Sutton.

Les fêtes commençaient enfin.

— Joyeux Noël, Melody. Désolée d'avoir été aussi désagréable, tout à l'heure.

Melody accepta ses excuses de bonne grâce.

— J'ai bien vu que ça n'a pas été facile, pour vous deux. Mais ce qui compte, ce sont les corbeilles. Et les enfants qui en profiteront.

— Je suis d'accord avec toi.

L'humeur de Sarah s'était considérablement améliorée lorsqu'elle referma la porte du club derrière elle pour regagner sa voiture. Ou plus exactement celle de Jake. Son mari avait tenu à lui laisser son SUV. Et elle appréciait d'autant plus que la température avait encore baissé. Tête basse, serrant les pans de son manteau contre sa poitrine, elle courut se mettre à l'abri dans le véhicule.

En quittant le parking, Sarah nota qu'une fine couche de verglas se formait sur la chaussée. Levant les yeux vers le ciel d'encre, elle comprit que la tempête de glace annoncée était devenue une réalité. Et plus tôt encore que prévu. Elle conduisit avec prudence en priant pour qu'aucun obstacle inattendu ne surgisse.

Elle avait parcouru un bon kilomètre et demi lorsqu'elle vit un véhicule arrêté sur le bord de la route. En ralentissant, elle eut la surprise de voir Mary au volant. Son téléphone cellulaire à la main, cette dernière tourna la tête au moment où elle s'immobilisait à sa hauteur. Lorsque le regard de Mary croisa le sien, elle lui fit signe de passer son chemin, déclinant son offre d'aide avant même qu'elle ait eu le temps de la formuler.

Un petit mot de Noelle McDowell

24 décembre

« Bonjour, ma chère Carley Sue,

» Je serai déjà en route lorsque tu liras mon message. Je retrouve Thom tout à l'heure au parc et nous irons en voiture jusqu'à un magasin d'antiquités dans la périphérie de Portland pour voir un service à thé. Kristen sait que je suis avec Thom aujourd'hui mais elle n'est pas au courant de la démarche que nous avons entreprise.

» Pour le moment, je te demande de garder ce secret pour toi. Non, attends — tu peux le dire à papa, si tu veux. En fait, la seule qui ne doit pas savoir, c'est maman. Mais je ne pense pas qu'elle te pose de questions. Elle sera bien trop occupée ce matin avec ses corbeilles à préparer et à livrer.

» Cette confusion autour des corbeilles l'a vraiment mise dans tous ses états. Je t'avoue que je trouve ses démêlés avec Mary plutôt drôles. Et je soupçonne papa d'être aussi amusé que moi.

» Je te confie cette information, petite sœur. J'ai pensé que ton petit cœur romantique et toi apprécieriez d'être au courant.

» Affectueusement,

Noelle. »

8

La voiture avait émis des sons bizarres dès l'instant où Mary avait démarré — les mêmes toussotements que la veille, en fait. Mais comme Greg n'avait pas manifesté d'inquiétude particulière, elle avait cru pouvoir la conduire sans danger.

Erreur.

Le moteur avait commencé par cafouiller, ralentir. Puis, après quelques tressautements de mauvais augure, il s'était tu complètement. Et pas moyen de lui rendre vie. Alors qu'elle avait six corbeilles à livrer de toute urgence à l'Armée du Salut. Et qu'elles avaient déjà pris du retard, s'il fallait en croire Melody. Si elle arrivait là-bas après l'heure de fermeture des bureaux, six familles dans le besoin se verraient privées de leur réveillon de Noël. Non, ce serait trop injuste. Elle n'avait pas le droit de baisser les bras si près du but.

Sortant son téléphone de son sac, Mary composa leur numéro de fixe en espérant que Greg serait à la maison. Elle avait besoin de secours. Et sans tarder. Le téléphone commençait à sonner lorsque Sarah McDowell passa à sa hauteur et ralentit. Mary se mordit violemment la lèvre. Même seule et en panne, elle n'en avait pas moins sa fierté. Elle fit signe à Sarah qu'elle pouvait passer son chemin. Plutôt se débrouiller seule que de recourir à l'aide de cette harpie.

« Il n'empêche que Sarah aurait pu s'arrêter quand même ! » estima-t-elle, choquée en voyant le SUV accélérer et disparaître au loin. N'importe quel être humain doté d'un minimum d'amour pour son prochain aurait pris la peine de proposer ses services. Mais de la part d'une Sarah McDowell, on ne pouvait évidemment rien attendre. Alors qu'elle se prétendait bonne chrétienne, elle était repartie sans hésiter à l'abandonner dans une situation plus que précaire.

En proie à une fureur noire, Mary serra les mâchoires. Que Sarah soit rentrée chez elle en la laissant mourir de froid, passe encore. Mais il restait quand même la question des six corbeilles ! Et Sarah était responsable du projet autant qu'elle. N'avait-elle donc aucune considération pour les familles démunies qui passeraient un réveillon de Noël sans repas digne de ce nom ? Pour ces enfants qui se réveilleraient demain matin sans trouver leur paquet sous le sapin ? La triste vérité, c'est que Sarah s'en fichait. Non seulement d'elle, Mary, mais du monde entier.

Le téléphone sonnait toujours : où diable se cachait Greg ? Soudain, une voix suave s'éleva, débitant un message enregistré :

— Compte tenu de l'encombrement du réseau, nous ne sommes malheureusement pas en mesure de faire aboutir votre appel. Nous nous en excusons et vous prions de réessayer ultérieurement.

— Réessayer ultérieurement ! vociféra Mary. C'est bien le moment, tiens !

Elle tenta de joindre Thom, puis Suzanne. Mais ce fut peine perdue. Les réseaux étaient saturés. Rien ne passait. Elle fourra son téléphone inutile dans son sac, serra les dents et attendit. Le Century Club était situé à la périphérie de Rose et la route de campagne était très peu passante. Un 24 décembre par temps de verglas, elle risquait d'attendre longtemps avant de voir arriver un bon Samaritain providentiel.

— Génial, marmonna-t-elle.

Comment allait-elle faire pour atteindre l'Armée du Salut à temps ? Il se trouverait bien quelqu'un, à la longue, pour s'apercevoir de sa disparition. Mais dans combien de temps ? Quelques heures pouvaient s'écouler avant que Greg ne commence à s'inquiéter sérieusement.

Le chauffage s'était éteint en même temps que le moteur. Et

le froid s'insinuait dans l'habitacle avec une rapidité saisissante. Mary fit un nouvel essai avec son téléphone portable, mais sans plus de succès. Il y avait un problème grave de saturation, à l'évidence. Mais une situation aussi inhabituelle ne pouvait se prolonger très longtemps. Elle luttait pour garder une vue optimiste de la situation. Car une crainte plus angoissante encore que la première commençait à se faire jour : combien de temps pouvait-elle tenir sans bouger, dans une voiture non chauffée, avec des températures extérieures quasi polaires ? Elle se voyait déjà mourir congelée sur place, oubliée et abandonnée un soir de Noël.

Pour contenir une montée de panique, Mary décida de descendre de voiture pour se poster sur le côté de la route. Avec un peu de chance, la réception serait meilleure à l'extérieur. Et si d'aventure un autre automobiliste venait à passer par là, elle serait immédiatement visible.

Se munissant de son téléphone, elle poussa sa portière. Le froid était si intense qu'il la prit directement à la gorge. Les mains tremblantes, elle tenta de rappeler Greg. Mais fut priée une fois de plus de réessayer ultérieurement. Enfonçant les mains dans ses poches, elle attendit ce qui lui parut être une éternité. Puis elle reprit son portable.

Rien. Rien. Rien.

Résignée à attendre un hypothétique automobiliste, elle se recroquevilla dans son manteau.

Cinq minutes passèrent ainsi. Le vent était si glacial qu'elle avait le sentiment que cinq heures entières venaient de s'écouler. Chaque inspiration lui cisaillait les poumons et elle commençait à claquer des dents. Quant à ses pieds, ils devaient d'ores et déjà être gelés, vu qu'elle ne les sentait plus. Ce qui lui apprendrait à mettre des escarpins au lieu d'opter sagement pour une solide paire de bottes d'hiver.

Lorsque enfin une voiture apparut au loin, Mary en aurait pleuré de joie. Greg ne perdait rien pour attendre, en tout cas. Elle l'étranglerait dès qu'elle aurait les mains suffisamment réchauffées pour se servir de nouveau de ses dix doigts. Se postant au milieu de la route, elle leva la main.

Et laissa échapper un grognement dépité. Ce n'était pas un inconnu charitable qui venait lui porter secours, hélas. Elle reconnaissait de loin le SUV de Sarah McDowell. Et elle avait beau se sentir en très mauvaise posture, elle aurait préféré devoir sa survie à n'importe qui d'autre qu'à son ennemie jurée.

Sarah s'immobilisa à sa hauteur et baissa sa vitre.

— Qu'est-ce qui t'arrive ?

Si seulement ses dents ne claquaient pas aussi fort, elle aurait pu répondre avec la morgue requise.

— Ça… ça ne se voit pas, non ? Ma… ma voiture est en panne.

— Quelqu'un vient te chercher ?

— Pas… pas encore, non. Mon portable ne passe pas.

— Je suis là, maintenant. Et je peux livrer les corbeilles.

Mary hésita. Si elle voulait que les familles les reçoivent à temps, elle n'avait pas vraiment d'autre solution sous la main.

— Ce… ce serait sans doute la meilleure chose à faire.

Sarah gara son véhicule juste à côté du sien et elles transférèrent non sans mal les lourdes corbeilles ainsi que les cartons de victuailles dans le SUV.

— Merci, murmura Mary du bout des lèvres.

Sarah hocha sèchement la tête.

— Essaie de rappeler Greg pour voir, suggéra-t-elle.

Mary s'exécuta et attendit en priant pour que la connexion se fasse enfin. Mais, une fois de plus, elle eut droit au message enregistré.

— Ça ne marche toujours pas, admit-elle en s'efforçant de cacher son désarroi.

— Tu veux mon téléphone ?

Sarah avait toujours eu une tendance irritante à penser que tout ce qu'elle faisait, pensait et possédait était par nature supérieur à ce qu'elle-même faisait, pensait et possédait.

— Ça ne changera rien, Sarah.

— Tu ne perds rien à essayer.

Mary admit à contrecœur que c'était vrai. Mais le téléphone de Sarah ne donna pas de meilleurs résultats que le sien. Avoir eu raison ne lui procura aucune satisfaction, en l'occurrence. S'efforçant d'arborer une expression détachée, elle fit signe à Sarah de repartir.

— Tu ferais mieux de livrer ces corbeilles sans attendre.

— Je ne peux pas te laisser là.

Mary se redressa.

— Que… quelqu'un finira bien par passer.

— Ne sois pas ridicule ! Tu es déjà à moitié pétrifiée par le froid. Je ne peux pas te laisser dans cet état.

Sarah en hurlait presque.

— Bon, très bien. Ramène-moi au club, alors. Tu livreras les corbeilles ensuite.

Le regard de Sarah lança des éclairs.

— Tu ne crois pas que tu en rajoutes un peu, là ? Ce serait aussi simple que je te reconduise chez toi.

Mary ne répondit pas. Son silence laissait entendre qu'elle préférait attendre que Greg vienne la secourir plutôt que de s'abaisser à rentrer avec Sarah. Cette dernière finit par céder sur une brève exclamation d'impatience.

— Bon. Très bien. Comme tu voudras.

Mary poussa un soupir de soulagement en grimpant dans la voiture.

— Merci d'être revenue sur tes pas. Je ne sais pas combien de temps j'aurais tenu dehors par ce froid.

Cette fois, ce fut au tour de Sarah de ne pas répondre.

— L'essentiel, c'est que les familles reçoivent leur colis.

— Sur ce point-là, au moins, nous sommes d'accord, concéda Sarah du bout des lèvres.

Mary laissa échapper un second soupir de pur bonheur lorsque sa sauveteuse mit le contact et qu'un souffle d'air chaud vint lui caresser les jambes. Sarah avait raison : elle faisait preuve d'une obstination stérile.

— Si cela ne te dérange vraiment pas, j'aimerais autant que tu me reconduises chez moi.

Sarah tourna la tête vers elle tout en négociant un premier virage sur la petite route de campagne battue par le vent.

— Ce n'était pas si difficile, si ?

Mary fit mine de ne pas comprendre.

— Pardon ?

Mais Sarah n'eut pas le temps de répondre. Elle dérapa sur une plaque de verglas et le véhicule partit sur la voie opposée. Sans adhérence ou presque, Sarah fit ce qu'elle put pour maintenir sa direction.

— Accroche-toi, cria-t-elle.

Le SUV dessina un zigzag échevelé. Sarah tenta de le redresser mais les pneus n'avaient aucune prise sur l'asphalte et la lourde voiture glissait d'un côté à l'autre de la chaussée.

— Oh, mon Dieu…, chuchota Mary.

Sur un dernier tête-à-queue, la voiture plongea et resta le nez piqué dans le fossé. Mary partit en avant et dut se retenir des deux mains au tableau de bord. Dans la voiture silencieuse, une dinde congelée roula hors d'un carton et atterrit dans l'espace entre les deux sièges, la queue pointant vers le toit. Les mains de Sarah toujours crispées sur le volant étaient livides aux jointures. Mary ferma les yeux. Ni elle ni Sarah ne pipèrent mot pendant un bon moment.

— Tout va bien ? Rien de cassé ? finit par chuchoter Sarah.

Mary secoua la tête.

— C'est tout bon. Et toi ?

— Ça va. Mais je crois que j'ai dû me casser trois ongles rien qu'en serrant le volant.

Mary ne put s'empêcher de sourire. Ses ongles parfaitement manucurés avaient toujours été un sujet de grande fierté pour Sarah.

— Tu crois qu'il faudrait sortir de la voiture ?

— L'une de nous deux devrait essayer, oui.

Mary estima que c'était à elle de se porter volontaire. Sarah aurait déjà été au chaud chez elle, après tout, si elle n'avait pas fait demi-tour pour venir la dépanner.

— J'y vais.

— Non, il vaudrait mieux que ce soit moi. Toi, tu es glacée.

— Je me suis réchauffée — partiellement, en tout cas. Je vais retourner au club et je reviendrai avec Melody.

— Il y a un bon kilomètre et demi à parcourir.

Mary soupira avec impatience. Il fallait toujours que Sarah argumente à tout propos.

— Merci. Je sais à quelle distance nous sommes du club.

— Par pitié, Mary, pourquoi faut-il que tu refuses *systématiquement* toutes mes propositions d'aide ?

— Comment ça ? Je suis dans ta voiture, il me semble.

Elle résista à la tentation de préciser que, grâce à « l'aide » de Sarah, elle se retrouvait à deux cents mètres à peine de l'endroit où son propre véhicule était tombé en panne. Et que les corbeilles étaient toujours aussi éloignées de leur destination finale.

— Nous pouvons peut-être attendre qu'une autre voiture passe ? proposa Sarah.

Mary secoua la tête.

— Ce n'est même pas la peine d'y compter.

— Pourquoi ?

— Réfléchis. Nous sommes en pleine tempête de glace et c'est la veille de Noël. Aucune personne normalement dotée d'intelligence ne sortira par un temps pareil. Surtout pour venir dans ce coin perdu.

— C'est vrai, admit Sarah.

— Allez. Je retourne à pied au club.

— Ah ! non. Pas question.

— Et pourquoi ?

Sarah laissa passer un moment de silence.

— Parce que je n'ai pas envie de rester là toute seule, finit-elle par reconnaître.

Mary réfléchit un instant à cette confession. Et songea qu'elle n'aurait pas souhaité non plus attendre sans bouger dans la voiture immobilisée.

— Bon, eh bien, c'est simple : on y va toutes les deux.

*
* *

Thom s'engagea sur la rampe d'accès à l'autoroute et tourna les yeux vers sa passagère.

— Alors ? Dis-m'en un peu plus sur ce service à thé que tu as repéré à Portland.

Les yeux de Noelle brillaient d'excitation.

— La recherche sur Internet a été passionnante. Il faut dire que la liste établie par ton assistante m'a été d'une grande aide. J'ai envoyé un peu partout la photo du service. Et j'ai eu une réponse immédiate de l'antiquaire que nous allons voir ce matin. Il m'a dit qu'il avait en stock un service qui lui paraissait être la copie conforme de celui qu'il voyait sur l'agrandissement.

— Tu t'es bien débrouillée.

— J'ai un bon pressentiment, lança Noelle d'une voix vibrante d'optimisme.

Thom aurait aimé partager son enthousiasme. Mais après sa conversation de la veille avec sa sœur, il avait perdu sa confiance initiale.

— Je crois que nous ne devons pas nous faire trop d'illusions, Noelle, dit-il prudemment.

— Pourquoi es-tu si sombre, tout à coup ?

— N'oublie pas que mes parents ont cherché pendant des années à remplacer ce service. Ce n'est pas très réaliste de penser que nous pouvons réussir en un seul jour là où ils ont échoué après une décennie de recherches poussées.

— Mais tes parents n'avaient pas Internet, à l'époque.

Elle avait raison. Mais toutes les antiquités n'étaient pas répertoriées en ligne. Et il craignait que Noelle ne vive douloureusement un échec plus que probable.

— Tu as dit toi-même que nous faisions peut-être le trajet pour rien.

— Oui, bien sûr. Mais…

Noelle ne paraissait plus tout à fait aussi sûre d'elle, à présent. Thom couvrit sa main de la sienne.

— Rien n'est perdu pour autant. Nous continuerons à chercher aussi longtemps que nécessaire.

Comme la route luisait sous une fine pellicule de glace, il reprit le volant à deux mains.

— Le temps a l'air de se gâter sérieusement.

— J'espère que nous n'essuierons pas une tempête de glace. Les prévisions météo n'étaient pas très encourageantes.

Thom hocha la tête. Avec les chaussées de plus en plus verglacées, la conduite exigeait de lui une concentration maximale. Ils avaient peut-être eu tort de prendre la route dans des conditions aussi difficiles. Mais ils étaient lancés. Et il était aussi impatient que Noelle de découvrir le service en argent que l'antiquaire de Portland avait fait miroiter comme la « copie conforme » de celui qui avait été volé vingt ans plus tôt.

Le trajet qui était normalement de deux heures et demie leur prit finalement plus de quatre heures.

— Je me demande si nous ne sommes pas en train de commettre une folie, murmura Noelle lorsqu'ils passèrent à côté d'un véhicule échoué sur le bas-côté.

Il n'était pas loin de partager cette pensée défaitiste. Mais l'état des routes, par chance, s'améliorait à l'approche de la grande ville.

— Pas de panique, jeune fille. Nous ne sommes plus très loin, maintenant.

— C'est peut-être idiot de prendre des risques aussi insensés pour un simple service à thé. Mais les enjeux sont tellement importants…

— Je pense qu'il fallait essayer, Noelle. Quel que soit le résultat au final.

Lorsqu'ils atteignirent — sains et saufs — la banlieue de Portland, ils poussèrent l'un et l'autre un grand soupir de soulagement. Noelle sortit le plan qu'elle avait imprimé et donna des indications.

— Nous devrions peut-être réfléchir à une stratégie alternative si nous échouons pour le service à thé ? suggéra-t-elle tout en essayant de se repérer sur la carte.

— Je propose d'attendre d'abord de voir ce que donne la visite chez l'antiquaire. Et on avisera en fonction, d'accord ?

— Tu as raison. Rien ne sert d'anticiper.

L'antiquaire de Portland tenait boutique dans un petit centre commercial entre un restaurant thaï et un institut de beauté. Thom se gara, coupa le contact, et se tourna vers Noelle.

— Prête ?

Elle lui adressa un vaillant sourire. Main dans la main, ils franchirent les quelques pas qui les séparaient de leur but, le cœur étreint par un même mélange d'espoir et d'appréhension. Un carillon au-dessus de la porte tinta joyeusement lorsqu'ils pénétrèrent dans un espace tout en longueur, plein à craquer de vaisselle, de verreries, de petits meubles et d'objets à usage plus ou moins défini. Pas un recoin, pas une étagère ne restait inutilisé. Une légère odeur de poussière et de moisi flottait sur tout ce bric-à-brac, mêlée aux senteurs résineuses émanant d'un petit sapin de Noël. Thom dut se tourner sur le côté pour se glisser le long d'une collection de vieilles bandes dessinées formant des piles vertigineuses sur une commode qui barrait presque le passage. Sans lâcher la main de Noelle, il négocia les différents obstacles et parvint jusqu'à la caisse.

Noelle toussota.

— Il y a quelqu'un ?

— Je suis à vous dans une minute, s'éleva une voix du fin fond obscur du magasin. Jetez un coup d'œil en attendant.

Pendant que Noelle examinait une collection de broches, d'épingles et de bijoux anciens exposés sous le verre du comptoir, Thom erra au hasard des allées. A leur droite était accroché un assortiment de chapeaux de femme. Sa mère n'accepterait jamais de se promener avec un machin à plumes sur la tête. Mais si Mary Sutton avait vécu un siècle plus tôt, ces couvre-chefs lui seraient allés à la perfection.

Il ouvrit quelques boîtes contenant des jeux de société. Mais tous, apparemment, avaient des pièces manquantes. Pas très prometteur, dans l'ensemble, songea-t-il découragé.

— Désolé de vous avoir fait attendre.

Un homme déjà âgé, avec une silhouette fluette et une belle masse de cheveux blancs, apparut derrière le comptoir. Il se tenait légèrement voûté et frottait ses mains couvertes de poussière. Noelle lui sourit.

— Je suis Noelle McDowell. Nous avons parlé hier au téléphone.

— Thom Sutton, dit Thom à son tour.

La poignée de main du vieil homme était étonnamment vigoureuse compte tenu de la fragilité de son apparence.

— Peter Bright. Je me demandais si vous feriez le déplacement jusqu'ici, avec ce temps de chien.

— Nous aurions appelé, si nous avions changé d'avis. C'est une chance pour nous que vous soyez ouvert à quelques heures du réveillon.

— Oh, je ne vais pas tarder à fermer… Mais je n'étais pas fâché de pouvoir m'éclipser quelques heures ce matin. Si j'étais resté à la maison, ma femme se serait arrangée pour m'embaucher en cuisine. Et j'aime autant être là à m'occuper de mes vieilleries que faire le marmiton, admit-il avec un grand rire. Mais je cause, je cause… Vous devez être impatients de voir le service à thé.

— Très impatients, oui, admit Noelle, les yeux brillants.

— Venez. Je l'ai stocké ici, dans le fond.

Peter Bright se fraya un chemin dans son magasin surencombré et ils lui emboîtèrent le pas. La main de Noelle vint de nouveau chercher celle de Thom. Il avait beau savoir qu'ils ne devaient pas se faire d'illusions, il ne pouvait s'empêcher de ressentir une bouffée d'excitation.

Peter se mit à farfouiller dans ses cartons.

— Bon… voyons. J'aurais dû le sortir d'avance, ce service, mais, neuf fois sur dix, les gens qui m'annoncent leur venue ne se montrent pas. Et vu l'état des routes, je ne pensais vraiment pas que vous feriez le voyage.

Il déplaça une ancienne machine à écrire Remington et la posa en équilibre précaire sur une console avant de soulever le couvercle d'une vieille malle militaire vert kaki. Il en sortit un sac marin en toile.

— Cela doit bien faire vingt ans que j'ai ce service à thé.

— Et vous vous souvenez qui vous l'a vendu ? s'enquit Thom avec une soudaine bouffée d'espoir.

— Comme si c'était hier. Il s'agissait d'une charmante vieille dame anglaise qui n'est sans doute plus de ce monde à l'heure où je vous parle. Je ne me souviens plus de son nom, en revanche. J'ai gardé le service en exposition pendant un certain temps. Les gens s'extasiaient dessus. Mais n'achetaient pas pour autant.

— Et pourquoi l'avez-vous caché au fond de cette malle ? s'étonna Noelle.

— J'en avais assez d'avoir à l'astiquer. Et les acheteurs ne sont pas capables de voir la beauté à travers la ternissure.

L'antiquaire se redressa et sourit.

— La même chose vaut pour les humains, d'ailleurs. Vous aviez remarqué ?

Thom lui rendit son sourire. Il ne connaissait Peter Bright que depuis quelques minutes, mais le vieil homme lui plaisait.

— J'avais remarqué, oui.

Hochant vigoureusement la tête, Peter sortit une petite poche en tissu violet du sac marin et l'ouvrit pour en extraire un pot à crème. Il le posa sur la malle pour qu'ils puissent l'examiner. Noelle sortit la photo de son sac et ils se penchèrent ensemble pour la regarder. La qualité de la photo n'était pas optimale et Thom aurait été incapable de dire s'il s'agissait ou non du même crémier. Mais il y avait en tout cas une nette ressemblance.

Vint ensuite le sucrier, que Peter posa à son tour sur le coffre. Sur la photo, cette seconde pièce du service apparaissait de façon un peu plus nette. Ils scrutèrent l'agrandissement un moment et échangèrent un regard. Noelle fit la moue.

— Ce n'est pas le service que nous recherchons, trancha-t-elle tristement. Même si les deux modèles sont proches.

Peter continua cependant à vider le sac marin.

— Vous avez parcouru tant de kilomètres dans le froid pour

venir jusqu'ici que je vous conseille de prendre au moins le temps de regarder les autres pièces.

Thom acquiesça. Mais il savait d'ores et déjà qu'ils avaient fait le voyage pour rien. Il lui fallut prendre sur lui pour dissimuler sa déception. Il avait eu beau savoir que leurs chances de réussite étaient infimes, il n'avait pu s'empêcher d'y croire un peu. Tout comme Noelle, il avait espéré un miracle de Noël. Mais peut-être en demandaient-ils trop. Le fait qu'ils se soient retrouvés n'était-il déjà pas prodigieux en soi ?

Du sac en toile, Peter sortit la théière puis la cafetière qu'il déballa avec beaucoup de soin. Le plateau ciselé vint en dernier. Peter y disposa l'ensemble des pièces afin qu'ils puissent se faire une idée du service complet.

— Il est exquis, non ?

Noelle jeta un dernier regard à la photo.

— C'est très beau, en effet. Mais…

— … mais ce n'est pas celui que nous recherchons, compléta Thom pour elle.

Peter Bright accepta la sentence de bonne grâce.

— Je le regrette pour vous.

Noelle lui montra la photo.

— Le service que vous voyez là a été volé il y a de nombreuses années. Et Thom et moi espérons le retrouver. Ou au moins en acheter un qui soit le plus ressemblant possible.

Peter examina le cliché un moment et fit la moue.

— Je suppose que j'aurais dû prendre le temps de regarder plus attentivement l'exemplaire que vous m'aviez scanné. Cela vous aurait évité de faire ce long trajet pour rien.

— Ce n'est pas grave, dit Thom. Vous avez pris la peine de nous répondre. Et nous vous en remercions.

— Oui, merci pour le mal que vous vous êtes donné, enchaîna Noelle en quittant le magasin. Et votre service à thé est superbe.

Le vieil homme les raccompagna jusqu'à la porte du magasin.

— Si vous changez d'avis, je vous ferai un bon prix. Je reste ouvert encore une heure, si vous souhaitez le revoir.

Thom le remercia mais ne lui promit rien. Ils n'avaient plus aucune raison, a priori, de retourner voir l'antiquaire.

— Je propose que nous mangions un morceau avant de reprendre la route. Le restaurant thaï semble être ouvert. Au moins, nous ne rentrerons pas le ventre vide.

Noelle accepta distraitement. Elle paraissait triste et déçue.

— Hé, ne fais pas cette tête ! Les recherches ne font que commencer. Ne nous avouons pas vaincus pour si peu !

Elle leva vers lui un regard contrit.

— Tu as raison. Je n'aurais jamais dû me monter la tête ainsi. C'était délirant de penser que nous trouverions ce service du premier coup. Je suppose qu'il s'agit d'une illusion typique de l'état amoureux de croire que tout devient possible, que nos rêves les plus fous peuvent soudain se réaliser.

— L'état de grâce, en somme, murmura-t-il en posant un baiser léger sur ses lèvres.

Avec la tempête et la proximité de Noël, le restaurant était désert. Une très jolie serveuse à la silhouette délicate les conduisit à une table près de la fenêtre. Thom attendit qu'ils soient assis avant de reprendre la parole.

— Bon. Je suppose qu'il ne nous reste plus qu'à passer au plan B ?

Noelle, qui était déjà plongée dans le menu, tressaillit et releva la tête.

— Le plan B ? *Quel* plan B ?

Il glissa la main dans la poche de son pardessus et posa l'écrin au milieu de la table. Noelle en laissa tomber sa carte.

— Thom ? murmura-t-elle dans un souffle.

Ce n'était ni le cadre ni l'ambiance qu'il avait imaginés pour une demande en mariage. Mais il savait avec certitude que le moment présent était le bon.

— Je t'aime, Noelle. Et que nos parents soient réconciliés ou non ne change et ne changera jamais rien à ce que j'éprouve. Nos mères auront à accepter que notre vie et notre bonheur nous appartiennent. Et que nous ne nous laisserons plus tyranniser pour des enfantillages.

Des larmes brillèrent dans le regard lumineux qu'elle tenait rivé sur lui.

— Oh, Thom…

— Je te demande, Noelle, de devenir ma femme.

Leurs mains se joignirent ; leurs doigts s'entrelacèrent sur la table.

— Et je te réponds, Thom, que c'est une joie et un honneur pour moi d'accepter. Mais j'ai une requête à te faire.

— Demande-moi ce que tu voudras.

— Je veux acheter ce service à thé. En mon nom et sur mes propres deniers.

Il fronça les sourcils.

— Pourquoi ?

— J'ai envie de l'offrir à ta mère. De moi à elle. Je ne peux pas remplacer l'original, mais j'aimerais jeter ainsi un premier pont entre nos deux familles.

Thom serra ses doigts plus fort entre les siens.

— Cela vaut la peine d'essayer.

— Je le crois aussi, chuchota-t-elle. Pas de solution miraculeuse mais un authentique geste de paix.

— Je vais réessayer mon téléphone, annonça Sarah.

La technologie les avait lâchées mais cette défaillance généralisée ne saurait se prolonger, décida-t-elle. Marcher sur un kilomètre et demi ne lui faisait pas peur en temps normal. Mais en pleine tempête et sur route verglacée, la courte distance jusqu'au club prenait des proportions presque redoutables.

— Oui, fais une nouvelle tentative, l'encouragea vivement Mary. Ce fichu réseau devrait être désencombré, depuis le temps.

Elle ne paraissait pas plus désireuse qu'elle de se lancer à pied sur la route luisante de glace balayée par un vent furieux. Sarah tenta de joindre Jake en utilisant la touche de numérotation rapide. Et connut un moment d'espoir lorsque l'appel parut passer. Mais son euphorie retomba au bout de trois sonneries lorsque le message préenregistré démarra de nouveau.

— Alors ? demanda Mary, les yeux larmoyants sous l'effet du froid.

— Rien de chez rien. Fiasco total.

— Mince ! Il ne nous reste plus que la solution marche forcée, alors ?

— Ça en a tout l'air, oui. Mais je pense que nous devrions prendre un petit remontant avant de nous lancer.

Les affaires de golf de son mari étaient sur la banquette arrière du SUV. Et elle savait qu'il se munissait généralement d'une flasque.

— Quel genre de remontant ?

— Une rasade de scotch devrait nous donner du cœur au ventre.

Mary parut sceptique.

— Le scotch, je suis pour. Encore faudrait-il en avoir sous la main.

— Justement, regarde…

Sarah ouvrit la portière arrière et prit le sac de golf. Victoire ! La flasque était là.

— Je croyais que tu n'aimais pas le scotch ? s'étonna Mary.

— Normalement, je déteste. Mais je ne peux pas me permettre d'être difficile.

— Exact.

Sarah dévissa le bouchon, inclina la flasque et prit une gorgée au goulot. S'essuyant les lèvres du revers de la main, elle déglutit, avala le scotch, puis s'ébroua.

— Ouf… C'est fort.

La boisson alcoolisée descendit comme une coulée de lave avant de lui incendier l'estomac. Mais une chaleur bienvenue vint se répandre dans tout son corps.

— A moi, maintenant.

Sarah tendit la flasque à Mary qui but une longue rasade.

Elle aussi ferma les yeux et secoua la tête. Mais, très vite, elle retrouva le sourire.

— Pour réchauffer, ça réchauffe.

— A priori, ça devrait nous protéger de l'hypothermie.

— C'est un bon antidote, oui, acquiesça Mary. Mais avant de sortir de la voiture, il serait peut-être plus prudent d'en prendre une seconde gorgée.

— Tu crois ?

— Par mesure de précaution.

Par chance, Jake avait récemment rempli sa flasque. Après quelques secondes d'hésitation, Sarah porta de nouveau le flacon à sa bouche. La seconde rasade lui parut avoir bien meilleur goût que la première. Et elle ne ressentit aucune brûlure. Rien que le plaisir et la chaleur.

— Comment te sens-tu, là ? voulut savoir Mary.

Elle lui tendit la bouteille.

— Bien mieux.

Mary ne se fit pas prier pour se resservir. Elle but, puis poussa une espèce de grognement qui rappelait celui du grizzly. Pourquoi cela lui parut si désopilant, Sarah n'aurait su le dire. Mais elle éclata d'un rire homérique. Elle riait si fort, même, qu'elle finit par en tousser.

— Quoi ? demanda Mary avec un sourire jusqu'aux oreilles.

Après une ultime quinte de toux, elle réussit à se calmer.

— Oh, mon Dieu, je ne savais pas que tu faisais dans l'imitation animale…

— Toujours, quand je bois du scotch.

Soudain conscientes qu'elles bavardaient comme de vieilles copines, elles retombèrent dans un silence contraint. Du coin de l'œil, Sarah vit Mary reprendre un air digne, comme si elle venait de s'apercevoir qu'elle avait pactisé avec l'ennemi.

— Nous ferions mieux de nous mettre en chemin, suggéra-t-elle d'une voix neutre.

Mary avait raison. Sarah replaça la flasque dans le sac de golf de Jake et serra son écharpe autour de son cou. Ragaillardie sur tous les plans, elle se sentait prête à affronter la tempête.

— Heureusement que nous sommes deux, commenta-t-elle. On ne sait jamais ce qui peut arriver.

Elles avaient parcouru péniblement une centaine de mètres lorsque Mary recommença à claquer des dents.

— Je suis de nouveau morte de froid.

— Moi aussi.

— Tu aurais dû emporter le whisky.

— Nous pouvons retourner le chercher.

— Je pense que ce serait plus sûr, oui, acquiesça gravement Mary. Sinon, nous risquons la mort par hypothermie avant d'atteindre le club.

— C'est vrai. Entre la mort et la survie, le whisky peut faire toute la différence.

De retour à la voiture, elles partagèrent de nouveau la flasque. Très vite, sans raison évidente, elles pouffèrent de rire.

— Je crois que nous sommes ivres, dit Mary.

— Ivres ? N'exagérons rien. Je tiens l'alcool un peu mieux que ça.

Mary partit d'un fou rire.

— Mais non, tu ne tiens pas l'alcool du tout ! Tu ne te souviens pas du soir où nous avions fait une grande fête à la maison pour Halloween ?

— Hou là ! Cela remonte à quand ? Vingt-deux ans, non ?

— Dans ces eaux-là, oui. Je ne me souviens plus de l'année exacte, mais je n'ai jamais oublié dans quel état tu étais après quelques tequilas !

— C'est toi qui n'arrêtais pas de remplir mon verre !

— Parce que tu ne cessais de me répéter que tu adorais ça !

Une nouvelle crise d'hilarité les saisit. Sarah était pliée en deux de rire.

— Oh, mon Dieu ! Il me semble me rappeler que je me suis mise à chanter, debout sur une table !

— Et tu chantais vraiment bien, en plus ! Tu m'as épatée ! Et quand tu as commencé à danser…

— A *quoi* ?

Sarah avait eu un black-out et s'était réveillée avec un mal de tête phénoménal. En constatant qu'elle pouvait à peine soulever la tête de l'oreiller, son premier réflexe avait été d'appeler son amie de cœur et complice de toujours. Mary était arrivée séance tenante et lui avait concocté un mélange à base de jus de tomate qui l'avait ramenée à la vie. Telle avait été son impression, du moins.

Un silence tomba entre elles.

— Tu sais que cette époque-là me manque ? confessa Sarah dans un murmure.

— Pareil pour moi.

Sarah renifla. C'était sans doute un effet du froid si ses yeux larmoyaient un peu. Elle chercha dans son sac, mais ne trouva pas de mouchoirs. Ce fut Mary qui lui en fournit une poignée.

— *Toi,* tu m'as manqué, surtout, précisa-t-elle dans un souffle avant de se moucher bruyamment.

— Rien n'a jamais remplacé ton amitié, Sarah.

Le froid avait dû s'intensifier car ses yeux coulaient désormais comme des fontaines. Elle les essuya avec la manche de son manteau et tendit le reste de la flasque à Mary.

— Tiens, prends-la. Je veux que tu gardes le reste pour toi.

— Le reste du scotch ?

Sarah hocha la tête.

— Une tempête de glace comme celle-ci peut faire des victimes. Si on nous retrouve trop tard… ces quelques gorgées de whisky te permettront peut-être de vivre assez longtemps pour que les sauveteurs puissent te réanimer.

Mary semblait sur le point d'éclater en sanglots.

— Tu serais prête à mourir pour moi ? hoqueta-t-elle.

De nouveau, Sarah fit oui de la tête.

— De ma vie, personne ne m'avait encore rien dit d'aussi beau, chuchota Mary.

— Mais, avant de mourir, je veux te demander quelque chose.

— Tu peux tout, tout me demander, assura Mary, la main sur le cœur.

Sarah ravala un sanglot. Posant le front sur le volant, elle chuchota :

— Je voudrais tellement que tu me pardonnes.

Mary posa la main sur son épaule.

— Je te pardonne de tout cœur, si tu veux bien me pardonner, de ton côté, de m'être enfermée dans ma rancœur et ma jalousie. Car tu avais raison. J'étais bel et bien jalouse de Cheryl. Je pensais qu'elle m'avait évincée dans ton affection.

— Jamais. A aucun moment. Elle fait partie de ces gens qui vont et viennent dans votre vie sans que cela porte à conséquence. Mais toi, tu es ma... ma sœur de cœur. Et j'étais malheureuse comme les pierres de t'avoir perdue.

Mary lui tendit solennellement la flasque.

— Nous avons été tellement idiotes ! Tiens. Je ne peux pas accepter ce scotch. Si nous gelons, nous gèlerons ensemble.

Elles étaient peut-être condamnées à mourir de froid, mais Sarah se sentait envahie par une douce chaleur, en l'occurrence. Sa tête — ou le monde autour d'elle — tournait un peu. Mais uniquement parce qu'elle était ivre. Cette pensée la fit rire aux éclats.

— Qu'y a-t-il de si drôle ? voulut savoir Mary.

— Pour l'instant, ce n'est pas de froid mais d'ivresse que nous sommes mortes. Bourrées comme des coings.

— N'est-ce pas merveilleux ?

Elles rirent de plus belle.

— Jake me force toujours à manger un petit quelque chose lorsque je bois un verre, hoqueta Sarah.

Mary se redressa sur son siège.

— Mais j'y pense... Nous avons des quantités de nourriture !

— A moitié congelée, à l'heure qu'il est.

Les yeux de Mary brillèrent.

— Tout ne sera pas gelé. Et je suis sûre que les familles auxquelles sont destinées les corbeilles ne nous en voudront pas si nous nous sustentons un peu.

— Je suis de ton avis.

Les deux mains pressées sur le ventre pour tenter de contenir son hilarité, Sarah vit Mary grimper par-dessus son dossier pour plonger sur la banquette arrière et finir jambes en l'air, avec son manteau retourné sur la tête.

Et si elle était en danger de mourir de quelque chose, cette fois, c'était de rire.

Century Club, Rose, Oregon

24 décembre

« Chères Mary et Sara,

» Juste un petit mot pour vous dire à quel point le club a apprécié votre contribution au projet des corbeilles de Noël. Vous avez fait un superbe travail, toutes les deux. Compte tenu du nombre de paquets et de cartons, j'ai bien vu que vous ne vous êtes pas contentées d'acheter les articles figurant sur la liste. Vous avez été aussi généreuses et inventives l'une que l'autre.

» Sarah, je suis consciente que cela n'a pas été facile pour toi d'intégrer ce projet au pied levé. Mais tu as coopéré avec beaucoup d'efficacité, de dévouement et d'intelligence.

» Mary, tu as fait du très beau travail en t'occupant de l'organisation. Je suis persuadée que les corbeilles arriveront largement à temps et qu'elles pourront être distribuées comme prévu par les bénévoles de l'Armée du Salut.

» Et si vous êtes prêtes toutes les deux à renouveler votre engagement l'année prochaine, je vous recommanderai chaudement pour qu'on vous en confie la responsabilité de nouveau.

» Bien cordialement,

Melody Darrington. »

9

Jake McDowell jeta un coup d'œil à l'horloge de la cuisine et fronça les sourcils.

— A quelle heure ta mère a-t-elle dit qu'elle rentrerait, Carley ?

— Je ne sais pas.

La plus jeune de ses trois filles n'avait pas vraiment l'air de se soucier du reste du monde. Allongée à plat ventre devant le sapin, Carley Sue, les bras tendus, examinait un petit paquet. Jake regarda sa montre.

— Elle devrait être de retour, depuis le temps, tu ne penses pas ?

— Peut-être bien, oui.

— Et Noelle ? Elle doit revenir quand ?

Carley s'étira en bâillant.

— Aucune idée.

Jake comprit qu'il était inutile de compter sur Carley Sue pour éclairer sa lanterne. Pour la cinquantième fois au moins, il appela sur le portable de Sarah. Et reçut une fois de plus le même message imperturbable. « Nous sommes dans l'impossibilité de faire aboutir votre appel… »

Ne sachant plus quelle initiative prendre, il appela son vieux partenaire de golf. Greg Sutton répondit dès l'amorce de la première sonnerie.

— C'est toi, Jake ? J'espérais que ce serait Mary.

Greg avait l'air aussi inquiet que lui.

— Tu es sans nouvelles de ta femme ?

— Aucune, non. Sarah est rentrée ?

— Non. Alors qu'elle aurait dû être à la maison depuis un bon moment. Mais elle est injoignable sur son portable. C'est pour ça que je t'appelle, d'ailleurs.

— Qu'a-t-il bien pu leur arriver, à ton avis ?

— Aucune idée. Et ce qui me paraît vraiment bizarre, c'est qu'elles aient disparu en même temps. Une, encore, ça pourrait se comprendre. Mais pourquoi les deux à la fois ?

Un silence tomba sur la ligne.

— Tu as appelé le club ? finit par demander Greg.

— Il y a un quart d'heure, oui. Melody m'a dit qu'elles étaient passées, toutes les deux, et qu'elles étaient reparties il y a environ deux heures. Il semblerait que la tempête de glace soit particulièrement violente, dans le coin. Elle préfère ne pas se risquer seule sur les routes et attend que son mari vienne la chercher.

— Et elle a fait des commentaires sur Mary et Sarah ?

— Rien de particulier, non. Elle a juste expliqué qu'elles avaient chargé les corbeilles dans la voiture de Mary. Quand je lui ai posé la question, elle a précisé qu'elles s'étaient montrées assez hostiles l'une envers l'autre. Et qu'elles étaient reparties à des heures différentes, chacune de son côté.

— Alors où ont-elles bien pu passer ?

— Peut-être que l'une des deux a eu un accident et que l'autre s'est arrêtée pour lui porter secours ? suggéra Greg.

Jake réfléchit un instant.

— C'est une possibilité, oui. Mais cela n'explique pas pourquoi elles ne sont toujours pas de retour.

— Elles peuvent être coincées par la tempête.

— *Ensemble ?*

— Va savoir.

Jake émit un rire lugubre.

— Si c'est le cas, au secours !

— A ton avis, que faut-il que nous fassions ?

— On ne peut pas les laisser comme ça.

Greg soupira.

— Je suis d'accord avec toi. Même si je me dis que si elles sont coincées ensemble dans une voiture en pleine tempête, ce ne serait peut-être pas une si mauvaise idée de les laisser mijoter un peu en huis clos, pour qu'elles aient le temps de s'expliquer. Et d'en finir enfin avec cette vieille querelle.

— En finir… en se réconciliant ? Ou en s'entretuant une fois pour toutes ?

Jake connaissait sa femme. Dès qu'il s'agissait de Mary Sutton, Sarah pouvait se montrer franchement déraisonnable. Greg émit un rire doux-amer.

— Dans le doute, je propose que nous partions à leur recherche. Et que nous y allions ensemble.

Jake n'y voyait pas d'objection. Greg roulait dans un énorme 4x4. Et sa voiture avait une meilleure tenue sur glace que la plupart des autres véhicules.

— Tu passes me prendre ?

— Tiens-toi prêt. Je suis chez toi dans cinq minutes.

Sarah attrapa un quatrième biscuit aux épices.

— Comment dis-tu qu'ils s'appellent, déjà ?

Elle tenta de lire le nom sur l'emballage, mais les lettres avaient tendance à danser devant ses yeux.

— *Pfeffernüsse.*

— Pfff… Comment veux-tu que je prononce un mot pareil alors que je ne suis même plus en état de tenir sur mes jambes ?

Mary se mit à rire et avala un des petits gâteaux en forme de boule minuscule.

— Ce sont des spécialités allemandes. L'une des familles à qui les corbeilles sont destinées a un patronyme à consonance germanique. J'ai pensé que ces petits gâteaux leur feraient peut-être plaisir.

Un nouvel afflux de larmes monta aux yeux de Sarah.

— C'est tellement beau, ces attentions délicates que tu as toujours eues pour les autres…

— Pas cette fois-ci, non, admit Mary dans un sanglot. J'étais surtout motivée par le besoin de te surpasser. C'est nul, non ? Comment est-ce que j'ai pu être aussi idiote ?

Sarah lui passa un bras autour des épaules.

— Ne pleure pas. J'étais exactement dans le même état d'esprit que toi. C'est ma faute si nous avons été expulsées du SuperRabais.

Mary renifla et se sécha les yeux.

— Plus rien, jamais, ne nous séparera, je le jure.

— Moi aussi, déclara Sarah, la main sur le cœur. J'en fais le serment devant toi. Finalement, je crois que je suis en train de vivre le plus beau Noël de mon existence.

Mary se redressa d'un bond.

— *Noël !* Pense à nos corbeilles, Sarah. Comment allons-nous les livrer ?

— Pas à pied, en tout cas. Elles sont beaucoup trop lourdes.

— Mais nous ne pouvons pas baisser les bras pour autant. Il faut que nous retournions au club.

Sarah hocha gravement la tête.

— Tu as raison. Ensemble, nous pouvons y arriver.

— Oui, nous demanderons à Melody de livrer les corbeilles. Puis nous appellerons des renforts. Tu vois, ensemble, tout redevient possible.

De nouveau, Sarah sentit les larmes lui monter aux yeux.

— Il nous reste un peu de scotch ?

— Plus une goutte. Nous ne pouvons plus compter que sur nos propres forces.

En s'extirpant de la voiture, Sarah fut sidérée de voir à quel point l'état de la route s'était aggravé en une heure. Mary, qui portait des chaussures de ville, poussa un petit cri et agita les bras pour retrouver son équilibre.

— Hou là… Mais c'est une patinoire !

— Tu ne peux pas marcher sur cette chaussée glacée avec des escarpins.

Mary se redressa.

— Il le faudra. Je n'ai pas le choix.

Elle fit une nouvelle tentative, dérapa et se raccrocha in extremis à la portière. Sarah prit son amie par la taille.

— Agrippe-toi à moi. Nous y parviendrons en unissant nos forces. C'est beau, non ?

Se soutenant mutuellement, elles se dirigèrent vers le milieu de la route. Leur progression était hésitante, ralentie par le verglas, leur ivresse et les larmes d'émotion qui brouillaient leur vision.

Mary patinait tant et plus sur ses semelles lisses.

— Je me demande combien de temps il faudra à Greg avant de réaliser que j'ai disparu.

Son mari ne perdait rien pour attendre, d'ailleurs. Il n'aurait jamais dû la laisser partir seule à bord d'une voiture défectueuse. Et par avis de tempête, en plus.

— En principe, Jake devrait commencer à s'inquiéter de mon sort. Je lui avais dit que je revenais dans une heure.

— Je parie qu'ils passent encore du foot, à la télé, et que Greg est collé devant. Il s'apercevra de mon absence ce soir au moment de l'arrivée de Thom ou de Suzanne.

La voix de Mary retomba brusquement et elle s'abîma dans un silence pensif. Sarah raffermit sa prise.

— Que se passe-t-il ?

— Rien, mais… mais je pensais à Thom, en fait. Il n'a jamais réussi à oublier Noelle.

— Noelle est amoureuse de ton fils depuis l'âge de seize ans. Elle a eu le cœur fracassé lorsqu'il l'a repoussée.

— Thom n'a jamais repoussé Noelle. C'est elle qui l'a rejeté.

Sarah se hérissa.

— Jamais de la vie !

— Tu veux dire qu'il y aurait eu un malentendu ?

— Forcément, oui. Car je peux t'assurer que Noelle n'aurait jamais rompu avec Thom de sa propre initiative.

— Et je sais que Thom est fou d'elle depuis toujours.

Sarah secoua la tête et, l'alcool aidant, éprouva une légère sensation de vertige.

— Il faut que nous fassions quelque chose, Mary. Que nous trouvions le moyen de réconcilier nos enfants.

— Tu ne crois pas qu'ils se débrouillent très bien sans nous ? Je suis quasiment certaine qu'ils se sont déjà revus en secret.

— Oh ! non, *zamais* de la vie ! Sinon Noelle m'en aurait parlé. Nous *zommes* très proches, elle et moi.

Sarah en zézayait, tout à coup. Sûrement un effet du froid, là encore.

— Nous sommes soûles, dit Mary. Fins soûles. Les biscuits n'ont fait aucune différence.

— Je m'en fiche. Nous sommes de nouveau amies. Et *zette* fois, c'est pour la vie.

— Pour la vie ! répéta Mary en levant un verre imaginaire.

— Et nous avons une mission à accomplir ensemble.

Mary connut un moment de trouble.

— C'est quoi, la mission, déjà ?

Sarah dut s'immobiliser un instant pour réfléchir.

— Avant tout, nous devons livrer les corbeilles.

Mary se frappa le front.

— Evidemment. Comment avais-je pu l'oublier ? Et quelle est la seconde partie de la mission ?

— Convaincre Thom et Noelle qu'ils sont faits l'un pour l'autre.

Avec une moue consternée, Mary porta la main à sa bouche.

— Quelle horreur, Sarah ! J'ai laissé un message sur le répondeur de Thom où je le suppliais de me rassurer sur le fait qu'il n'y avait rien entre Noelle et lui.

— Quelle idée d'avoir dit une chose pareille !

— C'est que j'étais furieuse contre toi… Oh, ma chère, chère Sarah… J'espère que je n'ai pas commis l'irréparable. Je ne me le pardonnerais pas, si jamais j'avais tout gâché entre eux.

— Nous réglerons cette question dès que nous serons de retour chez nous, trancha Sarah fermement.

Le bruit d'une voiture se fit entendre au loin. Mary poussa un cri surexcité.

— Quelqu'un vient !

Sarah se retourna et leva le pouce.

— Prie pour qu'ils s'arrêtent, Mary.

— Lever le pouce ne suffit pas. Montre tes jambes ! Tu ne te souviens pas de ce vieux film avec Clark Gable ?

— Clark Gable faisait du stop en montrant ses jambes ? s'enquit-elle, sidérée.

Mary pouffa.

— Lui, non. Mais Claudette Colbert, si.

Un gros véhicule tout-terrain déboucha d'un virage. En addition au mollet dévoilé de Mary, Sarah jugea bon d'agiter frénétiquement les bras.

— C'est Greg ! s'exclama Mary.

— Et Jake est avec lui !

Sarah n'avait jamais été aussi heureuse de voir son mari. Mais, à leur profonde consternation, les deux hommes passèrent devant elles sans s'arrêter.

— Hé ! cria Mary. Stop ! Je ne suis pas d'humeur à plaisanter !

Le 4x4 s'immobilisa en douceur sur la route verglacée. Les deux portières s'ouvrirent en même temps. Greg se précipita vers Mary pendant que Jake courait rejoindre Sarah.

— Nous sommes amies pour la vie, annonça Mary.

Elles jetèrent de nouveau les bras autour du cou l'une de l'autre.

— Mary, tu es ivre ! se récria Greg. Qu'avez-vous bu, toutes les deux ?

Mary se drapa dans sa dignité.

— Je sais ce que je dis et je sais ce que je fais.

— Et toi ? demanda Jake à Sarah.

— Pareil. *Ze* suis parfaitement sobre.

— Nous avons une mission à accomplir.

Jake fronça les sourcils.

— Et pourquoi ma voiture est-elle dans le fossé ?

— Je t'expliquerai plus tard, promit Sarah en soignant son élocution.

— Et cette mission ?

Sarah échangea un regard exaspéré avec Mary.

— Pourquoi faut-il toujours tout leur expliquer ?

— Les hommes, tu sais ce que c'est : on ne peut pas vivre avec, et on ne peut pas vivre sans non plus, lui chuchota Mary à l'oreille.

Sarah sourit. Comme toujours, son amie était la voix même de la sagesse.

Le trajet du retour fut encore plus long et plus périlleux que l'aller. Noelle ne quittait pas des yeux la chaussée luisante de verglas. Et elle sentait la tension qui émanait de Thom alors qu'ils poursuivaient péniblement leur route.

— Si tu veux, on peut attendre après Noël ? proposa-t-elle alors qu'ils approchaient enfin de la maison familiale des McDowell.

Il serait peut-être plus raisonnable de laisser passer les fêtes avant de lâcher leur bombe au sein de leurs deux familles. Elle avait des scrupules à gâcher les festivités familiales. Le jour de Noël n'était pas fait pour la révolte, la dissension, les remises en question brutales.

Thom fronça les sourcils.

— Attendre après Noël ? Pour annoncer nos projets de mariage, tu veux dire ? Je ne pense pas que ce soit une bonne solution de différer, Noelle. Tu as promis de m'épouser et j'ai envie que le monde entier le sache. Je refuse de me taire sous prétexte que nos mères vont en faire un drame. Elles prendront sur elles, un point c'est tout.

— Mais…

— Nous avons déjà perdu dix ans, toi et moi. Pour ma part, je n'ai pas envie de prolonger cette attente d'une seule journée supplémentaire. Tu es partante ?

— Je suis partante, acquiesça-t-elle dans un souffle.

Mille émotions contradictoires l'habitaient : son amour pour Thom, l'amour qu'elle éprouvait pour sa famille, la joie et la nervosité, le bonheur et la culpabilité.

La voix rêveuse de Thom vint interrompre le cours de ses pensées.

— Tu sais ce que j'aime le plus, à Noël ?

— Dis-moi. Et je te dirai ensuite ce que je préfère.

— Maman a lancé une tradition l'année où Suzanne est entrée au lycée : elle achète de grands crabes frais du Pacifique. Et tout le monde les adore, chez nous. Elle les fait cuire par le poissonnier parce qu'elle n'a pas le cœur de le faire elle-même. Et c'est papa qui va les chercher, juste avant de passer à table. Maman prépare le beurre fondu et les bavoirs. Et dès qu'il arrive, tout le monde se met à décortiquer.

— Mmm… ça doit être délicieux.

— Et chez toi ? Vous avez une tradition particulière ?

— Le loto.

— Le loto ?

— Un loto de Noël, juste après l'église. Les lots n'ont aucune valeur, ce sont juste des bricoles, des petits trucs marrants. Mais maman a toujours des idées géniales. Comme je ne suis pas revenue à Rose depuis des années, elle m'envoyait mes lots par la poste.

— Et c'est quoi, le cadeau de Noël qui t'a le plus émerveillée quand tu étais petite ?

Noelle se mit à rire.

— Ça, c'est une question difficile ! Il y a eu une Barbie de Noël que j'ai adorée. Une autre année, j'ai eu trois cassettes vidéo avec des films de Walt Disney. J'avais l'impression d'avoir reçu un trésor. Je les regardais du matin au soir.

Thom sourit.

— Quand j'étais petit, j'ai reçu un garage Matchbox pour mes voitures. Je l'ai eu l'année de mes dix ans, je m'en souviens comme si c'était hier. Maman a toujours refusé de le jeter. Elle dit qu'elle le garde pour quand j'aurai un fils.

Elle soupira, en paix avec elle-même et avec l'homme qu'elle aimait.

— J'ai envie d'un enfant de toi, Thomas Sutton, murmura-t-elle.

Le regard de Thom quitta la route pour venir plonger dans le sien. Le ciel s'était assombri et il se hâta de tourner la tête.

— Tu ne me facilites pas la conduite.

— Alors revenons à des sujets moins brûlants. Parle-moi encore de tes Noël d'enfant.

— Non, c'est à ton tour.

— Une orange au fond d'un bas de laine. Il y en avait une chaque année. Pour rappeler l'époque de nos grands-parents, lorsqu'une orange était encore considérée comme un cadeau de prix.

— Le bon pain d'épice de Noël. Ma mère le fait elle-même.

— Je lui demanderai sa recette et je t'en ferai chaque année.

— Ça fait très couple marié, ce genre de rituel, non?

— J'ai envie de te rendre heureux, Thom.

En prononçant ce vœu, Noelle sut qu'elle était réellement reconnaissante qu'ils ne se soient pas mariés à dix-huit ans. Ces dix années de séparation avaient certes apporté la frustration et la souffrance. Mais ils avaient également eu le temps de se construire, d'apprendre qui ils étaient, chacun de leur côté. L'amour qu'elle partageait avec Thom pouvait désormais mûrir et s'approfondir. Ils étaient tellement plus à même, aujourd'hui, de mesurer leur bonheur à sa juste valeur.

— Quel effet ça fait d'être née le jour de Noël?

Elle sourit.

— Ça a son charme. Même si je ne me prends pas pour le Messie pour autant. Ce qui est un peu frustrant, c'est que tout tombe en même temps. Maman organisait souvent ma fête d'anniversaire en été, pour célébrer ma demi-année.

— Je m'en souviens.

— Tu te rappelles que tu as essayé de me faire croire que

je n'aurais pas de cadeau parce que ce n'était pas mon vrai anniversaire ?

Thom se mit à rire.

— Je me souviens surtout des coups que j'ai ramassés lorsque je t'ai fait cette mauvaise blague.

Ils n'étaient plus qu'à une cinquantaine de mètres de la maison des McDowell. Leur humeur légère et joueuse retomba brutalement. Ils échangèrent un regard.

— Tu te sens d'attaque ?

Noelle déglutit.

— Plus ou moins. Mais quoi qu'il arrive, n'oublie pas que je t'aime.

Tournant les yeux vers la demeure parentale, elle vit un gros véhicule tout-terrain garé dans l'allée.

— Tiens. On dirait que nous avons de la visite.

Son état d'esprit oscillait entre déception et soulagement. Mais l'expression de Thom s'altéra.

— Non, je rêve…

— Quoi ?

— C'est la voiture de mes parents.

Noelle se mordilla la lèvre.

— Ah, mince… Ils ont dû découvrir que nous avons passé la journée ensemble. C'est ma faute. J'ai laissé un petit mot à Carley Sue pour lui expliquer où nous étions.

— Bonjour l'ambiance, commenta Thom.

Il n'était pas difficile d'imaginer la scène qui devait se dérouler à l'instant même dans le séjour : leurs deux mères hurlant et se lançant les pires accusations à la figure ; leurs pères cherchant vainement à calmer le jeu.

— Ce n'est peut-être pas le moment d'arriver avec notre annonce de mariage, chuchota-t-elle.

La mâchoire de Thom se durcit.

— Au contraire. C'est une excellente occasion puisqu'ils sont tous réunis, pour une fois. Nous ferons d'une pierre deux coups. On les affronte ici et maintenant, pour le meilleur et pour le pire. Tu es d'accord ?

Noelle hocha la tête.

— C'est bon. On y va. Mais promets-moi juste qu'ils ne te feront pas changer d'avis.

Il émit un son à mi-chemin entre le rire et le grondement.

— Qu'ils essaient, pour voir !

Thom se gara derrière le 4x4 parental et coupa le moteur. Ensemble, main dans la main, ils se dirigèrent vers la maison. Noelle gardait la tête haute mais elle n'en menait pas large. Si les choses tournaient vraiment mal, il n'était pas exclu qu'une rupture en résulte entre sa mère et elle. Et c'était la dernière chose qu'elle souhaitait en ce moment. A dix-huit ans, dans un élan de révolte, elle avait été prête, au nom de l'amour, à rejeter père et mère. Mais si ces années à Dallas lui avaient permis d'acquérir autonomie et indépendance, elles lui avaient également appris à apprécier à sa juste valeur l'affection des siens. Son exil était terminé, à présent. Et en entendant Thom parler de ses souvenirs de Noël en famille, elle avait compris à quel point il lui serait difficile, à lui aussi, de tourner le dos à ses parents.

Juste au moment où Thom allait appuyer sur le bouton de la sonnette, elle le retint en lui attrapant la main.

— Tu te souviens que je t'ai dit que j'espérais un miracle de Noël ?

— Le service à thé de mon arrière-grand-mère ?

— Oui, si on veut. Mais le service à thé n'aurait été que l'instrument. Le vrai miracle serait que l'amitié entre nos deux familles renaisse de ses cendres. Et c'est le vœu que je fais maintenant.

— Alors prononçons ce vœu ensemble.

Thom la prit dans ses bras et l'embrassa avec une ferveur qui trouva un écho immédiat en elle. L'empreinte de ce baiser s'inscrivit au plus profond de leur chair, comme un sceau solennel à leur union. Ils étaient ensemble — vraiment ensemble — désormais. Et ils le resteraient, quelles que soient les tempêtes qui les attendaient.

— Allons les affronter, alors.

Thom tendit la main vers la sonnette. Mais Noelle l'en empêcha pour la seconde fois.

— Je suis chez moi, ici. Inutile de sonner.

Elle fit résolument un pas en avant et poussa la porte. La scène qu'elle découvrit était aux antipodes de celle qu'elle avait imaginée. Leurs deux familles au complet étaient attablées ensemble. Et sa mère et Mme Sutton, équipées l'une et l'autre de tabliers, se tenaient à l'entrée de la cuisine pendant que son père et celui de Thom servaient des crabes. Jonathan, en costume, versait le vin.

— Ah ! te voilà enfin, Thom ! s'exclama Mary Sutton.

— Qu'est-ce qui t'a retenue si longtemps, ma fille ? demanda Sarah.

Sidérés, Thom et elle échangèrent un regard.

— Venez par ici, je vous ai réservé deux chaises ! cria Carley Sue.

Mais ils restèrent figés sur place l'un et l'autre, trop éberlués pour réagir.

— Mais enfin, qu'est-ce qui se passe ici ? finit par demander Thom.

— C'est une longue histoire. Nous vous expliquerons plus tard. Commencez par vous asseoir et…

Thom secoua la tête.

— Avant de nous asseoir, nous voulons d'abord vous annoncer quelque chose, Noelle et moi. Je lui ai demandé si elle voulait devenir ma femme et elle a accepté.

— Et rien de ce que vous direz, ferez ou penserez ne nous fera changer d'avis, se hâta d'enchaîner Noelle.

Jake McDowell afficha un sourire jusqu'aux oreilles.

— Pourquoi chercherions-nous à vous faire changer d'avis ? Pour ma part, je suis ravi.

— Vous pouvez toujours hurler, vous lamenter ou nous menacer, rien n'y fera, poursuivit Thom sur sa lancée. Nous nous marierons quoi qu'il arrive.

— Félicitations, mes enfants ! lança Greg Sutton.

Des cris et des applaudissements s'élevèrent tout autour de

la table. Mary et Sarah tombèrent dans les bras l'une de l'autre et s'embrassèrent, les larmes aux yeux.

— Il y a une chose que nous ne tolérerons plus jamais dans cette famille, ce sont les disputes, décréta Mary, aussitôt relayée par Sarah.

Thom et Noelle étaient toujours pétrifiés, à l'entrée de la pièce, comme deux statues de sel. Ils étaient tellement interloqués qu'ils demeurèrent muets l'un et l'autre.

— Rien ne vous oblige à rester plantés là comme deux piquets, lança Sarah. Venez vous asseoir. Et nous vous raconterons la drôle de journée que nous avons vécue.

De nouveau, Mary et Sarah se passèrent mutuellement un bras autour des épaules.

— Encore une chance que nous ayons pu livrer les corbeilles juste à temps, commenta Mary.

Sarah pouffa.

— Et que personne ne nous ait fait remarquer l'odeur de scotch de notre haleine.

— Mais que s'est-il passé, à la fin ? s'exclama Noelle.

Son père balaya sa question d'un geste horrifié de la main.

— Il vaut mieux ne pas le savoir.

— Je te raconterai tout plus tard, promit sa mère.

Noelle tourna les yeux vers Thom, qui paraissait aussi soulagé qu'elle. Il se pencha pour murmurer à son oreille :

— Soit nous sommes entrés sans le savoir dans un épisode des *X-files*, soit nous avons obtenu notre miracle de Noël.

Noelle abandonna la tête contre son épaule.

— Je vote pour la seconde solution.

Sarah McDowell, 9 allée des Vergers, Rose, Oregon
26 décembre

« Chère Melody,

» Mary et moi avons trouvé ton petit mot lorsque nous sommes allées livrer les corbeilles, le 24. Nous avons beaucoup apprécié d'être ensemble sur ce projet et Mary a accepté de diriger la commission corbeilles l'année prochaine. Je lui ai promis que je l'assisterais.

» Maintenant, en ce qui concerne l'usage du club pour la réception de Kristen… eh bien, nous avons une nouvelle. Et pas des moindres : un second mariage s'annonce dans la famille. Mais nous ne manquerons pas, Mary et moi, de reprendre contact début janvier et t'apporterons toutes les précisions nécessaires.

» Bien cordialement,

Sarah McDowell. »

SUSAN WIGGS

Rendez-vous sous le gui

Jade

Titre original :
THE ST. JAMES AFFAIR

Traduction française de CHRISTINE BOYER

83/85, boulevard Vincent-Auriol, 75646 PARIS CEDEX 13.
Service Lectrices — Tél. : 01 45 82 47 47

1

Elaine St. James se hâtait sur la Cinquième Avenue. En cette veille de Noël, les rues de New York étaient bondées et elle ne parvenait qu'à grand-peine à se frayer un chemin au milieu de la foule compacte. Les bras chargés de paquets, les gens souriaient, ignorant la neige et le froid. Elle contourna une chorale de l'Armée du Salut qui chantait à pleins poumons *Vive le vent* en sollicitant la générosité des passants. L'haleine chargée, un Père Noël titubait sur le trottoir.

Son téléphone portable collé à l'oreille, Elaine percevait mal les paroles de Byron, son petit ami. Mais malgré le brouhaha général, elle comprit qu'il l'appelait pour mettre fin à leur relation.

— Un top model ? cria-t-elle. Tu me laisses tomber pour un mannequin spécialisé dans la lingerie féminine ?

Elle se rendit compte trop tard qu'à cet instant précis les chanteurs marquaient une pause et les feux passaient au rouge, bloquant la circulation. Dans un silence assourdissant, tout le quartier l'entendit hurler dans l'appareil.

Gênée par les regards curieux rivés sur elle, Elaine ajusta son sac sur son épaule pour se donner une contenance. Byron continuait à lui débiter des explications mais elle n'avait aucune envie d'en écouter davantage. Le rouge au front, elle releva haut la tête et lança à la cantonade :

— Parfait !

Puis elle coupa la communication et poursuivit son chemin.

Derrière elle, les voitures redémarraient, la chorale entamait *Douce Nuit* et les trottoirs recommençaient à s'animer.

« C'est Noël », se dit Elaine, étonnée de sentir des larmes brûler ses paupières.

Pourtant, elle n'éprouvait aucune tristesse à l'idée de ne plus revoir Byron. L'indifférence avec laquelle elle accueillait la nouvelle lui prouvait que leur prétendu amour n'en avait pas été un. Mais cette rupture signifiait aussi la fin d'un rêve et il n'était pas si facile de renoncer à une illusion, à un espoir…

D'un pas déterminé, Elaine se fraya un passage dans la foule agglutinée devant les vitrines. Heureusement pour elle, elle ne manquait pas de volonté. Dès son plus jeune âge, elle avait été habituée à faire ce que l'on attendait d'elle et elle était devenue maîtresse en la matière. Elle allait se remettre au travail, se démener pour satisfaire ses clients, s'activer pour décrocher de nouveaux contrats et elle réussirait à surmonter cette déception. Ce n'était pas si compliqué, après tout !

Elle tenta de s'imprégner de la gaieté environnante. Autour d'elle, les enfants riaient, tout le monde était souriant. Mais malgré ses efforts, elle ne parvenait pas à partager la bonne humeur générale.

Pourquoi Noël était-il une période de l'année très heureuse pour la plupart des gens, sauf pour elle ? Pourquoi se sentait-elle si décalée, si différente des autres ?

Quelque part, elle en devinait la raison… Elle avait passé son enfance et son adolescence dans des pensionnats huppés, et toutes ses vacances dans des lieux très chic. Ses parents pensaient bien faire, bien sûr, ils souhaitaient que leur fille unique reçoive la meilleure éducation et évolue dans la haute société. Mais ils l'avaient privée de la chaleur d'une vie de famille et, à présent, elle avait le sentiment d'être partout une étrangère. Pourtant, Elaine n'avait jamais eu envie de se révolter ou de les décevoir et elle ne s'était jamais plainte. En réalité, elle avait consacré tant d'énergie à répondre à leurs attentes qu'elle avait oublié de se demander à quoi rimaient ses efforts.

Au carrefour, une femme chargée de sacs multicolores joua des coudes pour la dépasser et la bouscula sans même s'en excuser. Agacée par cette désinvolture, Elaine se mordit la lèvre pour ne pas lui lancer une réflexion désagréable, et se contenta de la fusiller du regard. Elle était en retard et de mauvaise humeur. Montrer un peu d'énervement aurait sans doute été justifié, mais Elaine détestait élever la voix.

A une époque lointaine, les lumières et les chants de Noël la plongeaient dans une sorte de féerie. Elle regrettait son état d'esprit d'alors mais elle ignorait comment faire revivre cette joie, cette excitation, cette légèreté. Et Byron n'était certainement pas un homme pour elle. Bien sûr, elle aurait dû le deviner dès le départ, au lieu de se bercer d'illusions mais, bien que la vie n'ait cessé de la décevoir, elle gardait toujours dans le secret de son cœur la foi en la magie de Noël.

Un peu plus loin, elle se retrouva nez à nez avec un homme qui lui tendit une boîte en fer sur laquelle était collée une photo d'orphelins. Serrant les mâchoires, elle fixa l'horizon. Si elle faisait mine de ne pas l'avoir vu, peut-être réussirait-elle à se débarrasser de lui. Elaine savait très bien éviter le regard des gens et se protéger des autres.

Ces quêteurs de tout poil prétendaient récolter des fonds pour des œuvres charitables mais, en réalité, ils travaillaient pour leur propre compte, se rappela-t-elle, songeant au Père Noël ivre qu'elle venait de croiser. L'argent qu'ils réussissaient à soutirer aux passants leur permettrait de s'offrir de quoi boire. Tomber dans le piège encourageait la mendicité.

— « Bientôt Noël », chantait l'homme.

Avec un soupir, Elaine considéra les guirlandes lumineuses et les décorations qui avaient envahi la ville dès le lendemain d'Halloween. Chaque année, la période des fêtes semblait démarrer plus tôt. Pourtant, chaque fois, à cette même époque, Elaine ne pouvait s'empêcher d'éprouver une petite excitation secrète. Et une bouffée d'espoir. Peut-être, cette année, Noël serait-il différent, pensait-elle toujours. Mais rien ne changeait jamais et plus le temps passait, plus elle devenait cynique.

L'homme secouait sa boîte sous son nez avec insistance.

— Allez, mademoiselle, un bon geste ! Donnez-moi une petite pièce.

Emmitouflé dans une écharpe rouge à pompons, il arborait sans raison apparente un sourire chaleureux. Autour de son cou était accroché un carton sur lequel était écrit en grosses lettres : « BONJOUR, JE M'APPELLE LARRY ».

Le feu passa de nouveau au rouge et elle rejoignit le flot des piétons qui s'apprêtaient à traverser, mais le dénommé Larry lui emboîta le pas.

— Pour les enfants abandonnés, s'il vous plaît, mademoiselle.

Dans l'espoir de la convaincre de sa bonne foi, il lui tendit un permis officiel.

Il s'agissait certainement d'un faux, songea Elaine.

— Laissez-moi tranquille.

Mais son air de chien perdu la toucha.

« Sois forte », s'ordonna-t-elle. Si elle cédait à celui-ci, un autre prendrait immédiatement sa place et, très vite, une nuée de mendiants lui réclamerait de l'argent. Relevant le menton dans le vent glacial, elle s'éloigna à grands pas. Un peu plus loin, une autre chorale entonnait *Petit Papa Noël*.

Mais l'homme ne la laissait pas partir.

— Ecoutez, ce n'est pas ma faute si ce type vous a plaquée pour une pin-up. Les pauvres gosses orphelins n'y sont pour rien non plus. Ne leur faites pas payer votre mauvaise humeur.

A la fin, elle fut incapable de rester silencieuse.

— Ce n'est pas en me rappelant cet épisode que vous allez m'inciter à me montrer généreuse, vous savez.

— Pensez aux enfants, alors. Offrir est magique, l'ignorez-vous ?

— Je ne crois pas à la magie, répliqua-t-elle.

Le dire à haute voix rendit ce mensonge aussi réel que le bitume gelé sous ses talons aiguilles.

— Cela ne l'empêchera pas de se produire. Mais vous devez faire un geste. Allez ! Qu'est-ce qu'un petit billet pour une femme chaussée de bottes Manolo qui en valent cent fois plus ?

Il connaissait le prix des articles de luxe ! Comme c'était étrange !

— Donnez à la vie, elle vous le rendra au centuple ! Cinq dollars et la magie commencera à opérer. Je vous le garantis.

— Si je les verse à votre cause, vous vous engagez à disparaître ?

Avec un clin d'œil, il lui décocha un sourire joyeux.

— Faites-moi confiance, vous ne le regretterez pas. Aidez-nous et le monde vous aidera à son tour.

— Qu'est-ce qui vous fait penser que j'ai besoin d'aide ?

— « Celui qui ne peut pas vivre en société, ou qui n'a besoin de rien parce qu'il se suffit à lui-même, ne fait point partie de l'Etat : c'est une brute ou un dieu », déclama-t-il.

Non seulement, il s'y connaissait en chaussures mais il citait Aristote !

« Je suis dans un monde de fous », songea Elaine.

— Si vous allez jusqu'à dix dollars, je vous promets un miracle, proposa Larry.

— Pour l'amour de Dieu, cessez vos boniments !

A bout de patience, elle fouilla dans son sac et lui tendit un billet de vingt dollars.

— Joyeux Noël, Elaine, dit-il gaiement.

Comme elle reprenait sa marche, elle se rendit brutalement compte qu'il l'avait appelée par son nom et elle s'arrêta net. Surpris, un homme d'affaires la heurta avant de la contourner en bredouillant des excuses. Elle scruta la foule mais Larry n'était plus en vue nulle part. Comment connaissait-il son prénom ? L'avait-il prononcé au hasard et avait-il eu la chance de le deviner ? Non, il l'avait plus probablement lu quelque part dans son sac quand elle l'avait ouvert pour sortir son portefeuille.

Avec un haussement d'épaules, elle refusa d'accorder de l'importance à cet incident et poursuivit son chemin. A tous les coins de rue, des chanteurs s'égosillaient. Leurs « Joyeux Noël et Paix sur la Terre » semblaient se répondre comme en écho.

Mais, depuis longtemps, Noël ne signifiait rien de joyeux pour Elaine. La période des fêtes se traduisait pour elle par un surcroît de travail, par des horaires surchargés, par des réunions supplémentaires, par davantage de réceptions à organiser et davantage de clients à satisfaire.

Comme Byron l'avait quittée, elle aurait un cadeau de moins à acheter cet après-midi ! se dit-elle. Finalement, la seule gêne que cette rupture allait occasionner serait l'explication délicate qu'elle devrait donner à ses parents. Ils adoraient Byron qui leur apparaissait comme le gendre idéal, mais elle trouverait le moyen de leur exposer la situation et ils s'en remettraient. Le monde continuerait de tourner et, au bout du compte, la fin de cette histoire ne préoccuperait personne. Elaine serait la seule à ressentir quelque chose ; or elle avait appris à dissimuler ses souffrances.

Elle s'engagea dans une rue transversale, miraculeusement déserte à l'exception d'un clochard et de son chien galeux. Abrités sous le porche d'un restaurant, ils la regardèrent passer.

Dans sa hâte, elle trébucha et renversa son sac à main, dont le contenu se répandit sur le trottoir gelé. Avec un soupir agacé, elle s'accroupit pour rassembler ses affaires — son téléphone portable, une boîte de bonbons à la menthe, un agenda de cuir, un rouge à lèvres et une foule d'objets hétéroclites.

Comme elle s'éloignait, l'homme la héla.

— Mademoiselle, vous oubliez quelque chose ! cria-t-il en lui tendant un trousseau retenu par un patin d'argent.

— Merci.

Elaine s'empara de ses clés et les rangea dans son sac de cuir avant de s'éloigner. Mais, après quelques pas, elle s'arrêta et sortit de nouveau un billet de son portefeuille. Elle détestait jeter son argent par les fenêtres mais, à ses yeux, tout travail méritait salaire. Cet homme lui avait permis de récupérer quelque chose à quoi elle tenait beaucoup et elle lui devait une récompense.

Ce porte-clés revêtait beaucoup d'importance pour Elaine. Elle le gardait en souvenir, pour ne jamais oublier ce qu'il en coûtait d'offrir son cœur à un être qui ne le méritait pas.

2

D'un pas alerte, Elaine longea les boutiques jusqu'au Fezywig, une brasserie très prisée de New York. Grâce à l'entreprise de publicité d'Elaine, ce restaurant était devenu le lieu de rendez-vous préféré des trentenaires branchés et des personnalités du show business, de la mode et de la politique.

Elle s'engouffra à l'intérieur. Tout en chrome, cuir et verre, le décor était l'œuvre d'un célèbre architecte d'intérieur. Dieu merci, les musiques de Noël n'y avaient pas droit de cité. A la place, de gros baffles distillaient en sourdine un air de jazz. Elaine retira son manteau, ses gants et son chapeau et les tendit à la personne qui tenait le vestiaire avec un sourire reconnaissant.

Avant de rejoindre ses collaboratrices, elle s'esquiva vers les lavabos. Son ensemble-pantalon en cashmere ivoire lui seyait à merveille, constata-t-elle dans le grand miroir mural, et se mariait à la perfection avec ses bottes de cuir. Mais il lui fallait absolument se recoiffer et se remaquiller. Encore une chose qu'elle détestait au moment de Noël : le vent violent, sans parler du froid polaire et des rues gelées.

Avec des gestes précis, elle se brossa les cheveux puis elle sortit sa trousse de maquillage et se mit au travail. Tout en se faisant belle, elle réfléchissait.

Ainsi, Byron la laissait tomber ! A présent, il lui appartenait de décider de la meilleure manière de présenter l'événement à son entourage. D'un côté, elle pouvait jouer le rôle de victime blessée, vulnérable, et qui avait grand besoin de réconfort et de soutien. Cette stratégie lui permettrait de se remonter le moral en écoutant ses amies lui répéter que ce salaud ne la méritait pas, qu'il ne lui arrivait d'ailleurs pas à la cheville et ne tarderait pas à regretter amèrement d'avoir rompu.

Penchée vers le miroir, elle appliqua avec soin du mascara sur ses longs cils. D'un autre côté, elle pouvait dissimuler son humiliation derrière des sarcasmes et s'employer à ridiculiser Byron Witherspoon. En la plaquant pour une femme frivole et stupide, il lui avait offert l'occasion de se moquer de lui.

« C'est la veille de Noël, le moment rêvé pour s'amuser », songea-t-elle en sortant son tube de rouge à lèvres. Elle allait feindre de n'être pas affectée par la rupture avec son petit ami.

Elle examina son reflet avec attention. « Pas mal », se dit-elle, satisfaite, en contemplant ses cheveux ébouriffés avec art, son ensemble en cashmere, ses boucles d'oreilles en or. Elle ne ressemblait pas, en tout cas, à une malheureuse qui venait de se faire éconduire !

Avec un peu d'étonnement, elle se rendit compte qu'elle n'éprouvait aucune tristesse et qu'elle n'aurait pas à faire semblant de prendre cette séparation avec détachement. La seule chose qui l'ennuyait dans cette histoire était la perspective de se rendre seule, ce soir, à la réception donnée par ses parents. Elle devrait leur expliquer la situation et cela l'ennuyait d'avance. Mais, au fond, la trahison de Byron la laissait complètement froide.

Comme c'était étrange, pensa-t-elle, presque déçue. Pourquoi n'était-elle pas ravagée de chagrin ? Pourquoi n'avait-elle aucune envie de pleurer ou de se lamenter ? Effarée, elle s'aperçut qu'elle ressentait la même contrariété que devant un ongle cassé. Si elle avait fondu en larmes, elle aurait eu au moins l'impression de ne pas avoir perdu son temps en sortant six mois avec un homme qu'elle n'aimait pas vraiment. Mais l'idée de soupirer ou de sortir son mouchoir lui paraissait saugrenue. Curieusement, alors que c'était Byron qui était à l'origine de leur rupture, elle avait l'impression d'avoir mis de l'ordre dans sa vie.

La brasserie était bondée, et plusieurs personnes patientaient à l'entrée, pressées de se restaurer un peu avant de sortir s'occuper des cadeaux de dernière minute et des achats pour le réveillon. Tout en se dirigeant vers le fond de la salle, Elaine salua de la main des connaissances. Son sourire n'avait rien de factice. Elle adorait ces gens issus de la haute société, ces acteurs, ces lanceurs de nouvelles modes et ils le lui rendaient bien. Au milieu d'eux, elle se sentait dans son élément. Mais elle ne pouvait pas s'attarder. Ses collaboratrices — qui étaient aussi ses meilleures amies — l'attendaient.

Pourtant, un curieux sentiment s'empara soudain d'Elaine, un sentiment qui n'avait rien à voir avec sa conversation avec Byron mais qui n'en était pas moins étrange.

Elle ne savait pas très bien pourquoi mais parfois, aux plus mauvais moments, elle éprouvait une étrange solitude.

C'était absurde, évidemment. Elle menait une vie très remplie, et son métier l'amenait à rencontrer en permanence une foule de personnes. Mais, même si elle s'efforçait de se dissimuler la vérité, son existence lui semblait souvent vaine et futile et elle se sentait très seule.

Heureusement, elle avait trouvé l'antidote : l'action était le meilleur remède pour combattre la sensation de vide. Elle se démenait pour décrocher de nouveaux contrats, pour accroître son influence dans l'univers clinquant de la mode et du spectacle et, peu à peu, elle était parvenue à se faire un nom. Grâce à son caractère volontaire, elle avait réussi par la seule force de sa volonté à devenir en quelques années une des publicitaires les plus connues et recherchées de la ville.

Réconfortée par cette pensée, elle traversa la brasserie d'un pas assuré pour rejoindre la table où ses collaboratrices patientaient en sirotant des cocktails.

La première, Melanie l'aperçut et lui fit signe de la main.

— Ah, te voilà, Elaine ! Tu es en retard.

— Désolée, répondit-elle en se glissant sur la banquette de cuir à côté de Bobbi, sa meilleure amie. J'avais des coups de fil à passer.

Elle jeta aux trois jeunes femmes un regard plein de reproches. Parce que c'était Noël, elles s'autorisaient à se détendre. Elles auraient pourtant dû savoir que la période des fêtes ne supprimait pas les opportunités de décrocher des contrats. Au contraire, dans le domaine des relations publiques, la trêve des confiseurs se traduisait par un surcroît de travail.

Le dénommé Larry s'était totalement trompé. Si cette époque de l'année lui était propice, cela n'avait rien à voir avec la prétendue générosité ambiante. Noël donnait simplement un coup de fouet à leurs activités.

Comme il était plus de midi, elle commanda un kir royal puis elle posa son sac à main et s'efforça de sourire. Jenny P — elle s'appelait Pinkwater mais, depuis longtemps, elle avait décidé de ne garder que la première lettre de son patronyme — était somptueuse dans son pull en mérinos noir, avec ses hautes bottes de daim et son rouge à lèvres pailleté. Melanie Benz, que ses clients adorés surnommaient affectueusement La Brindille, était mince comme un fil. Elle portait des cheveux blonds, presque blancs, dressés sur sa tête comme une crête. Bobbi, la plus belle du trio, arborait une silhouette de top model dans son ensemble de cuir de chez T. Gallagher, maquillée par les produits Chez Moi et coiffée par Iago.

Quelques mois plus tôt, Elaine avait rencontré Bobbi dans une ville cotonnière de Caroline du Nord. La jeune femme n'était alors qu'une inconnue qui cherchait à percer dans le show business ou dans l'univers de la mode. Mais Elaine et ses collaboratrices avaient d'autres projets pour elle. Avec brio, elles avaient transformé Bobbi du tout au tout : elles lui avaient offert une nouvelle garde-robe, une séance chez un visagiste, lui avaient appris à se mettre en valeur avant de l'introduire dans la haute société. Grâce à leurs relations, elles s'étaient arrangées pour que la jeune femme soit invitée partout et photographiée au bras d'un grand acteur, d'un chanteur dans le vent ou d'une personnalité politique. Et cela avait fonctionné. A présent, Bobbi faisait la couverture des magazines — *Vogue*, *Quest* ou *W*, pour ne citer que les plus connus. Tout le monde la réclamait, elle était de toutes les réceptions mondaines. Dernièrement, *Cosmo* lui avait proposé de présenter ses exercices d'amincissement pour l'été. Le lancement de Bobbi avait été un succès éclatant.

En créant la nouvelle coqueluche des médias, Elaine n'imaginait pas qu'elle deviendrait en quelques semaines sa meilleure amie. Aussi piquante et rafraîchissante qu'une coupe de champagne, Bobbi était un peu la sœur qu'elle n'avait jamais eue. Elaine lui confiait ses secrets et ses rêves. La jeune femme serait sans doute la seule à qui elle avouerait que sa rupture avec Byron ne l'affectait en rien et que ce détachement lui faisait craindre d'être incapable de nouer une relation durable.

Non, elle n'irait pas si loin. Même Bobbi dont elle se sentait si proche devait continuer à l'ignorer.

Ce soir, leur protégée ferait tout son possible pour propulser l'entreprise en haut de l'affiche. Elle devrait séduire le mystérieux et ambitieux Axel, un grand parfumeur suisse qu'elles désiraient compter parmi leur clientèle. Obtenir un important contrat avec lui était capital. Elaine prouverait au moins à ses parents qu'elle était capable de gagner sa vie et de se débrouiller dans l'existence. Au fond d'eux-mêmes, ils étaient persuadés que leur petite princesse était devenue publicitaire pour s'occuper en attendant de se marier et de fonder une famille avec quelqu'un de bien, quelqu'un du genre de Byron Witherspoon.

A présent, Elaine avait plus que jamais besoin d'Axel. Travailler pour lui adoucirait quelque peu l'humiliation d'avoir perdu Byron.

— Si nous réussissons à le convaincre de nos talents, il nous ouvrira les portes du marché européen, dit-elle.

Avec ses collaboratrices, elle mettait au point les détails de la grande réception, connue depuis des décennies dans le beau monde comme « la soirée St. James ». Chaque année, la veille de Noël, ses parents conviaient tout le gratin de la haute société dans leur luxueux appartement. Mais, pour la première fois, ils avaient autorisé Elaine à se charger de tout, et elle ne voulait pas les décevoir.

— A quoi ressemble-t-il ? s'enquit Bobbi. Je n'ai jamais rencontré de millionnaire.

— Il est parfait.

— Qu'en sais-tu ? Es-tu sortie avec lui ? demanda Mel.

— Evidemment pas. Mais Axel et moi avons fréquenté les mêmes pensionnats. Parfois, ce genre d'établissement peut être utile à quelque chose…

Jouer le jeu du pouvoir était ce qu'Elaine savait faire de mieux. Elle excellait dans ce domaine et son ambition professionnelle donnait un sens à sa vie.

Penchées sur des feuillets comme des généraux sur une carte d'état-major, Melanie et Jenny mettaient au point un plan de bataille pour la soirée.

Profitant de leur inattention, Bobbi murmura discrètement à l'oreille d'Elaine :

— Pourrais-tu m'accorder une avance sur mon prochain salaire ? Je suis un peu à court d'argent, ces temps-ci.

A ces mots, Elaine fronça les sourcils.

— Tu ne cesses de m'en réclamer ! Tu dois absolument apprendre à gérer ton budget, Bobbi !

— J'essaie, mais mon train de vie est ruineux. Demain, c'est Noël, alors j'aurais besoin d'un petit coup de pouce. Je t'en prie…

Elaine avait du mal à comprendre son amie. Vivre au-dessus de ses moyens n'était jamais une solution.

— Passe au bureau demain matin, je te ferai un chèque.

— En fait, je ne pensais pas venir demain.

— Nous n'avons pas le loisir de chômer, Bobbi ! La période des fêtes est toujours très chargée pour nous, tu le sais.

— Mais c'est Noël !

— Je maintiens que tu te comportes en irresponsable, répliqua Elaine en sirotant son kir. Si tu veux percer dans ce métier, il te faut assumer tes fonctions.

— Pour une fois dans l'année ! insista Bobbi. Je comptais prendre un avion pour rejoindre ma famille. Ma sœur Jimmi a mis au monde un petit garçon avant-hier. Qu'y a-t-il de plus merveilleux qu'un bébé à Noël ?

— Un contrat avec un millionnaire suisse ! répliqua Jenny du tac au tac.

D'un doigt parfaitement manucuré, Melanie caressa sa flûte de champagne.

— De plus, ta maman est adorable, Elaine. C'est un plaisir de travailler pour elle.

— N'est-ce pas ?

Elaine se força à sourire. Freddie St. James avait approuvé sans réserve les suggestions de sa fille. Malgré son scepticisme à la vue du menu et de la liste des invités, savoir qu'Elaine était reconnue par toute la profession comme une publicitaire hors pair l'avait poussée à lui laisser carte blanche.

Pour Freddie, convier le gratin de la société ne rimait à rien si la presse ne se faisait pas l'écho de l'événement. Etrangement, cet objectif commun les avait rapprochées. Il y a quelques années, des mondes les séparaient. Ce n'était plus le cas, à présent.

— Tu as l'air nerveuse, Elaine, remarqua Jenny en l'observant avec attention. Tu es pourtant toujours d'un calme olympien. Que se passe-t-il ?

— Il s'agit quand même de la soirée de mes parents.

— Et alors ? Nous organisons des réceptions en permanence. Dans ce domaine, nous ne craignons personne. Les gens parlent encore avec des trémolos dans la voix du spectacle que nous avions monté à Thanksgiving au profit de l'association caritative Helpline. Qu'est-ce qui te préoccupe ?

Elaine prit une profonde inspiration. Il était temps de passer aux aveux.

— Je déteste Noël, je déteste ma vie. Byron vient de me plaquer pour un top model spécialisé en lingerie féminine.

A ces mots, le silence se fit dans la pièce.

Jenny fut la première à réagir.

— Mais... tu devais l'épouser ! Son père a bâti un empire télévisuel. Vous auriez incarné le couple le plus médiatique de la planète !

Avec élan, Bobbi l'embrassa sur la joue. Sa générosité toucha Elaine au cœur.

— Chérie, dit-elle, nous sommes désolées...

— Il n'y a pas lieu de l'être. La seule chose qui m'ennuie

dans cette histoire est la date. N'aurait-il pas pu attendre deux jours pour m'annoncer la nouvelle ?

— Il n'est pas trop tard pour te trouver un compagnon pour ce soir, protesta Mel en s'emparant de son agenda électronique. C'est Noël, il est inconcevable de te rendre seule à cette soirée !

En vérité, Elaine n'avait pas envie d'un cavalier. Et encore moins de fêter Noël. Elle voulait en finir au plus vite avec ces festivités et retourner travailler. Mais elle n'en souffla mot.

— Cette réception sera parfaite, assura Jenny en levant son verre. Tes parents seront épatés quand ils verront Axel te dévorer des yeux, et tout le monde sera heureux.

Le sourire d'Elaine tremblait légèrement tandis qu'elle s'emparait de sa flûte.

— Alors, buvons au bonheur de tous.

D'un air pensif, Elaine contempla les bulles de son champagne. Elle surmonterait cette épreuve, car elle était une gagnante ! Et ce soir, tout se déroulerait à merveille.

Comme elle relevait la tête, elle aperçut soudain un homme qui entrait dans la brasserie et elle se pétrifia.

La foule, les couleurs, la musique s'estompèrent, et elle ne vit plus que lui. En un éclair, elle se souvint de tout, malgré les — elle compta rapidement — sept ans qui les séparaient de leur dernière rencontre. Sept ans, jour pour jour…

Bouleversée, elle revécut en un instant l'intensité de son premier amour et elle comprit sans tarder qu'elle était de nouveau la proie de sentiments qu'elle croyait éteints depuis longtemps.

Elle ne parvenait pas à détacher les yeux de ses larges épaules, de son sourire chaleureux. Il avait toujours eu un charme redoutable. Avec les années, il était devenu plus beau, plus séduisant encore et elle fut étonnée de retrouver ses émotions de jeune fille devant celui qui avait hanté si longtemps ses rêves.

— Que se passe-t-il, Elaine ? s'enquit Jenny. On dirait que tu as vu un fantôme.

Baissant la tête pour dissimuler son trouble, elle posa son verre.

— Il s'agit plutôt d'un revenant, le revenant des Noël passés.

3

— De quels Noël ? s'enquit Jenny.

— Des miens.

Se rendant compte qu'elle tremblait, Elaine prit son visage entre ses mains, les yeux toujours rivés à la haute silhouette qui se découpait dans l'embrasure de la porte vitrée et qu'elle n'avait jamais pu oublier.

Les souvenirs affluèrent à sa mémoire, datant d'une époque où Noël signifiait plus pour elle qu'un déluge de mondanités indispensables à ses activités. Malgré elle, elle se rappelait avec nostalgie leur rencontre et la flamme que Tony avait allumée dans son cœur.

Leurs chemins n'auraient jamais dû se croiser. Elle appartenait à une classe sociale régie par des règles non écrites mais strictes qui lui interdisaient de sympathiser avec des garçons comme Tony Fiore. De son côté, il venait d'un monde radicalement différent. Il avait grandi à Brooklyn, au sein d'une famille d'origine italienne qui croyait, autant que les St. James, qu'il valait mieux rester parmi ses pairs.

A dix-huit ans, elle commençait tout juste à se rendre compte que l'univers ne se réduisait pas à son petit milieu privilégié, à sa vie protégée. Faire la connaissance de Tony Fiore avait été pour elle une révolution.

A présent, il avait mûri, et il lui parut plus charismatique encore qu'à cette époque. Quand il s'approcha d'un groupe de personnes attablées et se mit à discuter avec elles, ces dernières se tournèrent aussitôt vers lui en souriant et commencèrent à boire ses paroles.

Les amies d'Elaine suivirent son regard.

— Bel homme..., fit remarquer Mel.

— Qui est-ce ? renchérit Jenny.

Bobbi lui caressa le bras.

— En tout cas, à côté de lui, Byron passerait totalement inaperçu !

— Il s'appelle Tony Fiore, expliqua Elaine d'un ton léger. Nous nous sommes rencontrés il y a très longtemps, quand nous étions lycéens.

Leurs vies s'étaient croisées la première fois à la patinoire du centre Rockefeller, pendant les vacances de Noël. Tony était scolarisé à Notre-Dame, il y suivait un programme de sport-études qui lui permettait de pratiquer intensément le hockey. Elle n'oublierait jamais la première vision qu'elle avait eue de lui. Des centaines de touristes et d'habitués se pressaient sur la piste et, pourtant, Tony Fiore serpentait sans effort entre les couples, les enfants et les bandes d'adolescents. La grâce et la puissance avec lesquelles il glissait sur la glace avaient attiré son attention.

De loin, Jenny observait Tony avec l'expression d'un joaillier examinant une pierre précieuse.

— Fiore..., murmura-t-elle. Je n'ai jamais entendu parler de lui. Comment cela se fait-il ?

Elaine s'efforça de prendre un air détaché. Elle se rappelait comment leur histoire s'était terminée — ou plutôt comment Tony avait disparu sans explications. Pendant quelque temps, ils avaient incarné les rôles de Roméo et Juliette, mais ils n'avaient jamais eu l'occasion de jouer le dernier acte.

Refusant de s'appesantir sur cet épisode, elle haussa les épaules.

— Cela n'a rien d'étonnant. Il a disparu de ma vie il y a bien longtemps déjà.

Malgré le ton définitif avec lequel elle l'affirma, sa gorge se serra. Il n'était peut-être pas une célébrité ni rien, mais il avait été le seul homme de son existence à lui faire connaître la magie de Noël. Il avait aussi été le seul à lui avoir posé un lapin, le soir où elle venait lui offrir son cœur…

— Pas d'accord, répliqua Melanie. Il n'a pas la tête d'un quidam quelconque. Mais je n'arrive pas à le situer…

— C'est peut-être un acteur de cinéma, suggéra Bobbi en tendant la main pour attraper la cerise dans le verre de Mel.

— S'il en était un, nous saurions qui il est.

— Que fait-il ici ?

Un bloc-notes sous le bras, Tony Fiore se déplaça vers une table voisine et salua les convives. Et, de nouveau, les visages parurent s'éclairer à sa vue.

— Peut-être récolte-t-il des fonds ? dit Jenny.

Comme il se penchait pour tendre un stylo à quelqu'un, elles remarquèrent alors l'inscription qui figurait au dos de sa parka.

— Vous avez vu ? s'écria Melanie. C'est un policier.

Perplexe, Elaine fronça les sourcils. Un policier ? Il était censé devenir une star de hockey ! A l'époque, elle s'était dit qu'il avait dû faire un choix. Sans doute s'était-il rendu compte qu'il lui était impossible de conjuguer une carrière d'athlète de haut niveau et une passion amoureuse… Ainsi, il l'avait quittée pour entrer dans la police…

Soudain, Bobbi se raidit.

— Il vient par ici !

Avant que quiconque ne puisse répondre, Tony s'approcha effectivement d'elles.

Oh, ce sourire ! pensa Elaine, réprimant un gémissement. Ces yeux noirs si beaux ! Malgré les années et les nombreux Noël qui s'étaient succédé, elle n'avait jamais pu oublier ce visage, qui continuait à la faire rêver.

— Bonjour, mesdemoiselles, lança-t-il.

Cette voix aussi la hantait encore… Profonde, chaude, assurée, elle était à peine teintée de l'accent de Brooklyn.

Dissimulant la panique dont elle était la proie, Elaine afficha un sourire de façade.

— Tony Fiore ! Quelle surprise ! Nous ne nous étions pas vus depuis une éternité.

Ce jour-là était la date anniversaire de leur rencontre. En était-il conscient ?

— Cela fait six ans, ce soir, dit-il en la dévisageant d'un air appréciateur.

In petto, elle remercia le ciel. S'il ne s'en était pas souvenu, elle serait morte dans ce restaurant. Mais la chaleur de son regard, la légère rougeur qui envahit ses joues lui confirmèrent qu'il ne l'avait pas oubliée.

Elle se demanda s'il se rappelait aussi leurs émotions quand, main dans la main, ils tourbillonnaient sur la glace, s'il était capable d'écouter un chant de Noël sans penser à elle, s'il avait parfois du mal à trouver le sommeil et s'il imaginait, en se tournant et en se retournant entre ses draps, ce qu'aurait été sa vie s'il avait osé…

— Sept, corrigea-t-elle, pas le moins du monde étonnée qu'il ait fait une erreur. Mais qui s'en soucie ?

Lorsqu'il lui sourit, elle se rendit compte que son sourire était aussi sensuel et chaleureux qu'à l'époque où elle l'avait rencontré. Pourtant, comme le garçon modeste qu'elle avait connu, il ne semblait pas conscient de l'effet dévastateur qu'il avait sur les femmes. Rien n'était plus sexy qu'un homme qui ne mesurait pas l'étendue de son pouvoir de séduction. Soudain, elle sentit son regard parcourir tout son corps.

— Tu as l'air en pleine forme, Elaine.

— Toi aussi.

Elle posa un œil interrogateur sur le dossier qu'il avait sous le bras. Mais, en réalité, elle cherchait à voir s'il portait une alliance. Elle était certaine qu'un homme comme lui était marié à une femme ravissante et était père d'une ribambelle d'enfants. D'ailleurs, il y a longtemps, il lui avait confié vouloir fonder une famille tout en poursuivant une carrière de hockeyeur. Mais à la grande surprise d'Elaine, son annulaire gauche était nu.

— A quoi sert ce bloc-notes ? s'enquit-elle.

— Je récolte des fonds, expliqua-t-il avec un petit salut de tête à l'adresse de ses compagnes.

Il ressemblait à Larry, le quêteur des rues, pensa-t-elle. En plus grand, plus brun et surtout plus séduisant.

Puis, comme il le faisait autrefois, il les enveloppa toutes les quatre de son regard chaleureux. Ses yeux, bordés de longs cils noirs, s'animèrent et les amies d'Elaine s'ouvrirent à lui telles des fleurs au soleil.

Indiscutablement, il avait un pouvoir hypnotisant, même si elle n'avait jamais réussi à comprendre comment il parvenait à attirer les gens sans même le vouloir. Peut-être les touchait-il avec sa façon de se pencher légèrement en avant, ou avec son sourire… Il possédait une forme de charisme et en sa présence chacun se sentait compris, accepté, unique. C'était une sorte de… magie. Soudain, elle se rappela les promesses du dénommé Larry.

Même Melanie, qui prenait toujours les événements avec un détachement légendaire, poussa un soupir.

Elaine se sentait mise à nu, vulnérable. Ces retrouvailles imprévues la déstabilisaient plus qu'elles ne l'auraient dû. Tony Fiore appartenait au passé. Sept ans plus tôt, il avait mis un terme à leur relation sans explications, alors à quoi bon revenir en arrière ? Redressant les épaules, elle décida de cacher son désarroi derrière un sourire de façade.

Elle lui présenta ses collaboratrices d'un ton mondain puis, avec un petit rire qui dissimulait ses véritables sentiments, elle se tourna vers lui.

— Et voici Tony Fiore, qui m'a brisé le cœur quand nous étions lycéens.

— Le mien fond complètement, s'exclama Jenny, presque en pâmoison.

— Je t'ai brisé le cœur ? répéta-t-il, incrédule. Non, Elaine. Je t'ai rendu service.

D'un trait, elle vida son verre. Le croyait-il vraiment ?

— Racontez-nous, dit Melanie. Vous sortiez ensemble, tous les deux ?

— Nous nous sommes vus… trois fois, répondit Elaine d'un air désinvolte.

Jenny siffla entre ses dents.

— Pour la plupart des hommes, c'est une longue relation.

— Et vous collectez des fonds pour quoi ? s'enquit Bobbi d'un ton mielleux.

— Pour une association de hockey sur glace en faveur des enfants de Brooklyn, répondit Tony. J'ai monté ce projet il y a trois ans avec des collègues. Nous leur apprenons à patiner et nous les entraînons.

Elaine n'en fut pas surprise. Ce sport était sa vie. Autrefois, il avait décidé d'en faire son avenir, son métier. Tout en l'observant à la dérobée, elle ne pouvait s'empêcher de s'interroger sur lui. Il avait mûri mais il n'avait pas changé et il la troublait toujours. Quelle était son existence, à présent ? Etait-il chargé de vérifier les papiers d'identité et de courir après les voleurs à la tire ?

— Que pouvons-nous faire pour vous ? demanda Melanie.

Sans se départir de son sourire chaleureux, il répondit :

— Si vous voulez me donner une petite pièce, elle sera bienvenue. C'est Noël…

— Je trouve formidable de votre part d'offrir aux gosses de la ville la possibilité de patiner, déclara Jen.

— C'est une idée remarquable, renchérit Elaine.

— Merci. Mais j'avoue que cette année nous n'avons pas récolté grand-chose. Il nous faudrait un miracle pour permettre à l'association de subsister.

— Vous devriez organiser un gala, lui dit Jenny. Croyez-moi, c'est notre domaine. Nous sommes publicitaires.

Devant son air stupéfait, Elaine lui expliqua en quoi consistaient leurs activités.

— Nous travaillons dans les relations publiques. Nous rapprochons des médias — de la presse en particulier — les hommes et les produits qui gagnent à être connus. Nous écrivons des articles sur des personnalités économiques, financières ou politiques et nous assurons aussi la promotion de produits de luxe, de certains restaurants ou d'agences de voyages. Je n'ai jamais entendu parler de ton organisation. Tu devrais faire appel à nous pour la présenter au grand public. Cela augmenterait considérablement les dons. Fais-moi confiance, je sais ce que cela rapporte.

— Oui ? Et combien factures-tu tes services ?

Comme elle ne répondait pas, il se mit à rire.

— Je crains de ne pas avoir les moyens de faire appel à tes services. De toute façon, le temps que je consacre à cette entreprise a tout autant de valeur.

Dans un bel élan, elles s'emparèrent de leurs sacs à main. Elaine se rendit compte soudain qu'elle n'avait pas toujours détesté Noël. Bien sûr, grâce à une volonté de fer, elle s'interdisait d'être frivole et de s'octroyer trop de bon temps pendant la période des fêtes. Mais, maintenant qu'elle y réfléchissait, elle prenait conscience que, autrefois, elle aimait la chaleur et la joie qui régnaient à cette époque de l'année et la générosité qui s'emparait de tous, jusqu'aux plus démunis, à Noël.

En observant Tony, elle sut avec précision à quel moment le vent avait tourné. Tout avait commencé à se disloquer la nuit où il l'avait laissée tomber. Depuis cette date, elle s'était mise à considérer le monde avec cynisme. A présent, elle voyait la cupidité et le mensonge dissimulés derrière le don de soi et la sincérité de façade. Elle avait appris à attendre le pire des gens pour ne jamais être déçue.

Elle fouilla dans son sac et changea soudain de couleur.

L'étui de cuir rouge avait disparu.

— J'ai un problème, dit-elle.

Pour en avoir le cœur net, elle vida le contenu de sa gibecière sur la table. Devinant le regard de Tony sur elle, elle se rendit compte qu'il fixait son porte-clés orné d'un patin d'argent. C'était lui qui le lui avait donné, des années auparavant, la seule chose qu'il lui ait jamais offerte, d'ailleurs. Et alors ? se dit-elle. A lui d'en tirer les conclusions qu'il voudrait. Elle savait pourquoi elle l'avait gardé.

Comme elle le remettait dans son fourre-tout, une étrange émotion s'empara d'elle.

— Quelqu'un m'a volé mon portefeuille, déclara-t-elle.

4

— Tu as de la chance, s'écria Melanie en désignant Tony. Nous avons un professionnel sous la main.

Elaine se leva.

— Le coupable doit être le type qui quêtait dans les rues ou peut-être le clochard. Je vais leur dire deux mots.

— Tu te trouvais avec un mendiant et un clochard ! s'exclama Jenny. Chérie, tu as vraiment besoin de vacances !

— J'ai renversé mon sac devant ce dernier et il a sans doute subtilisé mon portefeuille à ce moment-là sans que je m'en aperçoive.

D'un pas décidé, Elaine se dirigeait vers la porte quand une main se posa sur son épaule.

— Inutile de te précipiter, murmura Tony.

Il s'exprimait de la même voix basse et rauque qui la faisait frissonner autrefois.

— Pourquoi ?

— C'est ton amie qui te l'a pris, expliqua-t-il sobrement en se tournant vers Bobbi.

— Bobbi ?

Le visage de Bobbi se durcit et, soudain, elle ressembla davantage à une inconnue qu'à la fille qu'Elaine chérissait comme une sœur.

— Je ne comprends pas de quoi vous parlez, grommela-t-elle.

— Du portefeuille rouge que vous avez dans votre sac, répondit Tony.

— Tony plaisante, c'est certain, dit Melanie en s'emparant du fourre-tout que Bobbi avait posé près d'elle.

Mais, à l'intérieur, elle découvrit effectivement le bien d'Elaine.

— Qu'est-ce que cela signifie ? demanda Jenny. Est-ce une plaisanterie de mauvais goût ?

— Difficile à croire, fit remarquer Melanie.

— C'était pour rire, bredouilla Bobbi.

Elaine eut l'impression de recevoir un coup de poing en pleine figure. Bobbi, qu'elle avait sortie du ruisseau pour en faire une star, Bobbi, qu'elle considérait comme sa meilleure amie, comme une sœur, lui avait volé son portefeuille…

— Comment as-tu pu ?

Bobbi se leva.

— Comment ai-je pu quoi ? Porter tes vêtements ridicules et me rendre à tes soirées débiles pour regarder des richards jeter leur argent par les fenêtres ? Faire du rentre-dedans à tes clients stupides ?

— Je pensais que nous étions amies, balbutia Elaine, encore sous le choc.

— Amies ? Laisse-moi rire ! Tu as peut-être pensé m'acheter en m'offrant un manteau de fourrure et un téléphone portable mais il en faut davantage pour nouer une véritable amitié. Sais-tu seulement que mon salaire couvre à peine la location de la chambre minuscule où j'habite ? Non, bien sûr, tu es à des années-lumière des réalités de la vie. Et il me faudrait en plus t'être reconnaissante ? Je vais te dire, vu ma situation financière, je ferais mieux de me jeter dans le fleuve.

— Ce qui t'économiserait ton loyer, fit remarquer Jenny avec cynisme.

— Tais-toi, Jen. Ton unique ambition est d'épouser un type riche. Quant à Melanie, elle sniffe tout ce qu'elle gagne. Vous faites pitié.

Sous la colère, elle retrouvait son accent nasillard du Sud. Elle se tourna vers Elaine.

— Tu les intéresses parce que tu as grandi dans les quartiers huppés et que tu as des relations. Mais tu serais bien bête de prendre leurs courbettes et leurs sourires pour des preuves d'amitié. Elles se servent de toi, voilà tout.

— Ne l'écoute pas, Elaine, répliqua Melanie. Elle déraille, c'est évident.

— Non, j'en ai simplement assez de ce cirque, gronda Bobbi. Qu'est-ce que tu imaginais, Elaine ? Que cela m'amusait ?

— En fait, oui, répondit Elaine, repensant à leur sortie shopping de la veille.

— Eh bien, il est temps de t'acheter des lunettes, rétorqua Bobbi en s'emparant de son sac. Je préférerais être morte.

— Puisse ton vœu se réaliser ! lança cruellement Jenny.

Mais Bobbi était déjà partie, laissant un grand froid dans son sillage.

— Elle vient de se griller définitivement, déclara Melanie d'un ton sec. Elle ne retravaillera jamais dans la profession, je vous le garantis.

— Et tous les restaurants lui fermeront désormais leurs portes, renchérit Jenny. Elle ferait mieux de retourner dans son trou perdu de Caroline du Sud ou d'aller au diable, cette pauvre idiote.

— Je ne comprends pas quelle mouche l'a piquée, balbutia Elaine. Je lui avais promis de lui donner une avance demain.

Mais elle voulait rentrer dans sa famille, ce soir, se rappela-t-elle.

D'un air impassible, Tony les observait en silence. En tant que policier, il avait sans doute été souvent témoin de relations humaines explosives et de conflits.

— Oublie-la et n'accorde aucune importance à ce qu'elle a dit, Elaine, reprit Melanie en lui rendant son bien. Quand je pense à tout ce que nous avons fait pour elle ! Quelle ingrate !

S'efforçant de prendre les événements avec calme, Elaine tendit un billet à Tony.

— Pour ton association. Et merci… de m'avoir permis de récupérer mon portefeuille.

Tandis qu'il écrivait le montant de leurs dons sur son bloc-notes, Elaine était à l'agonie. Sa vie n'avait vraiment plus aucun sens. La veille de Noël, elle se faisait plaquer par son fiancé et voler par sa meilleure amie. Sans parler du lapin que Tony lui avait posé, sept ans plus tôt. Vraiment, la période des fêtes ne lui réussissait pas.

Le sort semblait s'acharner sur elle mais avait-elle une part de responsabilité dans cette accumulation de malchances ? Elaine s'obligea à y réfléchir. Bobbi l'avait trahie de la pire façon mais les mots qu'elle lui avait lancés en partant n'étaient pas dénués de fondement. Accablée, Elaine se rendit compte que Bobbi n'avait sans doute pas tort. Jenny et Melanie se montraient aimables avec elle parce qu'elles avaient besoin d'elle pour leur carrière mais elles n'étaient pas de véritables amies...

D'une main tremblante, elle referma son sac.

Tony s'approcha d'elle. Ses yeux bruns, si francs, avaient la capacité de percer les remparts qu'elle avait bâtis autour de son cœur. Et, d'un simple regard, il parvint à la convaincre que le monde n'était peut-être pas si glauque et à lui redonner le courage de continuer.

— Je suis vraiment désolé de cet incident, dit-il avec sincérité. Je l'avais vue s'emparer de ton portefeuille de l'autre bout de la salle.

Ainsi, il l'avait repérée en entrant. Cette pensée lui fit plaisir.

— Merci encore, dit-elle.

Soudain, elle réalisa qu'il n'allait pas tarder à partir, à présent, et qu'elle ne le recroiserait sans doute jamais.

Pourquoi s'en étonner ? Toute sa vie, les gens l'avaient quittée. A une époque, elle avait espéré que Tony Fiore serait différent mais, comme d'habitude, elle avait été déçue. Elle avait envie qu'il reste, qu'il s'assoie à côté d'elle, qu'il la persuade que son existence n'était pas un non-sens absolu, qu'elle traversait seulement une mauvaise passe. Elle voulait surtout qu'il lui explique pourquoi il avait disparu de sa vie après lui avoir fait miroiter tant de rêves.

Comme il esquissait un mouvement de retrait, Elaine le retint par le bras.

— Hé, pas si vite ! Tu ne vas pas nous lâcher comme cela, Tony. Reste avec nous.

— Merci mais je ne peux pas. Je m'apprêtais à aller chausser mes patins. Glisser sur la glace me détend toujours. Je vous souhaite une bonne fin de journée. Je regrette simplement cet incident avec votre amie.

— Ne te reproche rien à propos de Bobbi, Elaine, dit Melanie. Elle ne méritait pas que tu t'intéresses à elle. Tu l'as aidée et voilà comment elle te remercie !

Elaine s'en voulait d'avoir si facilement offert son cœur à la première venue. N'avait-elle donc pas retenu la leçon ?

— Peut-être devrais-je me lier à d'autres gens.

Elle crut entendre sa mère qui lui avait si souvent reproché de ne pas savoir choisir ses amis et elle eut envie de rentrer sous terre.

— Elle s'est moquée de nous, de nous toutes, poursuivit Melanie. Quelle journée tu auras eue, ma pauvre Elaine ! D'abord, Byron et maintenant, Bobbi.

Elle se tourna vers Tony.

— En général, nous prenons ce genre de choses avec humour. Vu notre clientèle, nous y sommes obligées.

Il se pencha vers Elaine avec un intérêt sincère. Comme autrefois, il avait une manière de la dévisager qui lui donnait l'impression de compter pour lui.

— Bobbi était donc une de vos clientes ?

— Non, nous l'avons créée, dit Jenny. C'était une idée d'Elaine.

— Elle est originaire d'une petite ville cotonnière du Sud, expliqua Elaine. Elle vendait des sandwichs dans nos bureaux dans l'espoir de se faire remarquer par un agent. Nous l'avons arrangée, relookée, des grands couturiers lui ont offert des vêtements, et en deux temps, trois mouvements, elle est devenue la coqueluche des médias. Elle s'est retrouvée en première page des magazines, tout le monde la voulait.

D'un air satisfait, Melanie aspira son cocktail avec sa paille.

— Nous l'avons fabriquée de toutes pièces.

— Nous nous désignions nous-mêmes comme des Frankenstein, ajouta Elaine.

— Terrifiant, dit Tony.

Elaine tenta de comprendre pourquoi son métier lui paraissait soudain si sordide. Peut-être parce que, lorsqu'elle avait rencontré Tony, elle nourrissait d'autres rêves. A l'époque, elle voulait devenir reporter sans frontières, sillonner le monde, faire du journalisme sur des sujets d'importance internationale. A présent, ses activités se résumaient pour l'essentiel à du shopping effréné, à organiser des réceptions et à rédiger des articles de presse pour promouvoir de nouveaux produits.

— En tout cas, nous comptions sur elle, ce soir, dit Melanie à Tony. Nous avions besoin d'elle pour décrocher un gros contrat.

— Le soir de Noël ?

— C'est ce qui est génial dans notre profession, reprit Elaine avec un enthousiasme forcé. Travailler et nous amuser sont synonymes pour nous.

Mais, même à ses propres oreilles, son commentaire sonnait creux et une sourde appréhension noua son estomac.

— J'ai une idée ! s'exclama Jenny en s'emparant de la main de Tony. Venez ce soir. Il s'agit d'une réception somptueuse organisée pour les parents d'Elaine, la soirée…

— La soirée St. James, finit-il pour elle avant d'éclater de rire devant sa surprise. Je vis à Brooklyn, pas à Tombouctou.

Avec douceur, il s'écarta, faisant comprendre à Jenny qu'elle perdait son temps et que ce genre de festivités ne l'intéressait pas.

— Je suis certaine que Tony a d'autres projets, se sentit obligée de dire Elaine.

Et pourquoi n'en aurait-il pas, d'ailleurs ? Le fait de ne pas porter d'alliance ne signifiait pas qu'il n'avait pas une femme dans sa vie. Elle afficha un sourire chaleureux.

— Je parie qu'une belle Italienne t'attend pour mettre les jouets de vos enfants sous le sapin.

Il esquissa un demi-sourire.

— Si c'était le cas, je ne serais pas dehors dans ce froid.

— J'ai toujours été persuadée que tu te marierais jeune et que tu fonderais une grande famille.

Même s'il était toujours célibataire, il avait toutes les qualités requises pour devenir un père merveilleux, elle l'avait toujours su.

— Je ne suis pas si vieux et j'espère toujours avoir une progéniture. Pour tous les Fiore, c'est important, tu ne l'ignores pas.

Elle se rappelait encore la chaleur de sa voix quand il évoquait les siens. Les Fiore formaient une smala italienne bruyante et chaleureuse, ils vivaient dans le même quartier depuis des générations. Bien sûr, elle ne les avait jamais rencontrés mais elle s'était souvent imaginé sa maman préparant des spaghettis à la bolognaise dans une cuisine d'autrefois. Ce n'était sûrement pas le genre de femme à laisser son fils passer seul le réveillon de Noël.

— Alors, qu'en pensez-vous, Tony ? lança Jenny.

« Dis oui », priait silencieusement Elaine. Comme c'était étrange ! Malgré tout ce qui s'était passé, elle croyait encore que la nuit de Noël n'était pas une soirée comme les autres.

— Je pourrai sans doute y faire un saut, répondit-il.

A ces mots, le cœur d'Elaine bondit de joie. Elle avait le sentiment absurde qu'il la sauvait. Depuis toujours, assister à la réception annuelle donnée par ses parents était une corvée pour elle. Ces gens bien habillés qui dégustaient des petits-fours sous les flashes des photographes en échangeant des potins l'ennuyaient à mourir.

Cette année, la réception serait moins terne qu'à l'accoutumée, grâce à la jeunesse et à l'énergie de ses collaboratrices. Mais, pour Elaine, ce serait toujours une épreuve. La présence de Tony ne pouvait pas empirer la situation. En fait, avec un peu de chance, il réussirait peut-être à l'embellir.

5

Quelques instants plus tard, Elaine remontait l'avenue dans l'espoir d'arrêter un taxi. Tout en marchant, elle discutait au téléphone, tentant de trouver une remplaçante à Bobbi pour la soirée. Axel aimait les top models mais, jusqu'ici, toutes celles de sa connaissance étaient occupées ce soir. Peut-être viendrait-il avec l'une d'elles, pensa-t-elle en cherchant les coordonnées d'un autre mannequin.

Les chanteurs de l'Armée du Salut s'étaient installés un peu plus loin mais ils s'égosillaient toujours et le cantique *Minuit, chrétiens* couvrait les bruits de la circulation. Larry, le mendiant, était un menteur, songeait Elaine. Il lui avait promis de la magie et un miracle mais, en réalité, elle tombait de Charybde en Scylla. Et au milieu de ce désastre avait débarqué Tony, réveillant des émotions qu'elle s'efforçait d'étouffer depuis des années.

Le numéro était occupé. Exaspérée, elle raccrocha et scruta la rue. Les flocons de neige tourbillonnaient autour d'elle et un vent glacial soufflait sur la ville.

Noël n'était qu'un leurre, pensa-t-elle en regardant passer un jeune couple d'amoureux, bras dessus, bras dessous, devant les boutiques illuminées. Noël n'était rien d'autre qu'une fête commerciale qui donnait aux gens une bonne excuse pour sortir plus tôt des bureaux et pour mettre les petits plats dans les grands.

Repérant un taxi en haut de l'avenue, elle agita désespérément la main. Quand il s'arrêta devant elle, elle poussa un soupir de soulagement. Comme elle ouvrait la portière, heureuse de se retrouver bientôt dans le cocon douillet d'une limousine confortable, une femme et un enfant avec des béquilles surgirent soudain.

Elaine eut d'abord envie de faire mine de ne pas les avoir remarqués et de monter dans la voiture. Mais, mesurant l'égoïsme dont elle ferait preuve alors, elle leur céda sa place.

Un grand sourire aux lèvres, le petit garçon se tourna vers elle avant de s'engouffrer dans l'habitacle en rangeant avec précaution ses cannes anglaises.

— Merci beaucoup, dit la mère.

En se traitant d'idiote, Elaine tendit un billet au chauffeur pour payer la course.

— Merci, répéta la femme. Joyeux Noël et que Dieu vous bénisse.

Avec un hochement de tête, Elaine rejoignit le trottoir dans l'espoir de voir passer un autre taxi. Malheureusement, elle n'en aperçut aucun. Elle s'imaginait déjà restant à geler sur place au milieu des passants qui se hâtaient pour rejoindre leurs familles, réunies devant une belle flambée. Si elle mourait de froid, qui la regretterait ? se demanda-t-elle tristement. Qui remarquerait même qu'elle avait disparu du paysage et s'était transformée en statue de glace ?

Irritée, elle tenta de joindre Zora au téléphone. Zora était le mannequin le plus demandé de New York mais Elaine tomba sur son répondeur. Qu'est-ce qui ne tournait plus rond chez les gens ? A croire que des vacances nationales avaient été décrétées.

Une berline noire s'arrêta alors devant elle et la vitre descendit.

— Veux-tu monter ? s'enquit Tony Fiore.

De nouveau, le cœur d'Elaine s'emballa mais elle s'efforça de se calmer.

— Merci, dit-elle en ouvrant à la hâte la portière.

Une douce chaleur régnait dans l'habitacle. Très vite, elle ressentit une étrange intimité à rouler en voiture à côté de lui, à s'introduire ainsi dans sa vie. Elle remarqua une carte officielle de police sur le tableau de bord et une ribambelle de Post-it collés un peu partout : « Passer prendre du jambon pour Nora », « acheter des disquettes vierges »...

Calmement, il rejoignit le flot de la circulation. Les flocons de neige mitraillaient sans relâche le pare-brise. Noël plongeait la ville dans un monde de couleurs et de lumière. Quand Tony lui jeta un regard de biais, Elaine le perçut immédiatement. Elle se souvenait si bien de ses gestes, de ses habitudes, qu'elle avait l'impression qu'ils s'étaient quittés la veille. Aucun homme ne l'avait jamais dévisagée ainsi. Dans ses yeux, elle voyait briller un intérêt sincère, de la tendresse et du désir.

— Où aimerais-tu que je te dépose ? s'enquit-il.

— Tu te diriges vers le nord, c'est parfait.

— Tu vis dans les beaux quartiers...

— Exactement.

— Comme autrefois, n'est-ce pas, Elaine ?

La remarque était amicale mais soulignait une fois de plus leur différence de milieux. A cause de leurs origines radicalement opposées, ils n'avaient jamais eu la possibilité de se fréquenter vraiment. Les gens disent que ce genre de choses ne compte pas à notre époque mais, en réalité, elles ont beaucoup d'importance. Surtout pour Elaine qui n'aurait jamais osé s'opposer à ses parents dans quelque domaine que ce soit. Et pour Tony pour qui la famille était sacrée.

Elle se sentait sur la défensive comme si elle devait s'excuser d'avoir grandi dans un monde privilégié. Habiter une adresse prestigieuse était primordial pour les St. James. Son père et sa mère étaient propriétaires d'un appartement qui donnait sur Central Park et ils possédaient une maison secondaire dans les Hampton. Soucieux de son éducation, ils l'avaient envoyée faire ses études en Europe et, à présent, elle vivait dans un immeuble chic datant de l'après-guerre et joliment restauré. A tout point de vue, elle menait une existence très agréable. Sur le papier, tout paraissait formidable. Mais, en vérité, elle avait rarement le temps de s'asseoir et de songer à toutes les choses qui manquaient à sa vie.

— Et toi ? demanda-t-elle un peu ennuyée.

— Je ne suis pas tombé loin non plus. J'ai trouvé un petit deux pièces près du parc Slope.

Elle ne s'était jamais rendue dans ce quartier, elle savait seulement qu'il était situé dans Brooklyn et peuplé de banlieusards peu fortunés.

Le silence tomba dans l'habitacle. Comme il était étrange de se retrouver avec lui après toutes ces années, songeait Elaine. Son téléphone retentit et elle se hâta de prendre l'appel, mais ce n'était que Jenny qui la prévenait qu'elle n'avait toujours pas déniché un joli minois pour séduire Axel ce soir.

Quand elle raccrocha, il se tourna vers elle.

— Cela me fait plaisir de te revoir, Elaine. Tu as l'air en pleine forme.

— Merci, toi aussi.

En général, Elaine était très douée pour les conversations mondaines. C'était son fonds de commerce, une arme supplémentaire dans son arsenal. Pourtant, elle avait l'intuition que les mots d'esprit habituels ou des allusions à des gens célèbres tomberaient à plat avec Tony. Les anecdotes sur les stars ne l'amuseraient pas et l'impressionneraient encore moins. Comme autrefois, il avait simplement envie de la connaître, d'en apprendre davantage sur elle.

Et elle craignait qu'il ne devine la réalité, l'imposture. L'image qu'elle donnait d'elle-même et de son existence n'était que de l'esbroufe, elle le savait. En apparence, elle avait réussi. Elle était belle, reconnue dans sa profession, appréciée, comblée. Mais elle n'avait aucune authenticité et son existence était aussi vide qu'une coquille de noix.

Les questions sans réponse et leur vieille histoire planaient au-dessus d'eux comme des fantômes. Ni l'un ni l'autre n'osaient aborder le sujet mais Elaine y pensait et le passé l'empêchait de vivre pleinement leurs retrouvailles.

Finalement, Tony alluma la radio et un chant de Noël emplit l'habitacle.

— Je parlais sérieusement tout à l'heure. Je suis désolé à propos de ton amie, dit-il.

Il fallut un instant à Elaine pour comprendre à qui il faisait allusion. Ils étaient tous deux désolés mais pour des raisons différentes.

— Bobbi ? Je ne sais pas quoi dire, c'était un peu gênant.

— Les gens sont trahis en permanence par d'autres en qui ils avaient confiance. C'est malheureusement une des premières choses que j'ai apprises dans mon métier.

— Quelle pensée déprimante pour une veille de Noël !

Elle fixait la rue à travers le pare-brise. Des centaines de piétons se hâtaient dans la tempête de neige, les boutiques étaient éclairées. Tous les arbres, tous les balcons étaient parés de guirlandes de lumière.

De nouveau, un ange passa et Elaine recommença à s'interroger. Des questions lui brûlaient les lèvres. « Où étais-tu cette nuit-là ? Pourquoi n'es-tu pas venu me retrouver ? Pourquoi n'as-tu pas tenu ta promesse ? Comment se fait-il que nous ne soyons pas ensemble, amoureux et heureux pour la vie entière ? »

— Alors, qui est Byron ? demanda soudain Tony.

Elle avait espéré qu'il n'évoquerait pas son ex-petit ami mais, naturellement, il voulait en parler. Sans doute son métier de policier avait-il développé chez lui la faculté de mettre le doigt sur les sujets sensibles.

— Un type avec qui je suis sortie quelque temps.

Bien sûr, elle ne lui avoua pas la vérité. A une époque, elle avait vraiment cru que Byron serait l'homme de sa vie. Il avait le profil parfait, il était issu d'une grande famille, il avait fréquenté les meilleures écoles. Les parents d'Elaine l'adoraient et les siens la traitaient comme si elle faisait partie de leur famille. Freddie St. James dressait déjà une liste de mariage et Elaine s'était presque convaincue qu'il deviendrait son mari.

Mais, en réalité, Byron était égocentrique, irresponsable et parfois même subtilement cruel. Aucune femme sensée n'aurait voulu unir son destin à celui d'un type comme lui.

— Tu en parles au passé, fit-il remarquer tout en naviguant entre les voitures avec une infinie patience.

Elle hocha la tête.

— Il a mis fin à nos relations tout à l'heure, juste avant le déjeuner.

— Vraiment ? Cela a dû être douloureux.

— Pour une top model spécialisée dans la lingerie féminine, ajouta-t-elle avec dérision.

— Encore plus dur.

— Je l'ai annoncé à tout le monde sur la Cinquième Avenue.

D'un ton léger, elle lui expliqua qu'un grand silence était tombé au moment précis où elle répondait à Byron et que les passants n'avaient rien raté de sa conversation téléphonique. Puis elle se tourna vers lui. Il avait un très beau visage mais une vieille blessure de hockey lui avait légèrement cassé le nez, ce qui lui évitait d'être trop parfait. Sa bouche était si séduisante que, encore maintenant, elle avait du mal à en détacher les yeux.

— Ne ris pas, le prévint-elle.

— L'idée ne m'a pas traversé l'esprit. Pourquoi rirais-je de quelque chose qui t'a blessée ?

Elle fixa l'horizon, s'obligeant à compter les guirlandes lumineuses de la rue. Depuis toujours, Tony avait le don de dire quelque chose de gentil et de sincère au moment précis où elle en avait besoin.

— Et tu l'aimais ? reprit-il.

— J'ai été amoureuse de lui, commença-t-elle.

Comme il restait silencieux, elle s'empressa de dissimuler son honnêteté derrière un petit rire.

— Ne t'inquiète pas, cette rupture n'a aucune importance. Pendant plusieurs mois, j'ai essayé de me persuader que Byron comptait pour moi mais, en fait, nous n'avions rien à partager.

Elle s'en voulut de paraître aussi superficielle, aussi insensible, aussi dénuée de cœur.

Que devait-il penser d'elle ? Plaquée la veille de Noël, volée par sa meilleure amie, elle réagissait avec une désinvolture qui la sidérait elle-même. Elle éprouvait la même contrariété que si elle avait oublié un rendez-vous chez le coiffeur. En réalité, elle interdisait depuis si longtemps aux émotions de l'ébranler que rien ne l'atteignait plus. Elle ne ressentait plus ni chagrin ni douleur… mais aucune joie non plus.

— Ne te crois pas obligée de paraître enjouée si tu as le cœur triste, Elaine, dit-il. Tu as tout à fait le droit d'être accablée, au moins quelque temps.

— Ce serait une perte inutile d'énergie et cela n'arrangerait rien.

Il tapota son volant de ses doigts.

— Es-tu très pressée, là ?

Elle consulta sa montre-bracelet en or, un petit cadeau d'un de ses clients, avant de considérer son portable silencieux. A présent, elle avait le choix. Elle pouvait passer l'après-midi à s'occuper de la soirée St. James. Ou, pour une fois dans sa vie, s'octroyer un peu de temps libre. Elle devinait quelque chose dans l'air. Etait-ce encore une illusion ?

— En fait, non. Je n'ai rien de particulier à faire. Tout est organisé pour ce soir et, grâce à Byron, je n'ai pas de cadeaux de dernière minute à acheter. Pourquoi cette question ?

— J'ai besoin de faire une pause.

Il se gara sur un parking réservé aux voitures officielles et contourna son véhicule pour lui ouvrir la portière. Quand elle sortit, elle battit des paupières, assaillie par une nuée de flocons de neige. Une énorme statue de Prométhée éclairée par des spots lumineux montait la garde à l'entrée du centre Rockefeller.

— Qu'est-ce que cela signifie ? demanda-t-elle avec un petit rire qui sonna faux à ses propres oreilles. Tu as envie de remonter le temps ?

— Cela te pose-t-il un problème ?

Elle se força à le regarder en face.

— Non, s'il en est de même pour toi.

6

— Bien, je dois d'abord déposer ces affaires.

Tony récupéra son bloc-notes et un gros sac de toile sur la banquette arrière et entraîna Elaine dans le labyrinthe rempli de monde.

Plongée sans s'y être préparée au milieu de la foule qui se pressait dans une ambiance survoltée au son d'une musique joyeuse, Elaine se remémora leur première rencontre. Même si elle n'en avait jamais parlé à personne, elle se la rappelait dans les moindres détails. Elle gardait ces moments heureux enfouis dans le secret de son cœur comme un rêve délicieux qui disparaîtrait si elle le racontait. La triste fin de son aventure avec Tony Fiore n'avait pas effacé la force de ses souvenirs. Au contraire, avec le temps, ils s'étaient embellis et elle se repassait souvent le film de leur histoire en se demandant sur quoi elle aurait pu déboucher.

Elaine n'avait jamais été une fille timide. La première fois qu'elle avait vu Tony, cette fameuse veille de Noël, elle n'avait pas hésité à lui faire comprendre qu'il l'intéressait. Une éducation privilégiée lui avait donné une assurance intérieure et la certitude qu'elle ne serait jamais rejetée. Du haut de ses dix-huit ans, elle s'était approchée sans crainte et elle lui avait lancé :

— Salut, je m'appelle Elaine. Je t'ai regardé patiner.

Son sourire l'avait fait fondre et lui avait soufflé que jouer les timorées n'était pas la stratégie adéquate avec lui.

— Et moi, je suis Tony. Je t'ai vue à l'œuvre, moi aussi.

Il ne s'agissait pas exactement d'un coup de foudre, ni même de l'ébauche d'une amourette mais il s'était passé quelque chose entre eux. Cette rencontre, brève et inattendue, les avait marqués et, pour lui comme pour elle, rien ne serait plus comme avant. Bien sûr, à la fin de la soirée, chacun était reparti de son côté. Tony allait retrouver sa famille pour le réveillon avant d'assister à la messe de minuit, Elaine devait naturellement assister à la grande réception donnée comme chaque année par ses parents. Le lendemain, il se rendrait en Indiana pour y terminer les championnats de hockey et elle s'envolerait skier à St-Maurice. Mais pendant toutes les vacances scolaires, elle n'avait cessé de penser à lui, regrettant de ne pas lui avoir confié son numéro de téléphone ou au moins son nom de famille.

Revenant au présent, elle le suivit jusqu'aux bureaux où il déposa son bloc-notes.

— Je regrette de ne pas avoir récolté davantage d'argent. J'aimerais offrir à tous les gosses l'occasion de chausser des patins. Ce sport a toujours été une passion et m'a préservé de bien des ennuis dans ma vie. Allons patiner, proposa-t-il en lui prenant le bras.

— N'es-tu pas censé chasser les voleurs de voitures ou les cambrioleurs ?

— Je suis en repos, Elaine. Viens avec moi… en souvenir du bon vieux temps.

Il avançait d'un pas assuré, fendant la foule pour rejoindre la patinoire.

— Pourquoi voudrais-je me replonger dans le passé ? dcmanda t elle.

Sans la lâcher, il s'arrêta et se tourna vers elle.

— Parce que c'était une époque formidable, répondit-il avec douceur.

— Il y a trop de monde, protesta-t-elle. Il faut être fou pour venir ici la veille de Noël.

— Alors je le suis.

— Je n'ai pas patiné depuis… tu sais.

— Tu plaisantes, j'en suis sûr. Pourquoi aurais-tu arrêté ? T'es-tu cassé la jambe ou foulé la cheville ?

Elle faillit éclater de rire.

— Non, j'avais simplement une vie à mener, une carrière à poursuivre. Je n'avais plus le temps.

— Ne me dis pas que, depuis sept ans, tu n'as fait que travailler sans jamais t'amuser.

— Travailler m'amuse. Mais le patinage ne fait pas partie de mes activités habituelles, voilà tout.

— Raison de plus pour t'y remettre. C'est comme le vélo, cela ne s'oublie pas.

Détournant la tête, elle préféra se réfugier derrière un mensonge.

— Je suis très forte pour oublier.

De façon inattendue, il mêla ses doigts aux siens.

— Et moi très bon pour raviver les souvenirs…

Malgré les sentiments contradictoires dont elle était la proie, Elaine se retrouva à lacer une paire de patins qui sentaient les pieds et à s'inquiéter de la façon dont l'employée louchait sur ses bottes de cuir. Comme c'était étrange de se retrouver à vaciller dans le couloir tapissé de caoutchouc vers l'entrée de la patinoire, accrochée au bras de Tony pour conserver son équilibre ! Elle n'avait pas du tout prévu de passer ainsi son après-midi. Initialement, elle avait eu l'intention de faire un saut chez Bergedorf ou Sacks pour acheter un pull à Byron. Au lieu de quoi, le destin lui avait envoyé un mendiant qui connaissait Aristote, un vieil amour et un retour aux sources.

Quand Tony la conduisit près de la piste, elle promena les yeux autour d'elle. D'énormes baffles distillaient une musique de Noël mais, au lieu d'en être agacée, elle en éprouva une curieuse nostalgie. L'immense sapin, orné de lumières, jetait une beauté féerique dans la nuit. Même la statue de Prométhée et les drapeaux de tous les pays autour du centre avaient l'air charmants.

Avec souplesse, Tony enjamba la balustrade qui entourait la surface gelée et guida Elaine sur la glace. Aussitôt, elle sentit ses jambes se dérober, ses patins partir dans des directions opposées et ses genoux toucher le sol. Une détermination sans faille lui donna la force de remettre ses pieds dans le droit chemin et, un moment plus tard, elle recouvra son équilibre.

— Tu te débrouilles comme un chef, assura Tony avec ce sourire qu'elle n'oublierait jamais.

Ecartant de son esprit la terrible journée qu'elle avait eue et la nuit stressante qui l'attendait, elle se surprit à rire avec lui.

Il l'enlaça et s'élança avec elle. Le vent soulevait leurs cheveux, la neige caressait leurs visages. Il patinait avec la puissance et la grâce dont elle avait gardé le souvenir. Sans effort, il fonçait comme une flèche à travers la foule, l'entraînant dans sa course, et elle avait l'impression de voler.

A ses côtés, Elaine retrouvait la gaieté qui l'habitait si souvent autrefois. Où avait disparu sa joie de vivre ? Comme une personne non invitée à une fête et qui préférait s'éclipser discrètement avant d'être mise à la porte, elle s'était évanouie sans se faire remarquer. Mais à présent, l'espoir revenait, la certitude que tout était possible, et elle se demanda quelle était la raison de ce revirement. Une euphorie post-Byron, se dit-elle, refusant de s'interroger davantage.

Pourtant, une petite voix intérieure lui soufflait que Byron n'avait rien à voir avec les sentiments dont elle était la proie.

Elle patinait au bras d'un homme qu'elle n'aurait jamais cru revoir. Avec étonnement, elle s'aperçut qu'elle fredonnait la chanson qui résonnait à leurs oreilles. Les gens s'écartaient devant eux, certaines personnes ralentissaient pour les admirer — enfin, pour admirer Tony, bien sûr, pas elle ! Après tout, c'était lui le professionnel. Côte à côte, ils devaient ressembler à une Volkswagen se mesurant à une Porsche.

Tony adaptait son pas au sien, lui communiquant juste un regain de vitesse et d'énergie quand elle faiblissait. Il n'avait rien perdu de la force naturelle ni de la grâce innée qui l'avaient propulsé au sommet de son art autrefois et qui lui avaient permis alors de remporter tant de tournois. Il glissait sur la glace avec aisance, il ne regardait même pas où il allait. Il ne cessait de la dévisager, elle.

Et elle aussi le dévorait des yeux. Son visage reflétait sa forte personnalité. Contrairement aux mannequins, aux stars du show business ou aux gens distingués qu'elle côtoyait quotidiennement, il avait les traits marqués, volontaires. C'était ce qui l'avait attiré chez lui la première fois qu'elle l'avait remarqué : sa différence avec les garçons qu'elle connaissait. Au lycée et à l'université, elle était sortie avec des jeunes hommes blonds et minces — « racés » les qualifiait sa mère en s'extasiant devant la particule accrochée à leur nom de famille — mais qui ne se départaient jamais d'un air blasé. Aux antipodes de ces êtres éteints, Tony Fiore possédait un appétit de vivre décontenançant, une mentalité de gagnant, et il la touchait par sa capacité à s'intéresser sincèrement et comme personne d'autre à elle. Il se moquait de ses relations et de son compte en banque. Il avait seulement envie de lui faire partager ses espoirs et ses rêves.

Autour d'eux, la foule, les bords de la patinoire se fondaient dans un flou artistique, dans une explosion de couleurs et de lumière. Ces images surréalistes ravivaient toutes les sensations qu'Elaine avait éprouvées des années plus tôt. A présent comme à l'époque, elle se sentait ivre de joie et de bonheur.

Même s'il s'étaient croisés la première fois par hasard et qu'ils avaient ensuite repris chacun leur chemin, une partie d'elle-même avait deviné que leur rencontre déboucherait sur quelque chose de spécial, d'intense. Comment aurait-elle pu en douter alors qu'il la dévisageait avec cette lueur dans les yeux ?

Pourtant, cette certitude n'avait pas suffi à abattre les hautes barrières qui les séparaient.

— Nous devrions rester en contact, lui avait-il dit.

— Et comment ? avait-elle répliqué. Par téléphone ? Par e-mail ? Non, merci.

Ce soir-là, il l'avait embrassée une seule fois mais, par comparaison, tous les baisers qu'elle avait reçus par la suite lui avaient paru fades. Et puis — et il ne plaisantait qu'à moitié — il lui avait lancé :

— Donnons-nous rendez-vous l'année prochaine, même lieu, même jour, d'accord ?

Imaginer une histoire d'amour entre eux semblait complètement irréaliste et pourtant ils avaient tenu leur promesse. La veille de Noël, la deuxième année. Elaine s'était éclipsée discrètement de la soirée organisée par ses parents et Tony était arrivé en retard à la messe de minuit. Le cœur battant, chacun était venu à la patinoire, avait chaussé ses patins et rejoint la piste glacée. Ils l'avaient traversée et s'étaient retrouvés au centre. Quand ils s'étaient souri, tous deux avaient compris que le courant, l'alchimie qu'ils avaient sentis entre eux la première fois étaient toujours là.

— Comme Roméo et Juliette, nous nous retrouvons en cachette, avait-il dit en riant.

Puis il l'avait embrassée et, lorsqu'il l'avait serrée contre lui, Elaine avait eu la conviction absolue et inébranlable que leur attirance mutuelle était rare et ne disparaîtrait pas facilement. Pourtant, dès le lendemain, elle partait pour St. Kitts, Tony devait reprendre l'entraînement intensif de hockey et il leur serait complètement impossible de se revoir avant longtemps. Ils avaient même plaisanté sur le sujet en se disant que les circonstances se liguaient contre eux, que leurs univers respectifs conspiraient à les séparer.

Toute la soirée, ils avaient résolument écarté leurs contraintes familiales, gommé leurs différences et oublié tout ce qui les tenait éloignés l'un de l'autre. Pendant des heures, ils s'étaient imaginé la manière dont ils pourraient s'aimer sans entraves. Ils avaient évoqué la possibilité qu'elle s'inscrive au lycée Notre-Dame, qu'elle vive désormais dans un foyer étudiant tout près de chez les Fiore… Cette éventualité l'avait fait rire.

— Qu'y a-t-il de si drôle ? lui avait-il demandé.

— L'idée de mon père m'envoyant dans une école de Brooklyn.

— Il s'agit de Notre-Dame, de religieuses ! C'est un établissement respectable.

— Oui, mais mes parents n'accepteraient jamais que je suive ma scolarité dans ce quartier.

Pourtant leurs vies s'étaient croisées une troisième fois, le Noël suivant. Elaine se rappelait encore le visage de Tony quand il l'avait vue apparaître. Il l'avait attendue dans le froid et ses oreilles et son nez étaient tout rouges. Et, en la reconnaissant, ses yeux avaient brillé de plaisir. Cette fois-là, ils n'avaient pas fait semblant d'être surpris de se croiser de nouveau, ils n'avaient pas fait mine d'être passés par là par hasard. Chacun d'eux reconnaissait être venu dans le seul but de rencontrer l'autre. Ils s'étaient mutuellement avoué que l'année écoulée leur avait paru interminable et le désir de se revoir irrésistible. Pourtant, ils n'avaient pas voulu rompre le charme en entamant une relation classique. Se retrouver à un autre moment aurait été pour eux comme déballer un cadeau avant le jour J. Ils étaient jeunes, c'était un jeu. Mais tous deux devinaient aussi qu'il ne s'agissait pas seulement d'une bonne plaisanterie.

Naturellement, ils avaient évoqué la possibilité de se revoir entre les Noël, mais ils y avaient vite renoncé. La magie était à l'œuvre, ils l'avaient confusément compris, et ils avaient peur de tout gâcher en forçant le destin.

La troisième année, ils s'étaient rendus chacun de son côté à la patinoire avec la certitude que l'autre y serait. Mais, cette fois, Tony avait de grandes nouvelles à annoncer à Elaine. Il allait passer professionnel. Il avait un agent, lui avait-il dit d'un air émerveillé. Les Rangers de New York le voulaient dans leur équipe, lui offrant la chance de sa vie, un tremplin dont il n'aurait jamais osé rêver. Pour faire plaisir à ses parents, qui l'avaient encouragé et soutenu dans cette aventure, il avait décidé de finir sa scolarité avant de les rejoindre. Aucun Fiore n'avait encore obtenu un diplôme. Ils voulaient qu'il soit le premier. Cette attente serait une épreuve mais il le leur devait. Agir autrement ne lui effleurait même pas l'esprit.

Cette nuit-là, il lui avait offert un cadeau, un porte-clés accroché à un patin d'argent. Touchée au cœur, Elaine, pourtant habituée à recevoir de somptueux bijoux de chez Tiffany ou de chez Harry Winston des autres garçons, avait fondu en larmes. A la boutique de souvenirs du centre Rockefeller, elle lui avait acheté un petit globe qui, quand on le secouait, saupoudrait de flocons de neige un couple de patineurs. Elle lui avait dit de penser à elle chaque fois qu'il le regarderait.

Les mois suivants, elle n'avait cessé de penser à Tony. Il l'obsédait. Son statut de future star de hockey sur glace changeait tout. A présent, il devenait quelqu'un qui plairait aux St. James. Jour et nuit, elle rêvait de lui, fantasmait sur leur vie future. Il serait célèbre dans le monde entier. Ils se marieraient, garderaient un pied-à-terre en ville mais habiteraient une maison à Long Island et ils se feraient peut-être construire une patinoire.

A l'approche du quatrième Noël, elle avait compris que Tony était l'homme de sa vie. Trois rencontres avaient suffi, elle savait qu'elle était tombée amoureuse de lui. Tant pis s'il était d'origine italienne et issu d'une famille ouvrière, tant pis s'il avait été scolarisé dans le public et travaillait l'été comme pompiste pour gagner de l'argent. Et ses parents voudraient l'envoyer chez un psychiatre et tenteraient de la dissuader de l'épouser. Tant pis. Elle aimait Tony Fiore d'un amour sincère et absolu. Jamais encore elle n'avait éprouvé de sentiments aussi forts. Cette année-là, elle était arrivée très tôt à la patinoire.

Aujourd'hui encore, elle rougissait d'embarras en songeant au temps qu'elle avait passé à l'attendre. Pendant des heures, elle avait sillonné la glace en tous sens, fait des arabesques à n'en plus finir. Elle mourait de froid mais elle ne parvenait pas à renoncer. De toute son âme, elle était certaine qu'il allait apparaître. Elle ne pouvait pas croire qu'il ne viendrait pas. Elle continuait d'espérer, elle se persuadait qu'il avait été retardé mais qu'il finirait par la rejoindre. Pourtant, lorsqu'elle n'avait plus senti ses pieds, elle avait dû se rendre à l'évidence. Le cœur lourd, elle avait retiré ses patins, elle était sortie dans la rue et avait appelé un taxi. Elle était retournée à la soirée de ses parents, avait bu trop de champagne et dansé avec des hommes dont elle se moquait comme d'une guigne. Le lendemain, elle était partie skier en famille.

Quand elle était rentrée de vacances, elle avait appelé le directeur de sa faculté pour le prévenir qu'elle acceptait la place qu'on lui proposait dans une université européenne. En proie à une désillusion et à une déception sans bornes, elle avait achevé ses études puis travaillé à Londres pour une revue prestigieuse avant de revenir démarrer à New York une existence fabuleuse. Aux yeux de ses parents, de ses amis, elle avait réussi à se faire une place enviée dans la société.

Pendant l'année suivante, elle était devenue une lectrice assidue des pages de sport. Elle se jetait sur les articles consacrés au hockey sur glace, étudiait avec attention la composition des équipes, mais elle n'y avait jamais vu le nom de Tony Fiore. Elle avait seulement appris qu'il avait terminé brillamment ses études. Même si elle avait refusé de sombrer dans la dépression à cause de lui, de ressasser leur histoire, elle était dévorée de curiosité. Qu'avait-il fait de ses rêves ? Pourquoi avait-il renoncé à devenir la nouvelle idole sur patins ? Elle ne comprenait pas.

Elle s'interrogea longtemps. Qu'il ait choisi de l'écarter pour poursuivre une brillante carrière sportive était logique, au fond. Mais cette dernière semblait s'être arrêtée avant même d'avoir commencé, cela n'avait aucun sens. A la fin, elle s'interdit de continuer à se poser des questions et de s'en préoccuper.

Une musique douce, comme un carillon de clochettes, fit sursauter Elaine et la ramena au présent. Il s'agissait d'un signal invitant les patineurs à quitter momentanément la glace pour permettre à une machine, la surfaceuse, de la lisser. Les habitués l'appelaient la Zamboni, du nom du constructeur écrit en grosses lettres sur ses flancs. Lentement, la Zamboni émergea de son tunnel et commença à sillonner méthodiquement la surface gelée, rayée par des milliers de lames de patins. Perché sur son siège, le conducteur portait une écharpe rouge à pompons qui flottait dans son dos comme une bannière.

Elaine eut envie de se pincer.

— Qu'est-ce qu'il y a ? s'enquit Tony.

— J'ai été suivie.

— Quelle imagination ! s'exclama-t-il en riant. Allez, viens, je t'emmène prendre un chocolat.

C'était un breuvage ordinaire servi dans un gobelet en plastique mais sa douceur toute simple réchauffa Elaine.

— Ainsi tu es devenu policier, dit-elle. Comment cela se fait-il ?

— C'était mon plan B, au cas où le hockey ne marcherait pas.

— J'en déduis qu'il n'a pas marché…

Sans répondre, il sucra avec application sa boisson. Elle attendit mais il ne fit aucun commentaire et, pour changer de sujet, il l'interrogea à son tour.

— Et toi ? Je pensais que tu serais devenue reporter sans frontières ou quelque chose comme ça. Tu as pourtant suivi des études de journalisme, non ?

Elle se remémora son idéalisme de l'époque. En se lançant dans cette voie, elle avait rêvé de changer la vie des gens, de creuser les faits et d'être le miroir de la société. Au lieu de quoi, elle s'occupait de réserver des tables dans les restaurants à la mode, d'organiser des soirées et de promouvoir des produits de luxe. Elle s'efforçait de convaincre des femmes qui avaient du mal à joindre les deux bouts de la nécessité impérative d'acheter un rouge à lèvres hors de prix pour réussir à séduire un homme. Ses articles étaient un mélange subtil de reportage et de publicité.

— Je suis devenue publicitaire, d'accord ? Je ne sers pas à grand-chose, je te l'accorde, mais ce métier me permet de gagner ma vie.

Consciente d'avoir parlé sèchement, elle ajouta :

— Pardonne-moi, Tony, tu m'as croisée un mauvais jour.

— Alors raconte-moi à quoi ressemble une bonne journée pour toi.

Elle hésita.

— Quand mes clients sont contents et que mon comptable leur facture les heures employées à les satisfaire, mon métier me plaît beaucoup, répondit-elle, un peu sur la défensive. Ce n'est pas un crime, si ? Dans mon secteur d'activité, travailler, c'est un peu passer sa vie à sortir et à s'amuser. Je suis payée pour assister aux premières des films, aux générales de théâtre, à des galas. Qu'y a-t-il de mal à cela ?

— Cela me semble très bien. Sauf si t'amuser te paraît du coup un dur labeur.

Elle regarda la table, tentant de repousser la question qui la hantait depuis des années. Mais elle l'avait gardée en travers de la gorge trop longtemps et, depuis qu'il était entré dans la brasserie, elle lui brûlait les lèvres. Elle ne pouvait plus la retenir plus longtemps.

— Tu ne t'es pas montré la dernière fois.

Il ne demanda pas à quoi elle faisait allusion.

— Je suis là maintenant.

7

Le conducteur de la Zamboni occupait ce poste depuis toujours. Contrairement aux techniciens ou à l'employé de maintenance, il jouait un rôle vital pour le bon fonctionnement de la patinoire et, avec les années, il était presque devenu une célébrité. Les habitués le saluaient avec respect, des gosses venaient parfois lui demander un autographe, qu'il leur donnait toujours.

Lorsque, toutes les deux heures, sa grosse machine avançait lentement sur la glace pour opérer le rituel du lissage, il attirait autant l'attention que les patineurs capables d'effectuer des doubles sauts périlleux. Sous l'immense lame coupante, les imperfections disparaissaient instantanément, faisant place à une surface luisante. A grands balayages parfaits, son appareil raclait la glace, colmatait les fissures en les remplissant d'eau avant d'aspirer la neige. Quand il avait fini, la piste brillait comme un miroir.

Atteignant une vitesse de pointe de cinq kilomètres à l'heure, la Zamboni sillonnait si lentement la surface gelée qu'il avait tout le temps d'observer la foule. C'était la raison pour laquelle il continuait à exercer ce métier chaque hiver, année après année. Cet emploi lui donnait la possibilité de regarder les gens. Il aimait épier la manière dont ils s'accrochaient à la balustrade, se mouvaient sur la glace, se relevaient après une chute. Depuis longtemps, il avait deviné que la façon de patiner reflétait les personnalités. Chacun se comportait sur ses patins comme dans la vie.

Il avait vu toutes sortes de personnes aller et venir. La foule qui se pressait sous ses yeux était constituée pour l'essentiel de touristes et d'habitués. De temps à autre, il était témoin d'une scène insolite, d'émotions intenses. Il surprenait une mère de famille discutant âprement avec sa fille adolescente, par exemple, ou un homme fraîchement divorcé trouvant le courage d'inviter une femme à sortir avec lui, ou encore un jeune couple sur le point de tomber amoureux. Il ne se lassait pas de regarder des inconnus vivre des épisodes forts de leur existence sur le grand théâtre qu'était la patinoire.

Surprendre ces petites tranches de vie sur la glace avait quelque chose de très émouvant. Certains patineurs disparaissaient pour toujours et il devait imaginer la suite des événements. D'autres revenaient, leurs histoires prenaient de l'ampleur, s'étiolaient ou, parfois, tournaient bien.

Depuis qu'il se livrait à ces observations, il s'était imposé une règle : ne jamais se mêler des affaires des gens. Il était payé pour nettoyer la piste, rien d'autre. Mais c'était parfois tentant, comme en cet instant…

Il venait de reconnaître sur la surface gelée l'inoubliable Tony Fiore et celle qu'il aimait, une fille de la haute société appelée Elaine. Quelques années plus tôt, Fiore avait été un grand espoir du hockey. Avec sa vitesse et la remarquable coordination de ses mouvements, il avait le profil idéal pour intégrer n'importe quelle équipe. De surcroît, il possédait un sens inné de la glace, un instinct rare et sûr, et il adorait patiner. Ces qualités faisaient de lui un sportif exceptionnel dans sa partie. Cette patinoire publique et bondée n'était pas son lieu d'entraînement habituel, bien sûr, mais un soir de Noël, il y a longtemps, il s'y était arrêté, comme cette jeune Elaine. Peut-être se sentaient-ils seuls ce jour-là, peut-être en avaient-ils eu assez de faire du shopping ou avaient-ils des heures à tuer avant de se rendre à une fête. En tout cas, ils s'étaient retrouvés au même moment sur la surface gelée et, très vite, ils s'étaient présentés l'un à l'autre.

Bien sûr, ce genre de rencontres n'avait rien d'inhabituel mais entre ces deux-là, il s'était passé quelque chose. Dès l'instant où ils s'étaient regardés, ils avaient pratiquement fusionné sur la glace. Rayonnants de jeunesse et d'intelligence, il suffisait de les observer pour être convaincu qu'ils étaient des êtres hors du commun.

A la fin de la soirée, chacun était reparti de son côté. Mais le conducteur de la Zamboni n'avait pas été étonné de les voir revenir un an plus tard, puis l'année suivante et à chaque veille de Noël. Chaque fois, leur intérêt mutuel et leur passion ne faisaient que croître. Comme tous les adolescents de leur âge, ils changeaient. Mais ils continuaient à se dévisager comme s'ils découvraient le sens du mot « aimer », et leurs sourires éclatants sur leurs beaux visages juvéniles, leurs mains mêlées prouvaient la force de leurs sentiments.

Et puis… plus rien. Ce n'était pas très grave et cela ne le concernait pas mais il avait vécu leur disparition comme un échec personnel. Il avait deviné ce qui s'était passé et il avait toujours espéré s'être trompé mais, malheureusement, ce n'était pas le cas. La vie avait séparé ces deux-là et ils avaient été assez fous pour la laisser faire.

Et maintenant, ils étaient de retour et il se demandait avec inquiétude s'ils allaient enfin comprendre ce qu'il savait, lui, depuis des lustres : qu'ils étaient faits l'un pour l'autre, qu'ils n'étaient pas destinés à se retrouver une fois par an mais à s'aimer jusqu'à la fin de leurs jours.

Après avoir terminé son travail, il rangea sa machine et se dirigea vers le bar de la patinoire. Ils étaient là, assis l'un en face de l'autre, un gobelet de plastique à la main, à se regarder avec la même intensité qu'autrefois.

— Eh bien, vous voici de nouveau, dit-il. Alors, que vous est-il arrivé ?

Sans solliciter leur avis, il s'installa à leur table, défit les boutons de sa parka et desserra son écharpe rouge à pompons. Le nom « Larry » était écrit sur sa poitrine.

Elaine sursauta puis fronça les sourcils en l'observant avec attention. Sans doute se demandait-elle s'il était le même Larry que celui qui quêtait dans les rues.

— Vous ne vous souvenez pas de moi, n'est-ce pas ? s'enquit-il.

— Vous êtes le conducteur de la Zamboni, répliqua Tony.

— Mais pourquoi vous souvenez-vous de nous ? dit Elaine. C'est ça, la véritable question.

Un peu nerveusement, elle se mit à rire. Elle était encore plus belle que sept ans plus tôt, plus sophistiquée, plus sûre d'elle-même. Pourtant, il décelait aussi une tristesse chez elle, une sorte de nostalgie.

— Trois années de suite, je vous ai vus tous les deux vous retrouver ici comme si l'amour vous avait foudroyés au premier regard. Mais la quatrième année…

— Il n'est pas venu, acheva Elaine.

Et Larry perçut la douleur qui teintait sa voix.

Puis elle se ferma comme si elle regrettait d'avoir exprimé tout haut le fond de sa pensée. Repoussant son gobelet, elle se leva pour aller rendre leurs patins.

— Oh ! si, il était là ! rétorqua-t-il avant qu'elle ne s'éloigne.

A ces mots, elle se pétrifia avant de pivoter lentement vers lui.

Larry adressa un clin d'œil à Tony qui le dévisageait d'un air furieux et dit :

— Je crois que vous lui devez quelques explications…

8

— Merci beaucoup, mon vieux, jeta Tony au conducteur de la Zamboni. Vous avez mis les pieds dans le plat !

— Je vous en prie, ne perdez pas de temps en remerciements, rétorqua Larry en tapotant ses doigts sur la table de zinc.

Stupéfait, Tony l'observa avec attention. C'était un homme trapu et vif, il avait l'air franc et amical mais il aurait été bien en peine de lui donner un âge. Il avait des cheveux blancs mais aussi le regard pétillant d'un gamin. Curieusement, il émanait de lui la sérénité d'un vieux sage et l'émerveillement d'un enfant.

— Alors, qu'attendez-vous pour lui courir après ? dit-il à Tony. Une invitation en bonne et due forme ?

Tony rejoignit Elaine dans les vestiaires. Sans lui faire l'aumône d'un regard, elle enfila ses bottes et les frappa contre le sol avec impatience.

« D'accord, pensa-t-il, la fête est finie avant même d'avoir commencé. »

Il la guida vers la voiture et lui ouvrit la portière, humant au passage le parfum de ses cheveux.

A peine assise, Elaine attacha sa ceinture de sécurité et se tourna vers lui.

— Veux-tu m'expliquer ? lança-t-elle d'une voix au-dessus de la normale.

Non, il n'en avait aucune envie.

Il lui jeta un regard de biais puis démarra. Comme il se faufilait entre les véhicules, il la dévisagea de nouveau à la dérobée.

Elaine St. James. Il ne parvenait pas à croire qu'il la revoyait après toutes ces années. Il ne l'avait jamais oubliée. Comment l'aurait-il pu ? Elle était si belle, si blonde, dotée d'une telle finesse d'esprit ! Sa vulnérabilité, qu'elle s'efforçait de cacher mais qu'il devinait dans chacun de ses gestes, le touchait. Les années avaient accentué ce côté sophistiqué avec lequel elle était née. Et même si, depuis sept ans, il avait tenté mille fois de se raisonner, il l'aimait encore. Comme un fou.

C'était la raison pour laquelle il ne s'était jamais marié et n'avait pas encore fondé de famille. A cause d'elle, il n'aurait pas pu être heureux avec une autre femme. Elle l'ignorait et il n'avait pas l'intention de le lui dire. Pourtant, ce qu'il avait fait — ou plutôt ce qu'il n'avait pas fait — avait eu des conséquences qu'il n'aurait jamais pu prévoir. A l'instant fatal où tout s'était décidé, son cœur était resté figé sur place. Et il commençait à se demander s'il n'en était pas de même pour elle aussi.

Tout en serpentant entre les voitures, il sentait son regard sur lui. Elle attendait sa réponse.

— Je ne comprends pas du tout à quoi ce type faisait allusion, prétendit-il.

— C'est pourtant simple. Il savait que nous nous retrouvions chaque année, la veille de Noël, dans cette patinoire…

— Chaque année, Elaine ?

— D'accord, pendant trois ans. C'était convenu entre nous. Même le conducteur de la Zamboni l'avait remarqué.

Il resta silencieux quelques instants. A la radio, un chanteur susurrait des mots d'amour, une vieille ballade romantique.

— D'accord, dit-il enfin. Je suis venu la quatrième année.

Stupéfaite, elle eut l'impression de recevoir un coup dans le ventre.

— Pourtant, je ne t'ai pas vu…

— Au dernier moment, j'ai changé d'avis.

Il espérait qu'elle serait trop fière pour s'abaisser à lui demander pourquoi mais la question perça le silence et il poussa un soupir.

— Je n'aurais même pas pu atteindre la glace. Je sortais de

l'hôpital, je me remettais à peine d'un grave accident. Je me déplaçais en fauteuil roulant.

— En fauteuil roulant ? s'écria-t-elle. Que s'était-il passé ?

— Je m'étais démoli le genou, je ne pouvais plus marcher et encore moins patiner. Je me préparais à vivre des mois de rééducation.

Un silence incrédule tomba dans l'habitacle.

Il ne s'était pas uniquement abîmé la jambe. Du même coup, il avait ruiné à jamais ses chances de faire du hockey en professionnel, ses projets d'avenir et sa possibilité d'offrir quelque chose à une fille qui possédait déjà tout. Il se revoyait assis près de la patinoire, la jambe dans le plâtre. Les mâchoires serrées, il avait gardé les yeux rivés sur Elaine qui tournoyait sur la surface gelée, tentant d'imaginer ce qu'elle pensait. Encore maintenant, il se souvenait de tout ce qu'il avait éprouvé tandis qu'elle glissait sur la glace, seule. Des heures durant, il avait contemplé sa mince silhouette évoluant avec grâce au milieu de la foule. Il se rappelait la colère, le chagrin, la frustration, la honte qui broyaient son cœur. Mais aussi l'amour fou dont il brûlait pour elle.

— Je t'ai regardée un moment, dit-il. Tu portais une écharpe blanche.

— Attends, je ne comprends pas. Tu sortais de l'hôpital après un grave accident. Qu'est-ce qui t'empêchait de me parler ?

— Nous nous connaissions à peine, je ne voulais pas gâcher ce qui commençait à naître entre nous.

— En ne te montrant pas, tu es pourtant parvenu à ce résultat.

— Je n'ai aucune excuse.

Si ce n'est un stupide orgueil de mâle. A l'époque, il ne supportait pas d'admettre que ses rêves de toujours étaient anéantis.

— Je ne savais même pas quoi te dire. J'en étais encore à tenter d'accepter mon triste sort et à me demander quoi faire de mon existence. Je m'étais promis de reprendre contact avec toi plus tard, quand j'aurais recouvré mes esprits…

— Tes esprits ? Et les miens ? Y as-tu pensé ? J'étais malade d'angoisse.

— Je m'étais persuadé que tu t'en remettrais, que tu m'oublierais.

— Comment as-tu pu croire une chose pareille ? Pour qui me prends-tu ? J'aurais compris.

Elle aurait aimé pouvoir reconnaître qu'il lui avait brisé le cœur mais elle était trop en colère pour l'avouer.

— Alors réponds à une question, Elaine, et, je t'en prie, sois sincère. Si je m'étais approché de toi en fauteuil roulant et que je t'avais lancé : « Salut, je ne remarcherai sans doute jamais, je vais probablement demeurer infirme, mais que dirais-tu de faire ta vie avec moi ? », comment aurais-tu réagi ? Serais-tu restée ? Aurais-tu proposé de me tenir la main pendant mes séances de rééducation ?

A ces mots, elle blêmit mais ne détourna pas les yeux.

— Tu ne le sauras jamais car tu en as décidé à ma place.

Il ne pouvait le nier. Après un instant d'hésitation, il opta pour la franchise.

— J'ai fait une grave erreur ce soir-là. Je n'ai pas envie de la réitérer…

Il se gara devant chez elle. Elle vivait dans un bel immeuble des années trente gardé par un portier.

C'était idiot, pensa-t-il en regardant un employé promener un pékinois dans la rue arborée. Elaine et lui et venaient de deux univers aux antipodes l'un de l'autre. Il ferait sans doute mieux d'oublier tout ce qui s'était passé entre eux. Au lieu de quoi, il glissa un bras derrière elle.

— Parce que, depuis cette histoire, tu n'es jamais retombée amoureuse.

— Je n'ai jamais rien prétendu de tel.

— Bien sûr que si.

— Quel rapport avec nous, de toute façon ?

— Peut-être aucun…

Elle avait les lèvres légèrement entrouvertes et il eut soudain envie de l'embrasser. Mais il n'osa pas. « Plus tard, se dit-il. Plus tard. »

— Merci pour ces quelques heures de patinage, dit-elle.

Un moment, elle l'observa avant d'ajouter :

— Veux-tu monter prendre un café ?

9

Elaine se sentait un peu mal à l'aise. Peut-être n'était-ce pas une très bonne idée de laisser Tony Fiore revenir dans sa vie. Autrefois, ils ne s'étaient rencontrés que trois fois et ils n'étaient jamais véritablement sortis ensemble. Ils se connaissaient à peine. Peut-être valait-il mieux qu'ils en restent là.

Pourtant, ce qu'il venait de lui révéler pouvait tout changer entre eux. Elle lui en voulait de ne pas s'être montré ce soir-là, de ne pas lui avoir parlé de son accident. Mais elle supportait encore plus mal l'idée qui s'insinuait lentement dans son esprit. S'il s'était approché d'elle en fauteuil roulant, elle aurait fondu en larmes, bien sûr, elle aurait eu le cœur brisé en comprenant que ce handicap sonnait le glas de ses ambitions. Elle aurait partagé sa colère, elle aurait maudit le destin qui s'acharnait si injustement sur lui, elle aurait pleuré parce que cet accident signifiait pour lui la fin d'un rêve. Mais ensuite, elle devait se l'avouer, elle aurait sans doute eu peur de passer sa vie aux côtés d'un infirme et se serait éclipsée discrètement. A cette époque, elle était ce genre de fille. Et, soudain, elle refusa de faire preuve plus longtemps d'un tel égoïsme.

— Superbe résidence, dit-il.

Ouvrant sa porte, elle l'invita à entrer à l'intérieur. Son répondeur téléphonique avait enregistré un message : Jenny avait réussi à dénicher un mannequin pour prendre la place de Bobbi ce soir. C'était déjà cela !

Son appartement aurait pu figurer dans les pages d'un magazine de décoration. Indéniablement, les grandes pièces peintes en blanc étaient un modèle de raffinement et d'élégance. Elaine se surprit pourtant à regretter qu'elles ne soient pas décorées avec un peu plus… de fantaisie, peut-être. Des coussins colorés sur le canapé de cuir ou un tableau auraient donné un peu de gaieté à l'ensemble.

Tony regardait des photos en noir et blanc réparties sur les étagères de verre. Peut-être cherchait-il une touche personnelle dans ce décor glacé et parfait, se dit-elle. Mais elle n'avait exposé aucun portrait de famille, aucun visage souriant et leur avait préféré des clichés de gens connus, de stars du show business ou de personnalités politiques…

Comme s'il devinait son embarras, il sourit.

— C'est très beau…

— Je t'en prie, ne me dis pas que cet endroit te plaît.

— Et pourquoi pas ?

— Il n'a rien de plaisant.

— Non ? Alors pourquoi y vis-tu ?

Elle hésita.

— Personne ne m'a jamais posé cette question.

Elle-même ne s'était jamais interrogée à ce sujet. Elle habitait cet immeuble parce qu'il était situé dans un quartier chic de la ville. Le canapé de cuir se trouvait là parce qu'un grand architecte d'intérieur italien le lui avait conseillé, pas parce qu'il était confortable. Elle avait acheté la table basse de verre fumé parce qu'elle s'harmonisait bien avec le sofa. Un professionnel avait entièrement conçu et réalisé la décoration. Tout avait été pensé.

La seule chose qui détonnait dans ce bel ensemble était Tony Fiore. Il était trop vivant, trop réel, pour cet univers de papier glacé.

Avec un haussement d'épaules, elle éluda :

— C'est un superbe appartement, les gens attendent parfois plusieurs années pour avoir la chance d'en trouver un du même genre.

Elle lui montra les baies vitrées. La neige recouvrait la ville d'un manteau blanc, aussi immaculé que son intérieur.

— Tu n'as pas répondu à la question, Elaine.

Mais elle se dirigea vers la cuisine étincelante.

— Veux-tu boire quelque chose ? Un soda ? Une bière ?

— Merci, dit-il en acceptant un verre.

En silence, elle tenta de se mettre à sa place ce soir-là, la nuit où elle avait cessé de croire à Noël.

Lui aussi avait tout perdu. Comment avait-il survécu à une telle catastrophe ? Depuis l'enfance, il nourrissait un rêve et ce rêve avait volé en éclats. Elle l'imagina la regardant patiner, se demandant ce qu'il allait faire de sa vie à présent que tous ses projets avaient été anéantis.

Devinant qu'elle cherchait à gagner du temps, à se dissimuler une vérité insupportable, elle se força alors à imaginer avec sincérité quelle aurait été sa réaction si elle l'avait vu en fauteuil roulant. La réponse la glaça. A l'époque, elle était jeune et égoïste, elle ne s'intéressait qu'au paraître, qu'au succès. Elle avait tant fantasmé sur l'existence merveilleuse qu'ils auraient menée ensemble, sur le couple qu'ils auraient formé, lui, la nouvelle star du hockey sur glace, et elle, une journaliste de renommée internationale. Peut-être, seulement peut-être, avait-il eu raison de ne pas se montrer ce soir-là. La fille qu'elle était sept ans plus tôt était alors incapable d'aimer un homme qui ne correspondait pas à l'image idéale qu'elle s'était forgée du prince charmant. Maintenant, des années plus tard, elle savait ce que signifiait une existence parfaite en apparence : une solitude incommensurable…

Cela lui faisait drôle d'accueillir Tony dans son univers. Entre ces murs, elle répondait au téléphone, elle se douchait, elle dormait, elle vivait… Il la voyait dans un contexte différent et elle avait désespérément envie que cet appartement lui plaise. Mais c'était impossible. En réalité, elle-même avait en horreur ce décor glacé.

— Ecoute, dit-elle. A propos de la réception de ce soir, ne te sens pas obligé de…

— Tu plaisantes ?

Posant son verre sur la table basse, il se tourna vers elle.

Et lorsqu'il lui sourit, elle eut l'impression de revivre un rêve oublié.

— Crois-tu vraiment que je laisserais filer une autre chance de passer Noël avec toi ?

10

— Ce n'est pas la fin du monde, maman, dit Tony, son téléphone coincé contre l'épaule, en inspectant le contenu de son placard, mais juste un changement de programme.

S'il ne mettait pas très vite la main sur une chemise propre, il allait se tuer !

— Un changement de programme ! Tu entends ça, Salvatore ? Il abandonne sa famille la veille de Noël et il appelle ça un changement de programme !

Gina Fiore avait l'habitude de mener deux discussions en même temps, l'une au bout du fil, l'autre dans sa cuisine chaleureuse et odorante.

Comme toujours, Sal, le père de Tony, grommela quelque chose d'inaudible. Il savait que sa femme avait tendance à dramatiser et il trouvait secrètement amusant cet aspect de sa personnalité.

Tony dénicha une chemise encore emballée et poussa un soupir de soulagement.

— Ecoute, maman, je m'arrangerai pour revenir à temps pour la messe de minuit.

— La messe…

— Oui ! A Noël nous fêtons la naissance du Christ, non ?

— Et le réveillon ? Tu vas rater ma *torta di spinaci*, mon *bauletti di maiale* et mon *pandoro*.

Sortant cinq cravates de son tiroir, il les étala sur son lit.

— Je survivrai, maman. Je les mangerai au petit déjeuner, voilà tout.

— Ah, parce que, maintenant, tu m'annonces que nous ne te reverrons pas avant demain matin ? Que se passe-t-il, Tony ?

Il prit une profonde inspiration.

— C'est à cause d'une femme que…

— Je le savais ! Dieu du ciel, aie pitié de nous ! Tu entends cela, Sal ? Tony a rencontré quelqu'un !

Secouant la tête, Tony se mit à rire.

— Ecoute, maman, ne commence pas à t'embal…

— Non, non, inutile de me raconter des histoires ! Quand un homme préfère passer Noël en charmante compagnie plutôt qu'avec sa famille, pas besoin d'être devin pour comprendre ce que cela signifie. Ton père et moi nous sommes fiancés à Noël, d'ailleurs…

Elle s'interrompit pour se moucher.

— Quand tu étais lycéen, tu avais le béguin pour une fille et tu nous avais promis de nous la présenter. Mais tu ne l'as jamais invitée à la maison. Cela m'a brisé le cœur, Tony.

Il aurait dû lui expliquer qu'il était très fréquent de tomber amoureux la veille de Noël, qu'Elaine St. James n'était pas à sa portée, qu'ils se sépareraient sans doute après cette soirée, qu'elle n'avait certainement pas l'intention de devenir l'épouse d'un policier et que lui-même n'avait pas envie d'être le mari d'une star de la publicité, de jouer les princes consorts. Il aurait dû lui raconter qu'il avait vu l'appartement d'Elaine et s'y était senti comme un éléphant dans un magasin de porcelaine.

Mais il ne lui dit rien de tout cela. Parce que, au fond de son cœur, envers et contre tout, il croyait que, peut-être, Elaine et lui réussiraient enfin à se trouver, cette nuit.

— As-tu ciré tes chaussures ? reprit Gina d'un air soucieux.

— Pardon ?

— Il faut les astiquer jusqu'à ce qu'elles brillent comme un miroir, c'est très important.

En riant, il sortit ses souliers.

— D'accord, pas de problème, maman.

— Et quel costume vas-tu mettre ? Celui que tu portais à l'enterrement de ton oncle Rico ?

— Oui, excellent choix.

Elle le bombarda de recommandations, d'ordres et de suggestions tandis qu'il choisissait une cravate, cherchant celle qui s'harmoniserait le mieux avec sa veste.

— Bon, maman, je dois te laisser pour aller prendre ma douche. Je ne veux pas être en retard.

— Vas-y, vas-y, le pressa-t-elle. Mais attends ! Tony ?

— Oui ?

— Cette fois-ci, invite-la à la maison, d'accord ?

— Je ferai de mon mieux, maman. Promis.

11

Elaine avait fini de préparer la réception des St. James depuis longtemps. A ce stade, il ne lui restait plus qu'à s'y rendre, à se détendre, à profiter de la soirée et à s'assurer que tout le monde s'amuserait.

Cela dit, il ne s'agissait pas d'une fête comme les autres. C'était la veille de Noël, les clients étaient ses parents et elle devait absolument profiter de l'occasion pour décrocher un contrat avec un millionnaire suisse. Et comment aurait-elle pu oublier ses soucis ? Sa meilleure amie l'avait trahie, son fiancé l'avait plaquée, mais il lui faudrait pourtant faire bonne figure.

Cette accumulation de responsabilités et de déceptions n'était pourtant pas la cause de sa nervosité. Tout en souriant gentiment au garçon d'ascenseur, elle dut s'avouer que l'idée de revoir Tony dans quelques heures la mettait dans tous ses états.

Elle ne pouvait le nier : se retrouver en compagnie de Tony Fiore la troublait profondément et elle était gênée de l'intensité de sa réaction. Elle n'était plus une adolescente naïve et pourtant, près de lui, elle se sentait jeune et la proie d'émotions et de sentiments qui ne l'avaient pas traversée depuis des années.

Comme elle jetait un dernier coup d'œil à son reflet dans le miroir de la cabine, elle aperçut une tache rouge au bas de son cou. Elle n'avait pas rougi ainsi depuis une éternité, même si, dans sa jeunesse, cela l'avait souvent embarrassée. Nerveusement, elle remonta le col de son manteau.

Lorsqu'ils arrivèrent au trente-deuxième étage, le garçon souleva son chapeau.

— Joyeux Noël, mademoiselle St. James.

— Pardon ? Ah, oui, merci. Joyeux Noël à vous aussi.

Elle sortit de l'ascenseur et entra dans l'appartement où elle avait passé son enfance. Il était magnifique, tout en marbre, et situé au cœur d'une résidence habitée par quelques-unes des plus grandes familles de la ville. Mark, le décorateur floral dont elle avait loué les services pour la soirée, avait placé d'élégants bouquets japonais un peu partout.

Dès le départ, Mark avait catégoriquement refusé d'accrocher des guirlandes de houx sur les murs ou du gui au plafond et les ornements de Noël étaient réduits au minimum. Le salon avait été arrangé pour permettre aux invités de bavarder et de danser à leur aise. A la place du traditionnel sapin, Mark et Elaine avaient convaincu sa mère de placer dans un coin une sculpture moderne très épurée, en métal, censée « suggérer » un arbre.

Elaine se surprit à regretter d'avoir suivi les conseils du décorateur.

Sinbad, le maître d'hôtel, l'accueillit avec un grand sourire. Après l'avoir salué, Elaine confia son manteau et ses gants aux jeunes employées de maison en uniforme qui les portèrent dans la chambre d'amis, transformée pour l'occasion en vestiaire.

Consciente de ses responsabilités, Elaine commença par aller jeter un œil à l'office. Dans la grande cuisine bien équipée, Armand orchestrait la préparation du dîner comme un contrôleur d'espace aérien. Il s'interrompit un instant pour lui assurer que tout était parfait et que le repas serait servi à l'heure prévue. Il insista pour lui faire goûter l'entrée.

— Délicieux, assura-t-elle en dégustant un minuscule poisson délicatement parfumé.

Secrètement, elle préférait les petits cubes de fromage et la simplicité.

Reconnaissant le pas familier de sa mère sur ses talons aiguilles, elle sortit la rejoindre dans l'immense salon décoré par Mongiardino.

La presse se montrait toujours très clémente pour Freddie

St. James et ce n'était que justice. Elle avait épousé un homme richissime et incarnait tout ce que les médias attendaient d'une femme de son rang. Gracieuse, bien élevée et généreuse, elle était adulée par tous ceux qui l'approchaient, du comptable au député de la région.

Ce soir, elle portait un ensemble original de Vera Wang et des bijoux de chez Cartier. Un parfum de Gucci Rush flottait dans son sillage.

— Maman ! s'écria Elaine. Si je ne te connaissais pas très bien, j'aurais cru voir un mannequin. Tu es superbe !

Un grand sourire aux lèvres, Freddie lui prit les mains.

— Bonsoir, chérie. Et joyeux Noël.

Elles se penchèrent l'une vers l'autre, veillant à ne pas s'embrasser pour ne pas risquer d'abîmer leurs maquillages respectifs. Puis Freddie recula pour examiner sa fille de la tête aux pieds.

— Tu es toi-même ravissante ! assura-t-elle d'un air admiratif. Cette robe est magnifique.

Elaine l'avait pensé aussi lorsqu'elle l'avait passée la première fois. Par-dessus une tunique noire à manches longues en coton égyptien, le couturier avait tissé de fines chaînes d'or.

— Tu trouves ? dit-elle, se rendant compte à quel point l'opinion de sa mère avait toujours compté pour elle. Ces chaînes me donnent un peu l'impression d'être une esclave ou un fantôme.

Très élégant dans son smoking, Banner St. James les rejoignit.

— Joyeux Noël, ma chérie ! s'écria-t-il d'une voix joviale.

Elaine salua chaleureusement son père et considéra ses deux parents avec un brin de nostalgie. Même si elle était leur fille unique, elle ne se sentait pas très proche d'eux. Le Noël le plus gai qu'elle avait passé avec eux avait eu lieu l'année où une énorme tempête de neige paralysait la ville. Les intempéries ayant causé une coupure de courant générale, tous trois avaient été obligés de dormir dans le salon, devant la cheminée, emmitouflés dans des duvets. Ils avaient dû se nourrir de potages en sachet et de gâteaux secs, ils avaient joué à des jeux de société à la lumière des bougies. Elle en gardait un souvenir merveilleux et cette nuit mémorable l'avait marquée bien davantage qu'un séjour au ski dans une station à la mode ou qu'une croisière dans des îles paradisiaques.

Bien sûr, elle était certaine que son père et sa mère l'aimaient et elle ne doutait pas non plus de ses sentiments pour eux, mais ils ne se montraient jamais tendres ou affectueux comme la plupart des parents moins occupés, moins soucieux des apparences et moins centrés sur eux-mêmes.

Comme elle leur souriait et leur assurait que la soirée se présentait sous les meilleurs auspices, elle ne pouvait s'empêcher de regretter d'être incapable de se confier à eux. Elle aurait voulu leur parler de Bobbi et de Byron, leur raconter qu'elle avait croisé par hasard Tony Fiore et que cette rencontre fortuite l'avait bouleversée. Elle aurait rêvé de passer avec eux un Noël familial intime au lieu de participer à cette grande réception qui réunissait la jet-set. Mais, bien sûr, elle ne pouvait rien leur dire de ce qui lui importait vraiment.

Bientôt, Melanie et Jenny arrivèrent, suivies par des vagues successives d'invités. Très vite, la soirée St. James battit son plein. Grâce aux talents de Sinbad, qui s'occupait de la sonorisation et des jeux de lumière, toute l'assistance eut droit à une représentation digne des plus grands spectacles.

Quand Tony Fiore apparut à son tour, Elaine eut l'impression d'un arrêt sur image. Les conversations s'interrompirent, chacun parut retenir son souffle. Comme elle se précipitait vers lui pour l'accueillir, elle devinait que les spéculations allaient bon train. Les gens murmuraient, s'interrogeant sur cet inconnu et sur la raison de sa présence. Etait-il une star prometteuse, un jeune dandy ou un athlète olympique ?

Loin de se douter qu'il était le centre de l'intérêt général, Tony semblait focaliser toute son attention sur elle. Lorsqu'il retira sa parka, elle le trouva magnifique dans son costume sombre et sa chemise blanche.

Elle prit sa main avec une petite grimace.

— Tu es gelé !

— Mes extrémités sont toujours froides, même quand je pense à prendre des gants.

En souriant, il tendit ses affaires à l'employée.

Les parents d'Elaine le saluèrent avec leur politesse habituelle mais, manifestement, ils se posaient des questions. Ils attendaient Byron et ils se demandaient qui était cet homme qu'ils n'avaient jamais vu.

— Byron ne viendra pas, finalement, dit Elaine. C'est Tony qui sera mon cavalier, ce soir.

Un peu lâchement, elle préférait leur annoncer la nouvelle en public pour éviter des explications gênantes.

— Je suis ravie de faire votre connaissance, assura Freddie de sa voix mélodieuse.

— Tony est une ex-star du hockey, ajouta Elaine sur le ton de la conversation mondaine qu'elle pratiquait depuis des années avec brio.

Elle savait comme personne embellir les situations, présenter les gens et les faits comme la huitième merveille du monde. D'un simple mot, elle avait l'art et la manière de transformer un comédien au chômage en futur grand acteur, des artistes dédaignés en visionnaires.

Tony semblait beaucoup s'amuser de la voir à l'œuvre. Lorsqu'elle précisa qu'il faisait partie de la brigade criminelle, il éclata de rire.

— Je ferais mieux de t'inviter à danser avant d'apprendre que j'appartiens à la famille Kennedy.

Après avoir remercié les St. James d'un sourire amical, il entraîna Elaine au milieu des couples qui ondulaient sur la piste improvisée.

— Je comprends mieux, maintenant, dit-il.

— Que comprends-tu ?

— Pourquoi cela n'aurait pas marché entre nous.

— Vraiment ? Et pourquoi ?

— A cause de tes parents. Je suis sûr que ce sont des gens

formidables mais je ne corresponds pas vraiment au mari idéal dont ils rêvent pour leur fille.

— Autrefois, leur opinion aurait peut-être eu de l'importance, en effet.

— Et maintenant ?

— Maintenant, leur petite chérie a appris à réfléchir et à faire ses choix toute seule.

— Je compte là-dessus, Elaine.

Alors qu'elle tournoyait avec lui, elle se rendit compte qu'elle éprouvait le même bonheur que lorsqu'il l'avait invitée à patiner, quelques heures plus tôt. Il se mouvait avec grâce et souplesse, lui serrant la taille d'une main assurée. Il y avait quelque chose de magique dans cette étreinte, dans son corps ferme, dans son sourire. Avec délices, elle s'abandonna à l'intimité qu'il créait entre eux.

Comme elle se laissait emporter par les accords d'une valse de Strauss, elle sentit une joie profonde l'envahir. Pendant des années, elle s'était tenue à l'écart de la vie, dans le froid de sa solitude. A présent, elle avait l'impression que Tony la tirait d'un long sommeil, qu'il la réchauffait par sa simple présence.

A quand remontait la dernière fois qu'elle avait dansé juste pour le plaisir ? Pour sentir les bras d'un homme autour d'elle et l'ivresse de la musique ? Elle ne s'en souvenait plus. Depuis trop longtemps, quand elle acceptait de se trémousser dans un salon, c'était dans l'espoir de décrocher un contrat ou d'impressionner un client potentiel. Tony l'ignorait mais virevolter avec lui était pour elle un merveilleux cadeau.

Elle savait très bien qu'il était la cause de cette plénitude, de cette euphorie, de cette impression de liberté retrouvée. Il produisait cet effet sur elle. C'était la raison pour laquelle elle l'avait remarqué la première fois qu'elle l'avait vu patiner, et pour laquelle elle était revenue.

A sa grande surprise, une larme roula sur sa joue. Gênée, elle espéra qu'il ne s'en apercevrait pas. Mais bien sûr, comme il ne cessait de la dévisager, il fronça les sourcils.

— Elaine, tu pleures ? Que se passe-t-il ?

Rien ne lui échappait, songea-t-elle. Depuis toujours, il semblait lire en elle comme dans un livre ouvert. Alors à quoi bon lui dissimuler ses sentiments ?

— Ce n'est rien, assura-t-elle. J'aime tant danser avec toi !

Il sourit.

— Je ne veux pas que tu sois triste.

Avec une infinie douceur, il caressa sa joue pour essuyer ses pleurs. Son sourire était teinté de gentillesse et elle vit briller dans ses yeux une affection sincère. Il la dévisageait si différemment des autres ! Les gens la considéraient avec respect, souvent avec admiration et parfois avec intérêt, dans l'espoir d'obtenir quelque chose d'elle. Mais personne ne l'avait jamais contemplée avec cette attention intense et gratuite. Sous ce regard, elle avait l'impression d'exister, d'avoir de la valeur, de compter pour quelqu'un, non pas à cause de ses relations ou de ses origines, mais en tant qu'être humain, tout simplement.

— Les femmes de ma famille aussi sont toujours émues au moment de Noël, dit-il, interprétant mal ses larmes. Ma tante Flo, par exemple, ne peut pas assister à la messe de minuit sans sangloter comme une Madeleine.

Elaine préféra lui cacher la véritable raison de son émotion. Sa réaction inattendue était trop compliquée à expliquer. Elle n'avait aucune envie non plus de lui dire pourquoi elle n'aimait pas Noël. Elle ne pouvait pas lui avouer que, la dernière fois qu'elle avait donné son cœur à quelqu'un, elle avait tant souffert qu'elle ne voulait plus renouveler l'expérience. Et, pour rien au monde, elle n'aurait reconnu que ce quelqu'un était lui.

— Ah, vous voilà ! s'écria Jenny sans même s'excuser de les interrompre. C'est le moment de passer à l'action, Elaine.

— Nous sommes en train de danser, répliqua Tony d'une voix neutre mais ferme.

— Désolée, mais il y a plus important, rétorqua Jenny avec un sourire éblouissant censé le troubler.

Il n'en fut pas troublé le moins du monde, Elaine le comprit immédiatement.

— Plus tard, Jen, s'il te plaît, dit-elle.

— Je vous accorde une minute, pas plus.

Elaine fit mine de prendre avec humour cette intrusion.

— Nous n'avons donc plus que quelques instants de répit et puis je devrai faire mon métier.

— Elaine, même moi, je ne travaille pas à Noël.

Avec un soupir, elle tenta d'oublier à quel point elle avait aimé danser avec lui et ce qu'elle avait ressenti quand il lui avait essuyé ses larmes. Pour son entreprise, il était vital de faire de cette soirée un succès, se répétait-elle. Pas seulement pour elle, d'ailleurs. Jenny et Melanie avaient également besoin de décrocher de nouveaux contrats. Leur avenir était lié à la réussite ou à l'échec de la petite société qu'elles avaient fondée. Ses collaboratrices n'avaient pas les moyens d'échouer. Contrairement à elle, elles n'avaient pas de comptes en banque bien garnis ni de parents fortunés toujours prêts à les tirer d'un mauvais pas.

— Ecoute, murmura-t-elle à Tony. J'ai promis de tout mettre en œuvre pour convaincre ce client potentiel de nous faire confiance. Et ce soir, nous ne pouvons compter que sur nous-mêmes.

Le visage de Bobbi traversa son esprit. Elle se représenta son amie seule dans son minuscule studio, consultant des factures impayées avec angoisse, regrettant de n'avoir pu rejoindre sa famille pour Noël. Imaginer Bobbi malheureuse ne lui donna pas l'impression d'avoir remporté une victoire. Elle n'en éprouvait aucune satisfaction. Au contraire, cela la déprimait.

— D'accord, dit Tony avec bonne humeur. Je vais en profiter pour déguster quelques canapés. Ils m'ont l'air succulents.

Elle ne put s'empêcher de sourire en le voyant s'approcher d'un plateau couvert d'appétissantes tranches de foie gras. Pendant l'heure qui suivit, Tony se mêla sans effort aux groupes d'invités. Ses manières sincèrement amicales et son charisme attiraient les personnes présentes et il fut accueilli par tous comme un ami.

Quand Axel fit son apparition, les conversations s'arrêtèrent. Les réactions de l'assistance furent plus théâtrales qu'elles ne l'avaient été à l'arrivée de Tony. Doté d'une distinction aristocratique typique de la vieille Europe et d'une indéniable beauté, le millionnaire suisse impressionna visiblement beaucoup l'assemblée. A voir ses cheveux coupés en brosse, sa tenue impeccable et son corps svelte, personne n'aurait pu deviner qu'il buvait du whisky et fumait comme un sapeur.

— Le voilà enfin, murmura Melanie à l'oreille d'Elaine. Le client du siècle ! Espérons que tu arriveras à l'attirer dans tes filets malgré la défection de Bobbi. A toi de jouer !

Instantanément, Elaine se métamorphosa en charmante hôtesse. Elle présenta Axel à tout le monde et fit en sorte qu'il devienne le centre de l'attention générale. Avec ses yeux bleus et ses traits fins, il était très séduisant et son costume italien lui seyait à merveille. Il avait la réputation d'être un amant fabuleux mais exigeant et, très vite, une nuée de jolies femmes, des top models pour la plupart, l'entourèrent. C'était là que Bobbi aurait dû entrer en scène. Sans elle, il fallait improviser. Jenny s'approcha, accompagnée de ses escortes, deux actrices ravissantes, vêtues de tenues de soirée louées pour l'occasion.

Manifestement dans son élément, Axel saluait chacun avec aisance et il s'adressa aux parents d'Elaine comme s'il les connaissait depuis toujours. Malgré son nom de roturier, il comptait dans son arbre généalogique des membres d'une famille royale européenne. Impressionnés, les St. James furent ravis d'accueillir chez eux un parent éloigné du prince Rainier.

Avec un sourire charmeur, Axel se tourna vers Elaine.

— Votre fille est si belle que, au premier regard, elle m'a foudroyé. Depuis que je l'ai rencontrée, je ne suis plus moi-même, déclara-t-il avec un délicieux accent.

Elaine eut du mal à ne pas lever les yeux au ciel. Si le simple fait de penser à Tony la troublait, ce Suisse prétentieux commençait sérieusement à l'horripiler.

Cherchant Tony du regard, elle lui fit signe d'approcher. Au moment où il les rejoignit, le contraste entre les deux hommes la saisit. Côte à côte, leurs différences étaient presque comiques. Tony incarnait l'Américain grand et fort, il émanait de lui une assurance et un appétit de vivre impressionnants. Au contraire,

Axel, fin et racé, était un pur produit aristocratique avec ses manières condescendantes et son sourire étudié. Tous deux se jaugèrent en silence.

Puis, s'inclinant légèrement devant elle, Axel demanda :

— Ma chère Elaine, me feriez-vous l'honneur de m'accorder cette danse ?

Ses mains avaient été manucurées, et ses dents blanchies au laser, remarqua-t-elle.

Se remémorant à quel point il était important de décrocher un contrat avec lui, elle lui sourit.

— Bien sûr, avec plaisir...

Puis elle se tourna vers Tony pour ajouter :

— Melanie et Jenny s'occuperont de toi.

— Inutile, je ne vais pas tarder à prendre congé, de toute façon.

A ces mots, elle sentit la panique s'emparer d'elle. Comment pouvait-il songer à la quitter alors qu'ils venaient à peine de se retrouver ?

— Mais...

— Je me rends toujours à la messe de minuit avec ma famille, expliqua-t-il. Bonne soirée, Elaine. Et merci de m'avoir invité.

Il lui donna un bref baiser sur la joue et ajouta :

— A un de ces jours, d'accord ?

Avant qu'elle ne puisse répondre, il était parti, et elle se retrouva sur la piste avec le millionnaire suisse. En professionnelle, elle s'arrangea pour attirer sur lui les photographes et sourit devant l'objectif. Les vieilles habitudes ne disparaissaient pas si facilement. A quoi bon songer au Noël qu'elle aurait pu passer en compagnie de Tony Fiore ? Dans le passé, elle avait tenté sa chance avec lui et cela n'avait abouti à rien.

Elle s'entendit bavarder avec Axel, le vit s'esclaffer, la dévisager d'un œil sensuel tout en la faisant tournoyer sur le sol de marbre. Il était excellent danseur mais elle ne s'envola pas comme dans les bras de Tony. Elle n'avait plus l'impression d'être vivante. Il ne lui donnait pas envie d'aimer de nouveau Noël.

A la fin de la danse, il lui tendit une enveloppe blanche.

— Voici pour vous.

Le pli contenait un billet d'avion.

— Je vous invite à skier avec moi, dit-il. Il vous suffit de confier votre passeport à ma secrétaire qui se chargera des formalités.

Etre conviée à Gstaad chez un membre d'une famille royale européenne n'était pas rien, Elaine dut le reconnaître. Alors pourquoi se sentait-elle aussi indifférente ?

Avec curiosité, elle regarda la date du vol.

— Vous comptez partir demain ?

— Oui.

Gênée, elle balbutia :

— C'est tellement inattendu que je ne sais pas quoi dire.

— Venez, vous ne le regretterez pas, déclara-t-il avec assurance. Je suis sûr que vos parents seront ravis. Si nous sommes amenés à travailler ensemble, autant nous arranger pour y trouver du plaisir, non ?

En clair, il lui offrait la collaboration dont elle rêvait. Cela aurait dû être le plus grand moment de sa carrière, de sa vie, peut-être. Mais Elaine s'aperçut avec étonnement qu'il n'en était rien.

Elle lui décocha un sourire aussi éblouissant qu'hypocrite.

— Merci, Axel. Je vous donnerai ma réponse plus tard.

Et elle s'éloigna.

Se précipitant sur elle, Jenny et Melanie la pressèrent de questions et l'accablèrent à mi-voix de reproches.

— Qu'est-ce que tu fabriques ? demanda Jenny.

Elaine leur expliqua en deux mots la situation.

— Ne l'envoie pas promener, la supplia Melanie. Nous allons décrocher le contrat du siècle.

— Vos passeports sont-il valides ? s'enquit alors Elaine.

— Le mien, oui, répondit Melanie. Mais…

— Alors réjouis-toi, c'est ton jour de chance, dit Elaine en lui tendant l'enveloppe avec un grand sourire. Tu vas t'envoler demain pour la Suisse et skier toute la semaine. Appelle sa secrétaire, elle s'occupera de tout.

Laissant ses collaboratrices bouche bée, Elaine se dirigea vers les vestiaires.

Avec un sourire, elle tendit son ticket à l'employée pour récupérer son manteau.

— Il y a quelques instants, un des invités a pris congé. Par hasard, vous aurait-il dit où il allait ?

— Non, mademoiselle.

Bien sûr, elle aurait dû s'en douter. Mais Tony vivait à Brooklyn, et ce n'était pas très loin.

— Il a oublié ses gants, ajouta la jeune fille en les lui tendant.

Elaine les mit dans son sac à main.

— Alors je ferais mieux d'aller les lui rendre.

Comme elle se hâtait vers la sortie, elle croisa ses parents et leur dit au revoir.

Stupéfaite, sa mère l'observa avec attention.

— Pourquoi partir si tôt ? Es-tu malade ?

— Je ne me suis jamais sentie mieux, assura-t-elle.

Elle les embrassa, veillant à ne pas abîmer le maquillage de sa mère, avant de se jeter spontanément à leur cou.

— Joyeux Noël ! s'écria-t-elle.

Tout en s'éloignant vers l'ascenseur, elle se rendit compte que c'était la première fois depuis des années qu'elle le leur souhaitait.

12

Dehors, la ville était drapée de blanc, les rues et les trottoirs étaient couverts d'une épaisse couche de neige. Sable, la gardienne, appela un taxi et toutes deux l'attendirent dans le hall de marbre.

— Savez-vous quel moyen de locomotion a emprunté M. Fiore, l'homme qui vient de partir ? s'enquit Elaine.

— Oui, il avait sa voiture.

Sable contemplait les flocons qui tourbillonnaient dans le vent.

— Conduire par ce temps ne doit pas être simple, fit-elle remarquer.

— Avez-vous vu la direction qu'il a prise ?

— Il m'a semblé qu'il se dirigeait vers Roosevelt.

L'uniforme des portiers de cette résidence n'avait pas changé depuis des générations et, sur cette jeune et jolie brune, il paraissait ridicule, pensa Elaine. Mais au moins, en plein hiver, la protégeait-il du froid.

— Avez-vous des projets pour ce soir ? demanda-t-elle soudain.

Sable regarda derrière elle comme pour chercher la personne à qui Elaine parlait. Quand elle comprit que c'était à elle que la question s'adressait, elle rougit.

— Moi ? Je vais jouer les Père Noël pour mes enfants.

Jusqu'à cet instant, Elaine ignorait que Sable était mère de famille.

— Formidable ! s'exclama-t-elle. Vous allez sûrement bien vous amuser.

La jeune femme hocha la tête.

— Cette année, nous avons prévu d'offrir un vélo à l'aîné et une maison de poupée à sa petite sœur. Mon mari saura certainement se débrouiller avec la bicyclette mais j'ai peur qu'il ne réussisse pas à monter la maisonnette. En tout cas, il va avoir du mal à les mettre au lit.

D'un air rêveur, Sable sourit. Visiblement, elle songeait à sa famille et son visage exprimait un mélange d'amour, de fierté et de nostalgie.

— Vous devriez donc rentrer au plus vite chez vous pour lui donner un coup de main, fit remarquer Elaine.

Sable considéra l'horloge murale et poussa un petit soupir.

— J'aimerais bien mais mon remplaçant n'arrivera pas avant une bonne heure.

Malgré sa hâte de retrouver Tony, Elaine sentit un courant de sympathie passer entre elles deux. Un instant, elle hésita.

Certes, elle avait très envie de rejoindre Tony — ils s'étaient perdus de vue depuis si longtemps ! — mais, maintenant, elle savait où le chercher. Et elle avait en face d'elle une femme obligée de travailler au lieu de passer Noël avec ses enfants. Elle se devait de faire quelque chose. Et après tout, le don sincère supposait des sacrifices, non ?

Sans tergiverser davantage, elle se tourna vers la jeune employée.

— Je vais l'attendre à votre place.

Mais cette dernière secoua la tête en riant.

— Non, mademoiselle. Si quelqu'un s'en apercevait, je pourrais perdre mon travail.

— Pour l'amour de Dieu, acceptez ! Le soir de Noël, les braves gens n'ont jamais d'ennuis. Alors, cessez de discuter et donnez-moi votre manteau, votre casquette et votre cache-nez.

En proie à un dilemme, Sable semblait sur le point d'éclater en sanglots. Elaine posa la main sur son bras.

— Je vous en prie, faites-le pour moi si ce n'est pas pour vous. D'ailleurs, voici votre taxi.

Sans perdre de temps, Elaine lui retira son uniforme et la poussa vers la voiture. Elle paya le chauffeur et resta sur le trottoir à regarder la jeune femme s'éloigner. Sable lui adressa de grands signes de remerciement jusqu'à ce que l'obscurité l'engloutisse. Son sourire fut la dernière chose qu'Elaine aperçut et elle en éprouva une douce chaleur.

Comme elle retournait dans le hall de l'immeuble, elle se sentit fière de sa nouvelle mission. Si cette période de l'année était toujours un cauchemar pour elle, ce n'était pas une raison pour qu'il en soit de même pour les autres. Pour des personnes comme Sable, qui travaillaient dur, été comme hiver, Noël signifiait vraiment quelque chose et elles avaient bien le droit, une fois l'an, de rendre leurs enfants heureux.

Non sans un certain amusement, Elaine enfila le lourd manteau de laine et arrangea la casquette sur ses cheveux. Considérant son reflet dans le grand miroir mural, elle se salua en riant et, dans le mouvement, son couvre-chef tomba sur ses yeux. Qu'elle avait l'air ridicule, dans ce costume ! Les dirigeants de cet immeuble avaient-ils perdu la tête pour habiller les portiers de façon aussi grotesque ?

Ils pensaient sans doute que cet uniforme démodé plairait aux habitants de la résidence, à commencer par les St. James.

Soudain, un léger remue-ménage à l'extérieur attira son attention. Plusieurs couples en tenue de soirée sortaient d'une limousine noire. Des clients ! Elle se précipita à leur rencontre et leur ouvrit la lourde porte de verre. En les reconnaissant, elle faillit saluer avec chaleur les Blanton et les McQuigg, de vieux amis de ses parents. Elle avait fréquenté les mêmes écoles et les mêmes camps de vacances que leurs enfants.

Ils passèrent devant elle en riant et en parlant fort. Aucun ne lui fit l'aumône d'un regard ou d'un sourire. Elle n'en fut pas blessée mais infiniment surprise. Tous les invités de la soirée des St. James traitaient-ils les personnes employées à leur service de cette façon odieuse ? Tous, elle en était certaine.

Dans son monde, les domestiques étaient invisibles. Pour avoir droit à des amabilités, il fallait être célèbre ou fortuné. Les amis étaient triés sur le volet en fonction de leur rang, de leurs origines ou de leur richesse et non pas uniquement de leurs qualités personnelles.

Quand un autre couple s'approcha à son tour de l'immeuble, elle retint son souffle, espérant s'être trompée. Mais non, la femme en vison et son compagnon l'ignorèrent, eux aussi, avec superbe. Pourtant, elle leur avait envoyé un très beau cadeau de mariage dernièrement. Puis un célèbre chef d'orchestre, qui était venu dîner plusieurs fois chez eux lorsqu'elle était plus jeune et avec qui elle s'entendait bien, sortit d'un taxi. Certaine qu'il serait ravi de la voir, elle lui sourit. Mais il la salua d'un bref hochement de tête et se hâta vers l'ascenseur...

Comme il disparaissait dans la cabine, elle se rendit brutalement compte qu'elle faisait partie de son monde, et ce constat la plongea dans une profonde tristesse.

Lorsque l'homme qui assurait la relève arriva, elle se lança dans une grande explication — qu'il ne comprit visiblement pas — et appela un taxi. En se glissant dans la voiture, elle frissonnait. Mais elle savait qu'il s'agissait d'un froid intérieur, sans lien avec la tempête de neige qui sévissait sur la ville. Elle resserra pourtant les pans de son manteau sur elle et réfléchit. Elle n'avait aucune idée de l'endroit où aller.

Elle avait envie de retrouver Tony. Elle voulait lui dire que le revoir l'avait obligée à prendre du recul, à regarder sans complaisance la réalité de son existence. Elle avait abandonné la plus grande réception de l'année et mis sa carrière en danger pour travailler une heure comme portier. Tout cela parce que leurs chemins s'étaient de nouveau croisés et qu'elle avait compris que la magie était toujours là, cachée, attendant le bon moment pour opérer. Et, brutalement, elle ne supportait plus le clinquant artificiel de son univers familier. Sa vie avait perdu son sens et elle désirait de tout son cœur devenir quelqu'un d'autre.

Sentant le regard interrogateur du chauffeur sur elle dans le rétroviseur, elle se décida.

— Conduisez-moi dans Brooklyn, s'il vous plaît.

D'ordinaire, elle n'aurait pas fait attention au chauffeur du taxi. Mais ses yeux lui disaient quelque chose et elle fronça les sourcils. Où avait-elle déjà vu ces prunelles bleues ?

— Parfait, répondit-il en déboîtant. Mais peut-être avez-vous une adresse précise à me donner ?

Elle réfléchit à toute vitesse.

— Connaissez-vous une église catholique dans Brooklyn qui aurait prévu de célébrer la messe de minuit ?

— Il y en a une bonne dizaine...

— Bon, allons-y. Peut-être vais-je me rappeler un nom en chemin.

La circulation étant impossible, elle eut tout le temps d'y penser.

— Je n'ai vraiment pas de chance, marmonna Elaine. Pour la deuxième fois de ma vie, je vais me jeter dans les bras d'un homme et un embouteillage m'empêche de le rejoindre.

— Pour la deuxième fois de votre vie ? Que s'est-il passé la première ?

— Il ne s'est pas montré.

La radio diffusait un cantique de Noël. Il y avait tant de recueillement, de foi dans ce chant qu'elle frissonna.

Avec un hochement de tête, le chauffeur de taxi répondit :

— Ceci explique sans doute cela.

Quelque chose dans le ton de sa voix attira l'attention d'Elaine et elle l'observa avec plus d'acuité. Il portait un bonnet et une écharpe rouge à pompons.

Se raidissant sur son siège, elle se pencha pour lire le permis de conduire, affiché sur la vitre : Lawrence E. Simon.

— Larry ? balbutia-t-elle.

Enfin, ils atteignaient le pont de Brooklyn. Les trottoirs d'ordinaire bondés étaient curieusement déserts.

— Oui, c'est bien moi.

— Etes-vous le Larry qui quête dans les rues et qui connaît Aristote ? Larry, le conducteur de la Zamboni ?

Sans lui répondre, il s'écria en tapant sur son pare-brise :

— Mademoiselle ! Regardez !

En vain, elle se tordit le cou pour tenter de distinguer à travers les flocons de neige ce qu'il lui désignait.

— Que se passe-t-il ? Je ne vois rien.

— Il y a quelqu'un sur le parapet.

— Comment cela ?

Il ralentit et s'arrêta sur le bas-côté.

— Là, j'ai l'impression que quelqu'un s'apprête à sauter dans le fleuve.

En effet, Elaine aperçut la silhouette d'une femme, debout sur la balustrade, fixant les flots. Elle avait franchi les chaînes de sécurité et se penchait au-dessus du vide. Malgré le froid, elle ne portait pas de manteau et le vent soulevait ses cheveux.

Un frisson parcourut l'échine d'Elaine.

— Mon Dieu ! Ne me dites pas qu'elle...

Incapable de poursuivre, elle s'interrompit, terrifiée.

— Je le crains, malheureusement, répondit le chauffeur. La veille de Noël, les gens se suicident plus que les autres soirs, paraît-il.

Sans perdre de temps, Elaine ouvrit la portière et se précipita dehors. Bizarrement, il n'y avait personne sur le pont, mis à part le taxi, l'inconnue sur le parapet et elle.

Elaine avançait dans l'obscurité. Elle sentait les flocons fouetter son visage. Elle avait oublié Tony. A cet instant précis, la seule chose qui lui importait était d'empêcher cette malheureuse de commettre l'irréparable.

C'était absurde, bien sûr. Comment pourrait-elle venir en aide à cette pauvre fille ? Elle regarda rapidement autour d'elle mais aucune voiture n'était en vue.

— Cet endroit est le plus fréquenté de New York, grommela-t-elle entre ses dents. Comment se fait-il qu'il soit désert en cette veille de Noël ?

Sur le fleuve, un bateau passa et le bruit de son moteur creva lugubrement la nuit. Le vent était glacé, l'humidité émanant de l'eau imprégnait ses cheveux. Tremblant d'appréhension, Elaine s'approcha de la femme. La lueur d'un réverbère éclairait sa mince silhouette, son profil délicat. Elle ne portait qu'une jupe moulante et un pull-over en cashmere.

Et, soudain, le cœur d'Elaine s'accéléra dans sa poitrine. Stupéfaite, elle enjamba les chaînes de sécurité.

— Bobbi, murmura-t-elle, devinant d'instinct qu'elle ne devait pas élever la voix. C'est moi, Elaine.

Bobbi ne sursauta pas. Elle ne parut même pas surprise de la voir ici. Aussi fragile et légère qu'un oiseau accroché à une branche, elle ne bougeait pas. Elle restait là, debout sur la balustrade, comme la figure de proue d'un navire.

— Va-t'en, répondit-elle simplement.

— Tu rêves ! Je suis si contente d'être là. Je t'en prie, Bobbi, je t'en supplie, ne fais pas ça.

— En quoi cela t'importe-t-il ?

— D'abord, parce que je n'ai pas encore eu la possibilité de te dire à quel point je suis désolée de ce qui s'est passé aujourd'hui.

— Formidable, Elaine. Parlons de toi, il n'y a que cela qui t'intéresse, d'ailleurs, non ?

La colère de Bobbi encouragea Elaine à poursuivre.

— Ce n'est pas ce que je suis en train de faire.

— Alors, que fais-tu, Elaine ? Essaies-tu de me persuader, une fois de plus, que j'ai beaucoup de chance de t'avoir rencontrée ? Veux-tu encore me faire croire que tu m'as donné la possibilité de m'amuser tout en gagnant de l'argent ? Tu le répètes à longueur de journée. Mais qui essaies-tu de convaincre ? Moi ou toi ?

Ravagée par la culpabilité, Elaine sentit sa gorge se serrer. Dans cette nuit glaciale, elle fut obligée de regarder en face, sans se mentir, la réalité de ses liens avec Bobbi. Elles étaient devenues amies pour toutes sortes de mauvaises raisons. Elaine avait fait d'elle une star des médias pour l'utiliser à son profit. Leur amitié n'avait jamais été fondée sur une complicité profonde et sincère, mais sur un arrangement professionnel. Comme tous les prétendus amis d'Elaine, Bobbi n'était pour elle qu'une relation d'affaires.

— J'ai eu tort, répondit Elaine. Je me suis conduite de manière affreuse avec toi, Bobbi. Déteste-moi et fais-le-moi payer si tu veux, je l'ai mérité, mais ne saute pas. Pour l'amour de Dieu, c'est Noël, je t'en supplie.

— Noël est une journée comme une autre pour toi, Elaine. Pourquoi t'intéresses-tu soudainement à cette date particulière ?

— Eh bien, c'est parce que…

La voix d'Elaine se brisa. Soudain, au plus mauvais moment, elle ne savait plus quoi dire.

— Parce que quoi… ?

— A cause du sapin de Noël. C'est la seule époque de l'année où tu peux mettre un arbre dans ton salon sans te sentir ridicule, non ?

— Si cette remarque était censée me décider à ne pas en finir avec l'existence, c'est raté, Elaine, et tu ferais mieux de trouver autre chose. Tu ignores tout du véritable sens de Noël. Il faut le vivre pour le connaître.

— Alors peut-être devrais-je être à ta place sur ce pont…

Elle était terrifiée mais discuter avec Bobbi empêchait au moins cette dernière de plonger dans les eaux noires et glacées.

— Et contrairement à ce que tu crois, reprit-elle, la signification de Noël n'est pas un mystère pour moi. Nous célébrons ce soir l'anniversaire de la naissance de Jésus, tout le monde est au courant.

— Pas du tout, riposta Bobbi. Le Christ n'est certainement pas né au cœur de l'hiver.

— Comment le sais-tu ?

— Il suffit de faire preuve de logique. Dans l'Evangile, on raconte que les bergers avaient sorti leurs troupeaux, qu'ils étaient dehors avec des agneaux. En plein mois de décembre, cela n'aurait pas été possible. Même en Judée, il fait trop froid à cette époque de l'année pour que des hommes laissent des moutons se promener la nuit.

— Et alors ? Je ne…

Puis elle s'interrompit, comprenant qu'elle avait tort de discuter.

— Tu as raison, dit-elle. Le Christ a plus probablement vu le jour au printemps.

Cette conversation n'avait aucun sens, pensait Elaine. Mais elle devait continuer à parler, à philosopher avec Bobbi sur la véritable signification de Noël pour l'empêcher de sauter du pont. C'était la seule solution.

— Mais cela n'est pas si grave, poursuivit-elle. Le 25 décembre est une date aussi bonne qu'une autre pour célébrer la naissance du Christ.

Bobbi haussa les épaules.

— Jésus n'aurait pas voulu fêter son propre anniversaire, ce n'est pas une coutume juive.

— De toute façon, il faut être idiot pour souffler des bougies posées sur un gâteau, dit Elaine. Ecoute, Bobbi. Noël n'est pas qu'une occasion donnée aux gens de travailler moins, de se gaver de foie gras ou de saumon fumé et de s'offrir des cadeaux. Noël est là pour nous rappeler que nous n'avons pas à porter seuls nos fardeaux, qu'un enfant, le plus humble de tous, peut nous sauver. C'est quelque chose d'heureux, Bobbi. Et quelle est la meilleure manière de vivre le bonheur que de le partager ? Je ne suis pas en train de te chercher une bonne raison de continuer à vivre, mais je suis certaine d'une chose : je me suis mal comportée envers toi. Il me faut réapprendre la gentillesse et la générosité. Aujourd'hui, tu m'as permis d'en prendre conscience et tu m'as aidée à devenir meilleure, Bobbi. Le monde a besoin de gens comme toi.

— Quoi ? Tu aimerais que le monde soit peuplé de voleuses ?

La voix de Bobbi se brisa et Elaine reprit la parole.

— J'aimerais qu'il y ait plus de personnes comme toi pour montrer à des égoïstes dans mon genre ce qu'est le désespoir. Tu étais désespérée et je ne l'ai même pas vu…

Pour la première fois, Bobbi tourna la tête vers Elaine.

— C'est même pire que cela. Mais il s'agit toujours de toi.

De nouveau, elle considéra le fleuve.

— Je ne veux pas de cette existence, je n'en ai jamais voulu.

Pour être heureuse, j'ai besoin d'être au milieu de ceux que j'aime, de ma famille. Ma vie actuelle n'a aucun sens. Il s'agit de faire bonne figure devant les médias, de fréquenter des endroits branchés, de vivre au-dessus de mes moyens, de séduire des hommes riches pour décrocher des contrats. Tu ne m'as rien apporté, Elaine. Chaque jour, je me dégoûte un peu plus.

— Très bien. Alors organisons ton retour. Ta mère t'attend, elle aussi a envie de passer Noël avec toi. Nous pouvons aller à l'aéroport et réserver une place sur le prochain vol pour Raleigh Durham. Tu seras chez toi demain matin.

— D'accord…, murmura Bobbi.

A ce mot, un immense soulagement s'empara d'Elaine.

— Je vais appeler le service de réservation. Il y a quelqu'un vingt-quatre heures sur vingt-quatre.

Comme elle s'emparait de son portable, son trousseau de clés qui s'y était accroché — le cadeau de Tony avec le patin d'argent — jaillit en l'air. Avant qu'elle ne puisse le rattraper, il lui échappa des mains, cogna la rambarde et tomba pour disparaître dans les eaux noires.

Elaine imagina le bruit qu'il faisait en heurtant la surface glacée. Se répétant que cela n'avait aucune importance, qu'il ne s'agissait pas d'un mauvais présage, elle ferma les yeux. Puis elle se hâta de composer le numéro d'une compagnie aérienne pour demander une place dans l'avion.

— Voilà, dit-elle en raccrochant. Il est temps de foncer à l'aéroport, à présent.

Bobbi fixait le fleuve, fascinée par la chute du trousseau de clés. Finalement, d'une petite voix, elle murmura :

— J'ai peur.

Quelque part, dans son dos, Elaine entendit les crissements de pneus d'une voiture mais elle ne s'en préoccupa pas. Elle gardait les yeux rivés sur Bobbi, craignant que la panique ne lui fasse faire un faux mouvement.

Les bottes élégantes de son amie tremblaient sur le parapet. Comment allait-elle réussir à se retourner sans basculer dans le vide ?

Elaine perçut le claquement d'une portière mais elle n'osa pas se retourner.

— Je m'en occupe, dit un homme en passant devant elle.

En le reconnaissant, Elaine poussa un gros soupir de soulagement.

— Tony !

Sans la regarder, il s'approcha de Bobbi. Avec souplesse, il grimpa à son tour sur la balustrade.

— Partez, ou nous allons tomber tous les deux, gémit Bobbi.

— Non, sûrement pas. N'y pensez même pas.

Elaine retint son souffle. Le froid glacial avait transformée la malheureuse en statue de givre. Tony lui enlaça la taille.

— Prenez ma main, ordonna-t-il. Vous allez y arriver. Je vous tiens.

Tremblant de peur, elle obéit.

— Tout va bien, dit-il doucement. Vous êtes en sécurité, maintenant.

Rassurée par sa présence, Bobbi se laissa guider mais elle était si frigorifiée que son pied dérapa sur le bord gelé du parapet. Elaine retint un hurlement de frayeur. Heureusement, Tony réussit à la rattraper et il sauta avec elle du bon côté du pont.

Elaine se précipita pour embrasser Bobbi. Sans hésiter, elle retira son manteau pour envelopper le corps transi de son amie.

— Je suis désolée, dit Bobbi qui claquait des dents. Je m'apprêtais à commettre quelque chose de terrible.

— Mais j'ai eu tort, moi aussi. Je ne t'ai pas écoutée.

En un éclair, Elaine se revit dans le somptueux appartement de ses parents. Dans les baies vitrées, elle avait vu son propre reflet, son élégante tenue, ses magnifiques bijoux… mais aussi une immense solitude au fond de ses yeux.

Larry donna un coup de Klaxon.

— Il faut y aller, maintenant, dit-il. L'aéroport est à un quart d'heure de route.

Prenant la situation en main, Elaine mit Bobbi dans la voiture de Larry et lui donna un billet.

— Veux-tu que je t'accompagne ?

— Non, tout ira bien, assura Bobbi.

Comme le taxi s'éloignait dans la nuit, Tony fronça les sourcils.

— Ce chauffeur, n'est-ce pas le gars qui…

— Ne pose pas de question, dit-elle. C'est magique.

Tony passa sa veste sur les épaules d'Elaine et la tint serrée contre lui. Elle aurait pu rester dans ses bras toute la nuit. Elle se sentait bien dans sa chaleur, protégée.

— Comment as-tu su ? demanda-t-elle. Comment as-tu réussi à me trouver ?

— Je conduisais pour rejoindre l'église quand j'ai reçu un appel à la radio.

Larry avait prévenu les secours, pensa-t-elle.

— Que faisais-tu ici, Elaine ?

— Tu avais oublié tes gants, dit-elle en les lui tendant.

— Tu as traversé tout Brooklyn la nuit de Noël pour me les rendre ?

Elle hocha la tête.

Avec un grand rire, il l'entraîna vers sa voiture et mit le chauffage.

— Bon, je devine qu'à présent tu as besoin que quelqu'un te reconduise.

Elle s'apprêta à opiner du menton mais, changeant brusquement d'avis, elle se tourna vers lui.

— Je n'ai pas envie de rentrer chez moi.

13

Elaine St. James était la dernière personne avec qui Tony pensait passer la nuit de Noël. Et en même temps, elle était la seule avec qui il rêvait d'être. Après avoir garé sa voiture dans un parking souterrain, il l'entraîna dans une rue tranquille près du parc Slope, où il habitait. Avec un peu d'inquiétude, il la regarda marcher à côté de lui. Il allait l'introduire chez lui, dans sa vie. Il espérait qu'il n'avait pas laissé son deux pièces trop en désordre.

Des guirlandes de houx ornaient la lourde porte de son immeuble et la rampe de l'escalier. Dans le hall, quelqu'un avait accroché un gros bouquet de gui au plafond et installé un petit Père Noël au-dessus des boîtes aux lettres. Une odeur de bougie flottait dans l'air. Il était tard, aussi gravirent-ils les trois étages en silence.

Il l'invita à entrer chez lui, tentant de deviner ses réactions. Son appartement était aux antipodes des endroits huppés et élégants qu'Elaine St. James avait l'habitude de fréquenter. Mais heureusement, il était à peu près présentable et ne sentait pas le renfermé.

Un peu gêné de la modestie de son logis, il se tourna vers elle. Elle ressemblait à une fleur exotique arrachée à son milieu naturel. Pourtant, elle souriait.

Elle retira sa parka et la lui tendit.

— Merci, dit-elle. Je serais morte de froid sans elle.

Le manteau qu'elle avait offert à son amie valait sans doute l'équivalent d'un mois de loyer !

— Ma présence t'empêche-t-elle de te rendre quelque part ? demanda-t-elle.

Elle semblait nerveuse, ce qui le surprit.

— J'ai raté la messe de minuit, dit-il. Mais à mon avis, Dieu me pardonnera d'avoir aidé ton amie plutôt que d'assister à cette cérémonie.

Se remémorant la scène, elle frissonna.

— J'espère que tout ira bien pour elle, maintenant.

— J'en suis certain. Mais elle m'a fait très peur. Comment peut-on être désespéré à ce point ?

— Je ne suis pas sûre qu'elle ait été véritablement une amie mais je n'ai jamais voulu la blesser.

— La suite lui appartient, à présent. Mais tu as fait ce qu'il fallait faire, Elaine.

— Tu crois ? Au déjeuner, elle m'avait demandé une avance et je l'ai envoyée promener. C'est là où tout a commencé à dégringoler pour elle.

— On ne réussit pas toujours à être juste du premier coup. Personne n'y parvient. Veux-tu t'asseoir ?

Il lui désigna un canapé. Sur la table basse était posé un petit sapin de Noël surchargé de bougies et de guirlandes.

Tout en laissant un message sur le répondeur de ses parents, il sortit une bouteille. Il espérait qu'elle aimait le vin rouge. Il remplit deux verres et lui en tendit un.

— Et toi, te sens-tu bien, à présent ?

— Oui, je crois.

Elle observa la pièce avec plus d'attention que lui dans son luxueux salon. Quand elle vit la multitude de photos accrochées un peu partout, l'expression peinte sur ses traits brisa le cœur de Tony.

— Tu as beaucoup de portraits de ta famille et de tes amis, fit-elle remarquer. C'est sympa.

Elle aussi méritait d'avoir une famille et des amis, songea Tony. Elle était quelqu'un de bien, de bon. Pourtant, elle menait une existence qui ne lui convenait pas.

Il s'en sentait partiellement responsable. Des années plus tôt, il l'avait abandonnée parce qu'il avait dû renoncer à sa carrière de patineur. Il avait alors eu la certitude qu'un type exerçant de simples fonctions de policier n'avait aucune chance avec elle et qu'elle l'aurait rejeté. Il l'avait vraiment cru. La mort dans l'âme, il avait préféré prendre les devants. Peu à peu, il avait oublié son rêve et finit par accepter son sort.

Bien sûr, Elaine était toujours riche et sophistiquée, il en était conscient. Mais leurs différences ne lui paraissaient plus un obstacle insurmontable. La vie lui avait envoyé une terrible épreuve et il avait survécu. A présent, elle lui offrait une seconde chance.

Fasciné, il la regarda boire son verre de vin avec délicatesse. Elle avait un très joli visage et il avait l'intuition que ni les années ni les soucis ne terniraient jamais cette beauté. Au contraire, le temps semblait adoucir ses traits. Il avait envie de voir cette métamorphose. Tant pis si c'était de la folie, tant pis s'ils appartenaient à deux mondes opposés. Il s'en moquait…

L'atmosphère, soudain, semblait chargée d'électricité, et le courant qui était passé entre eux, sept ans plus tôt, était toujours aussi fort.

Il prit son verre et le posa sur la table.

— Elaine, que fais-tu ici ?

14

Elaine ne savait pas très bien quoi lui répondre. Nerveusement, elle nouait et dénouait ses mains en le regardant, tandis qu'il la dévorait des yeux. Mais elle ne parvenait pas à exprimer ce qu'elle ressentait.

Elle ne voulait rien. Elle voulait tout. Et il ne pouvait pas comprendre.

Délibérément, elle se pencha vers lui et posa les mains sur son torse. Un bref instant, il retint son souffle puis il la saisit par les poignets. D'abord, elle craignit qu'il ne la repousse mais il captura ses lèvres. Il commença par l'embrasser délicatement puis sa bouche devint plus pressante, plus exigeante. Elaine n'avait jamais connu de baisers comme celui-ci, aussi chargés d'émotions trop intenses pour être traduites en mots.

Elle avait l'impression que Tony la réchauffait et la ramenait à la vie. Au plus profond d'elle-même, un feu se réveillait, brûlant de désirs et d'envies. Elle n'aurait jamais cru pouvoir éprouver de nouveau des sentiments aussi forts.

Bouleversée, elle s'accrocha à ses épaules et caressa ses cheveux d'une main fébrile. Elle se sentait jeune et gaie, pleine d'espoir et, surtout, elle avait conscience d'être enfin avec l'homme de ses rêves.

Il se leva et la prit dans ses bras. Plongeant ses yeux dans les siens, il la dévisagea avec intensité.

— Tu sais, murmura-t-il, je ne suis pas du genre à me contenter d'une nuit…

— Il ne s'agit de rien de tel.

— Alors de quoi s'agit-il ?

Elle avait besoin de lui. Pas seulement de ses bras, pas pour quelques heures, mais pour le restant de ses jours. Elle voulait partager sa vie. Elle avait faim de ses baisers, de son corps chaud contre le sien, elle avait envie de parler des heures durant de choses qu'ils seraient seuls à comprendre, envie d'un bonheur simple avec lui. La passion dont ils brûlaient l'un pour l'autre, le désir intense dont ils étaient la proie la sidéraient. Ils s'étaient rencontrés trois fois, ils étaient des étrangers l'un pour l'autre et, pourtant, ils avaient l'impression de se connaître depuis toujours. Pendant des années, ils avaient imaginé ces retrouvailles sans oser les croire possibles et, finalement, leurs chemins s'étaient de nouveau croisés sans qu'ils l'aient cherché. Le destin les avait réunis.

— De ce qui aurait dû se passer il y a sept ans.

— C'est ce que je pensais aussi.

Avec une infinie douceur, il l'embrassa et l'entraîna vers sa chambre. La pièce était meublée d'un grand lit et d'une vieille armoire. Elle vit aussi une photo de sa famille dans un cadre, des vêtements posés sur une chaise, du cirage…

Il lui sourit, un peu gêné.

— J'ai hésité longtemps avant de décider quoi porter ce soir. Je me sentais nerveux.

Quand elle prit sa main pour la poser sur son cœur, il ne regretta pas de le lui avoir avoué.

— Et moi, c'est maintenant que je suis nerveuse, dit-elle.

— Moi aussi, dit-il en lui caressant le visage. Cela fait si longtemps que j'attends ce moment. J'en ai rêvé pendant des années.

Il aperçut soudain les chaînettes cousues sur sa robe.

— Je n'avais pas remarqué que tu étais enchaînée. Portes-tu aussi une ceinture de chasteté ?

Avec un petit rire, elle défit d'un geste les maillons qui tombèrent à ses pieds avec un léger bruit. Elle se blottit dans ses bras et, quand elle le dévisagea, elle vit briller dans son regard tout l'amour et l'émerveillement du monde.

La gêne avait disparu. Elle n'éprouvait plus que le bonheur de savoir que, contre toute attente, contre tout bon sens, son rêve de toujours allait enfin se réaliser. Tony donnait un sens à sa vie et chassait le froid et la solitude qui y avaient élu domicile.

Ouvrant le lit, il l'attira contre lui et un frisson la parcourut. Elle se mit à effleurer son corps chaud et vivant qu'elle avait si longuement imaginé. A son tour, il la caressa avec tendresse. Elle se sentait en totale osmose avec lui. Lorsqu'ils s'unirent, elle eut l'impression d'avoir trouvé sa moitié et de former un tout avec Tony. Elle s'abandonna en lui murmurant des mots d'amour. Bientôt, elle atteignit le septième ciel et l'étreignit avec force. Et quand tous deux furent rassasiés de plaisir et s'endormirent dans les bras l'un de l'autre, Elaine comprit qu'elle était devenue une autre, une femme neuve.

Elle se sentit métamorphosée, au plus intime d'elle-même. Après cette nuit, elle le savait, plus rien ne serait plus pareil.

15

L'odeur d'un café frais moulu tira Tony de son sommeil. *Elaine*. Son nom remonta à sa mémoire comme un rêve presque oublié et, un instant, il se demanda s'il n'avait pas imaginé leurs retrouvailles de cette nuit. Mais non. Elle était bien venue chez lui, ils avaient fait l'amour et elle était toujours là. Elle avait dormi dans ses bras, le parfum de ses cheveux imprégnait encore l'oreiller et il sentait sa présence toute proche.

Et, au fond de cœur, il savait qu'aucune matinée dans l'histoire du monde n'avait été aussi belle que celle-ci.

Elaine St. James… La retrouver avait été un véritable miracle. Découvrir un diamant sur la neige ne l'aurait pas autant émerveillé.

Guidé par les délicieux effluves qui flottaient dans l'appartement, il se rendit dans la cuisine. Elaine se débattait avec sa vieille cafetière. Elle portait un de ses pull-overs, à l'effigie de son ex-club de hockey. Son maquillage était parti, ses cheveux décoiffés et, pourtant, elle lui parut plus ravissante que jamais.

— Joyeux Noël, dit-il en lui enlaçant la taille pour l'embrasser dans le cou.

Elle se pressa contre lui et sourit.

— Joyeux Noël. Je m'apprêtais justement à chercher des chants de Noël à la radio.

Il alluma l'appareil et mais, au lieu d'un cantique, ils entendirent un tube des années soixante, *Restez au lit, braves gens*.

— Bonne idée, dit Tony en la prenant dans ses bras pour l'entraîner dans la chambre.

Les draps froissés étaient encore chauds. Le cœur de Tony battait la chamade parce qu'il savait exactement ce qu'il allait faire — maintenant et pendant le reste de sa vie.

— J'étais en train de préparer du café, protesta-t-elle.

— Cette cafetière est une antiquité. Elle met un temps fou à se remplir.

Renonçant à discuter, elle se blottit contre lui.

— Tant mieux.

— Penses-tu qu'il est prêt, maintenant ? s'enquit Tony.

Alanguie sur son torse, Elaine sourit. La joie qui l'habitait était si profonde qu'elle devinait qu'elle passerait le reste de sa vie à rire et à chanter.

— De quoi parles-tu ?

— Du café.

— Oui, sûrement. Je l'ai démarré il y a plus d'une heure.

Il roula sur lui-même et attrapa sa montre sur la table de chevet.

— Bon sang !

— Qu'y a-t-il ?

— Il est presque midi et mes parents m'attendent pour le déjeuner.

A ces mots, Elaine eut l'impression de recevoir une douche froide mais elle réussit à dissimuler sa déception en secouant ses cheveux. Le fait que tout ait changé pour elle ne signifiait pas qu'il en était de même pour le reste du monde. En devenant adulte, se rendre compte que l'univers ne tournait pas autour de sa personne avait été une découverte douloureuse. Et, brutalement, la réalité semblait planer au-dessus d'elle, comme un prédateur, prêt à fondre sur son bonheur pour le détruire.

— Tu ferais mieux d'aller te doucher. J'appelle un taxi.

— Ils habitent à deux pas d'ici.

— Non, un taxi pour moi. Je vais partir.

Aussitôt, il se tourna vers elle et la reprit dans ses bras.

— Partir ? Mais pour aller où ?

Elle hésita. En général, les St. James se levaient tard le matin de Noël puis ils échangeaient des cadeaux luxueux, prenaient une coupe de champagne avant de s'envoler pour passer une semaine dans une station de sports d'hiver ou au bord de la mer. Ils aimaient voyager le jour de Noël parce que, ce jour-là, les aéroports étaient déserts. Ce programme n'amusait plus Elaine depuis longtemps. Elle s'y pliait parce que, le plus souvent, elle n'avait rien de mieux à faire.

— Chez mes parents, je pense, se sentit-elle obligée de répondre.

— Appelle-les et préviens-les que tu ne peux pas.

— Pourquoi ?

— Parce que tu m'accompagnes, évidemment. Tu vas adorer ma famille. Quant à eux, ils t'aiment déjà.

Elle regarda son beau visage, ses mâchoires bleutées et, à la vue de son petit sourire en coin, elle eut du mal à secouer la tête.

— Non, dit-elle en sortant du lit. Je refuse de débarquer ainsi chez eux et de m'imposer le jour de Noël.

Elle se mit en devoir de ramasser ses vêtements éparpillés dans la pièce. Chaque fois qu'elle s'emparait de quelque chose, elle ne pouvait s'empêcher de repenser au plaisir qu'elle avait éprouvé quand il le lui avait enlevé, la veille au soir.

— Ils seront ravis, lui assura-t-il en l'attirant contre lui. Et rappelle-toi ce que je t'ai dit : je ne me contenterai pas d'une aventure d'un soir.

— Je ne l'ai pas oublié.

— Alors, viens avec moi...

Comprenant que la décision qu'elle s'apprêtait à prendre changerait le cours de son existence, elle frissonna. A présent, son destin lui appartenait.

— D'accord.

*
* *

Une demi-heure plus tard, emmitouflée dans un vieux manteau de Tony, Elaine sortit dans le matin froid. Les cloches des églises carillonnaient gaiement. La tempête était finie et le soleil perçait à travers les nuages. Un tapis blanc immaculé couvrait les rues, les toits et les voitures. Des enfants jouaient sur le trottoir, se lançaient des boules de neige, glissaient sur les pentes en riant tandis que leurs parents les surveillaient de leurs fenêtres, une tasse à la main.

Ils croisèrent une petite fille aux yeux noirs, accompagnée de sa mère. Elle avait un sourire timide et portait religieusement une grande boîte.

— Regarde ce que le Père Noël m'a apporté, Tony, dit-elle.

Elle souleva son précieux chargement pour lui montrer une paire de patins à glace flambant neufs. Avec un clin d'œil à la maman de la fillette, il embrassa l'enfant.

— Tu as dû être très sage toute l'année pour être si gâtée, chérie.

— Nous allons tout de suite les essayer dans le parc.

Quand toutes deux se furent éloignées, Tony expliqua à Elaine :

— Suzy est l'une de mes ailes gauches… et la meilleure, sans conteste.

— Elle fait donc partie de ton équipe de hockey ?

— Oui, pour le moment, dit-il en fronçant les sourcils.

— Le manque d'argent pose un réel problème, non ? Il ne le faudrait pas, ajouta-t-elle en regardant la mère et la fille, transfigurées par la joie.

— Je sais. Si nous avions la possibilité de nous faire connaître auprès du grand public, nous récolterions plus d'argent. Mais je n'ai pas les moyens de faire appel à des publicitaires. C'est un cercle vicieux.

— Et si je te proposais de m'en charger gratuitement ?

Il leva un sourcil étonné.

— Et comment pourrais-tu t'en occuper ? Tu es déjà débordée de travail !

Soudain sûre d'elle-même, elle sourit.

— Je vais trouver le temps. J'ai décidé que mon entreprise ne ferait plus payer les clients dont la cause me semble juste.

Avec un grand rire, il la prit par les épaules.

— C'est formidable d'être le patron.

Tandis qu'elle cheminait à côté de lui, elle se sentait légère et joyeuse. Elle avait l'impression que, telle la Belle au bois dormant, elle avait passé des années dans une profonde léthargie et que Tony l'avait ramenée à la vie. Ce quartier coloré, bruyant et chaleureux était celui de Tony. Il semblait dans son élément en arpentant ces rues arborées, remplies d'enfants et de rires.

L'ambiance qui régnait autour d'elle l'enveloppait comme une douce étreinte. Elle se surprit à chanter avec une chorale de rue, à s'esclaffer de bon cœur à la vue d'un petit chiot découvrant la neige avec crainte et étonnement. Elle comprit soudain ce qui lui était arrivé au cours de cette longue et étrange nuit : elle avait retrouvé l'amour et l'espoir.

— Je me sens aussi gaie qu'un collégien à la sortie des classes, dit-elle en riant.

Tony l'enlaça plus étroitement.

— Et tu es ravissante…

Le désir ardent qu'elle éprouvait pour lui depuis des années n'avait jamais disparu. Dans le secret de son cœur, il n'avait fait que croître, au contraire. Son ambition professionnelle, son désir puéril de réussir, de prouver au monde entier qu'elle valait quelque chose l'avaient tenue trop longtemps éloignée de l'essentiel. Mais à présent, Tony l'avait libérée et elle se sentait en proie à une douce plénitude.

En silence, ils longèrent le parc et traversèrent le quartier où Tony avait grandi. Mais comme ils approchaient de l'immeuble de ses parents, elle se tourna vers lui.

— C'est stupide, mais je me sens nerveuse à l'idée de rencontrer ta famille.

Il s'arrêta, se moquant des passants qui devaient les contourner pour poursuivre leur chemin.

— Sais-tu seulement depuis combien de temps ils attendent que j'invite à la maison l'amour de ma vie ?

Emue aux larmes, elle retint son souffle. Jamais personne ne lui avait parlé ainsi. Elle avait l'impression d'un rêve qui se réalisait. *Son rêve.* Il avait fallu des années pour que ce miracle s'accomplisse et, maintenant, il lui appartenait de décider ce qu'elle allait en faire. Elle pouvait continuer à attacher de l'importance à la réussite professionnelle, aux apparences, et sombrer dans le désespoir qu'elle avait vu dans les yeux de Bobbi au moment où elle s'apprêtait à sauter dans le vide. Ou elle pouvait renoncer à ses vaines ambitions et vivre pleinement ce qui comptait vraiment pour elle.

— Depuis sept ans, sans doute, dit-elle. Comme moi.

Le sourire de Tony devint presque timide.

— Avant que nous montions, j'aimerais te donner quelque chose. Je comptais te l'offrir hier soir et puis les événements se sont enchaînés et j'ai oublié.

Le cœur d'Elaine battit plus vite quand elle le vit fouiller dans sa poche.

Sur le trottoir, au milieu des passants ébahis, il posa un genou à terre et lui tendit une petite boîte enveloppée d'un papier multicolore.

— Elaine St. James, ce présent représente davantage que tu ne le penses.

Surpris par cet étrange comportement, les gens les regardaient comme des bêtes curieuses et riaient entre eux. Mais Tony et Elaine n'y attachaient aucune importance. A cet instant, rien d'autre ne comptait qu'eux deux.

D'une main tremblante, elle défit l'emballage et elle faillit crier de surprise en découvrant à l'intérieur un porte-clés orné d'un patin d'argent.

— Comment as-tu deviné ?

— Ne pose pas la question, c'est magique. Un de ces jours,

lui promit-il en se relevant, je t'achèterai une bague. Et tu l'accepteras parce que je t'aime. Je t'aime depuis toujours.

Elaine sentit les larmes inonder ses joues.

— Je sais, murmura-t-elle. Je le sais, Tony. Moi aussi, je t'aime depuis et pour toujours.

Elle l'embrassa avec passion, devinant que le véritable cadeau qu'il lui avait offert pour Noël était ce à quoi elle ne s'attendait pas et qu'elle ne méritait peut-être pas : l'opportunité de changer de vie.

Blottie contre son épaule, elle remercia la Providence et se promit de profiter pleinement de sa chance, de ne pas la gâcher. Le cœur rempli d'espoirs et de rêves, elle avait envie de chanter.

Un long moment, ils restèrent ainsi et, finalement, Tony lui prit la main pour l'entraîner vers l'immeuble de brique.

Il ouvrit la porte d'une vaste cuisine qui sentait bon, et elle découvrit sa famille attablée, riant et bavardant avec animation. En le voyant, tous les Fiore se tournèrent vers eux.

— Voici Elaine, dit Tony. Entre, chérie. Tu es ici chez toi…

EMILIE RICHARDS

Un lien d'amour

Jade

Titre original :
A STRANGER'S SON

Traduction française de MARIE VILLANI

83/85, boulevard Vincent-Auriol, 75646 PARIS CEDEX 13.
Service Lectrices — Tél. : 01 45 82 47 47

1

Quelle personne relativement saine d'esprit eût pu vouloir se rappeler ses souvenirs d'enfance au beau milieu du blizzard le plus violent que la région ait connu dans les vingt dernières années ? Qui, sinon Devin Fitzgerald qui s'était déjà si souvent illustré en réalisant l'incroyable ?

Il avait tout d'abord quitté l'université de Yale trois mois à peine après avoir été admis en deuxième année de médecine afin de se joindre à un obscur groupe de rock amateur portant le nom improbable de *Flammes Glacées*. Il l'avait laissé alors que le groupe était au faîte d'une notoriété aussi fulgurante qu'imméritée pour entamer une carrière solo dont l'exceptionnel succès ne s'était plus démenti ensuite. Et, à présent, il envisageait sérieusement de s'orienter vers une toute nouvelle carrière.

Cela étant, aucune de ces décisions ne lui était apparue aussi risquée que celle qu'il avait malencontreusement prise ce soir, en entreprenant ce trajet sur les petites routes de campagne du pittoresque comté d'Holmes, dans l'Ohio, à bord d'un véhicule non équipé de chaînes, lui-même n'étant vêtu que d'un jean et d'un léger blouson de cuir !

Déjà, il n'avançait plus qu'à vitesse très réduite, tout en sifflotant les premières mesures de la mélodie qui l'obsédait depuis plusieurs jours.

La plupart de ses chansons naissaient ainsi — un rythme, quelques notes, bases d'une harmonie qui prenait vie dans son esprit, mesure par mesure, jusqu'à ce qu'il puisse la siffloter, puis la jouer d'un doigt, touche après touche, sur son piano.

Et, bien que celle-ci lui parût particulièrement insaisissable, il pressentait qu'il détenait là une de ses meilleures compositions, si ce n'était la meilleure. Elle lui évoquait déjà les douces nuits d'été au cœur de l'Amérique profonde, les odorantes belles-de-jour agrippées aux palissades et le scintillement des lucioles au-dessus des champs de blé.

D'où son irrésistible impulsion de rentrer chez lui.

Mais de là à y céder en prenant la route en pleine nuit, et qui plus est en plein blizzard !

Devin freina doucement, arrachant néanmoins au puissant moteur de sa jeep Cherokee un hoquet de protestation. Il n'avançait plus qu'au pas, mais la neige s'était faite si épaisse qu'il ne distinguait plus rien du paysage maintenant. Il savait pourtant être sur la bonne route. Il n'était pas revenu à Farnham Falls depuis longtemps, mais très peu de chose avait changé. Avant que la neige recouvre tout, il avait pu reconnaître une vieille grange, dernier repère important avant l'embranchement.

Quelques maisons s'échelonnaient encore après elle, mais pas beaucoup. Il se trouvait en effet en plein cœur du Middle West fermier, bastion de la communauté amish au mode de vie profondément rural. Le chemin qu'il cherchait apparaîtrait d'ici à quelques instants sur sa droite, et si la jeep daignait négocier sagement le virage, il serait bientôt chez lui.

Chez lui. Cette pensée lui arracha un sourire amusé. Depuis près de huit ans maintenant, il parcourait le monde, son extraordinaire faculté d'adaptation lui permettant de se sentir à l'aise n'importe où. Pour tout dire, Farnham Falls ne lui avait guère manqué, n'ayant offert que très peu d'intérêt aux yeux de l'adolescent qu'il avait été : rebelle, passionné de guitare électrique et atteint de la folie des grandeurs. Pas un seul jour ne s'était écoulé sans qu'il rêve de fuir cet endroit.

Pourtant, étrangement, depuis quelque temps, il ne songeait qu'à y retourner.

Voilà plus de trente minutes déjà qu'il n'avait pas aperçu la moindre lueur de phare, ni même la moindre charrette amish de retour de la ville. Tous les habitants dotés d'un minimum de bon sens devaient être douillettement blottis sous leur couette.

Alors qu'il était là, lui, seul sur cette route balayée par les violentes tourmentes d'une neige qui crissait sous ses pneus et se plaquait sur son pare-brise. Et enveloppé d'une telle solitude, d'un tel silence ! Un silence qu'il n'avait plus connu depuis l'époque de ses quatorze ans, lorsqu'il se frayait péniblement un chemin dans les épaisseurs ouatées des neiges de janvier pour aller nourrir les animaux de sa tante, dans l'étable.

Ce soir, de nouveau, une étrange paix s'écoulait du ciel, tels les flocons. Pourtant, il aurait dû être inquiet en cet instant, il en était bien conscient, car il serait réellement en danger si sa jeep venait à caler définitivement. Même son téléphone mobile ne lui serait d'aucune utilité, hélas. Quelques minutes plus tôt, il s'était rendu compte qu'il avait rendu l'âme.

Malgré tout, Devin était serein. Cette neige était d'une beauté incomparable et, pour la première fois depuis des mois, il se sentait pénétré d'une apaisante harmonie.

Les grands chênes qui marquaient l'embranchement lui semblèrent moins imposants qu'autrefois, mais le chemin étroit était bien celui de ses souvenirs. La jeep chassa dangereusement avant que Devin ne parvienne à l'y engager. Encore deux ou trois kilomètres, et il atteindrait la ferme, laquelle, au dire de sa cousine Sarah, n'avait guère changé d'apparence depuis son enfance.

Sarah, son mari et leurs deux enfants l'avaient occupée après le décès de sa tante Helen, mais, aujourd'hui, sa cousine ayant émigré en Californie, la propriété lui appartenait. Sarah n'avait pu dissimuler son étonnement lorsqu'il lui avait offert de la racheter.

« Tu pourrais vivre n'importe où dans le monde, Dev ! Et, de toute façon, tu as toujours détesté Farnham Falls ! Tu n'y es même pas revenu depuis le lycée ! »

« Mais, à présent, je me souviens du village avec nostalgie », avait-il répondu.

Et c'était vrai. L'Ohio symbolisait une époque de sa vie où

il baignait dans ses rêves et dans la délicieuse innocence de l'enfance, et il espérait ressusciter en lui l'être libre et insouciant qu'il avait été.

Pour peu que cet être existât encore.

Jonglant entre l'accélérateur et les freins, il concentra son attention sur la route. Un intérieur douillet l'attendait. Son imprésario avait trouvé quelqu'un pour préparer la maison en prévision de son retour, remplir le réfrigérateur de provisions et la réserve de bois. En revanche, il n'y aurait ni téléphone ni télévision puisque Devin avait insisté pour qu'il en soit ainsi. Il avait voulu se ménager un mois entier de nuits paisibles et de journées tranquilles. Un mois durant lequel il pourrait réfléchir sans interruption. Si bien que ce blizzard ne l'incommodait pas le moins du monde, tout compte fait.

Car, ainsi, personne ne viendrait lui rendre visite, ni ne découvrirait sa présence ici.

A moins qu'il ne se trahisse lui-même en s'arrêtant pour aider les occupants du véhicule planté au beau milieu du fossé, à quelques mètres devant lui…

Devin n'appuya que très progressivement sur la pédale de frein, sans pouvoir néanmoins empêcher la Cherokee de déraper. Aussitôt, il pesta contre l'imbécile qui — tout comme lui ! — avait eu la stupidité de s'aventurer sur les routes par un temps pareil.

Il distinguait très mal le véhicule, ce dernier étant à moitié enseveli sous la neige, mais il eut l'impression que c'était un petit modèle qui devait certainement avoir meilleure allure lorsque son capot n'était pas encastré au fond d'un fossé et son châssis en l'air.

Ayant repris le contrôle de sa jeep après quelques secondes de lutte avec le volant, il entreprit de freiner de nouveau, mais ne parvint à s'arrêter que lorsqu'il eut dépassé le véhicule accidenté d'une bonne vingtaine de mètres.

L'espace d'un dixième de seconde, il envisagea de repartir aussitôt. Il répugnait à quitter l'habitacle chauffé de sa jeep et plus encore à prendre le risque de se faire reconnaître. Il chercha deux ou trois mensonges plausibles tout en commençant à boutonner son blouson.

La voiture était entièrement recouverte par la neige, et devait donc être là depuis un certain temps. Son conducteur était déjà certainement parti chercher du secours. Rien n'indiquait que le choc ait pu entraîner des blessures de très grande gravité.

Mais cette dernière excuse lui vint alors qu'il faisait claquer sa portière derrière lui. Il pouvait être blasé, maintenant, cynique même, mais il était toujours, au plus profond de son âme, un enfant de Farnham Falls, élevé dans le respect de ses semblables et qui offrait son aide quand elle était requise. Et, heureusement, même huit années de rock, de groupies, d'adulation et d'une vie vécue sous l'objectif impitoyable du microscope médiatique n'avaient pas suffi à lui faire renier les saines valeurs inculquées par sa tante Helen.

Quelqu'un avait besoin de son aide. Il était prêt à aider.

Il avait laissé les phares de la Cherokee allumés, mais cette dernière était trop loin pour éclairer quoi que ce soit, et dans la mauvaise direction, qui plus est. A peine se fut-il éloigné de quelques pas de son rempart protecteur qu'une violente rafale de vent manqua de le renverser. Les mains profondément enfouies dans les poches de son blouson, il se courba en avant pour résister au vent, qui lui mordait les joues, le cou et s'infiltrait sous son jean. Il regretta amèrement d'avoir oublié de mettre des chaussettes ! Ses mocassins s'enfonçant profondément dans la couche neigeuse à chacun de ses pas, ses pieds baignèrent bientôt dans une gangue humide et glacée, si bien que, lorsqu'il arriva enfin à proximité du véhicule, ses orteils étaient en feu — ce qui était à peine préférable à l'inévitable engourdissement qui succéderait.

— Il y a quelqu'un là-dedans ?

Il avait hurlé les mots, mais les bourrasques les emportèrent aussitôt, tandis qu'une subite rafale de flocons s'engouffrait dans sa bouche ouverte, lui brûlant le palais.

A quelques pas du fossé, il réitéra son appel, sans toutefois s'attendre vraiment à recevoir une réponse : le seul moyen de vérifier que la voiture était vide était de s'en assurer *de visu*, tout en espérant qu'il n'y découvrirait aucun passager blessé. Car, dans le cas contraire, il doutait de savoir comment réagir. Il ne devait pas avoir gardé grand souvenir de ses études de médecine, et n'avait depuis jamais été sollicité pour autre chose que ses activités de chanteur — scène, enregistrement et interviews —, et toujours entouré des membres de son équipe.

Aujourdhui, il n'avait personne à qui donner d'ordre.

Et c'était parfait, d'ailleurs. Il était si soulagé d'être enfin seul que même la perspective de geler sur place au milieu de nulle part lui paraissait un prix dérisoire à payer pour ce simple privilège. Quelle ironie ce serait pour Devin Fitzgerald, ex-chanteur des Flammes Glacées, de finir ainsi, lui qui était gelé de l'intérieur depuis si longtemps ! Il aimait la symbolique de la chose !

— Y a-t-il quelqu'un ?

Il était assez près du véhicule à présent pour distinguer la lunette arrière — si cette dernière n'avait pas été masquée par la neige.

Une autre rafale le poussa soudain en avant. Le vent mugissait sans discontinuer autour de lui, l'assourdissant de râles semblables à ceux d'une sorcière hystérique, et qui lui auraient donné froid dans le dos s'il n'avait pas déjà été glacé jusqu'aux os. Arrivé en bordure du fossé, il enjamba une congère amoncelée par un chasse-neige lors d'une tempête précédente, puis se laissa prudemment glisser le long de la déclivité.

Le véhicule était en pire état qu'il l'avait pensé : les roues arrière ne touchaient plus le sol et l'avant tenait plus de l'accordéon que du capot. A l'évidence, le conducteur avait donné un coup de volant avant l'impact, faisant basculer la carcasse de son côté et condamnant définitivement sa portière.

Il allait devoir essayer d'ouvrir le côté passager.

Comme il l'avait craint, la neige, au fond du fossé, recouvrait une fine couche de glace qui risquait de céder sous son poids à tout moment. Dents serrées, il en testa la solidité d'un pied prudent, et crut la sentir bouger. Hélas, il n'avait d'autre choix que de s'y aventurer.

Après avoir glissé précautionneusement de quelques centimètres en direction de son objectif, il s'apprêtait à actionner la poignée lorsqu'il entendit un discret craquement sous ses pieds. La glace céda, et, soudain, il s'enfonça d'une bonne vingtaine de centimètres dans un bourbier d'eau glacée, et laissa échapper un grognement consterné.

— Y a-t-il quelqu'un ? répéta-t-il d'une voix un peu plus sèche qu'auparavant.

Mais il était heureux qu'elle ne lui fasse pas encore défaut.

Il tendit l'oreille quelques secondes, mais seule la plainte du vent lui répondit.

Il débarrassa alors la vitre de sa couche de neige, puis gratta de l'ongle le givre qui la recouvrait avant de se pencher pour y coller le front. Il attendit quelques secondes, le temps que sa vue s'accommode à l'obscurité presque totale de l'habitacle.

C'est alors qu'il distingua, prostrée sur le volant, une forme sombre. Aussitôt, il essaya d'ouvrir la portière. En vain. La poignée était bloquée.

— Hé ! s'exclama-t-il en tapant sur la vitre du plat de la main. Eh là ! Ouvrez-moi !

Il n'aurait su dire si la silhouette était celle d'un homme ou d'une femme, mais perçut soudain un léger mouvement. Réagissant à sa voix, une tête se tournait vers lui.

— Ouvrez-moi ! Il faut sortir de là si vous ne voulez pas geler sur place !

La tête du passager s'inclina de nouveau contre le volant. A l'évidence, il devait être sérieusement blessé.

— Pouvez-vous déverrouiller la porte ? insista Devin.

Hélas, tout indiquait que cette personne était dans l'impossibilité de faire quoi que ce soit.

Devin lâcha la poignée avec un juron puis réfléchit. Briser la vitre ? Non, les éclats risquaient d'atteindre le blessé. La portière arrière ? Non plus, elle était également verrouillée. Il en dégagea alors la vitre pour tenter d'apercevoir le loquet de la portière opposée. En vain. Il ne pouvait rien distinguer de là où il était, mais cela valait la peine d'essayer d'ouvrir de ce côté-là.

Il lui fallait pour cela escalader le coffre. Ce dernier supporterait-il son poids ? Sans doute car l'avant était profondément encastré et ne bougerait plus de sitôt. Devin se hissa sur le hayon, se laissa glisser sur la lunette arrière, pour atterrir sur ses pieds du côté conducteur, où la portière arrière était suffisamment dégagée pour qu'il parvienne, en se contorsionnant un peu, à s'y faufiler — du moins si elle daignait s'ouvrir.

Ce qui ne fut pas le cas.

Frustré, de plus en plus engourdi par le froid, il s'accroupit au niveau de la vitre du conducteur pour gratter le givre, distinguant peu à peu confusément l'arête d'un nez, des cheveux courts et bruns et l'éclat de deux yeux ouverts tournés vers lui.

— Pouvez-vous essayer de débloquer le loquet de la portière, juste derrière vous ? cria-t-il.

Le conducteur ne réagissait toujours pas.

— Si vous ne le pouvez pas, je vais devoir briser la vitre pour vous sortir de là !

— Allez-vous-en !

L'espace d'un instant, il s'imagina que les sons étaient émis par le vent. Pourtant, jusqu'à preuve du contraire, le vent n'articulait pas encore de syllabes !

Toutefois, Devin était si transi que son esprit eut quelque peine à associer les sons pour leur donner un sens. Alors seulement, il sut qu'il avait bien entendu. Le passager était une passagère, et elle était encore assez consciente pour parler, quoique de façon tout à fait incohérente, semblait-il.

— Déverrouillez cette fichue portière ! hurla-t-il de nouveau en tapant contre la vitre. Je ne veux pas vous faire de mal, mais vous sauver la vie ! Vous allez mourir de froid si vous restez ici !

Sans répondre, la personne détourna la tête.

Une conduite à ce point irrationnelle ne laissait aucun doute sur la gravité de ses blessures. Impuissant, Devin vit la femme incliner la tête sur le volant tandis que son corps semblait parcouru de soubresauts. Dans la semi-obscurité, il ne percevait qu'ombres et mouvements, mais, de toute évidence, son état paraissait critique. Il se remit à crier, espérant de tout son cœur pouvoir la convaincre de lui faciliter la tâche.

— Ecoutez ! La température est déjà largement en dessous de zéro et ne cesse de chuter. Le froid vous aura tuée avant que je ne revienne avec de l'aide ! S'il vous plaît, faites un effort !

Elle ne répondait toujours pas, et il n'avait plus d'autre choix que de briser une vitre, à l'arrière plutôt, pour que les éclats n'atteignent pas la conductrice.

Reculant de quelques pas, il se mit à fouiller la neige de ses mains nues. Bien qu'il doutât de pouvoir arriver à ses fins facilement, il lui fallait une pierre, même petite.

Soudain, la voix de la femme s'éleva de nouveau.

— Je vous en prie, partez !

Puis il l'entendit éclater en sanglots, et il se fit soudain l'effet d'être un dangereux criminel.

— Calmez-vous, je vous en prie. Vous ne risquez rien, je vous le jure. Je suis d'ici, moi aussi, vous savez. Je ne vous ferai aucun mal. Je vais simplement vous sortir de là et vous conduire à l'hôpital le plus proche. Laissez-moi faire, s'il vous plaît.

Elle se mit à sangloter de plus belle. Découragé, il se redressa pour continuer sa recherche d'un objet quelconque à utiliser et réussit enfin : la vitre s'abaissait lentement.

Avant que la femme ait eu le temps de réagir, il passa une main dans l'interstice et débloqua le loquet de la portière arrière, qu'il ouvrit aussitôt.

— La voiture va peut-être bouger lorsque je vais entrer, dit-il. Mais ne vous inquiétez pas, il n'y a aucun risque qu'elle se retourne. Je vais déverrouiller la portière passager et vous faire sortir par là. Faites-moi confiance, obéissez-moi, et tout ira bien…

Elle pleurait toujours, mais il eut l'impression qu'elle acquiesçait d'un signe de tête. Une minute plus tard, il était de retour côté passager et débloquait la portière.

— Bien. A présent, je vais me glisser jusqu'à vous et vous hisser dehors. Où êtes-vous blessée ?

Il regretta soudain de ne pas lui avoir posé cette question

plus tôt. Il était en effet possible que le fait de la déplacer soit plus dangereux pour elle que le froid.

— Je me suis... cogné la tête.

Elle avait marmonné les mots comme sous le coup d'une douleur intense.

— C'est tout, vous êtes sûre ?

— Oui... Dépêchez-vous de me sortir de là !

— C'est exactement ce que je cherche à faire. Détendez-vous et laissez-moi m'occuper de tout.

Elle poussa un gémissement et se plia en deux.

Ce n'était pas le moment, il le savait, mais il faillit céder à la panique. Prenant appui sur la portière, il se hissa à l'intérieur, puis tendit les mains pour saisir la femme par les aisselles. C'est alors qu'il la vit porter les deux mains à son ventre pressé contre le volant. Il la relâcha aussitôt, se retenant à grand-peine d'émettre un juron.

— Mais vous êtes enceinte !

Sans répondre, elle gémit de nouveau et s'affaissa contre le volant. Une affolante pensée frappa alors l'esprit de Devin.

— Les contractions ont commencé ?

Une nouvelle plainte confirma son appréhension. Emu, il voulut lui caresser la joue pour la réconforter, mais elle détourna brusquement la tête.

— Sortez-moi de là... vite !

— Tout de suite. Et vous, ne laissez pas tomber ce bébé dans la neige !

Son interlocutrice ne s'embarrassa guère de précautions oratoires pour lui répondre, quoique son vocabulaire en matière de grossièreté fût assez limité.

Malgré lui, Devin sourit. Sa panique cédait peu à peu la place à un étrange sentiment de puissance. Il allait sortir cette femme de là, et, ce faisant, il sauverait sa vie et celle de son bébé.

Lui qui, depuis des années, se demandait si Devin Fitzgerald avait une utilité quelconque hors des projecteurs allait être enfin renseigné sur ce point.

— Appuyez votre pied contre la portière, ordonna-t-il en

agrippant de nouveau la femme. Dès que je commencerai à tirer, poussez de toutes vos forces. Je vais vous hisser hors de la voiture et vous porter jusqu'à la mienne.

— Vous n'y... arriverez pas!

— Mais si, vous verrez.

Joignant le geste à la parole, il entreprit de la faire glisser lentement vers lui, notant avec satisfaction qu'elle suivait ses instructions. Lorsqu'elle se retrouva entre les deux sièges baquets, il se laissa aller au fond du fossé, la tirant toujours à lui.

— Bien. A présent, balancez vos jambes vers moi. Je vais passer un bras sous vos genoux et un autre dans votre dos.

— Vous allez... me lâcher! dit-elle dans un souffle.

Puis un nouveau gémissement lui échappa — une autre contraction, comprit Devin.

— Nous allons attendre la fin de cette contraction, dit-il d'une voix aussi calme que possible. Prévenez-moi quand vous serez prête. Ensuite, il nous faudra nous rendre à l'hôpital au plus vite. Et tranquillisez-vous : je ne vous lâcherai pas, fût-ce au péril de ma vie!

Le temps lui sembla ensuite s'arrêter tant il eut l'impression que son attente durait. Il aurait voulu voir son visage, mais l'éclairage de l'habitacle ne fonctionnait plus — endommagé par l'accident, sans doute —, et la lune était voilée par les nuages. La pénombre, aussi épaisse que la neige, ne lui laissait entrevoir qu'une femme frêle, aux traits fins et à la brillante chevelure brune.

— Prête? s'enquit-il lorsqu'il la vit se détendre un peu

Comme elle hochait la tête, il passa les bras autour d'elle, tout en s'irritant mentalement de sentir ses propres pieds s'engourdir peu à peu. Mais comparé à ce qu'elle devait endurer, ce n'était rien.

Il esquissa un pas hésitant en arrière, la soulevant de quelques centimètres, et c'est avec soulagement qu'il constata qu'il arrivait à la porter. Il ne serait pas allé jusqu'à dire, selon le cliché, qu'elle était aussi légère qu'une plume, mais, heureusement, malgré son poids additionnel, elle était plutôt fluette. Pour peu qu'il parvienne à franchir l'obstacle du talus, tout finirait bientôt pour le mieux.

— Quel est votre nom ? s'enquit-il soudain.

— Allez-vous me sortir de là, à la fin ?

— Très bien, madame A-la-fin. Accrochez-vous à moi.

Puis il amorça sa pénible remontée tout en baissant un instant les yeux sur elle pour scruter son visage. En vain. Elle avait appuyé la joue contre son blouson, et il ne voyait que ses cheveux. Il crut comprendre qu'elle pleurait toujours.

— Je vais vous conduire sur-le-champ à l'hôpital. Etait-ce votre destination ?

Il fixait le sol, assurant prudemment chacun de ses pas. Le talus était glissant, mais pas encore verglacé, heureusement.

— Oui. Non. La tempête a… coupé ma… ligne téléphonique et, mon médecin habitant la région, j'ai voulu…

— Tenter de le rejoindre, acheva-t-il. Mauvais calcul, hélas ! Habite-t-il près d'ici ? J'espère de tout cœur que oui !

— Il est au bout du chemin.

— Où est votre mari ? Ne devrait-il pas être avec vous ?

— Mufle !

Ainsi, l'explication était là. Devin n'en fut pas outre mesure surpris. Nombreux hélas étaient les hommes qui abandonnaient lâchement une compagne confrontée à une grossesse imprévue. Mais de là à être dénué de scrupules au point de laisser la mère de son enfant accoucher seule en plein blizzard !

A cette pensée, une bouffée de rage le submergea, et il serra tendrement sa protégée contre lui.

— Ne vous inquiétez plus. Je resterai avec vous, si vous voulez. Jusqu'au bout. Je ne vous quitterai pas tant que vous aurez besoin de moi.

Elle pleurait à chaudes larmes, à présent, et il aurait voulu savoir comment la réconforter, tout comme il aurait voulu pouvoir se réconforter lui-même en cet instant. Alors, il se mit à fredonner une mélodie. Ce ne fut que lorsqu'il eut gravi le talus qu'il en reconnut les paroles. Ce n'était pas une de ses ballades à succès, non, mais une berceuse, la berceuse que sa mère lui chantait lorsqu'il était enfant, avant qu'elle ne s'éteigne des suites d'une longue maladie alors que son fils n'avait pas fêté ses dix ans.

C'était la mélodie qui le hantait depuis des jours.

— Que le diable m'emporte..., marmonna-t-il sans réfléchir.

— Il l'a déjà fait... Devin Fitzgerald.

Alors qu'il avait levé le pied pour enjamber la congère, il s'immobilisa, glacé jusqu'au plus profond de son être. Non par les violentes rafales de neige, mais par ces simples mots... et ce qu'ils lui révélaient.

Ravalant la question qui lui brûlait les lèvres, il acheva son mouvement, manquant de perdre l'équilibre dans sa précipitation. Puis il se dirigea à grands pas vers sa voiture. Etrangement, seules ses jambes paraissaient lui obéir encore, alors que toutes ses autres fonctions vitales venaient de se figer dans une horrible attente.

Au bout de ce qui lui sembla être une éternité, il atteignit enfin la jeep, en ouvrit la portière du côté passager et déposa la femme sur le siège.

Alors seulement, à la lueur du plafonnier, il reconnut son visage.

Il ne se souvenait pas de son nom, mais, de toute évidence, elle n'avait pas oublié le sien.

— Emmène-moi au bout de ce chemin, puis... sors de ma vie ! dit-elle entre ses dents serrées.

Affolé, il s'accroupit près du siege, dans la neige, le froid, la pénombre de plus en plus dense. Plus rien ne lui importait que ce qu'il lisait en cet instant sur ce visage.

— Est-ce mon enfant ? murmura-t-il.

— Certainement pas !

Devin n'en crut pas un mot. L'enfant que cette femme portait en elle était le sien, il le pressentait, aussi sûrement que cette femme avait été sienne l'espace d'une folle nuit de printemps, il y avait quelques mois de cela.

2

Sous les fenêtres de la petite maison, un océan de jonquilles ondulait caressé par le souffle d'une légère brise de printemps. Un peu plus loin, près des ormes bordant la route, un geai gloussait son mécontentement à l'encontre du chat tigré paresseusement allongé au soleil. L'Ohio tout entier s'épanouissait en ce mois d'avril, sous le regard néanmoins indifférent de Robin Lansing.

— Donc, tu penses que je devrais porter la verte ? demanda-t-elle en brandissant deux robes devant son amie.

Judy McAllister examina les deux tenues d'un œil critique, puis secoua la tête.

— Non, la rouge. Elle est plus sexy. Et garde tes cheveux dénoués.

— Je ne suis pas censée avoir l'air sexy, Judy, mais professionnelle ! N'oublie pas que je représente le journal, et que c'est une interview que je veux obtenir de Devin Fitzgerald, pas un massage thaïlandais !

— L'une comme l'autre dépendent de cette robe rouge, répondit Judy, pince-sans-rire. Tu dois d'abord te faire remarquer.

— J'ai autant de chances de lui parler que de rencontrer un Martien ! Mais tu as peut-être raison.

— Bien sûr que j'ai raison ! Ce type — enfin, son agent — a envoyé deux invitations au journal, non seulement pour le concert, mais aussi pour la réception qui suivra. Apparemment, Devin Fitzgerald a toujours un faible pour sa région natale. Et toi, tu as une chance de te distinguer. Saisis-la !

— En tout cas, je suis heureuse que tu m'accompagnes.

— Peut-être, mais si tu traînes encore une minute de plus, nous n'arriverons jamais à temps à Cleveland !

Robin se précipita en riant vers la salle de bains, et Judy fit le tour de la maison pour fermer les fenêtres en prévision de leur absence.

A la dernière minute, dans l'entrée, Robin secoua la tête pour dénouer le chignon qui vacillait au sommet de son crâne et laissa ses cheveux libres sur ses épaules.

— Bigre ! Quelle tenue incendiaire ! s'exclama Judy, des étincelles malicieuses dans ses yeux bleus.

Elle-même portait une tenue assez élaborée, mais peu importait, de toute façon, car même enveloppée dans un sac, elle avait toujours l'air d'être Miss Ohio, titre qu'elle avait d'ailleurs gagné alors qu'elles étaient encore toutes deux au lycée.

— Je suis vraiment heureuse que tu aies fait tout ce trajet depuis Cincinnati, ce week-end, dit Robin avec un chaleureux sourire. Tu sais toujours comment stimuler mon ego !

— Quant à moi, je suis soulagée de te voir enfin émerger de ton deuil !

Le sourire de Robin ne vacilla pas une seconde.

Deux ans s'étaient déjà écoulés depuis la mort de Jeff, son mari. Elle avait continué sa vie, tout comme il l'avait exhortée à le faire.

— Jeff aurait aimé cette robe, lui aussi.

— Tu sais, cette interview de Fitzgerald t'ouvrira peut-être de nouveau les portes d'un journal plus coté.

Robin avait quitté son poste au sein d'un grand quotidien au tout début de l'ultime séjour de Jeff à l'hôpital. Puis, après son décès, elle ne s'était pas senti la force de supporter de nouveau le stress d'une bruyante salle de rédaction. Elle avait préféré, pour sa propre convalescence, se contenter d'un poste de rédactrice à la *Gazette de Farnham Falls*. Elle s'y plaisait, mais devait reconnaître que cette invitation au concert de Devin Fitzgerald était de loin l'événement le plus marquant de sa vie depuis deux ans. Et peut-être était-ce là le signe d'un nouveau départ, en effet.

Les deux amies papotèrent tranquillement tout le long du trajet, quoique Robin sentît son excitation croître de minute en minute. Elle admirait Devin Fitzgerald, sans en être toutefois une fan assidue dans la mesure où ses goûts musicaux tournaient plutôt autour de la musique classique ou du jazz. Mais elle appréciait néanmoins, dans les compositions de l'ex-leader des Flammes Glacées, une certaine poésie, ainsi que des qualités mélodiques, que tant d'autres chanteurs rock ignoraient. Si bien qu'en dépit du rythme soutenu des percussions et des guitares électriques la pureté, l'émotion vraie des paroles de ses chansons la touchaient droit au cœur.

De plus, Devin Fitzgerald était un homme particulièrement séduisant, avec des cheveux d'un brun cendré qui lui arrivaient presque aux épaules, des yeux d'un bleu profond, une mâchoire volontaire et un grand front. Un corps élancé et de larges épaules, ainsi qu'un charisme étonnant, lui permettaient de dominer à lui seul la scène lors de ses concerts. Et Robin devait bien avouer qu'elle était impatiente de le rencontrer en personne.

D'un autre côté, elle doutait de pouvoir l'approcher suffisamment pour l'entretenir de la raison de sa présence. L'invitation avait surpris tout le monde, à la gazette, car, en dépit du fait que l'enfant prodige du rock avait passé une bonne partie de sa jeunesse à Farnham Falls, tous savaient aussi que ses liens avec la région s'étaient effilochés au fil des années. La tante qui l'avait élevé n'était plus, et sa seule cousine habitait désormais en Californie. Devin contribuait régulièrement aux bonnes œuvres du comté, mais il n'y avait pas remis les pieds depuis bien des années déjà.

En arrivant à Cleveland, sur le parking de l'hôtel où elles passeraient la nuit, Robin eut l'impression de se sentir jeune de nouveau. Elle n'avait que vingt-sept ans, mais les trois dernières années lui avaient paru compter double tant elles avaient été douloureuses. Elle avait eu plus que sa part de souffrance, en effet, et c'était sans doute pourquoi les mélodies de Devin

Fitzgerald trouvaient écho en elle. La vie ne l'avait guère épargné, lui non plus. Si elle avait perdu un mari, Devin s'était séparé d'une épouse infidèle. Mais tandis que la douleur de Robin demeurait silencieuse et discrète, celle du chanteur avait été livrée en pâture au public.

— J'ai épluché tous les articles que j'ai pu trouver sur lui, au cas où j'obtiendrais cette interview, expliqua-t-elle à Judy tandis qu'elles s'infiltraient dans le flot de spectateurs de tous âges se déversant dans la salle de concert. Mais je n'y ai guère trouvé de détails sur sa vie privée depuis son divorce.

— Peut-être lui a-t-il fallu un certain temps pour se remettre, à lui aussi.

— Crois-tu vraiment qu'une célébrité comme lui ait pu avoir ce loisir ? Les pressions qu'il subit doivent être bien trop fortes !

— Il a plus d'argent qu'un magnat du pétrole et probablement autant de femmes qu'un sultan ! Alors ne m'en veux pas si je n'éprouve que peu de compassion à son égard !

Robin accueillit cette boutade d'un sourire, tout en doutant un peu du bien-fondé de l'assertion de son amie. Après tout, gloire et fortune n'avaient jamais protégé qui que ce soit des dures réalités de la vie, et Devin Fitzgerald n'avait pas échappé à la règle.

Le malheur l'avait-il affecté de la même façon qu'elle, cependant ? Robin avait appris à quel point la vie pouvait être courte, et capricieuse, aussi. Désormais, elle tenait à profiter de chaque minute qui lui était donnée à vivre, et à goûter avec gratitude le moindre plaisir. Car c'était là du moins le seul point positif que la disparition de Jeff lui avait apporté, pour peu qu'il y en ait eu un.

Devin avait affronté la première vague d'admirateurs dès sa sortie de scène, mais il préféra se rafraîchir un peu et se changer avant d'affronter la seconde.

Le concert avait été un succès. C'était aussi l'un des rares qu'il donnerait cette année, si bien que toutes les places avaient été écoulées dès le premier jour de vente. Le site choisi en avait étonné plus d'un, et notamment son agent, qui ne comprenait pas pourquoi Devin avait insisté pour se produire dans un Etat aussi insignifiant que l'Ohio.

La raison en était pourtant simple : Devin se sentait redevable envers la région qui l'avait vu naître, et il regrettait d'ailleurs de ne pas avoir le temps de pousser jusqu'à Farnham Falls, de façon à y emprunter incognito quelques chemins de traverse pour y revisiter son enfance. S'il parvenait à convaincre sa cousine Sarah de lui vendre la ferme où il avait été élevé, sans doute pourrait-il enfin y retourner. Peut-être, alors, pourrait-il retrouver ses racines en creusant cette lourde terre noire et se rappeler qui il était.

Il se mettait en quête de ses chaussures quand la porte de sa loge s'ouvrit en coup de vent sur son impresario, Harry Bagley.

— Tout le monde t'attend ! Tu es prêt ?

Non, il ne l'était pas ! Et pour tout dire même, il se sentait épuisé. Il s'était donné un peu plus que d'habitude, pour ce concert, effectuant rien moins que quatre rappels. Mais il était en Ohio, ce soir, et les habitants de sa région natale ne méritaient pas qu'il leur tourne le dos.

— Presque. Où as-tu caché mes chaussures ?

Harry secoua la tête d'un air exaspéré.

— Ne me dis pas que tu as besoin que j'engage quelqu'un pour t'habiller, Dev !

Devin s'écroula sur son canapé et renversa la tête en arrière d'un air las.

— Ce dont j'ai besoin, Harry, c'est tout simplement de six mois entiers loin de tout et de tous, toi le premier ! Après cela, peut-être arriverai-je à trouver moi-même mes affaires !

— C'est plutôt d'une bonne partie de jambes en l'air que tu as besoin !

Devin fusilla son interlocuteur du regard. Ils s'accrochaient toujours sur ce sujet. De l'avis de Harry, tout se solutionnait soit par l'argent soit par le sexe. Et dans la mesure où Devin ne manquait de rien dans le premier domaine, les problèmes ne pouvaient venir que du second !

L'imprésario tendit la main pour prévenir l'inévitable objection.

— Je vais te les trouver, ces chaussures, Dev. Et j'irai même jusqu'à te les enfiler et les lacer moi-même si ça peut te faire enfin sortir de cette loge !

— C'est toi qui vas en sortir, et vite ! J'arrive dans deux minutes.

— Si ce n'est pas le cas, je n'hésiterai pas une seconde à revenir te chercher par la peau du cou !

— Et moi à te virer !

— On verra ça ! rétorqua Harry en faisant claquer la porte derrière lui.

Devin mit bien plus de deux minutes à retrouver ses chaussures, de sorte que lorsqu'il arriva dans la pièce où avait lieu la réception, celle-ci battait son plein. A peine en eut-il franchi le seuil qu'il fut assailli, et donc aussitôt vidé de nouveau de toute énergie. Cet endroit brillamment éclairé, bruyant, lui déplaisait au plus haut point. Au tout début de sa carrière, il se délectait de tant d'agitation, mais, depuis quelque temps, il ne rêvait plus que de conversations paisibles, de musique douce et d'amitiés sincères.

Au premier coup d'œil, il comprit qu'il ne trouverait rien de tout cela ce soir. Les membres de son orchestre, les gens qui voyageaient avec lui, étaient déjà repartis, apparemment, et il n'avait nulle envie de rencontrer tous ces inconnus qui se pressaient autour de lui.

Harry le prit aussitôt par le coude pour le présenter à des hommes en costume-cravate. Un quart d'heure plus tard, Devin faisait encore la tournée des présentations, affichant l'air poli de l'interlocuteur distrait. Quelqu'un lui avait donné un verre, quelqu'un lui avait remis une assiette remplie de petits-fours. Il avait abandonné l'un et l'autre sur une table pour serrer moult et moult mains.

Pourtant, il avait faim, ses tempes étaient douloureuses, ses oreilles bourdonnaient. En cet instant, il n'avait qu'une envie : s'éclipser au plus vite !

Tout en souriant et en bavardant, il se fraya à reculons un chemin en direction de la sortie, ordonnant discrètement à son chauffeur d'aller chercher sa voiture.

Soudain, un corps doux et chaud stoppa sa progression.

— Oh, désolée !

Il entendit la voix de la femme avant de voir son visage et commença à s'excuser à son tour tout en pivotant.

— Non, c'est ma faute. Je…

Des joues d'albâtre s'empourprèrent sous ses yeux. Il n'avait pas vu une femme rougir depuis des années ! Pour la plupart de ses connaissances féminines, de toute façon, c'eût été pour le moins injustifié ! Mais celle-ci l'avait fait si naturellement !

Tout en elle semblait respirer le naturel, d'ailleurs. C'était une beauté au regard sombre, à la longue et étincelante chevelure d'ébène, et aux traits délicats à peine maquillés. Et si petite qu'elle lui arrivait à peine au menton. Pourtant, ainsi vêtue d'une robe ample d'un rouge éclatant, elle incarnait l'essence même de la féminité.

Il se ressaisit aussitôt. Il avait rencontré nombre de femmes dans ce genre de soirées, et avait été trop souvent déçu.

— Pardonnez-moi. Je suis vraiment très maladroit.

— Non, pas du tout. Je gênais, répondit-elle en souriant. J'ai apprécié votre concert.

« Apprécié, pas adoré », nota Devin. D'habitude, on l'abreuvait de superlatifs tout aussi exagérés qu'hypocrites.

— J'en suis heureux.

— Un de mes voisins prétend que, lorsqu'il était enfant, il vous entendait de chez lui jouer de la guitare dans la grange de votre tante.

Devin inclina la tête sur le côté, la dévisageant.

— Vraiment ?

Elle tendit la main.

— Robin Lansing, de la *Gazette de Farnham Falls*. Nous tenions à vous remercier pour les invitations.

Il enregistra machinalement toutes ces informations. Elle venait de Farnham Falls, et côtoyait quelqu'un qui l'avait connu lorsqu'il y habitait encore.

— Nous ?

— Mon amie Judy et moi-même.

Une main se posa sur l'épaule de Devin pour attirer son attention, mais il l'ignora.

— Appréciez-vous la soirée autant que vous avez apprécié le concert ? s'enquit-il.

— Non, je m'y ennuie à mourir.

Un grand sourire illumina son visage, et Devin eut l'impression d'être caressé par les rayons du soleil.

— Du moins, je m'y ennuyais jusqu'à présent… Je désespérais de vous être enfin présentée.

— Est-ce l'unique raison de votre présence ici ?

— Je suis surtout venue dans l'espoir de vous soutirer une interview, mais je vois que cela me sera impossible.

— Pourquoi ?

— Cet endroit me fait penser à un zoo. Il nous faudrait hurler pour nous entendre.

— Vous ne me semblez guère audacieuse pour une journaliste.

— Je ne le suis pas. Mais j'inspire confiance à la plupart des gens.

Et elle lui inspirait confiance, à lui aussi. Elle lui paraissait même être le seul être sensé parmi toute cette faune.

Devin avait appris à estimer ses semblables à leur juste valeur, au cours de sa carrière, et surtout depuis son divorce, et il avait aussitôt décelé en cette femme, entre autres vertus, l'honnêteté et la sensibilité. De plus, elle était aussi belle et fraîche qu'une cascade au printemps. Il avait envie de la connaître davantage.

— Je meurs de faim, dit-il. Et de fatigue. J'ai besoin d'un copieux repas et de parler à un ami. Aimeriez-vous être cette amie ?

Un lueur de méfiance traversa le regard brun.

— Parler ? Est-ce un code pour autre chose ?

Il sourit.

— Non, parler, discuter... C'est tout ce que je demande. Vous pourriez me donner des nouvelles de Farnham Falls... Alors ?

— Pourrai-je prendre des notes pour mon interview ?

— Quand je vous le dirai.

— D'accord. Mais je dois d'abord prévenir mon amie.

— Je vous attends.

— Nous n'avons le choix qu'entre deux possibilités, dit-il en l'entraînant vers l'endroit où l'attendait sa limousine, à l'arrière du complexe, sans même paraître remarquer que pas moins de trois gardes du corps les entouraient : trouver un restaurant et espérer que je n'y serai pas reconnu, ou dîner dans ma suite.

— Vous arrive-t-il de ne pas être reconnu ?

— Rarement.

— Alors j'opte pour votre suite.

Ce furent ses derniers mots. Ensuite, elle demeura silencieuse tandis que la voiture traversait la nuée d'admiratrices déchaînées que la ruse de Devin n'avait pas dupées, puis durant le court trajet, et enfin le temps que les services de sécurité de l'hôtel leur frayent un chemin dans le hall.

Ce ne fut que lorsqu'il eut refermé la porte de sa suite derrière eux qu'elle commenta :

— Intéressant aperçu de votre vie !

— Affolant, n'est-ce pas ?

— Arrivez-vous à vous y habituer ?

— Plus ou moins. Plutôt moins, ce soir. Je ne suis guère d'humeur à jouer les divinités…

— Ah ? Dois-je en déduire qu'il vous arrive de l'être ?

— Non, pas vraiment, dit-il avec un petit rire.

D'un geste, il l'invita à prendre place sur le canapé et sourit en la voyant ôter ses escarpins et replier ses jambes sous son ample jupe.

— Que désirez-vous manger ?

— Une crème caramel ! répondit-elle sans hésiter.

— Ah ! Une des rares femmes qui sache ce qu'elle veut !

— De telles décisions sont insignifiantes à côté de certaines autres, bien plus cruciales dans la vie, vous ne trouvez pas ?

Il réfléchit à ces paroles tout en passant commande au room service, puis en revenant s'installer dans l'angle opposé du canapé. Lui demander de plus amples précisions sur les décisions en question eût été indélicat de sa part, mais il regretta cependant de ne pouvoir le faire.

— Etes-vous originaire de Farnham Falls ? Je ne me rappelle pas vous avoir déjà rencontrée.

— Non, je suis née à Columbus et j'y ai aussi fait mes études, mais dans un institut privé.

— Et moi à l'université d'Etat.

— Je sais. Tout comme je sais bien d'autres choses sur vous. Et je le regrette. J'aurais préféré que vous me les appreniez vous-même.

Devin aussi. Et elle avait raison : il était agréable de se confier à elle. Et plus agréable encore de la contempler.

— Commencez par votre enfance, dit-il, et, en échange, je vous parlerai de la mienne. Ensuite, je veux tout entendre des derniers potins de Farnham Falls.

— Vous devez être un homme très patient, ou tout simplement masochiste.

— Je suis surtout un homme qui a soif de l'atmosphère d'une petite ville tranquille. Ou de la compagnie d'une de ses habitantes.

Mais peu importait sa motivation exacte. Une agréable soirée s'annonçait, et c'était tout ce qui comptait aux yeux de Devin.

Robin n'aurait su expliquer comment elle se retrouva soudain dans les bras de Devin Fitzgerald qui la faisait lentement tournoyer au rythme langoureux d'un célèbre slow des Flammes Glacées. Tout ce dont elle était sûre, c'était qu'il était tard. Très tard, même. L'aube approchait à grands pas.

Ils avaient parlé toute la nuit. Elle lui avait décrit son parcours professionnel, et il lui avait appris sur le sien quelques détails d'importance pour son article. Ils avaient ri ensemble, étonnés et ravis de constater qu'ils possédaient le même sens de l'humour.

Puis, les heures passant, ils avaient abordé des sujets plus personnels. Robin avait confié à Devin sa douloureuse expérience avec Jeff, lui expliquant que le diagnostic de leucémie avait été établi un mois à peine après leur mariage.

Quant à Devin, il lui avait parlé de sa brève expérience maritale avec une chanteuse de blues qui chantait l'amour avec une remarquable conviction, mais n'en possédait aucune à ce propos dans la vie.

Robin doutait pourtant qu'une femme, quelle qu'elle soit, puisse rester longtemps indifférente à l'égard de Devin Fitzgerald. Soit il était le plus habile des charmeurs — le seul parmi les millions d'hypocrites à avoir réussi à tromper son radar personnel pourtant particulièrement efficace —, soit il était l'un des hommes les plus adorables qu'elle ait jamais rencontrés. Et si elle devait se fier à la façon dont il s'était détendu au fil de leur conversation, force lui était de déduire qu'il ne demandait en effet rien d'autre que quelques paisibles moments d'intimité innocente.

Elle avait noté également que le regard bleu s'était adouci, et n'avait pu manquer de remarquer que, par de discrets mouvements, il s'était peu à peu rapproché d'elle. Elle savait qu'il n'était pas insensible à son charme.

Quant à elle, elle s'efforçait en vain d'ignorer le sien depuis qu'ils s'étaient malencontreusement — ou plutôt, fort opportunément — heurtés. Mais cela faisait si longtemps qu'elle ne s'était pas sentie si vibrante en présence d'un homme !

Etait-ce l'homme ou la star qui la fascinait, d'ailleurs ? Elle ne tenait nullement à le savoir. Car, pour la première fois depuis bien des années, elle sentait son corps revivre, un corps qu'aucun homme n'avait touché depuis bien avant la longue maladie de Jeff.

Elle en était même venue à se demander si elle était toujours une femme normale. Elle avait la réponse, désormais.

Une autre mélodie succéda à la première, puis une autre encore. A la quatrième, elle leva la tête pour sourire à l'homme qui l'enlaçait. Il lui retourna son sourire puis, lentement, inclina la tête et posa ses lèvres sur les siennes.

— Vous êtes si ravissante, chuchota-t-il ensuite tout contre son oreille. J'ai passé en votre compagnie une soirée merveilleuse.

Ce baiser avait été bref, le plus bref des effleurements, mais sa signification des plus limpides. Si elle y répondait par l'affirmative, la soirée se prolongerait. Sinon, le temps de la séparation était venu.

Dans toute autre circonstance, cette question aurait été un ultimatum. Mais, dans le cas présent, l'initiative s'imposait d'elle-même. Ils avaient tous deux atteint les limites de l'intimité telle qu'elle pouvait se concevoir en toute innocence entre un homme et une femme, et la prochaine étape ne pouvait se décider que selon une unique alternative : séparation ou progression. C'était là un moment qu'hommes et femmes vivaient — et comprenaient — depuis la nuit des temps.

Robin ne désirait pas partir. Blottie dans les bras de Devin, elle éprouvait de nouveau une bienfaisante sensation de plénitude. Sa solitude lui pesait, elle ne l'ignorait pas, mais c'était ce soir seulement qu'elle percevait à quel point. Elle avait aimé Jeff de tout son cœur. Toutefois, la précoce découverte de sa maladie avait, dès le début, freiné l'essor naturel de leur amour, et jamais elle n'avait osé lui parler de ses états d'âme ou de ses craintes. Son mari avait déjà tant à supporter !

Comme s'il avait lu dans ses pensées, Devin formula la question à haute voix :

— Voulez-vous rester ou dois-je demander à mon chauffeur de vous raccompagner ?

— Il y a très longtemps que je n'ai pas fait l'amour, dit-elle simplement.

— Moi aussi.

Elle le scruta et y lut une sincérité absolue : en dépit de toutes les tentations qui lui étaient offertes, Devin Fitzgerald était un homme intègre, elle en était intimement convaincue.

— Croyez-vous que nous nous souviendrons de la manière de procéder ?

— J'en suis certain.

Se haussant sur la pointe des pieds, elle lui offrit ses lèvres.

Quand il l'enlaça et la serra contre lui, le désir électrisa Robin comme l'aurait fait la foudre. Elle s'y abandonna sans aucune retenue. Pourtant, elle n'avait guère d'espoir de revoir cet homme, pas plus qu'elle n'entretenait celui de voir leur relation perdurer au-delà de cette unique nuit.

Cette nuit était le cadeau d'une âme solitaire à une autre, et elle offrit la sienne sans réserve, sans même qu'un seul doute vînt ébranler sa conviction d'avoir pris la bonne décision.

3

— Quand comptais-tu me le dire ?... En avais-tu l'intention, du reste ? demanda Devin d'une voix sourde en actionnant le démarreur.

Robin nota qu'il avait marqué une pause à la fin de la première question, là où aurait dû se trouver son prénom. Un prénom qu'il ne se rappelait pas, à l'évidence ! Peut-être même ne se serait-il jamais souvenu d'elle si elle ne l'avait pas elle-même appelé par le sien !

Elle ferma les yeux et prit une profonde inspiration. Puis une autre. Les contractions se succédaient sans relâche. « Mon Dieu, pourvu que le bébé n'ait rien ! » Elle portait bien sa ceinture de sécurité au moment du tête-à-queue, mais il y avait si peu d'espace entre son ventre et le volant ! Rien ne lui assurait que le bébé avait été épargné !

Les larmes continuaient à rouler sur ses joues, en dépit de tous ses efforts pour les réprimer. Elle aurait tant voulu pouvoir se ressaisir, ne fût-ce que pour le bien du bébé ! Hélas, elle se sentait comme déchirée en deux, à la fois physiquement et émotionnellement. Et jamais elle n'aurait pu imaginer vivre pire cauchemar que d'avoir Devin Fitzgerald à son côté, et se demanda si, en cet instant, le destin ricanait à ses dépens.

— Où allons-nous ?

Sur l'instant, le sens de la phrase échappa à Robin. Puis elle comprit enfin.

— L'hôpital est... trop loin.

— Et ce médecin ?

— Au bout du chemin, à trois ou quatre kilomètres. Peut-être... plus, acheva-t-elle dans un souffle alors qu'une nouvelle contraction l'assaillait.

Devin enclencha la première, puis se saisit d'un téléphone fixé au tableau de bord. Il le reposa aussitôt avec un juron exaspéré.

De plus en plus affolée, Robin s'efforça d'appliquer la technique de respiration qu'elle avait apprise. Sans guère de succès. L'aide de Judy, sa partenaire d'accouchement, lui manquait cruellement. Hélas, Judy était encore à Cincinnati, et il n'y avait rien d'extraordinaire à cela : le bébé se présentait deux semaines plus tôt que prévu !

— Inspire profondément par le nez et expire par la bouche, dit soudain Devin.

— Qu'en... sais... tu ?

— J'ai aidé une amie, un jour. Fais donc ce que je te dis sans poser de questions ! Par le nez, puis par la bouche. Je vais t'aider à compter jusqu'à dix.

— Fiche-moi la paix ! rétorqua Robin en fermant les yeux.

— Un ! Deux !

Elle voulut se couvrir les oreilles de ses mains, mais il l'en empêcha d'un geste impatient.

— Fais ce que je te dis ! Tu as besoin de mon aide ! Et, surtout, calme-toi !

— Tu ne te souviens même pas... de mon prénom !

— Tu l'as prononcé une fois, au milieu d'un brouhaha indescriptible ! Et, à l'hôtel, ç'aurait été pour le moins embarrassant de le redemander ! J'avais bien pensé jeter un coup d'œil sur tes papiers à ton insu le lendemain. Mais tu n'as même pas attendu que je me réveille pour t'éclipser ! riposta-t-il en frappant violemment son volant du plat de la main.

— Contente-toi de conduire !

— Un ! Deux !

— Tais-toi ! La contraction est passée, de toute façon !

— Quel est ton prénom ?

— Qu'importe !

— Bien, je vais m'arrêter sur le bord de cette route et je ne repartirai que lorsque tu m'auras répondu !

Elle sut aussitôt qu'il bluffait, mais la futilité de cette menace lui fit comprendre à quel point son comportement était infantile.

— Robin.

— Un nom de famille, peut-être ?

— Lansing.

— Et celui du bébé ?

Elle pinça les lèvres sans répondre.

— Tu étais enceinte de mon enfant, et tu ne m'en as rien dit. Que comptais-tu donc faire ? Attendre qu'il soit né et m'intenter un procès ?

— Tu n'es qu'un…

— Je sais, tu me l'as déjà dit ! coupa-t-il sèchement.

Robin rouvrit les yeux. Il était blanc de rage.

— J'ai essayé de te le dire, reprit-elle avec difficulté. Ton agent m'a promis qu'il te donnerait le message. Et c'est tout ce que je te devais !

— Comment s'appelle-t-il ?

Elle le regarda sans comprendre.

— Mon agent. Quel est son nom ?

Il ne la croyait pas ! Trop furieuse pour réfléchir, elle lui décocha un violent coup de poing dans le bras, suivi d'un second. Puis elle gémit soudain sous le coup d'une nouvelle contraction.

— Bon sang ! s'exclama Devin. Ecoute, laissons le sujet de côté pour l'instant. La phase de dilatation a commencé, apparemment, et tu ne peux compter que sur mon aide ! Mais il faut que tu me fasses confiance, c'est d'accord ?

— Mais non, ce n'est pas encore… Oooh !

— Depuis quand durent les contractions ?

Elle essaya de lui répondre, mais l'accident lui avait fait perdre toute notion du temps.

— Je… je ne sais plus.

— Te rappelles-tu de l'heure où elles ont commencé ? insista Devin d'une voix anormalement calme.

— Vers 7 ou 8 heures, peut-être.

— Ce matin ?

— Non, ce soir. Le blizzard m'a…

Elle ne put achever sa phrase tant la douleur la fouaillait. Elle aurait voulu mourir.

— L'accident a dû précipiter le travail. Que faisais-tu sur cette route, d'ailleurs ?

— J'étais venue… aérer la maison de mon patron… parti en Floride… La météo n'avait pas annoncé de tempête et la naissance n'était prévue que… Oh, mon Dieu !

— Robin, je t'en prie, respire comme je te l'ai dit. Ça t'aidera, je t'assure.

Faute de pouvoir rassembler assez de souffle pour rétorquer qu'elle n'avait nul besoin de ses conseils, elle s'entendit avec surprise calquer le rythme de sa respiration sur son décompte.

— Huit, neuf, dix. C'est mieux ?

— Non !

— Alors, passons à la respiration superficielle : inspirations et expirations légères et rythmées.

Elle avait appris cette technique en cours de préparation, en effet : haleter quelques secondes, expirer, reprendre une profonde inspiration puis recommencer. Submergée par la panique, elle avait tout oublié de ces conseils de base ! Honteuse, elle s'exécuta aussitôt et, peu à peu, sentit la douleur refluer. Du coin de l'œil, elle avait vu Devin consulter sa montre.

— Nous n'arriverons pas à temps chez le médecin, Robin. Les contractions sont trop rapprochées, et durent de plus en plus longtemps. L'expulsion du bébé ne va plus tarder. Je vais t'emmener chez moi, c'est tout près d'ici. Nous allons devoir nous débrouiller seuls.

— Oh, mon Dieu ! Non !

— Nous n'avons pas le choix ! Ne t'inquiète pas : je vais t'aider.

Robin éclata de nouveau en sanglots. Comme elle regrettait à présent de ne pas s'être mise en route aux premières chutes de neige ! Mais les élancements étaient si minimes, tout juste de simples spasmes, au début, qu'elle n'avait pas un seul instant pensé que le travail commençait. Puis, lorsqu'elle avait enfin compris que l'alerte était réelle, la neige tombait déjà dru, mais dans la mesure où elle s'attendait à ce que les contractions durent toute la nuit, elle avait estimé plus prudent de patienter jusqu'au lendemain matin, le temps que la tempête se calme et que les routes soient dégagées. Alors elle aurait pu téléphoner à son médecin, et tout se serait bien passé.

Et surtout, jamais elle n'aurait croisé le chemin de Devin Fitzgerald !

— Tiens encore cinq minutes, reprit-il. Cinq petites minutes.

Non ! Elle allait attendre bien plus que cela parce que c'était le Dr Wright qu'elle voulait auprès d'elle, le Dr Wright, sa voix calme, ses mains expertes, et les cinq cents bébés à son actif !

Elle s'apprêtait à protester lorsqu'une nouvelle sensation lui fit émettre un cri d'effroi. Elle ressentait l'irrésistible envie de pousser. Le bébé arrivait !

Devin lui jeta un coup d'œil inquiet, puis se pencha sur son volant qu'il agrippa convulsivement. Elle l'entendit murmurer quelque chose. Une prière à Dieu ? Peut-être. Ils avaient grand besoin de Son aide, et celle de Devin allait lui être cruciale, aussi.

— Inspire, expire, et essaye de te détendre au maximum. Ce n'est plus très loin.

Elle s'employa à lui obéir, mais une force étrangère avait pris possession de son corps. Il ne lui appartenait plus, bien qu'elle en sentît chacune des réactions. Fermant les yeux, elle fit un ultime effort pour contrôler sa respiration.

— Voilà, on y est…

La voiture chassa, mais elle ne songea même pas à s'en inquiéter. Qu'elle le veuille ou non, elle allait donner naissance à son bébé d'ici à quelques minutes, que la jeep atterrisse ou pas dans un fossé !

Le véhicule s'immobilisa enfin et une portière claqua. Puis un souffle de vent la balaya, et elle sentit Devin la soulever.

— Tiens bon. Une petite minute encore !

Les élancements avaient cessé, mais le répit serait de courte durée, Robin le savait. Des flocons se collèrent sur ses paupières fermées, mais elle n'avait plus la force de les ouvrir, et préférait conserver le peu d'énergie qui lui restait pour aider son enfant à venir au monde. Déjà, peur et épuisement se combinaient pour la vider de toutes ses forces, et ses vaillants efforts pour freiner le processus étaient vains : le bébé ne voulait plus attendre.

Soudain, la neige cessa, ainsi que le vent, et, de nouveau, une porte claqua. Elle ouvrit les yeux et constata qu'ils se trouvaient dans un long couloir.

— Le bébé va naître dans un lit, tout compte fait ! dit Devin.

Sa voix avait une intonation à la fois distante et triste. Elle le considéra et découvrit dans le regard bleu le reflet d'une surprenante émotion. Elle ne sut que dire. Elle l'avait tant de fois maudit au cours des derniers mois, et lui en voulait tant, aujourd'hui encore. Et voilà qu'un étrange sentiment se mêlait soudain à sa colère, un sentiment qu'elle n'aurait pu définir.

Peu lui importait, d'ailleurs ! Son esprit tout entier était accaparé par son corps et son enfant. Rien ne comptait plus soudain que cet enfant et sa propre souffrance.

Devin la déposa sur une surface plane et moelleuse, dans une pièce obscure.

— Le courant est coupé. Je vais aller chercher des bougies. Continue tes exercices de respiration.

Elle fit à peine attention aux derniers mots : une nouvelle contraction se propageait de son dos à son ventre, et elle s'entendit gémir fortement. Elle s'était pourtant promis de ne pas crier en offrant à ce bébé une vie dont elle avait elle-même stoïquement subi les épreuves.

Hélas, cette promesse venait de s'envoler dans le souffle d'une plainte qui ne pouvait provenir que de ses lèvres.

Soudain, la pénombre fut chassée par la lueur diffuse d'une lampe à kérosène que Devin posait sur la table de chevet.

— Je vais me laver les mains. Je reviens.

— Non, ne t'en va pas !

— Il le faut !

Un sanglot de rage et de peur mêlées lui échappa. Elle était de nouveau seule dans cette chambre dont elle distinguait enfin les contours avec une morne indifférence. Peu lui importait que cet enfant naisse dans la neige, l'océan ou à dos de chameau en plein Sahara, du moment qu'il naissait enfin !

— Bien, je suis là. Laisse-le venir, à présent !

Elle leva vers lui un regard affolé.

— Je ne pourrai pas !

— Mais si. Tu n'as guère le choix de toute façon, répondit-il avec un sourire d'encouragement.

Elle sentit ensuite contre ses hanches le contact des mains de Devin qui lui ôtait ses vêtements, et dut résister à l'impulsion de le repousser : ces mains l'avaient touchée plus intimement encore, une certaine nuit, et l'horrible nuit qu'elle vivait en ce moment même en était la conséquence !

— Bien. Je vais glisser quelques serviettes sous tes reins. Là… A présent, relève les genoux et écarte les jambes, je vais devoir t'examiner.

— Certainement pas !

— Voyons, Robin. C'est indispensable ! A moins que tu ne veuilles essayer de le faire toi-même ?

Elle riposta par une imprécation dont elle ne se serait jamais crue capable, et qui arracha un rire à Devin.

— Je ne te le fais pas dire ! Mais cela ne change rien au fait qu'il nous faut savoir où tu en es !

Elle le laissa faire sans plus protester, soudain submergée par le pressant besoin d'expulser leur enfant, un besoin si implacable qu'elle n'eut que le temps d'agripper les draps et d'y céder.

— Bien, je vois déjà ses cheveux, dit-il d'une voix un peu tendue, malgré son évident désir de la rassurer. La tête sera bientôt sortie et tout paraît normal.

— Comment pourrais-tu le savoir ?

— Je te l'ai pourtant dit pendant ton interview. J'ai fait des études de médecine !

— Tu les as abandonnées !

— Mais pas avant d'avoir assisté à quelques cours d'obstétrique et visionné deux ou trois vidéos sur le sujet !

— Des vidéos ? Oh, Seigneur !

— Détends-toi. Et garde ton énergie pour la dernière poussée. Ensuite, je m'occuperai de tout pendant que tu te reposeras un peu.

— Pas question ! Je n'ai aucune confiance en toi !

Il se redressa pour lui effleurer tendrement la joue.

— Je n'étais pas seul, cette nuit-là, Robin, murmura-t-il. Tu étais là aussi. Je n'ai rien fait que tu n'aies désiré également. Et j'ai pris toutes les précautions nécessaires, tu le sais.

— Ça n'a pas... suffi.

— Mettons d'abord ce bébé au monde, nous parlerons plus tard.

— Je n'y arriverai jamais !

— Mais si, tout se passera bien, tu verras. D'ailleurs, je n'ai jamais perdu un patient.

— Tu n'en as jamais eu ! rétorqua-t-elle avant de crisper de nouveau les doigts sur le drap.

— Agrippe plutôt tes chevilles, ce sera plus facile, dit-il en lui montrant comment faire. Bien, et maintenant, fais un dernier effort.

Elle s'exécuta bravement, indifférente à sa douleur, à sa fatigue, et à sa honte de voir cet homme, presque un inconnu, agenouillé entre ses jambes. Et, soudain, la douleur cessa. Elle en conçut un tel soulagement qu'elle crut un instant être morte. Puis elle entendit un faible vagissement.

— C'est un garçon. Il respire déjà tout seul, et il semble en parfaite santé...

Elle sentit quelque chose de chaud sur son ventre et rassembla ses jambes pour redresser la tête.

— Oh, mon Dieu...

— Je vais chercher de quoi couper le cordon. Ne bouge pas. Il a besoin de ta chaleur.

Elle entendit Devin fouiller dans les tiroirs d'une commode, mais très confusément, comme si ce qu'elle percevait se déroulait ailleurs, sur un autre nuage que celui qu'elle occupait avec ce bébé. Son fils.

— Ah, voilà ce dont j'ai besoin !

— Tu es sûr qu'il va… bien ?

— Mieux que cela, même, répondit Devin.

Puis elle le vit nouer le cordon ombilical avec ce qui lui sembla être un lacet, et le sectionner avec des ciseaux de couture.

— Nous avons de la chance que ma cousine m'ait laissé cette boîte à couture !

— Ta cousine ?

— Elle m'a vendu cette maison. C'est celle où j'ai grandi.

C'est alors seulement qu'elle comprit où ils étaient. On lui avait montré cette demeure bien avant qu'elle ne fasse la connaissance de Devin. Et, depuis, elle en avait soigneusement évité la route.

Du moins jusqu'à ce soir.

— Je vais d'abord m'occuper du bébé, et, ensuite, ce sera ton tour.

Cette seule pensée aurait dû la plonger dans l'embarras ; toutefois, seule lui importait la perspective de prendre son fils contre elle, son fils dont les pleurs hachés mais de plus en plus puissants la mettaient au supplice.

Au bout de ce qui lui parut être une éternité, Devin déposa enfin le nourrisson au creux de son bras.

— Si tu as encore la force de te redresser un peu, je pourrai glisser un autre oreiller dans ton dos pour que tu sois plus à l'aise.

Quoique tremblant encore de tous ses membres, elle parvint à s'exécuter, et berça tendrement le bébé tandis que Devin s'occupait des derniers détails et les recouvrait tous deux d'une chaude couverture.

— Tu vas l'allaiter, n'est-ce pas ? s'enquit-il soudain.

Elle redressa vivement la tête. Son premier réflexe fut de lui rétorquer que cela ne le regardait en rien. Elle lui gardait rancune depuis si longtemps. Pour l'avoir mise enceinte, et, surtout, pour l'avoir ignorée lorsqu'elle avait voulu le lui annoncer. Mais la rancune n'avait plus place en son cœur, désormais, parce qu'elle tenait son fils dans ses bras, un fils qu'il avait non seulement conçu, mais aussi mis au monde. Aussi lui sourit-elle.

— Tu ne pourrais pas m'en empêcher !

— Tu peux commencer dès maintenant, si tu veux, dit-il en s'asseyant sur le bord du lit. Ça te soulagera. Je vais t'aider.

— Non, ce n'est pas…

Elle s'interrompit aussitôt. Après ce qu'ils venaient de vivre ensemble, cet accès de pudeur était des plus ridicules !

Devin entreprit de lui déboutonner son chemisier sans la quitter des yeux.

— J'ai le droit de savoir, Robin, dit-il d'une voix rauque.

Le sens de sa question n'échappa pas à la jeune femme. Il estimait avoir le droit de savoir si cet enfant était ou non le sien. En effet, elle lui avait dit qu'il était le père, mais aussi qu'il ne l'était pas.

— Ton agent s'appelle Harry. Harry Bagley.

— Il ne m'a jamais parlé de rien.

— Je suppose qu'il espérait que je… n'insisterais pas !

— Et il a eu raison : tu ne l'as pas fait !

— Je ne voulais rien exiger de toi. Je pensais simplement que…

— Je voudrais le savoir ?

Elle hocha la tête en silence tandis qu'il les entourait tous deux de ses bras, elle et le bébé, pour dégrafer, dans son dos, l'attache de son soutien-gorge.

Le bébé, leur bébé, sut immédiatement quoi faire.

— C'est vraiment un instinct très fort, commenta Devin en contemplant la scène.

Robin sentit les larmes revenir. Elle n'aurait su déterminer quelle était la raison qui, parmi tant d'autres, l'affectait au point de lui donner envie de pleurer.

— Tu ne peux pas savoir à quel point je m'en veux de ne pas t'avoir reconnue tout de suite, dit Devin en avançant une main pour lui caresser les cheveux. Tout ceci me paraît tellement… irréel.

Les sanglots redoublèrent. Il eut un petit rire forcé.

— Mais tu dois reconnaître aussi que tu étais différente au printemps dernier. Tu avais les cheveux très longs. Et tu étais plus mince.

— Merci.

— Pour avoir dit que tu étais plus mince ?

— Pour nous avoir secourus. Moi et le bébé. Et pour ton aide.

La main de Devin, qui lui caressait toujours les cheveux, s'immobilisa.

— Cela t'étonne, dirait-on. Me crois-tu vraiment à ce point égoïste ?

— C'est ce qu'il m'a semblé comprendre, en effet.

— Je ne savais pas, pour le bébé, Robin, je t'assure ! Harry ne m'en a rien dit. Ce qui va lui coûter sa place, je te le jure.

— Non. Laisse. C'est du passé. Le bébé est là, à présent. Et tu sais que c'est le tien. C'est tout ce qui m'importait.

— Qui te dit que c'est suffisant pour moi ?

Elle leva sur lui un regard incertain. Faire preuve de fermeté avec tant de larmes sur ses joues était une gageure, mais elle s'y efforça néanmoins.

— Cela devra l'être, pourtant.

— Non. Cet enfant est aussi le mien.

— Nous n'avons pas besoin de toi !

— Là n'est pas la question. Cet enfant a un père, et ce père, c'est moi, répliqua-t-il en lui enlevant le bébé des bras.

Elle se redressa en sursaut, paniquée, avant de comprendre qu'il ne faisait que déplacer l'enfant vers son autre mamelon. Lorsqu'il le reposa contre elle, elle serra le nourrisson si fort que ce dernier émit un faible cri de protestation.

— Je ne te laisserai pas le prendre !

— Calme-toi. Je n'ai aucune intention de te l'enlever.

— J'ai une bonne situation. Je peux m'en occuper seule !

— Je sais.

Cœur et esprit en émoi, Robin s'efforça frénétiquement de réfléchir. A l'évidence, Devin n'avait pas la conscience tranquille, et si elle l'empêchait de se rendre utile, les conséquences pourraient se révéler regrettables.

— Ecoute, si tu veux, tu peux toujours lui ouvrir... un compte d'épargne. Pour financer ses études au cas où il souhaiterait être admis dans une université trop... onéreuse pour mes moyens.

— Crois-tu vraiment que ce ne soit qu'une question de culpabilité ? Que cela suffira à soulager ma conscience ? Je veux assumer mes responsabilités, Robin !

— Tu n'en as plus. Je t'en affranchis.

Un silence plana et elle baissa les yeux sur l'enfant qu'elle avait si longtemps porté en elle. Il était là, enfin, et elle aurait dû s'en réjouir. Hélas, un maelström d'émotions contradictoires lui ravageait le cœur.

— Tu as bien dit à Harry que j'étais le père de ce bébé, n'est-ce pas ? reprit Devin au bout d'un moment.

— C'est bien ce que j'ai dit.

— Donc, si tu tentes de nier ma paternité, j'aurai assez de preuves pour exiger un test sanguin et t'intenter un procès.

— Je me permets de te rappeler que tu m'as accusée de vouloir faire la même chose il y a moins d'une heure !

— As-tu une vague idée du nombre de femmes qui, chaque année, prétendent que je suis le père de leur enfant ? Des femmes que je n'ai jamais vues ? Mais celui-là est vraiment mon fils, je le sais, et... je suis navré d'en avoir douté ne serait-ce qu'un instant. Me pardonneras-tu ? acheva-t-il d'une voix soudain altérée.

Elle ne hocha ni ne secoua la tête. Son regard ne vacilla pas.

— Je veux faire partie de sa vie, Robin.

— Non.

— Si. C'est aussi mon fils. Mais je ne te l'enlèverai pas, je te le promets. Laisse-moi seulement le voir de temps en temps. Le regarder grandir. Il aura besoin de moi, Robin. Tu le sais.

Oui, elle le savait. Tout comme elle savait que cet homme venait de la piéger aussi sûrement que s'il l'eût épousée en pleine cathédrale sous les yeux d'une centaine de témoins.

Devin Fitzgerald et elle étaient irrévocablement liés l'un à l'autre par ce petit être qu'elle allaitait, ce fils qui aurait besoin de son père.

— Tu n'es qu'un étranger pour moi ! dit-elle, les larmes aux yeux. Une aventure d'un soir.

— C'est vrai… Mais nous avions besoin l'un de l'autre, cette nuit-là. Et, aujourd'hui, que tu l'admettes ou non, c'est de nouveau le cas. Tu as besoin de mon aide morale et financière, et moi de ta coopération. Et lui a besoin de nous deux, conclut-il en effleurant du doigt le petit visage fripé du bébé.

Robin ne put lui répondre tant l'émotion lui nouait la gorge.

— Lui as-tu choisi un prénom ?

Elle fit un signe de dénégation.

— C'est l'enfant de la neige. Que dirais-tu de Nicolas ? Nicolas Fitzgerald ?

Elle détourna la tête, troublée. C'était précisément un des trois prénoms qui lui étaient venus à l'esprit, mais elle avait voulu réserver sa décision jusqu'à la naissance. Cette coïncidence était-elle un signe de bon augure ? Peu importait : elle ne pouvait bannir Devin Fitzgerald de sa vie, si forte soit son envie de le faire.

Il avait beau être un parfait étranger pour elle, il était le père de son enfant.

4

Devin brandit son fils à bout de bras au-dessus de sa tête et s'émerveilla pour la énième fois de son lumineux sourire.

— Maman ne va plus tarder, dit-il.

Nicolas lui répondit par un autre sourire. A six mois, il avait déjà les cheveux bruns de sa mère, mais aussi les yeux bleus de son père ainsi que la même forme de visage. Et si Devin avait encore eu le moindre doute quant au fait que cet enfant soit le sien, ce doute avait été définitivement balayé à la seconde même où il avait pu comparer les traits de Nicolas aux photographies qui lui restaient de son enfance. C'était l'évidence même : Nicolas était son fils.

Il reposa l'enfant sur ses genoux et vit que le petit menton commençait à trembler.

— Ta maman te manque, n'est-ce pas ? Tu n'aimes pas qu'elle s'absente trop longtemps, même quand tu es avec moi ! dit-il en se levant.

Glissant l'enfant sous son bras comme il l'aurait fait d'un ballon de football, il se mit à courir tout autour du canapé, arrachant au nourrisson des gloussements de joie.

— Et c'est une échappée de Nick Fitzgerald en direction de la ligne de touche. Nick Fitzgerald qui fait une feinte et marque le…

— But ? compléta Robin, qui venait de claquer la porte derrière elle et s'avançait dans le salon, les bras chargés de provisions. Encore des histoires d'hommes que je ne suis pas censée entendre ?

Elle souriait, mais son regard demeurait circonspect, comme chaque fois en présence de Devin.

— Je suis soulagé de te voir enfin de retour. Tu commençais à lui manquer.

— Je te le reprendrai dès que j'aurai rangé tout ça dans la cuisine.

Passant près d'eux, elle déposa un baiser sur la tête de son fils, tout en prenant bien soin de ne pas effleurer Devin. Ce dernier lui emboîta le pas, Nicolas toujours fermement coincé sous son bras.

— Je crois qu'il a faim, dit-il.

— Tu ne lui as pas donné son biberon ?

— Je lui ai fait boire ce qu'il a bien voulu accepter. Et, de toute façon, il ne veut pas d'un biberon. Il veut sa maman.

— Tout le monde me dit qu'il est grand temps de le sevrer.

— Est-ce ce que tu vas faire ?

— Non, répondit Robin en déchargeant ses sacs sur la table. C'est lui qui décidera.

— J'en suis heureux.

Elle leva vers lui des yeux qui exprimaient clairement sa pensée : son avis sur la question lui était totalement indifférent.

Il soutint son regard quelques secondes et elle finit par le gratifier d'un sourire.

— En tout cas, voilà au moins une décision sur laquelle nous sommes d'accord parmi les milliers que nous aurons à prendre ensemble dans les années à venir. C'est bon signe, je suppose.

— Robin, je te l'ai dit et répété : je ne cherche pas à te mettre des bâtons dans les roues. Je veux juste faire partie de sa vie.

Sans répondre, elle détourna la tête.

— A-t-il fait une bonne sieste ?

— Non.

— Ah ? C'est étrange. Il dort toujours trois bonnes heures l'après-midi, d'habitude.

— Je suis resté penché sur son berceau en espérant qu'il

se réveille, et c'est ce qu'il a fini par faire au bout d'une demi-heure. Il a dû comprendre que mon obstination n'avait pas de limites.

Cette remarque ne parvint pas plus que la précédente à arracher un quelconque commentaire à Robin qui termina son rangement dans le congélateur.

C'était celui de Devin. Deux semaines après l'accouchement, il avait réussi à la convaincre d'emménager dans la maison de son enfance. Il n'y habitait pas avec elle, bien entendu : lorsqu'il venait rendre visite à Nicolas, il logeait dans une petite pension voisine dont les gérants avaient promis de ne pas ébruiter sa présence.

Il avait tout d'abord proposé de lui donner la maison, mais Robin lui avait opposé un refus catégorique. Tout comme elle avait refusé une aide financière de sa part. Tout ce qu'il avait pu obtenir d'elle, c'était qu'elle accepte d'occuper gratuitement cette demeure. Ainsi pourrait-elle du moins faire l'économie d'un loyer et bénéficier d'un peu plus d'intimité, avait-il argué, précisant que cette intimité leur serait cruciale lors de ses visites bimensuelles à son fils.

Jusqu'à présent, la paternité de Devin avait été gardée secrète, l'acte de naissance de Nicolas indiquant qu'un nommé William Fitzgerald en était le père. Dans la mesure où le prénom William était le véritable prénom de Devin, ce n'était nullement un mensonge. Il y avait pléthore de Fitzgerald dans le comté, et puisque Devin n'avait pas non plus acheté la maison sous son nom usuel, personne n'avait encore fait la relation entre le Fitzgerald, propriétaire d'une ferme isolée à Farnham Falls, et le plus célèbre d'entre eux.

Mais ni l'un ni l'autre ne se faisaient d'illusions. Le secret serait éventé un jour ou l'autre, pour peu que Devin soit malencontreusement aperçu à l'aéroport ou aux alentours de la maison, et ce, bien qu'il prît toutes les précautions possibles. Ils espéraient cependant que ce serait le plus tard possible.

— Tu dois être fatigué et pressé de rentrer, dit Robin en tendant les bras pour récupérer son fils.

Devin le lui rendit à contrecœur, mais Nicolas ne fit nullement preuve de la même réticence. Il tapota de ses petits poings la poitrine de sa mère et commença à pleurnicher, réclamant son repas.

— Tout comme un homme ! dit Devin.

— Si ça ne t'ennuie pas, je ne te raccompagnerai pas à la porte, cette fois-ci. Mieux vaut que je m'exécute tout de suite.

— C'est-à-dire que… j'avais l'intention de le prendre en photo, aujourd'hui, et je ne l'ai pas encore fait. Vois-tu un inconvénient à ce que j'attende que tu aies fini ?

Elle lui jeta un regard contrarié.

— Tu as passé tout l'après-midi avec lui, Devin ! Tu aurais pu prendre ces photos avant !

— C'est vrai, mais je n'ai eu le temps de rien faire. Il ne m'a pas laissé une minute de répit !

Il pouvait lire sur le visage de Robin qu'elle hésitait entre le respect des bonnes manières et la colère.

— Je vais préparer le dîner en attendant, si tu veux, dit-il en hâte.

— Tu sais cuisiner ?

— Il faut croire que je ne suis pas totalement inutile…

— Je préférerais que tu partes.

— Et moi, je préférerais rester.

Il la vit fermer les yeux. Elle était épuisée, il le savait, et il n'y avait rien d'étonnant à cela. Elle avait obtenu de travailler à domicile pour pouvoir s'occuper de Nicolas, mais elle en payait lourdement le prix, et ne disposait plus, pour ses diverses démarches et courses, que des rares moments où Devin venait s'occuper du bébé. Et elle ne se reposait certainement pas assez, hélas.

— S'il te plaît, laisse-moi préparer le dîner.

— Et que veux-tu d'autre ?

— J'ai toujours adoré ta franchise.

— Et moi détesté ta façon de tourner autour du pot !

— Je veux rester plus longtemps avec mon fils et le mettre au lit moi-même, ce soir. Je ne crois pas que ce soit trop demander, non ? C'est là tout ce que je veux, et je te jure que c'est la vérité.

« Mais pas toute la vérité », songea-t-il.

— Je ne suis pas sûre que tu sauras utiliser ce que j'ai acheté…

— J'ai apporté des steaks et une salade, et n'importe quel imbécile saurait se servir d'un gril.

A ces mots, elle rouvrit subitement les yeux.

— Tu avais déjà tout manigancé ?

— J'espérais que tu n'y verrais pas d'inconvénient. Je l'espère toujours.

— Je ne crois pas que ce soit une bonne idée. Notre accord est encore assez fragile, et y apporter déjà des changements me déplairait.

— Il ne s'agit que de quelques heures supplémentaires, Robin !

Elle poussa un long soupir.

— D'accord. Cela fera certainement plaisir à Nick de se faire border pour une fois par son papa.

Devin la remercia d'un sourire presque gêné car il n'avait pas été des plus honnêtes envers elle, omettant d'ajouter qu'il rêvait surtout de la border, elle, mais seulement après lui avoir fait passionnément l'amour. Hélas, cet aveu-là devrait attendre encore…

Il se détourna avant qu'elle ait pu lire cette pensée dans son regard.

— Je vais finir de ranger et tout préparer pour le repas. Mais dépêche-toi de t'occuper de notre fils, j'ai bien peur qu'il ne soit à bout de patience.

Puis il écouta les pas de la jeune femme décroître dans le couloir, imaginant la scène avec précision : le mouvement de ses hanches, sa façon de lover Nick contre sa poitrine, et les ondulations de ses cheveux bruns contre sa nuque gracile. Et ce, aussi clairement que s'il pouvait la voir.

Car, au cours des six derniers mois, en même temps qu'il s'installait peu à peu dans la vie du fils et de la mère, il avait eu tout loisir de mémoriser le moindre détail relatif à Robin Lansing.

— Tu es un insatiable petit diable qui obtient toujours ce qu'il veut, n'est-ce pas ? chuchota Robin à son fils, qu'elle allaitait tout en se balançant sur le rocking-chair qui, selon Devin, avait bercé des générations entières de Fitzgerald.

Cette pensée lui inspirait des sentiments contradictoires. Etablir quelque lien que ce soit avec l'héritage des Fitzgerald ne lui importait guère, mais elle en comprenait l'importance pour Nicolas. Tout comme elle comprenait qu'il lui faudrait toujours cacher ses pires craintes à son fils — crainte que Devin ne se lasse de leur arrangement et ne la traîne en justice, ou inversement, qu'il ne finisse par abandonner un enfant qui aurait appris à l'aimer.

Pourtant, rien dans le comportement de Devin ne justifiait de telles appréhensions. A de nombreuses reprises déjà, il lui avait assuré qu'il ne lui réclamerait jamais Nicolas et, à aucun moment, il n'avait manifesté un quelconque signe de lassitude envers lui, mais Robin avait déjà perdu trop d'êtres chers dans sa vie, et la perspective de revivre de telles épreuves lui était insoutenable. Nicolas était tout pour elle, désormais.

Du moins, presque tout.

Jetant un coup d'œil en direction de la cuisine à l'autre extrémité du couloir, elle entraperçut dans l'entrebâillement de la porte la silhouette de Devin, qui s'activait d'un bout à l'autre de la pièce avec la même énergie dont il usait sur scène, une énergie contagieuse, électrique. Elle se rappela alors que Devin faisait l'amour comme tout ce qu'il faisait dans la vie : avec une extrême intensité et une complète concentration.

Robin secoua la tête pour chasser de son esprit cette pensée importune. Devin n'était pas là comme amant mais comme père de son fils. Hélas, l'arrangement qu'ils élaboraient pas à pas en dépit de leurs relations tendues ravivait inexorablement ses inquiétudes.

Au début, Devin respectait scrupuleusement les horaires dont ils étaient convenus. Mais, peu à peu, il s'était mis à invoquer n'importe quel prétexte pour prolonger ses visites. Il adorait son fils. Or, étrangement, alors que c'était pourtant là le souhait de toute mère, Robin s'alarmait de cet amour.

Quand s'aviserait-il qu'il avait plus de droits sur Nicolas qu'elle ne lui en consentait, et qu'un tribunal pourrait les lui accorder ?

Et, surtout, quand comprendrait-il qu'elle était si éperdument amoureuse de lui qu'elle se retenait à grand-peine de l'implorer pour qu'il lui donne un peu de l'amour qu'il offrait à leur fils, ne serait-ce même que deux fois par mois ?

Etait-elle tombée amoureuse de lui dès leur première — et unique — nuit ? Peut-être. Elle avait follement espéré qu'il l'appelle après cette soirée fatidique, alors même qu'elle savait pertinemment qu'il ne disposait d'aucun numéro où la joindre. Il n'ignorait pas néanmoins qu'elle habitait Farnham Falls, et il lui aurait été facile de la localiser au journal. Mais n'ayant reçu ni appel téléphonique, ni fleurs, ni message, elle n'avait cessé de se répéter qu'ils n'avaient ni l'un ni l'autre parlé d'engagement.

Ils avaient vécu une nuit merveilleuse, qui resterait un merveilleux souvenir.

Ce qu'elle aurait pu être, effectivement, si Robin n'avait pas découvert quelques semaines plus tard qu'elle attendait un enfant !

— Comment aimes-tu ton steak ?

Devin se tenait dans l'encadrement de la porte, juste à l'endroit que la jeune femme fixait d'un regard absent.

— Saignant.

— Moi aussi. Tu vois, encore un point que nous avons en commun !

— En plus d'un petit goinfre ?

— En plus d'une merveilleuse nuit d'avril où nous avons

parlé des heures entières et découvert que nous avions bien des affinités.

Robin retint son souffle et fixa en hâte son regard sur son fils, les joues empourprées.

— Je me souviens surtout de son épilogue ! rétorqua-t-elle.

— Pas moi.

Elle releva les yeux, mais trop tard : Devin avait disparu dans le fond de la cuisine.

Leur nuit — merveilleuse, avait-il dit ? — était le sujet tabou qu'ils n'avaient pas une seule fois abordé depuis la naissance de Nicolas, comme si ce dernier, en plus d'avoir été conçu sans amour, l'avait de surcroît été sans même qu'ils se soient touchés.

Nicolas ayant terminé de boire, elle le tint debout contre son épaule pour qu'il fasse son rot. Devin apparut à la porte de nouveau.

— Veux-tu que je reprenne Nicolas pour que tu puisses te changer ?

— Je n'ai pas besoin de...

Elle laissa sa phrase en suspens. Devin avait raison : elle serait bien plus à l'aise sans son tailleur. Aussi tendit-elle Nicolas à son père. Lorsqu'il le prit, il effleura sa poitrine au passage et ce bref contact la fit imperceptiblement tressaillir. Elle se rappelait ses lèvres au même endroit.

Le regard de Devin était fixe, et elle se rendit compte avec affolement que son chemisier était toujours ouvert. Se levant, les joues écarlates, elle lui tourna le dos pour le reboutonner.

— Robin, ne me dis pas que tu te rhabilles pour le simple plaisir de perdre plus de temps quand tu te redéshabilleras dans une seconde ? dit-il d'une voix légèrement rauque.

— Que tu le croies ou non, j'ai encore un minimum de pudeur !

— Dommage !

Elle fit volte-face, en colère, mais s'aperçut qu'il emmenait déjà Nicolas dans la cuisine. Alors elle se dirigea en soupirant vers la salle de bains et jeta un coup d'œil dans le miroir, songeant que la femme qu'elle voyait ne pouvait être amoureuse d'un homme adulé des foules. Ne serait-ce qu'à cause de sa coupe de cheveux, pour commencer : très courte et pratique, de façon à ne pas lui faire perdre de temps. Pas de boucles d'oreilles non plus : Nicolas se faisait un plaisir de tirer dessus. Le maquillage était presque inexistant et elle ne s'était pas acheté une seule tenue neuve depuis des mois. Elle avait le regard morne et l'air harassé typiques de toute mère.

Elle ressemblait à toutes les mères du monde, mais pas à la femme assez insensée pour s'enticher d'un Devin Fitzgerald !

Sous la douche, elle s'examina d'un œil critique. La grossesse ne l'avait pas trop marquée, elle avait retrouvé sa minceur et son ventre plat, mais elle n'était pas assez naïve pour penser qu'elle pouvait retenir l'attention d'un homme convoité par des milliers de jeunes et jolies femmes dans le monde.

— Ah, c'est bien mieux ! Tu as l'air plus à l'aise, commenta-t-il lorsqu'elle le rejoignit, vêtue d'un caleçon et d'un long T-shirt qui lui arrivait presque aux genoux.

Robin s'efforça d'apprécier le « à l'aise » comme un compliment.

— As-tu besoin d'aide ?

— Non. Assieds-toi et sers-toi un verre de vin. Notre garnement a eu son content de banane au yaourt pour dessert, alors surtout ne t'en laisse pas conter s'il fait mine de réclamer davantage !

Robin posa un regard attendri sur son fils, occupé à manipuler quelques jouets dans son parc. C'était un bébé en pleine santé, robuste et aux joues rebondies.

— C'est un enfant déjà grand pour son âge. Il ne tient guère de moi.

— Non. Et j'espère qu'il n'a pas non plus ton caractère !

— Que suis-je censée comprendre ?

— N'es-tu pas la jeune femme qui m'a attaqué à coups de poing alors que je ne cherchais qu'à l'aider à accoucher ?

Elle se sentit rougir et s'irrita contre elle-même.

— Oh ! J'aurais dû m'en excuser depuis longtemps, je sais…

— Tu avais bien d'autres choses à penser. De plus, les femmes enceintes s'en prennent toujours à leur compagnon, c'est connu !

— Tu n'es pas mon compagnon.

— Peut-être, mais c'est tout de même moi qui t'ai mise dans cette situation.

— Non, tu avais raison à propos de cette nuit-là. Tu n'étais pas seul à décider : je me rappelle avoir été là aussi.

— Vraiment ?

— Vraiment, répéta-t-elle d'une voix curieusement voilée.

— Et moi, je me souviens d'avoir pensé à quel point c'était merveilleux de m'endormir dans tes bras. Mais je me suis réveillé le lendemain pour découvrir que tu avais disparu ! Sans même me laisser un mot, ni même un numéro de téléphone. Rien. Le message était pour le moins limpide !

Comme elle fixait son verre de vin sans mot dire, il reprit d'une voix lourde de reproche :

— Pourquoi es-tu partie comme une voleuse ?

Elle secoua la tête d'un air las. Comment aurait-elle pu lui expliquer ce qu'elle avait ressenti à son réveil, quand elle avait pris conscience de ce qu'elle avait fait et surtout avec qui ! La panique l'avait submergée. Elle n'avait plus l'âge de jouer aux groupies énamourées et, pour elle, l'amour ne se limitait pas au simple plaisir physique. Il impliquait engagement et sentiments. Il impliquait Jeff.

— Ensuite, j'ai de nombreuses fois eu envie de décrocher mon téléphone pour tenter d'extorquer à ton journal tes coordonnées personnelles, ajouta-t-il.

— Pourquoi ne l'as-tu pas fait ?

— Pour différentes raisons, à vrai dire. Je sortais à peine d'un pénible divorce, et je n'étais pas vraiment prêt à m'investir dans une nouvelle relation. J'étais embarrassé par le simple fait de ne pas me rappeler ton nom. Et je craignais de raviver ta culpabilité en insistant pour te revoir.

— Ma culpabilité ?

— N'est-ce pas l'impression d'être infidèle à ton mari qui t'a poussée à t'enfuir ?

Elle laissa échapper un long soupir et chercha à détourner la conversation. Les paroles de Devin tourbillonnaient dans sa tête, et elle n'était pas sûre d'avoir envie de le croire.

— Tu ferais mieux de sortir les steaks maintenant.

— C'est déjà fait, dit-il en lui tendant son assiette.

Puis il s'assit en face d'elle et avala une bouchée avant de reprendre :

— As-tu déjà fait des projets pour l'avenir, Robin ? Penses-tu élever Nicolas ici ?

— Non. J'adore Farnham Falls, et c'est parfait pour l'instant, mais je veux qu'il ait plus d'opportunités pour ses études. Il aura certainement envie de prendre des leçons de musique, tu ne crois pas ?

Devin sourit, et son regard se fit si chaleureux qu'elle eut l'impression qu'il réchauffait l'espace qui les séparait.

— Si, mais il pourra en prendre n'importe où. Et lorsqu'il viendra me rendre visite, il…

— Il ne viendra pas te rendre visite, Devin ! coupa-t-elle en reposant posément sa fourchette sur la table. Tu pourras le voir ici ou là où nous serons, mais je n'ai jamais dit que tu pourrais l'emmener où que ce soit sans moi.

— Ah non ?

Au ton coupant de sa voix, le cœur de Robin s'affola.

— Non. A quoi penses-tu donc ? De Nicolas Fitzgerald, il deviendrait le fils illégitime de Devin Fitzgerald ! Est-ce vraiment là le genre de traumatisme que tu veux lui infliger ?

— Pourquoi n'avoues-tu pas tout simplement que tu as peur que j'oublie de le ramener, Robin ?

D'un geste brusque, elle posa sa serviette sur la table et se leva, renversant sa chaise dans sa précipitation.

— Je crois que tu as assez abusé de mon hospitalité pour ce soir, Devin.

Il se leva, lui aussi. Nicolas — sans doute sensible à la

nervosité ambiante — s'étant mis à pleurer, il se pencha pour lui caresser les cheveux.

— Je suis son père, pas un ravisseur d'enfants. Je tiens à agir au mieux de ses intérêts et je sais que cela implique qu'il doit vivre avec toi. Mais quand il aura grandi, j'aurai certainement envie de l'avoir de temps en temps avec moi. Tu peux le comprendre, j'espère ?

Oui, elle le comprenait parfaitement ! Et c'était bien là le problème, car cette compréhension ne faisait qu'augmenter ses craintes !

— S'il te plaît, rassieds-toi, reprit Devin en montrant l'exemple. Termine ton repas. Je n'ai nullement l'intention de t'enlever ton fils, je te l'ai déjà dit.

Avant de s'exécuter, elle sortit Nicolas de son parc et le serra contre elle pour le réconforter — ou se réconforter elle-même, elle ne savait pas.

— Comment en sommes-nous arrivés là ? demanda Devin. Pourquoi nous déchirer à propos de l'avenir ? Qui sait où nous serons alors, et quels seront nos sentiments ?

— Perdre l'être que l'on aime le plus au monde est une telle déchirure. Je ne pourrais supporter de revivre ça.

— Tu ne perdras pas Nicolas.

— Tu ne peux pas comprendre !

— Oh ! si. Je ne comprends que trop bien !

Elle crut deviner qu'il faisait référence à son ex-femme, quoique, d'après ce qu'il lui en avait dit, leur relation n'avait rien eu d'un conte de fées.

— Je suis désolée. Je sais que tu as eu ta part d'épreuves, toi aussi.

— Tous ces doutes et ces craintes vont nous ronger tous les deux jusqu'à l'âme si nous ne les combattons pas dès maintenant. Et à la longue, Nicolas en souffrira aussi, Robin.

Elle hocha la tête, honteuse mais sceptique.

Devin couvrit alors sa main de la sienne, et elle qui s'efforçait de ne jamais le toucher n'eut pas la volonté de briser ce contact.

— Le plus beau cadeau que nous puissions faire à notre fils est de lui faire don de notre amitié. Tu veux bien essayer ?

— Nous ne sommes pas amis, Devin.

— Mais nous pourrions le devenir. Cela ne tient qu'à toi. Essaieras-tu ?

Elle acquiesça en silence.

— Nous irons tout doucement. Et, un jour, tu t'éveilleras en te demandant comment tu as pu te passer si longtemps de mon… amitié.

— Tu le crois vraiment ?

— Je l'espère. Pour notre bien à tous les trois, conclut-il d'une voix sereine.

5

Robin perçut les gloussements de joie de Nicolas avant même d'avoir ouvert la porte d'entrée. Loin d'elle la pensée de reprocher à Devin de jouer avec son fils alors qu'il ne le voyait que deux week-ends par mois, bien entendu, mais de tels cris annonçaient un coucher difficile.

Lors des visites de Devin, Nicolas était toujours au comble de l'excitation, et l'inciter à dormir était une véritable gageure car il avait eu tôt fait de comprendre que s'il fermait les yeux, il ne retrouverait pas son père à son réveil.

Pour l'instant, les deux hommes de sa vie semblaient engagés dans une partie de cache-cache. Le jeu était des plus simples avec un bébé de huit mois. Nicolas ne se lassait jamais de découvrir son père derrière le même canapé !

Robin se massa la nuque avec un soupir. Elle avait l'impression d'être en permanence dans un état second, et de n'avoir pas dormi depuis des semaines. Sa décision de sacrifier un peu de son salaire de façon à s'occuper de son fils ne l'avait en rien soulagée, sa charge de travail étant demeurée la même. Elle pourrait ressusciter la notion de temps libre quand Nicolas irait au lycée, peut-être, mais, jusque-là, elle s'était résignée à ne plus jamais lire un roman, regarder la télévision ou sortir avec des amis.

— Tu as l'air à bout !

Elle sourit tristement, pour une fois indifférente à l'image qu'elle pouvait bien donner à Devin. Celui-ci paraissait au mieux de sa forme, en revanche, vêtu d'un jean beige et d'une chemise marron — tenue somme toute plutôt conservatrice au regard des standards de sa profession. Aucun tatouage ni aucune boucle d'oreilles, et bien des avocats ou autres hommes d'affaires arboraient une chevelure plus longue que la sienne.

Parviendrait-elle, un jour, à pénétrer dans une pièce où se trouvait Devin Fitzgerald sans que son cœur s'emballe aussitôt ? Elle en doutait un peu.

— J'ai fini tout ce que j'avais à faire au bureau. Le temps de me changer et je repars faire les courses. Nick va bien ?

— Nick va très bien. Toi pas. Donc, pas de courses.

— Pardon ? répéta-t-elle, sa fatigue ne lui ayant pas encore ôté tout son potentiel de résistance.

— J'ai dit : pas de courses. Tu vas finir par t'effondrer, Robin ! Passe tranquillement l'après-midi avec nous. S'il te plaît…

Eût-il omis cette dernière prière, elle aurait explosé sur-le-champ, et cette pensée lui fit aussitôt comprendre autre chose : il avait raison, elle était à bout de nerfs. Alors qu'elle n'avait jamais été d'humeur instable, elle se surprenait trop souvent à pleurer sans raison.

Ce matin, déjà, elle s'était accrochée avec un collaborateur à cause d'une simple virgule mal placée !

Perdue dans ses pensées, elle ne remarqua pas que Devin s'était approché d'elle, mais, soudain, elle sentit sa main contre sa joue et, vaincue, se laissa aller contre cette paume, tel un chiot en mal de caresses.

Alors, très lentement, comme s'il voulait lui faire comprendre qu'il la laisserait se dégager de son étreinte à tout moment, il l'entoura de ses bras.

— Je n'aime pas te voir ainsi, Robin, dit-il doucement. Tu es censée vivre certains des meilleurs moments de ta vie.

— C'est le cas, riposta-t-elle d'un ton qui, même à ses propres oreilles, parut rien moins que convaincant.

— Ferais-tu à Nicolas Fitzgerald et à son père l'honneur de les accompagner pour un pique-nique cet après-midi ? En échange, je te promets de t'aider à finir tout ce que tu as à faire à notre retour.

— Toi ? Alors que tu ne peux même pas franchir le seuil d'une épicerie sans ameuter les foules ?

— J'ai apporté perruque et lunettes noires.

— Cela ne changerait pas grand-chose ! Tu ne saurais pas quoi faire dans une laverie automatique !

— Robin ! Tu aurais dû me dire que ta machine à laver était en panne ! Je l'aurais fait réparer aussitôt ! Pourquoi me l'avoir caché ?

Elle haussa les épaules, subitement envahie de l'irrésistible envie de s'abandonner entre les bras protecteurs. Mais voilà pourquoi elle ne lui avait pas parlé de la machine à laver : elle ne voulait pas dépendre de lui, en quelque domaine que ce soit !

— Qu'as-tu d'autre à faire ?

— Acheter des vêtements d'hiver à Nicolas, poster un paquet, passer au pressing et à l'épicerie et... bref, régler toutes sortes de détails dont tu n'as plus à t'occuper personnellement depuis longtemps !

— Qu'en sais-tu ? Mais là n'est pas la question. L'épicier et le blanchisseur livrent certainement à domicile. Tu peux commander les vêtements de Nicolas par correspondance ; quant à ton paquet, il n'en est pas à un jour près, je suppose ?

— Oui, mais...

— Alors c'est réglé ! Allons-y ! Ton fils et moi allons nous occuper de tout. File te changer et détends-toi un peu en attendant !

— Mais je...

Il posa un doigt sur ses lèvres pour lui intimer le silence. Elle aurait dû s'obstiner à refuser, elle le savait. Mais l'énergie de lutter lui manqua, et la tentation fut trop grande. Passer un après-midi entier avec Devin et Nicolas, rien que tous les trois, comme une vraie famille, était l'un de ses rêves.

Un rêve dangereux... L'étreinte de Devin se resserra imperceptiblement.

— L'hiver approche à grands pas. Passer les dernières journées d'automne en allées et venues d'un magasin à l'autre est un non-sens !

— Je ne sais pas quoi dire.

— « Oui » serait un bon début.

— La dernière fois que je t'ai dit oui, Devin, je me suis retrouvée en train d'accoucher en pleine nuit dans un fossé noyé de neige !

— Mais vois comme tout s'est bien arrangé ! dit-il en déposant un baiser sur son front. Dépêche-toi, junior et moi t'attendons.

Le temps que Robin comprenne qu'il l'avait embrassée, il était déjà retourné auprès de Nicolas, sans lui laisser le loisir de protester.

Après avoir pillé placards et réfrigérateur et habillé Nicolas en petit bûcheron pour leur promenade dans les bois, Devin voulut tester la machine à laver et eut tôt fait de comprendre en quoi consistait la panne — et également qu'il ne pouvait y remédier. Aussi contacta-t-il le détaillant d'électroménager le plus proche pour s'en faire livrer une nouvelle.

Ce ne fut que lorsqu'il eut raccroché qu'il s'inquiéta de nouveau du silence de Robin. Il l'avait déjà appelée une fois, mais n'avait pas reçu de réponse. Et elle aurait dû les avoir rejoints depuis bien longtemps.

— Que penses-tu, fiston ? demanda-t-il à son fils. Dois-je aller la chercher ?

Nicolas, tout sourires dans son parc, se contenta pour tout conseil de brandir en babillant le livre en tissu que Devin lui avait apporté. Puis il entreprit de le mâchonner.

— On ne peut pas dire que tu sois d'une aide précieuse ! dit Devin en souriant.

Puis il se dirigea vers la chambre de Robin et y frappa discrètement. Sans obtenir de réponse.

Ouvrant le battant, il passa la tête dans l'entrebâillement.

— Robin ?

Il découvrit aussitôt qu'elle l'avait pris au mot : en fait de détente, elle s'était profondément endormie !

L'espace d'un instant, il envisagea de ne pas la réveiller. Ce sommeil lui était plus que nécessaire. Mais il pressentait aussi qu'elle lui en voudrait s'il la laissait dormir. Et, de toute façon, elle pourrait toujours faire une petite sieste dans le pré où les Fitzgerald père et fils avaient prévu de l'inviter à déjeuner.

Il s'approcha et vint s'asseoir sur le bord du lit. Elle avait troqué son tailleur contre un débardeur et un jean assez moulant pour stimuler son imagination — ainsi qu'une partie moins abstraite de son anatomie — et tenait à la main la chemise à carreaux qu'elle comptait porter par-dessus.

Attendri, il se demanda si elle se doutait un tant soit peu du calvaire qu'elle lui faisait vivre. Il passait quatre jours par mois avec Nicolas et, durant ces quatre jours, il s'estimait chanceux de voir sa mère ne serait-ce que deux heures en tout. De sorte que, le reste du temps, il ne vivait que sur les souvenirs de la nuit où ils avaient fait l'amour.

Leur union lui avait paru si parfaite, si naturelle alors, comme s'ils n'eussent été créés tous deux que dans cet unique dessein. Et au fur et à mesure que la passion les emportait, toute objectivité lui avait échappé, et il s'était donné à cette femme sans réserve, sans même s'interroger une seule seconde sur l'avenir.

Et le matin suivant, à son réveil, il s'était retrouvé seul dans la chambre.

A partir de là, il avait tout fait de travers, hésitant à gâcher le souvenir d'une nuit si féerique par une insistance déplacée alors que la jeune femme elle-même, certainement embarrassée, avait choisi de le quitter sans bruit. Il s'était pourtant promis de la recontacter plus tard, quand le temps serait venu. Mais ce temps-là n'était pas venu assez tôt.

Il tendit la main pour caresser les cheveux bruns. Il aimait beaucoup cette nouvelle coupe à la garçonne, encore assez longue pour que les fins cheveux glissent comme de la soie entre ses doigts. Et il adorait la façon dont ses mèches retombaient sur son front, alors qu'elles frisottaient étrangement sur sa nuque.

Pas de doute : il se languissait d'amour comme un collégien !

La caresse ne troubla pas le moins du monde Robin tant elle dormait profondément. Alors il effleura de son index la ligne de sa mâchoire, les courbes de ses lèvres dont il n'avait jamais pu oublier la saveur. Robin était une femme généreuse, et, aussi brève qu'ait été leur nuit, elle s'était donnée à lui sans retenue. Et, en cet instant même, il brûlait du désir de goûter de nouveau à ces lèvres, d'en tester la douceur, la tiédeur, l'abandon. Un désir si compulsif qu'il se retrouva penché sur Robin avant même d'avoir pris conscience de son intention.

Elle ouvrit lentement les yeux puis, toujours plongée dans ses rêves, supposa-t-il, sourit.

— Un baiser pour la Belle au bois dormant, dit-il. Je ne savais comment te réveiller autrement.

— C'est l'usage, en effet, répondit-elle d'une voix encore ensommeillée.

Il sourit, lui aussi, tout en retenant son souffle, tant la perspective de briser le charme le terrifiait.

Ce scrupule ne concernait que lui, cependant, car du salon leur parvint soudain un vagissement rageur. Robin se redressa en sursaut.

— Tu as laissé Nicolas seul ?

— Calme-toi, il est dans son parc. Et ce n'était que pour une minute. Je vais aller le chercher. Mais si tu es trop fatiguée pour sortir…

— Non, pas du tout. J'arrive.

Devin sortit, ravi. Il lui avait volé un baiser, et elle n'avait pas protesté. Mieux même, elle lui avait souri ! Et il n'aurait pu imaginer plus beau miracle que celui-là !

— Nous allons écraser toutes les fleurs ! s'exclama Robin lorsque Devin lui désigna du doigt l'endroit choisi pour leur pique-nique.

L'après-midi était particulièrement doux et ensoleillé pour une journée d'automne, et abeilles et papillons régnaient en maîtres sur le pré. Ce dernier n'était qu'à quelques minutes de la ferme, de l'autre côté d'un bosquet de chênes et de cerisiers sauvages, au bord d'un ruisseau qu'ils étaient sur le point de traverser à gué.

— Qu'arrive-t-il aux fleurs sauvages dès les premières gelées, à ton avis ? demanda Devin en tendant la main pour aider Robin à traverser le cours d'eau.

— Elles se cachent sous la terre et hibernent ?

— Pas du tout ! Le Bonhomme Hiver les écrase sans scrupule, lui ! Nous, en revanche, nous serons plutôt des jardiniers, parce que nous emporterons sous nos semelles le pollen qui ensemencera le pré pour le prochain printemps.

Robin accepta à contrecœur sa main tendue : l'intimité de la scène heurtait encore ses dernières réserves de rationalité. Elle, Devin, Nicolas, dans un pré de fleurs sauvages balayées par la brise sous un ciel sans nuages ? C'était trop beau pour être vrai !

Alors qu'ils s'engageaient dans le petit chemin de terre qui traversait le pré, Devin passa sa main sous son bras comme s'il craignait qu'elle ne rebrousse chemin.

— Venais-tu souvent ici, enfant ?

— A l'époque, on y faisait brouter le bétail, et je devrais le louer pour cet usage, je suppose. Mais j'aime imaginer cette étendue herbeuse-là baignée de soleil, et ne produisant rien d'autre que pissenlits et pâquerettes.

— Tu connais tant de choses sur tout. Tu es très éclectique, tout compte fait.

— Pour un simple chanteur de rock ?

— Je n'ai pas dit cela.

— Non, c'est moi qui le dis. Mais il est vrai qu'il me serait aisé de céder à la facilité d'une vie de strass et de gloire.

— Parfois, il m'arrive d'oublier que des milliers de femmes soupirent rien qu'en entendant ta voix s'élever de leur chaîne stéréo.

— Cela t'arrive-t-il vraiment ?

— Non, pas souvent, dit-elle.

Pour rien au monde, elle n'aurait avoué qu'elle avait elle aussi acheté tous ses disques et qu'elle les faisait écouter à Nicolas chaque fois que l'absence de Devin leur pesait à tous deux. Et les articles ! Mon Dieu, elle en avait lu tant et tant à son sujet ! Chaque semaine, à la librairie, elle raflait le moindre des magazines à scandales existant dans l'espoir de découvrir ce que faisait Devin lorsqu'il n'était pas avec elle !

— Le contraire m'eût étonné...

— T'arrive-t-il, à toi, d'oublier ta célébrité ? Ne te demandes-tu pas à chaque instant si on ne voit pas uniquement la star en toi, et non l'homme que tu es ?

— En général, oui. Mais pas avec toi.

Elle accepta cette remarque comme un compliment, mais fronça aussitôt les sourcils lorsqu'il ajouta avec un clin d'œil taquin :

— Parce que, en fait, je sais que tu ne vois en moi que la star ! Non, je plaisante !

— Tu as peut-être raison dans une certaine mesure, cependant.

— Comment cela ?

— Ne crois-tu pas que nos relations seraient moins compliquées si tu n'étais pas qui tu es ?

— Bien sûr. Nous serions certainement mariés et dans l'attente de notre deuxième enfant. Tu m'aurais facilement joint pour m'annoncer que tu étais enceinte, et je t'aurais conduite devant l'autel. En ce moment même, je serais certainement en train de gagner notre vie en labourant ce champ ou en mettant des bébés au monde. Tandis que toi, tu serais à la maison, occupée à changer des couches et à regretter à longueur de journée d'avoir épousé le premier venu.

— Tu n'es pas tout à fait le premier venu.

— Aucun scénario n'est plus facile qu'un autre, tu sais, dit-il en haussant les épaules. Qu'on soit musicien, fermier, médecin, ami, amant, mari… tout ne dépend que de la façon dont on le met en scène.

— Le nôtre se déroule à merveille. J'en suis… surprise.

— A quoi t'attendais-tu donc ?

— Honnêtement ? Avant tout, à un chantage financier quelconque. Et aussi à des appels de ton agent, m'expliquant ton impossibilité de venir, suivis d'une avalanche de jouets plus chers les uns que les autres pour te faire pardonner d'avoir déçu ton fils. Mais, au contraire, tu sembles tout organiser sans peine : tu te présentes toujours à ma porte au jour et à l'heure dits. Seul… Sans gardes du corps ou paparazzi déchaînés…

— Ce n'est pas sans peine.

Il n'ajouta rien, mais Robin ne fut pas dupe. Une seule nuit lui avait suffi pour comprendre ce qu'était sa vie. D'ailleurs, elle ne s'expliquait toujours pas par quel miracle il parvenait à entrer et sortir des aéroports sans se faire repérer. Et encore moins comment il lui était possible de ménager de telles plages de liberté dans son emploi du temps sans susciter la curiosité de son entourage.

— Merci de nous offrir ces moments de présence sans conditions, dit-elle. Sans caméras, sans complications… Rien que des moments de complicité paisible entre un fils et son père…

— Nous offrir ?

Elle sentit son cœur s'affoler, inspira une profonde bouffée d'air frais.

— Oui, nous. Ce n'est pas aisé d'être une mère célibataire. Ce serait encore pire, j'imagine, d'être une mère célibataire harcelée par des paparazzi campant sur sa pelouse !

— Tu pourrais toujours les envoyer faire les courses ! plaisanta-t-il, lui arrachant un petit rire.

Puis, redevenant sérieux, il enchaîna :

— J'ai fait de mon mieux pour te rendre les choses plus faciles, du moins, autant que tu me le permettais. Hélas, notre secret sera éventé un jour, tu le sais, n'est-ce pas ? Mais quoi qu'il arrive, Robin, je t'en prie, n'oublie jamais que nous sommes deux dans tout cela. Nous pourrons résoudre n'importe quel problème du moment que nous ne le laissons pas s'installer entre nous, dans notre couple.

Elle réfléchit à ces paroles tandis qu'ils continuaient à marcher en silence. De quel couple voulait-il parler ? Sûrement pensait-il à celui qu'ils formaient en apparence, celui d'un homme et d'une femme résolus à élever leur enfant dans les meilleures conditions possibles. Oui, ce ne pouvait être que cela…

Mais il l'avait embrassée à deux reprises depuis le début de la journée. Et, en ce moment même, il lui tenait toujours la main. De plus, ne l'avait-elle pas trouvé penché au-dessus d'elle à son réveil, souriant comme s'il détenait soudain tous les secrets de bonheur de la vie ?

Le chemin sur lequel il l'entraînait désormais était loin d'être sans danger, hélas. Et il avait beau n'être qu'un simple chemin de terre bordé d'inoffensives fleurs sauvages, il n'en était pas moins destiné à la conduire à l'aplomb même du gouffre qui séparait son existence de celle de Devin Fitzgerald.

Mon Dieu ! Comme elle était belle en cet instant, alors que les rayons du soleil projetaient sur ses joues des ombres mouvantes ! Et pourtant si pâle, aussi !

Devin n'en était que plus frustré encore. Pourquoi s'obstinait-elle à refuser son aide ? L'intégrité de Robin était très certainement l'une des premières qualités qu'il avait appréciées en elle, et c'eût été injuste de la lui reprocher maintenant. Ce qui n'empêchait nullement qu'il ait dû ravaler sa colère, au cours des mois écoulés, à la voir ainsi assumer tant de responsabilités seule alors qu'il brûlait de les partager avec elle.

— Il s'est enfin endormi, dit-elle soudain en cessant de tapoter le dos du nourrisson, dont les pleurs avaient duré dix bonnes minutes.

— Et seul un tremblement de terre pourrait le réveiller ! Viens donc t'asseoir près de moi.

Il indiquait la place libre, sur la couverture, à quelque

distance de l'endroit où reposait leur fils. Elle ne s'exécuta pas immédiatement, s'affairant quelques instants auprès de l'enfant, puis rejoignit Devin.

Il s'était allongé de tout son long, les bras croisés sous la nuque, et fit mine de ne pas avoir remarqué qu'elle demeurait à bonne distance.

— Pourquoi ne ferais-tu pas une petite sieste, toi aussi ?

— Et toi, que feras-tu en attendant ?

— Je te regarderai dormir.

— J'en doute. La patience n'est pas ton point fort.

— Crois-tu ? Tu pourrais être surprise, je t'assure ! répondit-il tout en fixant le ciel d'un air faussement attentif.

Il l'entendit bouger et retint son souffle, se gardant bien de tourner la tête vers elle.

— Que regardes-tu ? demanda-t-elle, intriguée.

Du coin de l'œil, il vit qu'elle s'était allongée à son côté, mais toujours à distance respectueuse.

— La version naturelle du test de Rorschach.

— Celui des taches d'encre ?

— Ici, ce sont des taches de nuages. Qu'est-ce que tu vois ?

Elle demeura un long moment silencieuse, et il eut peur qu'elle n'entre pas dans ce jeu quelque peu enfantin, il le reconnaissait volontiers.

— Des hippocampes et des étoiles de mer.

— Des étoiles de mer ?

— Là, regarde.

Elle lui désignait quelque chose du doigt, mais il ne prit pas la peine de regarder.

— Tu es trop loin. Nous ne regardons pas les mêmes nuages. Rapproche-toi donc un peu.

— Ce sont les mêmes nuages, voyons !

— Mais vus sous un angle différent.

Il l'entendit glisser de quelques centimètres dans sa direction.

— Ce sont bien les mêmes nuages, reprit-elle. Mais il n'y a plus d'hippocampes, ils se sont changés en… dauphins.

— Ne bouge pas, dit-il en se rapprochant. Je vais tester ton angle de vue. Voyons voir. Des dauphins, dis-tu ? Pas pour moi. Ce que je distingue, c'est… Charlie Chaplin avec sa canne.

— Quoi ?

— Tu ne le vois pas, là, avec sa canne et son chapeau ? Cela m'étonne. Il est justement en train de faire le clown pour toi !

— Que vois-tu d'autre ?

— Des nœuds papillons. Des tentes de cirque. La rade de New York.

— Tu dois bientôt y donner un concert, n'est-ce pas ?

— Comment le sais-tu ? s'étonna-t-il en tournant la tête vers elle.

— J'ai dû le lire quelque part.

— Aimerais-tu y assister ?

Elle croisa son regard.

— Tu sais bien que c'est impossible ! Je n'ai personne pour garder Nicolas, et je ne peux certainement pas l'emmener avec moi ! Notre secret serait vite éventé !

— Il a beau être un enfant de l'amour, ce n'est tout de même pas écrit sur son front !

— Un enfant de l'amour ?

Il reprit son observation céleste.

— Tu préfères l'alternative ? Enfant naturel, illégitime ?

— Je préfère « fils ».

— La nuit où Nicolas fut conçu, j'étais bien un peu amoureux de sa mère. Enfant de l'amour me semble tout à fait justifié.

Il perçut sa surprise, mais elle demeura silencieuse.

— Je me demande d'ailleurs souvent si elle ne ressentait pas la même chose à mon égard, elle aussi. Je crois que oui.

— Ce genre de conversation ne nous mènera à rien, Devin ! Tu avais raison, il nous faut être amis pour le bien de Nicolas. Mais toute autre relation ne ferait que compliquer les choses !

— C'est vraiment ce que tu crois ?

— Il est évident que nous éprouvons certains… sentiments

l'un envers l'autre, mais il n'y a rien de plus normal à cela : nous avons passé une nuit ensemble, mis au monde un enfant ensemble, et c'est aussi ensemble que nous le regardons grandir !

— Il y a toutes sortes de sentiments, Robin, dit-il en roulant sur le côté et en calant son coude au sol pour appuyer son menton sur sa paume. Quel sentiment penses-tu qu'il y ait entre nous ?

— Il y en a plus d'un, me semble-t-il. La colère, tout d'abord. La méfiance. La peur.

— Ah !

Il lui saisit le menton pour la forcer à tourner la tête vers lui.

— Mais cela ne te ressemble pas de ne voir que le mauvais côté des choses. Quels sont les autres ?

— Quels sont les tiens ?

Son regard parut si vulnérable à Devin que, l'espace d'un instant, il crut qu'il n'aurait pas le courage de le soutenir. Il y réussit, néanmoins.

— Je ne ressens aucune colère envers toi, dit-il d'une voix sourde.

— Oh ! que si ! Tu m'en veux de ne pas te laisser faire davantage pour nous !

— C'est vrai, je suis frustré de ne pouvoir te rendre la vie plus facile. Quant au manque de confiance, ce n'est pas vrai, je te confierais ma vie. Tu es honnête et juste. Intelligente. Et dotée d'une sagesse qui m'impressionne chaque jour davantage. Pour ce qui est de la peur... tu es la seule à l'éprouver. Mais tu as raison : cette peur est entre nous, elle aussi.

— J'ai peur parce que je ne sais pas vraiment qui tu es, Devin. Es-tu l'homme qui se fait acclamer par des admiratrices déchaînées ou celui qui vient rendre visite à Nicolas, celui qui lui apporte des lapins en peluche rose et lui raconte des histoires à dormir debout rescapées de son enfance ?...

— Nick t'en a parlé ? Je vais lui en dire deux mots. Il m'avait promis de garder le secret !

— Qui es-tu, Devin ?

— Je suis l'homme que tu regardes en cet instant, le père de ton enfant. Je suis cet homme-là et personne d'autre.

— Tu es un homme assez riche pour acheter ce que tu veux et qui tu veux ! La plupart de tes amis se droguent et usent d'un langage peu recommandable pour Nicolas. Tu as été marié à une femme sans âme, et un millier d'autres tambourinent à la porte de ta loge après chaque concert, prêtes à faire tes quatre volontés et à se laisser congédier par ton agent le lendemain ! Je ne comprends pas la vie que tu mènes, et j'ai bien peur de ne pas te comprendre non plus !

— As-tu terminé ?

— Oui, hélas !

— Cela signifie-t-il que tu es consciente d'être allée trop loin ?

— Tu voulais savoir ce que je ressentais. Tu le sais à présent.

— Tu te sens perdue, et je le comprends. Laisse-moi t'éclairer un peu. Je peux acheter tout ce dont j'ai envie, en effet, mais je n'achète pas les gens. Jamais... Jamais non plus je n'abandonne mes amis quand ils ont besoin de moi, quelle que soit leur façon de parler ou de vivre. Et je milite depuis des années contre la drogue.

— Tu n'as pas à te...

— J'ai épousé une femme que je croyais aimer parce que la solitude m'était devenue insupportable. Hélas, j'ai eu tôt fait de m'apercevoir qu'elle était très bonne actrice — bien plus dans la vie réelle que sur la scène, d'ailleurs —, et j'ai su tout ce qu'il y avait à savoir sur la difficulté des relations entre hommes et femmes dans l'année qui a suivi. Mais, rassure-toi, je ne refais jamais deux fois la même erreur ! Et, en effet, de nombreuses femmes s'offrent régulièrement à moi, et plus encore prétendent que j'ai bénéficié de leurs faveurs. Quoi qu'il en soit, sache que je ne collectionne plus les conquêtes depuis bien longtemps, et qu'à mes yeux notre nuit représentait bien plus qu'une aventure d'un soir. Et s'il y a bien une chose en laquelle je crois toujours, c'est l'amour !

— Que veux-tu de moi, Devin ?

— Que tu ouvres les yeux, et que tu croies à ce que tu vois !

Elle ne protesta pas, et il en conçut un vif soulagement. Mais il devinait aussi que les mots avaient atteint leurs limites. Aussi laissa-t-il échapper un long soupir. Son prochain mouvement serait décisif, et la peur lui nouait déjà le ventre.

Il se pencha sur sa bouche.

— Oublie ce que tu as entendu, Robin. Oublie ce que tu as lu. Voilà qui je suis.

Ses lèvres étaient souples et fondantes sous les siennes. Il sentit dans son dos la chaleur des rayons du soleil et, en lui, une brûlure, à la fois physique et émotionnelle. Son baiser fut bien moins timide que le précédent : forçant les lèvres de Robin, il plongea dans la chaude moiteur de sa bouche, caressant sa langue de la sienne.

Elle laissa échapper un faible gémissement — pas une protestation, mais quelque chose de plus primitif, indéfini — puis fit remonter sa main. Il sentit ses doigts dans ses cheveux.

Alors, plus qu'un sentiment de triomphe, ce fut un sentiment de gratitude qui submergea Devin. Sa paume vint se poser sur un sein plus généreux que dans son souvenir.

— J'envie mon fils depuis si longtemps, chuchota-t-il tout contre ses lèvres.

Lorsqu'il reprit sa bouche, ce fut un baiser plus exigeant encore, et Robin se plaqua contre lui en l'entourant de ses bras pour l'attirer davantage à elle. Quand il sentit ses mains douces, agréablement fraîches, contre sa peau nue, son souffle se fit plus court. Pour patient qu'il fût, hélas, cette vertu l'avait déserté à la seconde même où Robin avait laissé échapper son premier gémissement de plaisir. Et son propre plaisir en cet instant même était tel qu'il avait l'impression de s'élancer vers le ciel, et que seul le corps envoûtant de cette femme l'ancrait à la terre.

Dieu sait jusqu'où il serait allé si elle ne l'avait pas doucement repoussé. Il avait perdu la tête dès qu'elle s'était abandonnée à lui, et n'avait plus eu qu'une seule envie : celle de lui faire l'amour, là, en plein champ, sous le soleil d'automne, à quelques mètres de leur fils endormi.

Mais à la seconde même où il sentit sa résistance, il recouvra tous ses esprits. Il désirait Robin Lansing plus que tout, certes. Mais, surtout, il désirait tout d'elle. Et pas seulement ses captivants baisers et son corps enchanteur…

Il se détacha d'elle, sans la libérer de son étreinte, toutefois, la contemplant avec tendresse le temps de mettre son corps, son cœur et son souffle sous la coupe de sa volonté.

— Ne t'attends surtout pas à ce que je te fasse des excuses ! dit-il enfin.

— Tu ne le ferais pas ?

— Ce serait un sacrilège !

— Tu as vraiment décidé de nous compliquer la vie, n'est-ce pas ?

— C'est bien la dernière chose que je souhaite, Robin !

Elle leva sur lui un regard troublé, mais un léger sourire étirait ses lèvres.

— Je crois que je me rappelle maintenant pourquoi je suis devenue la mère de Nicolas.

— Ah ?

— Des milliers de fois, je me suis demandé comment j'avais pu laisser cette nuit se terminer ainsi.

— Et, aujourd'hui, tu as la réponse ?

Elle garda le silence quelques instants, puis roula sur le dos.

— Je te montrerai mes dauphins et mes étoiles de mer en échange de tes nœuds papillons.

Il se rallongea, l'attirant à lui de façon à ce qu'elle niche sa tête au creux de son épaule. Puis ils fixèrent le ciel.

6

— Tu es dans l'erreur, Robin, et tu le sais ! Tu pourrais obtenir tout ce que ton cœur désire pour peu que tu ôtes enfin tes œillères !

Judy balança Nicolas dans les airs comme le faisait si souvent son père, arrachant au bambin l'inévitable cascade de gloussements. Elle avait fait à Robin la surprise d'une visite pour le week-end, et cette dernière en avait été enchantée, naturellement, mais, depuis quelques minutes cependant, la suspicion lui gâchait un peu son plaisir : la conversation s'était bien trop vite orientée sur Devin à son goût. Pas une seconde ne s'était écoulée depuis leur troublant pique-nique sans qu'elle pense à lui, soit, mais de là à ce que Judy devine si précisément ses préoccupations !

— Pas du tout ! se défendit-elle avec ardeur en plongeant ses deux mains dans l'eau savonneuse de la vaisselle. Ma relation avec Devin n'est qu'une relation artificielle, dictée par les circonstances ! C'est pourquoi je suis… enfin, c'est pourquoi il est…

— Tiens, tu vois ? Tu n'arrives même pas à le dire ! rétorqua Judy en reposant Nicolas par terre près du camion en plastique qu'elle lui avait apporté. C'est pourquoi tu es quoi ? Tombée amoureuse de lui ?

— C'est précisément ce que je ne souhaite pas dire ! Je suis la mère de l'enfant de Devin, et père et fils s'adorent. L'idéal serait en effet que Devin tombe amoureux de moi et que nous puissions ainsi former une famille !

— Es-tu en train de dire que tu crois Devin capable de simuler ce sentiment pour obtenir ce qu'il veut ?

— Ce que je crois, c'est qu'il cherche peut-être à se convaincre qu'il y a plus entre nous qu'une simple amitié, de façon à pouvoir passer plus de deux week-ends par mois avec son fils, même si cela implique que je fasse aussi partie de sa vie !

— Tu dois avoir raison ! Après tout, qu'aurais-tu à offrir à un homme tel que lui, toi, une petite gourde de la campagne sans qualité aucune !

Piquée au vif, Robin se força cependant à récurer posément une dernière casserole avant de répondre :

— Je sais que j'ai beaucoup à offrir à un homme, et peut-être en souhaiterai-je un jour un autre dans ma vie. Mais Devin n'est pas celui-là.

— Je vois… Tu ne l'aimes pas, tout simplement, dit Judy. Tout s'éclaire maintenant !

Robin s'essuya lentement les mains, puis fit face à son amie.

— Sais-tu que tu peux être parfaitement odieuse quand tu le veux ?

— Laisse-moi te dire ce que je pense, d'accord ?

— Tu le feras que je le veuille ou non, de toute façon !

Son amie lui renvoya un sourire malicieux qui s'évanouit aussitôt.

— Je sais à quel point tu aimais Jeff, Robin. Tout le monde l'aimait. Il était comme un frère pour moi. Vous avez été amis très longtemps avant de devenir amants, et il est normal qu'en apprenant qu'il était mourant tu aies aussi eu l'impression que tu perdais une partie de toi-même.

— Cette souffrance-là n'a pas disparu.

— Bien sûr que non. Elle te hantera toujours. Mais tu as repris le dessus, et, aujourd'hui, il y a un homme dans ta vie qui te fait éprouver d'autres émotions que celles que tu as vécues avec Jeff.

— Ce n'est pas…

Judy leva la main pour l'arrêter.

— Je suis désolée, mais je veux être sincère avec toi, Robin. Jeff et toi auriez vécu heureux s'il n'avait pas disparu, j'en suis convaincue. Mais je sais aussi que votre amour s'est développé très progressivement. Alors que tu as eu le coup de foudre pour Devin Fitzgerald dès l'instant où vous vous êtes rencontrés !

— Nous n'avons passé cette nuit ensemble que parce que nous avions tous deux besoin de réconfort.

— Allons donc ! Tu es éperdument amoureuse de cet homme, Robin, et ce, depuis le premier jour. C'est pour cela que tu n'as pas insisté davantage pour lui annoncer ta grossesse : tu mourais de peur ! Et, aujourd'hui, tu es tout aussi terrifiée parce que ces émotions sont nouvelles pour toi. Et surtout incontrôlables.

— C'est toi qui es incontrôlable, Judy !

— Non, je suis franche. Plus franche que tu ne l'as jamais été envers toi-même !

Robin se pencha pour renvoyer son petit camion jaune à Nicolas. Lorsqu'elle se releva, ce fut pour acquiescer d'un hochement de tête.

— C'est vrai. Je l'aime. Est-ce ce que tu voulais m'entendre dire ?

— C'est un début.

— Et Devin s'efforce de tomber amoureux de moi. Il tient plus que tout à ce que nous formions une famille.

— Qui te dit qu'il n'est pas déjà amoureux de toi ? Depuis le premier jour, tout comme toi ?

— Je ne crois pas aux miracles, Judy ! Et, surtout, je me méfie ! Devin veut Nicolas. Je n'ai jamais vu un homme aussi entiché d'un bébé !

— Ne crois-tu pas que c'est tout à son honneur ?

— Bien sûr que si ! Mais ne vois-tu pas où est le danger ? Comment savoir s'il m'aime pour ce que je suis, ou tout simplement parce que je suis la mère de son fils ? Qu'adviendra-t-il si nous décidons de vivre ensemble et qu'il découvre un jour qu'il ne m'aime pas vraiment ? Quelles seraient alors mes chances de conserver Nicolas s'il en exige la garde ?

— Evidentes ! Il a une vie chaotique et toi simple et saine.

— Mais je perdrais Devin, néanmoins ! Nous ne serions même plus amis. Et peut-être aussi mon fils ! Non, vraiment, je ne peux pas prendre un tel risque !

— Robin, tu ne peux tout de même pas laisser la mort de Jeff peser sur chacune de tes décisions jusqu'à la fin de ta vie ! Oui, c'est vrai, tu n'es nullement à l'abri d'une autre perte douloureuse, personne ne l'est ! Mais toujours faire en sorte de ne rien avoir à perdre n'est pas un bon moyen d'envisager l'avenir. Tu redoutes de perdre Devin un jour ? En attendant tu ne l'as même pas encore ! Crois-tu vraiment que ce soit mieux ?

Robin resta silencieuse. Judy poussa un soupir résigné et consulta sa montre.

— L'homme en question ne devrait plus tarder. Mieux vaudrait commencer à te préparer.

Robin fixa son amie avec stupeur.

— Comment ?

— Tu m'as très bien entendue. Devin ne va plus tarder.

— Comment le sais-tu ?

— Tout simplement parce qu'il m'a appelée au début de la semaine pour me demander de venir garder Nicolas ce soir.

— Tu es venue sur sa demande ?

— Devin et toi allez vous évader un peu le temps d'une soirée, et il savait que tu refuserais à moins de pouvoir faire garder Nicolas en toute confiance.

Robin ouvrit la bouche pour parler, mais aucun son n'en sortit.

— C'est toi qu'il vient voir, reprit Judy. Pas Nick. N'est-ce pas un signe suffisant pour toi ? Et ne sois pas si furieuse. Il n'avait guère le choix : il savait pertinemment que tu refuserais toute invitation directe !

— Il ne s'est pas trompé !

— Accepte de dîner en tête en tête avec lui, Robin. Et si tu sens que le moment est opportun, avoue-lui tout ce que tu m'as confié. Sa réaction pourrait bien surpasser tes espérances… Ou tes craintes, conclut Judy en haussant les épaules. Peut-être as-tu raison de te méfier, après tout. Mais le seul moyen de t'en assurer est de l'affronter.

Postée devant la fenêtre, Robin n'écoutait plus. Sous ses yeux s'étendait la cour où Devin avait joué, enfant, et, un peu plus loin, la vieille grange où il avait répété ses premiers succès.

Aujourd'hui, c'était elle qui occupait cet endroit. Elle était aussi la mère de son fils, et, à l'évidence, Devin avait déjà conquis le cœur de sa meilleure amie.

Elle soupira. Qu'elle le veuille ou non, elle appartenait de bien des façons à cet homme, et force lui était d'admettre les faits : lentement, inexorablement, Devin Fitzgerald l'attirait dans sa vie et dans le cercle de ses bras.

Elle aurait pu refuser. Arguer que ce n'était pas l'un des week-ends dont ils étaient convenus pour les visites et éconduire résolument Devin.

Mais elle était là, dans la Cherokee, vêtue de la robe blanche à laquelle elle n'avait pu résister, la veille, en faisant des achats pour Nicolas. Cette impulsion inexplicable eût-elle été un présage qu'elle n'en aurait pas été autrement surprise : en effet, quelle mère dotée d'un minimum de bon sens aurait l'idée de s'habiller en blanc avec un enfant en bas âge ? Non, décidément, même le destin paraissait jouer le jeu de Devin…

— Je m'attendais à tout…, dit Devin. Meurtre, crise d'hystérie, silence obstiné.

— Tu l'aurais mérité. Me mettre devant le fait accompli était lâche…

— J'aurais de beaucoup préféré t'inviter de vive voix, mais j'étais certain d'échouer !

— Depuis quand t'arrive-t-il d'échouer en quelque domaine que ce soit ?

— Depuis quand n'es-tu pas sortie sans Nicolas ?

— Parlons de Nicolas, justement ! Peut-être vais-je lui

manquer ? Il peut se mettre à pleurer sans que Judy sache quoi faire et…

— Ton amie et ton fils méritent plus de confiance de ta part ! Tu as allaité Nick avant de partir, et Judy peut faire tout le reste à ta place !

— Auras-tu au moins la délicatesse de me dire où tu m'emmènes ?

— Non, je ne crois pas, répondit-il avec un sourire effronté qui manqua de faire chavirer le cœur de Robin.

Elle lui sourit en retour, bien malgré elle : son incapacité à résister au sourire de cet homme devait être congénitale, hélas !

— J'aurais toutes les raisons d'être furieuse contre toi, tu sais !

— Mais aucune n'est vraiment valable ! Détends-toi… Même la plus dévouée des mères ressent le besoin de s'évader un peu de temps en temps.

— Tu as raison. N'importe où. Avec n'importe qui.

— Avec l'homme de sa vie.

Elle ne sut que répondre à ça. Leur relation prenait depuis quelque temps un tour nettement plus intime, sans qu'elle se souvienne en avoir exprimé le souhait. Et, à son grand désarroi, le processus lui paraissait inexorablement enclenché. Elle avait besoin de Devin dans sa vie, c'était un fait, mais l'éventuel échec de leur rapprochement ne risquait-il pas de les séparer davantage, et de condamner à jamais leur amitié ?

Comme s'il venait de lire ses pensées, il reprit d'un ton assuré :

— Ensemble, nous y arriverons, mon cœur, quitte à ne faire qu'un pas à la fois. Et nous abordons le suivant : toi et moi en tête à tête pour une soirée, sans notre petit diable, pour changer. Je ne te demande rien de plus que ce petit pas. D'accord ?

Pensive, elle fixa le paysage d'automne qui défilait sous ses yeux. Combien de temps encore parviendrait-elle à résister à Devin, et surtout aux sentiments qu'il lui inspirait ? Devait-elle à son fils d'accepter définitivement son père dans leur vie ? de donner à Devin une chance ?

— Un pas seulement, dit-elle enfin.

— Parfait. C'est tout ce que je te demande, dit-il en lui prenant la main. Au moins pour ce soir...

Inquiet, Devin regarda Robin faire quelques pas dans la suite qu'il avait louée pour la soirée. Indifférent lui-même à la perspective de braver la foule de ses admirateurs, il n'ignorait pas que la jeune femme s'affolerait à la première demande d'autographe. Aussi avait-il déniché une ravissante petite auberge isolée dans les bois et y avait-il loué une suite. Ils pourraient tous deux discuter tranquillement, puis dîner et...

Il ne voulait surtout pas penser plus avant et n'avait certainement pas amené la jeune femme ici dans l'intention de la séduire. Non que l'envie lui en manquât, bien au contraire. Cependant, il avait eu tôt fait de comprendre que la précipitation ne lui était pas bonne conseillère : il lui avait cédé une fois, et, aujourd'hui encore, n'en avait toujours pas terminé avec les conséquences.

— Nous pourrons dîner quand tu voudras, dit-il pour rompre le silence.

— Décidément, tu ne fais rien comme tout le monde, Devin ! commenta-t-elle d'un ton ironique. Habituellement, quand un homme invite une femme, c'est pour dîner dans un restaurant bondé et l'entraîner ensuite dans le cinéma le plus proche pour une partie de coude à coude entre deux rangées de parfaits étrangers.

— Nous aurions pu le faire, mais sans garantie du résultat.

— Cela te manque-t-il, parfois, de ne pas pouvoir faire les choses comme tout le monde ?

— Tu veux dire : me frayer un chemin dans la foule du

vendredi soir, faire la queue pour obtenir une table, partager mon invitée avec des avaleurs de pop-corn ?

— Il faut croire qu'il y a quelques compensations pour le lourd tribut payé à la gloire et au privilège de la fortune, dit-elle avec un sourire. Cet endroit est si charmant, si paisible.

— Si intime, ajouta Devin, qui nota aussitôt que ce fait ne paraissait guère réjouir son invitée, laquelle lui tourna soudain le dos pour observer par la fenêtre le ballet de quelques mésanges autour d'une rustique mangeoire.

— J'ai apporté à la fois vin et champagne. Lequel préfères-tu ?

— Que voulais-tu donc célébrer avec ce champagne ? demanda-t-elle, un rien de suspicion dans la voix.

— Le simple fait d'avoir réussi à te faire sortir de chez toi ! Mais tu avais une autre idée en tête, semblerait-il ?

— La dernière fois que je me suis trouvée seule dans une chambre d'hôtel avec toi…

— Nous avons conçu un enfant. Je sais. Le regrettes-tu ?

— Tu sais bien que non ! Mais ça ne veut pas dire que j'ai l'intention de renouveler l'expérience !

— Ce n'est pas non plus ce que je souhaite. Pas plus que je n'ai l'intention de t'attirer dans mon lit. Cela étant dit, prendras-tu du champagne ou non ?

— Cela étant dit, oui, j'en prendrai volontiers. Cependant, il y a tout de même une chose que je voudrais savoir, poursuivit-elle en lui faisant de nouveau face pour plonger son regard dans le sien. Par simple curiosité, s'entend. Pourquoi ne souhaites-tu pas m'attirer dans ton lit ?

Amusé, Devin fit errer son regard sur les lèvres pulpeuses.

— Voyons… Quelles pourraient être les raisons d'un comportement si étrange ? Le fait que je ne te désire pas ? Il te serait difficile de le croire dans la mesure où j'ai eu l'occasion de te prouver le contraire trois heures à peine après notre rencontre. Alors peut-être est-ce parce que je ne suis pas d'humeur à batifoler ce soir ? Non, je peux te jurer que ce n'est pas là non plus l'explication… J'en déduis donc que c'est tout simplement que je tiens trop à toi pour courir le risque de te faire fuir. Et que je souhaite prouver que je suis disposé à me priver de tout ce que je désire jusqu'à ce que tu me l'offres de ton plein gré.

— Que désires-tu donc à ce point ?

— C'est encore un peu trop tôt pour en parler, je crois.

— Ce n'est pas mon point de vue.

— Robin, tu me connais depuis assez longtemps désormais pour deviner quels sont mes souhaits ! Je veux que Nicolas et toi viviez avec moi en permanence. Je veux que tu sois dans mon lit chaque soir, et que Nicolas soit dans le sien, dans la chambre voisine. Je veux que nous regardions grandir notre fils ensemble — lui, et peut-être d'autres enfants après lui. Et, enfin, je veux vieillir à tes côtés !

Elle demeura un long moment à le contempler sans répondre, irradiant de séduction dans cette robe virginale dont l'ourlet lui arrivait bien au-dessus des genoux, donnant l'impression que les jambes joliment galbées n'en finissaient pas. Seigneur, il se souvenait encore de la soyeuse texture de ces jambes entremêlées aux siennes ! Se doutait-elle un instant de l'effet dévastateur que ce simple souvenir avait sur lui en cet instant, et sur sa résolution ?

— T'est-il arrivé de sauter à la corde, enfant ? demanda-t-elle enfin. Non, ç'aurait été humiliant pour un garçon, n'est-ce pas ? Je me rappelle la comptine que nous chantions : « Une, deux, trois, amoureuse tu tomberas, quatre, cinq, six, épouse tu deviendras, sept, huit, neuf, landau tu pousseras… » Dieu sait pourquoi, nous avons tout fait à l'envers, Devin, en commençant par le bébé. Et regarde où nous en sommes aujourd'hui !

— Où en sommes-nous ? T'aurais-je parlé mariage avant de te parler d'amour ?

— Je t'en prie. N'en parle pas.

— Ne veux-tu donc pas entendre mon opinion sur la question ?

— Pas maintenant.

— J'aimerais entendre la tienne.

— Je crois en l'amour. Mais la pensée d'être de nouveau amoureuse me terrifie.

Force était à Devin d'admirer sa franchise, ainsi que l'habileté dont elle venait de faire preuve en évitant le cœur du sujet. De sorte qu'il n'était pas plus avancé : appréhendait-elle quelque chose qu'elle ressentait déjà ou qu'elle craignait de ressentir un jour ?

— Je vais ouvrir cette bouteille de champagne, et nous allons nous installer devant ce feu pour discuter. Et pas de Nicolas, pour une fois. Mais de nous. De nous, de nos espoirs et de nos rêves... Quand tu auras faim, je commanderai à dîner. Et quand tu seras fatiguée, je te ramènerai chez toi.

Il l'entendit exhaler un long soupir, comme si elle avait jusque-là retenu son souffle dans l'attente de quelque chose. Mais de quoi ? Il n'en savait rien.

L'espace d'un instant, il se surprit à regretter de ne pas être aussi égoïste et offensif qu'était censée l'être une vedette du rock and roll. Robin était troublée, et aussi attirée par lui qu'il l'était par elle. Pour peu qu'il tente sa chance...

Il fit volte-face avant qu'elle ne puisse déceler le tourment de la tentation dans son regard.

— Installe-toi confortablement, dit-il d'une voix un peu rauque tout en saisissant la bouteille de champagne.

Robin ne fut pas peu surprise de constater que la conversation roulait facilement, et ce, dès le deuxième verre de champagne. Tous deux étaient détendus, et elle se laissait aller à des confidences dont elle ne se serait jamais crue capable. Elle lui parla ainsi de ses premiers flirts, de la manie qu'avait Snoopy, son épagneul breton, de kidnapper sa poupée Barbie pour dormir avec, et des vacances de Noël qu'elle prévoyait de passer avec Nicolas chez ses parents, installés depuis peu dans le Wyoming.

— Ils aimeraient que nous venions vivre avec eux, précisa-t-elle.

— Qu'en penses-tu ?

— L'aéroport le plus proche est à plus de trois heures de route. Il te serait plus difficile de venir rendre visite à Nicolas.

— Très certainement.
— Cela m'ennuierait.
Il lui sourit et effleura de ses doigts — jusque-là hésitants sur le dossier du canapé — la bretelle de la robe de Robin.
— J'ai une maison dans les montagnes, tout près de Colorado Springs. Tu le savais ? Je m'y rends dès que je peux.
La caresse, innocente, la troubla si étrangement qu'elle n'osa pas le regarder.
— Il me semble en avoir entendu parler, en effet.
En fait, la vérité était tout autre : elle savait presque tout de cette maison, dont elle avait vu une photographie dans une revue d'architecture où elle figurait dans le cadre d'une étude sur les constructions contemporaines : audacieusement moderne, faite tout de bois et de verre, et assez spacieuse pour contenir tout entier l'entourage professionnel de Devin !
Toutefois, imaginer le Devin qu'elle connaissait dans cette demeure grandiose mais sans âme lui était difficile.
— La considères-tu comme ton foyer ?
— Non. Mon foyer est à Farnham Falls. T'es-tu jamais demandé pourquoi j'avais racheté cette maison ?
Robin hocha la tête : elle s'était bien souvent posé la question, en effet.
— La nuit où Nicolas est né, j'étais justement en route pour aller m'y installer. J'avais besoin d'un endroit où ne pas être dérangé, un endroit où concrétiser un projet qui me tenait particulièrement à cœur. Je comptais y jouer l'ermite pendant un bon mois au moins !
— Le destin a un peu contrarié tes plans, semble-t-il !
— Nicolas est un bien meilleur projet que celui que j'avais en tête, répondit-il en souriant.
— Quel était cet autre projet ?
— Pour tout dire, il n'en est plus à cet état, maintenant. Je suis en train d'écrire une comédie musicale qui devrait se jouer à Broadway, si tout se passe bien.
— Vraiment ? s'exclama-t-elle, impressionnée. C'est formidable !

Devin était doté d'un talent certain, cela elle l'avait toujours su, mais de là à imaginer que ce talent puisse couvrir tant de domaines différents !

— Oui, vraiment… C'est pour m'y consacrer davantage que je donne moins de concerts, ces temps-ci. Je pense même arrêter tout à fait la scène sous peu. Je préfère écrire, de toute façon, et je n'aime guère le rythme de vie frénétique que m'imposent les tournées.

— Mais pourquoi Farnham Falls ? T'exiler sous les cocotiers n'aurait-il pas été plus agréable ?

— Le spectacle a pour titre *Le Pays de mon enfance* et raconte la vie que menaient les fermiers avant l'exode rural. Pour un opéra rock, j'ai bien peur que ce ne soit un sujet écœurant de nostalgie et de sentimentalisme, ajouta-t-il avec une grimace. La mélodie principale est une berceuse que me chantait ma mère…

Robin se remémora aussitôt celle que Devin chantait souvent à Nicolas. Celle-là même qu'il lui avait fredonnée en la portant à sa voiture, le soir de la tempête !

A ce souvenir, sa gorge se noua, et elle déglutit péniblement, émue par la pensée que Devin leur ait, à son fils et à elle, fait partager l'un de ses plus tendres souvenirs.

— C'est donc pour revisiter ton enfance que tu es revenu…

— C'est un peu cela. Je voulais surtout me retrouver, et Farnham Falls me paraissait être l'endroit idéal. J'avais besoin d'être entouré de gens croyant aux mêmes valeurs que moi, de me remémorer… le bon vieux temps. Et il y avait aussi une certaine femme à Farnham Falls, une femme que j'avais rencontrée quelques mois plus tôt, et que j'espérais revoir. J'avais dans l'idée d'aller fureter un jour dans les locaux du journal pour lequel elle travaillait, histoire de me renseigner davantage, d'apprendre son nom. Et si, par chance, je l'avais croisée alors, peut-être aurait-elle accepté d'apprendre à mieux me connaître… Peut-être d'avoir une conversation comme celle-ci.

— Je t'en prie, Devin… Ne joue pas avec moi. Si ce n'est pas vrai, je…

— Je suis incapable de te mentir. Jamais je ne le ferai, Robin. Dans quelque domaine que ce soit.

Il ne lui mentait pas, elle en était intimement convaincue. Mais elle redoutait qu'il ne se mente à lui-même. Oh, il avait certainement pensé quelquefois à elle après leur nuit de folie. Et Dieu sait qu'elle avait souvent pensé à lui durant les longs mois où elle avait porté leur enfant. Mais, contrairement à elle, Devin ne devait conserver de leur rencontre que les souvenirs d'une soirée agréable au cours de laquelle un homme et une femme s'étaient réconfortés l'un l'autre.

Quand bien même il aurait fait en sorte de la retrouver, ce n'aurait été que dans l'intention de s'offrir le plaisir d'une brève liaison. A la longue, il aurait fini par la considérer telle qu'elle était : une petite campagnarde du Middle West, employée par l'insignifiante gazette d'une petite ville tout aussi insignifiante. Jolie, intelligente, mais guère le genre de femme capable de retenir un homme tel que Devin Fitzgerald. Elle n'avait pas honte de qui elle était ni aucune intention de changer, mais il fallait être réaliste.

— Tu avais le mal du pays, et tu l'as toujours sans doute. Bien souvent, l'imagination embellit nos souvenirs d'enfance. N'as-tu pas déjà remarqué que la ferme te paraît plus petite que dans ton souvenir ? C'est aussi l'impression que te ferait Farnham Falls si tu y vivais jour après jour.

Il hocha la tête, mais son regard demeurait interrogateur. Il ne semblait pas comprendre.

— Tu étais à bout, insista-t-elle. Tu l'es peut-être toujours. Mais cela ne signifie pas que les gens ou les endroits qui t'aident à te ressourcer sont ceux dont tu as vraiment besoin pour le reste de ta vie !

Il lui caressa la nuque du bout des doigts.

— Crois-tu ?

— Oui.

— Je n'ai pas l'intention de vivre en permanence à Farnham

Falls, rassure-toi. Mais rien n'empêche que j'emmène avec moi ce à quoi je tiens lorsque je m'en éloigne.

— Enfin, regarde-moi, Devin ! s'enflamma-t-elle soudain, exaspérée par ces réponses trop abstraites à son goût. Je n'ai nullement l'éclat d'une femme du monde et encore moins d'un top model ! Ma vie présente n'est pas très excitante, c'est vrai, et il m'arrive de le regretter, mais vivre la tienne me serait impossible ! J'ai besoin de stabilité, de racines. Et je ne veux autour de moi que les personnes que j'aime, et non un va-et-vient incessant de parfaits inconnus ! Et c'est surtout ce que je veux pour Nicolas !

— Suis-je l'une des personnes que tu aimes ? L'une de celles que tu voudrais autour de toi ?

— Cela n'a pas d'importance ! Nous sommes trop différents, de toute façon. Jamais nous ne pourrions accorder nos vies !

— En es-tu certaine ?

Elle ne put répondre. Il avait posé la main sur sa joue et plongeait dans ses yeux un regard insistant. Elle ne lui avait énoncé que la simple vérité, celle en laquelle elle croyait de tout son cœur. Oui, malheureusement, elle en était certaine. Mais aurait-elle la force de le lui avouer ? Non. Ce serait trop douloureux, et surtout… irrévocable.

— Tu ne l'es pas, reprit-il. Tout au fond de toi, il y a une petite voix qui te crie qu'au prix de quelques compromis, de quelques sacrifices, ce pourrait être concevable. Nous sommes peut-être différents, mais nous nous complétons, aussi. Et il y a des dizaines d'endroits neutres où nous pourrions vivre ensemble.

Mon Dieu, il fallait briser le charme, et vite ! songea Robin, affolée. Cette conversation prenait un tour bien trop intime qui ne pouvait les conduire qu'au fiasco…

Hélas, tout au plus esquissa-t-elle un simple clignement de paupières, déjà piégée par le regard bleu empreint d'une telle supplique, expression d'une insoutenable solitude et aussi d'une sorte… d'espoir ?

Elle comprit qu'il allait l'embrasser. Elle pouvait encore

détourner la tête, se lever, refuser avant que cette nouvelle nuit ne complique davantage une situation déjà inextricable.

Pourtant, elle entremêla ses doigts aux cheveux bruns avec un soupir. Puis, lorsqu'il posa enfin ses lèvres sur les siennes, le soulagement la submergea, ne laissant plus la moindre place au doute, tandis que ses craintes se noyaient dans le flot du désir. Et la partie de son cœur qui se nourrissait malgré tout de l'espoir que tout était possible s'emballa soudain.

— Dis-moi d'arrêter, chuchota-t-il tout contre sa bouche.

— Non. Ne t'arrête pas, répondit-elle, alarmée à la perspective de le voir renoncer.

Il hésita pourtant une à deux secondes, leur laissant à tous deux le temps de se raviser. Mais Robin n'avait nul besoin de ces secondes, ni même de s'inquiéter de l'avenir. Plus rien n'importait plus que le désir qu'elle avait de Devin. Et bien qu'elle doutât toujours de lui, elle brûlait du besoin de le croire, en cet instant, parce que ses lèvres étaient tout contre les siennes, et que, pour rien au monde, elle ne s'en serait détachée. Quelles qu'en soient les conséquences plus tard…

— Je t'aime, Robin, murmura-t-il. Ne cherche plus à te convaincre du contraire. Et ne me dis surtout pas que cela ne suffit pas. Cela suffira si nous sommes tous deux prêts à essayer.

Puis il s'empara de sa bouche avec une ardeur farouche et elle sentit une main impatiente s'infiltrer entre les pans de sa robe cache-cœur et dégrafer habilement son soutien-gorge, puis envelopper son sein.

Un plaisir aigu monta en elle, un plaisir plus intense qu'elle n'en avait jamais connu. Plus d'un an s'était écoulé depuis leur première étreinte, mais sa mémoire gardait la saveur de chacune des sensations qu'elle avait éprouvées alors. Ce soir, elle goûterait ces sensations avec plus de bonheur encore, car, ce soir, elle se donnait à l'homme qu'elle aimait.

Bientôt sa robe et la chemise de Devin glissèrent à leurs pieds. Mon Dieu ! Comme il lui était grisant de pouvoir enfin presser sa peau contre celle de Devin, sa poitrine contre les fermes contours du torse musclé ! de s'abandonner aux lèvres masculines dévorant la pointe de ses seins à la sensibilité exacerbée. Et de sentir enfin sous ses paumes rouler les muscles sous la fraîche texture de cette peau, ainsi que les soyeuses boucles brunes entre ses doigts.

Enfin nue contre lui, elle l'aida à ôter son pantalon et comprit à quel point il la désirait, démentant en cet instant ses promesses de patience. Lorsqu'il lui tendit la main, elle se laissa entraîner sans hésiter dans la chambre seulement éclairée par le clair de lune qui filtrait à travers les lourds rideaux. Aussitôt, Robin se pencha pour allumer la lampe de chevet. Elle voulait le voir lui faire l'amour, elle voulait se rappeler chaque geste, chaque expression.

Il l'enlaça de nouveau, la plaquant contre son corps brûlant, mais, malgré l'ardeur de son désir, il reprit sa bouche lentement, savamment, comme si toute une vie s'étendait devant eux pour profiter de leur plaisir.

Ce fut elle qui rabattit les draps et s'y glissa en lui tendant les bras. Une fois déjà, elle s'était donnée à cet homme. Il était un étranger alors. Ce soir, enfin, il ne l'était plus.

— Rien ne peut nous séparer à moins que tu ne le décides, murmura-t-il en s'allongeant sur elle.

Elle l'accueillit en elle avec un gémissement de bonheur, oubliant le monde, oubliant tout, sauf cet homme et le plaisir qu'il lui donnait. Et, soudain, plus rien ne lui parut impossible.

7

Devin avait une façon bien à lui de changer une couche, mais le résultat était là, alors… Robin le regarda fermer la dernière pression et mettre son pyjama à Nicolas. Devin, lui-même, portait un jean qui tombait sur ses hanches parce que non boutonné et une chemise ouverte qu'il avait enfilée à la hâte quand il avait bondi hors du lit pour aller voir pourquoi leur fils pleurait.

Laisser quelqu'un se lever à sa place pour s'occuper de Nicolas était un luxe inestimable, et Robin aurait pu demeurer tranquillement couchée. Pourtant, elle l'avait suivi, non qu'elle doutât de la capacité de Devin à s'occuper de son fils, mais parce qu'elle ne se lassait jamais de les voir ensemble.

Pour un peu, on aurait pu croire qu'ils formaient une vraie famille.

— Retourne chauffer le lit ! dit Devin. J'arrive dans une minute.

— Bonne chance ! répliqua-t-elle en soufflant un baiser à Nicolas sur le bout de ses doigts avant de sortir de la pièce.

De retour dans la chambre, elle ôta son déshabillé et se glissa dans le lit, frissonnant au contact des draps frais contre sa peau nue. En plus d'être froid, ce lit lui paraissait bien souvent trop grand quand Devin en était absent, ce qui était hélas plutôt la règle que l'exception !

Depuis la nuit où ils étaient redevenus amants, il leur rendait visite plus souvent, et logeait désormais à la ferme. Mais ses engagements professionnels l'accaparaient toujours autant, et chaque fois qu'il les quittait, Nicolas et elle attendaient impatiemment son retour.

Devin revint et se débarrassa de ses vêtements puis se glissa tout contre elle pour l'enlacer.

— A peine avais-je atteint la porte qu'il s'était déjà rendormi.

— Il commence à faire ses dents, dit-elle tout en se lovant contre lui avec un soupir.

— J'ai du mal à croire qu'il aura déjà un an demain. J'ai l'impression d'avoir manqué tant de précieux moments de cette première année de vie...

— Heureusement que tu as joué l'Homme-qui-tombe-à-pic la nuit de sa naissance...

— En tout cas, pas de blizzard en vue pour notre petite fête de demain.

— J'aimerais tant que mes parents puissent venir.

Devin hésita quelques secondes avant de répondre :

— J'aimerais beaucoup les rencontrer.

— Ce serait merveilleux, Devin, dit Robin en soupirant. Mais ils ne comprennent pas notre relation, tu sais.

— Moi non plus, je ne la comprends pas.

Toute envie de dormir déserta soudain Robin. Jusque-là, Devin avait été un modèle de patience, ne faisant que très rarement allusion à l'avenir. Mais elle savait que leur relation à mi-temps lui pesait lourdement, tout comme elle lui pesait, à elle aussi. Et elle seule repésentait le dernier obstacle déniant à Nicolas le droit d'avoir un père à plein temps !

Elle aimait Devin Fitzgerald, là n'était plus la question depuis longtemps. Et elle ne doutait plus de l'amour de ce dernier pour elle. Mais elle ne savait toujours pas s'il l'aimait de la façon que toute femme méritait — c'est-à-dire pour elle-même. Il aimait la mère de son fils. Il aimait la famille qu'ils formaient. Un amour fondé sur ces seules bases résisterait-il sous les projecteurs de la vie trépidante de Devin ? Elle n'en était pas certaine, malheureusement...

Pour l'instant, Nicolas et elle étaient le rocher auquel s'accrocher dans la tourmente du rock and roll, mais lorsque cette dernière les aspirerait, son fils et elle, parviendraient-ils à garder la tête hors de l'eau, ou seraient-ils tous trois condamnés par la même lame de fond ?

Perdrait-elle tout ce qui lui importait dans la vie, une fois encore ?

— La situation t'est-elle pénible à ce point ? demanda-t-elle au bout de quelques minutes, consciente que le sommeil fuyait également Devin.

— Etre auprès de toi et de Nicolas me comble. Ne pas l'être me ronge tant vous me manquez.

— Tu nous manques beaucoup, à nous aussi. Mais tu arrives désormais à te libérer de plus en plus souvent, et c'est merveilleux !

— Cela m'est de moins en moins facile, Robin. Plus mes absences sont fréquentes, plus elles engendrent de suspicion. Sans compter l'inquiétude qu'elles inspirent aux personnes qui dépendent de moi.

Cet aspect de la question n'avait jamais effleuré Robin. Pourtant, de nombreuses personnes devaient leurs moyens d'existence à Devin, en effet.

— Prends-tu vraiment beaucoup de risques pour nous rendre visite ? Je me rappelle t'avoir vu entouré de gardes du corps à Cleveland.

— Ce n'est pas un problème de sécurité. Ces précautions sont nécessaires pour me protéger de la curiosité...

— Il serait injuste de ma part de te faire subir ça indéfiniment, n'est-ce pas ?

— Je suis las, je voudrais que ça s'arrête. Je vous veux avec moi, toi et Nicolas, dans un endroit où nous pourrions passer toutes nos nuits ensemble, un endroit où je vous saurais heureux et en sécurité.

— Où ? Manhattan ? Beverly Hills ? Ta rustique petite propriété de Colorado Springs ? questionna-t-elle d'un ton plus écœuré qu'elle ne l'aurait voulu.

Il lui caressa doucement le dos.

— Non, un endroit que nous choisirions ensemble, où nous nous sentirions à l'aise. Si seulement tu voulais bien considérer la question.

— Et qu'adviendra-t-il si nous ne nous entendons pas ? Revenir en arrière sera impossible ! Je devrai tout reconstruire de nouveau !

— Je sais que tu as peur, ma chérie. Mais, parfois, il faut prendre certains risques pour avancer dans la vie.

Cette phrase lui remit à la mémoire le reproche de Judy : faire en sorte de ne rien avoir à perdre était aussi une façon de condamner l'avenir. Mais de là à concevoir de perdre Devin… et Nicolas ?

— Tu es tendue, je le sens, dit Devin en lui massant les reins avec de petits mouvements circulaires. Rigide de peur… Rien de ce que je te dirai ne pourra te convaincre, n'est-ce pas ? Tu redoutes toujours de perdre ce qui t'est le plus précieux ?

Comme elle ne répondait pas, il la fit rouler sur le dos et se pencha sur elle pour l'embrasser. Seule sa tendresse la rassurait quelque peu, il le savait. Ils avaient déjà fait l'amour avant de s'endormir, mais Robin ne se sentait jamais rassasiée. Elle aurait souhaité pouvoir garder Devin en elle à jamais, pour qu'il puisse chasser définitivement ses peurs. Elle savait que le temps de prendre une décision approchait, mais, pour l'instant, elle voulait tout oublier. Elle voulait oublier qu'un jour il ne serait peut-être plus là lorsqu'elle aurait besoin de lui.

— Joyeux anniversaire, nos vœux les plus sincères…

Nicolas eut un sourire ravi en entendant les trois êtres qui lui tenaient le plus à cœur entonner cette mélodie. Puis, sous le regard attendri de Devin et de Judy, ses yeux s'agrandirent comme des soucoupes lorsque sa mère lui apporta son gâteau d'anniversaire surmonté d'un cierge magique.

Celui-ci finit par s'éteindre et Nicolas fronça les sourcils.

— Pa !

— Désolé, fils, je ne peux pas le ressusciter. Mais je suis sûr que tu vas aimer tout autant ce qu'il y a dessous, dit Devin en ôtant la bougie et en posant le gâteau sur le plateau de la chaise haute. Vas-y ! Pioche !

— Je ne veux pas regarder ça ! s'exclama Robin en détournant la tête.

Elle avait eu la sagesse de confectionner deux gâteaux. Celui qu'elle venait de donner à Nicolas n'était qu'un muffin nappé de sucre glace, mais peu importait à l'enfant, qui se fit un plaisir d'écraser le tout du plat de la main, s'aspergeant de miettes de la tête aux pieds. Puis il porta ses doigts à sa bouche pour déguster posément celles qui s'y accrochaient encore, sous l'objectif insistant de Judy qui le mitraillait sous tous les angles.

— Quel dommage que nous ne puissions en faire autant ! dit cette dernière. Nicolas a l'air de s'amuser comme un fou !

— Il n'en est pas question ! Fourchette et serviette pour toi, Judy, s'il te plaît ! ordonna Robin en découpant le second gâteau.

— Quand le laisseras-tu ouvrir ses cadeaux ? intervint Devin.

— Quand nous lui aurons lavé les cheveux pour lui ôter les flocons de sucre glace ! Es-tu donc si pressé de le voir détruire le chef-d'œuvre que tu lui as construit ? dit Robin, malicieuse.

La sonnerie du carillon dispensa Devin d'une réponse, Robin s'étant aussitôt dirigée vers l'entrée.

Les visites étaient chose peu commune dans ce hameau isolé, mais la collègue de travail de Robin savait que Nicolas fêtait ses un an aujourd'hui et peut-être avait-elle décidé de lui apporter aussi un cadeau. Devait-elle la laisser entrer pour lui présenter Devin ? s'interrogea la jeune femme. Peut-être. Défendre leur secret envers et contre tous lui paraissait presque obscène en un jour comme celui-ci : ils fêtaient ensemble le premier anniversaire de leur enfant, et n'avaient rien à cacher.

Du moins était-ce ce qu'elle pensa juste avant d'ouvrir la

porte sur l'inconnu d'âge moyen qui l'accueillit d'un large sourire insouciant.

— Vous êtes Robin Lansing ?

— En effet.

A peine avait-elle répondu qu'un autre homme — qui se cachait, à l'évidence — apparut soudain devant le premier et l'aveugla de son flash.

— Nous savons que vous êtes la mère de l'enfant de Devin Fitzgerald, et aussi que ce dernier est ici aujourd'hui, reprit le premier homme sans se départir de son exaspérant sourire. Que compte-t-il faire ? Vous l'a-t-il dit ?

Sans répondre, Robin tenta de refermer violemment le battant, mais l'homme s'accrocha à la poignée.

— Nous savons qu'il ne vous verse pas de pension. Est-ce parce qu'il n'est pas certain d'être le père ? Envisagez-vous de lui intenter un procès ?

Robin parvint enfin à lui claquer la porte au nez et à tirer le verrou. Puis elle se mit à trembler de la tête aux pieds.

— Qui était-ce ? s'enquit Judy qui venait aux nouvelles. D'autres cadeaux ?

— Un journaliste, répondit Robin qui fut elle-même surprise par le ton calme de sa voix alors que son cœur et son esprit étaient dans la confusion la plus totale. Quelqu'un de la *Gazette de Farnh*…

— Oh !

Les yeux de Judy se plissèrent.

— Alors, ça y est ! Ça commence !

— Je me demande bien comment ils l'ont appris !

Robin se dirigea vers la cuisine, s'efforçant d'ignorer les coups frappés contre la porte.

— Voyons, Robin, tu sais bien que c'est déjà un véritable miracle que la presse n'ait pas eu vent de cette affaire plus tôt ! répondit Judy avec sa franchise habituelle. Crois-tu vraiment que tes voisins, tes collègues ne savent rien ? Heureusement, tous ont fait en sorte de jouer les aveugles pour vous protéger, toi et

Devin, leur héros local ! En tout cas, je ne suis pas mécontente que ce soit enfin arrivé.

— Comment peux-tu dire ça ?

— Parce que je le pense ! Devin s'épuise littéralement à respecter ce stupide arrangement que tu lui imposes ! Désormais, finis, les secrets, et ce n'est pas plus mal ! Dommage qu'il ait fallu l'intervention d'un paparazzo pour te forcer enfin à voir les choses en face !

Robin en demeura bouche bée : la réaction de son amie tenait plus du réquisitoire que du soutien compatissant qu'elle espérait !

— Robin, dit Devin qui les rejoignit, est-il normal que ton invité tambourine toujours à la porte ?

— Tout à fait, c'est la presse ! répondit Judy. Tu vas faire la une dès demain, Devin ! Du moins, celle de toute feuille de chou qui ne se respecte pas !

— Robin, ne t'inquiète pas. Tout se passera bien.

La jeune femme se contenta de le fixer d'un regard vide. Elle se sentait souillée, menacée et, pire que tout, terrorisée !

— Veux-tu que je leur parle ? reprit Devin.

— Non !

— Alors, que la fête continue ! Un petit garçon nous attend dans le salon pour ouvrir ses cadeaux, et il a besoin de ses deux parents autour de lui en cette occasion.

Dans l'esprit de Robin, ces mots furent suivis de ceux que Devin n'avait pas prononcés : Nicolas aurait besoin de ses deux parents en toute occasion. Le temps était venu de décider de l'avenir. D'ici à quelques heures, leur vie serait affichée au vu et au su du monde entier et, désormais, aux yeux de tous, ils formeraient une famille, qu'elle en ait ou non accepté l'idée !

Alors pourquoi, pour l'amour du ciel, n'arrivait-elle toujours pas à l'admettre ? Hélas, la peur l'emportait toujours sur toute autre émotion.

— Peut-être serait-il préférable que tu partes après l'ouverture des cadeaux, Devin, dit-elle, soudain affolée. Sinon, j'ai bien peur qu'ils ne campent toute la nuit sur le pas de la porte. Et je ne suis pas encore prête à endurer cela.

Un silence tendu succéda à ces paroles.

— Que faudra-t-il donc pour que tu le sois un jour, Robin ? demanda-t-il enfin. Je t'ai déjà juré que je ne cesserai jamais de t'aimer... Faut-il donc que cette promesse soit signée de la main de Dieu lui-même pour te convaincre ?

Du coin de l'œil, Robin vit Judy s'éclipser discrètement de la pièce. Ils étaient désormais seuls entre leurs émotions et les deux journalistes qui s'agitaient toujours derrière la porte.

— Avec un peu de temps, je crois que...

— Je t'ai laissé tout le temps qu'il fallait, Robin. Près de un an ! Et tout ce que je constate, c'est que j'ai moins d'importance que tes craintes ! La mort de ton mari te hante toujours, et tu préfères me perdre que prendre le risque de reconstruire ta vie avec moi !

— Ce n'est pas vrai, je...

— C'est vrai. Je vais dire au revoir à Nicolas.

— Non, je t'en prie, reste encore un peu, le temps qu'il ouvre ses ca...

— Non, je pars maintenant, coupa-t-il sèchement.

Puis il fit volte-face et s'éloigna dans le couloir. De l'autre côté de la porte, le journaliste continuait à tambouriner au rythme des battements désordonnés du cœur de Robin. Puis, montant l'escalier quatre à quatre, elle claqua la porte de sa chambre.

Devin étreignit Nicolas sans se soucier des miettes de gâteau, ni, égoïstement, que son fils, agacé, se tortille comme un beau diable pour être reposé sur le sol.

— Je dois partir, camarade, murmura-t-il, la bouche dans les cheveux soyeux. Passe un bon anniversaire...

A cet instant, Judy apparut sur le seuil de la cuisine et s'appuya au mur. Il avait apprécié la jeune femme au premier coup d'œil. Saine, sensée, compatissante mais sans excès, l'amie de Robin incarnait les valeurs les plus positives du Middle-West.

— Elle est terrifiée à l'idée que ton amour pour elle puisse être dicté par le simple besoin d'une famille, dit-elle.

— Je sais.

— Tu ne sais pas tout. Elle a toujours douté aussi que Jeff l'aimait réellement.

Il ne prit pas la peine de répondre. Peu importait ce que Robin avait vécu avec son mari, peu importait même ce qu'elle pouvait bien ressentir aujourd'hui. Dans sa douleur d'avoir été rejeté, il ne comprenait qu'une chose : il l'aimait de tout son être, alors qu'elle ne l'aimait pas assez pour lui donner une seule chance !

— Elle croit que Jeff l'a épousée parce qu'il se savait condamné et ne voulait pas affronter la mort seul, reprit Judy. Ils étaient déjà bons amis, et Jeff avait besoin de son réconfort et de sa présence.

— Qu'en penses-tu ?

— Je pense que c'est probablement vrai.

Devin tenta de se convaincre que c'était là un point important à la décharge de Robin. En vain. Seul comptait pour lui la réalité présente, une réalité centrée sur l'enfant qui se contorsionnait contre lui.

— Je ne reviendrai pas, dit-il.

— Tu n'es pas sérieux !

— Oh ! que si !

— Et Nicolas ?

— Ce sera à Robin de décider, dit-il, luttant pour retenir ses larmes, pour la première fois de sa vie d'adulte. Laisse-moi te dire ce que la presse va faire de cette histoire, Judy : elle va me massacrer ! A leurs yeux, je ne serai que l'irresponsable star du rock qui a engendré un fils, refuse de subvenir aux besoins de sa mère, et ne prend même pas la peine de réclamer de droit de visite !

— Tu pourrais leur dire la vérité.

— Je pourrais en effet. Mais de quoi aurait l'air Robin alors ?

— As-tu l'intention de réclamer une garde conjointe ? Tu as suffisamment prouvé que tu tenais à Nicolas rien qu'en t'infligeant ces épuisants allers et retours !

— Non.

Devin déposa un dernier baiser sur la tête de son fils avant de le reposer par terre.

— Sa panique passée, Robin comprendra que Nicolas a besoin de moi, reprit-il. Son avocat pourra contacter le mien pour instituer le droit de visite.

— Et si elle n'en fait rien ?

Une cacophonie de voix résonnait dans l'esprit de Devin. L'une lui recommandait de saisir Nicolas à bras-le-corps et de s'enfuir avec lui. Une autre de hurler au monde entier à quel point il aimait son fils, ainsi que la mère — et que cette dernière, hélas, ne s'en contentait pas. Il n'écouta que celle qui se faisait entendre au-dessus de toutes les autres.

— J'aime trop Robin pour lui faire de la peine. Et si elle ne comprend pas que Nicolas et moi avons besoin l'un de l'autre, alors je me résignerai.

— Devin, c'est…

— Quelle ironie, tu ne trouves pas ? coupa-t-il aussitôt. Plus je l'aime, moins elle y croit !

— Appelle-moi quand tu veux. Je te donnerai des nouvelles de Nicolas. Tu ne peux pas savoir à quel point je suis navrée pour toi, Devin.

Il voulut la remercier, ne fût-ce que d'un sourire, mais l'émotion l'en empêcha. Alors il s'agenouilla une dernière fois pour étreindre son fils, puis il sortit de la pièce sans un regard en arrière. Nicolas s'était mis à pleurer, et Devin se savait incapable d'en supporter davantage.

8

Si Devin l'avait aimée autant qu'il le prétendait, il serait resté. Mais même son amour pour Nicolas n'avait pas fait le poids. Car, depuis près de deux mois déjà, il avait disparu de leur vie aussi sûrement que si la nuit de blizzard où il l'avait aidée à mettre leur fils au monde n'avait jamais eu lieu.

S'il l'avait vraiment aimée, en effet, n'aurait-il pas protesté quand elle lui avait demandé de partir ?

Assise devant son bureau, la tête dans les mains, Robin s'efforçait en vain, depuis plus d'une heure, de mettre en page sa rubrique sur les nouvelles du show-biz. Sous ses yeux s'étalaient divers clichés traitant des rencontres de telle célébrité avec telle autre, autant d'informations qui lui paraissaient aussi vides de sens que des commérages de palier. A l'exception d'une seule.

Devin Fitzgerald s'était isolé dans sa propriété du Colorado pour travailler à une comédie musicale et mettait sa carrière de chanteur entre parenthèses. Mais que ses fans se consolent, assurait l'article, au dire de son entourage, l'attente en vaudrait la peine…

Elle releva la tête en entendant les pas de son amie dans son dos.

— Nick s'est enfin endormi, annonça Judy.

— Merci. Pour être venue prendre de nos nouvelles, et t'en être occupée afin que je puisse travailler.

— Devin lui manque.

Robin ne protesta pas. Ce n'était là que la triste vérité, hélas !

— Que dirais-tu d'une promenade dans les bois après sa sieste ? Nicolas est intenable depuis qu'il commence à marcher.

— Je voudrais finir cet article d'abord, répondit Robin, peu désireuse de réitérer une sortie qui ne lui rappellerait que trop de souvenirs.

Ainsi que le fait que Nicolas marchait désormais, et que Devin ne le savait même pas !

— Tu travailles trop.

— Rien de ce que je fais ces temps-ci ne convient, semble-t-il ! s'emporta soudain Robin. Excuse-moi, ajouta-t-elle aussitôt d'une voix lasse, je sais que ce n'est pas vrai. Et quand bien même cela le serait, tu aurais toutes les raisons de ne pas m'approuver.

— Je voulais simplement dire que tu n'étais pas au mieux de ta forme, rien de plus...

— Ce sont mes continuels démêlés avec la presse qui me dépriment, en fait.

— Bien sûr, cela ne peut être que ça ! riposta Judy d'un ton mi-figue, mi-raisin.

— Cela et rien d'autre, insista Robin. Les questions, les regards curieux, tout cela m'épuise. Je songe sérieusement à échanger Farnham Falls contre un endroit où je ne serai plus harcelée.

— Cet endroit existe-t-il seulement ?

— Probablement pas.

Le scandale s'était peu à peu tassé, pourtant, puisqu'ils n'avaient rien fait pour l'alimenter — l'un et l'autre se refusant à tout commentaire en dehors de la déclaration initiale de Robin assurant que Devin s'était toujours conduit honorablement. Hélas, en tant que mère du fils de Devin Fitzgerald, elle était désormais une célébrité malgré elle, et, où qu'elle aille, il y aurait toujours au moins une personne pour la reconnaître. Et, plus tard, Nicolas aussi aurait à fuir la curiosité malsaine.

— L'avocat de Devin a pris contact avec moi, dit-elle soudain.

— Pour le droit de garde ?

Robin fronça les sourcils en notant l'étonnement de Judy.

— Non. Il ne demande même pas de droit de visite. Il veut uniquement nous apporter une aide financière. Je n'y comprends rien. Devin adore Nicolas, j'en suis convaincue. Pourtant, il n'a même pas cherché à le revoir depuis son départ !

— As-tu précisé à son avocat que tu n'avais aucune intention de t'opposer à d'éventuelles visites ?

— Bien sûr que non ! Devin le sait parfaitement !

— Crois-tu ?

— Bien sûr ! Il...

— Bon sang, Robin ! Ne comprends-tu donc pas ce qui se passe ? Devin ne fera rien que tu puisses percevoir comme une menace ! Il est prêt à se résigner à ne pas voir grandir son fils rien que pour assurer ta tranquillité d'esprit ! Il n'exigera pas de droit de visite, et encore moins de droit de garde ! Si tu ne l'appelles pas toi-même pour lui demander de venir voir Nicolas, il ne le fera jamais parce qu'il te fait confiance pour prendre la meilleure décision, et je me demande bien pourquoi !

Robin fixa son amie d'un regard consterné, et lorsqu'elle put enfin parler, ce fut d'une voix à peine plus distincte qu'un murmure :

— Comment le sais-tu ?

— Il me l'a expliqué.

— Et tu ne m'en as rien dit ?

— Qu'aurais-je pu te dire que tu n'as pas déjà entendu des dizaines de fois ! Cet homme t'a prouvé qu'il t'aimait jour après jour pendant des mois entiers et tu n'en as pas tenu compte !

— Il serait prêt à renoncer à Nicolas ?

A peine eut-elle formulé cette question que Robin y répondit d'elle-même. Tout au fond de son cœur, elle savait depuis longtemps que ce n'était aucunement le tapage médiatique qui avait forcé Devin à cesser ses visites à son fils.

Il les avait cessées pour lui prouver qu'il l'aimait, elle, Robin... au point de se sacrifier pour elle !

— Appelle-le, dit Judy. Lui ou son avocat. Autorise-le au moins à voir Nicolas de temps en temps. Tu lui dois bien cela, tu ne crois pas ?

Oui, elle lui devait cela et bien plus. A lui. A Nicolas. Et enfin, à elle-même.

— Et s'il est trop tard ? s'inquiéta-t-elle en levant sur son amie un regard anxieux, quêtant un réconfort.

Mais Judy n'en avait aucun à offrir.

— Il est peut-être trop tard pour qu'il te pardonne, en effet. Peut-être en a-t-il eu assez d'attendre et s'est-il consolé dans les bras d'une autre femme. Dieu sait qu'il n'a qu'à se baisser pour en choisir une ! C'est à toi seule de déterminer si ton amour pour lui vaut la peine de tenter la chance et de risquer de le perdre s'il est déjà trop tard.

Ce constat n'était guère encourageant.

Pourtant, Robin se sentit soudain plus légère, et elle comprit du même coup que le poids qui l'oppressait jusqu'alors n'était dû qu'à l'effort qu'elle fournissait pour ne pas penser à Devin.

— Je ne vais pas téléphoner, je vais aller le voir, dit-elle d'un ton résolu. Je sais où il est.

— Je peux garder Nicolas ce week-end, si tu veux.

— Non, je l'emmène. Je l'ai trop longtemps privé d'un père, et je ne le ferai pas attendre une minute de plus, quitte à devoir effectuer les deux mille kilomètres qui me séparent du Colorado à pied !

— Alors je vais me faire un plaisir de t'aider à préparer tes bagages.

La neige se déversait d'un ciel de plomb lorsque Robin émergea de l'aéroport de Colorado Springs. Heureusement, elle avait pris ses précautions en les équipant tous deux, elle et Nicolas, de vêtements chauds. Elle le tenait dans ses bras en demandant à un chauffeur de taxi de les conduire chez Devin — à son grand étonnement, Judy lui avait donné ses coordonnées sans commentaires ni explications.

— J'hésite vraiment, lui répondit le chauffeur qu'elle s'efforçait de convaincre depuis quelques minutes déjà. C'est très loin dans les montagnes, et les routes vont être de plus en plus glissantes.

— Je vous en prie, il faut que je m'y rende dès ce soir. Je saurai vous remercier en conséquence.

L'homme soupira et regarda sa montre.

— Si vous insistez... Montez. Mais attention, une fois là-bas, je repartirai aussitôt : je dois être de retour en ville pour 10 heures.

— Aucun problème, dit Robin tout en fixant le siège-auto de Nicolas à la banquette arrière.

Elle avait dû emporter tout le nécessaire, sachant que Devin ne disposait lui-même d'aucun équipement en la matière dans la mesure où elle ne l'avait jamais autorisé à emmener Nicolas chez lui. Preuve supplémentaire, s'il en était besoin, qu'il avait accepté ses égoïstes exigences au détriment de ses plus profonds désirs. Seigneur, comme elle avait été injuste envers lui !

Nicolas ne cessa de pleurnicher en dépit de tous ses efforts pour le calmer et le trajet parut interminable à Robin, d'autant plus que la couche de neige, de plus en plus épaisse, ralentissait considérablement leur progression. Si bien qu'au fil de ces longues minutes de sombres pensées l'assaillirent.

Que ferait-elle si Devin n'était pas chez lui ? ou s'il refusait de lui parler ? Soudain, le taxi décéléra jusqu'à s'immobiliser.

— Je ne crois pas que nous pourrons continuer, madame, annonça le chauffeur. Le col a été fermé, regardez.

Scrutant la route à travers le pare-brise enneigé, Robin constata en effet que des barrières surmontées de réflecteurs avaient été placées en travers de la voie.

— Sommes-nous encore loin ?

— Non, pas vraiment. Cinq à six minutes seulement. A pied, cela ne vous prendrait pas plus d'un quart d'heure, je pense.

Robin envisagea rapidement la situation. Devait-elle retourner passer la nuit dans un hôtel en ville et appeler Devin pour qu'il l'envoie chercher dans la matinée — du moins, si son désir de les avoir auprès de lui ne s'était pas émoussé ? Mais pourrait-elle elle-même passer une nuit de plus dans cette incertitude ? Non, c'était au-dessus de ses forces.

— La propriété donne-t-elle directement sur la route ?

— Oui, vous la trouverez derrière un grand portail en fer forgé, un peu plus haut sur la gauche. Vous ne pourrez pas porter vos bagages, mais je peux toujours vous les ramener demain lorsque les routes auront été dégagées…

Robin n'y voyait aucun inconvénient. Elle ne transportait aucun objet de réelle valeur, de toute façon.

— Vous voulez bien attendre encore un peu, le temps que je rassemble quelques articles de première nécessité pour mon fils ?

— Pas de problème.

Cinq minutes plus tard, Robin était en route, son sac à langer sur l'épaule et son fils dans les bras. Ce dernier avait cessé de rechigner à la seconde même où ils étaient descendus du taxi, probablement parce que la neige était une expérience nouvelle pour lui. Robin n'espérait guère qu'il se contente de cette occupation longtemps, mais du moins était-il chaudement vêtu et bien abrité dans la combinaison doublée que Devin lui avait un jour offerte en prévision d'un hypothétique séjour dans sa propriété.

Robin elle-même était chaussée de bottes à semelles antidérapantes qui faciliteraient nettement sa progression. Cependant, en prenant sa décision, elle n'avait pas pensé à la signification exacte de quinze minutes dans la neige. La route était pentue, le vent coupant et glacial. De plus, Nicolas pesait son poids. Quelques mètres parcourus la mirent hors d'haleine.

L'espace d'un instant, elle songea à rebrousser chemin. Trop tard : la lueur des feux arrière du taxi se noyait déjà dans le rideau de neige. Le destin avait entériné sa décision, et elle n'avait plus d'autre choix que d'aller de l'avant.

— Réveille-toi, saint Nicolas, murmura-t-elle en levant les yeux au ciel. Ton aide ne nous sera pas superflue ! Cette fois, nous cherchons un papa !

— Pa !

Robin sourit, malgré elle, et se remit en route, priant intérieurement pour que père et fils puissent lui pardonner un jour ce qu'elle avait fait. Elle n'avait jamais été lâche, mais la mort de Jeff l'avait changée, et pas en bien. La leçon qu'elle en avait tirée, alors, était qu'il fallait profiter pleinement de la vie parce qu'elle était courte. Du moins, c'était ce qu'elle croyait. Car, en fait, elle avait seulement appris à avoir peur. Peur de souffrir, peur de se lancer, peur d'aimer et de perdre encore.

Fredonnant la berceuse de Devin, elle continua son chemin, sans regretter un seul instant d'avoir quitté l'abri sécurisant du taxi, portée par la certitude que son long voyage dans le dédale de ses émotions touchait à sa fin, ainsi que par sa conviction de pouvoir reconquérir le père de son fils.

— Nous arriverons à former une vraie famille, tu verras, Nick. Toi, moi et papa ! Rien ne nous sera plus impossible, désormais.

— Je sais que vous avez exigé de ne pas être dérangé, mais…

La porte du studio où Devin travaillait était entrouverte, ne laissant apparaître dans l'entrebâillement que le visage inquiet de Mme Nelson.

— Cela ne semble pas vous culpabiliser outre mesure ! dit-il.

Il sourit à Mme Nelson qui n'était à son service comme gouvernante que depuis deux mois, et avait l'esprit encore encombré de préjugés peu flatteurs en ce qui concernait les habitudes de vie des célébrités, et qui plus est de celles du rock !

— Une femme du nom de Judy McAllister insiste pour vous parler au téléphone. C'est l'un des noms inscrits sur votre liste et…

— Merci, madame Nelson. Vous avez bien fait. Je vais prendre son appel.

Moins de cinq minutes plus tard, Devin enfilait ses bottes

fourrées, le cœur et l'esprit dans une confusion telle qu'il s'en sentait presque engourdi.

— Je sors quelques instants ! cria-t-il à l'intention de sa gouvernante tout en dévalant l'escalier en direction de l'entrée.

Mme Nelson sortit en trombe d'une pièce et lui barra le chemin.

— Mais il y a une tempête de neige, monsieur Devin ! Ce n'est pas le moment d'aller jouer au fou du volant sur les routes !

Devin eut un sourire amusé. Mme Nelson était un obstacle de fort petite taille, et facile à contourner.

— Mon fils et sa mère sont en route pour me retrouver et je veux m'assurer qu'il ne leur est rien arrivé.

— Votre fils ? dit-elle, sceptique. Le petit bout de chou ?

— Celui-là même, répondit-il tandis que son regard se perdait au-delà de la porte de verre.

Robin n'aimerait pas cette maison, c'était certain. On y vivait comme dans un aquarium, même si les voisins se comptaient à peine sur les doigts d'une main. Mais peut-être n'y venait-elle que pour Nicolas ? Pour une visite éclair qui lui donnerait meilleure conscience ? Judy s'était montrée étrangement laconique au téléphone, ne trahissant rien des intentions ou de l'état d'esprit de son amie. Elle avait promis le secret à Robin et n'avait prévenu Devin qu'à la suite de l'avis de tempête lancé au bulletin télévisé. Sans nouvelles de Robin depuis son départ, et ayant vérifié que son vol avait bien atterri à l'heure, elle craignait que mère et fils ne se soient mis en route pour la propriété de Devin, tempête ou pas.

Il se précipita vers sa Cherokee, un modèle identique à celui qui avait failli voir la naissance de Nicolas.

Robin n'était pas inconsciente au point d'avoir loué une voiture pour s'engager sur des routes inconnues en pleine tempête de neige, il le savait. Cependant il n'était pas impossible qu'elle ait convaincu un chauffeur de taxi d'accepter la course.

Et si elle était vraiment en route comme le croyait Judy, il ne lui restait plus qu'une chose à faire : descendre en direction de la vallée et espérer la trouver en chemin. Car même pour un chauffeur professionnel, ces routes de montagne étaient une véritable gageure sous la neige, et peut-être le taxi avait-il atterri dans un fossé. Dans ce véhicule en perdition se trouvaient les deux êtres que Devin aimait le plus au monde, et il ne serait pas en paix avant de les avoir retrouvés.

— Ce ne doit plus être très loin, murmura Robin.

Cette parole d'encouragement se perdit dans le vent. Le seul être susceptible de l'entendre, de toute façon, était profondément endormi contre sa poitrine. Nicolas, bien au chaud dans sa douillette combinaison, avait finalement cédé à son épuisement.

Robin marchait depuis plus d'une demi-heure au moins. De deux choses l'une : soit le chauffeur s'était trompé dans son estimation, soit elle avait dépassé le portail.

Mais elle ne s'inquiétait pas outre mesure bien qu'elle commençât à fatiguer sérieusement. Il n'y avait aucun danger qu'elle se fourvoie : la route demeurait visible malgré la couche de neige, et quoique l'endroit soit isolé, elle ne doutait pas de trouver sous peu une maison où se réfugier. Ce ne serait peut-être pas celle de Devin, mais, au moins, son fils et elle seraient-ils en sécurité et à l'abri du froid.

Non, ce n'était pas l'inquiétude qui la tenaillait, mais sa déception de voir son espoir contrarié. Elle était si impatiente de retrouver Devin pour lui dire à quel point elle l'aimait ! Et lui assurer aussi qu'elle avait enfin eu raison de sa lâcheté, et qu'elle était prête à affronter les feux de l'enfer pour lui — pour eux. Voire un autre blizzard.

La route formait un virage en épingle à cheveux devant elle, et elle le négocia prudemment, les talons bien enfoncés dans la neige. Elle ne releva pas tout de suite la tête. Son désir d'apercevoir enfin le portail de Devin était tel qu'elle craignait en effet de le faire se matérialiser par sa simple volonté. Au bout de quelques minutes cependant, elle s'immobilisa pour scruter le paysage qui s'étendait devant elle.

Elle ne distingua aucun portail, mais une voiture, le nez dans un fossé, qu'elle reconnut immédiatement puisque c'était un modèle semblable à celui que possédait Devin.

Serrant davantage Nicolas contre elle, elle reprit lentement sa progression, puis, arrivée à environ dix mètres du véhicule, elle cria :

— Il y a quelqu'un ?

Nicolas remua, ouvrit les yeux, et se mit à pleurnicher.

— Désolée de t'avoir réveillé, mon poussin, mais je n'avais pas le choix… Hé ! Y a-t-il quelqu'un ?

La voiture n'était pas profondément embourbée et une dépanneuse n'aurait aucun mal à la remettre sur la route à l'aide d'un simple treuil. Et le conducteur, si conducteur il y avait à l'intérieur, ne devait souffrir que de quelques contusions sans gravité. Elle était à trois mètres du pare-chocs arrière lorsqu'une voix s'éleva soudain de l'habitacle.

— On peut dire que tu choisis vraiment bien tes moments pour les retrouvailles, Robin !

Elle ouvrit la bouche, et avala, ce faisant, flocons et air glacial.

— Devin ?

La porte avant racla l'accotement, mais s'ouvrit suffisamment pour que Devin parvienne à se dégager. Puis, secouant la tête comme pour s'éclaircir les idées, il s'appuya — ou plutôt s'effondra — contre la portière refermée.

— Au moins je ne suis pas sur le point d'accoucher ! marmonna-t-il.

Jamais vision n'aurait pu réjouir davantage l'œil — et le cœur — de Robin. Elle esquissa un sourire.

— Désolée, mais lorsque ma décision est prise, rien ne peut plus m'arrêter !

— Tu m'en diras tant !

La voix grave était des plus neutres et Robin regretta de ne pas pouvoir distinguer l'expression du visage masculin à travers le rideau de flocons qui les séparait. Seule sa foi la guidait désormais.

— Verrais-tu un inconvénient à te rapprocher pour que je n'aie pas à hurler ?

— Dis ce que tu as à dire…

A ces mots, elle sentit son courage refluer. Il n'y avait aucune chaleur dans son ton, rien qu'une terrible méfiance.

— Nicolas est avec moi.

Cette information n'arracha aucune réaction à Devin — preuve d'un louable stoïcisme de sa part, songea-t-elle, étant donné les circonstances.

Robin s'éclaircit la gorge et dut forcer sa voix pour reprendre :

— Je t'aime, Devin. Et je veux que nous formions enfin une vraie famille, quels que soient les compromis qui s'imposeront. Je veux que nous élevions Nick, et que, ensemble, nous ayons d'autres enfants.

Après une seconde d'hésitation, elle conclut :

— Et je ne veux plus jamais revoir de neige de ma vie ! J'ai eu ma dose de blizzard pour les vingt ans à venir ! Crois-tu qu'il nous serait possible d'emménager à Tahiti ?

Sa voix mourut dans le vent. Devin n'ouvrit pas la bouche.

— Je m'en veux tellement…

Puis, l'espace d'une vertigineuse seconde, elle crut qu'elle avait tout perdu. La seconde d'après, Devin se hissait en toute hâte hors du fossé et se précipitait pour les enlacer, elle et un Nicolas tout à fait réveillé maintenant.

— Je savais que tu venais, dit-il d'une voix rauque d'émotion. Judy m'a prévenu. Mais je ne savais pas pourquoi.

— Je venais faire amende honorable. Pourras-tu jamais me pardonner ?

Il bâillonna ces ultimes doutes d'un baiser, que leur fils bénit aussitôt à grand renfort de babillages enthousiastes.

Robin s'abandonna à cette étreinte avec un gémissement de

bonheur. Peu lui importait la neige, après tout ; elle se sentirait toujours bien dans les bras de Devin, où qu'ils soient. La vie n'offrait aucune garantie, mais Robin était sûre de deux choses, au moins. L'homme qui les tenait, elle et son fils, dans le cercle de ses bras, était le pilier même de la forteresse que serait désormais leur famille. Et cette famille serait unie par la force de l'amour…

SHERRYL WOODS

Le rêve de Noël

Jade

Titre original :
SANTA, BABY

Traduction française de JEANNE DESCHAMP

83/85, boulevard Vincent-Auriol, 75646 PARIS CEDEX 13.
Service Lectrices — Tél. : 01 45 82 47 47

1

Amy Riley brûlait de fièvre. Elle avait le cheveu triste, des projections de bouillie sur la figure et un bébé hurlant dans les bras. Et, cerise sur le gâteau, un fils de cinq ans qui la considérait d'un œil tellement lourd de reproche qu'elle était à deux doigts de s'asseoir par terre et d'éclater en sanglots à son tour. Ce n'était pas un début très prometteur pour les fêtes.

— Mais, maman, tu avais dit qu'on irait au centre commercial aujourd'hui pour voir le Père Noël, pleurnicha Josh. Tu avais promis !

Amy fit un effort désespéré pour garder son calme.

— Je sais que je te l'avais promis, mon chéri, mais je suis tombée malade entre-temps. Je suis désolée.

Josh ne parut pas considérer que son excuse de santé faisait le poids face à la gravité des enjeux.

— Mais on est *obligés* d'y aller, maman. Sinon, le Père Noël n'aura pas notre liste. Et si personne ne lui a dit qu'on a déménagé ? Peut-être qu'il va apporter nos cadeaux dans notre ancienne maison, dans le Michigan. Et il n'y aura pas de paquet sous le sapin, demain matin.

— Le Père Noël nous trouvera, je te le promets.

— Et comment tu le sais, toi ?

— Parce que je lui ai écrit pour le prévenir, improvisa-t-elle en désespoir de cause.

Josh ne parut pas le moins du monde convaincu.

— Mais il reçoit des tonnes et des tonnes de lettres, le Père Noël ! Je suis sûr qu'il a pas le temps de tout lire !

— Bien sûr que si, il lit toutes ses lettres. Et puis il a des aides, là-bas au pôle Nord. Je sais que les cadeaux seront livrés à temps sous le sapin, déclara Amy d'un ton apaisant en songeant aux quelques jouets soigneusement emballés qu'elle avait réussi à dissimuler en haut de son armoire.

Plus qu'une nuit à passer et son grand sceptique de fils serait rassuré en constatant que le Père Noël ne l'avait pas oublié. Mais en attendant, il faudrait que Josh accepte de la croire sur parole. Avec le coût du déménagement, elle n'avait pas pu acheter grand-chose. Mais elle s'était débrouillée pour que son fils de cinq ans ait son lot de paquets à ouvrir le 25 décembre au matin. Ses parents lui avaient également remis un cadeau pour lui. Et elle avait pris la précaution de prévoir un présent de la part de son père, au cas où Ned aurait oublié d'envoyer un jouet pour son fils. Sauf à espérer un miracle sous la forme d'une livraison par courrier spécial dans l'après-midi, elle avait été bien inspirée d'anticiper la négligence de son ex-mari.

Avec un Josh hostile et capricieux sur les bras ce matin, Amy dut faire un effort pour se souvenir que son fils ne portait aucune part de responsabilité dans leur divorce. La séparation avait été si douloureuse qu'elle avait fui le Michigan avec ses deux enfants sous le bras pour venir s'installer ici, dans une banlieue de la ville de Charlotte, en Caroline du Nord, loin du Michigan où ils laissaient famille et amis. Tous ses proches avaient tenté de la convaincre d'attendre début janvier pour le déménagement. Mais l'idée de passer quelques jours de plus dans la même ville que son ex-mari avait suffi à emporter sa décision. L'année prochaine, peut-être, lorsque ses blessures seraient cicatrisées, elle envisagerait un séjour chez ses parents pour les fêtes. Mais cette année, elle ne s'en sentait tout simplement pas la force.

Amy avait réussi à se convaincre qu'ils prendraient tous trois un nouveau départ dès les premiers jours de janvier, lorsqu'elle débuterait dans son emploi au siège social de la banque pour laquelle elle travaillait déjà dans le Michigan. Lorsque son directeur lui avait proposé la mutation quelques mois plus tôt, elle l'avait vécue comme un cadeau inattendu du destin. En acceptant, elle se donnait la possibilité de s'éloigner de Ned sans avoir à courir le risque de démissionner avec deux enfants à charge.

Mais ce matin, Amy regrettait presque sa décision hâtive. Son compte en banque était dans le rouge et son moral dans les chaussettes. En pleine période de fêtes, elle se retrouvait loin de sa famille, alors qu'elle n'avait pas encore eu l'occasion de reconstituer un réseau d'amis. Et si c'était difficile pour elle, que devait ressentir le pauvre Josh ? Non seulement son fils avait été arraché à son univers familier, mais il n'avait même pas eu son mot à dire dans l'histoire.

Par chance, son fils était un petit garçon très sociable. Et il se ferait rapidement des amis en maternelle. Amy était convaincue que, dans quelques semaines tout au plus, les caprices et les accès de rage ne seraient plus qu'un mauvais souvenir.

Mais en attendant…

— Il est trop nul, cet appartement ! annonça Josh, pour la millième fois depuis une semaine qu'ils étaient arrivés à Charlotte. Et puis on s'ennuie tout le temps, en Caroline du Nord !

Luttant stoïquement pour ne pas perdre patience, Amy installa le bébé enfin apaisé dans son parc et prit Josh sur ses genoux.

— Tu vas bientôt te faire des amis, tu verras.

Il se pelotonna contre elle, la tête calée sous son menton. Ces mouvements spontanés d'affection se faisaient rares — trop rares — depuis le déménagement. La gorge serrée, Amy le serra dans ses bras.

— C'est quand que je vais avoir des copains ? demanda-t-il plaintivement.

— Bientôt. Dès que tu iras à l'école, Josh.

D'une façon ou d'une autre, elle s'arrangerait pour que cette débâcle se mue en réussite. Josh poussa un soupir à fendre l'âme.

— Il n'y a même pas de neige ici ! C'est pas beau, un Noël sans neige. Papa, il sortait toujours ma luge et on allait en faire tous les deux… Il me manque, mon papa.

— Je sais, mon grand. Et je suis sûre que tu lui manques aussi.

Amy se mordit la lèvre pour ne pas fondre en larmes. Elle aurait tant voulu pour Josh que Ned se montre à la hauteur de son rôle de père. Mais son ex n'avait pas caché sa satisfaction de les voir quitter le Michigan. Ned était tout feu tout flammes pour la nouvelle femme de sa vie. Et attendait avec impatience le futur bébé que le jeune couple avait mis en route avant même que le divorce ne soit prononcé. Depuis son départ du domicile conjugal, il prenait rarement plus de quelques minutes pour téléphoner à son fils. Et ses coups de fil ne cessaient de s'espacer. Ned, avait-elle découvert, fonctionnait sur le mode « loin des yeux, loin du cœur ». Et comme il voyageait très souvent pour son travail, il passait son temps à oublier qu'il avait déjà une femme et deux enfants à la maison. Josh, Emma et elle n'avaient été présents ni à sa vue, ni dans son cœur lorsqu'il partait en déplacement.

Mais aujourd'hui, 24 décembre, elle ne voulait s'appesantir ni sur ses rancœurs ni sur sa déception. Même si elle était malade, déprimée, et qu'elle rêvait de rester couchée, la tête cachée sous la couette, elle s'emploierait à rendre mémorable pour Josh ce premier Noël dans leur nouvel environnement. Emma était encore trop jeune pour remarquer grand-chose, à part les guirlandes lumineuses sur leur maigre petit sapin. Mais Josh, lui, avait déjà des attentes précises par rapport aux fêtes. Et elle voulait le convaincre que sa vie en Caroline vaudrait celle qu'il avait eue dans le Michigan. Qui sait même s'il ne serait pas plus heureux ici, à la longue, loin des conflits qui avaient déchiré le couple parental ?

Elle ébouriffa ses boucles brunes qui auraient mérité une coupe.

— On fera des cookies, tout à l'heure, d'accord ? En écoutant des chants de Noël. Et ce soir, on boira un chocolat chaud, avec des marshmallows et on regardera plein de dessins animés. Ce sera sympa, non ?

Josh avança une lèvre boudeuse.

— Si j'vois pas le Père Noël aujourd'hui, ce sera pas un Noël pour de vrai.

Amy réprima un soupir. Elle avait voulu créer une tradition de Noël pour ses enfants et elle en payait le prix aujourd'hui. Josh se raccrochait au rituel et refusait d'entendre parler de changement. Cela dit, elle pouvait difficilement se plaindre de ses exigences. Tout ce qu'il demandait, c'était de parler quelques instants avec le Père Noël. Il n'avait pas réclamé de cadeaux exorbitants. Et il était plutôt de bonne composition, dans l'ensemble. Il faisait même tout son possible pour l'aider à s'occuper d'Emma. Avec une patience touchante, il la berçait dans sa poussette ou lui montrait ses livres d'images en lui racontant des histoires qu'il mettait en scène en les mimant à sa manière. Josh était la crème des grands frères, la plupart du temps. Et Amy ne comptait plus les occasions où il avait pris sur lui dans les moments difficiles.

Combien de temps encore, au demeurant, son petit garçon réclamerait-il de grimper sur les genoux du Père Noël ? Rien ne prouvait que l'année prochaine, à la même époque, il croirait encore à la magie du bonhomme barbu portant des cadeaux aux petits enfants.

Avec deux aspirines de plus et une bonne douche brûlante, il devait y avoir moyen de se « booster » pour quelques heures. Amy fit la grimace. La simple idée d'un centre commercial noir de monde suffisait à lui donner de violents élancements dans la tête. Et elle avait l'impression que ses jambes la portaient à peine. Mais l'expression désespérée de Josh la convainquit de faire au moins une tentative.

— Tu peux rester ici et surveiller ta sœur ? Essaie de la distraire, d'accord ?

— Pour quoi faire ?

— Pour que je puisse prendre une douche.

Elle ne donna pas plus d'explications, de crainte d'éveiller des espoirs auxquels elle ne pourrait pas forcément répondre. Mais les yeux de Josh s'illuminèrent.

— Et après, on ira voir le Père Noël ? s'écria-t-il, surexcité.

— Nous irons *peut-être* voir le Père Noël. Si je me sens un peu mieux.

Josh se suspendit à son cou.

— Je suis sûr, sûr, sûr, que tu vas être guérie, maman !

Il se laissa glisser de ses genoux et s'accroupit devant le parc pour sourire à sa sœur à travers le filet.

— Tu vas rencontrer le Papa Noël, Emma. Toi tu ne le connais pas encore parce que t'es trop petite. Mais c'est un gros monsieur rigolo qui rit tout le temps en faisant « ho ho ho ».

Josh se lança dans une démonstration en se tenant le ventre.

— Il est gros avec une barbe blanche et des vêtements rouges et il faut lui dire de quoi on a le plus envie à Noël. Et si t'as été sage, il te l'apporte. Cool, non ? Le Père Noël, c'est le meilleur du monde… A part maman, bien sûr, rectifia-t-il en levant les yeux vers elle pour lui adresser son plus beau sourire.

Amy ne put s'empêcher de rire de son jeune diplomate en herbe. Malade ou pas malade, il paraissait difficile de priver son fils du Noël qu'il attendait. Portant la main à son front brûlant, elle se dirigea au radar vers la salle de bains. En priant pour qu'elle ne rende pas son petit déjeuner dans la hotte de l'homme en rouge.

Nick DiCaprio venait de traverser la semaine la plus pourrie de sa misérable existence. Le psychologue des services de police de la ville de Charlotte avait informé sa hiérarchie, lundi, qu'il était atteint d'un syndrome d'épuisement professionnel, avec « difficulté dans la gestion de ses affects, notamment la colère ». Et le psy de conclure qu'il serait « hautement irresponsable » qu'il reprenne le service actif dans l'immédiat.

Génial… Comme s'il avait besoin d'un psy pour savoir qu'il tournait en rond avec une fureur gigantesque. Il avait dû assister, impuissant, aux agissements d'un forcené qui avait terrorisé son propre enfant pour se venger de son ex-femme.

Il en aurait volontiers pris un pour taper sur l'autre, au cours de cette journée de cauchemar. A commencer par les types du groupe d'intervention spéciale qui lui avaient interdit de participer à l'action. Si seulement ils l'avaient laissé faire comme il l'entendait, ils auraient peut-être pu éviter le drame…

Nick se versa une énième tasse de café et contempla d'un œil sombre la vaisselle qui s'entassait dans l'évier. Il ne voyait pas en quoi le fait de ressasser cette scène insupportable en compagnie d'un psychologue contribuerait à améliorer son humeur.

Non seulement, il était condamné à subir leur fichu blabla psychomachintruc, mais Noël approchait à grands pas. Aujourd'hui, 24 décembre, la terre entière était prise d'une frénésie d'achats proprement répugnante. Si on lui infligeait ne serait-ce qu'*un* chant de Noël supplémentaire, il se mettrait la tête dans le four et ouvrirait le gaz. Ou, à défaut, il prendrait une cuite magistrale — se soûlerait jusqu'à rouler ivre mort sous la table. Oui, voilà. Excellente idée. S'il se cantonnait à la seconde solution, son crétin de psy aurait le plaisir de constater que ses pulsions autodestructrices n'étaient pas aussi violentes qu'il le soupçonnait.

Lorsque le téléphone sonna, Nick ne se leva pas pour répondre. Il était incapable de citer ne serait-ce qu'une seule personne au monde avec qui il aurait envie de communiquer ce matin. Sans parler de tous les interlocuteurs qu'il *savait* vouloir éviter à tout prix. Sa famille, par exemple. Les DiCaprio au grand complet semblaient avoir été gagnés par l'euphorie des fêtes et leur bonne humeur lui donnait envie de mordre.

Le répondeur se mit en marche avec un petit déclic.

— Nick, décroche ton téléphone, c'est un ordre !

Une indiscutable panique vibrait dans la voix de sa sœur.

— Réponds, Nick, nom d'un chien ! Je sais que tu es à la maison. Et j'ai un gros, gros problème.

Nick soupira. Lorsque Trish se sentait perdre pied, elle n'hésitait jamais à entraîner le reste du monde dans sa chute. S'il ne décrochait pas maintenant, elle serait là dans moins de dix minutes, à tambouriner à sa porte. Ou pire que cela, même :

elle était capable d'utiliser sa clé et d'envahir son territoire. Pour le mêler au drame, quel qu'il soit, dont elle considérait être victime.

Il souleva le combiné avec une telle brusquerie qu'il faillit l'arracher de son support.

— Quoi ? Qu'est-ce que tu veux ?

— Ouf ! Nick ! Tu es là ! s'écria Trish, sans même paraître remarquer la férocité de son ton. J'ai besoin de toi dans la galerie marchande. Il faut que tu viennes tout de suite.

— Plutôt mourir, oui. Tu es folle ou quoi ?

Trish était payée pour coordonner les animations du centre commercial à l'occasion des fêtes de fin d'année. Mais c'était son problème. Pour sa part, il ne mettrait jamais les pieds dans cet antre infernal. Même s'il avait été en pleine forme, il aurait refusé. Mais dans l'état où il se trouvait aujourd'hui, ses « pulsions auto-agressives », comme disait son psy, pourraient se muer en instinct de meurtre. Et il ne répondrait plus de lui.

— Je ne suis pas folle, non. Juste dans une panade monumentale. Le Père Noël a appelé ce matin pour annoncer qu'il se mettait en congé maladie. Je pense qu'il avait surtout la flemme de sortir par ce temps et qu'il a préféré rester au coin du feu. Mais, dans un cas comme dans l'autre, il reste que nous sommes le 24 et que je suis en panne de Père Noël.

— Tu n'as qu'à en embaucher un autre, grommela-t-il, indifférent à son problème. Il faut que je te laisse, Trish.

— Non ! Stop ! Je *t'interdis* de me raccrocher au nez, Nicolas DiCaprio ! Si tu oses me faire ce coup-là, je dirai aux parents que tu es en pleine dérive et que le psy de la police pense que tu traverses une phase profondément dépressive. Et tu sais comment maman réagira.

Nick hésita. Se faire tyranniser par Trish était une chose. Mais il y avait pire encore : subir l'inquiétude de sa mère. Ses parents n'avaient jamais approuvé son choix de carrière. Et ils pourraient s'emparer de cette histoire de syndrome d'épuisement professionnel pour faire pression et tenter de le convaincre de démissionner de la police. Si sa sœur était infernale, leur mère surprotectrice, elle, avait toutes les qualités nécessaires pour le rendre carrément fou.

— Et si tu interrogeais Rob ? suggéra-t-il, en demandant mentalement pardon à leur frère aîné pour cet acte de haute trahison. Vu comme il adore les fêtes, je suis sûr qu'il ferait un Père Noël d'exception.

— Rob et Susan ont programmé une journée en forêt pour couper eux-mêmes leur sapin avec les enfants. C'est leur tradition du 24, souviens-toi.

Nick émit un grognement. Comment avait-il pu oublier ? L'année précédente, il avait commis l'imprudence de se joindre à eux. Et cette « brève » sortie en famille lui avait coûté une journée entière. L'arbre, en effet, devait être choisi à l'unanimité. Et tout le monde dans la famille avait le droit de vote. Y compris la petite Annie, âgée d'à peine un an, à l'époque. Et, évidemment, pas moyen de tomber d'accord sur un malheureux sapin. Il n'avait jamais réussi à comprendre sur quels critères ils avaient pris en compte le vote d'Annie, qui ne s'exprimait encore que par vagissements. Au bout de quelques heures d'errance en forêt, il avait pris la décision solennelle de ne jamais amorcer une tradition familiale. Et même de ne jamais amorcer le pas en direction d'une famille, d'ailleurs.

— Et Stephen ? s'enquit-il avec un regain d'espoir.

Son frère Stephen, pour autant qu'il avait pu en juger, n'avait jamais eu de tradition de Noël particulière. Et on ne faisait pas plus célibataire que lui. En fait, Stephen était plus ou moins la brebis galeuse de la famille. Mais Nick savait qu'on pouvait compter sur Trish pour faire appel à sa bonne volonté. Elle était la seule, parmi les DiCaprio, à comprendre son esprit rebelle. En retour, Stephen faisait pour elle ce que personne d'autre ne parvenait à obtenir de lui. Elle trouvait même le moyen de l'obliger à se montrer à certains repas de famille. Et à supporter que leur mère soit aux petits soins avec lui.

— J'ai déjà appelé Stephen. Mais j'ai la sombre impression qu'il s'est couché hier soir dans un état proche du coma éthylique. Quand j'ai entendu sa voix empâtée au téléphone, j'ai pensé qu'il ne passerait pas très bien, en Père Noël.

Nick regretta amèrement de ne pas s'être imbibé de boisson lui-même lorsqu'il en était encore temps.

— Bon… Et qu'attends-tu de moi, au juste ? demanda-t-il sombrement.

La voix de Trish se fit suave, comme si elle pressentait une victoire imminente.

— Juste un petit service de rien du tout : revêtir la tenue rouge et remplacer le Père Noël au pied levé. Ce n'est pas compliqué du tout, tu verras. Tu auras juste à faire « ho ho ho » et à écouter les enfants énumérer les cadeaux sur leur liste. Tu te gardes bien de faire la moindre promesse : tu écoutes, c'est tout. Et tu te laisses photographier. Simple comme bonjour.

— Pendant combien de temps ?

— J'ai besoin de toi dès maintenant. Et le centre commercial reste ouvert jusqu'à 18 heures. C'est juste l'affaire de quelques heures.

Quelques heures en enfer.

— Trish, honnêtement… Me déguiser en Père Noël, ce n'est pas vraiment mon style. Il doit y avoir une autre solution. Tu ne peux pas faire appel à une agence d'intérim ou un truc comme ça ?

— N'importe quoi ! On est le 24 au matin, Nick. Tous les bons Père Noël sont déjà retenus depuis longtemps. Je n'ai pas le temps de me lancer dans un recrutement plus qu'aléatoire. Et je ne vois pas pourquoi je le ferais, puisque je t'ai sous la main et que tu n'as rien à faire de la journée. S'il te plaît, Nick… Tu as toujours été super avec les enfants.

Super, il l'avait été, oui. Aux yeux des enfants de Rob, il passait pour le tonton idéal. Il avait accompagné les garçons à des matchs de foot. Et même gardé le bébé à quelques occasions. Mais après ce qui était arrivé au petit Tyler Hamilton moins de un mois plus tôt, il préférait se tenir à distance des chères têtes blondes. Même ses neveux, il ne voulait les voir que de loin à

Noël. Et, surtout, ne pas se retrouver avec eux sans le soutien d'autres adultes.

Et pourtant, malgré ses réticences, il se demandait au fond de lui-même — mais vraiment très, très au fond — si ce n'était pas l'occasion pour lui de se racheter. Il n'avait rien pu faire pour sauver Tyler. Il pouvait donc passer la journée à essayer d'obtenir une rédemption.

Non, songea-t-il avec lassitude. « Rédemption » n'était pas le mot. Juste une sorte de dette cosmique à régler. Passer une journée entière à sourire et à feindre alors qu'il détestait Noël : l'idée ne manquait pas de sel, au fond.

— Tu me le revaudras, Trish.

— Bien sûr. Mais pour une fois que tu fais quelque chose pour moi et non l'inverse…

— Je te demande pardon ?

— Je conserve la liste des services que je t'ai rendus au fil des années, mon cher grand frère. En commençant par le rendez-vous que je t'ai obtenu avec Jenny Davis.

Nick revit en pensée la jolie rousse qui avait déchaîné son imagination à dix-sept ans.

— Tu n'as joué aucun rôle dans ma rencontre avec Jenny !

— C'est là que tu te trompes. Elle ne voulait rien savoir de toi jusqu'au moment où je lui ai expliqué que tu étais quelqu'un de vraiment super. J'ai également accepté de lui prêter mon pull en cachemire préféré. Et de lui donner mon CD de Kenny Chesney.

— Tu l'as achetée ? s'écria-t-il, incrédule.

C'était la nouvelle la plus humiliante qu'il avait entendue depuis longtemps.

— Je pouvais bien faire quelques sacrifices pour mon frère préféré.

— Désolé, Trish, mais vu la façon désastreuse dont mon histoire avec Jenny s'est terminée, je ne mettrais pas cet exploit sur le tapis, à ta place.

Jenny, avec qui il était sorti pendant toute l'année de terminale et qui l'avait plaqué la veille du bac, avait été la première d'une longue série de mésaventures sentimentales. Il avait commis à peu près toutes les erreurs possibles, dans ses relations malencontreuses avec le sexe opposé. Mais il ne pouvait en faire le reproche à Trish. Sa sœur n'avait joué aucun rôle dans ses rencontres ultérieures. Il avait fait tous ces choix absurdes sans aide extérieure. Et s'était fourvoyé, tout seul, comme un grand.

— Ne t'inquiète pas pour ça, Nicky. La liste des services que je t'ai rendus couvre au moins deux pages. Je l'ai scotchée à côté de ma table de chevet afin de l'avoir sous la main pour des cas comme celui-ci. Je te vois dans une heure au plus tard, alors ? Viens directement dans mon bureau. J'aurai ton costume sous la main. Je suis sûre qu'on va s'amuser.

— Tu veux ma mort, sœurette ? marmonna-t-il tout bas.

— Pardon ?

— Non, rien, laisse tomber. Je serai là dans une heure.

— Je t'adore, Nicky.

En temps normal, il lui aurait répondu qu'il l'adorait aussi. Mais, là, il avait surtout très envie de l'étrangler.

2

Le parking était déjà une jungle lorsque Amy et les enfants arrivèrent enfin au centre commercial. Se doucher, se laver et se sécher les cheveux avait pris du temps. Puis elle s'était perdue à plusieurs reprises dans les quartiers d'une ville encore inconnue. Résultat : ils arrivaient à l'heure de pointe et l'encombrement était maximal. Une file de voitures s'était formée devant l'entrée, et des véhicules tournaient en rond dans les allées en attendant qu'une place hypothétique se libère. D'énormes nuages noirs s'étaient amoncelés depuis le matin, dissimulant presque entièrement le soleil. N'étant pas familière du climat, Amy se demandait ce que présageait ce ciel lugubre. Elle savait que les chutes de neige étaient rares, en Caroline. Mais l'air était si glacial qu'elle n'aurait pas été surprise de voir tomber quelques flocons.

L'année précédente à la même époque, même épuisée et enceinte de huit mois, elle avait senti l'allégresse des fêtes la gagner. Mais aujourd'hui, elle n'éprouvait pas grand-chose hormis sa fatigue. Et le temps sinistre n'était pas fait pour lui remonter le moral.

— Là ! cria Josh du haut de son rehausseur, à l'arrière. Tu vois la dame, avec tous ses sacs ? Elle va partir. On va vite prendre sa place.

Amy repéra la dame en question à deux allées de là.

— Il y a déjà une demi-douzaine de voitures qui se préparent à foncer pour s'y mettre. Mais ne t'inquiète pas, mon chéri. Nous trouverons à nous garer. Il faut juste un peu de patience. C'est chaque année pareil, la veille de Noël. Mais on finit toujours par avoir un coup de chance.

— Et tu crois que le Père Noël sera là ? demanda Josh avec inquiétude. Puisqu'il est dans le Michigan, chaque année, comment il fait pour être dans deux endroits à la fois ?

— J'ai téléphoné. Et on m'a garanti que le Père Noël serait ici, aujourd'hui.

— Oui, mais il quittera peut-être le centre plus tôt que d'habitude. Il faut bien qu'il parte sur son traîneau pour livrer des cadeaux dans le monde entier. D'habitude, on y allait toujours le matin, voir le Père Noël. Et après, papa et moi, on achetait ton cadeau, tous les deux.

Amy sourit à son grand inquiet de fils. C'était au moins un trait qu'il avait hérité d'elle. Même si elle aurait souhaité lui transmettre des qualités plus joyeuses que son aptitude à se faire du souci pour un oui ou pour un non.

— J'ai vérifié, Josh. Le Père Noël sera au centre commercial jusqu'à 18 heures.

— Et il est quelle heure, maintenant ?

— Deux heures et demie. Nous avons tout le temps.

— Sauf si on arrive pas à se garer, maman, rétorqua Josh sombrement.

Amy elle-même commençait à douter de la réussite de cette entreprise hautement hasardeuse. Les gens étaient fous. Juste sous leur nez, deux automobilistes concurrents se faisaient face, aussi déterminés l'un que l'autre à réquisitionner une place sur le point de se libérer. Mais ils étaient tellement collés l'un contre l'autre que le véhicule sortant n'avait même pas la possibilité de reculer.

— Les gens étaient plus gentils dans le Michigan, fit observer Josh, sourcils froncés.

— Non, ils sont pareils ici. Mais le jour du réveillon, tout le monde est un peu énervé. Et il arrive qu'il y ait des disputes.

Une grosse goutte de pluie s'écrasa sur le pare-brise. Le moral d'Amy dégringola un peu plus bas encore. Comment ferait-elle si le virus qui lui avait violemment coupé les jambes ce matin se muait en pneumonie ?

— Je parie que le Père Noël ne leur apportera pas de cadeaux, à ceux-là, prédit Josh d'un air sévère. Avec tous les gros mots qu'ils disent, ils ont aucune chance. Regarde le monsieur, là-bas. Il arrête pas de crier. Et il a levé le doigt comme tu m'as dit qu'il fallait jamais, jamais faire.

Amy aurait préféré que son fils de cinq ans n'ait pas été familiarisé dès son plus jeune âge avec la pratique du doigt d'honneur. Mais Ned, son père, appartenait à la catégorie des conducteurs agressifs. Et elle avait été obligée de négocier ferme pour empêcher Josh de reproduire quelques-uns des gestes préférés de son ex-mari.

— Assez porté de jugements, jeune homme, rétorqua-t-elle juste au moment où un emplacement se libérait sous leur nez.

La conductrice eut même la gentillesse de reculer de manière à leur assurer la place. Puis elle leur adressa un signe aimable de la main en partant.

— Tu vois : il y a des gens sympa en Caroline, commenta Amy à l'intention de son fils. Et maintenant, dépêchons-nous de déplier la poussette de ta sœur avant qu'il ne se mette à pleuvoir pour de bon.

L'opération prit du temps. Surtout lorsqu'il fallut convaincre une Emma furieuse et gesticulante de se laisser attacher. Avec une énergie étonnante pour un petit bout d'être humain de quelques kilos à peine, Emma se débattit et hurla si fort qu'Amy crut que sa tête allait exploser. Mais dès que la poussette se mit en mouvement, la petite fille oublia sa colère, et lui adressa un sourire si radieusement angélique qu'Amy se demanda si elle avait imaginé les sanglots déchirants qu'elle venait d'entendre. C'était le côté extraordinaire d'Emma : elle était capable de passer d'une émotion à une autre avec une rapidité saisissante.

A l'entrée du centre commercial, elle regarda Josh droit dans les yeux.

— Tu ne te sauves pas, aujourd'hui, tu m'entends ? Tu ne

connais pas la galerie marchande. Alors tu restes à côté de moi et tu me tiens la main.

Josh lui jeta un regard peiné.

— Arrête, maman ! Je ne suis plus un bébé !

— C'est soit ça, soit on rentre directement à la maison, rétorqua-t-elle d'un ton sans appel. Je ne veux pas te perdre au milieu de ces hordes de gens.

Josh prit un air persécuté mais s'exécuta quand même. Dès qu'ils furent à l'intérieur, il commença à la tirer d'autorité le long d'une série de boutiques. Chaussures, lingerie, téléphones portables, prêt-à-porter… Les enseignes étant les mêmes partout, Amy avait l'impression trompeuse d'être déjà venue là mille fois. Josh devait se sentir en terrain familier, lui aussi, car il avançait d'un pas sûr, comme s'il savait où il allait.

Elle ralentit le pas devant un magasin de jouets, mais Josh n'eut même pas un regard pour les jeux en devanture.

— Dépêche-toi, maman ! Je suis sûr que le Père Noël est par là. Tu vois tous ces gens, là-bas ? Je parie qu'il y est. Vite, vite !

— Mais, mon chéri, il ne va pas s'envoler… Arrête de courir comme ça.

— Il faut faire la queue pour parler au Père Noël, maman. Et je suis sûr qu'il va y avoir plein, plein d'enfants…

Avant qu'Amy puisse répliquer, Josh, pourvu des antennes spéciales propres aux enfants, repéra son idole.

— Le voilà ! cria-t-il, surexcité. Tu le vois ? Il est au milieu de tous ces arbres de Noël. On dirait qu'il est dans son atelier de fabrication de cadeaux.

Le regard de Josh s'éclaira.

— Ouah ! C'est trop classe, maman. Je n'avais encore jamais vu ça dans le Michigan. Tu as apporté ton appareil ? On fera des photos pour les envoyer à papa.

Son excitation était contagieuse. Même Emma, captivée par le scintillement des lumières, semblait gagnée par l'allégresse générale. Josh, les yeux brillants, ne tenait plus en place.

— Il faut que j'aille voir ! cria-t-il en se dégageant.

Courant comme une flèche, il se faufila entre les badauds. Amy tenta de le suivre avec la poussette en le rappelant. Mais, en moins d'une seconde, son fils avait disparu, comme s'il avait été englouti par la foule. Prise à la gorge par une panique aveugle, Amy sortit Emma pour la serrer dans ses bras. Abandonnant la poussette, elle courut dans tous les sens en criant : « Josh, Josh ! » Le tout dans l'indifférence générale. Jusqu'au moment où une jeune femme s'immobilisa, le visage préoccupé.

— Que se passe-t-il ? demanda-t-elle en lui posant une main réconfortante sur le bras. Je peux vous aider ?

Amy tremblait si fort qu'elle n'émit qu'une suite de sons incohérents.

— Tout va s'arranger, madame. Reprenez votre souffle et expliquez-moi ce qui se passe. Mon nom est Trish DiCaprio, au fait, précisa la jeune femme en montrant son badge. Je suis animatrice du centre commercial.

— Mon fils..., répondit Amy. Il a repéré le Père Noël et il est parti comme une fusée... Et pas moyen de le retrouver. La galerie est bondée et nous ne connaissons personne, ici. C'est la première fois que nous venons dans ce centre commercial et...

Elle parlait trop et trop vite, maintenant. Mais c'était tellement rassurant d'avoir enfin quelqu'un avec qui partager son inquiétude. Elle aurait voulu se cramponner à la dénommée Trish DiCaprio et ne plus la lâcher.

— Quand l'avez-vous perdu des yeux ?

— Il y a une minute tout au plus.

La jeune femme lui adressa un sourire réconfortant.

— Alors il ne peut pas être bien loin. Mon frère tient le rôle du Père Noël, mais il est policier en réalité. Et il saura exactement ce qu'il faut faire. Je vais lui parler et nous retrouverons votre fils en moins de temps qu'il n'en faut pour le dire. Vous voulez bien attendre ici une minute pendant que je glisse un mot à l'oreille du Père Noël ?

Amy hocha la tête. Elle pressait sa fille si fort contre sa poitrine que le bébé se mit à gémir. Une femme d'une soixantaine d'années au visage avenant apparut alors à son côté avec la poussette d'Emma. Amy la regarda dans un état second en se demandant d'où elle sortait.

— J'ai vu votre petit garçon détaler et vous êtes partie derrière lui en oubliant la voiture pour enfant de la petite, expliqua la dame en la contemplant avec sollicitude. Ça va aller pour vous ? Je peux vous tenir compagnie un instant, en attendant que la jeune femme revienne, si vous le souhaitez.

Amy eut les larmes aux yeux devant tant de gentillesse.

— Merci d'avoir récupéré la poussette. Je ne sais pas où j'avais la tête…

— Nos têtes, nous les perdons facilement, nous les femmes, quand nous nous faisons du souci pour nos enfants. Comment s'appelle-t-il, votre petit garçon ?

— Josh.

La dame sourit.

— Ah, tiens… Moi aussi, j'ai un fils qui s'appelle Josh. Mais en format adulte, bien sûr.

Elle secoua la tête.

— Si vous saviez comme mes enfants m'en ont fait voir lorsqu'ils étaient petits ! Ils avaient l'art de disparaître au moment où je m'y attendais le moins. Mais croyez-moi, ils finissaient toujours par ressurgir. Aujourd'hui, ils ont leurs propres enfants qui leur font quantité de coups pendables à leur tour. Comment appelle-t-on cela, déjà ? Ah oui, le « karma », je crois.

Amy renifla et la dame lui tapota l'épaule d'un geste réconfortant.

— Ne soyez pas inquiète, vous le retrouverez, votre petit. Vous allez sûrement le voir réapparaître avant même qu'ils ne commencent les recherches.

Elle parlait avec tant de conviction qu'Amy sentait sa panique s'apaiser. Elle réussit à esquisser un sourire.

— Je vous remercie, madame. Et j'apprécie votre gentillesse. Si vous voulez continuer à faire vos courses, je pense que je suis à peu près calmée, maintenant.

— Oh, je ne suis pas pressée. D'ailleurs je ne me suis même

pas présentée : Maylene Kinney. Je vais attendre ici avec vous que cette charmante jeune femme revienne avec de l'aide. Je vous ai entendu dire que vous étiez nouvelle venue à Charlotte ?

Amy acquiesça d'un signe de tête.

— Et quel est votre nom ?

— Amy. Amy Riley.

— Soyez la bienvenue dans notre ville, Amy. J'admets que ce n'est pas la façon la plus agréable d'entamer une nouvelle vie quelque part, mais je sais aussi qu'un jour viendra où vous rirez de cet épisode.

Elle sourit.

— Peut-être vous faudra-t-il attendre que votre fils soit adulte et que ses propres enfants lui en fassent voir de toutes les couleurs à leur tour. Mais, tôt ou tard, vous évoquerez cet incident avec amusement, vous pouvez me croire !

Le doux accent du Sud de Maylene et son bavardage amical tenaient l'angoisse à distance. Mais Amy ne cessait de scruter la foule dans l'espoir de voir apparaître les boucles brunes de Josh. C'était trop affreux de rester plantée là à attendre... Elle avait besoin de chercher, d'agir, de bouger. Elle était toujours tellement attentive à ne jamais perdre ses enfants de vue. Comment avait-elle pu laisser son fils s'échapper aujourd'hui dans cette ville inconnue ? Elle aurait dû lui serrer la main plus fort, elle aurait dû bondir pour le rattraper, elle aurait dû...

Amy gémit tout haut en songeant que Josh pouvait être n'importe où, entre les mains de n'importe qui. Son imagination désordonnée lui livrait en vrac les scènes les plus cauchemardesques. Et cette fois, lorsque les larmes commencèrent à couler, plus moyen de les arrêter. Devant le désarroi de sa mère, Emma, solidaire, éclata en sanglots à son tour. Maylene leur passa un bras autour des épaules et murmura des paroles de réconfort.

— Je ne peux pas rester ici comme un piquet, sanglota Amy. Il faut que j'agisse. Que je parte à la recherche de Josh. C'est insupportable d'être là sans bouger...

— Vous allez partir à sa recherche, Amy. Mais avec de l'aide et de façon organisée. Si vous courez dans tous les sens, vous risquez de vous manquer, Josh et vous.

Amy ne pouvait qu'admettre que Maylene avait raison. Avec un hochement de tête, elle accepta le paquet de mouchoirs en papier que lui tendait l'adorable sexagénaire.

— Je suis désolée… Je vais essayer d'être un peu plus raisonnable.

Mais, de sa vie, elle ne s'était sentie aussi désemparée.

Nick songea que s'il devait émettre un seul « ho ho ho » supplémentaire, il allait hurler. Il devait être environ 9 heures du matin lorsqu'il avait pris du service en enfilant sa volumineuse tenue rouge rembourrée avec des coussins pour simuler la bedaine du Père Noël. La ridicule barbe blanche lui procurait des démangeaisons insoutenables et son bonnet lui tombait régulièrement sur les yeux. S'il arrivait à convaincre ne serait-ce qu'une personne ici-bas qu'il était réellement le Père Noël, il voulait bien l'avaler tout rond, ce foutu chapeau, d'ailleurs. Même les enfants en bas âge le dévisageaient d'un air suspicieux.

Malgré son incapacité à incarner son improbable personnage, la queue d'enfants qui attendaient une audience semblait ne jamais devoir prendre fin. Et il avait le dos brisé sur son fichu trône en velours — une sorte de siège improvisé dépourvu des qualités ergonomiques les plus élémentaires. Il ne manquerait pas de le préciser à sa sœur avant de l'étrangler, tout à l'heure. Rien d'étonnant si le Père Noël pressenti s'était désisté au dernier moment.

Il avait réussi à ingurgiter deux biscuits à la sauvette en guise de déjeuner. Puis à avaler une misérable gorgée de jus d'orange juste avant que Trish ne lui arrache la bouteille des mains pour le faire poser avec un père et ses trois fils. Taraudé par la faim et la soif, Nick envisageait de s'attaquer au stock de bonbons destinés aux enfants et d'en engloutir une dizaine d'un coup. Quant aux effets sur sa vue des flashes ininterrompus qu'il prenait dans les yeux depuis le matin, il préférait ne pas y penser. Pas de parents, apparemment, qui n'aient prévu d'immortaliser la rencontre entre leurs chères têtes blondes et le bonhomme à la barbe fleurie.

Seule consolation : son rôle n'exigeait que très peu de talent d'improvisation. Le plus difficile étant pour lui d'introduire une note de gaieté dans sa voix. Pour le reste, il pouvait se contenter de pousser ses « ho ho ho » bourrus et de demander aux petits monstres ce qu'ils espéraient recevoir pour Noël. Jusqu'à présent, il n'avait pas commis de faute de parcours majeure. Pas un enfant, en tout cas, n'avait sauté de ses genoux en hurlant que le Père Noël était un imposteur.

Pas encore, en tout cas.

Il tourna les yeux vers la minuscule crevette qui se tenait toute raide et empruntée devant lui.

— Continue à être bien sage, alors. Si tu obéis à tes parents, le Père Noël t'apportera la belle poupée que tu as demandée.

Les grands yeux d'un bleu de porcelaine s'écarquillèrent.

— C'est vrai ? Juré ?

La petite avait un air tellement sidéré qu'il se demanda s'il n'avait pas commis un impair monumental. « Surtout, *surtout*, tu ne leur fais aucune promesse ! » l'avait adjuré Trish. Mince... Comme un imbécile, il avait mangé la consigne. Il coula un regard inquiet du côté de la mère qui le rassura d'un clin d'œil. Ouf... Il n'aurait pas voulu être à l'origine d'un Noël sinistre pour toute une famille.

Juste à ce moment, il vit surgir Trish dans son champ de vision. Fine mouche, sa sœur l'avait évité avec soin jusqu'à présent. Il l'avait juste entrevue au moment de la séance de pose avec les gagnants de Dieu sait quel « Grand Jeu de Noël » organisé par le centre commercial. Il nota qu'elle paraissait pâle, préoccupée et sur les nerfs.

— Qu'est-ce qui se passe, Trish ? Ne me dis pas que tu as *encore* un problème ?

Elle se pencha pour lui murmurer à l'oreille :

— Juste une maman paniquée qui a égaré son fils de cinq ans dans la foule.

Les intestins de Nick se nouèrent.

— Préviens les agents de sécurité. Et la police. Tout de suite.

— Pour les agents de sécurité, c'est fait. Mais la maman me paraît très angoissée et elle risque de craquer à tout moment. Je pense que ta présence pourrait la sécuriser. Tu es habitué à affronter ce genre de situation. Et je préfère éviter une intervention de la police, dans la mesure du possible.

— Pourquoi pas la police ? C'est idiot !

— J'ai mes raisons, Nick.

Il lui jeta un regard sévère.

— Ne me dis pas que tu veux éviter de gâcher ta sacro-sainte animation de Noël ! Tu as peur que ça fasse mauvaise impression si on en parle à la télé ?

Trish se hérissa.

— Ne me parle pas sur ce ton méprisant, O.K. ? Cela fait partie de mon boulot de gérer ce genre d'incident avec le plus de finesse et de doigté possible.

Ça, c'était son problème. Pas le sien. Le coup de l'enfant disparu, on le lui avait déjà fait moins de un mois plus tôt. Et l'affaire s'était terminée par un drame. Il refusait de se trouver mêlé de nouveau à une histoire qui pouvait tourner au tragique. Quant aux médias, il avait eu amplement l'occasion d'observer comment ils traitaient ce genre d'« actualité brûlante ». Il avait vu sa tête en première page des journaux. Sans parler des chaînes de télévision qui diffusaient les images en boucle.

— Si tu ne veux pas que la police intervienne, arrange-toi avec les gars de la sécurité. Je leur laisse volontiers le rôle du héros sauveteur.

Nick ne cherchait même pas à dissimuler sa réticence. Il ne voulait pas être mêlé à cet incident. Et Trish devrait pouvoir le comprendre ! Même s'il lui était soi-disant redevable de toutes sortes de mystérieux services, il y avait des limites à ce qu'on pouvait exiger de lui en ce moment.

— Mais j'ai déjà dit à la jeune maman que tu étais de la police, Nick ! Je sais que tu n'es pas en service actif, ces temps-ci. Mais elle est malade d'angoisse. Mets-toi à sa place : c'est le soir du réveillon et son petit garçon disparaît. Ils viennent juste d'emménager ici et elle ne connaît personne à Charlotte. Ce n'est pas étonnant qu'elle soit dans tous ses états. S'il te plaît, Nick… Il faut que tu fasses quelque chose. Passe en mode professionnel, pose les questions habituelles, organise les recherches. Ça la tranquillisera en attendant que les surveillants de l'équipe de sécurité retrouvent son fils. Ce sera juste l'affaire de quelques minutes.

Nick était nettement moins optimiste qu'elle sur la question. Le centre commercial était gigantesque et la foule plus dense, plus hystérique qu'à l'ordinaire. Si le petit garçon ne paniquait pas, personne ne lui prêterait la moindre attention. Il sentit une brûlure familière à l'estomac et tâtonna à la recherche des médicaments anti-acides qu'il avait toujours sur lui. Mais, comme un idiot, il avait oublié de les transférer dans sa tenue de Père Noël.

— Et que fais-tu des enfants qui attendent dans la queue ?

Finalement, il préférait encore voir défiler une cinquantaine de terreurs supplémentaires sur ses genoux, plutôt qu'affronter une seule mère désespérée dont l'enfant s'était égaré dans cette cohue.

— Je leur expliquerai que le Père Noël a besoin de prendre une pause. Ça arrive, tu sais. Ils patienteront un moment.

Trish le regardait de ce même air implorant dont elle avait toujours usé, petite fille, pour parvenir à ses fins. Un truc qui marchait immanquablement avec Stephen. Mais, bizarrement, il n'était pas si bien immunisé que cela, de son côté.

Sans se laisser rebuter par son silence, Trish revint à la charge avec de nouveaux arguments imparables.

— Le personnel de sécurité sera là dans un instant, mais, en attendant, j'ai besoin qu'un vrai policier prenne la situation en main, Nick. Tu as dit toi-même qu'il valait mieux que la police intervienne. S'il te plaît… Il n'y a que toi qui puisses m'aider à canaliser l'angoisse de la jeune maman.

Il compara sa propre expérience professionnelle avec celle du vigile de base et se résigna à l'inévitable. Pour tirer une épine du pied de Trish, dans un premier temps. Mais surtout parce qu'il n'avait pas vraiment le choix. Porter assistance à une personne en difficulté était devenu un réflexe professionnel après avoir longtemps été un principe de base de son éducation. Et même avec sa tenue de clown obèse et son syndrome d'épuisement professionnel, il restait flic jusqu'au fond des tripes. Et le fichu instinct de sauveur allait avec.

— Trouve le moyen de me faire descendre d'ici sans provoquer une insurrection et je calmerai cette femme en l'aidant à chercher son fils. Mais à une condition…

Il ménagea un temps de silence pour darder sur Trish un regard implacable.

— Une condition ?

— Si, dans une demi-heure, le gamin n'a pas ressurgi, je veux voir rappliquer tous les flics de Charlotte pour qu'ils passent la galerie au peigne fin. Et je me fiche de tes problèmes de relations publiques.

Trish lui jeta les bras autour du cou et l'embrassa sur sa joue barbue.

— Merci, Nicky. Je vais faire une annonce pour dire que le Père Noël prend une petite pause. Puis je te conduirai jusqu'à elle.

Nick calcula que son ratio de bonnes actions de la journée était largement atteint. Et que ses dettes morales envers Trish seraient réglées *ad vitam aeternam*. Avec un peu de chance, une fois que le petit garçon serait retrouvé, il pourrait s'éclipser par une entrée de service et retourner chez lui sans plus avoir à pousser un seul « ho ho ho ».

Mais, alors même qu'il formait ce plan B, il vit l'expression consternée sur les visages des tout-petits lorsqu'ils apprirent que le Père Noël était temporairement hors service. Il soupira.

Inutile d'espérer prendre le large maintenant. Il était peut-être le Père Noël le plus minable que la planète ait jamais porté. Mais ces gamins n'avaient que lui, en l'occurrence. Et puisqu'il était lancé sur la mission, il la mènerait jusqu'à son terme.

3

En attendant le retour de l'animatrice du centre commercial, Amy continuait d'appeler Josh à perdre haleine, malgré les assurances de Maylene qui lui répétait qu'elle se fatiguait les cordes vocales pour rien.

— Les enfants n'entendent que ce qui les intéresse, Amy. Economisez donc votre voix pour lui dire que vous l'aimez, lorsque vous le retrouverez.

— Pour l'instant, j'ai surtout envie de lui tordre le cou. Il était censé ne pas me quitter d'une semelle !

Malgré sa colère, Amy savait que Maylene voyait juste. Lorsque Josh ressurgirait, son premier réflexe serait de le serrer dans ses bras. Même si elle était furieuse et terrifiée. Comment avait-elle pu le perdre aussi vite ? Sachant qu'il se dirigeait vers le Père Noël, elle aurait dû le rattraper en un rien de temps. Il devait être tout près, au milieu de cette foule pressée et de ces enfants surexcités qui couraient dans tous les sens, ivres de la magie des fêtes. Mais elle avait beau scruter la ronde incessantes des silhouettes en mouvement, Josh n'était nulle part en vue.

Au bout de ce qui lui parut être une éternité, la jeune animatrice réapparut avec le Père Noël sur les talons. Son sauveur était grand et bien enrobé, grâce à sa tenue amplement rembourrée. Difficile de lui donner un âge, à cause des cheveux blancs et de la barbe. Mais s'il s'agissait du frère de Trish, il ne devait pas être très âgé. La trentaine tout au plus. Comme elle. Une soudaine montée d'espoir accéléra les battements de son cœur.

Peut-être avait-il également des enfants, ce qui le rendrait plus sensible à sa détresse ?

— Voici mon frère, annonça Trish. Et ne vous fiez pas au costume. C'est le meilleur inspecteur de police de toute la ville de Charlotte. Grâce à lui, vous retrouverez votre fils en un rien de temps.

Levant le visage vers « le meilleur inspecteur de tout Charlotte », Amy se sentit aspirée par une paire d'yeux d'un bleu profond derrière les fausses lunettes rondes de presbyte. Elle ressentit une sorte de déclic, un frémissement dans tout le corps — totalement déplacé, vu les circonstances. Son réflexe premier, presque irrépressible, aurait été de se jeter dans les bras de cet homme et de se raccrocher à lui de toutes ses forces. De préférence pour ne plus jamais le lâcher. Elle avait certes cessé de croire au Père Noël depuis longtemps. Mais si cet homme était effectivement un inspecteur de police expérimenté, elle était prête à voir en lui un grand cadeau du destin.

— Nicolas DiCaprio, dit-il sobrement.

Son expression, peu joviale, contrastait avec le personnage qu'il incarnait. Amy ouvrit de grands yeux.

— C'est amusant… Nicolas, comme le grand saint du même nom, ancêtre du Père Noël ?

Le visage du policier se radoucit et un rapide sourire lui effleura les lèvres.

— Rien de plus éloigné de moi que la sainteté, madame. Trish a été abandonnée par son Père Noël attitré. Et c'est sous la contrainte que j'ai accepté de le remplacer au pied levé. Sous ses airs charmants, ma sœur est un maître chanteur redoutable.

Trish lui donna un coup dans les côtes.

— Ne sois pas si modeste, Nick. Tu as toujours été un saint, à ta façon.

Amy sentit le regard de la jeune femme glisser sur elle avec un intérêt soudain plus marqué.

— Nick est un des derniers hommes authentiquement bons et généreux que je connaisse, poursuivit-elle avec conviction. Et même s'il cache bien son jeu aujourd'hui, il est plutôt beau garçon. Sexy, même. Et c'est un athlète. Ne vous fiez pas au ventre rond du costume.

Le Père Noël — ou plutôt Nick — l'interrompit sans lui laisser terminer l'inventaire complet de ses qualités viriles.

— Je crois que ce sont mes qualifications professionnelles qui intéressent madame.

Trish eut une moue contrite.

— Oui, bien sûr. J'ai déjà expliqué que tu étais un inspecteur de talent. Nick a d'excellentes références. S'il y a quelqu'un ici qui peut retrouver votre fils, c'est...

De nouveau, Nick lui coupa la parole.

— Et si nous parlions de l'enfant égaré, justement ?

Son ton était bourru, légèrement exaspéré. Le « passage de pommade » dont il venait de faire l'objet semblait l'avoir mis très mal à l'aise.

— Tiens, Trish, passe-moi ton bloc-notes, s'il te plaît... Votre nom, madame ? demanda-t-il en se tournant vers elle.

— Amy Riley.

— Et votre fils ?

— Josh Riley.

— Age ?

— Cinq ans.

— Taille ? Couleur de cheveux ?

Amy débita les données requises avec un sentiment croissant d'impatience. Elle savait qu'il avait besoin de ces informations de base. Mais chaque seconde passée *à ne pas* chercher Josh lui apparaissait comme une seconde irrémédiablement perdue. Depuis le temps qu'ils parlaient sans rien faire, son fils avait peut-être déjà atteint l'autre extrémité du centre commercial.

Et cela dans la meilleure des hypothèses...

— Décrivez-moi sa tenue.

A la torture, elle mentionna le blouson rouge vif, le jean, le sweat-shirt Spiderman et l'écharpe rouge et vert que Josh portait enroulée autour du cou.

— Je sais que vous avez l'impression que nous perdons un temps précieux, madame Riley. Mais songez à tous les enfants présents aujourd'hui dans le centre commercial. Si nous fournissons une description précise à l'équipe de surveillance, cela peut faire toute la différence.

Elle hocha fébrilement la tête.

— J'ai une photo d'identité sur moi.

Amy sortit le petit cliché de son portefeuille et ne put s'empêcher de le regarder. La photo avait été prise au début de l'année scolaire, alors qu'ils vivaient encore dans le Michigan. Sa gorge se noua devant la joyeuse frimousse de son aîné, avec le sourire partiellement édenté et la mèche rebelle qu'elle n'avait jamais réussi à discipliner.

— Voilà, c'est lui. Il a les cheveux un peu plus longs maintenant, mais la photo est ressemblante.

Nick eut un rapide sourire en l'examinant.

— Il a l'air sympa, votre gamin.

Cessant enfin son interrogatoire, il se tourna vers sa sœur.

— Trish, comment fonctionne votre système de diffusion sonore ?

— Il ne porte qu'à proximité. Quelques-uns des grands magasins du centre ont leur propre système. Je pourrais écrire une annonce et leur demander de la diffuser ?

— Parfait, oui. Pendant ce temps, nous allons essayer de diffuser un appel ici. Pour le message, fais au plus simple, surtout. « Le Père Noël demande au petit Josh Riley de venir le voir tout de suite. »... Vous pensez que cela pourrait capter son attention, madame Riley ?

Amy acquiesça avec force.

— Oh ! oui, oui ! Ça pourrait marcher ! Il avait tellement hâte de vous voir... enfin, le Père Noël, je veux dire. C'est pour ça que je l'ai perdu, d'ailleurs. Je n'avançais pas assez vite à son gré. Il voulait vous examiner de près, dans votre atelier. Puis prendre sa place dans la queue.

— Et vous êtes certaine qu'il ne s'y trouve pas ?

— C'est la première chose que j'ai vérifiée, bien sûr. J'étais sûre qu'il y serait ! Et je ne comprends pas ce qui a pu le détourner de son but. Il n'avait que cette idée de Père Noël en tête. Alors pourquoi serait-il allé ailleurs ?

— Les petits garçons sont ainsi faits, fit observer Nick gentiment. Ils sont impulsifs, se laissent distraire facilement et ont l'esprit d'aventure. Trish, tu t'occupes de tes annonces ?

Quelques secondes plus tard, la voix de Trish s'éleva dans le micro demandant avec insistance « au petit Josh Riley de rejoindre au plus vite le Père Noël qui l'attend ». Mais à la profonde déception d'Amy, l'appel ne donna aucun résultat. Elle avait beau scruter la foule, ni blouson rouge ni boucles brunes ne se dessinèrent dans son champ de vision. Elle jeta un regard en coin à Nick et vit qu'il paraissait soucieux, sous sa barbe.

— Il est vraiment perdu, n'est-ce pas ? murmura-t-elle d'une voix étranglée, en serrant sa boule de mouchoirs en papier dans son poing.

Nick lui prit la main et lui appliqua une pression réconfortante.

— Pas de panique, O.K. ? Votre aventurier de cinq ans est tout au plaisir de son escapade. Et il ne fait pas attention à ce qui se dit dans un micro. Les enfants ont d'autres préoccupations que de s'occuper de ces trucs de « grands », madame Riley.

— Amy, chuchota-t-elle.

— Amy, alors. Vous essayez de garder votre sang froid, d'accord ? On va le retrouver, votre petit Josh.

— Evidemment qu'on va le retrouver, renchérit Maylene.

C'était la première fois qu'elle ouvrait la bouche depuis l'arrivée de Nick. Amy, qui avait presque oublié sa présence, lui adressa un sourire reconnaissant. Le calme optimisme de Maylene lui faisait du bien. Comme si la disparition de Josh devenait moins dramatique à la lumière de son expérience de femme et de grand-mère.

— Je crois que je connais votre mère, Nick. Nous sommes membres de la même « Société des chapeaux rouges »... C'est une association, ajouta-t-elle à l'intention d'Amy, réunissant des joyeuses sexaénaires — et au-delà — qui se retrouvent pour prendre le thé dans une ambiance fantaisiste, coiffées de chapeaux rouges exubérants et exhibant des tenues violettes farfelues. Et Laura DiCaprio passe son temps à nous vanter les mérites de son fils inspecteur de police. Votre mère est vraiment très fière de vous, jeune homme.

Nick parut aussi interdit que lorsque sa sœur avait chanté ses louanges.

— Je crois me souvenir que vous avez été impliqué récemment dans une affaire très médiatisée, non ? ajouta Maylene, le front barré par un pli pensif, comme si elle cherchait à rassembler ses souvenirs. Rappelez-moi cette…

— Ce n'est peut-être pas le moment, non, rétorqua Nick froidement.

Maylene parut d'abord déconcertée par la sécheresse de son ton. Mais elle dut soudain se souvenir de quelque chose car elle hocha la tête.

— Je suis désolée, je papote, je papote… Alors qu'il faut que vous vous mettiez à la recherche de Josh.

— Tout à fait, oui. Ça va aller, Amy ?

Une telle sollicitude émanait de cet homme qu'elle faillit fondre en larmes.

— Ça ira mieux lorsque je verrai réapparaître mon fils.

— Il ne devrait plus tarder à ressurgir, répondit Nick d'un ton rassurant. Je vois les gars de l'équipe de surveillance qui arrivent. Nous allons organiser les recherches. Une fois que tout le monde s'y sera mis, cela risque d'aller très vite.

Bizarrement, Amy le crut. Elle trouvait réconfortante l'idée qu'un officier de police se porte volontaire pour incarner le Père Noël dans un centre commercial bourré d'acheteurs stressés, de ménagères harassées et d'enfants hyperactifs. Que Nick DiCaprio ait accepté de dépanner sa sœur dans des circonstances où la plupart des hommes auraient pris la fuite en disait long sur sa personnalité. Il avait bien précisé que Trish l'avait embauché sous la contrainte. Mais quand même…

Avec sa main toujours logée dans la sienne, Amy sentit sa panique se dissiper. Son grand « saint Nicolas » à elle n'était peut-être qu'un substitut déguisé, mais elle n'en avait pas moins la conviction qu'il constituait à lui seul un miracle. Et que, d'une façon ou d'une autre, il ferait réapparaître son jeune fugueur.

Nick eut le temps de s'assurer que Josh ne se trouvait pas dans le village du Père Noël avant que le personnel de sécurité ne se rassemble autour de lui. Il connaissait le centre commercial comme sa poche et put organiser une stratégie efficace de recherche. Il fit circuler la photo de Josh, décrivit sa tenue par le menu, puis dispatcha les vigiles dans les endroits qui lui paraissaient les plus susceptibles d'attirer un jeune héros de cinq ans lancé dans une aventure solitaire.

Tout en donnant ses ordres, il avait conscience du regard d'Amy posé sur lui. Et la confiance qu'il lisait dans ses grands yeux mélancoliques, assombris par la peur, lui rappelait celle qu'il avait vue sur les traits de la mère du jeune Tyler Hamilton. Mitzi Hamilton s'en était remise à lui avec le même abandon tranquille, persuadée qu'il lui ramènerait son fils. Nick frissonna au souvenir de la tragédie. Et dire que Maylene Kinney avait failli mettre ce drame sur le tapis ! Par chance, elle s'était bien récupérée lorsqu'elle s'était aperçue de son impair. Et Amy était trop distraite et tendue pour avoir capté le discret échange de regards entre Maylene et lui. Il ne voulait surtout pas que la jeune femme le presse de questions sur ses récentes apparitions dans les médias.

Ce n'était le moment ni pour elle ni pour lui de se pencher sur cette tragédie. Ils avaient besoin de tabler l'un et l'autre sur un dénouement positif. Il était important pour Amy qu'elle croie en lui. Et, de son côté, il devait éviter à tout prix de faire des amalgames entre les deux histoires. C'était sur *cette* mère et sur *cet* enfant qu'il resterait focalisé. Il voulait croire que le petit Josh était en sécurité pas très loin de là. Envisager des possibilités plus sinistres l'amènerait sur des voies où il n'était pas prêt à retourner.

Il n'en restait pas moins qu'il voulait mener ses recherches tambour battant avant qu'Amy Riley ne cède à la panique. Et surtout avant que son petit garçon ne fasse une mauvaise rencontre. Tous les endroits où pullulaient les enfants constituaient également des viviers où sévissaient des prédateurs en tout genre.

Laissant le personnel de sécurité s'égailler dans le centre bondé, il se tourna vers Amy.

— Tenez, laissez-moi prendre le bébé, d'accord ? Cela nous permettra de confier la poussette à Trish et de nous déplacer plus facilement dans cette foule.

La petite fille aux boucles blondes, avec son nœud rose dans les cheveux, lui adressa un sourire si radieux qu'il en eut un pincement au cœur.

— Qui est cet ange ? demanda-t-il en rendant son sourire à l'enfant.

— Elle s'appelle Emma et elle a onze mois. Mais je peux la porter, moi aussi. Je ne voudrais pas qu'elle crachote sur votre costume.

— Ne vous inquiétez pas, j'ai une grande pratique des bébés. Une de mes nièces est à peine plus âgée que cette demoiselle.

Il tapota le dos de la petite fille, qui poussa un soupir d'aise et se cala doucement contre sa poitrine. C'était bon, ce contact avec un corps léger d'enfant, chaud et confiant dans ses bras. Il était toujours un peu ému de sentir un tout-petit se pelotonner dans son étreinte. Mais son émotion se teintait aujourd'hui d'une pointe de tristesse. Comme si sa bonne vieille solitude prenait soudain un goût amer.

Refusant de s'appesantir sur ses états d'âme de célibataire, il ramena son attention sur la crise en cours.

— Y a-t-il un magasin dans ce centre que votre fils aime particulièrement ?

Amy secoua la tête.

— C'est la première fois que nous venons ici. Notre arrivée à Charlotte remonte tout juste à une semaine et nous n'avons pas encore pris nos habitudes dans cette ville. Je me suis même perdue à plusieurs reprises en venant ici. Il aurait sans doute été plus raisonnable de rester à la maison. Mais c'est une tradition, dans la famille, d'aller rendre visite au Père Noël le 24. Et je ne voulais pas décevoir Josh. C'est déjà bien assez difficile pour lui de vivre ici, loin de son père qui est resté dans le Michigan.

Un coup d'œil sur la main d'Amy lui confirma qu'elle ne portait pas d'alliance.

— Vous êtes divorcée ?

Lorsqu'elle hocha la tête, son anxiété monta d'un cran.

— Et vous êtes certaine que son père se trouve effectivement dans le Michigan en ce moment ? s'enquit-il d'une voix trop tendue.

Amy lui jeta un regard surpris.

— Tout à fait, oui. Pourquoi ?

— Et quels sont les termes du divorce ? Sur le plan de la garde des enfants, je veux dire ?

— J'ai la garde exclusive. Mais Josh passera les vacances d'été avec son papa. Quel est le rapport ?

— Et votre mari est en accord avec ces dispositions ?

— Absolument, oui. Mon ex-mari était content de nous voir partir. Mais pourquoi toutes ces questions, à la fin ? Ned n'a rien à voir avec la disparition de Josh aujourd'hui.

Nick plongea les yeux dans les siens.

— Vous êtes sûre de ce que vous avancez ? Il n'existe aucune chance, même ténue, pour que votre ex-mari ait enlevé votre fils ?

Elle secoua vigoureusement la tête.

— Je vous dis que Ned était impatient d'avoir les mains libres ! Il n'en a plus que pour sa nouvelle femme et pour son bébé à naître. Si j'ai une chose à lui reprocher, c'est de se désintéresser de Josh, justement. Et je vois de moins en moins où vous cherchez à en venir.

Nick songea à Mitzi Hamilton qui avait été tout aussi persuadée que *jamais* son ex-mari n'aurait pu enlever leur enfant. Ils avaient perdu un temps précieux à chercher un inconnu pour finir par découvrir que Tyler était entre les mains de son propre père, un homme tellement déterminé à se venger que rien n'avait pu l'arrêter dans sa quête désespérée de « justice ». Comment était-il censé vérifier qu'Amy Riley lui disait la vérité au sujet de sa situation conjugale ?

Il fouilla son regard une fois de plus, cherchant à décrypter son expression. Elle avait l'air inquiète et désorientée, mais totalement sincère.

— Et si votre mari avait changé d'avis ? Et qu'il était venu ici pour tenter de récupérer son petit garçon ?

Amy haussa les épaules.

— Je n'y crois pas une seconde. Mais je veux bien l'appeler, si cela peut vous tranquilliser.

— Appelez-le, oui. Sur son fixe.

— Pourquoi pas le portable ?

— Parce que, s'il répond sur son téléphone mobile, cela ne nous permettra pas de le localiser. Je veux être certain qu'il se trouve bien chez lui, dans le Michigan.

Amy parut déconcertée mais elle composa le numéro.

— Ned ? dit-elle au bout d'un bref temps d'attente. C'est Amy. Je...

Elle marqua un temps d'arrêt et tourna vers lui un regard paniqué, comme si elle réalisait brusquement qu'il lui fallait une excuse pour justifier son appel. Elle n'avait clairement pas l'intention de révéler à son ex-mari que leur fils avait échappé à sa vigilance.

— Je... je me demandais juste si tu avais pensé à envoyer un cadeau pour Josh. Nous n'avons encore rien reçu.

Nick respira plus librement. Il avait la certitude, désormais, que le père de Josh n'était pas impliqué dans sa disparition. Amy échangea encore quelques mots d'une voix tendue puis raccrocha.

— Voilà. Vous êtes satisfait ?

Il hocha la tête.

— Désolé. Mais je voulais être sûr.

— Quelque chose me dit qu'il serait bon que je sache pourquoi cette question vous tarabustait à ce point.

— Simple réflexe professionnel. Je suis flic dans l'âme, Amy. Autrement dit, méfiant.

— Je ne suis pas tout à fait certaine de vous croire, répliqua-t-elle en scrutant ses traits d'un regard beaucoup trop attentif à son goût.

Nick n'aimait pas la voir douter de lui. Cela ne lui plaisait pas du tout, même. Mais il savait que ce serait infiniment plus cruel encore de lui assener la vérité.

— Faites-moi confiance, O.K. ?

— Je n'ai pas d'autre choix que de croire en vous, rétorqua-t-elle dans un souffle. Que faisons-nous, maintenant ?

Nick tenta de se mettre dans la peau d'un garçon de cinq ans.

— A-t-il pu décider d'acheter une bricole pour le Noël de son père ?

Amy fronça les sourcils.

— Je ne pense pas, non. Nous avons déjà envoyé un cadeau pour Ned en son nom, la semaine dernière.

— Et pour vous ? Peut-être a-t-il eu envie de vous offrir quelque chose ?

Des larmes brillèrent dans les yeux ambre — des yeux d'une couleur très peu usuelle.

— Je ne crois pas, non. A ma connaissance, Josh n'a pas d'argent sur lui. Il n'avait qu'un seul projet pour aujourd'hui, c'était de voir le Père Noël. Même quand nous sommes passés devant un magasin de jouets, il ne s'est pas intéressé à ce qu'il y avait en vitrine. Il était dans tous ses états, ce matin, quand je lui ai dit que j'étais malade et que nous ne pourrions pas aller au centre commercial. Je m'en suis tellement voulu de le décevoir que je me suis habillée et que nous sommes venus quand même.

Les larmes qui mouillaient les yeux d'Amy finirent par lui rouler sur les joues.

— J'aurais dû être plus ferme et rester à la maison. C'était un signe que les choses allaient mal tourner.

— Allons, Amy, vous ne pouviez absolument pas prévoir

cet incident. Cessez de vous flageller ainsi. Vous vous torturez pour rien.

Elle porta les mains à ses joues livides.

— Ce que je n'arrive pas à comprendre, c'est *pourquoi* il ne s'est pas précipité ici. Je vous jure que c'est la première fois que Josh se comporte de cette façon.

Nick prit son air le plus rassurant.

— Avec les enfants, il y a toujours une première pour tout. Mes neveux et nièces passent leur temps à désarçonner leurs parents.

— C'est ce que disait aussi Maylene…

Amy s'interrompit net et regarda autour d'elle.

— Où est-elle ? Oh, mon Dieu… Elle est repartie et je ne lui ai même pas souhaité un joyeux Noël. Alors qu'elle a été si gentille avec moi.

Nick la considéra avec étonnement. Quelle autre femme qu'Amy se soucierait d'avoir oublié de saluer une inconnue alors qu'elle nageait en pleine angoisse ?

— Ne vous inquiétez pas pour Maylene. Elle a bien vu que vous étiez très stressée. Puisque vous connaissez son nom, vous pourrez lui passer un petit coup de fil tout à l'heure, en rentrant, pour l'informer que Josh est sain et sauf.

— Vous croyez qu'il le sera ?

— Je *sais* que tout va bien se passer, assura-t-il fermement.

Parce que c'était la seule chose qu'il pouvait lui dire en la circonstance. Il serait toujours temps d'adapter son discours, si le petit Josh ne réapparaissait pas dans la demi-heure.

Le visage expressif d'Amy refléta une nouvelle montée de panique.

— Et s'il était sorti du centre commercial pour essayer de retourner à la voiture ?

Nick réprima une grimace. S'il y avait une hypothèse sur laquelle il préférait ne pas s'attarder, c'était bien celle-là. Un enfant de cinq ans seul sur un parking formait une proie rêvée pour un éventuel kidnappeur. Sans parler du danger que représentaient les automobilistes survoltés en butte à d'insolubles problèmes de stationnement.

— Vous croyez que c'est une possibilité ? demanda-t-il.

Elle réfléchit un instant puis secoua la tête.

— Non. Il était trop focalisé sur le Père Noël. Et il avait repéré l'endroit où vous vous trouviez. Mais *où* peut-il bien être allé se fourrer ?

— C'est une chose de voir l'atelier du Père Noël à distance, mais n'oubliez pas que Josh a une taille d'enfant. Comme il est intrépide, il s'est lancé. Mais en se rapprochant de son but, il a pu le perdre de vue et se retrouver pris dans un océan de jambes inconnues.

Amy lui jeta un regard malheureux.

— Si seulement je lui avais agrippé la main plus fermement... Je lui avais interdit de me lâcher, pourtant. Je lui ai dit et répété que je ne voulais pas qu'il s'éloigne.

— Vous avez fait ce que vous deviez faire, Amy. Et vous n'y pouvez rien si votre fils vous a échappé dans cette cohue. Cela aurait pu arriver à n'importe quelle mère... Qu'en diriez-vous, si nous allions nous promener un peu ?

Elle le considéra, bouche bée.

— Nous promener ? Mais pourquoi ? C'est ici qu'il voudra venir. Je vous ai déjà dit que seul le Père Noël l'intéresse.

— Eh bien, justement... Le Père Noël, vous l'avez sous la main. C'est pourquoi nous allons nous montrer un peu, vous et moi. Histoire d'aider Josh à repérer son idole. Lorsque je suis arrivé ici, ce matin, et que j'ai traversé le centre commercial, je me suis imaginé un instant être le joueur de flûte de Hameln. Les enfants me suivaient à la trace. Si Josh est à la recherche du Père Noël, il verra peut-être l'attroupement.

— Oui, mais s'il vient ici, persuadé que vous êtes toujours dans votre atelier ? demanda-t-elle avec inquiétude. Il était tellement pressé de prendre sa place dans la queue pour vous voir...

— Peut-être. Mais il a changé d'avis en cours de route, de

toute évidence. Donc, je suppose que quelque chose d'autre a dû attirer son attention.

Il se tourna vers sa sœur, qui fendait la foule pour les rejoindre.

— J'ai fait passer l'annonce dans les grands magasins, déclara-t-elle.

— Parfait. Dis-moi, Trish, tu peux guetter Josh s'il arrive ici ?

Sa sœur acquiesça aussitôt.

— Pas de problème. Je reste ici et j'ouvre l'œil. Je vais garder sa photo, comme ça je pourrai la lui montrer pour le rassurer. Tu as ton téléphone portable sur toi, Nick ?

Il hocha la tête.

— Bon. Je t'appelle dès que j'ai du nouveau.

Trish considérait Amy avec un regard plein de sympathie. Nick, lui, jeta un rapide coup d'œil à sa sœur. Même si Trish ne le rappelait pas à l'ordre, il avait conscience qu'il mettait à mal son animation en jouant les Père Noël buissonniers. Il se souvint de la panique dans sa voix, ce matin-là, au téléphone, lorsqu'elle avait découvert que sa recrue l'avait abandonnée.

— Cela te pose un gros problème si le Père Noël prolonge encore un peu sa pause, Trish ?

Sa sœur tourna les yeux vers Amy, pâle, tremblante et qui semblait avoir du mal à tenir sur ses jambes.

— Ne t'inquiète pas pour ça, Nick. Je trouverai une excuse. Je vais leur dire que le Père Noël est resté coincé dans l'ascenseur de son atelier.

Nick sourit de son inventivité. Trish avait toujours eu l'esprit vif. Et un talent certain pour l'improvisation.

— C'est une excuse qui devrait fonctionner.

Il retint la petite main d'Emma qui riait aux éclats en tirant sur sa fausse barbe.

— Doucement, jeune fille… Ce n'est pas le moment de trahir mon déguisement. Si les enfants s'aperçoivent que je suis un usurpateur et non le vrai Père Noël, nous risquons une mutinerie.

Un faible sourire joua sur les lèvres d'Amy. Mais son regard restait assombri par la peur. Elle faisait des efforts héroïques pour demeurer calme et composée. Mais elle devait être à la limite de ses résistances psychiques. Elle était seule dans une ville inconnue, fraîchement divorcée. Son fils avait disparu un soir de réveillon, et un flic lui avait posé toutes sortes de questions déstabilisantes.

Alors qu'il lui tirait mentalement son chapeau pour saluer son courage, Amy leva vers lui un regard très particulier. C'était un regard qui semblait abdiquer toute volonté, comme si elle s'en remettait à lui, pour ainsi dire… corps et âme. Son expression terrifia Nick. Pendant une fraction de seconde, il fut tenté de lui coller Emma dans les bras et de tourner les talons. Mais il savait qu'il n'en ferait rien. Il se sentait désormais pleinement engagé. Trish avait fait appel à lui pour retrouver cet enfant, il irait jusqu'au bout de sa mission. Pour Amy, dans un premier temps. Mais peut-être également pour lui-même. Sans compter qu'Amy Riley éveillait chez lui une curiosité qui n'avait rien à voir avec la disparition de son fils. Haussant mentalement les épaules, il repoussa cette pensée malencontreuse surgie de nulle part. Il était indéniable qu'Amy le fascinait. Mais ce serait particulièrement malvenu de sa part de passer en mode séduction dans des circonstances aussi critiques.

— Où allons-nous ? demanda-t-elle lorsqu'ils se mirent en marche, ralentis par la masse compacte que formait la foule en mouvement.

— Partout et nulle part. Le but est juste d'attirer le maximum de monde et d'attention. En espérant que Josh sera pris dans la vague et que la foule le portera jusqu'à nous.

Une stratégie un peu bricolée, certes. Mais Nick était connu pour mettre en œuvre des tactiques parfois peu orthodoxes. Et trouver un enfant à la recherche du Père Noël en se servant dudit personnage comme appât était ce qu'il pouvait choisir de plus astucieux.

4

Nick n'avait pas exagéré en se comparant au joueur de flûte de Hameln : le Père Noël agissait effectivement comme un aimant sur les enfants. Amy n'en revenait pas de les voir affluer de partout, comme hypnotisés par le personnage. Elle ne pouvait s'empêcher de se demander si le véritable Nick, sous son costume rembourré, exerçait le même attrait magnétique sur les femmes que son personnage sur les bouts de chou de quatre à six ans. Sa sœur avait fait une allusion dans ce sens. Et il ne semblait pas si inhibé que cela, malgré l'attention massive dont il faisait l'objet.

Quant aux hordes d'enfants accrochés à ses basques, il s'en accommodait avec autant de bonne humeur que des tentatives d'Emma pour arracher sa fausse barbe. Même s'il avait grommelé qu'il exerçait le rôle sous la contrainte, il ne paraissait démonté ni par les silences pétrifiés des tout-petits ni par les avalanches de questions des plus grands. Il s'accroupissait pour échanger quelques mots avec ses jeunes admirateurs et écoutait avec attention, comme si chacun de ses adorateurs en herbe était unique au monde. Entre deux vagues d'angoisse, Amy notait les sourires émerveillés et les regards rêveurs. Tout en restant attentif aux enfants, Nick n'oubliait pas leur objectif. Et elle voyait son regard acéré fouiller la foule sans répit.

— Vous avez des enfants ? demanda-t-elle avec curiosité, profitant d'un des rares moments où Nick n'était pas assiégé.

Sa question le fit tressaillir.

— Non, pourquoi ?

— Vous êtes super avec Emma. Et très à l'aise avec votre jeune fan-club. Je suis impressionnée par votre patience. Vous ne vous énervez jamais.

Il haussa les épaules.

— Je tiens mon rôle, c'est tout. Que deviendrait la réputation du Père Noël si je laissais mon naturel grincheux prendre le dessus ? Même si je ne suis pas d'humeur festive cette année, je ne me sens pas le droit de gâcher le plaisir de ces mômes pour autant.

Amy le soupçonnait plutôt de cacher un cœur tendre sous des dehors bourrus.

— Vous m'avez dit que vous aviez des neveux et nièces. Ce sont les enfants de Trish ?

— Non. De notre frère aîné. Il a trois fils et une fille.

— Et la fille a l'âge d'Emma ?

— Un an de plus… Mais pourquoi ces questions ? s'enquit-il en lui jetant un regard pénétrant.

Ce fut à son tour de hausser les épaules.

— Parler canalise mon angoisse.

Mille fois, elle avait cru repérer la silhouette de Josh dans la foule, mille fois, elle avait appelé, et mille fois elle avait été déçue de découvrir un visage inconnu.

— J'avoue que je suis terrifiée, reconnut-elle dans un murmure. Je… je ne peux pas m'empêcher de penser qu'il a peut-être disparu pour de bon.

La compassion dans le regard de Nick la fit frémir. Il était inquiet, lui aussi. Elle le voyait à son expression tendue chaque fois qu'il pensait qu'elle ne faisait pas attention à lui.

— Et ne me dites pas qu'il va ressurgir d'un instant à l'autre, reprit-elle en se hérissant.

— Amy, ne vous découragez donc pas si vite. Il n'y a pas si longtemps que nous cherchons.

Regardant sa montre, elle dut reconnaître que le cauchemar ne durait que depuis vingt-cinq minutes à peine. Elle avait l'impression d'avoir revécu en pensée sa vie entière — ainsi que celle de Josh — depuis la dernière fois qu'elle avait posé les yeux sur son fils. Mais, entre elle et l'homme en costume rouge qui lui tenait la main, une entente s'était formée. Une entente plus forte, plus confiante que celle qui l'avait unie à son mari dans les derniers temps de leur mariage. Sans doute parce que les situations de crise suscitaient des états émotionnels exacerbés.

— Vous avez raison. Mais une demi-heure, ça peut être plus long que l'éternité. Ce qui ne veut pas dire que je renonce à espérer, bien sûr, précisa-t-elle farouchement. Mais en attendant, je préférerais que vous évitiez de me parler sur ce ton paternaliste, car cela me porte sur les nerfs.

Elle vit un mélange de remords et de désarroi dans le regard de Nick.

— Je suis désolé…

Amy prit une profonde inspiration.

— Non, c'est à moi d'être désolée. Je sais que vous faites tout ce qui est en votre pouvoir pour m'aider. Mais… mais je suis morte de peur.

— Bien sûr que vous avez peur. C'est humain. Mais nous le retrouverons, Amy.

Elle entendit un petit gloussement ravi. Levant les yeux, elle vit qu'Emma s'attaquait cette fois au bonnet du Père Noël. Amy eut tout juste le temps d'entrevoir des cheveux noirs et bouclés sous la perruque avant que Nick ne remette son couvre-chef en place.

— Vous êtes sûr que vous ne voulez pas que je la porte ? Elle doit vous distraire de votre rôle.

— Emma est très bien là où elle est. Sans compter qu'elle nous sert d'appât.

— D'appât ?

— Comme je suis grand, elle trône au-dessus de la foule. Ce qui permettra à Josh de la repérer. Et si je me mets à la place de ce jeune homme, j'imagine qu'il risque d'être un peu vexé que sa petite sœur ait trouvé le Père Noël avant lui.

Amy dut s'incliner devant la pertinence de l'argument.

— Vous devez être un excellent inspecteur, Nick.

Son compliment parut lui faire un choc. Ce n'était pas la première fois qu'il se crispait lorsqu'on mentionnait ses compétences. Amy avait du mal à comprendre pourquoi les appréciations positives sur son travail le mettaient aussi mal à l'aise, alors qu'il ne donnait pas l'impression d'être particulièrement inhibé par ailleurs. Etait-il si modeste ? Ou avait-il connu un échec récent qui le faisait douter de lui-même ? Peut-être à l'occasion de « l'affaire très médiatisée » à laquelle Maylene avait fait allusion, avant que Nick ne la rembarre plutôt sèchement ?

— Pourquoi dites-vous cela alors que nous n'avons pas trouvé votre fils ? riposta-t-il froidement.

Elle fut tentée de lui demander de but en blanc pourquoi il se hérissait ainsi chaque fois qu'il était question de ses talents professionnels. Mais elle se contint.

— On sent que vous êtes brillant et intuitif. Avec de bonnes capacités d'empathie. La personnalité de mon fils, vous l'avez captée d'emblée, par exemple. Comme si vous partagiez ses raisonnements.

Pendant une fraction de seconde, l'expression préoccupée s'évanouit. Et ses yeux bleus pétillèrent derrière les petites lunettes rondes.

— Je pense que Josh et Emma ont à peu près la même différence d'âge que Trish et moi. Et je peux vous dire que j'ai mal vécu l'arrivée d'une fille dans la famille. C'était déjà bien assez compliqué d'avoir deux frères. Mais une petite sœur, en plus… J'ai fait grise mine, lorsqu'on m'a annoncé qu'une mini-calamité en rose allait nous tomber sur le coin de la figure.

— Mais Josh adore Emma ! C'est un grand frère très responsable.

— En surface, il se montre grand, sûr de lui et protecteur. Mais je suis persuadé qu'il traverse des petites phases d'insécurité, malgré tout. La naissance d'un bébé, pour un aîné, c'est tout un univers qui s'effondre.

Amy secoua la tête.

— J'avoue que j'ai du mal à vous imaginer en « insécurité » vis-à-vis de quoi que ce soit. Vous avez l'air tellement solide…

— J'avais cinq ans, à l'époque. Il n'en faut pas beaucoup, à cet âge, pour vous faire douter de vous. Mes parents étaient fous de joie à l'idée d'avoir enfin une fille. Après trois garçons et des montagnes de camions, de petites voitures et de Meccano, la maison s'est soudain remplie de poupées, de robes et d'une pléthore de froufrous roses.

Elle sourit du tableau qu'il brossait ainsi que de son frisson faussement horrifié.

— Et comment vos deux frères ont-ils réagi ? Ils étaient verts de jalousie, eux aussi ?

— Rob, l'aîné, n'a pas été affecté du tout. Il avait neuf ans, ne s'intéressait qu'au sport et s'est à peine aperçu que la famille comptait un membre de plus. Stephen, qui est plus jeune que moi, ne m'a pas paru traumatisé non plus. Il ignorait superbement le petit vermisseau qui braillait dans son berceau. Mais avec le recul, je me demande si ce n'est pas à cette époque qu'il a commencé à se rebeller pour attirer l'attention.

— Et vous ? Comment avez-vous réagi ?

— J'alternais entre le rejet et la fascination. D'un côté, ce bébé fille m'intriguait, mais, de l'autre, je la haïssais parce que ma mère n'avait de temps et d'attention que pour elle. La naissance de Stephen ne m'avait pas fait du tout la même impression. Lui est passé comme une lettre à la poste… Ça doit être tout ce tralala avec ces poupées et ces chiffons, conclut-il avec un léger sourire.

Amy le considéra avec amusement.

— Et maintenant ? Vous êtes toujours aussi partagé ?

— Toujours, oui. Mais notre princesse Trish règne sans partage, elle. Pourquoi, sinon, un homme normalement doué de raison aurait-il accepté d'endosser le costume du Père Noël un 24 décembre ?

— Parce que la paye sera bonne, peut-être ?

— Inexistante, oui ! Je suis là pour rendre service. Ou, en

tout cas, par la grâce des méthodes coercitives dans lesquelles Trish excelle.

— Le chantage, par exemple ?

Nick hocha la tête.

— Hélas…

— Vous pouvez m'en dire plus ?

— Pas dans l'immédiat, non.

— Dans ce cas, je préfère continuer de croire que Trish fait de vous ce qu'elle veut. J'aime bien ce que cela révèle de vous.

— Quoi ? Que je suis une bonne poire ? riposta-t-il, clairement amusé.

— Non, que vous aimez votre sœur. Et le reste de la famille ? Vous êtes proche aussi de vos parents ?

Il réfléchit un instant avant d'admettre :

— Je les vois souvent, oui. Par pur masochisme, sans doute, puisque je donne ainsi l'occasion à ma mère de me harceler sans merci. Le fait que je sois flic la terrifie. Alors, je me montre chez eux de temps en temps pour qu'elle constate que je suis encore entier. Tout en gardant un minimum de distance pour éviter que ses questionnements angoissés ne me mènent tout droit à l'hôpital psychiatrique.

— Ah, c'est pour ça que vous avez paru si surpris, lorsque Maylene a dit que votre mère était fière de vos prestations professionnelles ?

— Tout à fait, oui. J'ai toujours su que j'avais la vocation. Mais mes parents ont tout essayé pour me dissuader. Cela fait dix ans que je suis dans le métier et ils n'ont pas encore renoncé à l'espoir de me reconvertir. Si j'ai le malheur de rouspéter sur un aspect quelconque de mon travail, ils reviennent à la charge avec une énergie décuplée, comme deux bulldozers qu'ils sont. C'est en jouant sur mes légitimes angoisses que ma chère sœur a réussi à faire pression sur moi aujourd'hui.

Amy l'examina avec attention.

— A vous convaincre de tenir le rôle du Père Noël, vous voulez dire ? Et de quoi vous a-t-elle menacé ?

Il sourit, même s'il semblait regretter d'avoir trop parlé.

— Je vous le dirai peut-être mais une autre fois. Pour le moment, nous devons rester focalisés sur Josh.

Amy pouvait difficilement soutenir le contraire. Elle ne cessait de détailler les visages des enfants attroupés autour d'eux. Pourquoi, mais *pourquoi* Josh ne venait-il pas rejoindre leurs rangs ? Et comment expliquer que le personnel de surveillance ne l'ait pas encore retrouvé ?

Elle tressaillit lorsque la musique du téléphone mobile de Nick s'éleva. Retenant son souffle, elle vit Nick prendre la communication et écouter en silence, hocher la tête, puis regarder autour de lui pour se repérer avant d'indiquer leur localisation exacte à son interlocuteur.

— … O.K… ça marche. On part à votre rencontre.

— Qui a appelé ? s'enquit-elle dans un souffle.

— Ils ont trouvé un petit garçon qui se promenait tout seul. Il dit s'appeler Josh.

Le cœur d'Amy chavira.

— Il est sain et sauf ?

— Il pleure et il réclame sa maman. Mais pour le reste, il se porte comme un charme.

— Dieu soit loué ! Où est-il ?

— A l'autre extrémité du centre. Un gars de la sécurité passe nous prendre dans une voiturette électrique. J'ai dit qu'on partait à sa rencontre.

Amy s'élança en courant dans la direction qu'il lui indiquait.

— Hé, pas si vite ! protesta-t-il en la rattrapant. N'oubliez pas que c'est le Père Noël que guette notre agent de sécurité.

— Oui… bien sûr. Je suis désolée.

Il lui effleura l'épaule.

— Il n'y a pas de mal, Amy. Tiens, le voici qui arrive.

Amy monta à bord du véhicule électrique et s'installa à côté du conducteur pendant que Nick passait à l'arrière avec Emma.

— Vous étiez là quand on a retrouvé Josh ? demanda Nick au responsable de sécurité qui conduisait.

— Non. J'ai juste eu un appel me demandant de vous récupérer.

La voiturette n'avançait pas très vite à cause des attroupements causés par la vue du Père Noël roulant avec un bébé dans les bras. Ils progressaient même si lentement, par moments, qu'Amy se faisait violence pour ne pas descendre et poursuivre à pied. Mais même s'il lui en coûtait de rester assise, elle ne voulait pas perdre un temps précieux en prenant le risque de se perdre. Dans quelques secondes, elle allait revoir Josh. Son fils. Sain et sauf. Son cœur battait si fort et si vite qu'elle était au bord de l'étourdissement. Nick devait sentir son impatience, car il lui posa une main rassurante sur l'épaule.

— Nous y sommes presque, Amy. Vous devriez l'apercevoir bientôt.

La voiturette de golf vira sur la gauche pour emprunter un nouveau couloir, puis ralentit et s'immobilisa. Amy chercha Josh des yeux mais ne vit qu'un jeune officier de sécurité à la mine déconfite.

— Je regrette, madame, balbutia le jeune surveillant sans oser soutenir son regard.

Aspirée par un vertige brutal, elle se sentit vaciller, comme si elle venait de se vider de son sang.

— Ne me dites pas qu'il s'est enfui de nouveau ?

— Que s'est-il passé ? demanda la voix sévère de Nick dans son dos.

L'officier secoua la tête.

— Ce n'était pas votre fils, admit-il piteusement. Il avait à peu près le même âge et il s'appelait Josh, comme lui. Mais ses parents sont venus le récupérer, il y a à peine une minute.

Le jeune homme croisa brièvement son regard puis le détourna aussitôt.

— Je suis vraiment, vraiment désolé, madame. J'ai appelé les autres pour leur expliquer et les recherches ont repris de plus belle. Nous n'avons pas perdu trop de temps, heureusement.

Amy sentit son dernier reste de courage se briser comme une corde sous le coup d'archet du musicien. Les larmes ruisselèrent sur ses joues, des sanglots muets soulevèrent sa poitrine. Ce fut à peine si elle vit Nick placer Emma sans mot dire entre les mains du jeune surveillant médusé. Mais elle sentit ses bras l'envelopper.

— Je sais que vous êtes forte, Amy. Ne vous effondrez pas maintenant. Reprenez courage et nous allons recommencer à chercher. Rien n'est perdu.

— Je sais qu'il ne faut pas que je craque, chuchota-t-elle.

Mais elle avait beau lutter, elle ne parvenait ni à arrêter le flot des larmes ni à cesser de se cramponner à lui. Nick pensait qu'elle était forte, mais il se trompait. Elle avait besoin de puiser un peu d'énergie en lui avant de reprendre son chemin de croix.

— Ça va aller mieux, reprit-elle. Laissez-moi juste une minute encore.

Nick lui frotta le dos comme il avait frotté celui d'Emma un peu plus tôt. Il n'y avait rien de sensuel dans son geste. C'était juste un lent mouvement de massage, réconfortant et doux. Mais il y avait si longtemps que personne ne l'avait touchée avec tendresse qu'elle aurait voulu rester noyée ainsi dans son étreinte, les yeux clos pour oublier l'horreur de la disparition de Josh.

Pas une seule fois, pendant son divorce, elle ne s'était autorisée à s'appuyer sur ses proches. Elle avait voulu leur montrer qu'elle tenait bon, qu'elle s'en sortait la tête haute. Mais cette nouvelle épreuve était une épreuve de trop. Ses réserves étaient épuisées. A sec. Et elle avait besoin de partager son fardeau. Nick, un inconnu à qui elle n'avait rien à prouver, venait combler un vide immense en la prenant dans ses bras. Quel mal y avait-il à s'agripper encore un peu ? Le visage enfoui contre sa poitrine rembourrée, elle percevait à peine les faibles relents de naphtaline de son costume. Ils étaient masqués par la fraîcheur des notes d'agrume de son eau de toilette et un soupçon de menthe qui flottait dans son haleine. Les paroles d'une vieille chanson où il était question de « maman embrassant le Père Noël » traversèrent son esprit et elle ne put s'empêcher de sourire.

— C'est quoi, ça ? s'enquit Nick doucement en lui glissant un doigt sous le menton pour plonger son regard dans le sien.

Amy se sentit rougir.

— Rien.

— Vous avez pourtant souri. Alors qu'il y a deux minutes à peine vous inondiez encore mon costume de larmes.

— C'est juste un souvenir qui m'est revenu. Un truc sans importance.

Leurs regards restaient arrimés l'un à l'autre. Malgré la peur qui lui nouait le ventre, Amy sentit l'air s'électrifier entre eux.

— Il n'est pas insignifiant, ce détail, puisqu'il amène un sourire à vos lèvres.

Elle aurait préféré qu'il ne lui parle pas de ses lèvres. Et qu'il ne les regarde pas. Ni même qu'il y pense. Elle inventa la première excuse qui lui vint à l'esprit.

— Je pensais à Josh. Qu'il sera furieux d'apprendre qu'il a manqué un trajet en voiturette électrique.

Nick ne parut qu'à demi convaincu par son explication.

— Nous nous arrangerons pour qu'il fasse un petit tour. Etes-vous prête à reprendre ?

Avec les derniers mouchoirs offerts par Maylene, Amy s'essuya les yeux. Puis elle gratifia Nick d'un sourire forcé.

— Prête, oui. Merci pour l'épaule secourable.

Elle posa la main sur le bras de Nick pour le remercier, mais il se raidit comme si elle l'avait brûlé.

— Désolée d'avoir mouillé votre costume.

— Il séchera, répondit-il d'une voix soudain distante. Mais ne perdons pas plus de temps.

Déconcertée par ce soudain revirement d'humeur, elle se contenta de hocher la tête et s'efforça de régler son pas sur ses grandes enjambées alors qu'il repartait déjà avec Emma dans les bras. Un jour, peut-être, elle aurait l'occasion de résoudre le mystère que représentait Nick DiCaprio. Elle aurait aimé débrouiller les fils de sa personnalité riche en paradoxes. Mais le moment présent ne s'y prêtait pas. Et à voir comme il avait été prompt à reprendre ses distances, elle ne pouvait s'empêcher de se demander si le bon moment arriverait jamais…

Nick venait de vivre une descente aux enfers. Il avait serré dans ses bras la femme qui lui paraissait taillée sur mesure pour tenir une place dans son étreinte, dans sa vie et dans son cœur. Mais — à moins qu'il ne retrouve son fils et dans les plus brefs délais — Amy finirait, inéluctablement, par le haïr. Tout comme la mère de Tyler Hamilton, à qui il inspirait désormais un sentiment d'horreur. Et il ne pouvait que lui donner raison. Les espoirs qu'elle avait placés en lui, il les avait déçus. Et il avait la sombre impression que cette histoire avec Amy et Josh prenait le même chemin.

La brutale déception qu'Amy venait de vivre avait dû l'anéantir. Voir l'espoir mourir dans ses yeux lui avait déchiré les entrailles. Et il pouvait à peine la regarder tant le désespoir qu'il percevait en elle le terrassait.

— Allons voir au village du Père Noël s'il y a eu du nouveau.

Trish avait promis de l'appeler s'il se passait quoi que ce soit, bien sûr. Mais Nick commençait à être sérieusement à court d'idées. Les seules qui lui venaient à l'esprit étaient tellement lugubres qu'il préférait les oublier. Même s'il avait conscience qu'il ne pourrait pas continuer à faire l'autruche beaucoup plus longtemps.

— Si vous voulez, oui, acquiesça Amy d'une voix sans timbre.

Nick se garda bien d'inventer un mensonge réconfortant pour essayer de lui remonter le moral. Elle savait aussi bien que lui que, plus le temps passait, plus les chances de retrouver Josh sain et sauf diminuaient. Non seulement il avait épuisé ses réserves d'entrain, mais il n'était pas certain de parvenir à feindre l'optimisme. De fait, il était presque aussi anxieux qu'Amy, à présent.

Lorsqu'ils approchèrent de l'atelier, Trish les repéra de loin et se porta à leur rencontre pour éviter que l'arrivée du Père Noël ne provoque une trop grande agitation. Son regard inquiet se posa alternativement sur Amy et sur lui.

— Toujours rien ?

— Pas encore, non, répondit-il.

Trish prit la main d'Amy dans la sienne.

— Je suis désolée pour le faux espoir qu'on vient de vous donner. Ça a dû être un choc terrible. Voulez-vous vous rafraîchir un moment ? Manger ou boire quelque chose ? Je vous propose de vous poser un instant dans mon bureau. Nick peut poursuivre les recherches tout seul.

Amy secoua la tête.

— Merci, c'est gentil, mais je ne suis pas fatiguée. Et je ne pourrais pas rester assise sans bouger, de toute façon… En revanche, Nick, vous devriez reprendre votre poste, non ? Les enfants vont finir par perdre patience.

— J'y retournerai, oui. Mais pas avant d'avoir retrouvé votre fils.

— Mais tous ces enfants qui attendent dans la queue…, protesta-t-elle. Ils vont être tellement déçus !

— Il est vrai qu'ils doivent trouver le temps long.

Nick examina sa sœur d'un regard critique.

— Mais avec un peu de rembourrage supplémentaire, Trish devrait pouvoir prendre la relève.

Sa suggestion absurde arracha un sourire à Amy. Ce qui était exactement l'effet qu'il espérait. Il se sentit soudain un peu moins sombre.

— Ce n'était pas une plaisanterie.

Trish lui jeta un regard noir.

— Un Père Noël avec une voix de soprano ? Oublie ton idée de génie, grand frère. Tu as mission de retrouver Josh *tout de suite* et de vite revenir pousser tes « ho ho ho ». Si je n'avais pas vu, *de mes yeux vu,* qu'Amy est réellement malade d'inquiétude, j'aurais soupçonné un coup monté pour que tu puisses te soustraire à tes obligations.

Amy ouvrit de grands yeux.

— Vous croyez qu'il serait capable d'ourdir une machination pareille ?

— Sans une hésitation. Je pourrais vous raconter des histoires, au sujet de mon frère, à vous faire dresser les cheveux sur la tête. Il…

Nick décida que ces deux-là étaient en danger de se coaliser contre lui s'il n'y prenait pas garde.

— Amy n'a pas de temps à perdre à écouter le récit de mes forfaits. Nous allons reprendre nos recherches.

La curiosité qu'il avait lue dans le regard d'Amy s'évanouit instantanément. Mais elle tourna la tête par-dessus l'épaule lorsqu'il l'entraîna vers une nouvelle aile du centre.

— Plus tard, d'accord ? lança-t-elle à Trish. Je veux un récit détaillé.

Sa traîtresse de sœur sourit.

— Promis, juré. Vous saurez tout.

Nick secoua la tête. Il s'arrangerait pour éviter qu'Amy et Trish ne passent plus de cinq minutes en tête à tête. Non seulement sa sœur serait capable de raconter des anecdotes embarrassantes, mais il la soupçonnait de vouloir orchestrer un rapprochement entre Amy et lui.

Ce n'était pas la première fois qu'il voyait cette redoutable lueur entremetteuse dans les yeux de Trish. Or, chaque fois qu'elle s'était mis en tête de « booster » sa vie sentimentale, il s'était retrouvé le bec dans l'eau avec son cœur meurtri sous le bras…

5

Nick fit quelques pas en tenant le coude d'Amy, puis s'immobilisa. Même s'il aurait préféré ne pas avoir à le faire, il n'avait plus le choix. La décision, il aurait déjà dû la prendre dix minutes plus tôt. Attendre encore serait irresponsable. Même s'il avait des choses à se prouver, il refusait que son autoréhabilitation se fasse aux dépens de Josh. La sécurité de l'enfant passait avant tout. Et tant pis pour son ego malmené.

Il tendit le bébé à Amy.

— Attendez-moi ici une seconde, O.K. ? J'ai oublié de dire quelque chose à Trish.

Amy acquiesça d'un signe de tête et récupéra Emma qui protesta tant et plus. Touché que la petite fille rechigne à se séparer de lui, il fendit la foule impatiente et rejoignit sa sœur. Trish considéra sa mine sombre avec inquiétude.

— Que se passe-t-il ?

— Je ne voulais pas t'en parler devant Amy, mais il est temps de faire intervenir la police. Je ne suis pas tranquille sur le fait que ce gamin n'ait toujours pas refait surface. Même si c'est une journée un peu folle, un enfant seul aurait dû attirer l'attention.

Trish pâlit.

— Tu crois que…

Il l'interrompit avant qu'elle puisse formuler sa pensée à voix haute.

— J'essaie de ne pas tirer de conclusions hâtives. Il se peut que Josh soit un enfant très débrouillard et autonome et qu'il se balade sans paniquer, même dans un endroit inconnu. Mais c'est peu vraisemblable. A cet âge-là, les enfants s'inquiètent assez vite lorsqu'ils perdent leur mère de vue dans la foule. Je ne veux pas ajouter à la frayeur d'Amy, mais je me sentirai plus tranquille avec des renforts. Ne serait-ce que pour surveiller le parking et vérifier qu'il ne s'y passe rien d'inquiétant.

Consciente de l'urgence, Trish accepta sans protester.

— Tu as raison. J'appelle tout de suite.

— Précise-leur que j'ai pris la direction des recherches à titre privé. Mais que j'aurais besoin d'un coup de main.

Sourcils froncés, Trish sortit son téléphone de sa poche. Nick était ennuyé pour elle. Il savait qu'elle s'était démenée pour organiser cette animation et qu'un conte de Noël avec un dénouement dramatique la mettrait dans une posture difficile. Mais il n'avait pas le choix. En demandant des renforts, il se donnait une chance supplémentaire pour que l'épisode se termine, envers et contre tout, par un « happy end ».

— Je sais que tu voulais éviter l'intervention de la police, Trish, mais je ne peux pas prendre le risque.

Sa sœur lui posa la main sur le bras.

— Mais cela va de soi, Nick ! Il ne manquerait plus qu'on subordonne la vie d'un enfant à des soucis de relations publiques. Je ne me le pardonnerais pas, s'il arrivait quelque chose à ce petit garçon par suite d'une négligence de notre part.

Il émit un rire amer.

— C'est à moi que tu dis ça ?

Trish lui jeta un regard pénétrant.

— Tu tiens le coup, Nick ? Je regrette de t'avoir impliqué dans cette histoire. Ça doit être un cauchemar pour toi. Tu peux peut-être laisser un de tes collègues prendre la relève, dès qu'ils arriveront à la rescousse ?

Il secoua fermement la tête.

— Impossible. Amy compte sur moi.

— C'est bien ce qui m'inquiète, murmura Trish en le couvant d'un regard inquiet. Je sais comment tu réagiras si l'affaire se termine par un drame.

— Ne t'inquiète pas, tout va bien pour moi. Ou, du moins, tout *ira* bien dès que Josh sera sain et sauf dans les bras de sa mère.

Amy berçait Emma dans ses bras et s'efforçait de refréner son impatience en attendant le retour de Nick. Elle se répétait comme un leitmotiv qu'ils n'étaient pas les seuls à s'intéresser à Josh et que les recherches, par ailleurs, se poursuivaient activement. Mais elle avait besoin de rester en mouvement. Etre piquée là, sur place, toute seule à attendre, accroissait sa panique, comme si le temps passait trop vite et trop lentement à la fois.

— Désolée d'avoir été aussi long, déclara Nick en la rejoignant. Je propose que nous empruntions ce passage, à gauche. Nous ne l'avons pas encore exploré.

— Votre sœur doit s'arracher les cheveux d'avoir perdu son Père Noël. Je pourrais chercher seule, Nick.

— Je croyais que nous avions déjà réglé cette question. Je reste persuadé que l'effet « Père Noël » joue en notre faveur. Avez-vous une autre photo de Josh dans votre portefeuille ? Nous pourrions la montrer dans différents magasins et demander aux vendeurs s'ils l'ont vu passer. Un enfant de cet âge faisant ses achats sans être accompagné par un adulte attire forcément l'attention.

Amy haussa les épaules.

— On peut toujours essayer… Mais je ne vois pas avec quel argent Josh se serait mis en tête d'acheter quoi que ce soit.

— Les enfants sont parfois secrets. Il est possible qu'il ait économisé sans que vous le sachiez. C'est un garçon attentionné ?

Amy songea au petit déjeuner que Josh avait tenté de préparer le jour de la fête des Mères. Au bloc d'argile peint en couleurs vives avec l'empreinte de sa main, qu'il lui avait offert pour son anniversaire.

— Il fait de grands efforts pour l'être, en tout cas.

— Il se peut qu'il ait repéré quelque chose et qu'il ait décidé de vous l'offrir. Vous souvenez-vous d'avoir mentionné un désir, une envie, récemment ?

Amy réfléchit un instant, puis fit non de la tête.

— Rien du tout, vraiment ? insista-t-il, comme s'il refusait de croire qu'une femme puisse ne rien vouloir pour elle-même.

— J'étais très occupée à aménager notre nouvel appartement. Et je n'ai jamais aimé accumuler les objets.

— Vous n'avez pas repéré une écharpe sur un catalogue ? Ou des boucles d'oreilles ou un bracelet ou je ne sais quoi ?

Elle baissa les yeux sur son jean, agréablement usé et confortable, et le pull rouge qui faisait partie de ses standards de l'hiver depuis au moins quatre ans.

— Je suis tout sauf une figure de mode, Nick. Je m'habille pour travailler, bien sûr. Mais des tenues classiques. Et je ne porte pas de bijoux.

Nick engloba sa silhouette d'un bref regard appréciateur.

— A mes yeux, vous êtes parfaite.

Elle sentit ses joues s'empourprer. Surtout pendant la fraction de seconde où elle sentit son attention fixée sur la rondeur de ses seins sous la laine douce.

Il détourna la tête avec brusquerie et reprit d'une voix légèrement étranglée :

— Oublions les vêtements, alors. Mais il a pu penser aux chocolats. C'est un grand classique de Noël. Vous avez un faible pour le chocolat ?

Sa question la fit rire.

— Quelle femme n'en a pas ? Mais je me contente d'une banale tablette achetée au supermarché. Les chocolats fins, je n'y pense même pas. Ils n'entrent pas dans mon budget.

Nick se frotta le front.

— Bon… Reprenons les choses depuis le début. Quelles consignes avez-vous données à Josh au cas où il se perdrait ?

— De se mettre à la recherche d'un surveillant ou d'un policier. Puis de rester tranquille et d'attendre qu'on vienne le chercher.

— Et vous pensez qu'il a bien assimilé la leçon ? Il s'est déjà perdu ?

— Jamais, non. D'habitude, il s'arrange toujours pour rester près de moi.

— Parlerait-il à des inconnus ?

— Seulement à une personne en uniforme. Et je sais qu'il a intégré la consigne. Il n'ouvre la porte qu'à des personnes qu'il connaît. Et il ne monterait jamais en voiture avec un inconnu. Même avant de rentrer avec les parents d'un copain, il me demande toujours la permission.

Nick hocha la tête.

— C'est très bien. Ferait-il une scène si un inconnu l'abordait ?

— Il ne se laisserait pas faire, j'en suis sûre, répondit-elle avec conviction.

C'était au moins une chose qu'elle savait avec certitude. Si une personne malintentionnée avait essayé d'enlever Josh, son fils se serait débattu. Et quelqu'un aurait forcément remarqué quelque chose. Faire le point sur les mesures de sécurité que Ned et elle avaient enseignées à Josh lui rendit une certaine sérénité.

— Finalement, je commence à croire que vous avez raison : Josh a dû se mettre en tête de faire ses achats de Noël tout seul. Il ne pense probablement même pas qu'il est perdu. Quand il est absorbé par un projet, il ne voit pas le temps passer. Si un objet en vitrine a attiré son attention, il est sans doute entré dans le magasin sans même imaginer que je puisse me faire du souci. Il a tendance à jouer au grand et à se prendre pour l'homme de la maison, depuis notre divorce.

Son explication parut alléger l'humeur de Nick.

— Alors explorons les boutiques. Même si vous dites ne pas vous intéresser aux chocolats de luxe, votre fils a peut-être été attiré par une de ces belles boîtes dorées, décréta-t-il en pénétrant dans une confiserie.

Amy le suivit à l'intérieur. Elle ressentait un tel soulagement à l'idée que Josh était sans doute tranquillement occupé à faire ses achats que la tête lui tournait un peu. Les riches effluves de chocolat lui caressaient les narines. Elle regarda rêveusement les truffes et les palets, les bouchées et les ganaches. Elle n'avait quasiment rien avalé depuis le matin et l'eau lui montait à la bouche. La dernière fois qu'elle avait succombé à un plaisir aussi décadent remontait à avant son mariage, lorsque Ned lui avait acheté un ballotin pour la Saint-Valentin. C'était un des rares gestes attentionnés que son ex-mari avait eus pour elle. Un de ceux qui avaient réussi à la convaincre qu'il était l'homme avec qui elle voulait partager sa vie.

Elle vit Nick questionner la vendeuse et lui montrer la photo de Josh. Lorsque la femme secoua la tête, elle détourna les yeux et attendit. Ce fut seulement lorsqu'ils eurent quitté la confiserie qu'elle vit le petit sachet doré dans la main de Nick.

— Tenez, dit-il. Cela vous redonnera des forces.

Elle s'immobilisa, interdite.

— Mais je vous ai dit que je n'étais pas amateur de chocolats fins !

Il sourit.

— Je vous aurais peut-être crue sur parole si je ne vous avais pas vue les dévorer des yeux.

Touchée, elle ouvrit le sachet et trouva quatre beaux chocolats à l'intérieur. Les yeux clos, elle les huma longuement pour s'imprégner de leur arôme. Nick la regarda procéder avec amusement.

— J'ai entendu dire qu'ils étaient encore meilleurs quand on les mettait en bouche.

Elle lui tendit le sachet par acquit de conscience, même si elle mourait d'envie d'ingurgiter les quatre.

— Vous en voulez un ?

Il déclina l'offre en riant.

— Si je dis oui, vous risquez de m'écharper. Je le vois à votre regard féroce.

Amy rougit.

— A ce point ? Je vous en prie, servez-vous.

— Non, sincèrement. Je me contenterai du plaisir de vous regarder les déguster.

Sans dissimuler son soulagement, elle prit un chocolat noir fourré, mordit doucement dedans et ferma les yeux lorsque les notes raffinées vinrent lui caresser la langue.

— Mmm..., soupira-t-elle.

Lorsqu'elle souleva de nouveau les paupières, Nick la considérait avec une drôle d'expression. Il avait l'air un peu sonné, en fait.

— Qu'y a-t-il ? demanda-t-elle.

— Je me demandais juste quel effet cela ferait de...

Il s'interrompit net.

— Mais peu importe. Poursuivons, Amy.

De nouveau, il partit si vite qu'elle eut du mal à le suivre. Avec Emma qui riait dans ses bras, il entra et sortit d'une demi-douzaine de boutiques. Sans succès chaque fois.

— Peut-être est-ce pour Emma qu'il pense acheter un cadeau ? suggéra-t-elle. J'ai vu un magasin de jouets, lorsque nous sommes arrivés, tout à l'heure.

— Continuons à chercher de façon systématique, Amy. J'espère, d'autre part, que nous aurons bientôt des nouvelles de Trish. Il est fort possible que Josh finisse par se diriger vers le village de Noël lorsqu'il aura fini ses emplettes.

Le cœur battant, elle se raccrocha à cette possibilité.

— Oui. Je pense que c'est exactement ce qui va se passer, proclama-t-elle pour se donner de l'espoir.

Ils poursuivirent leur parcours, explorant, interrogeant, passant de boutique en grand magasin. Mais personne n'avait vu un petit garçon solitaire faisant ses achats de Noël. La joyeuse musique festive diffusée par les haut-parleurs résonnait comme une parodie grinçante aux oreilles angoissées d'Amy.

— Comment avez-vous atterri à Charlotte ? demanda Nick.

Découvrant la vitrine d'un grand magasin avec une maquette de village couvert de neige, des elfes et des rennes mécaniques, Amy songea, le cœur serré, que Josh aurait adoré le spectacle.

Sur le point de fondre en larmes une fois de plus, elle fit un effort pour se ressaisir.

— L'ambiance était très tendue, après mon divorce. Et je travaillais pour une banque qui a son siège social ici. Mon patron savait que je traversais une phase difficile dans ma vie privée et il m'a proposé une mutation. Je me suis jetée sur l'opportunité.

— Josh était content de venir vivre ici ?

— Non, admit-elle. Son père lui manque. Et il ne comprend pas pourquoi nous avons quitté le Michigan. Je m'efforce de ne rien laisser transparaître devant lui de ce que je pense de mon ex-mari. Car je trouve qu'un enfant n'a pas à être partie prenante dans les conflits qui opposent deux adultes.

— Je suis entièrement d'accord, acquiesça Nick avec conviction. Je vois trop de parents instrumentaliser leurs enfants, pour en faire des armes de guerre qui leur servent à s'entredéchirer sans merci... Mais j'avoue que je suis un peu surpris que votre mari ait accepté de vous laisser partir aussi loin avec ses enfants, fit-il observer en l'examinant avec attention.

— Je n'ai jamais dit que Ned méritait l'amour que Josh a pour lui, rétorqua-t-elle avec amertume. Il était raisonnablement présent pour Josh et Emma tant qu'il les avait « dans les jambes », comme il disait. Mais depuis que nous sommes séparés, il se désintéresse complètement d'eux. Au bout de quelques mois, je me suis dit que ce serait plus facile pour les enfants de grandir loin de leur père, en Caroline du Nord, plutôt que de souffrir au quotidien de son indifférence.

— Ce n'est pas un cadeau, cet homme-là, apparemment, commenta Nick, sourcils froncés.

— Pas vraiment, non. Mais il m'a donné deux enfants merveilleux. C'est pourquoi je ne peux pas le haïr complètement.

Elle plongea son regard dans celui de Nick.

— Pourquoi étiez-vous si inquiet, tout à l'heure, à l'idée que mon ex-mari pouvait être impliqué dans la disparition de Josh ?

— Dans mon métier, on voit parfois des cas de divorce très conflictuels. Le parent qui n'a pas la garde ne s'incline pas toujours devant les décisions des tribunaux. Et il arrive qu'il décide de se faire « justice » lui-même.

Sa réponse avait été trop rapide, son expression trop lisse. Notant qu'il évitait son regard, Amy insista.

— Vous êtes intervenu sur ce genre de cas ?

— Cela m'est arrivé, oui.

Son expression était tendue, presque douloureuse, nota Amy.

— Et cela peut tourner mal ?

— Assez, oui. Mais oublions tout cela. Nous savons que votre mari est dans le Michigan, donc nous sommes tranquilles de ce point de vue.

Amy comprit qu'il ne voulait pas en dire plus. Ce qui ne fit qu'exciter davantage sa curiosité. Mais Nick changea promptement de sujet avant qu'elle puisse le questionner plus avant.

— Cela ne doit pas être facile, pour vous, de passer les fêtes dans une ville où vous ne connaissez encore personne. Surtout avec deux enfants en bas âge…

Elle lui jeta un regard qui signifiait qu'elle n'était pas dupe de sa manœuvre. Mais elle répondit néanmoins à sa question.

— J'ai découvert aujourd'hui à quel point c'était dur. Noël est une tradition importante, dans la famille. En tout cas pour Josh. Nous avions l'habitude d'aller à la messe spéciale destinée aux enfants. Puis nous rentrions à la maison pour boire un chocolat chaud, et préparer des biscuits et un verre de lait pour le Père Noël. Ensuite, c'étaient les dessins animés de Noël, jusqu'à ce que Josh s'endorme devant la télévision. Ned le portait alors dans son lit et nous mangions les cookies après avoir placé les cadeaux sous le sapin.

Nick sourit.

— Et le lait ? Vous ne le buviez pas ?

Amy fronça les narines.

— Du lait chaud ? Berk ! Nous le vidions dans l'évier et

nous laissions le verre vide à côté de l'assiette où subsistaient quelques miettes de cookies.

Elle poussa un brusque soupir.

— Ces traditions vont me manquer.

— Vous en créerez d'autres. Et vous garderez une partie des anciennes. La visite au Père Noël le 24, par exemple.

Il marqua une hésitation avant d'ajouter :

— Venez vous joindre à ma famille pour la messe de Noël, si cela vous tente. Je comptais faire l'impasse cette année, mais j'irai, si vous pensez que cela ferait plaisir à Josh de maintenir cette tradition.

Amy porta un mouchoir à ses yeux soudain humides. Elle était touchée par sa proposition. Et émue qu'il admette comme une évidence que Josh allait bientôt refaire surface.

— Vous feriez cela ? Mais vous ne connaissez même pas Josh. Et vous ne devez pas avoir une très bonne impression de lui — ni de moi, d'ailleurs.

— Il n'a rien fait de bien effroyable, votre aventurier de cinq ans. Quant à vous, je sais que vous êtes une bonne mère. Je vous le répète : cela peut arriver aux meilleurs parents d'égarer un enfant.

— Je vous remercie, Nick. Mais je ne veux pas que vous changiez vos projets pour nous. Vous dites que vous n'aviez pas l'intention d'assister à l'office de Noël avec votre famille. Je suppose que vous aviez prévu tout à fait autre chose.

— Je n'avais rien prévu du tout, non.

Amy lui jeta un regard surpris.

— Vous vous prépariez à passer le réveillon seul ?

— Il y a des tas de gens qui le font. Et qui survivent. Apparemment, l'épreuve n'est pas mortelle.

— Pas mortelle, non. Mais solitaire. Vous ne seriez pas mieux avec votre famille ?

— C'est pour ça que je vous propose de vous joindre à nous. Cela me ferait gagner des points dans l'estime de mes parents, si je montrais le bout de mon nez ce soir. Et peut-être que cela me ferait autant de bien qu'à Josh, au fond. Je dois avoir besoin de maintenir mes traditions, moi aussi.

Elle chercha son regard.

— Qu'est-ce qui vous fait éprouver ce besoin, Nick ?

— J'ai quelques vieux démons qui demandent à être apaisés, répondit-il de manière évasive.

Il était manifestement hanté par quelque chose, mais quoi ? Désireuse de l'aider à son tour, Amy lui posa la main sur le bras.

— Je ne veux pas être indiscrète, Nick, mais si cela peut vous soulager de les évoquer, ces démons, vous trouverez en moi une oreille attentive. Depuis le moment où nous avons commencé à chercher Josh, j'ai senti que quelque chose vous perturbait.

L'espace d'un instant, elle crut qu'il allait se confier enfin. Mais elle le vit soudain devenir livide. Il se détourna brusquement, comme s'il voulait éviter d'être reconnu.

— Nick ? Que se passe-t-il ? Vous avez croisé quelqu'un ? Vu quelque chose ?

— Entrons ici, rétorqua-t-il en s'engouffrant dans un magasin de chaussures pour hommes.

Avant de le suivre, Amy se retourna pour regarder autour d'elle. Mais personne dans la foule ne retint particulièrement son attention. On voyait défiler des familles entières ; certaines gaies et rieuses, d'autres effarées par la cohue, l'agitation et le bruit. Deux ou trois hommes seuls passaient au pas de course, avec une expression stressée. Quelques femmes chargées de paquets regardaient les vitrines au passage. Plus loin, un groupe d'adolescentes échangeaient des fous rires et prenaient des poses pour attirer les regards des garçons qui traînaient en bande.

Elle vit Nick échanger quelques mots avec le vendeur du magasin de chaussures. Celui-ci secoua la tête et ils ressortirent.

— Que s'est-il passé, Nick ?

Il fronça les sourcils.

— Rien.

— Vous mentez mal. C'était votre petite amie du moment ? Ou une ex ?

— Je ne crois pas que cela vous concerne. Mais il ne s'agit pas d'un problème amoureux, non.

Son ton glacial lui fit l'effet d'une gifle en pleine figure. Son refus de se confier à elle l'attristait. Mais elle en demandait trop, bien sûr. Nick n'était pas un ami. Juste un inspecteur de police qui avait accepté de l'aider. De quel droit se mêlerait-elle de sa vie privée ?

Cela dit, il l'avait questionnée aussi, de son côté. Et ce qu'il lui avait demandé au sujet de sa relation avec Ned n'était pas forcément en lien avec la recherche de Josh. D'ailleurs, ne venait-il pas de l'inviter à l'accompagner à la messe de Noël ? Avec sa famille, en plus. Il se passait quelque chose entre eux. Les vibrations qu'elle ressentait en présence de Nick n'étaient pas seulement dues au survoltage émotionnel occasionné par la disparition de son fils. Et bizarrement, alors même qu'elle avait pris la ferme décision de se consacrer en exclusivité à son nouveau job et à ses enfants, elle aurait été curieuse de voir où le trouble entre Nick et elle les aurait menés.

Mais cette curiosité s'était éteinte au moment où il avait choisi de lui mentir et de la tenir à distance. Elle sortait d'une union avec un homme qui avait été un grand expert *ès* mensonge, tromperie et autres dissimulations. Ce ne serait pas très avisé de sa part de s'embarquer dans une nouvelle relation sur des bases de départ aussi bancales. Imaginer qu'il puisse exister des points communs entre son ex-mari et saint Nicolas DiCaprio, qui ne lui avait témoigné que générosité et désintéressement jusqu'ici, avait certes quelque chose d'absurde. Mais, avec deux enfants en bas âge, elle ne pouvait prendre le risque de faire un second choix malencontreux.

En proie à une nouvelle poussée d'angoisse, Amy secoua la tête. Comment pouvait-elle s'attarder sur ces considérations, alors que son fils avait disparu ? Nick était son meilleur atout pour le retrouver. Et elle avait plus que jamais besoin de son aide. Mais dès qu'elle aurait récupéré son fils, Nick DiCaprio et elle poursuivraient des chemins séparés.

Alors même qu'elle prenait sa résolution, Amy sentit un vide se creuser dans sa poitrine. Comme si elle venait de perdre quelque chose de beau et de précieux qui s'était trouvé juste à portée de main.

6

Nick s'en voulait d'avoir été aussi abrupt avec Amy. Il avait vu la tristesse assombrir ses yeux ambre lorsqu'il l'avait rembarrée. Mais qu'aurait-il pu lui répondre, hormis un de ces mensonges qu'elle semblait flairer de loin ? Quant à la vérité, elle aurait été insoutenable à entendre. « Ah oui, tiens, je viens de croiser la mère d'un enfant décédé. Un petit garçon qui avait disparu et que je m'étais fait fort de retrouver. » Comment Amy pourrait-elle continuer à faire confiance à l'officier de police qu'il était, s'il mettait en avant de tels antécédents ? Son premier réflexe serait de demander qu'un de ses collègues prenne la relève.

Or, pour des raisons qu'il préférait ne pas analyser de trop près, Nick ne voulait pas céder la place. Comme il l'avait expliqué à sa sœur, il tenait à mener cette recherche jusqu'à son terme. Et pas seulement parce que Amy comptait déjà pour lui. Il avait besoin de reprendre confiance en lui, et le destin semblait lui avoir tendu une perche. D'une façon ou d'une autre, il se prouverait à lui-même qu'il pouvait retrouver l'enfant et le rendre à sa mère. Et il montrerait aux autres comme à lui-même que l'histoire tragique de Tyler Hamilton ne l'avait pas détruit. Il devait en passer par là, s'il voulait reprendre le service actif. Et redevenir lui-même. Car s'il ne pouvait plus être flic, quelle identité lui restait-il ?

Ses motivations étaient donc partiellement égocentriques. Nick le reconnaissait non sans une part de remords. Sa carrière faisait partie intégrante de sa vie, et il ne voulait pas la voir partir en fumée. Il savait au fond de lui qu'il restait, envers et contre tout, l'un des meilleurs flics de tout Charlotte. Il avait les éloges et les rapports écrits de ses supérieurs pour le prouver. S'il voulait repartir du bon pied, il lui fallait juste surmonter sa colère et retrouver son ancienne assurance. Le psy avait raison sur ce point. Mais pas en se tripotant l'esprit pendant des heures pour décortiquer ses états d'âme. Retrouver Josh serait une thérapie infiniment plus efficace.

Même s'il estimait que son encombrant costume de Père Noël représentait un atout, il aurait donné cher, par moments, pour en être débarrassé. S'il avait été habillé normalement, il aurait pu se fondre dans la foule et progresser plus rapidement. Cela dit, c'était sans doute grâce à son costume que la mère de Tyler Hamilton ne l'avait pas reconnu, quelques minutes plus tôt. Une discussion avec Mitzi Hamilton était la dernière chose dont il avait besoin en ce moment. Il continuait à faire des cauchemars dans lesquels il voyait son visage livide à l'instant où il avait dû lui annoncer qu'elle ne reverrait plus jamais son fils vivant.

— Nick ?

Il plongea les yeux dans le regard interrogateur d'Amy.

— Oui ?

— Tout va bien ?

Il se força à lui adresser un sourire rassurant.

— Ça va, oui. On continue ?

De nouveau, elle parut déçue par sa réponse, comme si elle avait espéré qu'il sortirait enfin de son mutisme. Malheureusement, tant qu'ils n'auraient pas retrouvé Josh, il devait garder son lourd secret pour lui. C'était ça ou précipiter Amy en plein cauchemar.

Amy revint sur sa première analyse des réticences de Nick. Quelque chose le taraudait, c'était évident. Elle l'avait senti dès le début. Peut-être devrait-elle lui arracher des confidences de force, même s'il était décidé à se taire. Penser à autre chose qu'à son fils leur ferait du bien à l'un comme à l'autre. Quels que soient les démons que Nick avait mentionnés, elle se sentait prête à l'aider à les affronter.

— Vous savez, Nick, il ne vous est pas interdit de me parler.

Il lui jeta un regard perplexe.

— Mais nous parlons déjà, il me semble.

— Oui, mais de rien d'essentiel.

— Je ne suis pas d'accord. Vous avez évoqué votre divorce. Et je sais que vous souffrez, ici, loin de votre famille. Il me semble que nous n'avons pas échangé que des banalités.

— Vous avez raison dans une certaine mesure. Vous savez déjà pas mal de choses à mon sujet. Mais, sur vous, je n'ai que très peu d'éléments. A part le nombre de vos frères et sœur. Et les manœuvres de votre mère pour essayer de vous faire changer de métier.

— C'est ma vie résumée en quelques mots, éluda-t-il.

Elle se tut un instant pour refaire défiler leur conversation dans son esprit. Une remarque qu'il avait faite lui paraissait décisive. Comme si elle contenait la clé qui pourrait l'aider à comprendre ce qui tourmentait Nick.

— Je ne crois pas que les choses soient aussi simples, déclara-t-elle calmement. Il me semble que ce n'est pas sans raison que vous aviez prévu de ne pas assister à la messe de Noël ce soir. Etes-vous en colère contre la vie, Nick ? S'est-il passé quelque chose qui ait ébranlé vos certitudes ?

Il détourna la tête. Mais elle avait eu le temps d'entrevoir la douleur dans son regard.

— De quoi s'agit-il ? insista-t-elle. C'est un problème professionnel, n'est-ce pas ? Avez-vous eu un coup dur ? Une enquête qui s'est terminée tragiquement ?

Voyant l'expression de Nick se durcir sous son grimage jovial, elle comprit qu'elle avait visé juste.

— Laissez tomber, Amy, O.K. ? riposta-t-il d'une voix tranchante. Je refuse d'aborder le problème, que ce soit avec vous ou avec quelqu'un d'autre. Et surtout pas alors que nous avons un enfant perdu à retrouver.

Malgré l'âpreté de son ton, elle ne se laissa pas intimider.

— Quelque chose me dit que c'est justement le moment pour vous d'en parler. On sent qu'un drame pèse sur vos épaules. D'ailleurs, qui sait si cet épisode passé n'interfère pas sur votre concentration et ne vous empêche pas de tout mettre en œuvre pour…

— Absolument pas, non. Quand je suis sur une enquête, rien ne peut m'en distraire. Même pas une jolie femme qui pose trop de questions et s'intéresse à ce qui ne la regarde pas. Maintenant, allez-vous, oui ou non, remettre de l'ordre dans vos priorités ? Vous n'êtes pas ici pour me psychanalyser, mais pour regarder autour de vous. Vous pourriez passer à quelques mètres de Josh et ne pas vous apercevoir de sa présence !

Amy se sentit blêmir. L'accusation était d'autant plus cruelle qu'elle la savait justifiée. Pour échapper un moment aux griffes de l'angoisse, elle avait choisi de « soigner » Nick, alors qu'il ne lui avait rien demandé. Qu'il ait besoin de parler, elle en demeurait persuadée. Mais ce n'était ni son rôle ni sa fonction de le pousser à s'épancher. Et rien ne l'autorisait, pour ruser avec ses propres peurs, à pénétrer par effraction dans les zones profondes où celles de Nick faisaient rage.

— Je suis désolée d'avoir été indiscrète, murmura-t-elle, défaite.

Il accepta ses excuses d'un hochement de tête. Evitant de la regarder, il scruta la foule. Le ventre noué, elle fit de même de son côté. Et fut reprise à la gorge par la vertigineuse multiplicité de visages d'enfants anonymes. Et pas un qui ne soit son fils. *Où était Josh ?* Si elle devait passer une seconde de plus sans le voir, une seconde de plus sans que Trish appelle Nick sur son portable pour le prévenir que son fils avait enfin ressurgi, elle était en danger de perdre pied.

Alors qu'elle sentait un hurlement de terreur gonfler dans sa poitrine, Amy repéra soudain une masse de cheveux bruns à l'aspect familier. L'enfant était trop loin pour qu'elle puisse distinguer ses traits. Et pourtant… Elle connut une bouffée d'espoir qu'elle s'efforça d'endiguer. Tant de fois, déjà, elle s'était trompée en croyant reconnaître son enfant.

Mais lorsque son regard tomba sur la longue écharpe vert et rouge qui traînait par terre derrière le petit garçon, son cœur délivré fit un grand bond joyeux dans sa poitrine. Ce cache-nez était un modèle unique puisqu'elle l'avait tricoté elle-même.

— Là ! cria-t-elle en attrapant le bras de Nick pour lui indiquer la petite silhouette décidée. Il entre dans cette boutique, là-bas. Vous aviez raison ! Il fait les magasins ! C'est incroyable !

Nick plissa les yeux.

— Où cela, dites-vous ? Vous êtes certaine qu'il s'agit bien de Josh ?

Comme ce dernier disparaissait à l'intérieur de la boutique, Amy se mit à courir sans répondre, en entraînant son « Père Noël » derrière elle. Fendre le flot humain qui envahissait le centre relevait du tour de force. Jusqu'au moment où Nick lui saisit le coude et la guida en leur frayant un passage. Que ce soit à cause de sa carrure, de sa détermination ou de son costume, la foule, en tout cas, s'ouvrit devant eux comme les flots devant Moïse.

— Je ne le vois toujours pas, Amy.

— Je l'ai vu s'engouffrer là-dedans. Vite !

Les joues en feu, elle s'immobilisa devant la vitrine où des mannequins en cire arboraient de gracieux sous-vêtements en dentelle.

— Non, je rêve ! Il est entré dans un magasin de lingerie !

Nick lui jeta un regard circonspect.

— Votre fils de cinq ans s'intéresse à ce genre d'articles ?

— Vous vous demandiez quelle idée de cadeau il pourrait avoir pour moi. Je crois que nous avons la réponse. Son père m'offrait rituellement, chaque année, une pièce de lingerie de luxe. Et, apparemment, Josh semble vouloir perpétuer la tradition. Quand je disais qu'il se prenait désormais pour le petit homme de la maison, je n'imaginais pas que ce serait à ce point !

Nick avait toujours l'air vaguement déconcerté.

— Incroyable... J'avoue que c'est le dernier endroit où j'aurais pensé à chercher un petit garçon de cet âge.

Devant l'entrée de la boutique, Amy le vit hésiter. Et crut comprendre ce qui occasionnait sa réticence. La plupart des hommes aimaient voir leurs compagnes dans des dessous sexy, mais seraient morts de honte à l'idée d'être surpris en train d'en acheter. Amusée, elle leva les yeux vers lui.

— Ne me dites pas qu'un grand garçon comme vous se laisse effrayer par deux soutiens-gorge et trois culottes.

Il fronça les sourcils.

— Ce sont les femmes qui grouillent là-dedans qui me terrifient.

— N'oubliez pas que nous sommes le 24 décembre. La plupart des acheteurs sont des hommes cherchant un cadeau de dernière minute. Ce serait plutôt à moi d'être embarrassée.

— Vous êtes sûre et certaine que votre Josh fait ses courses de Noël là-dedans ?

Amy sourit. Au milieu de la foule des adultes pressés, elle distinguait nettement la silhouette de Josh. Ou, du moins, son cache-nez qui traînait derrière lui. Soulagée et d'humeur à rire, elle hocha la tête. Dressé sur la pointe des pieds, il fouillait dans un bac offrant des articles en solde.

— Là, Nick ! Regardez ! Il tient un tanga à la main ! Rouge !

Au lieu de tourner les yeux dans la direction qu'elle lui indiquait, Nick chercha son regard et ne le lâcha plus. L'air entre eux se mua soudain en fournaise tropicale.

— Un tanga rouge, vous dites ?

Ce fut plus fort qu'elle : Amy éclata de rire.

— Le Père Noël n'est pas censé avoir ce genre de pensées ! Je suppose que je devais avoir plus ou moins la même expression dans la confiserie. Alors, vous venez, oui ou non ? Vite avant qu'il ne nous file encore une fois entre les doigts !

— Je ne pense pas qu'il serait bon pour la réputation du Père Noël d'être repéré dans un magasin de lingerie, en train de loucher sur les strings. Je vais plutôt rester ici avec Mlle Emma pour surveiller la sortie. Je serai là en renfort au cas où il vous échapperait.

— Poule mouillée ! lança-t-elle en riant.

Elle pouvait de nouveau plaisanter, à présent qu'elle avait son fils vivant sous les yeux.

— Absolument, oui, reconnut-il sans complexe.

Amy ne perdit pas de temps à chercher à le convaincre. Se frayant un chemin dans le magasin bondé, elle fondit droit sur Josh. Pendant quelques instants, elle s'offrit le luxe de le regarder sans rien dire, se contentant de savourer la joie de le voir là, sain et sauf.

Puis elle s'accroupit à côté de lui.

— Josh Riley, tu ne peux pas imaginer comme je suis heureuse de te retrouver, murmura-t-elle en l'attirant dans ses bras pour le serrer avec force dans son étreinte.

Elle éprouvait un soulagement intense, merveilleux, comme si toute l'angoisse accumulée depuis une heure s'écoulait hors d'elle, libérant chaque tissu, chaque muscle.

— Oh non ! protesta Josh en se dégageant. Il ne fallait pas que tu me voies, maman !

Effarée, elle secoua la tête. Josh n'avait pas idée de ce qu'elle venait de traverser.

— Et pourquoi ne fallait-il pas que je te voie ?

Josh soupira patiemment.

— Mais parce que je suis en train de t'acheter ton cadeau ! Et je voulais que ce soit une surprise…

Amy, pour sa part, ne voulait plus qu'une chose : couvrir son jeune fugueur de baisers. Mais elle devait d'abord lui faire comprendre qu'il avait passé les limites.

Peignant une expression sévère sur ses traits, elle plongea son regard dans le sien.

— Cadeau ou pas cadeau, Joshua Riley, as-tu pensé une seconde que je pourrais être morte d'inquiétude en ne te voyant plus nulle part ?

Visiblement surpris, Josh cligna des paupières.

— Tu t'es fait du souci, maman ?

Elle le secoua doucement par les épaules.

— A ton avis ? Jamais tu n'as eu la permission d'aller faire les courses tout seul ! Et c'était la première fois que tu venais dans ce centre commercial, en plus ! Quand tu m'as lâché la main, j'ai cru que tu allais faire la queue pour voir le Père Noël, mais tu as changé d'avis en route. Je ne savais pas où tu étais et je me faisais un sang d'encre. Tu sais que tu dois toujours me demander l'autorisation avant d'aller quelque part. Ce que tu as fait est grave, très grave.

L'accusation laissa Josh perplexe.

— Mais je suis allé voir le Père Noël ! Seulement, la queue était *trop* longue, maman. Et je veux te faire un cadeau pour remplacer celui de papa. Comme ça tu ne seras pas triste…

Amy se mordit la lèvre. Difficile de se raccrocher à sa légitime colère face à de pareils arguments. La candide générosité de Josh lui allait droit au cœur. Résistant à la tentation de reprendre son jeune héros dans les bras, elle fronça les sourcils.

— Et comment savais-tu où il fallait aller ?

— L'année dernière, j'étais avec papa pour t'acheter ton cadeau. Donc j'avais vu que c'était un magasin où il y a des dames en petite culotte dans la vitrine. Mais j'ai cherché longtemps parce que tu me dis toujours que j'ai pas le droit de parler aux gens que j'connais pas. Donc je pouvais pas trop demander. Et y a plein, plein de magasins avec des gens partout qui bouchent le passage. Mais là, je suis sûr que c'est le bon magasin. Car il est pareil que celui où j'étais avec papa l'an dernier.

Il avait l'air si fier de lui qu'Amy en aurait pleuré. Elle dut cligner des paupières pour contenir les larmes qui menaçaient.

— Oh, mon chéri, mais je n'ai pas besoin d'un cadeau comme ça ! C'est beaucoup trop cher, Josh. Et tu n'as pas d'argent !

— Si, j'ai de l'argent !

Josh ouvrit la main et lui montra fièrement les quelques billets qui s'y trouvaient.

— Papa m'en a donné avant qu'on parte du Michigan.

Il souleva le tanga rouge.

— Tu la trouves belle, la petite culotte, maman ?

Pour Amy, elle avait surtout l'air inconfortable. Tout aussi inconfortable, en fait, que celles que Ned lui avait offertes au fil des années et qui, pour la plupart, avaient fini au fond d'un tiroir. Elle ne voulait pas que son fils dépense le peu d'argent qu'il avait pour acheter un objet destiné à stagner dans un recoin oublié de sa commode. Sans compter que ce n'était pas le cadeau idéal qu'une mère pouvait accepter de son fils.

— Ce que je trouve, c'est que tu es un garçon vraiment extraordinaire de vouloir acheter un si beau cadeau pour ta maman. Mais je préférerais que tu gardes l'argent que ton papa t'a donné pour le moment où tu auras vraiment envie de quelque chose pour toi.

Elle s'interrompit pour le regarder avec la sévérité requise.

— Mais il faudra que tu attendes longtemps avant de pouvoir le dépenser, parce que, avec la bêtise que tu viens de faire, tu vas être privé de sortie jusqu'à l'âge de trente ans.

Le visage de Josh se décomposa.

— Trente ans ! Mais j'ai pas fait de bêtise. Je voulais juste t'acheter un cadeau. Je pensais que tu serais contente !

— Acheter un cadeau, c'est une très gentille intention, Josh. Mais tu n'as pas le droit, à ton âge, de te sauver sans rien dire. Sais-tu que toute l'équipe de sécurité du centre commercial est à ta recherche depuis plus d'une heure ? Et même un policier !

Entendant cela, Josh parut enfin prendre conscience de l'énormité de ce qu'il avait fait.

— Ouille, ouille ! chuchota-t-il. Tu crois qu'ils sont fâchés contre moi ?

— Je pense qu'ils seront soulagés d'apprendre qu'il ne t'est rien arrivé de grave, Josh. Et je sais qu'ils apprécieront que tu leur présentes tes excuses.

Son fils hocha docilement la tête.

— D'accord, maman. Je leur demanderai pardon. Tu sais quoi ? On pourrait vite, vite repasser à l'appartement, et on leur apporterait plein de cookies.

Josh semblait avoir compris sa leçon. Pour le moment, en tout cas. Car elle passerait vraisemblablement les dix prochaines années de sa vie à la lui répéter sous différentes formes. Avec un petit garçon aussi précoce, elle risquait de s'arracher les cheveux plus souvent qu'à son tour.

— Tu me promets que tu ne te sauveras plus jamais, Josh ?

— Promis, juré, maman.

— Bon. Eh bien, j'ai une surprise pour toi. Il y a quelqu'un qui t'attend juste à la porte du magasin. Quelqu'un qui veut s'assurer par lui-même que tu es sain et sauf, avant d'appeler tous les autres qui te cherchent et leur dire qu'on t'a retrouvé. Remets ce truc-là à sa place, dans le bac, et sortons vite d'ici.

Josh se sépara à contrecœur de son tanga rouge et prit bravement la main qu'elle lui tendait.

— C'est qui ? demanda-t-il avec impatience pendant qu'ils traversaient la boutique. Qui veut me voir ?

Avant qu'elle puisse répondre, son regard s'illumina.

— J'ai deviné ! C'est papa ! Papa est venu passer Noël avec nous ! Youpi !

Amy eut le cœur serré d'avoir à doucher l'enthousiasme de son fils. En cet instant, elle aurait volontiers étranglé son ex, qui n'avait même pas pris la peine d'envoyer un jouet pour Noël à son fils. Mais à quoi bon s'énerver ? Ned était ce qu'il était. Et elle ne pouvait pas passer le reste de ses jours à lui inventer de savantes excuses.

— Non, mon chéri, ce n'est pas ton père.

L'éclat dans les yeux de Josh se ternit.

— Ah bon…, murmura-t-il, déçu.

— Mais c'est presque une aussi bonne surprise, tu verras.

— Papi et mamie ? s'enquit-il avec nettement moins d'entrain.

Amy n'eut pas le temps de lui fournir plus d'explications. Josh venait d'aviser Nick avec Emma dans les bras. Ses joues devinrent écarlates et son regard s'éclaira de nouveau. Il n'y avait plus trace de déception sur son visage radieux.

— Papa Noël ! s'écria-t-il. Tu m'as apporté le papa de Noël !

Pour la seconde fois, ce jour-là, il lui lâcha la main pour s'élancer seul vers son but. Mais cette fois le Père Noël était là pour le rattraper et l'enlever dans ses bras.

7

Nick avait gardé les yeux rivés sur Amy alors qu'elle traversait la boutique pour rejoindre son fils. Emma s'était mise à rire et à gazouiller gaiement en pointant le doigt sur sa mère et sur Josh. La petite fille avait manifestement reconnu son grand frère et affichait sa joie à le revoir. Nick sentit une émotion douloureuse lui transpercer la poitrine alors qu'il assistait à ces retrouvailles.

C'était une belle scène comme celle-ci qui aurait dû clôturer l'affaire Hamilton. Il aurait été juste que la mère de Tyler, elle aussi, serre son enfant perdu contre son cœur en versant des larmes de joie. Mais rien de tel ne s'était produit pour Mitzi. Il était arrivé seul chez elle avec sa terrible nouvelle. Une nouvelle qu'il avait tenu à annoncer lui-même. Paralysé par l'impuissance, il avait vu le sang se retirer du visage de la jeune mère. Il l'avait rattrapée lorsque ses jambes s'étaient dérobées, et l'avait tenue pendant qu'elle sanglotait. Mais, de sa vie, il ne s'était senti si démuni. Et il ne parvenait même pas à imaginer qu'un événement, même aussi heureux que celui qui se déroulait en cet instant sous ses yeux, pourrait atténuer un jour la force destructrice de ce souvenir.

Lorsque Josh le repéra, poussant un cri de joie et lâchant la main d'Amy, Nick tomba à genoux pour intercepter l'enfant, qui venait se jeter dans ses jambes. Pendant une fraction de seconde, il oublia Tyler et Mitzi, et ne ressentit qu'un immense soulagement. *Cette* recherche-là s'était bien terminée. *Ce* garçon avait retrouvé sa mère. Et il avait joué un rôle, au moins partiel, dans ces heureuses retrouvailles.

Son regard glissa sur Amy, qui rayonnait comme si elle venait d'ouvrir le plus somptueux des cadeaux de Noël.

— Merci, articula-t-elle.

Avant qu'il puisse répondre, Josh gigota pour se libérer et l'examina d'un regard attentif.

— J'ai déjà rencontré le Père Noël l'année dernière. Et il avait pas la même tête que toi.

Nick réprima un sourire.

— Le Père Noël a eu une année difficile. J'ai pris un coup de vieux.

Josh ne parut pas convaincu.

— Et je ne reconnais pas ta voix non plus. Tu parles comme les gens d'ici. Ce n'est pas l'accent du pôle Nord.

Du coin de l'œil, Nick entrevit l'expression amusée d'Amy. Il improvisa sur-le-champ.

— Tu sais, Josh, le Père Noël doit toujours s'adapter à l'endroit où il arrive en visite. Pour que les enfants d'ici me comprennent, je parle comme eux.

Josh eut une moue sceptique.

— Ah oui ? C'est d'accord si je te dis tout de suite ce que je veux pour Noël ? Comme ça, je ferai pas la queue. C'est à cause de la queue que je me suis perdu. Il y avait trop de monde et je suis parti.

Nick échangea un regard avec Amy. A en juger par son sourire, elle était prête a lui offrir le soleil, la lune et les étoiles avec. Mais il se sentait, pour sa part, d'humeur un peu moins indulgente envers le jeune fugueur.

— On va en discuter, toi et moi, d'accord ? D'homme à homme.

— D'accord, acquiesça Josh, le regard brillant.

Nick dut se faire violence pour ne pas sourire.

— Je ne suis pas sûr que les petits garçons qui se sauvent et qui font des frayeurs à leur maman devraient recevoir un cadeau du Père Noël. Qu'en penses-tu, toi ?

Josh ouvrit de grands yeux incrédules.

— Tu me demandes de décider si je dois avoir un cadeau ou pas ?

— Je pense que nous pouvons y réfléchir ensemble, toi et moi. Qu'est-ce que tu en dis ?

Le petit garçon se concentra avec le plus grand sérieux.

— Voilà ce que je pense : j'ai pas fait exprès d'inquiéter maman. Moi, ce que je voulais, c'était lui faire une surprise. Pour qu'elle ait un vrai cadeau sous le sapin même si papa n'est pas là. Et ça, c'est une bonne action, non ? Même que maman a dit que j'étais un petit garçon extraordinaire.

Nick faillit éclater de rire. Amy ne devait pas avoir la vie facile avec ce jeune homme à l'esprit retors. Josh avait des facultés de raisonnement étonnamment développées pour un enfant de son âge. A moins qu'il ne s'agisse tout simplement de bons réflexes d'autoprotection. Nick se souvenait d'avoir eu cette même faculté, enfant, à se sortir par le raisonnement des situations les plus délicates. Et sa mère s'était montrée tout aussi tolérante qu'Amy. Poser les règles et appliquer les sanctions avait toujours incombé à son père. Or, Josh n'avait personne autour de lui pour tenir le rôle. En sa qualité de Père Noël, il pouvait, pour aujourd'hui en tout cas, se charger de rappeler quelques consignes de prudence élémentaires.

— C'est vrai que ton idée était généreuse, Josh. Donc, je suis d'accord : ça compte pour une bonne action. Mais partir sans prévenir, même avec de bonnes intentions, c'est une bêtise. Une grosse bêtise, même. Beaucoup de gens, ici, dans le centre, se sont fait du souci pour toi.

Le garçonnet parut sincèrement contrit.

— Oui, je sais. Maman me l'a dit… Mais je vais leur demander pardon, alors ça va s'arranger, conclut l'enfant avec un regain immédiat d'optimisme.

Nick jeta un regard à Amy.

— C'est bien que tu présentes tes excuses aux gens qui ont passé beaucoup de temps à essayer de te retrouver. Mais je veux être sûr que tu comprennes pourquoi c'est grave, ce que tu as fait.

— Parce que maman a eu très peur, c'est ça ?

— C'est déjà une raison, oui.

Nick se demanda comment faire passer son message sans terrifier Josh et sans le priver de sa confiance en la vie. Son étonnante absence d'inhibition lui rendrait sûrement de grands services, par la suite. Et il ne voulait pas briser cet élan en lui. Même si la pauvre Amy n'avait pas fini de vivre des moments difficiles…

Il considéra Josh d'un œil sévère.

— Mais il y a une autre raison : c'est dangereux, pour quelqu'un de ton âge, de se promener seul dans un endroit comme ici, où il y a beaucoup de monde. Dans de grandes foules, comme celle-ci, un enfant n'est pas en sécurité. Il lui faut la protection d'un adulte.

Josh plissa le front d'un air pensif. Il n'était pas de ceux qui prenaient les affirmations des « grands » pour argent comptant, de toute évidence.

— Et pourquoi, c'est dangereux, par exemple ?

Nick se demanda dans quelle mesure il pouvait entrer dans les détails. Et finit par opter pour une stratégie dérivée.

— Tu crois au Père Noël, n'est-ce pas ?

— Ben ouais !

— Eh bien, le Père Noël voit beaucoup de choses. Les bonnes et les mauvaises.

Josh hocha la tête.

— Oui, c'est pour ça que je suis toujours sage. Enfin… très souvent, rectifia-t-il après un rapide regard à Amy. Jusqu'à aujourd'hui, quoi.

Nick dissimula un sourire.

— Bon… Tu es d'accord avec moi quand je dis que le Père Noël sait beaucoup de choses ?

— Oui.

— Alors, tu ne penses pas que tu peux le croire sur parole, quand il affirme que c'est dangereux pour un garçon de cinq ans de se promener seul dans un grand centre commercial comme celui-ci ?

Un reste de scepticisme marquait l'expression de Josh.

— Mais je suis resté seul longtemps et il s'est rien passé de mal.

— Cette fois-ci, non. Tu as eu beaucoup de chance, Josh. Mais il ne faudra plus jamais prendre le risque. Tu comprends cela ?

— Oui, je crois.

— Bon, alors réfléchis à ma proposition. Si tu veux que le Père Noël discute avec toi de ta liste de cadeaux, il faudra lui promettre de ne pas recommencer.

L'attrait des cadeaux aidant, Josh acquiesça solennellement.

— D'accord, je promets. Je regrette, maman, dit-il en se tournant vers Amy.

Nick jugea prudent de le mettre en garde.

— Le Père Noël saura si tu tiens parole ou non. Donc, il faut que tu promettes pour toujours.

Josh lui jeta un regard inquiet.

— Pour toujours ? C'est très, très long… C'est une promesse qui compte même pour quand j'aurai dix ans ?

— Plus longtemps que ça encore. Jusqu'à ce que tu sois vraiment grand. Et, même là, il faudra tâcher de ne jamais faire pleurer ta maman.

Josh poussa un petit soupir.

— Je vais essayer, mais ça va être long… Tu as une maman, toi ? demanda-t-il soudain en l'examinant de près.

Nick fit oui de la tête.

— Et elle s'inquiète pour toi ?

— Oh ! oui, admit-il spontanément.

Mais il évita de préciser que, même à son âge, il lui arrivait encore de lui faire de la peine.

— Mais tu es le Père Noël !

— Les mamans se font aussi du souci pour les grands. Et même si ça te paraît long, je suis sûr que tu peux y arriver.

— J'essaierai, chuchota Josh d'une voix altérée par le doute.

— Je te propose de réfléchir à ma proposition, O.K. ? Et on en reparlera quand tu auras fait la queue pour venir me voir.

Le regard de Josh s'éclaira.

— Ça marche ! Je vais me mettre dans la queue tout de suite !

Il allait s'élancer vers le village du Père Noël lorsque Nick le rattrapa in extremis par la main.

— Hep ! Pas si vite, jeune homme ! Qu'est-ce que tu viens de me promettre ?

Josh fit la grimace.

— Ah oui… Maman ? On peut aller faire la queue, maintenant ?

Avant qu'Amy puisse répondre, Nick jeta un coup d'œil sur la file interminable. S'il devait affronter cette multitude d'enfants impatients, ce ne serait que justice s'il se ménageait une petite récompense sur la fin. Il voulait être sûr de revoir cette petite famille — sûr de passer plus de temps en leur compagnie. Une fois dégagé de ses obligations, il aurait les mains libres pour persuader Amy de l'accompagner à l'office de Noël ce soir. Et quelque chose lui disait que si Amy et ses enfants étaient à ses côtés à l'église, sa vie pourrait prendre un nouveau tournant.

— Ecoute, Josh, comme la queue est très longue, je te propose d'aller manger d'abord un petit quelque chose avec ta mère et ta sœur, et de revenir quand il y aura moins de monde.

— Tu crois qu'on aura le temps ? s'inquiéta Josh.

— Je ne partirai pas avant de t'avoir vu.

Nick se tourna vers Amy.

— L'idée vous convient ? Cela ne vous fera pas de mal de vous mettre quelque chose sous la dent. L'aire de restauration est juste en face. Je recommande chaudement la pizza.

Amy parut hésiter quelques instants, puis son visage s'éclaira.

— En fait… je meurs de faim ! Ce matin, j'étais grippée

et je ne pouvais rien avaler. Mais l'angoisse a chassé le virus, apparemment. Pouvons-nous vous rapporter quelque chose ?

Nick déclina d'un signe de tête.

— Ça ira, merci.

— Alors, à tout à l'heure.

Elle commença à s'éloigner avec Emma calée sur une hanche et en tenant la main de Josh. Mais elle se ravisa et revint sur ses pas. Avant que Nick ait pu anticiper son geste, elle se dressa sur la pointe des pieds et lui posa un baiser sur la joue.

— Merci de m'avoir aidée à retrouver Josh, chuchota-t-elle, les yeux humides de larmes. Tu ne peux pas imaginer comme…

Sa voix se brisa et elle se tut. Il essuya la larme solitaire qui glissait sur sa pommette.

— Je crois que je peux m'imaginer, si. Et je suis heureux d'avoir pu être à ton côté, Amy.

Son regard trouva le sien.

— Je n'oublierai jamais ce que tu as fait pour nous… Ni les questions sans réponse dont je t'ai harcelé, ajouta-t-elle avec l'ombre d'un sourire.

Même si la remarque se voulait être une forme atténuée de menace, il ne put s'empêcher de rire.

— Je crois que tu es la personne la plus opiniâtre que je connaisse.

Elle sourit.

— Tiens-le-toi pour dit, alors. Tu es sûr que tu ne veux pas que je te rapporte quelque chose ?

— Rien, répéta-t-il.

Il attendit qu'Amy se soit éloignée dans la foule pour compléter à voix basse :

— … à part vous trois.

Trish surgit derrière lui juste à temps pour surprendre ses dernières paroles.

— Alors ? On dirait que tu n'as pas seulement retrouvé un garçonnet perdu, grand frère. Tu as aussi remporté un bonus ?

Pour une fois, il ne ressentit même pas la tentation de l'envoyer bouler.

— Qui sait ? Ça se pourrait.

— J'ai assisté au baiser, entre parenthèses. Et j'ai beaucoup aimé ton expression abasourdie.

Trish l'attrapa par le bras et lui adressa un clin d'œil.

— Noël est bel et bien la saison des miracles, finalement.

Juste au moment où elle prononçait le mot « miracle », leur mère, Laura DiCaprio, surgit de la foule, les joues en feu et coiffée du foulard dont elle couvrait ses cheveux pour cuisiner.

— Ah, te voilà ! s'exclama-t-elle, hors d'haleine, en l'examinant de la tête aux pieds. Nicky, tu fais un magnifique Père Noël, conclut-elle d'un ton approbateur.

L'arrivée de sa mère prenait Nick par surprise. Et il ne pouvait s'empêcher de se demander ce qui motivait sa présence. Surtout qu'à en juger par son apparence elle s'était interrompue au beau milieu de ses préparatifs culinaires pour se précipiter ici ventre à terre. Soupçonnant Trish d'avoir ourdi quelque complot contre lui, il la gratifia d'un froncement de sourcils mauvais. Mais sa sœur haussa les épaules.

— Inutile de me regarder comme ça. Je ne suis pas responsable. Nous n'avons pas communiqué de la journée, maman et moi.

Il se tourna de nouveau vers sa mère.

— Que fais-tu ici, maman ? Et ne me dis pas que c'est une coïncidence, car je sais que tous tes cadeaux de Noël sont prêts depuis au moins un mois.

— Ils sont emballés depuis septembre, figure-toi.

— Ce n'est pas ce que j'appelle une réponse directe.

— Et je ne suis pas non plus un de tes suspects ! répondit Laura DiCaprio en se hérissant.

— Maman, s'il te plaît…

— Bon, d'accord. Maylene Kinney m'a appelée. Elle m'a parlé du petit garçon qui avait disparu et…

La voix de sa mère se perdit dans un murmure.

— Et ?

— Et j'ai eu besoin de m'assurer par moi-même que… que tu tenais le coup. J'ai laissé ton père tourner en rond tout seul sur le parking. Espérons qu'il finira par trouver une place.

Elle leva vers lui un regard hésitant.

— C'est terminé ? L'enfant égaré a été retrouvé ?

— Il va bien, oui, répondit Nick sèchement.

Que la nouvelle de la disparition de Josh se soit ébruitée ne lui paraissait pas être un bon signe. Il suffirait qu'un journaliste égaré ait vent de l'histoire et le centre grouillerait bientôt de reporters. Il cloua Trish d'un regard sévère.

— Si les médias débarquent, tu t'arranges pour ne pas me mêler à l'histoire, tu m'entends ? Dis-leur que c'était une fausse alerte. Ou, si tu préfères ne pas mentir, explique-leur que Josh a retrouvé sa mère et que tout s'est bien terminé. Mais, surtout, que mon nom ne soit pas mentionné.

Trish le regarda avec consternation.

— Je ferai de mon mieux. Mais je préfère te dire tout de suite qu'il y a déjà une journaliste, dans le centre, qui fait un reportage sur les adeptes du cadeau de Noël de dernière minute. J'essaierai de lui demander de garder le silence. Mais je ne te promets pas que ce sera facile. Pour un reporter, c'est l'histoire rêvée : « Nouveau miracle de Noël : une maman retrouve son petit garçon perdu le soir du réveillon ».

— Si elle se contentait d'écrire cela, je n'y verrais pas d'inconvénient. Mais tu sais aussi bien que moi que si elle parle de moi, il y aura des comparaisons…

— Si on parle de toi, tu seras un héros, Nicky, intervint sa mère. Tu ne crois pas que ce serait une bonne chose après… après ce qui s'est passé ?

— Je ne veux pas être une célébrité et je n'ai rien accompli d'héroïque aujourd'hui, à part enfiler cette foutue tenue de Père Noël ! J'aurais mieux fait de me couper la main plutôt que de te répondre au téléphone ce matin, Trish !

Alors même qu'il prononçait ces mots, il visualisa sa rencontre avec Amy. Il se revit en discussion avec le petit Josh, si vif et si précoce, se souvint de ce qu'il avait ressenti en tenant

Emma dans ses bras. Et convint qu'il n'aurait voulu manquer ces moments pour rien au monde.

Il lut dans le regard de Trish qu'elle comprenait.

— Bon. Je retourne prendre mon poste avant que ces enfants ne déclenchent une émeute, annonça-t-il sombrement. Pendant ce temps, Trish, tu devrais peut-être aller trouver Amy et la mettre en garde en ce qui concerne la journaliste. Je ne sais pas si elle a d'ores et déjà été repérée mais, dans le doute, il vaut mieux qu'elle soit préparée. Dis-lui de rester dans l'aire de restauration jusqu'à ce que tu reviennes la chercher. J'ai promis à Josh qu'il pourrait venir voir le Père Noël avant la fermeture du centre commercial.

Les yeux de sa mère brillèrent de curiosité.

— Amy ? C'est la maman du petit garçon perdu ? Maylene m'a dit qu'elle était jolie comme un cœur et que c'était une mère seule qui venait juste d'emménager à Charlotte.

— C'est exact.

Nick nota avec résignation que l'expression de sa mère se faisait rêveuse, comme si elle entendait déjà les premiers accords d'une marche nuptiale.

— Je viens avec toi, Trish, annonça Laura avec un large sourire. Je ferais volontiers connaissance avec cette jeune personne. Peut-être accepterait-elle de venir partager notre repas de Noël demain, avec ses enfants ?

Trish semblait avoir du mal à dissimuler son amusement. A seconde vue, Nick la suspecta d'ailleurs de ne même pas faire l'effort de dissimuler quoi que ce soit

— Tu as des commentaires à faire, grand frère ?

Il soupira.

— A quoi bon ? Vous n'écoutez jamais un mot de ce que je dis, de toute façon.

— Comment peux-tu affirmer une chose pareille, Nicolas DiCaprio ? s'insurgea sa mère. Nous t'entendons, mais nous lisons parfois aussi entre les lignes. Viens, Trish. Allons trouver cette jeune femme… Nick, quand ton père arrivera, envoie-le-moi, tu veux bien ?

Nick suivit le duo des yeux et déglutit. S'il n'y avait pas eu l'essaim d'enfants surexcités qui l'appelaient à grands cris, il les aurait retenues de force. Ou les aurait au moins accompagnées pour protéger la pauvre Amy. Il avait la sombre impression qu'elle serait plus en sécurité avec une horde de journalistes survoltés qu'avec cette paire de conspiratrices, en mission pour offrir à leur frère et fils ce cadeau prisé entre tous : un amour de Noël.

Amy prit des parts de pizza et des boissons pour Josh et pour elle, et chercha une table où s'asseoir. Ce ne fut pas une mince affaire. Presque toutes étaient occupées, et elle avait le plus grand mal à manœuvrer la poussette d'Emma entre les consommateurs. Non sans appréhension, elle vit Josh s'efforcer de maintenir leur plateau en équilibre.

— Par ici ! appela Trish en lui faisant de grands signes. Ma mère vous a trouvé une table.

Soulagée, Amy se dirigea vers la sœur de Nick.

— Merci beaucoup. C'est vraiment très gentil. Nick a repris ses fonctions ?

— Oui, ça y est. Je l'ai laissé avec un enfant sur les genoux à dispenser de judicieux conseils. Mais il m'a demandé de vous dire qu'il valait mieux que vous restiez tranquille ici, et que vous évitiez de vous montrer avant que je ne revienne vous chercher.

Surprise par cette mise en garde, Amy demeura un instant interdite.

— Ah bon ? Pourquoi ?

Trish fit la moue.

— Je suis désolée. Mais nous pensons que des rumeurs ont pu se répandre au sujet d'un enfant disparu. Et, dans la mesure où Nick est intervenu, cela pourrait faire les choux gras des médias. Je vais tenter l'impossible pour les tenir à distance, y compris la correspondante du journal local qui enquête déjà sur place pour un article qui n'a rien à voir avec vous. Nick a pensé que vous préféreriez ne pas être assiégée par les paparazzi.

Trish marqua soudain une hésitation.

— Je dis ça, mais cela vous amuserait peut-être de répondre aux interviews ?

Amy frémit. A présent que Josh était en sécurité à son côté, elle n'avait plus envie de penser à l'incident et encore moins d'en parler.

— Oh non, surtout pas…

Mais Josh, qui n'avait pas perdu un mot de la conversation, ouvrit de grands yeux enthousiastes.

— Oh ! si, maman ! Comme ça on passerait à la télé ! Ce serait trop génial ! On pourrait enregistrer un CD et l'envoyer à papa et à papi et à mamie…

— Toi, tu n'as pas ton mot à dire, rétorqua Amy fermement. Tu ne voudrais tout de même pas que ton papa apprenne que tu t'es sauvé, Josh !

— Mais je pourrais dire à la télé que je regrette d'avoir fait une bêtise.

Amy secoua la tête pendant que Trish dissimulait un sourire.

— Allons nous asseoir et réjouissons-nous que cette histoire se soit bien terminée. D'ailleurs, il faut que je fasse manger Emma. Elle doit être morte de faim.

— Ma mère sera ravie de vous donner un coup de main, déclara Trish. Elle est super avec les enfants. Venez, elle est juste là.

Trish la guida jusqu'à une table miraculeusement restée libre, que monopolisait une femme à la cinquantaine bien tassée. Amy songea qu'elle devait avoir à peu près l'âge de sa propre mère. A en juger par son allure, Mme DiCaprio avait dû quitter précipitamment sa cuisine, sans prendre le temps de se changer. Il y avait des traces de farine sur ses vêtements et elle avait enfilé en guise de manteau quelque chose de vert et d'informe qui devait être la veste de chasse de son mari.

Malgré son apparence échevelée, la mère de Trish et de Nick lui adressa un sourire rayonnant.

— Vous devez être Amy. Maylene Kinney vous a décrite à la perfection… Ah, et voici le jeune homme qui avait pris la poudre d'escampette.

Josh hocha la tête.

— Je suis privé de sortie jusqu'à trente ans, annonça-t-il d'un ton résigné en laissant son plateau pencher dangereusement.

— C'est le risque quand on part à l'aventure, mon garçon. Mais tu es en sécurité, maintenant. C'est l'essentiel.

Mme DiCaprio rattrapa le plateau in extremis et le posa sur la table.

— Oh, elle a l'air bonne cette pizza ! Je vais en prendre une part aussi. Je suis dans les tartes, les gâteaux et les cookies depuis ce matin, et je n'ai pas eu le temps de déjeuner. Ne m'attendez pas pour manger. Je reviens tout de suite.

Amy la suivit pensivement des yeux. Laura DiCaprio lui faisait penser à ces tempêtes tropicales qui, en s'éloignant, laissent soudain un grand calme dans leur sillage.

— Elle est toujours comme ça ?

Trish se mit à rire.

— Du matin jusqu'au soir. Dites, cela ne vous ennuie pas si je vous laisse entre ses mains quelques instants ? Je voudrais aller voir où en est le Père Noël. Il avait l'air un peu bougon, tout à l'heure.

— Pas de problème, allez-y.

Amy se souvint alors des questions qu'elle se posait au sujet de Nick. Elle se demandait s'il n'aurait pas été impliqué récemment dans une enquête qui se serait mal terminée. Ce qui expliquerait sa méfiance des médias. Et sa crainte que les journalistes ne fassent « leurs choux gras » de cette histoire de disparition d'enfant.

— Trish, avant que vous partiez, je peux vous poser une question ?

L'expression de la sœur de Nick se fit plus réservée.

— Oui, bien sûr. A quel propos ?

— Votre frère.

Amy s'écarta pour ne pas être entendue de Josh. Elle ne voulait pas détruire ses illusions au sujet du Père Noël.

— Y a-t-il une raison particulière pour laquelle il préfère éviter que les journalistes ne se mêlent de cette histoire ? Une raison qui fait que Nick préfère rester dans l'ombre ?

Trish hésita un instant puis secoua la tête.

— C'est à Nick qu'il faudra le demander… Je vais vraiment être obligée de vous abandonner. Il viendra vous chercher bientôt, je pense. Ou alors il m'enverra. Dans tous les cas de figure, je vous laisse aux mains de ma mère, pour le moment. N'hésitez pas à faire appel à elle si vous avez besoin de quelque chose.

Sur un petit signe de la main, Trish s'évanouit dans la foule. Mais même si la sœur de Nick était restée très évasive, Amy avait la certitude, désormais, qu'il s'était bel et bien passé quelque chose. Et elle souhaitait obtenir des éclaircissements avant que les choses n'aillent plus loin entre Nick et elle. Tout semblait indiquer qu'elle avait affaire à un homme bourré de qualités. Et il était entouré d'une famille adorable, à en juger d'après Trish et sa mère.

Mais Nick avait un secret. Et elle en avait eu plus que sa part des hommes qui pratiquaient la dissimulation comme une seconde nature…

8

Amy songea que cette journée du 24 décembre avait été une étonnante succession de hauts et de bas. Laura DiCaprio et elle écoutaient Josh raconter avec force détails tout ce qu'il avait vu, entendu et observé alors qu'il se promenait seul dans le centre commercial avec ses quelques dollars en poche. La mère de Nick semblait charmée par le bavardage incessant de son fils. Et il n'en fallait pas plus pour faire le bonheur de Josh. Il avait un petit côté cabotin et n'était jamais aussi heureux que lorsqu'il captivait son auditoire.

Mais ce qui inquiétait surtout Amy, c'est qu'il parlait de ses pérégrinations solitaires avec fierté, comme s'il attendait la première occasion pour renouveler l'expérience.

— Tu te souviens de ce que tu as promis au Père Noël, n'est-ce pas ? l'interrompit-elle, sourcils froncés.

— Que je ne me sauverais plus jamais ? Mais, tu sais, j'étais pas vraiment perdu, maman. Je savais que tu étais là.

— Mais moi, je ne savais pas où tu étais, *toi*. Et ça, ce n'était pas bien du tout. Tu comprends ?

Josh fourra son dernier morceau de pizza dans sa bouche avant de répondre avec impatience :

— Oui, je comprends. On y va, maintenant ?

Se souvenant de la mise en garde de Trish, Amy jeta un regard interrogateur à Mme DiCaprio, qui comprit aussitôt son dilemme.

— Josh, je pense que ta mère a besoin de se reposer encore

un moment. Elle ne se sentait pas bien, ce matin. Et elle a eu la peur de sa vie, tout à l'heure, lorsque tu avais disparu.

Josh avança la lèvre inférieure en une expression boudeuse qui fit bouillir le sang d'Amy.

— Ecoute, Josh, si tu fais cette tête, nous quittons le centre commercial tout de suite et tant pis pour le Père Noël ! C'est clair ? Tu vas rester assis ici bien tranquillement pendant que je fais manger Emma. C'est une chance que j'aie prévu un petit pot et un biberon dans mon sac. J'ai dû avoir l'intuition que la visite au Père Noël serait plus mouvementée que prévu.

— Oh, maman, maman, s'il te plaît, je peux aller voir le Père Noël pendant que tu donnes la purée de carottes à Emma ? Mme DiCaprio pourrait m'emmener !

Josh dut voir son expression exaspérée car il soupira d'un air résigné.

— Bon, d'accord. Je t'attends.

— Sage décision, approuva-t-elle.

— Josh, qu'est-ce que tu vas commander au Père Noël ? demanda Mme DiCaprio pour le distraire.

Il secoua gravement la tête.

— Je peux pas te le dire. C'est comme quand on fait un vœu. Si on en parle, il se réalise pas.

Mme DiCaprio lui confia à voix basse :

— Tu sais, je le connais très bien, le Père Noël. Je pourrais lui glisser un petit mot en ta faveur.

L'expression de Josh se fit pensive. Mais il maintint son refus.

— Non, ça va. Je crois qu'on est assez copains, le Père Noël et moi. Je lui dirai moi-même.

Laura DiCaprio rit doucement.

— Tu sais quoi, Josh ? Tu es un garçon plein d'assurance, avec une confiance en toi étonnante. Tu me fais penser à un autre enfant que j'ai bien connu.

— Ton fils ? devina Josh.

— Exactement.

Elle montra les mèches argentées qui dépassaient sous son foulard.

— Tu vois tous ces cheveux gris ? C'est à cause de lui qu'ils ont changé de couleur. Il suffisait que je tourne le dos trois secondes, et il avait déjà inventé une nouvelle bêtise. J'ai quatre enfants, tous adultes maintenant. Mais il n'y en a qu'un seul sur le nombre qui a réussi à me faire vieillir avant l'heure.

Alors qu'Amy écoutait, fascinée, Mme DiCaprio lui adressa un discret clin d'œil.

— Et il continue de me donner des cheveux blancs, avec la profession qu'il a choisie.

Josh suivait la conversation avec le plus vif intérêt.

— C'est quoi, son travail, à ton fils ? Je pourrai peut-être faire le même, quand je serai grand.

— Il est officier de police. Et même s'il a du talent pour son métier, je me fais du souci tout le temps.

— Le Père Noël dit que les mamans sont toujours inquiètes pour leurs enfants. Même quand ils sont grands et qu'ils ont de la barbe…

— Le Père Noël dit vrai, acquiesça gravement Laura DiCaprio.

— Et tu te fais aussi du souci pour Trish ?

— Parfois, oui. Parce qu'elle travaille trop et ne s'amuse pas assez. Mais elle n'a pas un métier dangereux, au moins.

Amy songea à Nick et se le représenta en jeune polisson espiègle, assez semblable à Josh. Cette pensée lui donna une tout autre vision de l'homme qu'il était. Elle envisagea un instant de questionner Mme DiCaprio sur ce qui tourmentait son fils. Mais Trish avait raison : c'était à Nick lui-même de lui fournir une explication.

— Amy ?

Elle tressaillit.

— Excusez-moi, j'étais perdue dans mes pensées. Vous m'avez posé une question ?

— Je vous demandais si vous aviez des projets pour demain, tous les trois.

— Evidemment qu'on a des projets ! intervint Josh en écarquillant de grands yeux. C'est Noël : on ouvre les cadeaux !

Laura DiCaprio sourit.

— Je pensais à la phase qui suit l'ouverture des cadeaux, en fait… Amy, vous accepteriez de passer l'après-midi chez nous et de vous joindre à la grande et tumultueuse famille DiCaprio pour le dîner ? Ce sera agité, comme chaque année, mais les fils de Rob ont plus ou moins l'âge de Josh. Et il a une petite fille qui est juste un peu plus grande qu'Emma.

Amy appréciait l'hospitalité spontanée de la mère de Nick. Mais elle ne pouvait décemment accepter.

— Je pense que Josh sera ravi de faire leur connaissance. Mais demain ne me paraît pas être un bon jour. Je ne veux pas vous envahir en pleine fête de famille.

— Allons donc, quelle idée ! Ce sera un plaisir, au contraire. Je cuisine toujours pour une armée. La dinde est gigantesque, et tout le monde pourra emporter des restes. Et je me suis mise à la pâtisserie il y a déjà un mois.

Elle jeta un regard dépité sur ses vêtements couverts de farine.

— Comme vous voyez, je n'ai pas encore fini. J'espère encore enfourner quelques cookies avant le premier office ce soir.

— Dans ce cas, je ne veux surtout pas vous retarder. Nous attendrons tranquillement ici que Trish revienne.

— Oh, je ne suis pas à dix minutes près… J'ai mis la pâte à refroidir au réfrigérateur. Je n'aurai plus qu'à découper les cookies et à les mettre au four pendant que je m'habillerai pour aller à l'église.

— Nous aussi, avant, on y allait, à l'église pour Noël, fit observer Josh.

— Et cette année ? Vous n'avez rien prévu ? s'inquiéta Laura DiCaprio.

— Nous n'avons pas encore eu le temps de prendre nos habitudes à Charlotte. Nick nous a vaguement proposé de nous joindre à vous.

Le regard de sa mère s'éclaira.

— Ah, vraiment ? C'est une excellente idée ! Ainsi, vous ferez connaissance avec le reste de la famille dès ce soir. Et vous n'aurez plus aucune excuse pour ne pas vous joindre à nous demain.

— On peut y aller, maman ? plaida Josh. Allez... S'il te plaît...

Amy avait le sentiment que l'invitation de Mme DiCaprio n'était pas dépourvue d'arrière-pensées. Mais Josh avait l'air tellement heureux à l'idée de passer Noël avec d'autres enfants qu'elle n'eut pas le cœur de lui dire non.

— Si vous m'assurez que ce n'est pas un dérangement pour vous, j'accepte volontiers. L'idée de préparer un dîner de Noël juste pour nous trois n'était pas très réjouissante.

— Absolument ! Les fêtes, c'est fait pour être passé en compagnie... Ah, tiens, voici Trish qui revient vous chercher, apparemment.

Mme DiCaprio se leva.

— Je vais vous laisser avec ma fille et tenter de retrouver mon mari sur le parking. S'il est toujours à tourner en rond à la recherche d'une place de stationnement, je sens que je vais en entendre parler longtemps !

Lorsque Amy se leva à son tour, Mme DiCaprio, à son grand étonnement, la serra spontanément dans ses bras.

— J'ai été ravie de faire votre connaissance, Amy. Je pense que le hasard — ou le destin ? — fait parfois singulièrement bien les choses.

Sur ces mots, elle prit leur plateau, vida les restes dans la poubelle et s'éloigna sur un signe joyeux de la main. Trish observa la scène d'un regard mi-amusé mi-interrogateur.

— Alors ? J'imagine que nous vous verrons à la maison demain soir ?

— Votre mère fait partie de ces femmes à qui on ne dit pas non facilement.

— C'est une maîtresse femme, en effet. Avec un côté bulldozer. Mais seulement lorsqu'elle agit pour la grande cause.

— La grande cause ?

— Offrir à mon frère le cadeau de Noël qui ferait enfin son bonheur.

Amy rougit lorsqu'elle comprit en quoi consistait ledit présent. Gênée, elle posa la première question qui lui traversa l'esprit.

— Comment est-ce que ça s'est passé avec la journaliste, alors ?

— Elle a été compréhensive. A priori, rien ne devrait transpirer.

Amy sourit.

— Donc Josh peut aller voir le Père Noël maintenant ?

— Tout à fait. C'est pour ça que je suis venue vous chercher. Le centre ferme dans une demi-heure, mais il reste encore quelques enfants dans la queue. Je pense que vous vous fondrez sans difficulté dans la masse. Les gens ont entendu parler d'une disparition d'enfant, mais il n'y a aucune raison pour qu'ils fassent le rapport avec votre petite famille.

— Et le Père Noël ? Il a été interviewé, finalement ?

L'ombre d'un sourire joua sur les lèvres de Trish.

— La journaliste a essayé, mais il a refusé tout net. Et elle n'a pas insisté, car il était dans une situation hautement dramatique, avec un bout de chou cramoisi sur les genoux qui s'époumonait furieusement.

Amy ne put s'empêcher de rire.

— Et comment l'a-t-il pris ?

— Il n'a pas dévié de son texte, répondit Trish avec fierté. Il a continué à pousser ses « ho ho ho » sans perdre le rythme et a demandé au petit ce qu'il voulait pour Noël. L'enfant a même fini par se calmer.

— Maman ! intervint Josh avec impatience. Si on n'y va pas maintenant, ça sera trop tard pour le Père Noël !

Amy jeta un regard d'excuses à Trish.

— Tu as raison, Josh. C'est parti.

Alors qu'elle réinstallait dans sa poussette une Emma à moitié endormie qui n'avait même plus la force de protester, Amy sourit, savourant un instant de plaisir anticipé. Il y avait des années qu'elle ne s'était pas réjouie à ce point à l'idée d'aller rendre visite au Père Noël.

La queue avait notablement diminué lorsqu'ils arrivèrent au village. Et personne ne vint prendre place derrière eux. La foule épuisée désertait les lieux et un flux continu se dessinait vers les sorties. Lorsque vint le tour de Josh, ils étaient toujours les derniers à attendre. Dès l'instant où Josh et Emma furent sur les genoux du Père Noël, le photographe leur tira le portrait et leur tendit le Polaroid.

— Cadeau de la maison, annonça-t-il en rassemblant hâtivement son matériel pour partir à son tour au pas de course.

Emma devait se sentir en terrain familier, car elle se cala avec un soupir d'aise contre la poitrine de Nick et ferma de nouveau les yeux. La vue de sa fille dans les bras de cet homme troubla le cœur d'Amy. Quelque chose lui disait que cette vision perdurerait en elle bien après que les couleurs de la photo auraient commencé à s'estomper.

— Alors, jeune homme ? Quels cadeaux te feraient plaisir ? demanda Nick de sa grosse voix de Père Noël.

Josh, en grand frère responsable, récita à la fois sa liste et celle de sa petite sœur. Amy connaissait les deux par cœur. Les attentes de Josh étaient raisonnables, et elle savait que les jouets convoités seraient sous le sapin le lendemain matin. Le seul souhait qu'elle ne pouvait accorder à Josh était la présence de son père le matin de Noël.

Une fois la consultation terminée, Nick se leva avec Emma dans les bras et vint la rejoindre.

— Toujours d'accord pour la messe de Noël, ce soir, Amy ? Je peux te donner des indications pour y aller. Si nous nous retrouvons un peu avant, j'aurai le temps de te présenter le reste de ma famille.

Il s'interrompit pour lui jeter un regard scrutateur.

— A moins que la rencontre avec ma mère ne t'ait coupé radicalement toute envie de rencontrer les autres DiCaprio ?

Elle rejeta cette inquiétude d'un haussement d'épaules.

— Ta mère est incroyable. Elle nous a invités tous les trois pour le dîner de Noël, demain.

Il ne parut pas autrement surpris.

— Je le sentais venir gros comme une maison.

— Ce n'est pas toi qui lui as donné l'idée ?

— Mon célibat est déjà un élément suffisant, en soi, pour lui inspirer ce genre d'initiative, rétorqua-t-il, pince-sans-rire. Je préfère t'avertir d'emblée : son invitation est cousue de fil blanc. C'est de la manœuvre pure et dure.

— C'est ce qu'il m'a semblé comprendre, admit-elle.

— Et alors ?

Elle rougit légèrement.

— Et alors quoi ?

— Que penses-tu de ses tentatives de rapprochement ?

— J'ai accepté son invitation, répondit-elle simplement. Et toi ? Comment vis-tu les choses ?

Un large sourire se dessina sous la fausse moustache.

— Plutôt agréablement, reconnut-il. Tu m'attends une minute, le temps que je me débarrasse de ce costume ? Et je vous raccompagne jusqu'à votre voiture.

Amy jeta un regard appuyé à Josh.

— Mauvaise idée, murmura-t-elle.

— Oui, évidemment. Où avais-je la tête ?

Il chercha Trish des yeux.

— Hé, sœurette ? Cela pose problème si je garde cet attirail pour le moment ?

Trish se mit à rire et acquiesça d'un signe de la main.

— Va, va…

Le regard perplexe de Josh se posa alternativement sur Trish puis sur Nick.

— Trish, c'est ta sœur ?

— Euh… oui, admit Nick en se caressant nerveusement la barbe.

— Alors la dame, là… Mme DiCaprio… c'est ta maman ? conclut Josh.

Nick hocha la tête.

Amy retint son souffle pendant que Josh digérait l'information. Après un temps d'intense réflexion, son fils regarda Nick dans les yeux.

— Ouais, trop classe ! Je connais la *vraie* maman du Père Noël ! C'est trop cool qu'on ait déménagé ici, maman. Mes copains du Michigan, ils vont jamais vouloir me croire. Je peux les appeler, là ?

Amy sourit, soulagée. Non seulement la croyance de Josh au Père Noël avait survécu à cette épreuve de réalité, mais elle en sortait même renforcée.

— Bien sûr que tu peux leur téléphoner. Dès que nous serons rentrés à la maison.

Josh sauta de joie.

— On y va vite, alors ? C'est moi qui prends la poussette d'Emma !

— D'accord. Mais tu ne t'éloignes pas trop, promis ?

Josh jura qu'il serait prudent et partit d'un pas tranquille, en jetant de fréquents coups d'œil par-dessus l'épaule pour s'assurer que le Père Noël et elle étaient toujours sur ses talons.

Amy sourit à son compagnon à la barbe blanche.

— J'ai l'impression que ta petite discussion avec lui a fait son effet. Elle a eu plus d'impact que tous mes conseils.

— Il aura vite oublié ses promesses, pronostiqua Nick. Idéalement, il faudrait que je lui fasse une petite piqûre de rappel de temps en temps.

— Je pourrais m'en charger, protesta-t-elle faiblement.

Mais l'idée que Nick veuille maintenir une présence dans leurs vies pour administrer ses « piqûres de rappel » n'était pas faite pour lui déplaire.

— Oui, bien sûr. Tu peux le lui rappeler aussi. Mais j'ai l'avantage de représenter une figure d'autorité, en ma qualité de Père Noël.

Elle eut un sourire en coin.

— Tu ne crois pas que le costume sera un peu chaud, arrivé le mois de juillet ?

— Je peux en conclure que je ferai toujours partie de vos fréquentations cet été ?

Amy se sentit rougir de plus belle.

— L'avenir nous le dira, je suppose.

— J'ai oublié de te demander quelque chose d'important, au fait.

Elle lui jeta un regard interrogateur.

— Ah bon ?

— Que veux-tu pour Noël, Amy ?

Leurs regards s'arrimèrent l'un à l'autre et son cœur fit comme un petit salto dans sa poitrine.

— J'ai tout ce qu'il me faut et au-delà. Mon fils est de nouveau en sécurité auprès de moi.

— Et cela te suffit ? Entièrement ?

— Pour le moment, oui, assura-t-elle sans parvenir à se soustraire à l'intensité magnétique de son regard.

Il pencha la tête et lui effleura les lèvres. Puis réitéra le baiser en s'attardant une seconde de plus.

— Cela t'inspirera peut-être quelques idées supplémentaires pour ta liste de souhaits, murmura-t-il sans la quitter des yeux.

En effet, oui. Des idées, elle en avait soudain en quantité. Mais était-il bien raisonnable d'avoir des envies classées X à soumettre au Père Noël ? Elle était curieuse de savoir ce que l'intéressé en pensait.

L'éclat brûlant dans le regard de Nick était déjà en lui-même une réponse. Assurément, leurs deux listes de souhaits se recoupaient. Avant qu'elle puisse se prononcer sur ce qui venait de se passer entre eux, une jeune femme vint taper sur l'épaule de Nick. Lorsqu'il se retourna, son expression se pétrifia. Exactement comme lorsqu'il l'avait entraînée précipitamment dans le magasin de chaussures pour hommes.

— Je peux vous parler un instant, Nick ?

— Bien sûr, acquiesça-t-il, visiblement à contrecœur.

L'inconnue au visage triste se tourna vers elle.

— Je suis désolée de vous interrompre, mais c'est la première fois que j'ai l'occasion de parler à Nick depuis... depuis...

Sa voix s'étrangla et elle secoua la tête.

— Je suis désolée, mais je ne peux toujours pas prononcer les mots.

— Rien ne vous oblige à en parler, protesta Nick faiblement. Je vous en prie, ne vous faites pas violence.

« Il a l'air anéanti, songea Amy. Comme si la proximité de cette jeune femme était une torture. »

— Si, si. Je tenais à vous voir, murmura l'inconnue. J'ai même appelé au bureau de police pour vous joindre, mais on m'a dit que vous étiez en congé.

Nick ne dit rien et se contenta de hocher brièvement la tête.

— A cause de ce qui s'est passé, n'est-ce pas ?

— Oui, répondit-il d'une voix tendue.

— Je suis désolée... Vraiment désolée. C'est ma faute.

Nick la considéra d'un regard incrédule.

— *Votre* faute ? Comment pouvez-vous dire une chose pareille ?

— Si je vous avais parlé de mon ex-mari depuis le début, si je vous avais donné tous les éléments... les choses se seraient peut-être passées différemment, acheva-t-elle dans un murmure.

Nick lui posa les deux mains sur les épaules.

— Non, Mitzi, vous n'êtes en rien responsable de ce qui est arrivé. Si quelqu'un ici a quelque chose à se reprocher, c'est moi. Je n'ai pas réussi à...

Mais elle l'interrompit avec force.

— Non ! C'est justement la raison pour laquelle je tenais à vous parler. Je savais que vous vous en vouliez.

— A qui d'autre pourrais-je en vouloir qu'à moi ? rétorqua-t-il avec impatience.

Mitzi poussa un soupir las.

— Ni vous ni moi, nous ne sommes en faute. Et même mon ex-mari n'était sans doute pas responsable de ses actes. Il faut qu'il soit très atteint, psychiquement, pour avoir agi comme il l'a fait. Seul un grand malade pouvait espérer regagner mon amour en me prenant notre enfant et en lui faisant le mal qu'il lui a fait.

Un violent frisson parcourut la jeune femme.

— Je pense qu'il a besoin d'une aide psychiatrique. Même si son acte n'a eu d'autre but que la vengeance.

— Espérons qu'il trouvera en prison l'aide psychologique dont il a besoin. L'essentiel, pour l'instant, c'est qu'il ne soit plus en mesure de s'en prendre à qui que ce soit.

Amy assistait à cet échange avec un sentiment d'horreur croissant. Elle comprenait à présent pourquoi Nick avait tenu à rester à son côté jusqu'à ce que Josh soit retrouvé sain et sauf. Il avait tenté de réussir là où il avait échoué pour un autre petit garçon. Pour le fils de cette jeune femme qu'il n'avait pu ramener à sa mère. Ce n'était pas étonnant qu'il lui ait paru aussi tourmenté. Pas étonnant non plus qu'il lui ait posé toutes ces questions au sujet de Ned. L'heure entière qu'ils avaient passée à rechercher Josh avait dû lui apparaître comme le remake cauchemardesque d'une histoire qui s'était achevée par la pire des tragédies.

La dénommée Mitzi se tourna vers elle.

— Je suis désolée de m'être interposée ainsi. Mais lorsque j'ai reconnu Nick sous sa tenue, j'ai pensé qu'il était important que je lui parle. Je voulais que Nick sache qu'à aucun moment, jamais, je ne lui en ai voulu. Je pense que c'est important qu'il l'entende de ma bouche.

Amy jeta un coup d'œil à Nick et il lui sembla qu'il se tenait plus droit, comme si un poids lui avait été ôté des épaules.

— Vous avez un cœur incroyablement généreux, Mitzi.

— Si c'est le cas, c'est parce que j'ai eu le privilège d'avoir un fils merveilleux Et, pour cela, je serai toujours reconnaissante. Même s'il n'a vécu que brièvement, mon enfant m'a beaucoup appris. Et c'est ce dont je choisis de me souvenir. Pas de la façon dont il est mort, mais de la façon dont il a vécu… Joyeux Noël, inspecteur, chuchota-t-elle en embrassant Nick.

— Joyeux Noël, Mitzi, répondit-il d'une voix étranglée.

La jeune femme serra un instant la main de Nick puis se

détourna et se fondit de nouveau dans la foule. Bouleversée, Amy essuya une larme sur la joue de Nick.

— Je suis désolée pour tout ce que je t'ai fait revivre cet après-midi, murmura-t-elle.

Il trouva son regard et parvint à articuler :

— Moi, je ne suis pas désolé. Pas si cette aventure a permis que Josh, Emma et toi, vous entriez dans ma vie. Comment pourrais-je jamais regretter ça ?

Il appela Josh qui décrivait des cercles autour d'eux avec la poussette, pour la grande joie d'Emma qui riait aux éclats.

— On y va, les gars ? Le Père Noël n'a pas de temps à perdre. Il a ses cadeaux à livrer.

Son regard glissa sur elle.

— Mais avant de s'envoler, avec un peu de chance, le Père Noël peut encore voler un dernier baiser sous le gui ?

Amy se mit à rire.

— Le Père Noël peut toujours essayer. J'ai passé la journée à me demander si cette barbe chatouillait ou non.

Avec un large sourire, Nick se tourna vers Josh.

— Ne regarde pas, d'accord ?

— Ne regarde pas quoi ? s'étonna Josh.

— Fais ce qu'on te dit, ordonna Amy en riant. Ta maman va embrasser le Père Noël.

Josh ouvrit de grands yeux.

— Nooon ? Trop cool !

Cool, oui, songea Amy alors que ses lèvres s'entrouvraient sous celles de Nick. Ou du moins… pas si « cool » que cela, en fait, mais *brûlant*, plutôt.

Lorsqu'ils sortirent du centre commercial, l'air était glacial et la neige, pour la plus grande joie des enfants, tombait à gros flocons. Mais le blizzard pouvait souffler tant et plus : elle avait chaud à l'intérieur. Et le Noël qui s'annonçait promettait d'être le plus chaleureux de toute son existence.

Épilogue

Noël, un an plus tard

— Alors, jeune homme ? demanda Nick à Josh de sa voix tonitruante de Père Noël. Qu'aimerais-tu trouver sous le sapin, cette année ?

Amy aurait été incapable de dire comment Trish avait réussi à convaincre Nick d'endosser la tenue du Père Noël pour la deuxième année consécutive. Il avait pourtant dit et répété qu'il avait détesté tenir le rôle. Peut-être avait-il accepté uniquement parce qu'il savait qu'elle viendrait au centre commercial avec Josh et Emma pour leur visite rituelle ?

Josh examina le Père Noël d'un long regard scrutateur puis son expression se fit résolue, comme s'il venait de prendre une décision importante. Il lui jeta un rapide regard en coin puis attira la tête du Père Noël vers lui pour lui chuchoter quelque chose à l'oreille.

Nick écouta un instant, puis tourna aussitôt les yeux vers elle. Un large sourire s'affichait sur ses traits.

— C'est un cadeau un peu spécial, fiston. Je pense que, pour ça, il faut d'abord demander l'avis de ta maman.

Amy soupira. Un chiot, peut-être ? Josh en rêvait depuis toujours. Mais il savait que ce n'était pas possible d'avoir un chien dans un petit appartement comme le leur. Qu'allait-elle faire, maintenant ?

— Josh, mon chéri, je t'ai déjà expliqué que nous ne pouvions pas avoir de chien. Quand nous aurons un jardin, plus tard, peut-être.

Bizarrement, le sourire de Nick s'élargit. Désemparée, elle l'interrogea du regard.

— Ce n'est pas un chiot qu'il a demandé ?

Soulevant Emma dans ses bras, Nick descendit pour la rejoindre.

— Quoi alors ?

— Un nouveau papa. Et il a l'air de penser que le Père Noël conviendrait bien pour le rôle.

Les joues d'Amy s'empourprèrent.

— Oh, mon Dieu, je suis désolée...

— Pourquoi désolée ? Il me semble que l'idée mérite qu'on s'y arrête.

Sous le choc, elle ouvrit de grands yeux.

— Je te demande pardon ?

— Peut-être pas aujourd'hui. Mais un de ces jours prochains, pourquoi pas ?

— Quand tu auras eu le temps de réfléchir à cette déconcertante proposition, tu veux dire ? rétorqua-t-elle, pince-sans-rire.

Il rit. Non pas le « ho ho ho » bruyant du Père Noël, mais le rire d'un homme dont elle savait désormais qu'il avait un merveilleux sens de l'humour.

— Oh, cela fait déjà un moment que je réfléchis à la question, en fait... Et toi ? L'idée t'a déjà traversé l'esprit ?

Ce fut à son tour d'éclater de rire.

— Je ne sais pas comment j'aurais pu ne pas y penser, alors que tes parents et Trish passent leur temps à multiplier de savantes allusions !

— Alors c'est quoi, ta réponse ? s'impatienta Josh. Est-ce qu'il va être mon nouveau papa ou non ?

— Je pense que nous devrions laisser à ta maman le temps de réfléchir un petit moment, Josh. Peut-être espérait-elle une demande un peu plus romantique, d'ailleurs.

Josh parut intrigué.

— C'est quoi, une demande romantique ?

— Des bougies et des mots tendres, mon garçon. Tu peux déjà commencer à y penser pour quand tu seras grand. En attendant, si je vous raccompagnais jusqu'à votre voiture, tous les trois ? J'ai entendu une rumeur circuler et je voudrais m'assurer qu'elle est exacte.

— Quel genre de rumeur ? s'enquit Amy, intriguée par son ton mystérieux.

— Tu verras.

Ils se dirigèrent vers l'entrée qu'ils avaient empruntée tous les trois le jour fatidique où ils étaient arrivés dans le centre commercial pour la première fois, un an plus tôt, jour pour jour. Lorsque Nick poussa la porte, elle laissa échapper une exclamation de surprise : la neige tombait si dru qu'on voyait à peine à dix mètres. Une légère couche blanche couvrait déjà le sol. Et le parking qui se vidait rapidement se transformait en un univers virginal, soudain paré d'une beauté mystérieuse.

— De la neige ! hurla Josh en s'élançant droit devant lui, la tête renversée pour cueillir les gros flocons sur sa langue.

Puis il revint brusquement sur ses pas et jeta les bras autour de la taille volumineuse du Père Noël.

— Merci, merci, merci !

Nick adressa un clin d'œil à Amy.

— Je suis désolé, bonhomme, mais ce n'est pas le Père Noël qui décide du temps.

Peut-être pas, non. Mais si Josh était un petit garçon heureux et épanoui aujourd'hui, c'était en grande partie grâce à lui. Et elle était également redevable à Nick de la sensation de joie, de légèreté… et d'amour qu'elle ressentait depuis un an.

A ses yeux, le Père Noël — Nick — leur avait donné tout ce dont ils pouvaient rêver. Avec la promesse de mille fois plus encore…

DANS LA MÊME COLLECTION

Par ordre alphabétique d'auteur

JINA BACARR	*Blonde Geisha*
MARY LYNN BAXTER	*La femme secrète*
MARY LYNN BAXTER	*Un été dans le Mississippi*
JENNIFER BLAKE	*Une liaison scandaleuse*
BARBARA BRETTON	*Le lien brisé*
BENITA BROWN	*Les filles du capitaine*
MEGAN BROWNLEY	*La maison des brumes*
CANDACE CAMP	*Le bal de l'orchidée*
CANDACE CAMP	*Le manoir des secrets*
CANDACE CAMP	*Le château des ombres*
CANDACE CAMP	*La maison des masques*
MARY CANON	*L'honneur des O'Donnell*
LINDA CARDILLO	*Le tourbillon d'une vie*
ELAINE COFFMAN	*Le seigneur des Highlands*
ELAINE COFFMAN	*La dame des Hautes-Terres*
ELAINE COFFMAN	*La comtesse des Highlands*
JACKIE COLLINS	*Le voile des illusions*
JACKIE COLLINS	*Reflets trompeurs*
JACKIE COLLINS	*Le destin des Castelli*
PATRICIA COUGHLIN	*Le secret d'une vie*
MARGOT DALTON	*Une femme sans passé*
EMMA DARCY	*Souviens-toi de cet été*
CHARLES DAVIS	*L'enfant sans mémoire*
SHERRY DEBORDE	*L'héritière de Magnolia*
BARBARA DELINSKY	*La saga de Crosslyn Rise*
BARBARA DELINSKY	*L'enfant du scandale*
WINSLOW ELIOT	*L'innocence du mal*
SALLY FAIRCHILD	*L'héritière sans passé*
MARIE FERRARELLA	*Une promesse sous la neige*****
ELIZABETH FLOCK	*Moi & Emma*
CATHY GILLEN THACKER	*L'héritière secrète*
GINNA GRAY	*Le voile du secret*
GINNA GRAY	*La Fortune des Stanton*

… / …

DANS LA MÊME COLLECTION

Par ordre alphabétique d'auteur

JILLIAN HART	*L'enfant des moissons*
METSY HINGLE	*Une vie volée*
KATE HOFFMANN	*Destins d'Irlande*
FIONA HOOD-STEWART	*Les années volées*
FIONA HOOD-STEWART	*A l'ombre des magnolias*
FIONA HOOD-STEWART	*Le testament des Carstairs*
FIONA HOOD-STEWART	*L'héritière des Highlands*
LISA JACKSON	*Noël à deux***
RONA JAFFE	*Le destin de Rose Smith Carson*
PENNY JORDAN	*Silver*
PENNY JORDAN	*L'amour blessé*
PENNY JORDAN	*L'honneur des Crighton*
PENNY JORDAN	*L'héritage*
PENNY JORDAN	*Le choix d'une vie*
PENNY JORDAN	*Maintenant ou jamais*
PENNY JORDAN	*Les secrets de Brighton House*
PENNY JORDAN	*La femme bafouée*
PENNY JORDAN	*De mémoire de femme*
BRENDA JOYCE	*L'héritière de Rosewood*
MARGARET KAINE	*Des roses pour Rebecca*
HELEN KIRKMAN	*Esclave et prince*
ELAINE KNIGHTON	*La citadelle des brumes*
ELIZABETH LANE	*Une passion africaine*
ELIZABETH LANE	*La fiancée du Nouveau Monde*
CATHERINE LANIGAN	*Parfum de jasmin*
RACHEL LEE	*Neige de septembre*
RACHEL LEE	*La brûlure du passé*
LYNN LESLIE	*Le choix de vivre*
MERLINE LOVELACE	*La maîtresse du capitaine*
JULIANNE MACLEAN	*La passagère du destin*
DEBBIE MACOMBER	*Rencontre en Alaska*****
DEBBIE MACOMBER	*Un printemps à Blossom Street*
DEBBIE MACOMBER	*Au fil des jours à Blossom Street*
DEBBIE MACOMBER	*Retour à Blossom Street*
DEBBIE MACOMBER	*La baie des promesses*
DEBBIE MACOMBER	*Les secrets de Rosewood Lane*
DEBBIE MACOMBER	*Un Noël sous le givre******

... / ...

DANS LA MÊME COLLECTION

Par ordre alphabétique d'auteur

MARGO MAGUIRE	*Seigneur et maître*
ANN MAJOR	*La brûlure du mensonge*
ANN MAJOR	*Le prix du scandale**
KAT MARTIN	*Lady Mystère*
ANNE MATHER	*L'île aux amants****
CURTISS ANN MATLOCK	*Sur la route de Houston*
CURTISS ANN MATLOCK	*Une nouvelle vie*
CURTISS ANN MATLOCK	*Une femme entre deux rives*
MARY ALICE MONROE	*Le masque des apparences*
CAROLE MORTIMER	*L'ange du réveillon*****
DIANA PALMER	*D'amour et d'orgueil****
DIANA PALMER	*Les chemins du désir*
DIANA PALMER	*Les fiancés de l'hiver*****
DIANA PALMER	*Le seigneur des sables*
DIANA PALMER	*Une liaison interdite*
DIANA PALMER	*Le voile du passé*
PATRICIA POTTER	*Noces pourpres*
MARCIA PRESTON	*Sur les rives du destin*
MARCIA PRESTON	*La maison aux papillons*
EMILIE RICHARDS	*Mémoires de Louisiane*
EMILIE RICHARDS	*Le testament des Gerritsen*
EMILIE RICHARDS	*La promesse de Noël***
EMILIE RICHARDS	*L'écho du passé*
EMILIE RICHARDS	*L'écho de la rivière*
EMILIE RICHARDS	*Le refuge irlandais*
EMILIE RICHARDS	*Promesse d'Irlande*
EMILIE RICHARDS	*La vallée des secrets*
EMILIE RICHARDS	*Du côté de Georgetown*
EMILIE RICHARDS	*Un lien d'amour******
NORA ROBERTS	*Retour au Maryland*
NORA ROBERTS	*La saga des Stanislaski*
NORA ROBERTS	*Le destin des Stanislaski*
NORA ROBERTS	*L'héritage des Cordina*
NORA ROBERTS	*Love*
NORA ROBERTS	*La saga des MacGregor*
NORA ROBERTS	*L'orgueil des MacGregor*
NORA ROBERTS	*L'héritage des MacGregor*
NORA ROBERTS	*La vallée des promesses*
NORA ROBERTS	*Le clan des MacGregor*
NORA ROBERTS	*Le secret des émeraudes*
NORA ROBERTS	*Un homme à aimer**

... / ...

DANS LA MÊME COLLECTION

Par ordre alphabétique d'auteur

NORA ROBERTS	*Sur les rives de la passion*
NORA ROBERTS	*La saga des O'Hurley*
NORA ROBERTS	*Le destin des O'Hurley*
NORA ROBERTS	*Un cadeau très spécial***
NORA ROBERTS	*Le rivage des brumes*
NORA ROBERTS	*Les ombres du lac*
NORA ROBERTS	*Un château en Irlande*
NORA ROBERTS	*Filles d'Irlande*
NORA ROBERTS	*Pages d'amour*
NORA ROBERTS	*Rencontres*
NORA ROBERTS	*Une famille pour Noël*****
NORA ROBERTS	*Passions*
NORA ROBERTS	*La promesse de Noël*
NORA ROBERTS	*Contre vents et marées******
ROSEMARY ROGERS	*Le sabre et la soie*
ROSEMARY ROGERS	*Le masque et l'éventail*
ROSEMARY ROGERS	*La maîtresse du rajah*
JOANN ROSS	*Magnolia*
JOANN ROSS	*Cœur d'Irlande*
MALLORY RUSH	*Ce que durent les roses*
EVA RUTLAND	*Tourments d'ébène*
PATRICIA RYAN	*L'escort-girl****
DALLAS SCHULZE	*Un amour interdit*
DALLAS SCHULZE	*Les vendanges du cœur*
KATHRYN SHAY	*L'enfant de l'hiver*
JUNE FLAUM SINGER	*Une mystérieuse passagère*
ERICA SPINDLER	*L'ombre pourpre*
ERICA SPINDLER	*Le fruit défendu*
ERICA SPINDLER	*Trahison*
ERICA SPINDLER	*Parfum de Louisiane*
ERICA SPINDLER	*Un parfum de magnolia*
ERICA SPINDLER	*Les couleurs de l'aube*
LYN STONE	*La dame de Fernstowe*
CHARLOTTE VALE ALLEN	*Le destin d'une autre*
CHARLOTTE VALE ALLEN	*L'enfance volée*
CHARLOTTE VALE ALLEN	*L'enfant de l'aube*
SOPHIE WESTON	*Romance à l'orientale****
SUSAN WIGGS	*Un printemps en Virginie*
SUSAN WIGGS	*Les amants de l'été*
SUSAN WIGGS	*L'inconnu du réveillon***
SUSAN WIGGS	*La promesse d'un été*
SUSAN WIGGS	*Un été à Willow Lake*
SUSAN WIGGS	*Le pavillon d'hiver*

... / ...

DANS LA MÊME COLLECTION

Par ordre alphabétique d'auteur

SUSAN WIGGS	*Retour au lac des Saules*
SUSAN WIGGS	*La maison du Pacifique*
SUSAN WIGGS	*Neige sur le lac des Saules*
SUSAN WIGGS	*Rendez-vous sous le gui********
LYNNE WILDING	*L'héritière australienne*
LYNNE WILDING	*Les secrets d'Amaroo*
BRONWYN WILLIAMS	*L'île aux tempêtes*
REBECCA WINTERS	*Magie d'hiver*****
REBECCA WINTERS	*Un baiser sous le gui*******
JOAN WOLF	*Le blason et le lys*
SHERRYL WOODS	*Refuge à Trinity*
SHERRYL WOODS	*Le testament du cœur*
SHERRYL WOODS	*Le rêve de Noël********
LAURA VAN WORMER	*Intimes révélations*
KAREN YOUNG	*Un vœu secret*****
KAREN YOUNG	*L'innocence bafouée*
KAREN YOUNG	*La mémoire blessée*

* *titres réunis dans un volume double*

** *titres réunis dans le volume intitulé* : Magie d'hiver 2007

*** *titres réunis dans le volume intitulé* : Passions d'été

**** *titres réunis dans le volume intitulé* : Magie d'hiver 2008

***** *titres réunis dans le volume intitulé* : Magie d'hiver 2009

7 TITRES À PARAÎTRE EN FÉVRIER 2010

Composé et édité par les
éditions Harlequin

Achevé d'imprimer en Allemagne
par GGP Media GmbH, Pößneck
en novembre 2009

Dépôt légal en décembre 2009
N° d'éditeur : 14682